Tibor Rode
Das Los

Weitere Titel des Autors:

Das Rad der Ewigkeit

Titel auch als E-Book erhältlich

Tibor Rode

Das Los

Thriller

Lübbe Ehrenwirth

MIX
Papier aus verantwortungsvollen Quellen
FSC® C006701

Dieser Titel ist auch als E-Book erschienen

Originalausgabe

Dieser Titel wurde vermittelt durch die Literarische Agentur Kossack

Lektorat: Karin Schmidt
Textredaktion: Dr. Arno Hoven
Umschlaggestaltung: Johannes Wiebel, punchdesign, München
Einband-/Umschlagmotiv: Johannes Wiebel, punchdesign, München, unter Verwendung von Motiven von © Shutterstock/Ultrashock; shutterstock/serazetdinov; shutterstock/Antonov Roman
Satz: Urban SatzKonzept, Düsseldorf
Gesetzt aus der Caslon
Druck und Einband: CPI – Ebner & Spiegel, Ulm

Printed in Germany
ISBN 978-3-431-03893-4

5 4 3 2 1

Sie finden uns im Internet unter: www.luebbe.de
Bitte beachten Sie auch: www.lesejury.de

FÜR SANDRA

Prolog

Er kauerte unweit des Treppenaufgangs neben einer der Säulen. Obwohl die einfahrenden Züge Schichten aufgeheizter Luft vor sich herschoben und mit aller Gewalt über den Bahnsteig drückten, fror er – wie immer, wenn er Hunger hatte.

Am gestrigen Mittag hatte einer der lauten weißen Touristen ihm vor dem *Tea & Cold Drink House* einen Pappbecher mit einem Rest Schwarztee und Ziegenmilch überlassen. Seine letzte Mahlzeit. Er hatte gehofft, mit dem leeren Pappbecher in der Hand ein paar Rupien zu erbetteln, um sich davon ein Fladenbrot oder eine Schüssel Linsenbrei kaufen zu können. Nachmittags hatte jedoch urplötzlich ein starker Regen eingesetzt und mit dem Staub der vergangenen Wochen auch alle Menschen samt ihrer Geldbeutel von den Straßen gespült. Wenigstens war der Pappbecher dazu gut gewesen, ein wenig vom Regen aufzufangen. Er hatte ganz vergessen, wie frisch Wasser schmecken konnte – ohne das faulige Aroma alter Wassertanks. Das Grollen der Unwetter über Bombay schien sich am Abend in seinen Magen verzogen zu haben. So schlief er irgendwann im Schutz des schmalen Daches, das den Bahnsteig von Andheri vor Regen schützte, hungrig ein. Als er am Morgen erwachte, war das Erstaunen darüber, dass die Polizisten ihn während der Nacht nicht aus dem Bahnhof verscheucht hatten, nur für einen kurzen Augenblick größer als das Loch in seinem Bauch.

Ein Blick auf die große Uhr zeigte ihm, dass er nun bereits über zwei Stunden an der ursprünglich gelb gestrichenen und inzwischen von der Witterung rostbraun gefärbten Säule lehnte. Über seinem Kopf hing an einem Draht ein großes Schild, auf das man ein Werbeplakat geklebt hatte. Diese Plakate waren überall in der Stadt zu sehen. Da er selbst versuchte, sich das Lesen beizubringen, war er stolz, die beiden Worte entziffern zu können, die in dicken braunen Buchstaben darauf gedruckt waren: *Salaam Bombay!*

Einer der großen Jungs hatte ihm erzählt, dass es eine Werbung für einen Film war, in dem es um Straßenkinder wie sie ging. Er fühlte sich von dem Plakat auf merkwürdige Art und Weise beschützt. Vielleicht hatten die Polizisten auf ihrer Patrouille ganz fasziniert darauf geschaut und deswegen ihn, der darunter lag, einfach übersehen. Er kroch noch näher an die Säule heran und bemühte sich, mit ihr eins zu werden, damit die vorbeiströmenden Menschenmassen ihn nicht versehentlich in einen der abfahrenden Züge mitrissen.

Mühsam kramte er in seinem Kopf nach den besten Ideen, um schnell an eine große Portion Essen zu gelangen. Doch irgendwie fiel ihm das Denken heute schwer. Zu dieser frühen Morgenzeit fuhren die Züge im Minutentakt. Eine Gruppe von Essensboten, *Dabbawallas* genannt, war damit beschäftigt, ihre großen rechteckigen Holzkästen in den Ladewaggon eines Zuges zu hieven. Mit ihren weiten weißen Hosen, den hüftlangen weißen Hemden und den schiffchenförmigen Mützen wirkten sie zwischen all den bunt gekleideten Menschen wie Reis, den man in ein Gemüsegericht eingerührt hatte. Plötzlich kam Hektik auf. Einer der *Dabbawallas* hatte einen Moment lang nicht aufgepasst und war mit seinem rechten Bein zwischen Bahnsteigkante und

Zug gerutscht. Der Kasten, den er eben noch akrobatisch auf dem Kopf balanciert hatte, war heruntergefallen; und die darin gestapelten Essensboxen lagen nun verstreut auf dem Bahnsteig. Während einige Männer seiner Gruppe damit beschäftigt waren, die *Dabbas* zurück in den Kasten zu sortieren, versuchten zwei andere, ihren unglückseligen Kollegen aus dem Gleisbett zu ziehen und damit auch sein Bein vor der zermalmenden Gewalt des bald anfahrenden Eisenbahnrades zu retten. Keine Minute verging, und der Kasten sowie der verunglückte *Dabbawalla* waren sicher im Zug verstaut, der anschließend schnaubend anfuhr und wie ein gesättigtes Tier davonschwankte. Für einen kurzen Augenblick war der Bahnsteig menschenleer und fast wirkte es so, als hätte die Andheri Railway Station einmal kräftig ausgeatmet, bevor von dem Treppenaufgang her bereits der nächste Stoß Menschen auf die Bahnsteige strömte.

In diesem Augenblick sah er sie.

Sie stand genau dort, wo eben noch die *Dabbawallas* mit dem Missgeschick ihres Kollegen gekämpft hatten, und schien dem entschwindenden Zug einsam nachzublicken. Er zögerte nur eine Sekunde, dann war er bereits bei ihr, riss sie an dem Riemen hoch und schleppte sie zurück zu seinem Platz an der Säule. Er drückte die Beute eng an seinen ausgemergelten Körper. Sie sah aus wie eine eiserne Milchkanne mit ledernem Henkel. Oben auf dem Deckel waren in leuchtenden Farben Zahlen und Buchstaben aufgemalt, deren Bedeutung er nicht kannte. Er hatte aber schon oft beobachtet, wie die Menschen unten in Nariman Point zur Mittagspause aus den Hochhäusern drängten, als seien sie alle Teil einer gigantischen Feuerschutzübung, in der Hand ihre großen Lunchpakete. Er wusste daher, dass die *Dabba* aus fünf Metallschüsseln bestand, die übereinandergestapelt waren. Und er wusste auch, dass in jeder der fünf Schüsseln die köstlichsten Speisen auf ihn warteten. In seine Nase drang der Geruch von Koriander und Zwiebeln, und er stellte sich dazu Mango in Joghurt, Reis und Früchte vor. Speichel sammelte sich in seinem eben noch so trockenen Mund, und die Wärme der *Dabba*, die er nun noch fester an seine Brust drückte, breitete sich in seinem ganzen Körper aus. Auf das Wunder, dass er die Nacht neben der Säule unter dem Filmplakat hatte verbringen können, ohne aus dem Bahnhof geworfen zu werden, war ein zweites, noch viel größeres gefolgt. Dies hier war wirklich ein guter Platz. Ein Platz, wie er ihn schon so lange gesucht hatte.

Plötzlich klopfte etwas auf seine Schulter. Er schaute auf und blickte in das lächelnde Gesicht eines Polizisten, der einen langen schwarzen Stock in der Hand hielt. Die Mitte seines Gesichts zierte ein großer Schnauzbart. Neben ihm stand ein weiterer Ordnungshüter, der ihm nicht nur wegen der Uniform zum Verwechseln ähnlich sah, allerdings trug dieser Mann keinen Bart. Nun klopfte der Beamte mit dem Knüppel auf den Deckel der *Dabba* vor ihm.

»Wo hast du die denn gestohlen, Junge?«, verlangte er in einem strengen Tonfall zu wissen.

»Die hab ich gefunden!«, antwortete er ängstlich.

»Wo denn?«, fragte der zweite Polizist mit einem neugierigen Grinsen.

»Dort drüben!« Er zeigte mit dem Finger auf die Stelle, wo die *Dabba* gestanden hatte, nachdem der Zug weggefahren war.

Der erste Polizist holte aus und schlug ihm mit dem Stock auf den ausgestreckten Arm, sodass er vor Schmerzen aufjaulte. Ein brennender Schmerz lähmte seinen Arm bis hinunter zur Hand, und Tränen schossen in seine Augen.

»Lüg nicht, du Mistbengel!«, schrie der Polizist wütend und hob erneut drohend den Stock. »Mein Bruder arbeitet zufällig beim Nutan Box Suppliers Trust. Und weißt du, wie viele *Dabbas* jeden Tag zwischen dem Zuhause der Kunden und deren Arbeitsstätte transportiert werden, du Rotzlöffel?«

Er schüttelte den Kopf und kniff in Erwartung eines weiteren Schlages die Augen zu.

»Zweihunderttausend! Und das jeden Tag!«, brüllte der Polizist verärgert. »Und weißt du, wie viele dabei verloren gehen?«

Wieder schüttelte er den Kopf und hielt schützend seine Hände vor die Ohren. Stockschläge auf die Ohren schmerzten am meisten und konnten taub machen.

»Eine einzige *Dabba* von sechzehn Millionen Lieferungen! Kannst du dir das vorstellen? Eine von sechzehn Millionen!«

Der Polizist hörte auf zu brüllen und schnappte kopfschüttelnd nach Luft.

»Und die eine willst ausgerechnet du gefunden haben?«, fragte der andere Polizist mit einem höhnischen Grinsen. »Das wäre ja wie ein Lotteriegewinn. Dann wärst du ein verdammter Glückspilz!«

Beide Polizisten brachen in Gelächter aus.

»Bist du aber nicht!«, schrie der mit dem Schnauzer plötzlich und zog ihm den Stock quer übers Gesicht.

Blut sickerte aus seiner Nase und lief über seine Lippen. Eine Hand packte ihn am Kragen und zerrte ihn rüde hoch. Sein Fuß stieß dabei gegen die Kanne mit dem Essen, die umfiel und scheppernd den abschüssigen Bahnsteig hinab Richtung Gleisbett rollte.

»Jetzt kommst du mit auf die Wache!«, brüllte der mit dem Schnauzbart. »Du dreckiger Dieb!«

Seine Hände wurden auf den Rücken gebogen, sein Kopf nach unten gerissen. Eine Hand krallte sich in seinen Nacken.

Einer der Polizisten kam mit seinem Mund so nah an sein Ohr, dass er dessen Atem spürte. »Mal hat man Glück, und mal hat man Pech!«, zischte er.

Er wusste nicht, ob es das Wort »Glück« oder das Wort »Pech« oder der hämische Gesichtsausdruck seines Gegenübers war, aber irgendetwas verlieh ihm in diesem Moment übermenschliche Kräfte. Er vollführte mit der rechten Hand einen Stoß, der den Polizisten vor ihm zurücktorkeln ließ. Im nächsten Augenblick entwand er sich mit der geschmeidigen Bewegung eines Tigers dem Griff des anderen Mannes.

Mit großen Sprüngen rannte er der langsam davonrollenden *Dabba* hinterher und bekam ihren Riemen zu packen, kurz bevor sie ins Gleisbett fiel. Dann machte er kehrt und flog förmlich über den Bahnsteig auf den Ausgang zu. Eine Wand aus Menschen kam ihm entgegen, doch als er sie erreichte, öffnete sich wie von Geisterhand eine Schneise durch die aufgeheizten Körper. Die Kanne mit den ineinandergesteckten Essenschalen fest in der Hand, bahnte er sich seinen Weg nach draußen, und schon bald hatte er den Bahnhof weit hinter sich gelassen.

Mal hat man Glück, wiederholte er triumphierend in Gedanken die Worte des Polizisten, während er nach einem sicheren Platz für sein Festessen Ausschau hielt.

1

Armley, Leeds

Als Trisha Wilson vor ihrem Elternhaus stand, erinnerte sie sich, warum sie es damals vor sechs Jahren, an ihrem achtzehnten Geburtstag, verlassen hatte: Wer darin wohnte, konnte nur in eine Richtung aus dem Haus blicken. Das Reihenhaus, in dem ihre Eltern Gary und Valerie lebten, stammte aus den Dreißigerjahren und war in der damals typischen Back-to-Back-Bauweise errichtet. Ihr Heim stand wie die Gebäude, die rechts und links angebaut waren, Rücken an Rücken mit dem dahinter hochgezogenen Block. Es teilte sich somit drei seiner vier Wände mit Nachbarhäusern. Dies führte dazu, dass es nur an der Vorderfront Fenster gab, und zwar vier an der Zahl: zwei im Erdgeschoss und zwei im Obergeschoss.

Trisha musste keine Treppenstufe erklimmen, um den Klingelknopf zu drücken; die Eingangstür befand sich ebenerdig, der Gehweg führte direkt darauf zu. Das Schellen der Türklingel weckte in ihrem Gedächtnis weitere Erinnerungen, merkwürdigerweise kam ihr der Geruch von Lavendel in den Sinn. Sie überlegte noch, warum, als die Tür geöffnet wurde und sie in das strahlende Gesicht ihrer Mutter blickte, das sogleich verschwamm. Überrascht stellte Trisha fest, dass sie weinen musste. Dies ärgerte sie ein bisschen, da sie gelernt hatte, ihre Emotionen unter Kontrolle zu halten. Bevor ihre Mutter sie umarmen konnte, wischte sie schnell mit der Hand über ihre Augen. Ihre Mutter hingegen ließ ihren Tränen freien Lauf, ohne verlegen oder gar beschämt zu wirken.

Wenig später stand Trisha in dem kleinen Wohnzimmer, dem die Ehre zukam, eines der Fenster sein Eigen zu nennen. Ihr Vater erhob sich von seinem Sessel und trat auf sie zu. Während sie ihn umarmte – und dabei zum Glück nicht weinen musste –, bemerkte sie, dass er immer noch im selben Sessel, wie damals vor ihrer Abreise, zu sitzen pflegte. Überhaupt schien sich hier nichts verändert zu haben, die Zeit hinter diesen Mauern stillzustehen. Die Schrankwand, der alte Röhrenfernseher, der Tisch mit der gefliesten Platte, das dunkelbraune Sofa mit den abgesessenen Bezügen, die Anrichte in der Ecke, die Gardinen mit dem Rosenmotiv vor dem Fenster – alles war wie früher. Neu waren lediglich eine Reihe von Fotos in silbernen Rahmen, die auf der Anrichte standen und nur ein einziges Motiv zeigten: sie selbst. Sie erkannte darunter einige Bilder, die sie ihren Eltern in den vergangenen Jahren aus aller Welt geschickt hatte. Die meisten hatte sie mit dem Handy aufgenommen.

»Happy Birthday!«, sagte ihr Vater und klopfte ihr mit seiner großen, schweren Hand ein wenig zu kräftig auf den Rücken, während er sie weiterhin an sich gedrückt hielt.

Trisha lächelte und schob den massigen Körper ihres Vaters ein kleines Stück von sich weg, um besser atmen zu können. Dabei fiel ihr Blick auf zwei eintätowierte Buchstaben, ein »i« und ein »l«, die unter seinem hochgerutschten Hemdsärmel hervorschauten. *The Lucky Devil* hatte ihr Vater sich als junger Mann in geschwungenen Lettern auf den Unterarm tätowieren lassen. Früher war er ein erfolgreicher Dartspieler gewesen, der den Kampfnamen *The Lucky Devil* – »Der Glückspilz« – getragen hatte. Als Trisha noch ein kleines Kind gewesen war, hatte ihr Vater die nordenglische Pub-Meisterschaft im Darts gewonnen. Ein durchaus bedeutender Wettbewerb, dessen Sieger über die Pubs hinaus große Anerkennung genoss. Unwillkürlich schielte sie zum Schrank hinüber. Der Pokal stand immer noch dort, glänzend poliert, als wäre er gestern erst errungen worden. Zum ersten Mal wurde ihr bewusst, dass auch ihr Vater auf seine Art ein Spieler gewesen war.

»Alles Gute, *Honey!*«, beglückwünschte nun auch ihre Mutter sie.

Trisha fand, dass sie mit ihren sechsundfünfzig Jahren immer noch sehr attraktiv aussah. Mit dem roten, vollen Haar, das zu beiden Seiten in Locken über die Schultern fiel, dem gleichzeitig neugierigen und traurigen Blick und den klaren Gesichtszügen glich ihre Mutter ein wenig Sarah Ferguson, der Duchess of York, was ihr Mitte der Achtzigerjahre den Spitznamen *Fergie* eingebracht hatte. Trisha war froh, dass sie die dunklen Haare ihres Vaters geerbt hatte und daher noch nie jemand auf die Idee gekommen war, auch ihr diesen Spottnamen zu verpassen, obwohl sie ihrer Mutter im Gesicht ähnelte.

Trisha löste sich endlich aus der Umarmung ihres Vaters. Jetzt erst sah sie, dass auf dem Wohnzimmertisch eine kleine Tafel gedeckt war. Sie lächelte. »Du hast *Teatime* vorbereitet.«

Ihre Mutter hatte immer noch feuchte Augen, als sie erklärte: »Wie früher. Am Geburtstag gibt es doch immer *Teatime.*«

Das war eine der vielen Traditionen im Hause Wilson. Zum Geburtstag holte ihre Mutter die alten Rezepte heraus und bereitete eine *Teatime*. Solange Trisha zurückdenken konnte, war es so. Nur der Schuss Milch, mit dem der Darjeeling für die Tochter verdünnt wurde, fiel mit jedem Geburtstag kleiner aus.

»Du hast gar keinen Koffer dabei«, bemerkte ihr Vater plötzlich und zeigte auf die Handtasche, die Trisha noch nicht von der Schulter abgenommen hatte.

»Ich fahre heute Abend wieder«, antwortete Trisha leise, aber bestimmt. Für einen langen Moment herrschte betretenes Schweigen.

Schließlich unterbrach Trishas Mutter die unbehagliche Stille. »Dann freuen wir uns, dass du jetzt da bist!«, sagte sie, und man hörte eine Portion Tapferkeit aus ihren Worten.

Sie nahm Trisha die Handtasche ab, und kurz darauf saß die Familie Wilson seit vielen Jahren erstmals wieder vereint um den schmalen Couchtisch.

»Keine Milch. Ich trinke ihn ohne alles.« Trisha hielt ihre Hand schützend über ihre Teetasse.

»Unsere Trish ist erwachsen geworden«, bemerkte ihre Mutter, während sie das Milchkännchen wieder beiseitestellte.

»Probier die *Scones!*«, forderte ihr Vater sie auf. »Deine Mutter hat dafür die halbe Nacht in der Küche gestanden.«

»Mit *Clotted Cream!* Wie du sie liebst«, fügte sie hinzu, hob eine Schüssel mit dem geklumpten Rahm in die Höhe und hielt sie Trisha entgegen.

»Das sieht wirklich köstlich aus, aber ich bin gerade auf Diät«, entgegnete Trisha und legte ihre rechte Hand auf den flachen Bauch.

»Vielleicht später«, meinte ihre Mutter, und es klang so, als ob jemand zum Ausdruck bringen würde, dass er auf besseres Wetter hoffte.

»Wir haben uns sehr über deine Nachricht gefreut«, sagte

ihr Vater, der in seiner rechten Hand die Tee- und in der linken die Untertasse hielt. »Das Wichtigste ist eine gute Ausbildung. Und du hast mit deinem schlauen Köpfchen alle Chancen!«

Ich habe so viele Leute mit hervorragender Ausbildung kennengelernt, die weniger verdienten als ein Kneipenwirt oder ein mittelmäßiger Drogendealer, dachte Trisha. Sie sprach es aber nicht aus.

»Nur wenige haben die Möglichkeit, an einer Eliteuniversität zu studieren!«, merkte ihre Mutter an.

Letztlich ist es nur eine Frage des Geldes, fuhr es Trisha durch den Kopf. Ein reicher Vater, eine großzügige Spende, ein Anruf bei einem der wichtigen Herren im Beirat – und selbst der größte Dummkopf konnte dort seinen Abschluss machen. Aber auch diesen Gedanken behielt sie für sich.

»Ich finde es verdammt anständig, dass diese Universität dir eine zweite Chance gibt, nachdem du das Studium schon einmal abgebrochen hast«, hob ihr Vater hervor. »Und dass sie sogar einen Teil der alten Studiengebühren anrechnen. Da hast du großes Glück!«

Trisha nickte zustimmend. »Bis auf die zehntausend Pfund«, bemerkte sie. Den Gesichtsausdruck, den sie nun aufsetzte, hatte sie in den vergangenen Jahren zigmal vor diversen Spiegeln geübt. Für gewöhnlich setzte sie ihn an anderen Tischen als diesem hier ein.

Aus dem Augenwinkel beobachtete sie, wie ihre Mutter mit glühenden Wangen erwartungsfroh zu ihrem Vater hinüberblickte. Der erhob sich daraufhin, erreichte mit zwei großen Schritten den Wohnzimmerschrank und öffnete eine der Glastüren, hinter der ein paar Zinnbecher aufgereiht waren. Dann ergriff er einen Briefumschlag, der dort versteckt wartete. Wortlos trat er zu Trisha und übergab ihr den Umschlag.

Anschließend setzte er sich wieder in seinen Sessel und fixierte sie mit ernster Miene. Als Trisha bemerkte, dass ihre Hand zitterte, legte sie den Umschlag eilig auf ihrem Schoß ab. Wieder registrierte sie, wie sich in ihrem Hals ein Kloß bildete. Ihre Mutter streichelte ihr von der Seite übers Knie und tupfte sich mit einer Serviette ein paar Tränen ab. Alle schwiegen gerührt.

»Das ist für deine Zukunft!«, unterbrach ihr Vater die Stille.

»Danke. Vielen Dank. Ich werde es euch zurückzahlen. Jeden Penny. Mit Zinsen. Ich habe mir schon einen Job gesucht, in einem Restaurant.«

So viele Tage hatte sie auf diesen Augenblick hingefiebert. Doch statt sich zu freuen, bemerkte sie, wie ihr Herz sich nun zusammenkrampfte.

»Nun studiere erst einmal in Ruhe!«, sagte ihre Mutter. »Die Kreuzfahrt können wir auch später machen. Wir haben jetzt so viele Jahre darauf gespart, da kommt es auf ein paar Jahre mehr auch nicht an!« Ihre Mutter meinte dies scherzhaft, und so lachte sie herzlich.

Trisha merkte, wie ihr schlecht wurde.

»Außerdem hat dein Vater einen Job in einem Autohaus angenommen«, fuhr ihre Mutter fort. »Hier zu Hause fiel ihm als Frührentner die Decke auf den Kopf. Er fährt die reparierten Autos zu den Kunden.«

»Oder die Kunden, wenn ihr Auto repariert wird!«, ergänzte ihr Vater. Er lächelte.

Trisha spürte den großen Drang, aufzustehen und aus dem Haus zu rennen. So weit weg, wie es nur ging. Sie versuchte einzuatmen, doch der Atem blieb irgendwo kurz hinter dem Kehlkopf stecken.

»Es muss dir nicht unangenehm sein«, sagte ihre Mutter,

die ihr einen sorgenvollen Blick zuwarf. »Wir sind doch deine Eltern!«

Trisha nickte. Sie kämpfte mit den Tränen. Ihre Mutter griff neben sich und hielt Trisha ein kleines Päckchen entgegen, das in dekorativem Papier eingewickelt war.

»Unser Geburtstagsgeschenk«, sagte ihre Mutter und lächelte.

Trisha schüttelte den Kopf. Nun rannen erste Tränen über ihre Wangen. Am liebsten hätte sie das Geschenk abgelehnt, aber das ging nicht. Ihre Eltern hätten nicht verstanden, dass sie es nur nicht wollte, weil sie es nicht verdient hatte. Trisha nahm es entgegen und löste vorsichtig die Klebestreifen, die das Papier zusammenhielten. Ein Kästchen kam zum Vorschein. Trisha blickte in die Gesichter ihrer Eltern, die sie gespannt beobachteten. Sie öffnete das Kästchen. Eine silberne Kette, die bereits ein wenig angelaufen war, kam zum Vorschein. Daran befand sich ein Anhänger mit einem großen ovalen Stein, der türkisfarben schimmerte. Am oberen Ende war der Stein silbern eingefasst, und zwei filigrane Schwingen aus feinem Silber gingen zu beiden Seiten ab. Darüber thronte eine kleine Perle, die ebenfalls silbern eingefasst und an der die Kette befestigt war. Alles zusammen deutete die Form eines Engels an.

»Ein Schutzengel«, erklärte ihre Mutter. »Ein Glücksbringer. Er ist von Grandma.« Sie deutete auf die Wand hinter sich.

Trisha folgte der ausgestreckten Hand und blickte auf das Foto, von dem ihre Großmutter mit gütigen Augen auf sie herabschaute. Mit ihrem altmodischen Kleid und dem großen Hut erinnerte sie ein wenig an *Queen Mum*.

»Grandma wäre stolz auf dich, wenn sie noch leben würde!«, sagte ihre Mutter mit großer Rührung.

Nun war es um Trisha geschehen. Die Tränen schossen ihr unter heftigem Schluchzen in die Augen. Sie beugte sich nach vorn, griff beide Hände ihrer Mutter und zog sie an ihre Brust. Ihre Mutter löste eine Hand und streichelte sanft ihren Kopf.

»Jetzt nimm noch einen *Scone* und etwas *Clotted Cream!*«, sagte sie tröstend und küsste das dunkelbraune Haar ihrer Tochter.

Einige Stunden später stieg sie aus dem GM ihres Vaters, der darauf bestanden hatte, sie zum Bahnhof zu fahren. Sie umarmte ihn zum Abschied über den Schaltknauf des Autos hinweg und blickte dem Wagen hinterher, bis er im Verkehr verschwunden war.

Trisha atmete tief durch und marschierte in das große Gebäude. Im Spiegel eines Bahnhofsgeschäfts, das Sonnenbrillen verkaufte, prüfte sie ihr durch das viele Weinen in Mitleidenschaft gezogene Make-up und entfernte einen Rest verschmierten Kajals. Im Mundwinkel entdeckte sie etwas *Clotted Cream*, die sie sorgfältig wegwischte. Zum Schluss ordnete sie ihre Haare. Auf dem Weg zum Bahnsteig kramte sie aus ihrer Handtasche ihr Handy und drückte auf die Wahlwiederholung. Am anderen Ende meldete sich eine verschlafene Männerstimme.

»Bei dir ist es Mittag. Schläfst du etwa noch?«, fragte sie vorwurfsvoll.

»Letzte Nacht ist es spät geworden. Ich war erst nach dem Frühstück im Bett.«

»Ich habe das Geld«, sagte Trisha triumphierend. Während sie die Worte sprach, spürte sie jedoch gleichzeitig ein Stechen in der Herzgegend.

»Cool.«

»Ich fliege morgen früh um acht mit British Airways von Heathrow ab, nonstop. Holst du mich in Las Vegas vom Flughafen ab?«

»Mal sehen. Ich habe gestern die nächste Runde erreicht. Wenn es spät wird, musst du ein Taxi nehmen.«

»Du bist weitergekommen? Glückwunsch!«, rief Trisha erfreut.

»Ja. Danke«, antworte ihr Freund müde.

»Ich liebe dich«, sagte Trisha.

»Guten Flug!«

Trisha beendete das Gespräch. Sie atmete tief durch und griff nach dem Anhänger ihrer neuen Kette, die sie um den Hals trug. »Dich werde ich brauchen«, flüsterte sie.

Erstaunlicherweise fühlte er sich ein wenig warm an.

2

Leipzig, Dezember 1762

Der Wagen kam direkt vor dem Eingang des schlichten Hauses zum Stehen. Dampf stieg vom Rücken der abgekämpften Pferde in den winterkalten Abendhimmel empor. Nur widerwillig kletterte der Postillon vom Bock. Nachdem er sich einmal in jede Himmelsrichtung gereckt hatte, steuerte er auf den Kutschkasten zu, als ginge er zum Schafott. Einmal atmete er tief durch, dann öffnete er die Tür und wich einen Schritt zurück, um seinen Fahrgast aussteigen zu lassen. Dieser sprang mit einem Satz heraus und landete sicher auf dem vereisten Boden.

Der Passagier war einen halben Kopf größer als der Kutscher und fiel durch seine elegante, makellose Kleidung auf. Der Rock mit abstehendem gesteiftem Schoß war aus rötlich-braunem Samt gefertigt. Unter der hellen, nur halb geschlossenen Weste blickten eine beige Halsbinde und ein weißes Spitzenjabot hervor. Sein Haar, welches an beiden Schläfen sorgsam in waagrechte Lockenrollen gedreht und im Nacken zusammengefasst war, imitierte der Mode entsprechend den Körperbau einer Taube. Das sparsam eingesetzte Puder gab der Frisur einen silbrig-grauen Glanz, der den Mann deutlich älter erscheinen ließ, als er tatsächlich war.

»Endlich raus aus diesem Knochenknacker!«, rief der Passagier fröhlich und rieb sich fröstelnd die Hände. Der italienische Akzent war unüberhörbar.

Dann griff er in seinen Rock, holte eine Taschenuhr hervor und öffnete den Deckel. Mit ausgestrecktem Arm hielt er sie in das Licht der am Hauseingang noch brennenden Laterne und las mit zusammengekniffenen Augen die Zeit ab.

»Acht Uhr ist durch. Ein knappes Viertel einer Viertelstunde hat Euch gefehlt, mein Freund!« Er klappte die Uhr mit einer Hand zu und ließ sie wieder in seiner Kleidung verschwinden. Mit einem Grinsen blickte er den Kutscher an. »Somit schulde ich Euch für diese Fahrt – nichts. Nehmt es nicht so tragisch. Ihr hattet eine faire Chance auf den doppelten Fahrpreis. Nur einige wenige Minuten haben Euch gefehlt!«

»Wäre das Futter an der Umspannstation in Kletzke nicht gefroren gewesen ... Ihr wisst, wir wären eine ganze Stunde früher hier gewesen«, brummte der Kutscher grimmig. »Die sechzehn Taler waren mir eigentlich sicher!« Er ließ das Gepäck neben dem Fahrgast fallen und warf wütend die Tür zu.

Der Italiener ließ sich dadurch die gute Laune nicht verderben und legte dem Postillon tröstend die Hand auf die Schulter. In dessen Augen blitzte die Zuversicht auf, dass der Fremde anständig genug war, ihm doch noch ein paar Taler für die lange Reise zu überlassen: Wette hin oder her. Doch diese Hoffnung erwies sich als vergeblich.

»So ist es mit dem ›Doppelt oder Nichts‹: Hat man am Ende nichts, ärgert man sich doppelt!«, spöttelte der Passagier. »Bietet die Wette Eurem nächsten Fahrgast an, und Ihr werdet sehen, Ihr werdet Euch das wiederholen, was Euch diesmal an Lohn entgangen ist!«

Mit einer großen Wolke gefrorenen Atems schob der Kutscher schnaufend die Hand von seiner Schulter und ließ seinen Passagier, den er von Berlin bis hierher transportiert hatte, einfach stehen. Schmunzelnd blickte der Zurückgelassene der Kutsche hinterher, bis eine jugendliche Stimme ihn herumfahren ließ.

»Signore Calzabigi?«

Vor ihm stand ein schmaler Knabe, kaum älter als fünfzehn. Seiner Uniform nach zu urteilen, war er ein Adjutant.

»*Si!*«

»Der König hat früher mit Eurer Ankunft gerechnet.«

»Ich auch.«

Der Adjutant war näher gekommen und bückte sich mit ausgebreiteten Armen, um die Kutschentruhe des Ankömmlings hochzuheben und zu den hölzernen Eingangstüren zu schleppen. »Wenn Ihr Glück habt, könnt Ihr den König heute noch sehen. Er geht immer sehr spät zu Bett!«

»Ich habe so viel Glück, dass ich Eurem König davon noch etwas abzugeben gedenke!«, entgegnete Calzabigi heiter.

»Er kann es gut gebrauchen«, ächzte der Jüngling, die Truhe vor der Brust. »Bei Gott, ganz Preußen braucht Glück.«

3

Hamburg, Santa Fu

»Nicht hier. Komm mit in mein Arbeitszimmer!«

Henri Freihold drängelte sich an dem vor ihm stehenden Häufchen Elend vorbei und schritt voran. Seine weißen Sportschuhe quietschten auf dem Linoleumboden des Korridors, als er scharf rechts abbog. Vor der nächsten Holztür, die mit ihren schweren Beschlägen und den beiden Eisenriegeln genauso aussah wie alle anderen Türen auf dem Korridor, blieb er stehen. Aus der Tasche seiner Jogginghose beförderte er einen großen Schlüssel heraus und steckte ihn ins Schloss. Beim Öffnen gaben die Türangeln ein jaulendes Quietschen von sich, wie es täglich hundertmal durch den Gang hallte. »Hier weinen sogar die Türen!« war einer von Henris beliebten Sprüchen, wenn er die Neuankömmlinge in ihren neuen Alltag einwies.

Henri betrat den Raum, und sein Begleiter folgte ihm mit hängendem Kopf. Mit dem Betätigen des Lichtschalters nahm die Leuchtstoffröhre, die rechts an der Wand horizontal angebracht war, flackernd ihre Arbeit auf. Es war die einzige Zelle in der gesamten Anstalt, in der keines der schlichten Betten aus grün angemalten Holzpfosten und weißen Spanplatten stand. Der Raum wirkte tatsächlich wie ein Büro, allerdings sah man ihm den Widerwillen an, mit dem er ausgestattet worden war. In der Mitte stand ein einfacher Tisch, auf dem eine alte Schreibmaschine thronte. An der rechten Wand war ein Holzbrett angebracht. Darauf türmten sich Bücher. An der gegenüberliegenden Wand befanden sich zwei weitere Regale, die ebenfalls mit Büchern vollgestopft waren. Das Mobiliar in der Anstalt musste nach Henris Verständnis zwei Voraussetzungen erfüllen: Es musste aus Holz sein, damit die Metalldetektoren auf der Suche nach Ausbruchswerkzeug und Waffen leichtes Spiel hatten. Und es musste hässlich sein. Der Staat beraubte seine Gefangenen nicht nur ihrer Freiheit, sondern auch ihres Rechts auf Ästhetik.

Henri setzte sich hinter die Schreibmaschine und zeigte auf einen Holzstuhl vor sich. »Setz dich!«, befahl er.

Sein Begleiter folgte der Anweisung und platzierte sich ganz vorn auf der ohnehin schon kleinen Sitzfläche.

Verwundert blickte er sich um. »Sie haben zwei Zellen – wieso das denn?«

Henri verzog die Mundwinkel zu einem breiten Lächeln. Er war der einzige Gefangene, der von allen anderen gesiezt wurde. Niemand in der Anstalt konnte mehr mit Sicherheit erklären, warum ihm diese Ehre zuteil wurde. Es war einfach schon immer so gewesen, und alle hielten sich an diesen Brauch. Einige behaupteten, es würde an seinem gewandten Auftreten liegen, mit dem er eher einem Anwalt als einem Strafgefangenen glich. Andere meinten zu wissen, dass der Doktortitel, den Henri trug, zum respektvollen »Sie« geführt hatte. Wenn jemand in großer Runde diese Theorie vertrat, entgegnete meistens einer der Frischlinge: »Doktor? Ich dachte, er wäre Anwalt!«, und zog sich so den Spott der anderen zu.

Henri beugte sich vor und entnahm einer Holzkiste, die vor ihm auf dem Tisch stand, einen Zigarillo. Mit einem geübten Zungenschlag leckte er das Ende ab und fingerte sich einige Krümel Tabak aus seinem Mund. Dann entzündete er den Zigarillo mit einem Streichholz, das er anschließend auf den Boden warf und mit einer drehenden Bewegung seines rechten Fußes austrat.

»Warum ich zwei Zellen habe? Mir erlaubt man eben ein paar Extrawürste«, entgegnete Henri und beobachtete seinen neuen Klienten.

Der erwiderte nichts darauf, sondern nickte nur anerkennend mit zusammengepressten Lippen.

Henri hätte ihm erklären können, worin der Grund für seine zwei Residenzen bestand. Er hatte seine Haftstrafe bereits verbüßt und war nur noch hier, weil das Gericht ihm nachträglich eine Sicherungsverwahrung aufgebrummt hatte. Wegen »der amoralischen Grundhaltung eines notorischen Betrügers«, hatte in dem Beschluss gestanden. Eine Maßnahme, die normalerweise bei Sexualstraftätern oder Mördern angeordnet wurde, nur höchst selten bei bloßen Vermögensdelikten wie Betrug. Gegenüber den harten Jungs prahlte er damit, einer der wenigen Betrüger im Lande zu sein, die für so gefährlich eingeschätzt wurden, dass man sie auch nach Verbüßung der Haftstrafe vor der Gesellschaft wegschloss. Weil er aber nun nicht mehr für seine Taten büßen musste, hatte er vor Gericht für bessere Haftbedingungen geklagt und, wie so oft, gewonnen. Unter anderem stand ihm nun eine größere Zelle zu. Da es in »Santa Fu«, wie die Strafanstalt Fuhlsbüttel genannt wurde, ausschließlich sieben Quadratmeter große Einzelzellen gab, hatte man sich mit der Anstaltsleitung darauf geeinigt, dass er zukünftig zwei Zellen zur freien Verfügung erhalten sollte. Der Raum, in dem er gerade saß, diente ihm als Wohn- und Arbeitszimmer, während die Zelle nebenan sein Schlafzimmer war. All dies mussten die anderen Gefangenen aber nicht so genau wissen. Denn er genoss es, dass sie ihn für seinen Sonderstatus bewunderten. Die Tatsache, dass er als wohl einziger Häftling auf der Welt in zwei eigenen Zellen wohnte, schrieben sie seinem besonderen Einfluss zu. Wer dafür sorgen konnte, gleich zwei Zellen zugesprochen zu bekommen, der konnte hier drin vermutlich für alles Mögliche sorgen.

»Also, wie kann ich dir helfen?«, fragte Henri seinen Mandanten und lehnte sich in seinem Stuhl zurück.

»Ich habe gehört, dass Sie Anwalt sind und man Sie, wie soll ich sagen, um Rat bitten kann«, antwortete der junge Mann, der auf der Stuhlkante unruhig hin- und herrutschte.

Henri fixierte sein Gegenüber. Als der Kerl in seiner Zelle aufgetaucht war – in seinem »Schlafzimmer«, genauer gesagt – und ihn um einen Termin bat, hatte er sofort gesehen, dass er es mit einem Alkoholiker zu tun hatte. Er schätzte ihn auf nicht älter als fünfundzwanzig, aber sein körperlicher Zustand war erbärmlich, und er wirkte ausgemergelt. Das Gesicht war hager. Ein Schneidezahn oben und einer unten fehlten, und auch ansonsten wirkte das Loch unter der Nase eher wie ein Müllschlucker als wie ein Mund. Die Augen lagen tief im Schädel und erinnerten ihn an eingeworfene Fensterscheiben. Die Haut war grau, und die Haare klebten fettig an der Stirn, hier und da erahnte man noch das Muster des Kamms. Die Finger waren gelb vom Tabak und zitterten unentwegt. Henri wettete, dass er einen »Geldbüßer« vor sich sitzen hatte. So nannten sie hier diejenigen Gefangenen, die eigentlich gar nicht zu einer Gefängnis-, sondern nur zu einer Geldstrafe verurteilt worden waren, aber dennoch hinter Gitter mussten, weil sie die erforderliche Summe nicht aufbringen konnten. Es konnte beispielsweise passieren, dass bei einer Strafe von hundert Tagessätzen à fünf Euro hundert Tage Haft anfielen: einen Tag Haft für jeden Tagessatz. Wer nicht genug Geld hatte und auch keinen

Kredit aufnehmen konnte, um sich vor einer Gefängnisstrafe zu retten, war wirklich das ärmste Schwein der Welt. So sahen es auch die anderen Mitgefangenen; und dies führte dazu, dass die Geldbüßer in der Knasthierarchie ganz unten standen, gerade noch über den Triebtätern und Kinderschändern. Hinzu kam, dass sie für Geld oder Alkohol in der Regel alles taten. An ihnen probierte man den selbst hergestellten Alkohol aus, auf ihrer Haut testete man die improvisierten Tätowiernadeln, und sie lutschten den Knastschwulen den Schwanz. Für Henri jedoch war Mandant gleich Mandant, solange sie nur bezahlen konnten.

»Hat man dir auch meine Preise genannt?«, fragte er.

»Ja. Eine Paketmarke.«

»Nur, wenn es ein kleiner Auftrag ist«, korrigierte Henri ihn sofort.

Paketmarken berechtigten dazu, sich von draußen Pakete ins Gefängnis schicken zu lassen. Jedem Häftling standen nur drei Paketmarken im Jahr zu, das machte drei Pakete. Die Marken waren daher eine beliebte Währung. In guten Zeiten kam Henri auf bis zu vierzig Pakete im Jahr. Sein Rekord waren zweiundsechzig.

»Warum brauchst du einen Anwalt?«

»Im Sommer hat mich so eine Sau von Autofahrer überfahren. Volle Kanne in mich reingebrettert. Alles war matsch. Drei Wochen lag ich auf Intensiv und danach auf 'ner normalen Station, anschließend kam die Scheiß-Reha. Hier.« Der Geldbüßer erhob sich vom Stuhl und zog das hässliche rote Sweatshirt hoch, das zur Anstaltskleidung gehörte. Quer über die Rippen, die einzeln hervortraten, und eine Bauchhälfte zogen sich zwei große, noch frische Narben. »Mein linkes Bein sieht noch beschissener aus. Wird nie wieder ganz. Bleibt steif. Ohne was zum Rauchen wären die Schmerzen nicht zu ertragen«, nuschelte er in abgehackten Sätzen. Schließlich schwieg er und starrte Henri erwartungsvoll an.

»Ich bin kein Arzt, ich bin Anwalt«, sagte Henri ohne jeden Anflug von Mitleid. Schon befürchtete er, dass wieder einmal jemand die Sache mit seinem Doktortitel falsch verstanden hatte.

»Ich weiß, bin ja nicht blöd. Es geht um meine Schmerzen. Mir hat einer gesteckt, dafür gibt es Penunsen!«

Jetzt verstand Henri das Anliegen seines Klienten. Der Kerl wollte Schmerzensgeld. Das konnte ein sehr attraktiver Auftrag werden, dachte er. *Konnte* …

»Kommt drauf an, ob du schuld gewesen bist«, erklärte Henri und spürte nun tatsächlich so etwas wie Erregung in sich aufsteigen. Bei derartigen Verletzungen konnten beträchtliche Summen zusammenkommen. Vielleicht ließ sich bei diesem Exemplar von Mandant sogar behaupten, dass er durch den Unfall blöd im Kopf geworden war. Oder abhängig. Henri verbot sich solche Hoffnungen jedoch sogleich. Wenn man im Knast etwas gelernt hatte, dann war es, aufkeimende Hoffnungen rasch zu unterdrücken. Vermutlich war der Unglücksvogel betrunken vor ein Auto gerannt. Dann gab es nichts. Im Gegenteil: Hatte der Autofahrer durch den Unfall einen Schock erlitten, würde er noch von dieser Schnapsdrossel Geld verlangen können.

»Keine Schuld«, entgegnete sein Gegenüber und grinste.

»Sicher?«, hakte Henri skeptisch nach.

»Ich lag auf dem Bürgersteig, als der mich über den Haufen fuhr. Ein friedliches Nickerchen. Nicht an der Straße, nicht in der Mitte, sondern schön ordentlich an der Hauswand. Der bretterte zu schnell in die Kurve. Rausgetragen, voll in mich rein. Hat auch die Polizei gesagt. Die haben den sogar verhaftet.«

Henri jubilierte innerlich. Warum auch immer der Kerl auf dem Bürgersteig geschlafen hatte: Das klang doch sehr nach unschuldigem Unfallopfer.

»Dann brauche ich alle Unterlagen, die du über den Unfall hast. Und du musst mir dies unterschreiben ...« Henri erhob sich, kramte in einem Karton, der unter dem Schreibtisch auf dem Boden stand, und zog ein verknittertes Blatt Papier hervor. »Ich trage da später alles ein. Erst einmal brauche ich nur deine Unterschrift.« Henri gab dem anderen einen Stift und das Papier.

»Ist das so was wie eine Vollmacht, oder so?«, fragte der Geldbüßer überraschend skeptisch und versuchte, den Text zu lesen.

»Wenn man hier drin Anwalt ist, dann ist das alles ein bisschen schwieriger«, entgegnete Henri ausweichend. »Da kann ich nicht so praktizieren wie auf der anderen Seite der Gitterstäbe. Vollmachten gibt es hier nicht. Das ist eine Abtretungserklärung. Du trittst mir deine Ansprüche gegen den Unfallfahrer und seine Versicherung ab. Ich mache das dann im eigenen Namen geltend, und wenn das Geld bei mir eingeht, dann zahle ich es an dich aus. Ich behalte lediglich eine kleine Provision – zusätzlich zur Paketmarke.« Dass er eigentlich gar kein Anwalt mehr war, weil ihm mit der Verurteilung seine Zulassung entzogen worden war, erwähnte er nicht. Das war eine reine Formalie, die hier drin sowieso keiner verstand.

Das Gesicht des alkoholsüchtigen Unfallopfers verdüsterte sich jedoch noch mehr. »Muss ... Muss das so sein?«, stammelte er unsicher. »Kann ich nicht einfach eine Vollmacht unterschreiben, so wie bei meinem Pflichtverteidiger auch?«

Henri stutzte. »Was ist dein Problem?«

»Es ist nur, was die Jungs so reden.«

»Was reden die Jungs denn so?« Henri richtete sich auf. Er ahnte, worauf das hinauslief.

»Na, die sagen, da muss man aufpassen.«

»Wo muss man aufpassen?«, hakte Henri mit wachsender Ungeduld nach.

»Ist nur so 'n Gerede. Die sagen, Sie säßen hier drinnen, weil Sie da draußen als Anwalt ... Na ja, weil Sie Mandanten beschissen hätten. Sogar eine Behinderte.«

»Eine Behinderte?«, wiederholte Henri.

»Hey, ich erzähle Ihnen nur, was so geredet wird.«

»Und nun hast du Angst, dass ich dich anscheiße?«

Der neue Klient nickte unsicher.

Unter den ängstlichen Blicken seines Besuchers erhob sich Henri und ging mit langsamen Schritten zur Tür. Nachdem er sie geschlossen hatte, schlenderte er zurück zum Schreibtisch. Anstatt sich wieder hinzusetzen, lehnte er sich gegen den Tisch und baute sich mit verschränkten Armen vor dem jungen Mann auf.

»Wie heißt du?«, fragte er gutmütig und nahm einen Zug vom Zigarillo.

»Martin«, antworte der Klient.

»Martin«, wiederholte Henri, als würde der Name ihm irgendetwas sagen. Mit einer langsamen Bewegung streckte er den Arm aus und ließ, gleich einem Golfer, der einen Ball am Wasserhindernis droppt, den Zigarillo in den Schoß von Martin fallen. Dieser griff ebenso verdutzt wie erschrocken danach. Ein Schmerzensschrei begleitete das Aufeinandertreffen von Hand und Glut, nur übertönt von dem klatschenden Geräusch, das Henris Handrücken im Gesicht des Geldbüßers hinterließ. Vom Zigarillo und Henri gleichzeitig angegriffen, verlor Martin das Gleichgewicht, fiel vom Stuhl herunter und blieb stöhnend auf dem Boden liegen. Blut tropfte aus einer kleinen Risswunde über dem rechten Auge.

Henri hob den Zigarillo auf und zog daran, als wolle er testen, ob er noch brannte. Erfreut blies er den bläulichen Rauch in Martins Richtung.

»Pass auf, dass du dir hier drin nicht die Finger verbrennst. Ein falsches Wort kann tödlich sein. Glaub mir, mit Worten kennt sich hier keiner besser aus als ich.« Henri umrundete den Tisch und setzte sich wieder, als sei nichts gewesen. »Jetzt unterschreib den verdammten Zettel. Und pass auf, dass du den nicht vollblutest.«

Kurze Zeit später verließ Henri gut gelaunt sein Arbeitszimmer. Als er die Tür abschloss, hörte er, wie im Gang eine Lautsprecherstimme seine Nummer aufrief: »613, bitte bei der Wache melden!«

Henri seufzte. War es denn zu glauben? Hatte dieser Säufer nichts Besseres zu tun, als schnurstracks loszulaufen und ihn anzuschwärzen? Er hatte ihn nicht verletzen wollen. Zwar hatte er mittlerweile dreizehn Jahre seines Lebens im Knast verbracht, aber er war bei Weitem nicht so verroht wie die meisten anderen Häftlinge. Er hätte den anderen auch die Wahrheit erzählen können, warum er hier saß. Und dabei seine Unschuld beteuern. Doch derjenige, der sich selbst bemitleidete, war das leichteste Opfer. Hier waren alle unschuldig und schuldig zugleich. Henri hatte längst gelernt, dass hinter diesen Mauern die Rolle des Bösewichts gefragt war. Und die des Lehrmeisters. Er hatte dem Novizen nur eine schmerzhafte Lektion erteilt, die ihn vor noch schmerzhafteren Lektionen bewahren sollte. Hätte der Geldbüßer nicht seinen Verstand versoffen, wäre ihm das klar geworden, und er hätte auf der Krankenstation erzählt, dass er hingefallen sei. Nun würde Henri eine Anzeige wegen Körperverletzung bekommen.

Er seufzte erneut. Schweren Herzens steuerte er die mit Panzerglas versehene Wachstation in der Mitte des Stockwerks an. Als er angekommen war, klopfte er gegen die Scheibe. Rösler hatte Dienst. Er war einer der ältesten Wachhabenden, und eigentlich verstanden Henri und er sich gut. Rösler sah auf und lächelte. Was findet er daran lustig, fragte Henri sich. Der Beamte betätigte die Sprechanlage vor sich.

»Sie haben Besuch!«, klang es blechern aus dem in der Scheibe eingelassenen Lautsprecher.

Henri verstand nicht. Was meinte Rösler? Üblicherweise wurde man nach einer Schlägerei aufgefordert, in seine Zelle zu gehen und weitere Anweisungen abzuwarten.

Rösler bemerkte seine Irritation. »Holen Sie Ihre Sachen, es geht ab auf den Hof!«

Henri machte keine Anstalten, sich zu bewegen.

»Was ist los? Sie sind seit einer Ewigkeit in Santa Fu. Wissen Sie nicht, was man macht, wenn man Besuch hat?« Rösler lachte, doch dann erstarrte sein Lächeln plötzlich. »Ach du heilige Scheiße. Sie hatten hier drin noch nie Besuch, richtig?«

Henri stand immer noch dort wie versteinert. Doch langsam begriff er, was Rösler ihm mitzuteilen versuchte. Es ging gar nicht um den Vorfall eben. Irgendjemand wollte ihn besuchen. »Was für ein Besuch?«, fragte er wie ferngelenkt.

Nun begann der Beamte wieder breit zu grinsen. »Das ist es ja«, sagte er. »Der Kollege hat gefunkt, dass im Besucherraum ein Mönch auf Sie wartet.«

»Ein was?« Henri glaubte, sich verhört zu haben.

»Ein Mönch. So mit Kutte und allem Drum und Dran! Sind Sie auf Ihre alten Tage noch gläubig geworden? Denken Sie wirklich, Sie ergattern noch einen Platz da oben im Himmel?« Rösler lachte nun noch lauter.

»Sie haben recht«, antwortete Henri. Sein Blick prallte am Panzerglas ab.

»Womit?«, fragte Rösler und schnappte vor Lachen nach Luft.

»Ich hatte noch niemals Besuch. Ich habe keine Ahnung, wie das geht – Besuch zu bekommen.«

4

Las Vegas

Trisha erwachte erst, als das Flugzeug bereits die Parkposition erreicht hatte. Gewöhnlich bekam sie während eines Fluges kein Auge zu. Doch dieses Mal war sie kurz nach dem Start in einen tiefen, traumlosen Schlaf gefallen und erst aufgeschreckt, als ihr Sitznachbar sich erhob und dabei mit seinem Knie das ihre touchierte. Peinlich berührt, weniger vom körperlichen Kontakt mit dem Nebenmann als vielmehr wegen des durch den langen Schlaf erlittenen Kontrollverlusts, beeilte sie sich, ihre Haare zu ordnen und ihren Gurt zu öffnen, um das Flugzeug so rasch wie möglich zu verlassen. Erleichtert tauchte sie in die Anonymität des Flughafengebäudes ein.

Nachdem man sie ungewöhnlich schnell an der Passkontrolle abgefertigt hatte und ihr Koffer als einer der ersten auf dem Laufband aufgetaucht war, schritt sie in der Ankunftshalle langsam hin und her. Vergeblich suchte sie die Reihen der Wartenden nach Chads' vertrautem Gesicht ab. Ein Blick auf die Uhr zeigte ihr, dass das Flugzeug fast eine ganze Stunde früher als geplant angekommen war, was bei einer Atlantiküberquerung von Osten nach Westen eher ungewöhnlich war. Sie wählte die Nummer von Chads' Handy, doch es antwortete nur seine Mailbox. Vielleicht schlief er ja noch. Vom McCarran Airport war es nicht weit bis zum Zentrum von Las Vegas, und so beschloss Trisha, sich ein Taxi zu nehmen. Bei normalem Verkehr würde sie in ihrem

Hotel ankommen, noch bevor Chad sich auf den Weg zum Airport machte, um sie abzuholen.

Der Fahrer war ein mürrischer Mann mit grauem Bart und orangenem Turban, der während der gesamten Fahrt unverständliche Sätze in das Mikrofon seines Mobiltelefon-Headsets brabbelte und sich nicht weiter um sie kümmerte. Draußen flogen die überdimensionierten Werbetafeln vorbei, auf denen die großen Hotels ihre Abendshows bewarben. Trisha gähnte. Immer noch fühlte sie eine bleierne Müdigkeit, trotz des langen Schlafs auf dem Flug hierher. Bei diesem Gedanken bekam sie einen Schreck und griff an die Innentasche ihres Blazers. Sie war erleichtert, als sie den Umschlag mit dem Geld ertastete, den ihr Vater ihr gegeben hatte. Wieder überkam sie dieses schlechte Gewissen, an das sie sich nicht gewöhnen konnte.

Zwei Jahre war die erste große Lüge bereits alt, die seitdem wie ein Einwegspiegel zwischen ihr und ihren Eltern stand. Während ihre Eltern von ihrer Seite aus problemlos hindurchschauen konnten und sich manchmal lediglich über den trüben Blick wunderten, sah sie, wenn sie ihre Eltern betrachten wollte, nur noch sich selbst. Wie glücklich waren die beiden damals gewesen, als sie ihnen nach der langen Zeit des Umherstreunens vorgeflunkert hatte, dass sie einen Studienplatz an einer Eliteuniversität ergattert hätte. Ihr Vater war gerne bereit gewesen, ihr seine Ersparnisse für die Studiengebühren zu geben, und sie hatte das Geld genommen, felsenfest davon überzeugt, dass sie es schon bald doppelt und dreifach würde zurückzahlen können. Zuvor hatte sie es bei einigen Pokerturnieren in Übersee erstmals an den *Final Table* geschafft, und nicht nur Chad, sondern viele in der Pokerszene hatten ihr eine goldene Zukunft vorhergesagt. Schnell hatte sie den als Startgeld bei den größeren Turnieren eingesetzten Betrag vermehren können. Selbst Chad hatte sie für lange Zeit miternähren und ihm auch noch Geld für seine Startgelder leihen können.

Vor ein paar Monaten hatte dann urplötzlich ihre Pechsträhne begonnen, wobei dieser Begriff eigentlich nicht zutreffend war. »Pech« umschrieb etwas, das man selbst nicht in der Hand hatte. Sie hingegen hatte einfach schlecht gespielt. Nur Unwissende behaupteten, Poker sei ein Glücksspiel. Sicher, Glück konnte auch beim Pokern am Ende den Ausschlag über Sieg und Niederlage geben, so wie ein Netzroller im Tennis. Aber ansonsten war es eine Sache von harter Arbeit, Geschick und Logik. Nicht ohne Grund trugen sich bei großen Turnieren immer wieder dieselben Spieler in die Gewinnerlisten ein.

Trisha umfasste den Anhänger, den sie von ihren Eltern geschenkt bekommen hatte, und wieder merkte sie, wie Tränen in ihr aufstiegen. Nun hatte sie ihre Eltern also zum zweiten Mal belogen. Als das Gefühl der Schuld sie zu überwältigen drohte, dachte sie daran, dass es eigentlich die Idee von Chad gewesen war …

»Frag doch noch einmal deine Eltern!«, hatte er vorgeschlagen, als sie feststellten, dass die Socke, in der sie ihr Geld aufbewahrten, nur noch ein paar müde Dollar enthielt. »Wenn es damals funktioniert hat, klappt es jetzt wieder!«

Zunächst hatte sie empört abgelehnt, doch schon bald wusste sie, dass es nur ein Scheingefecht war, das sie führte.

»Wenn du eines der größeren Turniere bei der Weltmeisterschaft gewinnst, kannst du ihnen alles mit Zins und Zinseszins zurückzahlen!«, hatte Chad argumentiert. »Die Summe genügt als Startgeld für uns beide. Doppelte Chance!« Und als sie sich weiter zierte, hatte er hinzugefügt: »Du bist jetzt soweit.«

Dann hatte er ihr zärtlich eine ihrer losen Haarsträhnen aus dem Gesicht gestrichen und ihr tief in die Augen geschaut; und sie hatte wieder dieses Kribbeln gespürt, so wie bei ihrer ersten Begegnung.

»Okay, ich mach es!«, hatte sie schließlich geantwortet, und er hatte sie wie zur Belohnung langsam ausgezogen und sie hatten miteinander geschlafen, zum ersten Mal seit Monaten.

Die Bremslichter der Fahrzeuge vor ihnen leuchteten auf, und ihr Taxi musste sich in die Schlange wartender Autos am Ende der Schnellstraße einordnen. Trisha schaute auf die Uhr. Immer noch hatte sie genügend Zeit. Eine Stretchlimousine überholte sie auf der freien Abbiegespur. In Las Vegas gehörten sie als fahrende Bars zum Straßenbild und lieferten allabendlich erlebnishungrige Gäste wie betrunken gemachtes Schlachtvieh bei den Kasinos ab. Doch am helllichten Tag wirkten sie auf Trisha fehl am Platz. Wie Vampire, die es bei Sonnenaufgang nicht schnell genug in ihre Gruft geschafft hatten.

Trisha zuckte zusammen, als der Taxifahrer wegen eines Lincolns hupte, der versuchte, sich vorzudrängeln. Erneut griff Trisha nach dem Kuvert mit dem Geld, als hätte es in den vergangenen paar Minuten doch noch verschwinden können. Nun würde sie davon also für Chad und für sich das Startgeld bezahlen, um an der bevorstehenden Poker-Weltmeisterschaft teilnehmen zu können, und dann würde sich zeigen, was das Schicksal mit ihr vorhatte. Denn auch wenn es sich nicht um ein Glücksspiel handelte – so war Pokern doch ein schicksalhaftes Spiel. Einer der älteren Spieler verglich es immer mit dem Leben an sich, »bei dem die Karten jeden Tag neu gemischt wurden und man auch nie wusste, welches Blatt man am Abend in der Hand halten würde«.

Endlich sah sie ihr Hotel am Straßenrand auftauchen. Manche würden es eine Absteige nennen. Aber sie wohnten nun schon seit fünf Wochen in Las Vegas, und wenn alles gut lief, würden sie noch einige Wochen dranhängen. Sie zahlten jeweils im Voraus eine Wochenpauschale, die für die Lage des Hotels wirklich fair war. Abgesehen von der Feuchtigkeit, die sich in Form großer schwarzer Flecke an den Wänden zeigte, waren die Zimmer sauber und ruhig. Da Chad und sie die meiste Zeit in den Kasinos verbrachten, benutzten sie das Hotelzimmer ohnehin nur zum Schlafen.

Der Taxifahrer bremste abrupt und sagte etwas. Trisha verstand nur das Wort »Dollars«. Sie rundete den Betrag, den sie vom Taxameter ablas, viel zu großzügig auf und hievte sich und ihren Koffer aus dem Wagen. Als sie auf dem Bordstein vor dem Hotel stand, breitete sich in ihr das wohlige Gefühl aus, wieder zu Hause zu sein. Ein Gefühl, das sie bei dem Besuch bei ihren Eltern erstaunlicherweise nicht gespürt hatte – und es hielt an, auch als sie auf den zwischen einem Burger-Restaurant und einem vergitterten Secondhand-Laden versteckt gelegenen Hoteleingang zusteuerte.

Erleichtert stellte Trisha fest, dass die Rezeption unbesetzt war. Hank – der Rezeptionist, über den sich unter den Stammgästen hartnäckig das Gerücht hielt, dass er auch der Eigentümer des Hotels sei – war selten gut gelaunt, und meist gab er seinen Gästen statt einer freundlichen Begrüßung einen Rüffel mit auf den Weg. Trisha mied den Aufzug, der noch launischer als Hank war und gern zwischen den Stockwerken stecken blieb, und eilte die Treppe ins erste Obergeschoss hinauf. Dank dieser kleinen Anstrengung fühlte sie sich endlich wieder richtig wach, und die Vorfreude darauf, Chad gleich wieder in ihre Arme zu schließen, ließ ihr Herz ein paar Sprünge vollführen. Obwohl sie nur ein paar Tage in Europa gewesen war, kam es ihr vor, als käme sie von einer langen Reise heim.

Tatsächlich lag es nicht an diesem schäbigen Hotel, dass sie sich hier wie zu Hause fühlte, sondern an Chads Gegenwart. Mit einem Mal wurde ihr bewusst: Sie war dort zu Hause, wo er war. Im Stillen hatte sie sich Hoffnung gemacht, dass sie vielleicht bei diesem Las-Vegas-Trip schon heirateten. Immerhin waren sie im Mekka der Heiratswilligen. Kennengelernt hatten sie sich vor zwei Jahren auf einer Party in London. Er war deutlich älter als sie, doch sie fühlte sich sofort zu ihm hingezogen. Und als sie erfuhr, dass er kein Banker, Werber oder Arzt war, sondern professioneller Pokerspieler, war es um sie geschehen. Sie hatten die Nacht miteinander verbracht, und seitdem war sie nicht mehr von seiner Seite gewichen. Zwei Jahre begleitete sie ihn nun bereits auf seinen Reisen von Spieltisch zu Spieltisch rund um die Welt. Anfangs lediglich als sein Maskottchen. Doch es war nur eine Frage der Zeit gewesen, bis auch sie das erste Mal am Pokertisch Platz genommen hatte, und ihr Erfolg war so bahnbrechend gewesen, dass auch sie zur Spielerin wurde.

Kurz vor ihrer Zimmertür zog sie die hochhackigen Schuhe aus und nahm sie in die Hand. Sie vermutete, dass Chad noch immer schlief, und hatte sich vorgenommen, ihn zu überraschen. Vielleicht konnten sie den Vormittag gemeinsam im Bett verbringen, so wie sie es früher oft getan hatten, mit nichts außer sich und ein paar Joints. Sie zog die Zimmerkarte durch den Schlitz am Türbeschlag, und die kleine grüne Lampe leuchtete auf. Als sie eintrat, musste sie sich beherrschen, um nicht zu kichern. Drinnen war es dunkel. Vorsichtig stellte sie ihren Koffer und ihre Schuhe im Eingang zum Badezimmer ab und schloss geräuschlos die

Zimmertür hinter sich. Mit vorsichtigen Schritten, die auf dem abgenutzten Filzteppich kein Geräusch erzeugten, schlich sie durch den kurzen Flur in das Schlafzimmer vor sich.

Die Tür stand offen. Durch einen kleinen Spalt zwischen den zugezogenen Gardinen fiel ein schmaler Lichtstrahl und teilte das Zimmer in zwei Hälften. Mit Storchenschritten näherte sie sich dem Bett. Unter der Decke erkannte sie die Wölbung eines Körpers. Chad schien tatsächlich noch tief und fest zu schlafen. Niemals hätte er es pünktlich zum Flughafen geschafft. Aber sie war ihm nicht böse: Dass er lange schlief, war ein gutes Zeichen. Dann hatte er letzte Nacht vermutlich lange gepokert, und dies bedeutete, dass er nicht früh ausgeschieden war. Plötzlich kam ihr eine Idee. Mit geschickten Handgriffen öffnete sie ihren Rock und ließ ihn auf den Fußboden gleiten. Anschließend entledigte sie sich ihres Blazers und der Bluse. Slip und Büstenhalter folgten, und nun stand sie vollkommen nackt vor dem schmalen Doppelbett. Mit einer Hand hob sie vorsichtig die Bettdecke und schlüpfte mit einer geschmeidigen Bewegung darunter.

Wohlig presste sie ihren kalten Bauch gegen einen anderen nackten Körper – und spürte, wie ihre kleinen festen Brüste ein anderes Paar sehr viel prallerer Brüste berührten. Mit einem spitzen Schrei fuhr sie hoch, riss dabei die Decke zur Seite und starrte auf zwei nackte Leiber im Bett neben sich. Im Halbdunkel erkannte sie den wohlgeformten Hintern von Chad und die Figur einer fabelhaft gebauten Frau.

»Trisha?«

Zwar konnte sie sein Gesicht nicht erkennen, doch sie hörte aus diesem einzigen, verschlafen ausgesprochenen Wort alles heraus, was Chad in diesem Moment ihr mitzuteilen hatte: Überraschung, Bestürzung, Geständnis, Mitleid, Selbstmitleid und Entschuldigung.

Während der Raum um sie herum langsam unter einem feuchten Film verschwand, raffte sie ihre Kleidungsstücke zusammen. Sie stolperte in den Zimmerflur, griff nach dem Koffer, ihrer Tasche und den Schuhen und taumelte splitterfasernackt hinaus in den Korridor. Erst als sie den Fahrstuhl erreicht hatte und sich nach scheinbar ewigem Warten dessen Türen hinter ihr geschlossen hatten, ließ sie alles fallen, sank zu Boden, umklammerte ihre Beine und begann hemmungslos zu schluchzen. Niemals zuvor hatte sie sich so nackt gefühlt.

Ein heftiges Ruckeln, wie im Flugzeug beim Durchfliegen eines Luftlochs, ließ sie aufschauen.

Sie wusste, was das bedeutete: Der Fahrstuhl war stecken geblieben.

5

Leipzig, Dezember 1762

König Friedrich saß an seinem Schreibtisch und beachtete ihn nicht.

Schon seit fast einer halben Stunde stand Giovanni Antonio Calzabigi in dem Raum, und zwar genau zwei Schritte neben der Tür. Der Lakai hatte sie ganz leise hinter ihm zugedrückt. Calzabigi hatte sich zweimal umdrehen müssen, um zu glauben, dass die Tür wirklich verschlossen war. Mittlerweile kannte er die Inneneinrichtung des bescheiden eingerichteten Appartements in- und auswendig. Er hatte jedes Möbelstück mindestens zweimal ausführlich mit seinen Blicken abgetastet. Viel hatten seine Augen dabei nicht zu tun gehabt: Außer einem Sessel, einem Sekretär, den der König zum Schreiben benutzte, einem einfach gefertigten Holzstuhl, auf dem der König saß, einer Wand mit Büchern und ein paar schlecht gemalten Gemälden war der Raum leer.

Man hatte ihm bereits berichtet, dass der König während seiner Feldzüge im Winterquartier fernab von Sanssouci auf jede Art von Komfort verzichtete. Der König war auf direktem Wege von den Schlachtfeldern hierher nach Leipzig gekommen, und mit den ersten Anzeichen des Frühlings würde er vermutlich wieder dorthin zurückkehren müssen, um sich im achten Jahr mit den Nachbarstaaten zu bekriegen. Calzabigi betrachtete den Rock des Königs und beugte sich weit nach rechts, um nach einer geflickten Stelle an der Vorderseite zu suchen. In Berlin hatte man ihm erzählt, dass der König eine Kugel abbekommen habe, die in einer Tabakkapsel seiner Manteltasche stecken geblieben war. »Man erkennt das Loch an dem weißen Garn, mit dem es gestopft worden ist, links neben der Knopfleiste«, hatte ihm ein Offizier mitgeteilt, der mit dem König in Bunzelwitz dem Freiherrn von Loudon gegenübergestanden hatte.

Doch der König wandte Calzabigi fast ausschließlich den Rücken zu, sodass er ihm keinen freien Blick auf diese Seite des Rockes gewährte. Wie er dort vor ihm saß, tief über seine Papiere gebeugt, wirkte der König viel kleiner, als er ihn sich vorgestellt hatte. Fast wie ein Kind. Calzabigi fielen die spitz hervortretenden Schulterblätter auf, die sich unter dem blauen Stoff der Uniform abzeichneten und der Erscheinung des Königs sogar etwas Feminines verliehen. Lediglich die vergilbte Stutzperücke, der man ansah, dass sie in den vergangenen Monaten den Widrigkeiten des Krieges ausgesetzt war, verriet den Mann im knabenhaften Körper. Calzabigi seufzte. Vielleicht hatte der König seine Ankunft gar nicht bemerkt oder, vertieft in seine Korrespondenz, wieder vergessen. Er beschloss, durch ein leises Räuspern auf sich aufmerksam zu machen. Als auch dies ohne Reaktion blieb, räusperte er sich erneut, diesmal lauter.

»Das klingt nicht gut«, bemerkte der König plötzlich, ohne sich umzudrehen. Er sprach französisch. »Wenn Ihr die Bräune habt, verlasst lieber augenblicklich mein Appartement. Ich habe noch einen Krieg zu Ende zu bringen und kann es mir nicht leisten, vorher zu krepieren.«

Calzabigi spürte, wie mit der unerwarteten Ansprache des Königs das Blut aus den Beinen zurück in seinen Kopf schoss. »Seid unbesorgt, Sire. Mir geht es gut. Keineswegs war es meine Absicht, Eure Majestät zu stören!«, entschuldigte er sich.

Der König wandte sich um und bedeutete ihm, näher zu kommen. Im Schein der Öllampe konnte Calzabigi nun erstmals das Gesicht des Königs betrachten, und er fühlte für einen kurzen Moment dieselbe Enttäuschung wie beim ersten Anblick dieses Zimmers. Es gab wenig Pompöses zu entdecken. Er blickte in ein Paar gerötete Augen, die ihn an den traurigen Blick einer Milchkuh erinnerten. Eine spitze Nase, ein kleiner Mund. Die Natur war sparsam mit der Fülle ihrer Möglichkeiten umgegangen, als sie dieses hochwohlgeborene Antlitz erschaffen hatte. Calzabigi versuchte, die geflickte Stelle im Rock zu erkennen, doch dafür war es zu dunkel im Raum. Was er stattdessen sah, waren Reste von Schnupftabak am Kragen und am Halstuch des Königs.

»Wie ich höre, sprecht Ihr Französisch«, sagte der König. »Das ist gut. Denn meine italienische Ausdrucksweise beschränkt sich auf die Musik, und Deutsch ist keine Sprache.«

Calzabigi hob erstaunt die Augenbrauen. »Wie könnt Ihr die Sprache tadeln, die Euer Volk spricht, Sire?«

»Ich tadle sie nicht. Für die alltägliche Konversation ist die deutsche Sprache ausreichend. Um jemanden anzuleiten, maßzuregeln oder kräftig zu beleidigen, ist sie sogar ausgezeichnet. Sobald es aber darum geht, das Schöne auszudrücken, gerät sie an ihre Grenzen. Die deutsche und die französische Sprache zu vergleichen – das ist, als vergleiche man eine Kartoffel mit einer Melonenfrucht.« Der König machte eine kurze Pause und starrte versonnen auf Calzabigis rechte Schulter. »Oh, wie süß mir die Melonen sind«, fügte er sehnsüchtig hinzu, bevor er Calzabigi direkt anschaute.

»Wusstet Ihr, dass ich in Sanssouci Melonengewächse kultiviert habe?« Calzabigi bemühte sich, dem raschen Themenwechsel des Königs zu folgen.

»Man schwärmte mir von Eurer Melongarie in höchsten Tönen vor«, entgegnete er und senkte anerkennend den Kopf. Doch in Wirklichkeit hatte er noch nie eine Silbe davon gehört. »Genug von den süßen Dingen«, sagte der König, erhob sich von seinem Platz am Schreibtisch und bewegte sich mit gemächlichen Schritten auf die hintere Wand des Zimmers zu, wo der Sessel stand. »Ich hoffe, Ihr seid mir nicht gram, dass ich Euch ein wenig warten ließ. Ihr habt mich Eurerseits heute lange auf Eure Ankunft warten lassen, und ich denke, ich war im Recht, mir ein wenig von der Zeit, die Ihr mir gestohlen habt, zurückzuerobern.«

»Ohne Zweifel ist meine Zeit viel weniger wertvoll als die Eure. Ich muss für meine verspätete Ankunft um Verzeihung bitten, aber ich wurde auf meiner Reise aufgehalten!«

»Aufgehalten?«, fragte der König und ließ sich mit einem Ächzen in den Sessel fallen. »Wie ich hörte, habt Ihr den braven Postillon um den vereinbarten Fahrpreis geprellt!«

Calzabigi, der nun mit hinter dem Rücken verschränkten Armen neben dem Schreibtisch stand, warf dem König einen erstaunten Blick zu. Er konnte sich nicht erklären, wie der König davon so rasch erfahren hatte.

»Ihr seid gut informiert, Eure Majestät.«

»Es ist meine Aufgabe, alles zu wissen. Ich bin der König.«

»Nachrichten taugen aber nur so viel wie der Bote, der sie überbringt. Und der Bote, der Euch diese Information lieferte, muss ein Taugenichts gewesen sein. Tatsächlich war vereinbart, dass der Postillon sogar den doppelten Fahrpreis erhält, wenn wir vor acht Uhr in Leipzig eintreffen, aber nichts, wenn wir später ankommen. Wir schätzten beide die etwaige Fahrtdauer; ich bezog die kalte Witterung in meine Kalkulation mit ein, der Kutscher jedoch anscheinend nicht. Er ließ sich auf diese Wette ein und verlor. Ein ehrliches Geschäft, an dem es nichts auszusetzen gibt.«

»Der Postillon hat sich gleich nach der Ankunft bei meinem Rittmeister gemeldet und sich bitterlich über Euch beklagt. Er habe acht Kinder, und der Winter sei hart. Er hofft, dass ich ihm den entgangenen Lohn aus meiner Kasse zahle.«

»Und werdet Ihr ihm etwas geben?«, erkundigte sich Calzabigi.

»Das werde ich, aber ich werde es mir von Euch erstatten lassen«, antwortete der König. Dabei lehnte er sich entspannt in den Sessel zurück und faltete die Hände zu einem Dreieck.

»Weshalb?«, protestierte Calzabigi entrüstet. Dann aber besann er sich, wem er gegenüberstand, und fuhr in moderatem Tonfall fort: »Ich schilderte doch gerade, dass es eine faire Wette war!«

»Ihr habt seine Gier erst befeuert und dann ausgenutzt. Sein Geschäft ist es, den Wagen sicher über die Höllenpfade meines Königreiches zu steuern, und nicht, auf Gewinn oder Verlust zu spekulieren. Insofern unterscheidet sich seine Tätigkeit nur geringfügig von der meinen. Ihr habt ihm jedenfalls mehr in Aussicht gestellt, als ihm zustand, und ihn so gezwungen, am Ende weniger zu akzeptieren.«

Calzabigi schien kurz zu überlegen, dann sagte er mit beschwichtigender Stimme: »Wenn Eure Majestät es so seht, so erlaubt mir, dass ich ihn selbst bezahle, bevor er sich morgen auf den Rückweg macht. Ich werde mit ihm zurück nach Berlin reisen und ihm beide Fahrten ordnungsgemäß vergüten. Auf dass es ihm eine Lehre gewesen ist.«

»Ich begrüße Euren Großmut! Darin zeigt sich der wahre Edelmann«, lobte der König zufrieden. »Nun lasst uns über den eigentlichen Grund Eures Kommens sprechen. Ich habe Euren Brief, den Ihr mir aus London gesandt habt, sorgfältig gelesen. Aus zwei Gründen bin ich bereit, Euch anzuhören. Zum einen hat mein treuer Baron von Knyphausen für Euch ein gutes Wort eingelegt. Zum anderen bin ich in bester Hoffnung, dass der Krieg ein baldiges Ende findet. Es liegt mir fern, Euch mit meinen Staatsgeschäften zu langweilen, aber nehmt zur Kenntnis, dass morgen schon der Freiherr von Fritsch mit dem Gesandten der Kaiserin, Hofrat von Collenbach, auf dem Weg hierher sein wird. So wie es aussieht, werden wir nach sieben schrecklichen Jahren nun endlich einen billigen und gerechten Frieden erreichen. Ein *status quo ante bellum*. Alles wird wieder wie vor dem Krieg sein.«

Der König sprach schnell und ohne Pause. Calzabigi legte unterdessen seine rechte Hand auf die Kante des Schreibtisches und achtete sorgsam, die darauf liegenden Dokumente nicht zu berühren. Dann beugte er den Oberkörper zur Seite und versuchte so, einen Teil seines Gewichtes auf den Handballen zu verlagern, um seine vom langen Stehen müde gewordenen Beine ein wenig zu entlasten. Der König beobachtet vom Sessel aus diese Veränderung der Körperhaltung, während er weitersprach, machte aber keine Anstalten, seinem Gast einen Platz anzubieten.

»Sollte es nun Frieden geben, werden wir unser schönes Preußen wieder herrichten müssen. Dazu werden wir viel Geld benötigen. Ich weiß nicht, wie viele Münzen in der Staatskasse von schlechter Währung sind. Auch habe ich den eroberten Gebieten, sogar dem Volk, mehr Lasten auferlegt, als sie tragen konnten. Wie eine Orange habe ich alle ausgepresst, um den Untergang abzuwenden!« Der König schaute bei diesen Worten noch trauriger als ohnehin schon.

Calzabigi fühlte ein Kribbeln in der Hand, mit der er sich abstützte, und nahm sie wieder vom Schreibtisch. Er spürte, dass sein Auftritt kurz bevorstand, und sein Gefühl trog ihn nicht.

Der König beendete seinen kleinen Vortrag mit den Worten: »Nun habt Ihr mir geschrieben, Ihr hättet ein Mittel gefunden, Fortuna zu bändigen, und könntet so einen Quell neuen Geldes für mich zum Sprudeln bringen.«

»Sehr richtig!«, rief Calzabigi. Er machte einen großen Satz auf den König zu und bemühte sich, sein bestes Französisch zu sprechen. »Eine Errungenschaft meines Heimatlandes, die das Königreich Preußen reich und Euer Volk glücklich machen wird: das *Lotto di Genova.*« Calzabigi stand erstmals direkt vor dem König. Beim Sprechen wedelte er erregt mit seinen Händen vor dessen Gesicht, sodass der König unwillkürlich seinen Kopf in die Lehne des Sessels presste.

»Das Lotto, Sire, wirkt wie eine Steuer – nur mit dem entscheidenden Unterschied, dass die Menschen diese Abgabe gerne leisten. Mehr als das: Die Menschen reißen sich geradezu darum.«

»Sie reißen sich darum, eine Steuer zu zahlen?«, entgegnete der König und legte seine Stirn misstrauisch in Falten.

»Allerdings, Sire. Weil sie sich Gewinn erhoffen. Der Mensch ist bereit zu geben, wenn er die Aussicht hat, dass er mehr bekommt, als er gegeben hat. Und erstaunlicherweise scheint es dabei unerheblich, wie groß oder klein diese Aussicht ist.«

»Erklärt es mir noch einmal, Euer Lotto«, forderte der König Calzabigi auf.

Der Italiener glaubte ein begehrliches Flackern in den müden Augen seines Gesprächspartners zu entdecken. Nun musste er daraus nur noch ein Feuer entfachen. »Stellt Euch das Lotto als eine große Wette zwischen dem Staat und dem Volk vor. Eine Wette, bei der es wenige Gewinner und viele Verlierer gibt, der Staat aber immer gewinnt!«

»Worum wird gewettet?«, verlangte der König zu wissen.

»Ich habe einen exakten Plan entworfen. Wenn Ihr erlaubt, werde ich ihn Euch überlassen, und Ihr könnt ihn in Ruhe studieren!«

Calzabigi ging mit hastigen Schritten zu der Truhe, die sein Reisegepäck enthielt, öffnete sie umständlich und entnahm ihr einen Stapel Papiere. Dann kehrte er zurück zum König und hielt sie ihm entgegen. Nachdem der König keinerlei Anstalten machte, sie in Empfang zu nehmen, trat Calzabigi ein weiteres Mal an den Schreibtisch und legte die Papiere dort ab. Vor Aufregung schwer atmend, schaute er auf den König, der das Spektakel ohne jede Rührung beobachtet hatte.

»Das Wesen einer Wette ist die Möglichkeit des Verlusts bei allen Beteiligten, wobei erst der Ausgang der Wette entscheidet, auf welcher Seite er eintreten wird«, sprach der König schließlich bedächtig. »Könnt Ihr einen Verlust aufseiten des Staates bei diesem Lotto wirklich ausschließen?«

»Absolut!«, versicherte Calzabigi mit dem Brustton der festen Überzeugung.

»Wie ich gehört habe, ist aber genau dies geschehen, als Ihr in Paris mit Eurem Bruder und diesem … Wie hieß er noch …?«

»Casanova«, antwortete Calzabigi etwas widerwillig.

»Ja genau. Als Ihr die Lotterie mit diesen beiden in Paris eingeführt habt, hat die Lottokasse Bankrott gemacht. Und wie mir berichtet wurde, habt Ihr es danach in Brüssel eingeführt, und von dort musstet Ihr nach London fliehen, weil Ihr auch in Brüssel bankrottgegangen seid!« Der König deutete mit dem Zeigefinger auf seinen Gast und sah ihn herausfordernd an.

Calzabigi verharrte ebenfalls in seiner Bewegung, und für einen Augenblick schienen sich beide wie aus Stein gemeißelte Skulpturen gegenüberzustehen. Er hatte diese Wendung befürchtet, und er hatte sich auf der Fahrt zurechtgelegt, wie er darauf reagieren würde. Er hatte sich für »Doppelt oder Nichts« entschieden. Ein Lächeln huschte über seine Lippen.

»Ein guter Punkt, Sire. Ein sehr guter Punkt sogar. Erlaubt mir im Gegenzug eine Frage, die Ihr vielleicht impertinent finden werdet.« Er wartete auf eine Antwort.

Der König ließ erst jetzt seine Hand mit dem ausgestreckten Finger sinken, und der anklagende Gesichtsausdruck wich, wie erhofft, einem Anflug von Neugierde. »Ich erlaube Euch die Frage.«

»Dann möchte ich Eure Majestät untertänigst bitten, mir zu sagen, wie Ihr reagiert habt, als Ihr bankrottgegangen seid.«

Kaum waren diese Worte ausgesprochen, starrte der König seinen Gast empört an, und sein Gesicht wurde ganz blass. Calzabigi stand äußerlich gelassen neben dem Schreibtisch und lächelte mit einer solchen Zuvorkommenheit, als habe er soeben um einen Tanz gebeten und nicht den König beleidigt. Dieser machte Anstalten, sich mit beiden Armen aus dem Sessel zu katapultieren, um seinem Gegenüber höchstpersönlich an die Gurgel zu gehen, erstarrte jedoch mitten in der Bewegung und sank dann zurück auf den Sessel. Farbe kehrte zurück in sein Gesicht.

»Ich habe Euch die Frage erlaubt«, erklärte der König erstaunlich beherrscht. »Und ich verachte Schmeichler mehr als Aufrichtige, die sich etwas trauen. Aber ich verstehe Eure Frage nicht, denn ich bin bisher noch nie bankrottgegangen.«

Bis hierhin hatte er seinen Kopf behalten, dachte Calzabigi, aber dies konnte sich schon mit dem nächsten Satz ändern: *Doppelt oder Nichts*.

»Wie würdet Ihr Eure Schlacht von Kunersdorf denn bezeichnen – wenn nicht als einen Bankrott, Sire?«, entgegnete Calzabigi. Er bemerkte, wie seine Beine zu zittern begannen, und hoffte, dass man es ihm nicht anmerkte. Der König reagierte anders als erwartet. Statt aufzubrausen, sank er auf seinem Sessel in sich zusammen, als hätte jemand die Luft aus ihm herausgelassen.

Schon befürchtete Calzabigi, dass der König gleich ganz verschwinden würde, da hob sein Gegenüber den Kopf und sprach mit düsterer Stimme: »Ihr habt vollkommen recht. Ich bin gescheitert. Was gibt es für einen grausameren Bankrott als denjenigen auf dem Schlachtfeld?« Für einen Moment glaubte Calzabigi, Tränen in den Augen des Königs zu erkennen. Ganz leise sprach dieser weiter: »Bei Euren Bankrotten habt Ihr nur Geld geschuldet, ich hingegen … ich schulde für diese Schlacht sechstausend Menschenleben!« Pure Verzweiflung klang nun aus den Worten des Königs.

Calzabigi spürte, dass er zu weit gegangen war. »Sire, ich …«, stammelte er.

Unvermittelt erhob der König sich und ging mit schlurfenden Schritten auf Calzabigi zu. Dieser blickte sich kurz um, als prüfe er seine Fluchtmöglichkeiten, doch da stand der König schon vor ihm. Dessen Hand reichte gerade bis zu Calzabigis Schulter, und sie fühlte sich an wie aus Blei, als der König sie dort ablegte.

Der König blickte ihm fest in die Augen. »Ich habe es ertragen und daraus gelernt!«, sagte er, und als er Calzabigis verständnislosen Blick bemerkte, fügte er hinzu: »Ihr fragtet, was ich nach meinem Bankrott getan habe. Die Antwort lautet: Ich habe ihn ertragen, und ich habe daraus gelernt.«

Eine Weile verharrte der Blick des Königs auf dem Gesicht des Italieners, als würde er darin nach etwas suchen, dann löste er seine Hand und griff an ihm vorbei nach einer Tabakdose, die auf dem Schreibtisch lag. Als er sich kurz darauf wieder in den Sessel fallen ließ, hatte er eine Prise Tabak zwischen Daumen und Zeigefinger und führte sie an seine Nase. Beim Einatmen gab er ein schniefendes Geräusch von sich, anschließend musste er dreimal heftig niesen. Erneut stiegen Tränen in die Augen des Königs, diesmal vom Tabak. Mit einem Tuch, das er aus seinem Rock hervorholte, fing er den Rotz auf, der aus seiner Nase lief. Calzabigi wagte nicht, etwas zu sagen, und stand unschlüssig am Schreibtisch.

»Ich habe Eure Lektion verstanden«, sagte der König schließlich und musste noch einmal niesen, bevor er weiterreden konnte: »Nur weiß ich, welche Lehren ich aus der Schlacht von Kunersdorf gezogen habe, und der bevorstehende Friede ist mein Zeuge dafür. Ich weiß aber nicht, was Ihr aus Euren Niederlagen in Brüssel und Paris gelernt habt und wie Ihr einen weiteren Misserfolg in der Lotterie vermeiden wollt.«

Calzabigi entspannte sich. Ein erleichtertes Lächeln kehrte in sein Gesicht zurück. »Sire, ich habe eine hochgeheime Methode entwickelt, wie ein Bankrott der Lottokasse sicher vermieden werden kann. Eine sensationelle Neuerung.«

»Und die wäre?«, fragte der König.

»Ich habe es Castelleto genannt«, antwortete Calzabigi mit verschwörerischem Unterton. »Es steht alles hier drin!« Er zeigte auf die Dokumente, die er auf den Schreibtisch gelegt hatte.

»Wie viel Gewinn könnt Ihr mir im Jahr garantieren?«

»Zweihunderttausend Taler, Sire. Wenigstens«, versprach Calzabigi, ohne auch nur einen Augenblick zu zögern.

Der König verzog beeindruckt die Mundwinkel. »Wie viel muss ich als Sicherheit einzahlen?«

»Sire, wie gesagt, einen Verlust halte ich ob des Castelletos für ganz unmöglich. Wenn Eure Majestät aber mit einer Sicherheit kalkulieren wollt, was sinnvoll sein kann, um die Einsetzer der Lotterie zu beruhigen und das Vertrauen in die Lotterie zu erhöhen, so zahlt fünfhunderttausend Taler ein.«

»Fünfhunderttausend Taler!«, rief der König erschrocken. »Ist ein solcher Verlust denkbar?«

»Wie gesagt, Sire, Ihr sichert mit dieser Summe Euren Gewinn, nicht Euren Verlust.«

Der König blickte auf Calzabigi, dann nickte er bedächtig. In seinem Kopf schien er die Bedingungen der Lotterie durchzurechnen.

»Und was fordert Ihr für Euch?«, fragte er schließlich.

»Sire, Ihr seid der König. Wie könnte ich Euch gegenüber Forderungen stellen. Ich kann nur hoffen, dass Ihr Gutes mit Gutem vergeltet.«

»Was würdet Ihr sagen, wenn ich Euch ein ›Doppelt-oder-Nichts‹-Geschäft anbiete?«

Calzabigi registrierte einen schelmischen Ausdruck im

Gesicht des Monarchen und erwiderte vorsichtig: »Ich würde Euch fragen, Sire, wieso Ihr dies tun solltet, nachdem Ihr mich vor einem Augenblick noch wegen desselben Angebots an den Kutscher so sehr getadelt habt.« Er war sich nicht sicher, ob der König ihn nur prüfen wollte.

Der König lächelte süffisant. »Und ich würde Euch antworten, dass im Gegensatz zum Kutscher die Spekulation Euer Geschäft ist. Dafür würde ich von Euch niemals verlangen, dass Ihr mich sicher in einem Wagen nach Berlin kutschiert.«

»Sire, wie könnte ich ein solches Angebot dann ablehnen?«

»Also würdet Ihr statt eines monatlichen Gehaltes eine großzügige Gewinnbeteiligung akzeptieren?«

»Da die Lotterie zweifelsohne einen hohen Gewinn abwerfen wird, wäre dies mehr, als ich jemals zu fordern gewagt hätte.«

»Und wenn Ihr scheitert, so wie in Brüssel oder Paris, würdet Ihr dann auch mit Eurem Leben haften?«

»Wie meint Ihr das?«, fragte Calzabigi verunsichert.

»So, wie ich es formuliert habe. Ihr setzt Euer Leben als Pfand für die Lotterie. Wenn Ihr so sicher seid, dass ein Bankrott der Lotterie unmöglich ist, riskiert Ihr nichts.«

»Da habt Ihr recht. Darum würde ich jederzeit mit meinem Leben für die Lotterie haften.« Calzabigi versuchte, eine gehörige Portion Zuversicht in seine Worte zu legen.

»Dann nehme ich Euch beim Wort«, entgegnete der König lächelnd. Das schummerige Licht verlieh seinen Gesichtszügen etwas Unheimliches.

Eine Weile schwiegen beide. Schließlich unterbrach ein Gähnen des Königs die Stille im Raum. Sein Blick wanderte an Calzabigi vorbei zu den Papieren, die auf seinem Schreibtisch lagen.

»Ich werde es mir anschauen«, sagte er mit müder Stimme. »Es ist in der Tat spät geworden, und morgen muss ich früh auf. Auch Ihr solltet schlafen gehen. Es wird heute Nacht Schnee geben und Eure Rückfahrt nach Berlin beschwerlich werden. Ich werde alles recht bedenken und Euch Nachricht geben, wie ich mich entscheide!«

»Das ist alles, was ich mir gewünscht habe«, entgegnete Calzabigi. Einen Moment zögerte er. »Vielleicht hätte ich noch einen Wunsch«, fügte er hinzu.

Der König schaute ihn erwartungsvoll an.

»Wie ich hörte, überlegt Ihr, das Banken- und Tabakmonopol neu zu vergeben. Kann ich Euch mit meiner Lotterie überzeugen, dann gebt mir bitte die Gelegenheit, Euch auch bei diesen beiden Angelegenheiten mein Geschick zu beweisen. Sowohl für den Tabak als auch für die Gründung einer Bank habe ich Pläne, die ich Euch zu gegebener Zeit zur Verfügung stellen könnte ...«

Friedrich neigte den Kopf und rieb sich mit der Hand das Kinn. »Ich fürchte, Ihr kommt diesbezüglich zu spät. Ich habe für beides bereits vorzügliche Pläne meines Hofrats Hainchelin vorliegen.«

»Aber unterzeichnet ist noch nichts ...«, bemerkte Calzabigi vorsichtig. »Ich verlange nichts weiter, als dass Ihr unsere Pläne miteinander vergleicht und Euch für den besseren entscheidet. So machen weise Könige es doch, oder?«

Der König atmete tief ein. »Ihr seid sehr geschickt mit Worten, mein lieber Italiener«, sagte er schließlich. »Überlasst aber mir das Königsein; ich garantiere Euch, es ist Bürde genug für einen Menschen. Ich werde mir als Erstes Euren Plan für die Lotterie anschauen, dann sehen wir weiter. Ihr seid in Berlin bei Gotzkowsky untergekommen?«

Calzabigi nickte zustimmend.

»Dann weiß ich, wo ich Euch erreiche«, sagte der König und lehnte sich zurück. Er machte mit der Hand eine Bewegung, die seinem Besucher bedeutete, dass er sich nun entfernen sollte.

Calzabigi machte eine Verbeugung, ergriff seine Reisekiste und zog sich zurück. Das Letzte, was er sah, bevor er die Tür hinter sich schloss, war, wie der König sich wieder an seinem Schreibtisch niederließ. Calzabigi übergab sein Reisegepäck einem Lakaien und eilte mit beschwingten Schritten die Treppe hinab, hinaus auf die Straße. Begierig sog er die eiskalte Luft ein und genoss ihre belebende Wirkung.

Es war gut gelaufen – ja sogar besser als erwartet. Seine Papiere würden den König überzeugen. Ein Schauer lief ihm über den Rücken, als er daran dachte, wie der König sein Leben als Pfand für die Lotterie gefordert hatte. War dies nur ein Scherz gewesen?

Calzabigi schaute zum Himmel empor. Noch sah es nicht nach Schnee aus. Ein Stück weiter die Straße herunter schnaufte ein Pferd. Er erkannte die Kutsche, mit der er gekommen war. Offensichtlich spekulierte der Kutscher immer noch darauf, dass jemand zu ihm herüberkommen würde, um ihn zu bezahlen. Mit federndem Gang ging Calzabigi auf die Kutsche zu und riss die Tür auf. Auf der Bank, auf der vorhin er selbst noch gesessen hatte, lag unter mehreren Schichten Decken der Postillon.

Beim Öffnen der Tür war der Mann aufgefahren und blickte ihm nun verschlafen entgegen. »Ihr schon wieder? Was wollt Ihr noch?«, blaffte der Postillon, nachdem er ihn erkannt hatte.

»Ich werde morgen zurück nach Berlin müssen und ich wollte Euch ein Geschäft vorschlagen«, entgegnete Calzabigi.

»Von Euren Geschäften habe ich die Schnauze voll!«, knurrte der Kutscher und wollte sich gerade wieder in die Decken wickeln.

»Ihr nehmt mich morgen früh wieder mit zurück nach Berlin«, sagte Calzabigi ruhig. »Und ich zahle Euch dafür den Preis für Hin- und Rückfahrt.«

Der Kutscher erhob sich. »Ihr zahlt mir die acht Taler für die heutige Fahrt und weitere acht Taler für die Rückfahrt?«, versicherte er sich.

»Ganz genau«, bestätigte Calzabigi, »im Voraus!«

Der Kutscher überlegte kurz und nickte dann. »Morgen früh um sechs Uhr hier!«, sagte er mürrisch und legte sich wieder hin.

Calzabigi blieb in der offenen Tür stehen und machte keinerlei Anstalten, sie zu schließen.

»Was noch?«, murrte der Kutscher und hob erneut den Kopf.

»Oder ...«, sagte Calzabigi, wobei er den ersten Buchstaben in die Länge zog, »Ihr vertraut in Eure Pferde, und wir vereinbaren Folgendes: Schafft Ihr die Strecke schneller als auf der Hinfahrt, zahle ich Euch fünfzig Taler. Wenn aber nicht – erhaltet Ihr nichts.«

Ein Blick in die weit aufgerissenen Augen des Kutschers genügte, um Calzabigi die Gewissheit zu verleihen, dass er auch für die Rückfahrt nach Berlin nichts würde zahlen müssen.

6

New York City

Carter Fields bot sich ein befremdlicher Anblick: Eine Armada von Luxuskarossen stand vor dem Flachdachgebäude. Nur ein schmaler, auffällig gut gepflegter Rasen hatte verhindert, dass der Belagerungsring aus Millionen Dollar teurem Autoblech noch näher an den kleinen Eingang herangerückt war. Neben den Fahrzeugen, die sich gegenseitig hoffnungslos zugeparkt hatten, standen die Chauffeure in Grüppchen zusammen und unterhielten sich. Fast hätte man denken können, die Mafiapaten von New York hielten ein Gipfeltreffen in einer alten Lagerhalle ab, hätte nicht über der Tür des schmucklosen Gebäudes in großen, aber nüchternen Lettern *Church Office* gestanden. Carter Fields stöhnte bei dem Gedanken, gleich eine Kirche betreten zu müssen.

»Ich würde vorschlagen, dass ich Sie hier herauslasse und den Wagen am nächsten Block abstelle, damit wir nachher schneller wegkommen, Sir«, schlug Adrian vor.

Adrian war in Brooklyn geboren, seine Eltern stammten jedoch ursprünglich aus Nepal, weshalb Carter Fields ihn meist »seinen Sherpa« nannte. Er war seit vielen Jahren sein Fahrer und hatte ein gutes Gespür dafür entwickelt, was sein Chef wünschte.

Carter Fields klopfte ihm statt einer Antwort auf die Schulter, öffnete die schwere Autotür und stieg aus. Er ordnete seine Krawatte, knöpfte das Jackett seines zwölftausend Dollar teuren Anzugs zu und bahnte sich seinen Weg durch die hochgetunten Wagen der Marken Mercedes Benz, Porsche, Lincoln, Bentley und Rolls Royce. Von den meisten dieser Modelle hatte er auch ein Exemplar in seiner Garage stehen. Jetzt erst bemerkte er die vielen Polizisten, die zwischen den Autos herumliefen und die Umgebung sicherten. Es entbehrte nicht eines gewissen Sarkasmus, dass die Veranstaltung ausgerechnet in den Washington Heights stattfand, einem Stadtteil von New York City, in den sich keiner der Besitzer dieser Fahrzeuge jemals verirren würde. Dort lebten überwiegend Emigranten, von denen die meisten froh waren, wenn sie von hier wegkamen.

»Warum findet es nicht in Manhattan statt?«, hatte er seine langjährige Bekannte Patricia gefragt, die ihn zum Kommen verpflichtet hatte. »Keiner von uns hat Lust und Zeit, in die beschissenen Heights rauszufahren. Bestenfalls kehren wir ohne Felgen zurück!«

»Weil die Reichen zu den Armen kommen müssen und nicht umgekehrt. So funktioniert Charity nun mal!«, hatte Patricia geantwortet und sein Wehklagen mit ihren blitzweißen Zähnen einfach weggelächelt.

Als er nun endlich den Eingang der kleinen Baptisten-Gemeinde erreicht hatte, begrüßte Patricia ihn auch schon mit einem Küsschen auf jede Wange. Er verspürte beim Duft ihres teuren Parfüms einmal mehr den Wunsch, sie flachzulegen. Kirche hin oder her. Wenn er vollkommen ehrlich zu sich selbst war, hatte er nur deshalb den Weg hierher gefunden. Sie war gut zwanzig Jahre jünger als er und damit eigentlich schon zu alt für ihn. Doch wo andere nur sexy waren, war sie mit ihrer roten Mähne und den türkisgrünen Augen erotisch, und dies ließ ihn seinen Vorsatz vergessen, sich mit keiner Frau über fünfundzwanzig mehr einzulassen. Und er hatte berechtigte Hoffnung. Obwohl er unaufhaltsam auf die sechzig zusteuerte, stand er noch voll im Saft. Sein Wing-Tsun-Training und bewusste Ernährung hatten seinen Körper davor bewahrt, außer Form zu geraten. Er hatte sogar den Eindruck, dass er fit wie nie war. Außerdem sah er immer noch blendend aus: Manche attestierten ihm sogar eine Ähnlichkeit mit John F. Kennedy. Zwar war sein ehemals dunkelblondes Haupthaar mittlerweile stark ergraut, doch viele seiner Altersgenossen wären froh, wenn sie überhaupt noch welches hätten.

Schon erblickte er die ersten bekannten und verhassten Gesichter. Ein nicht enden wollender Begrüßungsmarathon aus Händeschütteln und Schultertätscheln begleitete ihn in die große Gemeindehalle bis zu dem Platz, auf dem ein Schild mit seinem Namen stand. So ziemlich jeder New Yorker, der mehr als eine Milliarde Dollar besaß, war in diesem Raum anwesend oder hatte irgendeinen Stellvertreter geschickt. Als er seine Sitznachbarn begrüßte, bemerkte er, dass er als einer der Allerreichsten an einem der Tische ganz vorne platziert worden war. Vor ihm saßen nur noch der Tabak-Erbe Robert Allan Meerbaum, der mexikanische Öl-Unternehmer Garcia Rodriguez und eine sehr alte, französisch sprechende Frau aus Europa, deren Namen ihm nicht einfiel. Er konnte damit leben, zumal Meerbaum und Rodriguez beide große Summen in seinem Fonds investiert hatten. Vermutlich hatte auch die französische Schabracke ihm über irgendwelche Vermögensberater ihr Geld anvertraut, ohne dass sie beide es wussten. An der Wall Street war er eine Legende, und nahezu jeder Superreiche in Amerika und Europa legte einen Teil seines Geldes bei Carter Fields an.

Patricia betrat ein kleines Podest, das am Kopfende des Raumes aufgebaut war, und begrüßte alle Anwesenden. Mit ihren langen Beinen und dem schwarzen Wollkleid, das in der Mitte ihrer wohlgeformten Oberschenkel endete, sah sie atemberaubend aus. Er blickte sich um und sah, wie auch die anderen mächtigen Männer in diesem Raum an ihren Lippen hingen. Hätte man hier und jetzt eine Nacht mit ihr für einen guten Zweck versteigert, hätte man von dem Erlös vermutlich den afrikanischen Kontinent auf Jahre hinaus vom Hunger befreien können. Für solche Spielchen war Patricia jedoch nicht zu haben. Er hatte es bereits vorsichtig getestet, und dies machte sie als Trophäe nur noch wertvoller. Nachdem sie die Spielregeln des heutigen Nachmittags erläutert hatte, betätigte sie einen überdimensionierten roten Knopf, der hinter ihr auf einer Plastiksäule angebracht war. Die Zeiger einer gigantischen Stoppuhr, die darüberhing, setzten sich in Bewegung.

Als sie sich wieder zu den Anwesenden umdrehte, quietschte sie einmal, lachte laut auf und drückte mit rudernden Armen erneut den Button. »Die Organisationen!«, rief sie. »Da habe ich doch glatt vergessen, die Vertreter der Organisationen zu bitten, nun gegenüber den Spendern Platz zu nehmen!«

Carter Fields schmunzelte über ihre süße Verwirrtheit und erschrak fast, als sich plötzlich jemand ihm gegenübersetzte. Ein schmaler Mann um die vierzig, vielleicht Südamerikaner, warf ihm ein schüchternes Lächeln zu und streckte ihm die Hand entgegen. Als Carter sie drückte, bemerkte er, dass sie kalt und feucht war.

»Roberto«, sagte sein erstes Date. Der Mann wollte sich offensichtlich nur mit dem Vornamen vorstellen.

Carter schaute über die Schulter seines Gegenübers auf Patricia. Diese hatte mithilfe eines Technikers die große Stoppuhr wieder auf Null gestellt.

»Jetzt aber! Drei, zwei, eins und Start!«, rief sie überdreht ins Mikrofon, und der große Zeiger hinter ihr setzte sich erneut in Bewegung.

Carter blickte wieder auf Roberto.

»Also, Mr. Fields, wenn ich es richtig verstanden habe, habe ich zwei Minuten, um Ihnen mein Projekt vorzustellen, bevor der Nächste kommt ...« Er legte eine kleine Pause ein, als erwarte er eine Bestätigung.

Carter nickte ihm zu und setzte sein Standardlächeln auf. Über die Jahre hinweg hatte er es perfektioniert. Es wirkte wie ein Schutzschild und Schlüssel zugleich, hielt Leute auf Distanz, aber hatte ihm auch schon so manche Tür geöffnet. Er beugte sich nun ein wenig vor, und ihm fiel auf, dass der Mann vor ihm nach Schweiß stank.

»Ich komme aus Venezuela und möchte Ihnen kurz unser Illuminations-Projekt näherbringen.«

Dreißig Sekunden bereits verschenkt, dachte Carter und sah sein Gegenüber stumm an.

Nach ein paar Augenblicken fuhr der Mann fort: »Millionen von Menschen leben auf der ganzen Welt in Slums. Ob in Brasilien, auf den Philippinen, in Afrika oder in Indien.«

Carter versuchte, interessiert zu wirken, und zog die Augenbrauen nach oben, als sei er von dieser Mitteilung überrascht.

»Mister, die allermeisten dieser Slumbewohner leben ohne Strom. Und wo kein elektrischer Strom ist, da gibt es auch kein elektrisches Licht.«

Und nun wollt ihr überall Glühbirnen installieren, dachte Carter. Auf was für Ideen die Leute kamen.

»Ohne elektrisches Licht aber können Kinder zum Beispiel keine Hausaufgaben machen. Selbst dort, wo Schulunterricht in den Slums angeboten werden kann, ist es in den dunklen Hütten kaum möglich, das Lesen und Schreiben zu lernen.«

Carter schaute hinüber zur Stoppuhr. Über eine Minute war bereits vergangen. »Und was wollen Sie dagegen tun?«, fragte er mit geheucheltem Interesse.

Sein Gesprächspartner bückte sich und holte eine Plastikwasserflasche hervor, die er zuvor unter dem Tisch versteckt haben musste. Sie war zu etwa einem Viertel mit einer weißlichen Flüssigkeit gefüllt. »Dies ist die Lösung, Sir. Eine handelsübliche PET-Flasche wird mit Bleichmittel befüllt. Dann wird sie mit einem einfachen Widerhaken und ein bisschen Gummi in der Decke der Behausung installiert. Die Decken bestehen meistens nur aus Wellblech. Wenn die Sonne durch die Flasche in die Behausung scheint, bricht das Bleichmittel das Licht in alle Richtungen, und der Flaschenboden wirkt wie eine Glühbirne. Wir versuchen, überall auf der Welt in den Slums Werkstätten aufzubauen, die von den Bewohnern in Eigenregie gemanagt werden. So erzeugen wir neben dem Licht auch noch Einkommen vor Ort.« Roberto schlug eine Mappe auf, die vor ihm lag, und zeigte Fotos. Darauf war die Montage einer solchen PET-Flasche im Dach eines stockdunklen Raumes zu sehen. Auf einem anderen standen Slumbewohner mit nach oben gestrecktem Daumen vor einer Werkstatt.

»Wie hell ist das?«, erkundigte sich Carter, nur um etwas zu fragen.

»Es entspricht etwa der Leistung einer 60-Watt-Glühbirne. Und die PET-Flaschen werden auch noch recycelt. Ein Projekt, das gut zu den Menschen und zur Umwelt ist«, antwortete Roberto nicht ohne Stolz.

Vom Podest her ertönte ein lautes Klingeln.

»Ich fürchte, die zwei Minuten sind vorbei und der Nächste

ist dran!«, sagte Carter mit gespieltem Bedauern. Sogleich fügte er höflich hinzu: »Ich gratuliere Ihnen zu Ihrem Projekt und bedanke mich für die Vorstellung!«

Carter griff nach einem Blatt Papier, das neben ihm lag. In mehreren Zeilen waren dort seine heutigen »Speed-Dates« vermerkt. Ganz oben stand »Roberto Salvogni, Licht ins Dunkle, Venezuela«. Ganz rechts war eine Spalte, in der Carter eine Spendensumme eintragen konnte. Er blickte auf Roberto, der sich mit der Wasserflasche unter dem Arm lächelnd erhoben hatte und dabei war, seine Mappe zuzuklappen.

»Ich werde mir eine Spende ernsthaft überlegen«, stellte Carter in Aussicht.

Roberto bedankte sich und ging zum Nachbartisch, an dem ein walisischer Schrotthändler saß, den Carter kannte. Auch der Brite hatte bei ihm investiert. Aus dem Augenwinkel sah er, wie der Venezulaner sich setzte und dabei heimlich die Wasserflasche unter dem Tisch versteckte. Nach kurzem Überlegen machte Carter in der Spalte für den Spendenbetrag einen Strich, was bedeutete, dass er für das Licht-in-den-Slum-bringen-Projekt kein Geld geben würde. Er lebte schließlich gern im Dunkeln. Seine liebste Tageszeit war es, wenn die Nacht über Manhattan hereinbrach. Manche nannten ihn und seine Branche »Blutsauger«. Vielleicht war da ja doch etwas dran, dachte Carter und konnte sich ein Lächeln nicht verkneifen. Seine Spendengelder verteilte er mit derselben Willkür wie Fortuna ihr Glück, und dieser Roberto würde nichts bekommen. Als er hochsah, blickte er in das nächste Gesicht. Er schielte noch einmal auf seinen Zettel. »Dereck Piemonte, ABS-Avalanche-Airbag Systems« stand dort.

»Dann muss ich mich ja nicht mehr vorstellen«, sagte der Mann, der sich vor ihm auf den frei gewordenen Stuhl gesetzt hatte und dem offenbar nicht entgangen war, dass Carter den Ablaufplan studierte.

Er sah nicht aus wie die anderen Teilnehmer des Speed-Datings, die um Spenden warben, sondern eher wie einer der Spender. Carter bemerkte sofort, dass der Anzug, den sein Gegenüber trug, teuer war. Die Manschettenknöpfe zeigten das Logo von Tiffany. Über der modischen Krawatte ragte ein kräftiger Hals aus dem Hemdkragen heraus. Mit den markanten Gesichtszügen wirkte er wie ein Sportler. Dazu passten die kurz geschnittenen Haare, die mit ein wenig Haarwachs hochgestellt waren.

»Drei, zwei, eins … und los!«, ertönte Patricias Stimme aus den Lautsprechern, und die nächste Runde begann.

»Es geht um Lawinen«, begann der Mann. »Sie kennen sich aus mit Lawinen?«

Sein Lächeln und die etwas zu selbstbewusste Art irritierten Carter. Eigentlich waren die Rollen hier klar verteilt zwischen den Bittstellern und reichen Spendern, zu denen er zählte.

»Was heißt ›auskennen‹?«

»Nun, ich meine, Sie wissen, dass aus einem kleinen Schneeball rasch eine riesige Lawine werden kann, die einen gnadenlos überrollt.«

Carter schüttelte den Kopf. »Kommen Sie lieber auf den Punkt, Ihre Zeit läuft ab«, bemerkte er unfreundlich. Ihm passte die Art seines Gegenübers nicht.

»Also, wir bieten Airbags für Lawinen an. Kleine Rucksäcke, die man wie einen Fallschirm auf dem Rücken trägt. Wenn man merkt, dass die Lawine einen überrollt, zieht man an der Leine, und eine kleine Kompressorflasche pumpt hundertsiebzig Liter Luft in zwei Flügel. Durch das explosionsartig vergrößerte Volumen bleibt man an der Oberfläche.

Man wird nicht unter dem vielen Schnee begraben, der einen sonst ersticken würde.« Der Mann machte eine Pause und langte in seine Anzugtasche. Dann legte er eine Visitenkarte auf den Tisch.

Als Carter sie las, war er ein wenig überrascht. Er kniff die Augen zusammen und schaute wieder zu seinem Ablaufplan, demzufolge sein Gesprächspartner Dereck Piemonte hieß. Doch auf der Karte stand »Peter Haye – Finanzberater«. Irritiert blickte Carter auf.

»Der Müsli-Effekt«, fuhr sein Gegenüber unbeirrt fort. »Wenn Sie eine große Schüssel mit Müsli schütteln, bleiben die großen Müslistücke oben, und die kleinen Stücke setzen sich unten am Boden ab. Verstehen Sie? Die Großen gehen nicht unter, nur die Kleinen!« Der Mann, der laut Visitenkarte Peter Haye hieß, starrte ihn an.

»Sie wollen gar kein Geld von mir, oder?«, fragte Carter und verschränkte die Arme. Ein ungutes Gefühl beschlich ihn.

»Oh, doch! Und zwar ziemlich genau vier Milliarden Dollar.«

Carter Fields blickte zur Uhr hinüber. Sie schien langsamer zu laufen als zuvor bei diesem Roberto. Eine Minute war erst um. Er schaute nach links und rechts, wo sich die anderen Teilnehmer des Events in reger Diskussion befanden. Roberto war gerade dabei, seine Wasserflasche unter dem Tisch hervorzuzaubern.

Carter wandte sich wieder seinem dubiosen Gesprächspartner zu. »Wollen Sie mich etwa erpressen?« Seiner Stimme war die Verärgerung deutlich anzuhören; er bemühte sich keineswegs, den aufsteigenden Zorn zu unterdrücken.

Der Mann hob entrüstet die Hände. Dann beugte er sich vor und flüsterte: »So ein Unsinn. Mein Anliegen ist ganz legal. Ich vertrete drei Ihrer Investoren. Patrick Lumenier in Frankreich, Hartholm & Parting in Stockholm und Danziger in North Carolina. Alle drei haben schon vor über einem Monat ihre Fondsanteile bei Ihnen gekündigt und die sofortige Auszahlung gefordert. Bis heute haben Sie noch nicht einmal reagiert, nur neue Depotauszüge übersandt. Zahlen Sie die drei aus. Sofort!«

Carter lachte laut auf, um den Eindruck zu erwecken, dass ihn dieser Vorwurf nicht aus der Ruhe bringen konnte. Wegen der Erregung in seinem Inneren geriet ihm jedoch das Lachen eine Spur zu hell. »Warum machen Ihre Klienten nicht einen Termin bei mir im Büro?«, entgegnete er. »Was schleichen Sie sich hier wie ein Bandit herein und lauern mir auf? Ich werde den Sicherheitsdienst holen!« Er schaute hinüber zu Patricia, als wolle er sie herüberwinken. Doch sie bemerkte ihn nicht.

»Meine Mandanten versuchen Sie seit drei Wochen zu erreichen. Sie gehen nicht an Ihr Mobiltelefon, in Ihrem Büro war ich geschlagene sechsmal in den vergangenen zwei Wochen, ohne sie einmal anzutreffen. Dann habe ich gelesen, dass Sie hier sein werden.« Die Stimme des Finanzberaters wurde nun lauter.

Viele Klienten, Anwälte und Finanzberater waren in den vergangenen Monaten in sein Büro gekommen und hatten sich vergeblich um einen Termin bemüht. Glaubte er seiner Sekretärin, hatte sogar ein wahrhaftiger Mönch darum gebeten, ihn zu sprechen. Jetzt hetzte man ihm schon Gottes Diener auf den Hals ...

»Ich bin ein vielbeschäftigter Mann ...«, wandte er ein und schob die Visitenkarte von sich weg. Ein hastiger Blick auf die Uhr: noch vierzig Sekunden. »Sie können doch nicht einfach –«

»Mr. Fields, ich habe es mir angeschaut«, fiel ihm der Finanzberater ins Wort. »Ich bin spezialisiert auf die Analyse von betrügerischen Anlagen. Ihre Zahlen können nicht stimmen. Ich weiß, dass Sie mit Ihrem Fonds *Front Running* betreiben – oder aber ein *Schneeballsystem*. Und ich weiß, dass Sie durch die Entwicklung an den Finanzmärkten in den vergangenen Monaten in eine Lawine hineingeraten sind. Zahlen Sie meine Mandanten sofort aus, und vielleicht werden Sie nicht von der Lawine überrollt. Ziehen Sie die Reißleine!«

Carter blickte sich erneut hilfesuchend um, offensichtlich hatte weiterhin niemand mitbekommen, dass ihr Gespräch eine ganz andere Wendung genommen hatte. Die große Uhr zeigte noch zwanzig Sekunden. Patricia betrat bereits wieder das Podium.

»Machen Sie einen Termin«, forderte Carter sein Gegenüber auf. Die Sitzfläche unter ihm kam ihm plötzlich wie eine heiße Kochplatte vor.

»Ich werde morgen Nachmittag um sechzehn Uhr zu Ihnen ins Büro kommen«, erklärte Peter Haye mit aufgeregter Stimme. »Und dann will ich, dass Sie die Auszahlung vorbereitet haben. Keine Ausflüchte!« Er drehte sich kurz zur großen Stoppuhr um. Noch sieben Sekunden. »Mr. Fields, noch sind Sie groß. Sollten Sie die Gelder morgen nicht an meine Klienten auszahlen, werde ich der SEC einen Bericht übergeben. Die werden Sie in kleine Stücke zermalmen.«

Das laute Klingeln der Stoppuhr ließ augenblicklich alle Gespräche im Raum verstummen. Während er aufstand, schob Peter Haye seine Visitenkarte zurück in Carters Richtung.

»Denken Sie an den Müsli-Effekt!«, zischte er, dann wandte er sich mit einem breiten Lächeln zum Gehen.

Carter saß zusammengesunken auf seinem Stuhl und starrte auf den leeren Platz vor sich. Er spürte, wie ein Schmerz seinen Nacken hinaufkroch und sich in seinem Kopf festsetzte, und schloss für einen Moment die Augen. Als er sie wieder öffnete, blickte er in das freundliche Gesicht einer jungen Afrikanerin.

»Mr. Fields, haben Sie sich das schon einmal vorgestellt – Sie öffnen Ihren Wasserhahn, und kein Wasser sprudelt heraus?« Sie blickte ihn erwartungsfroh an.

7

Las Vegas

Als der Techniker den Lift per Handkurbel in das Erdgeschoss des Hotels befördert und die Tür aufgestemmt hatte, war der Kabine eine komplett bekleidete Trisha entstiegen. Frisch geschminkt, mit zum Pferdeschwanz streng nach hinten gebundenen Haaren und mit erhobenem Haupt hatte sie, ihren Koffer hinter sich herziehend, den Empfangsbereich des Hotels durchquert. Nichts war mehr zu erahnen von dem nackten Geschöpf, das sich gut eineinhalb Stunden zuvor in den Fahrstuhl gerettet hatte. Von Chad war weit und breit nichts zu sehen. Selbst wenn er ihr aus dem Hotelzimmer gefolgt war, hätte er niemals vermutet, dass sie im Fahrstuhl zwischen den Stockwerken feststeckte. Er wusste, dass sie normalerweise niemals den Aufzug nahm. Die helle Vormittagssonne hatte sie nach ihrem langen Aufenthalt in dem dunklen Fahrstuhl geblendet. Die Hand schützend vor den Augen, war sie nach dem Verlassen des Hotels in die nächste Bar geflüchtet. Das Lokal war nur einen Häuserblock entfernt und warb mit dem blinkenden Schriftzug *Lucky Looser* um Gäste.

Erst als sie an dem langen Tresen Platz nahm, bemerkte sie, dass sie sich in einer Striptease-Bar befand. Selbst zu dieser Zeit – am frühen Vormittag – war sie nicht der einzige Gast. Ein paar Hocker neben ihr schien ein Mann, dessen Gesicht auf dem Tresen lag, fest zu schlafen. Vom Ende der Bar starrte sie ein Mann im Anzug aus wässrigen Augen an, ein halb leeres Bierglas vor sich.

Trisha bestellte beim Barkeeper, der mit der Reinigung der Zapfanlage beschäftigt war, einen Gin Tonic. Sie blickte zur kleinen Showbühne, die wie ein Bootssteg mitten in den Raum hineinragte; davor standen Tische und Stühle, die jetzt alle unbesetzt waren. Offenbar war gerade eine Tänzerin mit dem Training für die allabendliche Show beschäftigt. Das noch junge Mädchen, bekleidet mit einem rosa Trainingsanzug, räkelte sich in einem riesigen Cocktailglas und arbeitete mit tatkräftiger Hilfe eines Mannes, der auf einer Kiste daneben stand, an der korrekt erotischen Stellung ihrer Beine. Fast sah es so aus, als wollte der Mann die Tänzerin in dem Glas besteigen.

Trisha nippte an ihrem Getränk. Die skurrile Szene erinnerte sie daran, dass sie selbst in einem Glas gezeugt worden war. Nicht in einem zwei Meter großen Cocktailglas, sondern in einem Reagenzglas. Nachdem ihre Mutter viele Jahre lang vergeblich versucht hatte, schwanger zu werden, und dann eine Fehlgeburt erlitt, hatten ihre Eltern sich schließlich für eine künstliche Befruchtung entschieden. Mehrere Versuche scheiterten, und gerade als ihre Eltern wegen der geringen Erfolgsaussichten aufgeben wollten und sich schon damit abgefunden hatten, kinderlos zu bleiben, tauchte eines Tages doch noch Trishas kleines Herz auf dem Ultraschallbild auf. Für ihre Eltern war ihre Geburt ein wahres Wunder. Und so hatten ihre Eltern sie auch stets behandelt: wie einen nicht für möglich gehaltenen Lotteriegewinn, von dessen täglichen Zinsen sie fortan lebten.

Selbst als sie schon zwölf Jahre alt war, hatte sie ihre Mutter gelegentlich dabei überrascht, wie diese sie mit verträumtem Blick und einem seligen Lächeln betrachtete, so als stünde sie einem Einhorn auf einer einsamen Waldlichtung gegenüber. Trisha konnte es nicht in Worte fassen, aber dieses Unwirkliche, was ihre Eltern stets in ihr gesehen hatten, hatte sich mit der Zeit auch auf sie übertragen. Als Teenager überkam sie manchmal die plötzliche Angst, nicht real zu sein – nur als ein Hirngespinst ihrer in Wirklichkeit kinderlosen Eltern zu existieren. Und als dieses merkwürdige Gefühl auch vor dem großen Spiegel, der an der Innentür ihres Kinderzimmers angebracht war, nicht verschwinden wollte, begann sie mit vierzehn, sich mit einer Rasierklinge in den rechten Unterarm zu schneiden. Der Schmerz, den sie dabei empfand, schien ihr damals der einzige Beweis für ihre Existenz.

Die Tänzerin war nun, assistiert von ihrem Choreografen, aus dem überdimensionierten Glas herausgestiegen und absolvierte einige Übungen auf dem Boden, die Trisha eher an ein gymnastisches Training erinnerten. Sie nahm einen weiteren Schluck und schaute auf ihren Unterarm. Die lange verheilten Narben zogen sich kreuz und quer über die Unterseite. Mit viel Fantasie konnte man darin eine fast verblasste Landkarte erkennen. Sie schob den Ärmel ihrer Bluse nach oben und blickte auf zwei in den Oberarm tätowierte Spielkarten. Herz-König und Herz-Dame. Es war ihre einzige Tätowierung, und sie hatte sie nach einer durchzechten Nacht gemeinsam mit Chad in Paris stechen lassen. Er trug seitdem die gleiche Tätowierung auf seinem Arm.

Ihre Gedanken wanderten zu Chad und den Ereignissen in dem Hotelzimmer. Bei der Vorstellung, wie sie die Brüste der anderen Frau mit den ihren berührt hatte, stellten sich ihre Brustwarzen auf, und ein Schauer lief ihr über den Rücken. Am liebsten hätte sie sich geduscht oder in dem Cocktailglas auf der Bühne ein intensives Bad in allem Alkohol genommen, der in der Bar verfügbar war. Dieser Wunsch verstärkte sich noch, als sie versehentlich gedankenverloren in das Gesicht des wachen Mannes am Tresen blickte. Er starrte sie immer noch ungeniert an und schenkte ihr nun ein breites Grinsen, bei dem er den Blick auf eine Reihe ungepflegter Zähne freigab.

Sie schloss die Augen, und in ihren Ohren hallte ihr Name wider, wie Chad ihn in dem Hotelzimmer ausgesprochen hatte, als er sie bemerkte. Mit dieser Kombination aus Überraschung und Schrecken. So musste es klingen, wenn jemand – kurz bevor er erschossen wurde – den ihm bekannten Mörder ansprach.

Sie öffnete die Augen und streckte ihre Hand nach ihrem Glas aus, doch der Gin, den sie bereits intus hatte, ließ sie ins Leere greifen. Ihr Daumen touchierte dabei das hohe Glas, das sofort umkippte und in vier große Scherben zerschellte. Eiswürfel und der Rest des Alkohols folgten dem Gefälle der Tresenplatte, und neben ihr fielen Tropfen auf den Boden. Der Barkeeper war, bewaffnet mit einem Eimer, bereits vor einiger Zeit verschwunden und bekam so von dem Unglück nichts mit.

Trisha fühlte eine schwer erklärbare Nähe zu dem zerbrochenen Glas, und plötzlich kam ihr die Idee, mit einer der spitzen Glasscherben etwas in ihren bislang noch unversehrten linken Unterarm zu ritzen. Als Andenken an die letzten achtundvierzig Stunden, während derer sie Chad verloren hatte. Während derer sie ein weiteres Mal das Vertrauen ihrer Eltern missbraucht hatte. Und die damit endeten, dass sie nun ganz allein in einer Striptease-Bar in Las Vegas saß und sich zum ersten Mal seit langer Zeit wieder unwirklich fühlte. Als ihr eine einsame Träne die Wange entlanglief und sich mit dem Gin Tonic und Eiswasser auf dem Teakholz des Tresens vermischte, begann sie zu überlegen, welches

Wort würdig wäre, für immer auf ihrem linken Unterarm verewigt zu werden.

Das Wort »Betrug« kam ihr in den Sinn, doch sie verwarf es sofort wieder. Es musste ein Wort sein, welches dem Schmerz gerecht wurde, den das »Schreiben« bereitete, aber welches ihr zugleich auch Mut machte. Andernfalls könnte sie sich gleich die Pulsadern aufschneiden.

Wie in Trance griff ihre rechte Hand nach einer der Scherben. Links war die Seite ihres Herzens. Oft hatte sie als Jugendliche auch an diesem Arm angesetzt, sich dann jedoch niemals dort geschnitten. Sie starrte auf die Scherbe in ihrer Hand, deren stumpfes Ende sie fest zwischen Daumen und Zeigefinger hielt und deren Spitze bereit war, ihr als Skalpell zu dienen. Dann blickte sie auf die zarte Hautpartie zwischen Handgelenk und Armbeuge, unter der ihre Adern bläulich hervorschimmerten.

Neben der Showbühne öffnete sich eine Tür und ließ für einige Sekunden Tageslicht in die Bar scheinen, bis der Barkeeper, mit einem Feudel in der Hand, sie hinter sich wieder schloss. Gleich würde er wieder bei ihr sein, die Scherben vor ihr bemerken und sie vermutlich rasch beseitigen. Immer noch ruhte ihr linker Arm unberührt auf dem Tresen. Vielleicht war es ja Schicksal, dass sie, der »Lottogewinn« ihrer Eltern, den Arm als Leinwand für ihre ganz persönliche Kunst bis heute aufgespart hatte, dachte sie. Und in diesem Augenblick wusste sie, was sie schreiben würde. Kurz genug, um es schnell hinter sich zu bringen. Lang genug, um ihr Schmerzen zu bereiten. Vier Buchstaben, die ein ganzes Leben bestimmten und gleichzeitig einen Appell zum Ausdruck brachten.

Nein, sie würde nicht in Selbstmitleid versinken. Trisha Wilson würde Geschichte schreiben, und mit dem ersten Wort begann sie gleich jetzt.

8

Hamburg, Santa Fu

Die Tür öffnete sich, und Henri Freihold starrte auf das in Folie eingeschweißte Stück Pappe in seiner Hand. Auf gelbem Grund waren in schwarzer Schrift die Ziffern »1« und »6« aufgedruckt.

»Tisch 16«, hatte der Wärter gesagt, als er ihm das Kärtchen übergeben hatte, und frotzelnd hinzugefügt: »Heilige Scheiße!«

Noch während Henri über diese Worte grübelte, wurde er von den mit ihm wartenden Gefangenen durch das große Eingangsportal in den Raum vor ihnen geschoben. Weil Henri während der vielen Jahre, in denen er einsaß, keinen Besuch bekommen hatte und auch nicht an Gott glaubte, war er noch niemals zuvor hier gewesen: in der Anstaltskirche, die täglich für wenige Stunden auch als Besucherraum diente. Lediglich die bunten Glasscheiben an den Seiten der hohen Wände und ein schlichtes Kreuz verrieten, dass dieser Ort nicht ausschließlich den irdischen Belangen der Gefangenen gewidmet war.

Henri fiel als Allererstes der fremde Geruch auf. Ein Geruch, den er bisher nirgendwo in der Anstalt wahrgenommen hatte. Das Aroma von gerade aufgebrühtem Kaffee und frischgebackenen Waffeln vermischte sich hier mit dem Duft von Freiheit. Eben noch umringt von Mitgefangenen, stand Henri plötzlich allein da. Alle anderen waren unter lautem Gejohle oder aber mit tränenersticktem Schweigen zu einem der zwei Dutzend Vierertische gestürmt und hatten sich mit den wartenden Eltern, Geschwistern, Frauen und Kindern vereint. Irgendwo weinte ein Baby. Henris Blick fiel auf die kleinen Täfelchen mit Nummern, die auf den einzelnen Tischen standen, und im nächsten Moment nahm er die Zahl »16« wahr und dahinter eine Gestalt, die einen braunen Morgenmantel zu tragen schien.

Während Henri sich einen Weg zwischen den Tischen bahnte, vorbei an tuschelnden, weinenden und auch streitenden Pärchen und Grüppchen, schien der Besucher, der an dem Tisch Nr. 16 auf ihn wartete, immer kleiner zu werden. Als Henri endlich vor ihm stand, fiel sein Blick tatsächlich auf einen kleinen Mann in einer braunen Mönchstracht. Die Schultern säumte ein Überwurf, der sich nach hinten zu einer Kapuze ausweitete, darunter trug der Ordensbruder eine gleichfarbige Tunika. Weder hatte er je zuvor einem Mönch gegenübergestanden, noch hatte er jemals darum gebeten, von einem besucht zu werden. Es musste sich um ein Missverständnis handeln. Vielleicht gehörte der Besucher aber auch zu einer obskuren Sekte, die versuchte, Sünder auf den rechten Weg zu bringen.

Er hätte nicht hierherkommen sollen. So nah an der Schwelle nach draußen – dort, wo der Knast am durchlässigsten war – überkam ihn urplötzlich ein ungutes Gefühl. Zu groß war seine Überraschung gewesen, als der Wachhabende ihn zu sich gerufen und von einem Besucher für ihn berichtet hatte. Die Neugierde hatte ihn hierhergetrieben. Doch nun, wo er auf diese merkwürdige Erscheinung vor sich hinabblickte, verspürte er den Drang, auf der Stelle kehrtzumachen und zurück in seine Zelle zu marschieren.

»Dreißig Jahre seit unserem letzten Treffen ... und du bist immer noch unfrei!«

Henri zuckte beim Klang der Stimme unwillkürlich zusammen. Sie hatte ein dunkles Timbre, und der Mönch sprach Deutsch mit einem fremdländischen Akzent. Doch jedes der Worte hatte bei Henri gewirkt wie die Strophe eines lange nicht mehr gehörten Kinderliedes. Ohne sich zu setzen, das Stück Pappe mit der Zahl fest umklammert, starrte Henri in das Gesicht des sonderbaren Besuchers. Der Anblick des vielleicht sechzigjährigen Mönchs mit Glatze, kugelrundem Kopf, pausbäckigen Wangen und wachen Knopfaugen unter borstigen Brauen vermischte sich mit dem Erinnerungsbild eines sehr viel jüngeren Mannes von gleicher Statur. Irritiert schüttelte Henri den Kopf.

»Setz dich, Henri!«, forderte der Mönch ihn auf und lächelte ihn an.

Henri ließ sich auf dem leeren Stuhl ihm gegenüber nieder. »Ich ... ich kenne Sie«, stammelte er. »Da ... da waren Sie noch ... jung.«

Das Lächeln des Mönchs verströmte eine große Güte, die sich sofort in Henris Herz einzunisten versuchte.

»Du warst noch jung«, erwiderte der Klosterbruder. »Keine zwölf Jahre alt. Ich besuchte deinen Vater in Chemnitz. Ich glaube, damals hieß dieser Ort noch Karl-Marx-Stadt.« Der Mönch rollte das »R« wie ein Italiener.

Henri empfand es als komisch, dass der Fremde ihn duzte. Als wäre er immer noch ein Kind. Weitere blasse Bilder stiegen in ihm auf: die Wohnung seiner Eltern in einem der Plattenbauten am Stadtrand. Wie er an einem Nachmittag als kleiner Junge an der Tür zum Wohnzimmer gelauscht hatte. Die zunächst aufgeregte, dann empörte Stimme seines Vaters. Der vollkommen ruhige und immer noch freundliche Blick, den der junge Mönch dem Kind zugeworfen hatte, als sein Vater ihn aus dem Wohnzimmer und schließlich aus der

Wohnung geschoben hatte. Das wütende Zuknallen der Haustür.

»Er hat Sie rausgeschmissen«, bemerkte Henri, in Erinnerungen versunken.

Der Mönch nickte mit ernster Miene. »Sein gutes Recht. Auch wenn er gegen den Staat war, so war er doch überzeugter Sozialist. Er hatte kein Interesse an dem Angebot, das ich ihm unterbreitete.«

Dies alles verwirrte Henri immer mehr. Er hatte lange nicht mehr an seine Kindheit gedacht und auch nicht an seinen Vater. Die meiste Zeit hatte sein Vater in Gefängnissen verbracht. Unter anderem wegen der Fluchtversuche, die sie unternommen hatten. Nur wenige Wochen nachdem der junge Mönch sie damals aufgesucht hatte, waren sie ausgewiesen worden, und er, Henri, war im Westen aufgewachsen.

»Und nun bin ich hier, um das gleiche Angebot, das dein Vater damals abgelehnt hat, dir zu unterbreiten. Und wieder bist du eingesperrt. So wie dein Vater sich damals gefühlt hat.«

Henri glaubte zu träumen. Dies alles war irreal. Erst jetzt fiel ihm über ihren Köpfen eine Kamera auf. Über allen Tischen war jeweils eine installiert und erinnerte die Anwesenden daran, dass sie sich in einem Gefängnis befanden. Wenn sie draußen gewesen wären, hätte er an die »Versteckte Kamera« gedacht, aber nicht hier drinnen.

»Mach dir keine Sorgen. Sie sind alle zunächst durcheinander, wenn ich sie besuche«, fuhr der Mönch behutsam fort. »Aber ich kann alles erklären.« Er machte eine Pause und reckte seinen Kopf zur Seite. Interessiert schaute er hinüber zu dem mehrere Meter entfernten Tresen, an dem Waffeln und Getränke verkauft wurden. Ein vergnügliches

Schmunzeln huschte über sein Gesicht. »Vielleicht willst du dir einen Kaffee holen und mir einen mitbringen?«, fragte er Henri.

»Sicher!«, antwortete Henri mit der Attitüde eines ertappten Gastgebers und erhob sich. Und während er, wie von Geisterhand gelenkt, auf die junge Frau hinter dem kümmerlichen Schanktisch zusteuerte, drehte er sich noch einmal zu dem Tisch um, in der Hoffnung, dass dieser nun verwaist war und sich alles nur als Halluzination herausstellte, die der Anstaltsarzt abzuklären hatte.

Doch noch immer saß dort der Mönch in seinem braunen Gewand, hob die Hand und winkte ihm fröhlich zu. Henri beschleunigte seinen Schritt, und im selben Augenblick erinnerte er sich an die Antwort seines Vaters auf seine verängstigte Frage, was der Mönch denn von ihm gewollt hatte: *Die schlimmsten Verlockungen*, hatte sein Vater mit bebender Stimme gesagt, *kommen im harmlosesten Gewand.*

9

Berlin, 1763

Die Stadt seufzte.

An jeder Straßenecke war es zu vernehmen, hinter jeder Tür, die geöffnet und wieder geschlossen wurde, im Stimmengewirr der Märkte, tausendfach hallte es in den großen Kirchenschiffen von den Wänden wider. Es war kein klagender Laut, kein bloßer Ausdruck von Verzweiflung. Nein, es war die Art von Seufzen, mit der man Anstrengungen begleitete, die man auf sich nahm, weil man es musste. Und die durch diesen kaum hörbaren Ausruf der Seele leichter zu ertragen waren.

Ein achtes Kriegsjahr stand bevor. Die Erinnerungen an den Überfall der Kosaken, die im vorigen Herbst die Stadt geplündert hatten, bis der herbeieilende König sie wieder vertrieb, waren lebendiger als viele Väter und Söhne.

Gleich nach seiner ersten Ankunft in Berlin hatte diese Stimmung sich auch wie eine schwere Decke über Calzabigi gelegt.

Doch seit seiner Rückkehr aus Leipzig und der Audienz bei dem König schwebte er wie auf Wolken durch die Straßen. Mit dem noch exklusiven Wissen um den bevorstehenden Friedensschluss und seinen geheimen Plänen, das Lottospiel hier einzuführen, fühlte er sich wie ein Reisender aus der Zukunft, der im Gegensatz zu allen anderen wusste, was morgen geschehen würde.

Wenn er nun durch das Meer grauer Gesichter spazierte,

schnürte der Anblick nicht mehr sein Herz ein, sondern zauberte ein Lächeln auf seine Lippen.

An diesem Morgen war ein Läufer erschienen und hatte ihm eine Depesche des Königs aus Leipzig überbracht.

Euer Plan von der Königlich Preußischen Lotterie ist akzeptiert. Tretet in Kontakt mit dem Hofrat Hainchelin, welcher bereits instruiert ist, mit Euch die Bedingungen auszuhandeln. Ich nehme Euch bei Eurem Wort. Doppelt oder Nichts. Euer Leben als Pfand. Friedrich

Beim Lesen des letzten Satzes fuhr Calzabigi erneut ein kalter Schauer über den Rücken. Immer noch war er sich unsicher, ob der König es ernst meinte, dass er sein Leben als Pfand geben sollte. Aber es waren schon Menschen wegen geringerer Vergehen als dem Verspielen der Staatskasse hingerichtet worden.

Der Läufer wusste, wo dieser Hainchelin in Berlin residierte, und so sandte Calzabigi den erschöpften Knaben ohne Umschweife mit der Bitte um ein Treffen weiter. Keine halbe Stunde später stand der Läufer erneut vor ihm und überbrachte ihm die Bestätigung Hainchelins für eine Verabredung am Vormittag.

Calzabigi machte sich bereit für den Besuch und verließ seine Unterkunft. Solange er in Berlin noch keine eigene Residenz bezogen hatte, wohnte er in einem Zimmer in der Brüderstraße. Das Haus gehörte dem bekannten Unternehmer Johann Ernst Gotzkowsky. Calzabigi verdankte die Bekanntschaft zu ihm der Seifenfabrik, die seine Familie in Livorno unterhielt. Zehn Jahre war es her, dass Gotzkowsky die Fabrik seines Vaters besichtigt hatte. Calzabigi, der ausgerechnet an diesem Tag bei seinen Eltern zu Besuch gewesen war, hatte den preußischen Handelsreisenden höchstpersönlich durch die Fabrikanlagen geführt. Gotzkowsky war damals nach Livorno gekommen, um das Patent der Herstellung von Seife aus Olivenöl ohne Feuer zu erwerben. Die Herstellung ohne das Sieden der Seifenmasse war aufwändiger und dauerte länger, das Produkt jedoch edler, härter und ergiebiger. Calzabigi hatte dem Gast das Rezept erläutert. Zehn Pfund Lauge, ein Pfund bestes toskanisches Olivenöl und ein Pfund geschabte Seife waren gut zu vermischen und mussten anschließend vierzehn Tage trocknen.

Auch Gotzkowsky schien den Besuch in Italien in guter Erinnerung behalten zu haben. Auf Calzabigis Anfrage aus London hatte er sich ohne Zögern bereit erklärt, ihn zu Beginn seines Aufenthalts in Berlin kostenfrei in seinem Gästehaus logieren zu lassen. Die Ausstattung des Apartments verriet den Reichtum des Gastgebers. Calzabigis Stolz, bei einem der wohlhabendsten Bürger der Stadt untergekommen zu sein, wich jedoch bald dem Schrecken, den die Neuigkeiten in ihm hervorriefen, die Gotzkowsky ihm vor einigen Tagen unter Tränen enthüllt hatte. Der Hausherr war vorbeigekommen, um seinem italienischen Gast die große Sammlung von Gemälden zu zeigen, die er in den obersten Stockwerken des Gebäudes verwahrte. Er hatte die Bilder – über hundert an der Zahl – im Auftrag des Königs gekauft, der sie in seinem Schloss in Sanssouci aufhängen wollte. Der Krieg hatte jedoch verhindert, dass der König die erworbenen Gemälde abnahm. Als Gotzkowsky davon zu sprechen begann, brach seine Stimme.

»Was habt Ihr?«, hatte Calzabigi sich verwundert erkundigt.

»Habt Ihr Euch schon einmal verspekuliert?«, fragte daraufhin Gotzkowsky, und als Calzabigi dies bejahte, erzählte dessen Gastgeber, dass er einen Großteil seines Vermögens in Getreidesilos in Russland investiert habe. »Es war mit steigenden Getreidepreisen zu rechnen. Doch nun machen Gerüchte von Friedensverhandlungen die Runde, und der Preis des Getreides sinkt und sinkt. Ich kann nicht verkaufen und muss, so widersinnig es klingt, darauf hoffen, dass der Krieg weitergeht!«

»Was ist mit Euren Fabriken? Eurer Porzellanmanufaktur? Der Seidenherstellung?«

»Wer kauft im Krieg, wo alles auseinanderbricht, Porzellan?«, entgegnete Gotzkowsky schluchzend.

»So bezahlt Eure Schulden mit den Gemälden hier«, schlug Calzabigi vor und deutete auf die Kunstwerke, die um sie herum an den Wänden hingen. Er verstand sich nicht auf den Kunsthandel, aber er erkannte ein anmutiges Bild, wenn er eines sah. »Verkauft die wenig bekannten Maler zuerst, wie diesen Rubens oder jenen Rembrandt dort«, riet Calzabigi. »Behaltet aber, wenn es geht, die alten Meister, wie Raffael oder Tizian.«

Gotzkowsky lächelte müde, erwiderte aber nichts darauf.

»Ich sage Euch zu, Euch zu unterstützen, wenn mein Lotto demnächst Gewinn abwirft«, hatte Calzabigi ihm noch tröstend versichert. Dass einer der reichsten Männer in Preußen vor dem Bankrott stand, hatte ihn zwar ernsthaft gerührt. Er deutete es aber auch als ein Zeichen, dass der Reichtum in dieser Stadt neu verteilt wurde. In letzter Zeit war er ohne allzu großes Glück an vielen Orten gewesen – jetzt aber schien es zum ersten Mal so, als wenn er zur richtigen Zeit am richtigen Ort war.

Das Haus von Hainchelin war mit einem kurzen Spaziergang durch das kalte Berlin zu erreichen. Calzabigi bog aus der Brüderstraße nach rechts ab, und vor ihm erhob sich das königliche Residenzschloss, wie es sich zur Breiten Straße hin präsentierte. Mit den beiden Eingangsportalen, den weit mehr als hundert Fenstern, die sich über drei Stockwerke verteilten, strahlte es etwas ähnlich Beschützendes aus wie der König selbst.

Wenig später hatte er die Adresse erreicht, die der Läufer ihm genannt hatte. Das Gebäude wirkte weit weniger repräsentativ als Gotzkowskys Haus. Der Stein war verwittert und die Farbe der Holztür längst verblichen. Auf Höhe des Schlosses waren notdürftig einige Beschläge angebracht, fast schien es so, als wenn sich schon einmal jemand gewaltsam Zutritt zu dem Haus verschafft hatte.

Der Kammerdiener, der auf sein Klopfen hin die Tür öffnete, schien im selben Zustand wie das Haus zu sein. Er war alt, sein rechtes Auge wurde von einer Augenklappe verdeckt, und er zog sein linkes Bein hinterher. Vermutlich hatte er in jüngeren Jahren seine Gesundheit in einer Schlacht für den König geopfert.

Er führte Calzabigi in einen Raum im Erdgeschoss. Was der Diener ihm als Salon des Hauses vorstellte, erinnerte ihn eher an eine Lagerstätte für Möbelstücke aller Art. Man erkannte kein System in der Einrichtung, und Calzabigi überlegte schon, ob das gesamte Inventar des Gebäudes in diesem Raum vielleicht für einen Umzug zusammengestellt worden war, als der Hausherr erschien.

Hainchelin war ein hochgewachsener, schlaksiger Mann. Er trug eine Perücke, deren Anblick Calzabigi unvermittelt zum Lachen brachte: Sie erinnerte ihn tatsächlich eher an ein Huhn als an ein Haarteil. Nur mit Mühe gelang es ihm, den Mund unverzüglich wieder zusammenzupressen und seine Lippen zu einem liebenswürdigen Lächeln zu verziehen. Der Kopf mit dem blassen, ovalen Gesicht, aus dem Hainchelin ihn skeptisch musterte, hatte die Form eines riesigen Hühnereis. Ein Huhn, das auf einem Ei brütete, dachte Calzabigi, als er Hainchelin betrachtete. Der Hofrat ignorierte sein Schmunzeln und begrüßte ihn kühl.

Kurz darauf saßen die beiden Männer vor dem Kamin, in dem ein einzelner Holzscheit knisternd verglühte. Der Kaffee, den der betagte Diener zwischenzeitlich servierte, schmeckte nach Zichorie. Ganz offensichtlich waren dem Kaffeemehl die deutlich billigeren Zichorienwurzeln beigemengt worden. Calzabigi verzog das Gesicht und hätte das Gemisch in seinem Mund am liebsten wieder ausgespuckt. Nur mühsam bekam er es hinunter.

»Ihr seid also der Lotto-Graf«, sagte Hainchelin abschätzig auf Französisch. Er betonte die Silben derart ungewöhnlich, dass Calzabigi Probleme hatte, ihn zu verstehen.

»Eigentlich bin ich kein Graf«, stellte er irritiert richtig.

»Der König beabsichtigt, Euch mit Erteilung des Lotterie-Patents in den Adelsstand zu erheben«, klärte Hainchelin ihn auf.

Calzabigi fügte die soeben ausgesprochenen Worte seines Gastgebers im Geiste noch einmal neu zusammen. Als er sich sicher war, sie richtig verstanden zu haben, ergriff ihn innerlich eine große Hitze.

»Das ehrt mich außerordentlich«, stieß er hervor und versuchte dabei, seine Freude zu verbergen.

»Ich bin dagegen, aus jedem Bauerntölpel einen Adeligen zu machen«, bemerkte Hainchelin spitz.

Als Calzabigi empört protestieren wollte, hob Hainchelin die Hand, um ihn zum Schweigen zu bringen, und fuhr fort:

»Nichts anderes beabsichtigt Eure Lotterie. Wenn ich Euren Plan richtig verstanden habe, kann jedermann ohne Rücksicht auf Herkunft und Stand mit nur einem Taler Einsatz auf einen Gewinn in Höhe von einer Million vierhundertsiebenundfünfzigtausend Talern hoffen. In was für Zeiten leben wir, in denen urplötzlich Reiche arm und Arme reich werden können.« Hainchelin neigte den Kopf und schaute auf das Stück Holz im Kamin, das nun fast vollständig verglüht war.

Calzabigi fühlte sich bei diesen Worten an Gotzkowsky erinnert. Er fragte sich, ob Hainchelin von dessen bevorstehendem Bankrott bereits wusste.

»Es sind Zeiten voller Chancen«, entgegnete Calzabigi. »Sicher kann man darüber streiten, ob man der Fortuna erlauben sollte, scheinbar wahllos aus armen Teufeln reiche Bürger zu machen. Aber tröstet Euch: Auf jeden Fall werden in einer Lotterie stets mehr Teilnehmer verlieren als gewinnen. Die Lotterie hat tatsächlich zwei Enden, und Ihr schaut nur auf das eine. Viel wichtiger für uns – und vor allem für den König – ist aber das andere.« Er war überrascht, wie einfach er die richtigen Worte fand. »Während die Lotterie einigen wenigen Loskäufern vielleicht Wohlstand bringt, macht sie den König als Losverkäufer auf jeden Fall reich.« Calzabigi sagte dies voller Euphorie, doch als er die Wirkung seiner Worte bei seinem Gegenüber einzuschätzen versuchte, konnte er in Hainchelins Gesicht nicht den erhofften Zuspruch erkennen.

»Damit die Menschen Eure Lotterie lieben, werden sie ihr vertrauen müssen. Nur wenn sie sicher sind, dass die Gewinne auch ausgezahlt werden, kaufen sie Lose und überlassen der Lottokasse somit ihr Geld. Dies soll nach dem Wunsch des Königs das Thema unserer Unterredung sein.

Euer Plan hat ihn überzeugt, aber ich will offen zu Euch sein ...« Hainchelin zog die Augen zu zwei kleinen Schlitzen zusammen und fixierte Calzabigi. »Von Euch ist er noch nicht überzeugt. Der König hat Bedenken, was Eure Person angeht.«

Calzabigi spürte, wie bei diesen Worten sein Mund trocken wurde und seine Kehle sich zuschnürte; er hielt es aber für klüger, erst einmal zu schweigen. Er griff nach der Tasse vor sich und versuchte, seinen aufkommenden Ärger mit Kaffee herunterzuspülen.

»Dass Ihr Italiener seid, ist allein vielleicht noch kein Grund zur Sorge«, fuhr Hainchelin unbeirrt fort. »Jedoch hört man Besorgniserregendes, was Eure Vergangenheit angeht. Ich kann Euch verraten, dass Baron von Knyphausen Euch dem König empfahl und im selben Atemzug vor Euch warnte.«

Dieser falsche Hund, dachte Calzabigi und nahm einen weiteren Schluck des scheußlichen Kaffees.

»Der König scheint dennoch entschlossen, alle Warnungen in den Wind zu schlagen und Eure Lotterie umzusetzen. Wie Ihr wisst, gehört eine Portion Unvernunft zu seinem Wesen, weshalb wir alle ihn so lieben.« Nach dieser überraschenden Äußerung machte Hainchelin eine kleine Pause, um offenbar seine Gedanken zu ordnen. Nachdenklich blickte er in den Kamin.

Währenddessen stürzte Calzabigi den Rest des Kaffees herunter.

Hainchelin richtete den Blick wieder auf seinen Gast. »Der König hat einige Maßnahmen befohlen, um das Vertrauen des Volkes in Eure Person zu stärken. Dass Ihr Euch schon bald ›di Calzabigi‹ nennen dürft, hatte ich schon erwähnt. Wir werden Euch jedoch eindeutschen. Aus Euren

Vornamen ›Giovanni Antonio‹ werden wir ›Johann Anton‹ machen, sodass Euer Name, mit dem Ihr in Preußen als Generaldirektor der Lotterie bekannt gemacht werdet, ›Johann Anton von Calzabigi‹ lauten wird. Auch wird der König Euch zum Finanz- und Commercienrat ernennen.«

Calzabigi lobte sich selbst, dass er sich in der Konversation zurückgehalten hatte. Auch wenn dieses Raubhuhn vor ihm versucht hatte, ihn zu provozieren – was er ihm nun zu berichten hatte, war Musik in seinen Ohren.

»Wie Ihr mit dem König besprochen habt, werdet Ihr keine monatlichen Bezüge, sondern eine Gewinnbeteiligung erhalten«, führte Hainchelin weiter aus. »Der König hat deren Höhe selbst festgelegt, niedergeschrieben und in diesem Kuvert versiegelt.«

Der Hofrat griff neben sich und hielt anschließend einen Umschlag in die Höhe. Calzabigi beugte sich vor, um danach zu greifen, doch Hainchelin reckte den Arm so hoch, dass Calzabigi den Umschlag nicht erreichen konnte.

»Ich soll Euch fragen, ob Ihr das Kuvert öffnen oder aber dem König vertrauen wollt. In letzterem Fall behalte ich es, und das Siegel wird erst gebrochen, wenn Eure erste Beteiligung zur Auszahlung kommt.«

Calzabigi verharrte in seinem Stuhl. Bei aller Freude darüber, wie gut die Dinge sich entwickelten, war er die vergangenen Tage wegen der Sache mit der Beteiligung in große Sorge geraten. Der König hatte ihn bei ihrem Gespräch in Leipzig geschickt dazu gebracht, eine reine Provision zu akzeptieren. Jedoch wusste er nicht, wovon er bis zur Auszahlung seines ersten Anteils in Berlin leben sollte. Bei Gotzkowsky konnte er nicht ewig wohnen, insbesondere, wenn dieser nun tatsächlich finanziell vor die Hunde ging. Und er musste irgendwovon seinen Lebensunterhalt bestreiten. Wenn er nun sogar einen Adelstitel tragen würde, zudem noch auf standesgemäßem Niveau. Nachdem er in den vergangenen Jahren zweimal bankrottgegangen war, verfügte er über keinerlei eigenes Vermögen mehr. Im Gegenteil: Täglich rechnete er damit, dass Menschen aus seiner Vergangenheit auftauchen würden, denen er noch Geld schuldete ...

Plötzlich wurde ihm bewusst, dass Hainchelin ihn anstarrte und immer noch auf seine Antwort wartete.

»Dann behaltet den Umschlag und öffnet ihn nicht; ich vertraue darauf, dass der König meine Verdienste angemessen zu vergüten weiß«, antwortete er und ärgerte sich sogleich, dass die düsteren Gedanken, denen er sich soeben hingegeben hatte, in seinem Tonfall mitschwangen.

Hainchelin lächelte nun zum ersten Mal und legte den Umschlag wieder beiseite.

Calzabigi bemerkte plötzlich, wie seine Hand zitterte. Vermaledeiter Kaffee, dachte er.

»Nun gut ...«, sagte Hainchelin und machte eine lange Pause. Scheinbar fiel ihm schwer, was er nun zu sagen hatte. »Der König ist sich bewusst, dass Ihr eine Unterkunft benötigt. Er weist Euch daher ein Haus, einen Koch und ein monatliches Budget zur Bestreitung der Kosten in Höhe von tausend Talern zu. Wohlgemerkt: Dies ist kein Honorar für Eure Bemühungen, sondern lediglich eine Aufwandsentschädigung. Ich hoffe, damit seid Ihr einverstanden?«

Calzabigi war so überrascht, dass er keine Worte fand, sondern lediglich ein paar Mal nickte. Es hielt ihn kaum noch auf seinem Stuhl. In Gedanken bekreuzigte er sich. Irgendjemand meinte es gut mit ihm. Der König machte seinem Ruf als weiser Mann alle Ehre. Diese monatlichen Zuwendungen würde ihm mehr Wohlstand garantieren, als er in seinem Leben bisher gehabt hatte.

»Die erste Ziehung soll bereits im Sommer stattfinden«, verkündete Hainchelin. »Denkt Ihr, dass Ihr bis dahin diese Lotterie aufbauen könnt?«

Calzabigi nickte erneut und spürte, wie der Tatendrang sich in ihm ausbreitete. »Es gibt viel zu tun. Wir werden das Lottospiel dem Volk erklären müssen, Lotteriekontore im gesamten Reich aufbauen, die Finanzen ordnen – aber ich werde es schaffen!« Er spürte ein Jucken am rechten Nasenflügel, traute sich jedoch nicht, sich dort zu kratzen. Bis zum Sommer war nicht mehr viel Zeit, und er wusste aus Erfahrung, wie aufwendig der Aufbau einer Lotterie war.

»Ich warne Euch davor, den König zu enttäuschen. Kaum etwas hasst er mehr als Unpünktlichkeit und Verzögerungen«, sagte Hainchelin mit scharfem Ton und nahm seinerseits einen Schluck Kaffee. Die Art und Weise, wie er die Tasse zwischen Zeigefinger und Daumen, mit weit abgespreiztem kleinem Finger hielt und zu seinen gespitzten Lippen führte, erinnerte Calzabigi an einen Vogel an der Tränke.

»Das wichtigste Instrument zur Absicherung der Lotterie«, erklärte Hainchelin, »bin jedoch ich!«

Er machte eine Pause, um Calzabigis Reaktion abzuwarten, und registrierte zufrieden dessen Verwunderung.

»Der König hat mich mit der Gegenrechnungsführung beauftragt und mit sofortiger Wirkung zum Commissario der Lotterie ernannt«, teilte Hainchelin mit. »In dieser Funktion tue ich nichts anderes, als Euch zu kontrollieren.« Er schien entschlossen, mit dieser Aufgabe sofort anzufangen, und beobachtete sein Gegenüber mit zusammengekniffenen Augen.

Calzabigi griff nach der Kaffeetasse, aber sie war leer. Ihm war klar, dass er sich den Wünschen des Königs würde beugen müssen. Es hatte keinen Zweck, sich gegen dessen Anordnung zu sträuben. Wenn es die Lotterie nur mit diesem preußischen Wachhund geben sollte, musste er dies akzeptieren.

»Es ist mir eine Ehre, Euch zum Kontrolleur zu haben«, sagte er daher und setzte sein freundlichstes Lächeln auf.

Dies brachte Hainchelin sichtlich aus dem Konzept. »Ich habe gute Augen!«, entgegnete dieser nach einer kurzen Pause, als gelte es, eine Drohung zu verschärfen. Dann beugte er sich vor und senkte seine Stimme. »Ab sofort bin ich Euer Schatten. Was Ihr einnehmt, werde ich nachzählen. Was Ihr ausgebt, werde ich genehmigen müssen. Wenn Ihr das Herz der Lotterie seid, bin ich der Kopf!«

Wohl eher die Hämorrhoiden, dachte Calzabigi, der sich weit in seinem Sessel zurückgelehnt hatte, um dem faulen Atem Hainchelins zu entgehen. Auch jetzt hielt er es für besser, nichts zu sagen. Damit war er in diesem Haus bisher gut gefahren.

»Die große Sorge des Königs, dass die Lotterie Verlust erleiden könnte, ist auch die meine«, betonte Hainchelin. »In Eurem Plan schreibt Ihr, dies sei unmöglich, und zwar dank einer Erfindung, die Ihr gemacht habt. Castelado nennt Ihr sie.«

»Ihr meint das Castelleto!«, korrigierte Calzabigi ihn sogleich. »In der Tat ist diese meine Erfindung einzigartig und garantiert, dass Verluste nicht entstehen können.«

Hainchelin wiegte den Kopf hin und her. »Ich muss gestehen, ich habe dieses Institut in Eurem Plan nicht ganz verstanden. Nicht weil es mir an Klugheit fehlt, sondern weil ich Eure Erklärung nicht eindeutig fand ...«

Calzabigi tat, als habe er den neuerlichen Affront überhört. »So erlaubt mir, dass ich es Euch noch einmal erläutere, in einfacheren, eingängigeren Worten. Meine Schwester in London hat sechs Kinder, und so bin ich es gewohnt, Dinge in wenig komplizierten Sätzen zu erklären.«

Hainchelin verzog die Augenbrauen, schien sich jedoch unschlüssig, ob die Worte des Italieners als Beleidigung gedacht waren oder nicht.

»Die Gefahr bei der Lotterie besteht für denjenigen, der sie ausrichtet, allein darin, dass die Höhe der Gewinne die Höhe der Einnahmen übertrifft«, stellte Calzabigi fest. »In diesem Fall wird ein Verlust eintreten. Nach strengen mathematischen Berechnungen, die ich in den vergangenen Monaten angestellt habe, werde ich höchstpersönlich vor der Ziehung die Gesamthöhe der Einsätze auf die verschiedenen Einsatzarten und Nummern begrenzen. Lasst es mich in einem Satz zusammenfassen: Der größte Feind der Fortuna ist die Mathematik!«

Es war dem Hofrat bei Calzabigis Ausführungen nicht anzusehen, ob er ihnen folgen konnte oder nicht. Doch bei den letzten Worten hellte sich seine Miene sichtbar auf, und er erklärte: »So hoffen wir, dass Ihr die Mathematik beherrscht!« Wieder klang es wie eine Warnung. Danach faltete Hainchelin die Hände vor seinem Körper und holte tief Luft. »Apropos«, sagte er. »Der König ließ mir ausrichten, dass Ihr auch für das Tabak- und das Bankenmonopol einen Vorschlag zu unterbreiten hättet und er bei einem Erfolg Eurer Lotterie geneigt sei, sich diese anzuhören?« Hainchelin sprach mit unverdächtigem Ton, nur die Höhe seiner Stimme verriet seine Erregung.

Calzabigi versuchte einmal mehr, sich nichts anmerken zu lassen. Also war es ihm gelungen, den König auch für diese Pläne zu interessieren. Andererseits erinnerte er sich noch gut daran, dass der König davon gesprochen hatte, Hainchelin selbst habe sich um diese Monopole beworben. Er durfte also seinen Gastgeber nicht unnötig reizen, jetzt, wo er zum Kontrolleur der Lotterie ernannt werden sollte.

»Es sind nur ein paar Ideen, nichts weiter«, wiegelte er daher ab.

Hainchelin schob das Kinn vor und taxierte ihn mit strengem Blick. »Ich möchte Euch anvertrauen, dass ich dem König hierzu bereits ausgereifte Pläne vorgelegt habe und es beschlossene Sache ist, dass mir die Ehre zuteil wird, den Tabakvertrieb gegen Pacht zu lenken. Auch wird er mich mit der Gründung der ersten Bank in Preußen betrauen. Also sind Eure diesbezüglichen Bemühungen überflüssig, und Ihr könnt Euch ganz auf Euer Lottospiel konzentrieren, welches mir zu kontrollieren obliegt. Ich hoffe, Ihr versteht, was ich meine?« Er verharrte weit vorgebeugt auf seinem Sitz und ließ seinen Gast nicht aus den Augen.

»Ich habe Euch genau verstanden!«, bestätigte Calzabigi und senkte den Blick. Während seiner Zeit beim Militär hatte er gelernt, dass man wissen musste, wann man das Gefecht suchen und wann man sich besser zurückziehen sollte.

»Hervorragend!«, rief Hainchelin zufrieden und klatschte laut in die Hände. »Dann wollen wir also mal Fortuna spielen!« Er lachte laut auf.

Calzabigi erinnerte dieses Geräusch an das Meckern einer Ziege. Ihm war danach, sich der Gegenwart dieses Mannes zu entziehen. »Sind wir nun fertig?«, fragte er und blickte zur Tür.

»Eines noch«, bemerkte Hainchelin. »Die Angelegenheiten, die es zwischen Euch und dem König zu besprechen gibt, sind nach dessen Ansicht offenbar von solcher Bedeutung, dass er Euch ...« – er schluckte sichtbar – »... dass er Euch das Immediatsrecht gewährt. Ihr werdet Eurer

Majestät vortragen dürfen, ohne dass ein Minister anwesend ist.«

Calzabigi frohlockte ein weiteres Mal. Dadurch eröffnete sich für ihn die Gelegenheit zu vielen ungestörten Konversationen mit dem König, und er würde sie nutzen, um sich als Erstes dieses lästigen Plagegeists zu entledigen.

»Über das Immediatsrecht verfüge noch nicht einmal ich«, fügte Hainchelin hinzu.

Calzabigi registrierte mit Genugtuung den beleidigten Unterton in seinen Worten. Der richtige Moment, um das Gespräch zu beenden, fuhr es ihm durch den Kopf. Er hatte genug von seinem Gastgeber, und er gierte nach frischer Luft. Er klopfte sich auf die Oberschenkel und machte Anstalten, sich zu erheben.

»In diesem Zusammenhang noch eine Sache«, sagte Hainchelin und bedeutete ihm mit einer Bewegung seiner Hände, sitzen zu bleiben. »Wo Ihr das Immediatsrecht besitzt, sollten wir noch ein, wie soll ich sagen, heikles Thema klären.« Hainchelin holte tief Luft, als stünde ihm eine schwere Aufgabe bevor. »Was wir jetzt besprechen, darf der König unter keinen Umständen erfahren. Gebt Ihr mir Euer Wort?«

Calzabigi bemerkte, wie sein Puls schneller wurde. Eine Verabredung hinter dem Rücken des Königs klang gefährlich. Er zuckte mit den Schultern. Weder wollte er ein klares Bekenntnis für den bevorstehenden Pakt ablegen noch dieses offen verweigern.

Seinem Gegenüber genügte diese Geste offenbar. »Es gab gemeingefährliche Gerüchte über den König. Wenn Ihr wisst, was ich meine.«

Calzabigi schüttelte den Kopf. Tatsächlich hatte er keine Ahnung, worauf sein Gesprächspartner hinauswollte.

»Was seine, wie soll ich sagen ... seine Vorlieben angeht.« Hainchelin sah Calzabigi fast flehentlich an, damit dieser ihn verstand.

Doch Calzabigi schüttelte wieder den Kopf.

Hainchelin beugte sich vor und sprach nun im Flüsterton. »Ich meine sein Interesse an der weiblichen Natur!«

Calzabigi verzog den Mund. »Ich verstehe immer noch nicht, was Ihr meint«, entgegnete er eine Spur zu laut.

»Pssst!«, ermahnte Hainchelin ihn. »Also, es geht darum, dass der König oft, vielleicht ein wenig zu oft ... wie soll ich sagen ... dass er recht oft hübsche Männer allein empfängt. Er liebt eben die geistige Unterhaltung, und solche Art der Konversation können ihm selbstverständlich nur gebildete Männer eröffnen – und keine Frauenzimmer. Aber nun ja, Ihr wisst, wie es ist. Der König hat die Königin wegen des Krieges lange nicht mehr gesehen. Und die Menschen sind niederträchtig, und sie mögen den Tratsch. Da wird geredet.«

Calzabigi dämmerte langsam, worauf Hainchelin hinauswollte.

»Na ja«, fuhr dieser fort, »und Ihr seid einer der wenigen, die mit dem König wegen des Immediatsrechts allein sein werdet. Und da wünscht der Hof sich, dass Ihr glücklich liiert seid. So ersticken wir jegliches Gerücht, was Euch angeht, im Keim. Denkt an das Thema ›Vertrauen und Lotterie‹, über das wir gesprochen hatten. Kaum auszudenken, wenn die Menschen denken würden, der König habe Euch nur mit der Lotterie beauftragt ... Na ja, Ihr wisst, was ich meine. Ich hörte, dass Ihr ohne Gemahlin in Berlin abgestiegen seid. So wollte ich Euch fragen: Ihr seid doch verheiratet?«

Calzabigi starrte Hainchelin ungläubig an. Spontan

wollte er mit »Nein« antworten. Im letzten Jahr hatte er mit Madame Dorcet zusammengelebt. Sie war deutlich älter als er und fast ihr ganzes Leben mit dem General La Mothe verheiratet gewesen. Nach dessen Tod hatte Calzabigi sie in Brüssel kennengelernt, und sie hatte sich ihm zugewendet. Im Zuge seiner Flucht aus Brüssel hatte er sie zurückgelassen, um nicht noch mehr Aufsehen zu erregen.

Andererseits schien es nicht klug zu sein, diesem Ränkeschmied zu offenbaren, dass er ledig war. Dies würde nur das Bild vom italienischen Abenteurer befeuern, das Hainchelin zu Beginn des Gesprächs angedeutet hatte. Calzabigi legte den Kopf zur Seite und lächelte. In ihm stieg die Erinnerung an den femininen Körperbau des Königs hoch, der ihm in Leipzig aufgefallen war.

»Verzeiht, dass ich gezögert habe«, entgegnete Calzabigi schließlich. »Aber ich musste die Ungeheuerlichkeiten, die Ihr mir erzählt habt, erst einmal verdauen. Selten habe ich einen männlicheren Herrscher getroffen!«

»Ohne Zweifel!«, beeilte sich Hainchelin, ihm beizupflichten.

»Abgesehen davon könnt Ihr ohne jede Sorge sein«, fuhr Calzabigi fort. »Ich bin glücklich verheiratet mit der jungen Madame Calzabigi. Ich werde sie nachholen, sobald mein Haushalt eingerichtet ist!«

»Ich wusste, dass wir uns darum keine Sorgen machen müssen«, stellte Hainchelin erleichtert fest und erhob sich. »Gleich morgen früh werde ich jemanden schicken, der Euch zu Eurer neuen Bleibe geleitet. Wegen der Einzelheiten der Lotterie sollten wir beide uns alsbald wieder besprechen.«

Calzabigi, der ebenfalls aufstand, grauste bereits jetzt davor. Er würde die Treffen mit diesem Mann so knapp wie nötig gestalten. »Ich bedanke mich sehr für Eure große Gastfreundschaft und kann es nicht abwarten, mit Euch zu kooperieren«, erklärte er zum Abschied und deutete eine Verbeugung an.

Kurz darauf stand Calzabigi wieder auf der Straße. Obwohl nun zahlreiche Aufgaben auf ihn warteten, spürte er eine tiefe Zufriedenheit in sich. Frohgemut marschierte er durch die Stadt. Während er sich umblickte, fühlte er sich keineswegs fremd, obwohl er noch nicht lange hier lebte. Nun hatte er die Gelegenheit, allem nachträglich einen Sinn zu verleihen: Seine gescheiterten Versuche, das Lotto in Paris und Brüssel einzuführen, erschienen mit einem Mal nicht mehr als Stolpersteine, sondern als Treppenstufen, die ihn hierhergeführt hatten. Niemals zuvor war er der Verwirklichung seiner Träume so nahe.

Plötzlich begann es zu schneien. Um ihn herum fiel der Schnee vom Himmel, und er fühlte in seinem Inneren die gleiche Leichtigkeit, mit der die Flocken sanft zu Boden schwebten.

»Di Calzabigi«, sprach er langsam vor sich hin und lächelte. Das klang gut.

Allerdings hatte er ein kapitales Problem: Er war unverheiratet und brauchte schleunigst eine Signora di Calzabigi. Nachdem er in den vergangenen Jahren keine gefunden hatte, musste er nun in kürzester Zeit mehr Geschick bei der Brautschau beweisen.

Er streckte den Arm aus. Eine wunderschöne Schneeflocke landete weich auf seinem Handrücken. Noch bevor er nach ihr greifen konnte, schmolz sie und hinterließ nur einen feuchten Fleck, der wie eine zerplatzte Träne aussah.

10

Hamburg, Santa Fu

Kurz hatte Henri überlegt, auf dem Weg zum Verkaufstresen in der Anstaltskirche links abzubiegen und einfach wieder in den Zellentrakt zurückzugehen, ohne sich noch einmal umzuschauen. Doch irgendetwas, mehr Gefühl als Gedanke, hatte ihn davon abgehalten, und nun stand er mit zwei dampfenden Kaffeebechern in den Händen wieder vor dem Mönch.

Jetzt, wo er ihn ein zweites Mal betrachtete, erinnerte ihn der Ordensbruder mit seinem gedrungenen Rumpf, den kurzen Armen und dem mächtigen Bauch, der sich unter der Kutte wölbte, an eine braun gefärbte Kopie des Michelin-Männchens. Wieder versuchte Henri, in dem rundlichen Gesicht zu lesen, konnte es aber nicht. Einen Augenblick lang entdeckte er darin die fast kindlichen Züge eines dicklichen Jungens, die sich jedoch im nächsten Moment in das von Furchen durchzogene Antlitz eines alten Mannes verwandelten. Dieser Effekt ließ seinen Puls schneller schlagen, und er fühlte sich an eine dieser mit schwarzer Tusche gemalten Zeichnungen erinnert, die je nach Perspektive des Betrachters eine alte Hexe oder eine junge Frau zeigten. Aufs Neue irritiert, ließ er sich wieder nieder und pustete verlegen über seinen Kaffeebecher hinweg.

Sein Leben lang hatte Henri Freihold zu denjenigen gehört, die ihre Gesprächspartner dominierten. Sowohl als promovierter Jurist in Freiheit als auch als sicherheitsverwahrter Anwalt im Knast. Er war einer der wenigen, denen der Gefängnisdirektor auf Augenhöhe begegnete. Und nun kam plötzlich dieser Kuttenträger und behandelte ihn wie ein kleines Kind; und was noch schlimmer war – er fühlte sich in dessen Gegenwart auch so. Henri blickte auf und bemerkte, dass der Mönch ihn mit einem milden Lächeln musterte, ohne Anstalten zu machen, etwas zu sagen. Es war an der Zeit, dass er sich zusammenriss und die Sache klärte.

»Was ist das für ein –«

»Angebot, das ich dir unterbreiten will?« Der Mönch hatte ihn sofort unterbrochen, ohne dabei das wohlwollende Schmunzeln zu verlieren.

Henri nickte. Er konnte sich wirklich nicht daran erinnern, wann er das letzte Mal überhaupt geduzt worden war.

Der Mönch beugte sich vor, stützte die Ellbogen auf den Tisch und faltete die Hände vor seiner Brust wie zum Gebet. »Es geht um die Teilnahme an einer Lotterie.«

Henri stöhnte auf und stellte den Becher so hart auf dem Tisch ab, dass ein Schwall Kaffee überschwappte und auf der Tischplatte landete. Also doch jemand, der ihm etwas verkaufen wollte. Konnte das möglich sein? Ihm, dem Knacki. Dreißig Jahre nachdem er seinen Vater besucht hatte? Ein als Diener Gottes verkleideter Glücksspielvertreter, der über Jahrzehnte und Generationen hinweg sein Adressbuch abarbeitete.

Ärger stieg in Henri auf. Plötzlich spürte er die fleischige Hand des Mönchs auf der seinen. Sie fühlte sich warm und weich an. Schon wollte er seine Hand zurückziehen, doch irgendetwas hinderte ihn daran. Sie war wie gelähmt.

»Hör mich an, bis ich fertiggesprochen habe, und dann

triff deine Entscheidung.« Der Mönch sprach nicht wie ein Verkäufer, sondern eher wie ein Missionar.

Henri verharrte, ohne sich zu bewegen. Im Geiste erhob er sich und verließ den Raum, doch nun gehorchten auch seine Beine nicht mehr seinem Willen.

Der Mönch griff mit der anderen Hand unter sein Gewand und beförderte einen Umschlag heraus, den er zwischen ihnen auf den Tisch legte.

»Das ist dein Los«, sagte er und deutete mit einem Nicken auf den Umschlag.

Henri blickte sich nach dem Wärter um, der einige Meter entfernt an der Wand lehnte und gelangweilt die Gespräche an den Nachbartischen beobachtete. Er war sich nicht sicher, ob Besucher Gefangenen überhaupt etwas übergeben durften.

»Sie haben es am Eingang durchleuchtet – alles okay«, beruhigte ihn der Mönch, als habe er die Gedanken seines Gegenübers gelesen.

Endlich gehorchte Henris Hand ihm wieder, und er entzog sie dem Griff des Mönchs. Er tastete sie mit der anderen Hand ab und knetete sie, als gelte es, sie wieder zum Leben zu erwecken.

»Es handelt sich um eine sehr alte Lotterie. Ein Schweigegelübde hindert mich daran, dir alle Details zu nennen. So viel sei aber gesagt: 1764 hat sie begonnen. Dein Name steht auf der Liste derjenigen, die berechtigt sind, eines der letzten Lose zu erwerben, und der Preis, den es zu gewinnen gibt, ist von wahrhaft unermesslichem Wert.«

Henris Blick wanderte zu dem Umschlag, in dem sich das Los befinden sollte, dann zurück zum Mönch. Nun wunderte er sich nicht mehr, dass sein Vater den Mönch damals des Hauses verwiesen hatte.

»Und das haben Sie damals auch meinem Vater gesagt, bevor er Sie an die Luft gesetzt hat?«

Der Mönch nickte zustimmend, sichtlich zufrieden, dass Henri wieder zu sprechen begonnen hatte. »Das Los wird von Generation zu Generation weitervererbt, bis ein Erbe bereit ist, mitzuspielen.«

»Dann wollten es also meine Vorfahren bislang nicht haben?«, schlussfolgerte Henri.

Der Mönch nickte abermals.

»Obwohl es einen Preis von unermesslichem Wert zu gewinnen gibt?«, hakte Henri skeptisch nach.

Wieder nickte der Mönch.

Henri überlegte kurz, bevor er fragte: »Wie viel gibt es denn genau zu gewinnen?«

Der Mönch hob seine Schultern und legte zum Zeichen des Schweigens den Zeigefinger auf seine Lippen.

Henri starrte ihn an. Dann hob er seine Hand, winkte ab und lehnte sich demonstrativ entspannt in seinem Stuhl zurück.

»Und was soll ich mit dem Gewinn anfangen, egal, wie viel es ist?«, fragte er spöttisch. »Falls es Ihnen nicht aufgefallen ist: Ich bin in meiner Bewegungsfreiheit ein wenig eingeschränkt! Geld spielt hier drin keine Rolle.« Er deutete auf die Gitter an den Fenstern.

Der Mönch schenkte ihm ein verständnisvolles Lächeln, gleich dem, das ein Vater seinem Kind zuteil werden lässt, wenn es am Abend auf das Monster unter seinem Bett hinweist.

»Du begehst einen menschlichen Fehler, wenn du versuchst das Unermessliche zu ermessen«, stellte er fest.

Henri wartete, ob sein Gegenüber etwas ergänzte, dann fuhr er sich mit der Hand durch seine Haare.

»Du redest wie der Dalai Lama!«, bemerkte er etwas genervt. Unvermittelt hatte auch er nun begonnen, seinen Gesprächspartner zu duzen.

»Der ist Buddhist, ich bin Christ.«

»Ein Christ verkauft Lose?«, erwiderte Henri verblüfft. »Wer steckt überhaupt hinter dieser mysteriösen Lotterie, bei der ein Mönch als Losverkäufer eingespannt wird?«

»*Carlo della Torre di Rezzonico*«, antwortete der Ordensbruder höflich und ergänzte auf Henris ratlosen Blick hin: »Papst Clemens XIII. Er regierte bis 1769.«

»Ein Papst?« Henri schüttelte den Kopf. »Und warum kommst du gerade zu mir? Warum zu meinem Vater?«

»Die Vorfahren deiner Familie haben das Recht zur Teilnahme erworben. Vor vielen Jahrhunderten in Preußen.«

»In Preußen?«

Der Mönch nickte zustimmend und hob die buschigen Augenbrauen. »Alle Teilnehmer sind Nachfahren von Preußen.«

Henri wusste nichts von irgendwelchen Vorfahren in Preußen. Er war wahnsinnig, sich auf diese haarsträubende Geschichte überhaupt einzulassen. Aber es stand fest, dass dieses Mönchlein vor dreißig Jahren bereits einmal in sein Leben getreten war. Und er saß im Knast. Was hatte er also zu verlieren.

»Wann ist die Ziehung?«, wollte Henri wissen.

»Wenn alle Lose verkauft sind«, entgegnete der Mönch.

»Wie viele Lose gibt es denn noch?«, erkundigte sich Henri.

»Nur noch drei außer diesem!«, stellte der Mönch trocken fest und zeigte auf den Umschlag.

»Dann wäre meine Chance also eins zu vier?«, fragte Henri nach.

Der Mönch nickte zustimmend.

Henri konnte sich gut vorstellen, dass sein Vater das Los nicht gewollt hatte. Er war überzeugter Sozialist gewesen, und die Aussicht auf einen »Gewinn von unermesslichem Wert« musste ihm einen großen Schrecken eingejagt haben.

Wieder schien der Mönch seine Gedanken zu erraten. »Als ich deinem Vater das Angebot unterbreitete, gab es allerdings noch zwölf Lose.«

Henri verstand nicht. »Du sagtest eben, es gebe nur vier ...«

»Nur wer lebt, kann an der Ziehung teilnehmen. Und diese findet erst statt, wenn auch das letzte Los vergeben ist. Hat jemand aber ein Los gezeichnet und verstirbt vor der Ziehung, erlischt sein Recht auf die Teilnahme. Und ein bereits gezeichnetes Los kann auch nicht mehr weitervererbt werden. Auf die nächste Generation springt nur das Recht über, ein Los zu zeichnen, wenn die Vorfahren darauf verzichtet haben. Es waren einmal dreihundertachtundvierzig Teilnahmewillige. Doch leider lebt derzeit keiner der Losbesitzer mehr. Inzwischen gibt es nur noch vier Lose, die bis heute von den berechtigten Familien nicht gezeichnet wurden. Deins und noch drei weitere. Niemals zuvor waren wir so dicht vor der Ziehung ...« Zum ersten Mal glaubte Henri bei seinem Gegenüber so etwas wie Überschwang wahrzunehmen.

»Hast du die anderen drei Losberechtigten denn schon aufgesucht?«, erkundigte Henri sich.

Diesmal schüttelte der Mönch verneinend den Kopf.

»Keinen einzigen?«

Wieder schüttelte der Mönch den Kopf.

»Aber wenn alle vier mitmachen ...«

»... dann findet die Ziehung endlich statt«, vollendete der Mönch feierlich den Satz.

»Mit nur vier Teilnehmern«, fasste Henri zusammen. »Und wenn einer der anderen drei Berechtigten den Erwerb des Loses ablehnt ...«

»... dann geht das Recht zum Erwerb auf die nächste Generation über ...«

»... und die Ziehung findet erst einmal nicht statt; und obwohl ich vielleicht ein Los gezeichnet habe, müsste ich Jahre oder Jahrzehnte auf die Ziehung warten«, führte Henri den Gedanken weiter aus. »Und wenn ich vor der Ziehung sterbe, verliere ich das Recht auf die Teilnahme.«

Das beipflichtende Nicken des Mönchs war diesmal überflüssig. Er hatte die bisher genannten Spielregeln verstanden.

»Aber es sind nur noch drei außer mir da. Die anderen wären doch verrückt, so kurz vor der Ziehung das Los abzulehnen!«, überlegte Henri laut. »Also sollte die Ziehung bald stattfinden.«

»Viele Teilnehmer haben in den letzten hundert Jahren abgelehnt«, gab der Mönch zu bedenken.

Unvermittelt hatte so etwas wie Spiellust Henri gepackt. »Ich mache mit!«, verkündete er, ohne weiter zu überlegen, und griff nach dem Los vor sich.

Doch mit einer blitzschnellen Handbewegung, die Henri ihm gar nicht zugetraut hätte, zog der Mönch den Umschlag zurück.

»Nicht so schnell, erst der Einsatz!«, sagte er.

Henri, der sich nun endlich traute, auch in das Gesicht des Mönchs zu schauen, nahm ein unheimliches Aufblitzen in dessen Augen wahr.

»Was für einen Einsatz?«, fragte Henri misstrauisch.

Der Mönch griff abermals unter seine Tunika und holte ein weiteres Blatt Papier hervor, welches ebenso vergilbt aussah wie der Umschlag auf dem Tisch.

»Was ist das?«, wollte Henri wissen. »Muss ich meine Seele verkaufen?« Sein Lachen blieb ihm im Halse stecken.

»Der Einsatz beträgt nicht weniger und nicht mehr als dein gesamtes Vermögen«, verkündete der Mönch. »Du musst auf dem Blatt unterzeichnen, dass du damit einverstanden bist.«

Henri stutzte. Nun begann er zu verstehen, warum bis heute noch nicht alle Lose dieser Lotterie verkauft worden waren, obwohl sie nach Auskunft des Mönchs seit Jahrhunderten existierte.

»Mein gesamtes Vermögen?«, echote er ungläubig.

Unter normalen Umständen hätte ihn die Höhe des Einsatzes abschrecken sollen. Doch er war ein Spezialfall. Er saß im Gefängnis. Der Begriff Vermögen hatte für ihn eine andere Bedeutung. Sein Vermögen bestand aus einem Konto, das die Gefängnisleitung für ihn führte und auf das er vier Siebtel seines Knast-Arbeitslohns zurücklegen musste, bis das Konto ein Plus von eintausendvierhundertsechzig Euro erreicht hatte. Dieses Geld sollte ihm bei der Entlassung den Weg ebnen. Sein Vermögen betrug somit lächerliche eintausendvierhundertsechzig Euro. Er lachte auf. Vermutlich hatte keiner so wenig Hemmungen wie er, sein gesamtes Vermögen für so ein Los einzusetzen. Ob es den anderen möglichen Teilnehmern auch so gehen würde, war zwar fraglich. Aber er hatte nichts zu verlieren.

»Wo soll ich unterschreiben?«, stieß Henri betont unerschrocken hervor.

Der Mönch schien erstmals zu zögern. »Du willst wirklich dein gesamtes Vermögen opfern? Hast du dir das auch gut überlegt?«

»Das Ganze«, bestätigte Henri, begleitet von einem spöttischen Lachen.

»Es ist für immer verloren, ob die Ziehung stattfindet oder nicht!«, warnte der Mönch.

»Wo soll ich unterschreiben?«, wiederholte Henri.

Der Mönch hatte begriffen, dass Henri es ernst meinte; er drehte das Papier auf dem Tisch herum und schob es Henri zu. Sein fleischiger Zeigefinger deutete auf einen freien Platz am Ende des Dokuments. Mit der anderen Hand hielt er Henri einen Kugelschreiber entgegen. Henri war ein bisschen enttäuscht, dass es sich nicht um eine mittelalterliche Schreibfeder handelte, dem Papier vor ihm wäre es würdig gewesen. Die Schrift darauf war altertümlich, und obwohl er versuchte, sie zu entziffern, verstand er kein Wort.

»Das ist Lateinisch«, erklärte der Mönch. »Soll ich übersetzen?«

»Nicht notwendig!«, raunzte Henri und setzte mit kraftvollen Schwüngen seine Unterschrift auf das Blatt. Als der Mönch es zu sich ziehen wollte, war es diesmal Henri, der es festhielt.

»Einen Moment noch!«, sagte er bestimmt. Mittlerweile hatte er seine Selbstsicherheit wiedergefunden. Hier ging es um nichts anderes als um Geld, und dies war sein Spezialgebiet.

»Wie passt das überhaupt zusammen: Lotto und Gott?« Henri deutete mit dem Kugelschreiber in der Hand auf das große Kreuz der Anstaltskirche an der Wand hinter ihnen. »Du bist doch so etwas wie ein Mönch, oder?«

»Pater Pius. Wie kommst du darauf, dass Lottospielen und Gott nicht zusammenpassen?«

»Keine Ahnung«, sagte Henri und zuckte mit den Schultern. »Ich meine hier das Los. Das ist Glücksspiel. Das ist doch bestimmt verboten, in der Bibel oder so.«

Der Mönch wiegte den Kopf und lächelte. »Keineswegs.

Im dritten Buch Mose wird für die Wahl des Opfertiers das Los geworfen, Josua wirft es zur Verteilung des Landes unter den Stämmen, und die Apostel werfen es, um den Nachfolger des Judas zu wählen. Das Los ist also etwas sehr Biblisches.«

»Aber wie passt das zusammen – Losglück und Gott?«

»Schau in die ›Sprüche‹: sechzehn, dreiunddreißig«, antwortete der Mönch.

Henri zögerte. Er hatte in seinem Leben viele Bücher gelesen, die Bibel gehörte jedoch nicht dazu.

»Ein Zitat aus der Bibel. Aus dem ›Buch der Sprüche‹. Kapitel sechzehn, Vers dreiunddreißig. Dort heißt es: ›Die Menschen werfen das Los, aber die Entscheidung kommt vom Herrn.‹«

Henri atmete lautstark aus und ließ sich in seinem Sitz zurückfallen. »Dann hoffe ich, dass er sich für mich entscheidet!«, bemerkte er lakonisch.

»Bete dafür«, antwortete der Mönch und zog das von Henri unterzeichnete Dokument nun zu sich, begutachtete sorgfältig die Unterschrift und faltete es dann viermal, bevor er es wieder in einer unsichtbaren Tasche unter seinem Gewand verstaute.

Henri griff nach seinem Becher. Der Kaffee war kalt geworden. Der Mönch schob ihm nun den Umschlag zu.

»Darin ist dein Los, eine Zusammenfassung der Spielregeln in deutscher Sprache und eigentlich zweitausend Dollar.«

»Eigentlich zweitausend Dollar?«, wiederholte Henri. Er schielte zu der Wache, die inzwischen das Geschehen an ihrem Tisch aufmerksam beobachtete.

»Als Übergangsgeld bis zur Ziehung«, erklärte der Mönch. »Du hast ja dein Vermögen soeben auf uns übertragen.«

»Ich darf als Gefangener nichts von Besuchern annehmen, erst recht kein Geld«, stellte Henri fest und machte keine Anstalten, nach dem Umschlag zu greifen.

»Ich weiß«, entgegnete der Mönch. »Ich habe es mit der Gefängnisleitung vorab geklärt. Das Geld wird deinem Haftkonto gutgeschrieben. Die Spielregeln und das Los darfst du ausnahmsweise an dich nehmen.«

Henri überlegte kurz, dann nahm er den Umschlag und schaute dabei den Wachhabenden herausfordernd an. Der machte tatsächlich keinerlei Anstalten, einzugreifen. Henri öffnete den Umschlag. Darin war ein Blatt mit vier Regeln aufgeführt.

Er las laut vor: »Erstens: Das Los gegen das gesamte Vermögen. Zweitens: Die Ziehung findet statt, wenn alle teilnahmeberechtigten Familien oder deren Nachfahren den Einsatz erbringen und ein Los gezeichnet haben. Drittens: Das einmal gezeichnete Los ist nicht übertragbar. Stirbt der Losbesitzer vor der Ziehung, verfällt es. Viertens: Zur Teilnahme ist die persönliche Anwesenheit bei der Ziehung im Notariat Aurelio in der Lungotevere Delle Armi in Rom erforderlich ...« Henri stockte und warf dem Mönch einen verärgerten Blick zu.

Als der Ordensbruder nicht darauf reagierte, rief Henri: »In Rom? Persönliche Anwesenheit? Was soll das? Selbst nach Rom führt von hier kein Weg.« Er lachte bitter und legte das Blatt mit den Regeln vor sich auf den Tisch. »Ich fürchte, wenn die Ziehung nicht hier stattfindet, werde ich nicht daran teilnehmen können!«

»Das wäre schade, denn die Teilnahme an der Ziehung ist Pflicht, um den Preis zu erhalten«, stellte der Mönch trocken fest.

»Du veräppelst mich, oder?«, fragte Henri drohend.

»Keineswegs. Stand alles in den Bedingungen, die du vorhin unterzeichnet hast.« Der Mönch klopfte auf sein Gewand, in dessen Tiefen er irgendwo das Dokument mit Henris Unterschrift verstaut hatte.

Henri schlug auf den Tisch und sicherte sich damit die Aufmerksamkeit des Aufsehers. »Du weißt genau, dass das Lateinisch war und ich das nicht gelesen habe …«, fauchte er.

»Ich habe dir angeboten, es zu übersetzen«, erwiderte der Mönch unbefangen. »Du hast darauf verzichtet. Du hast es unterzeichnet. Damit gilt der Vertrag. Du bist doch der Anwalt …«

Henri sprang auf und hob drohend die Faust. »Das ist Betrug!«, rief er empört.

Aus dem Augenwinkel sah er, wie der Aufseher auf ihn zugeeilt kam. Nun erhob sich auch der Mönch, ergriff das Los und legte es dem verdutzten Henri direkt in die Hand.

»Vertrau dem Herrn«, raunte er. »Du wärst nicht der erste Gefangene, den er in die Freiheit führt – wenn er dich denn für würdig erachtet.«

Der Mönch trat einen Schritt zurück, als der Wachmann ihren Tisch erreichte. »Ist hier alles in Ordnung?«, fragte der und legte seine Hand an den Schlagstock an seinem Gürtel.

Henri stand schwer atmend da, das Los in der Hand, und starrte auf den Mönch vor ihm.

»Alles gut, er hadert nur mit seinem Los«, sagte der Mönch zum Beamten und zwinkerte dabei fröhlich mit den Augen.

»Da ist er hier nicht der Einzige«, antworte der Wachmann, ergriff Henri am Arm und erklärte dann in einem betont freundschaftlichen Ton: »Ich denke, dieser Besuch ist nun zu Ende.«

Henri ließ sich widerstandslos zum Ausgang geleiten, das Los und die Regeln in seiner Hand. Als er sich vor dem Verlassen der Kapelle noch einmal umdrehte, stand der Tisch, an dem er eben noch gesessen hatte, verlassen da. Vom Mönch war weit und breit nichts mehr zu sehen. Henris Blick fiel noch einmal auf das große Holzkreuz an der Wand, dann zerrte ihn der Wachmann zur Tür hinaus.

11

Mumbai

Pradeep Kottayil war das letzte Rädchen einer gigantischen Recycling-Maschinerie.

Den Müll, den die *Ragpicker* genannten Plastiksammler für dreizehn Rupien pro Kilogramm in der ganzen Stadt zusammensuchten, hatten die Sortierer für zwanzig Rupien pro Kilogramm nach Farbe, Verschmutzungsgrad und Verwertbarkeit geordnet. Die Putzer wiederum hatten es für zweiundzwanzig Rupien pro Kilogramm gesäubert und bereitgestellt. Pradeep, der einst als Plastiksammler angefangen hatte, war der Schmelzer, und seine Aufgabe bestand darin, die gesammelten, sortierten und gereinigten Plastikstücke in den Schlund einer Maschine zu schaufeln, die sie einschmolz und als buntes Granulat wieder ausspuckte. Er erhielt dafür dreißig Rupien pro Kilogramm, was nur gerecht war, da die Hitze neben dem Schmelzofen nahezu unerträglich war. Das fertige Granulat war vermutlich reiner als alles andere in Dharavi.

Nur noch der Chef der aus drei Hütten bestehenden Recycling-Fabrik, Mr. Sandip, durfte die Pellets berühren. Man erzählte sich, er würde die fertig recycelten Plastikkörner für zwanzigtausend Rupien pro Kilogramm verkaufen. Pradeep wusste aber nicht, ob dies stimmte. Wenn Mr. Sandip eine der Delegationen von Männern in Anzügen durch seine Fabrik führte, liebte er es, einen der auf den Abtransport wartenden Säcke zu öffnen und das feine Granulat wie Getreide durch seine Finger rieseln zu lassen. »Aus diesem Plastikrohstoff, den ich hier in den Händen halte«, pflegte er stets zu sagen, »werden Produkte in der ganzen Welt hergestellt, vom Blackberry bis zur Wäscheklammer. Alles hat seinen Anfang hier im größten Slum Asiens – in Dharavi!«

Pradeep mochte seinen Job. Als Kind hatte er lange Jahre auf der Straße gelebt und wie alle anderen Straßenjungen jeden Tag weiße Korrekturflüssigkeit geschnüffelt. Dabei hatte er das Glück, nicht seine Lungen, sondern nur seine Nase zu verätzen. Während viele seiner früheren Freunde nicht mehr richtig atmen konnten, war er nur nicht mehr in der Lage, etwas zu riechen. Für seine Arbeit am Plastikschmelzofen war der Verlust des Geruchsinnes allerdings ein wahres Geschenk. Er konnte nur an den Reaktionen der anderen erahnen, wie bestialisch die Dämpfe des schmelzenden Plastiks stinken mussten. So brannten nur seine Augen. Manchmal bekam er auch Hustenanfälle, weshalb er immer eine Flasche Wasser mit Ingwerknollen neben sich stehen hatte. Am Abend verschwanden diese Beschwerden jedoch rasch, und so konnte er gut mit ihnen leben. Die Rikschafahrer hatten Probleme mit ihren Gelenken und den Autoabgasen, die Wäschefärber wurden ganz betrunken von den Färbemitteln, und die Pflücker auf den Baumwollfeldern vor der Stadt bekamen einen Sonnenstich. Es gab eben keine Arbeit, die guttat, außer vielleicht der Schauspielerei.

Neben dem guten Lohn war ein weiterer Vorteil seiner Tätigkeit, dass er es nicht weit nach Hause hatte. Gemeinsam mit seiner Frau Janni Delci und den drei Kindern Pandita, Gayoor und Parvez lebte Pradeep in einer Hütte in Dharavi. Bis zu ihnen brauchte er durch die verwinkelten Gassen des Slums keine Viertelstunde. Seitdem seine Frau Janni, sein ältester Sohn Gayoor und zuletzt auch noch seine kleine Tochter Pandita an Malaria litten, war er immer häufiger auch mittags nach Hause gelaufen und hatte sich um sie gekümmert. Seine Schwiegereltern, denen die Hütte gehörte, waren alt. Und so war es trotz ihres Fiebers Janni, die ihre Eltern pflegte, und nicht umgekehrt. Janni versuchte ihr Bestes, und daher musste er nur an den Tagen einspringen, an denen die Fieberschübe ihr die Sinne raubten und sie sich nicht einmal mehr erheben konnte, um einen Schluck Wasser zu trinken.

Mr. Sandip hatte Verständnis dafür gezeigt und nicht mit Pradeep geschimpft, wenn er deswegen seine Mittagspause hin und wieder überzog. Die verdammte Malaria wütete in diesem Sommer in Dharavi besonders schlimm. In vielen Hütten grassierte die Krankheit, und voller Furcht hatte Pradeep auf seinem Weg durch den Slum immer wieder gesehen, wie in Laken gewickelte Leiber weggetragen wurden. Schuld seien die vielen Pfützen und Wassertanks, die ideale Brutstätten für die Mückenlarven boten, erzählten Vertreter der Regierung, die in großen Gruppen mit langärmliger Kleidung zwischen den Blechbehausungen umherwanderten. Immer wieder zogen Arbeiter durch den Slum, die auf dem Rücken Geräte mit Insektiziden trugen, und versprühten weißen Qualm. Dieser brannte noch mehr in den Augen als der Rauch der Plastikschmelze. Auch kein schöner Beruf, hatte Pradeep schon oft gedacht, wenn diese Männer bei ihm ihrer Arbeit nachgegangen waren. Anschließend war er stets bemüht gewesen, die Luft anzuhalten, bis der letzte Nebel sich aus der Hütte verzogen hatte.

Die Regierung hatte auch Ärzte geschickt, und seitdem diese seine Familie untersucht und mit besorgten Mienen Medikamente mitgegeben hatten, ging es zumindest Janni und Gayoor ein wenig besser. Sorgen bereitete ihm aber weiterhin seine kleine Pandita, die die Medizin kaum bei sich behielt. Es gebe noch bessere Medikamente, die Pandita heilen könnten, hatte einer der Ärzte ihm erklärt. Für die Therapie müsse sie aber in ein Krankenhaus. Für ein paar Wochen. Und dies würde Geld kosten. Viel Geld, hatte der Arzt bedauernd hinzugefügt und Pandita dabei über die dünnen Haare gestrichen. Ob er Geld habe?

»Wie viel?«, hatte Pradeep gefragt.

»Mindestens zehntausend Rupien«, antwortete der Arzt, »und zwar pro Woche.«

Pradeep schüttelte den Kopf.

»Auf jeden Fall muss sie hier raus!«, merkte der Arzt noch an und schaute sich besorgt in der Hütte um. »In dieser Umgebung kann ihr kleiner Körper nicht gesunden. Der Rattenkot, die Feuchtigkeit – all dies belastet ihr Immunsystem. Auch befürchte ich, dass sie sich hier immer wieder von Neuem ansteckt!«

Pradeep zuckte nur hilflos mit den Schultern. Dann verabreichte der Arzt Pandita das kostenlose Medikament, das sie, nachdem er gegangen war, sofort wieder erbrach.

»Wenn sie hier bleibt, stirbt sie«, hatte eine europäisch aussehende Krankenschwester ihm noch zugeflüstert. Und auch sie hatte der Kleinen über die Haare gestrichen, als könne sie dies heilen.

Wenn Dharavi so ein schrecklicher Ort war, wie viele in Mumbai behaupteten, warum hatten die Mücken sich dann ausgerechnet hier zu Millionen niedergelassen, fragte er sich. Warum nicht in Juhu oder in einem schicken Finanzviertel wie Bandra-Kurla?

Sein Kollege Kemal, ein Putzer, hatte einmal den Verdacht geäußert, dass die großen Immobilienfirmen die Moskitolarven nach Dharavi gebracht hatten, um die Bewohner loszuwerden und das Viertel endlich übernehmen zu können. Dharavi war ursprünglich am Rande der Stadt Mumbai entstanden, die damals noch Bombay hieß; inzwischen hatte sich die Metropole jedoch so weit ausgedehnt, dass der Slum in ihrem Zentrum lag. Von der Lage her gab es daher keinen wertvolleren Flecken Land. »Zwei Quadratkilometer, die Milliarden Dollar einbringen könnten, würden darauf nicht eine Millionen arme Menschen leben!«, hatte Kemal geunkt.

Pradeep fand, dass seine Theorie ganz plausibel klang.

Heute war Sonntag, der einzige freie Tag in der Woche, und Pradeep hatte etwas ganz Besonderes vor. Egal, ob Kemals Theorie stimmte oder nicht, ihm war schon lange klar, dass sie aus ihrem Viertel wegziehen mussten. Dharavi war ein Ort aus der Vergangenheit und kein Platz für die Zukunft. Die Tatsache, dass dort nun auch noch die Malaria Einzug gehalten und drei seiner Liebsten krank gemacht hatte, war der letzte Anstoß gewesen.

Viele Hütten verfügten über Fernseher. Pradeep hatte allerdings kein TV-Gerät. Mit Leichtigkeit hätte er auf einem der Recyclinghöfe ein altes Röhrengerät organisieren können. Er hätte aber niemals die Gebühr für das monatliche Kabelfernsehen aufbringen können, das ein Funktionär der Shiv Sena Partei in Dharavi einspeiste. Jedoch besuchte er abends regelmäßig seinen Nachbarn Johnny, der als Taxifahrer arbeitete und sogar einen ganz flachen Bildschirm an der Decke hängen hatte.

Dort hatte Pradeep auch zum ersten Mal einen Bericht über die von der MHADA veranstaltete Lotterie gesehen. Von Jonny wusste er, dass die Maharashtra Housing and Area Development Authority, kurz MHADA, ein großes Gebäude in Bandra war. Jonny kategorisierte als Taxifahrer alles nach Gebäuden. Ein Fahrgast hatte ihm einmal erklärt, dass die MHADA von der Regierung gegründet worden war, um für die Armen in Maharashtra Wohnraum zu schaffen. Als Pradeep den Bericht im Fernsehen sah, erzählte eine Moderatorin, dass man sich für einen Betrag in Höhe von fünfzehntausendfünfzig Rupien bei der jährlichen Lotterie der MHADA anmelden konnte. Der Einsatz wurde auf einem Konto der MHADA hinterlegt, und schließlich fand die Verlosung statt. Viertausenddreihundertneunzig Lose gewannen je eine Wohnung an der Mira Road. Wenn man der glückliche Besitzer eines dieser Lose war, behielt die MHADA die fünfzehntausendfünfzig Rupien als Kaufpreis für die gewonnene Wohnung ein. Aufgrund der nahezu ins Unendliche gestiegenen Immobilienpreise in Mumbai war dies ein absoluter Spottpreis. In Wirklichkeit kostete eine solche Wohnung ein Vielfaches dieses Betrages. Gehörte man nicht zu den glücklichen Gewinnern, bekam man immerhin die fünfzehntausendfünfzig Rupien zurücküberwiesen. Allerdings, so die Frau im Fernsehen, konnte die Rücküberweisung aufgrund der Formalitäten einige Tage oder Wochen in Anspruch nehmen.

Pradeep hatte fasziniert zugehört und gewusst, dass dies seine Chance war. Seit er als Schmelzer arbeitete, hatte er immer etwas von seinem Lohn gespart. Vor einigen Wochen hatte er seine Ersparnisse aus der alten Kaffeedose, die ihm als Versteck diente, hervorgeholt und gezählt. Es waren auf die Rupie genau fünfzehntausend. Es konnte kein Zufall sein, dass ein Los der MHADA fast genauso viel kostete. Es musste ein Zeichen sein. Am nächsten Tag war er nach der Arbeit nicht nach Hause, sondern zu Pervez gegangen und hatte dort im Internet gesurft. Pervez reparierte alte Computer und betrieb in Dharavi ein Internetcafé, wie er es nannte – nur dass es bei ihm keinen Kaffee und auch keinen Tee gab. Die Internetleitung war schnell, Pervez zapfte sie irgendwo auf ihrem Weg durch den Slum an. Pradeep hatte sich die Webseite der MHADA angeschaut und die Teilnahmebedingungen studiert. Auch hatte er die bunten Zeichnungen der Wohnungen bestaunt, die es zu gewinnen gab.

Die Nacht darauf hatte er nicht schlafen können, vertraute sich jedoch Janni nicht an, der es im Moment etwas besser ging. Immerhin hatte er vor, ihre gesamten Ersparnisse einzusetzen. Sie nahmen selten etwas aus der Kaffeedose, hatten aber gerade jetzt, wo es Janni und den Kindern zumeist schlecht ging, das ein oder andere Mal Lebensmittel oder Medikamente, die sie nicht geschenkt bekamen, von dem Geld aus der Dose bezahlt. Dieses finanzielle Polster würde erst einmal für längere Zeit wegfallen. Sollten sie jedoch in der Lotterie gewinnen, wären sie gemachte Leute: Denn die Wohnungen lagen in einem besseren Viertel der Stadt, wodurch sich für Pradeep ganz neue Beschäftigungsmöglichkeiten eröffnen würden, und waren außerdem so groß, dass sie problemlos einige Untermieter aufnehmen konnten. Allein von dieser Mieteinnahme würden sie zukünftig leben können. Vielleicht wäre es dann sogar möglich, die Kinder auf eine der besseren Schulen zu schicken. Nur verkaufen durfte man die gewonnene Wohnung in den ersten Jahren nicht, dies hatte er in den Teilnahmebedingungen gelesen. Er hatte in jener Nacht gespürt, wie sein Herz bei all diesen Gedanken schneller schlug und ihm ganz heiß wurde, und er hatte schon Angst gehabt, dass die Malaria nun auch ihn erwischt hatte.

In den vergangenen Tagen hatte er, während er Plastik in den Ofen schaufelte, genügend Zeit gehabt, um über seinen Plan nachzudenken. Und nun war er sicher, dass er ein Los kaufen würde.

Heute am Sonntag war er also auf dem Weg zu Pervez. Zur Teilnahme an der Lotterie musste man ein Formular ausfüllen, das auf der Webseite der MHADA zum Download bereitstand. Dies sollte dann ausgedruckt und in einer der Filialen der AXIS-Bank abgegeben werden, wo auch die Teilnahmegebühr zu entrichten war. Als er das Internetcafé erreichte, klappte alles wie geplant: Pervez sah sich in einer Ecke des Cafés, das aussah wie alle anderen Hütten in Dharavi, laut fluchend das Cricket-Spiel an und interessierte sich nicht dafür, was sein Besucher ausdruckte. Schließlich steckte Pradeep sich das Formular der Wohnungslotterie unbemerkt in seine Hosentasche und lief zurück nach Hause, ohne dass Pervez von ihm überhaupt richtig Notiz genommen hatte.

Es war März, und nach den kühleren Temperaturen im Januar und Februar stieg das Thermometer nun wieder über dreißig Grad. Pradeep begann, leise vor sich hinzupfeifen. Was er nun nur noch brauchte, war Glück. Er folgte ein Stück weit dem Rinnsal aus einer ölig-schwarzen, schäumenden Flüssigkeit, das sich mitten durch die vielen Hütten seinen Weg zum Fluss Mahim bahnte, der den islamischen Bezirk vom Hinduteil des Slums trennte.

Schon bald würde er dies alles hinter sich lassen. Er würde mit seiner Familie in einem schicken Haus leben. Er, der so viele Jahre auf der Straße gelebt hatte. Der vom Plastiksammler bis zum Schmelzer aufgestiegen war. Der es schon als Glück empfunden hatte, mit seiner Frau nach der Heirat in der Hütte ihrer Eltern leben zu können. Er würde bald eine eigene Wohnung besitzen. Seine Kinder und seine Frau würden wieder ganz gesund werden.

Ein wohliges Gefühl durchströmte seine Brust.

»*Salaam Bombay*«, murmelte er, und er wusste nicht recht, warum.

12

Genua, 1763

Drei Nächte und zwei Tage hatte der Sturm an der Küste Liguriens gewütet und die Schiffe am Ein- und Auslaufen gehindert. In der Nacht hatte der Wind endlich gedreht. Nun schützte das im Rücken der Stadt steil ansteigende Gebirge des Apennin die kleine Seerepublik vor den stürmischen Winden. Im Hafen ging es seit dem frühen Morgen zu wie in einem Taubenschlag. Der Hafenkapitän hatte seine liebe Not damit, den Stau der ankommenden und abfahrenden Schiffe aufzulösen.

Für die Huren der Stadt bedeutete eine längere Schließung des Hafens stets eine besondere Anstrengung. Auf die unfreiwillig festgesetzten Schiffsbesatzungen, die sich die Zeit an Land vertreiben mussten, folgten mit einem Schlag Hunderte, nach langer Seefahrt ausgehungerter Matrosen, die bei ihrer Ankunft die Tavernen und Lusthäuser stürmten. Jedes weibliche Geschöpf, welches seine Ehre bereits verloren hatte oder aber sie zu verlieren bereit war, hatte in diesen Stunden einen Preis.

Signore Brea wusste dies. Er war ausgerechnet an diesem Morgen von Livorno kommend auf dem Landweg eingetroffen. Nachdem die Zöllner fast den gesamten Vormittag die Steuer für die Einfuhr seiner Waren berechnet und in ihren großen Folianten penibel mit Herkunft, Menge und Bestimmungsort vermerkt hatten, war er am Nachmittag zu seinen Kunden gefahren, um insgesamt siebenundzwanzig

Ballen Seide auszuliefern. Nun stand er mit vollem Geldbeutel und leerem Magen vor einem Torbogen, hinter dem ein schmaler Weg hinauf zu einem etwas erhaben gelegenen Palazzo führte. Bei seinen sonstigen Besuchen mied er diese teure Art der Unterhaltung, aber ihm war nicht danach, in einer überfüllten Taverne erst auf das Essen und dann auf eine freie Hure zu warten. Er hatte heute einen guten Schnitt erzielt, und ein erfolgreicher Kaufmann konnte sich auch einmal selbst belohnen.

Kaum hatte er den schweren Ring mit dem Löwenkopf gegen die mächtige Holztür geschlagen, öffnete ihm eine Dame im gesetzten Alter. Mit einem neckischen Lächeln nahm sie seinen Mantel ab und führte ihn, ohne dass er etwas sagen musste, in den Salon. Er war erst einmal hier gewesen, und die Eleganz der Einrichtung überwältigte ihn jetzt aufs Neue. An vornehm gedeckten Tischen dinierten gut gekleidete Herren. Zu einigen hatten sich junge Damen gesellt, deren schweres Parfüm und heiteres Lachen den Raum erfüllten. Zwischen den Tischen huschten Diener mit Tabletts voller Köstlichkeiten umher. In einer Ecke des Raumes musizierte ein Quartett.

Die Empfangsdame führte ihn zu einem kleinen Tisch und nahm sogleich seine Bestellung auf. Wenn man nach Genua kam, musste man Austern essen, wovon er einen ganzen Teller bestellte. Dazu Caviar und gekochte Seekrebse. Ein Kellner brachte eine Karaffe schweren roten Weins, der ihm sogleich in den Kopf stieg. Nicht weit von ihm stand eine Gruppe von fünf jungen Frauen. Sie nippten an Champagnergläsern, tuschelten vergnügt miteinander und schauten immer wieder lachend und augenzwinkernd zu ihm herüber. Er wich ihren Blicken aus. Er war nun schon fast sechzig Jahre alt, und junge Frauen machten ihm wenigstens genauso viel Angst, wie sie ihn anzogen. Selbst wenn er sie bezahlte.

Ihm fiel ein junges Mädchen auf, das etwas abseits von den anderen allein auf einem Stuhl saß. Ihr Gesichtsausdruck war vollkommen ernst, was ihr, im Kontrast zu ihren herumalbernden Kolleginnen, fast etwas Heiliges verlieh. Während er sie beobachtete, bewegte sie sich nicht. Sie trug ein Kleid, das ihren Busen zur Hälfte verdeckte und ihre Schultern frei ließ. Aus der Ferne glich ihre Haut weißem Marmor aus Carrara. Ihr dunkelbraunes Haar war zu einer komplizierten Turmfrisur hochgesteckt, sodass der Betrachter sich ganz auf ihr Gesicht konzentrieren konnte. Es war schmal, und zwischen ihren wohlgeformten Wangen prangten volle Lippen, die ihm so einladend erschienen wie ein aufgeschlagenes Federbett. In ihren dunklen Augen lag allerdings ein tiefer Schmerz. Er hatte in seinem langen Leben bereits viel Traurigkeit erlebt, niemals zuvor war sie ihm jedoch gepaart mit solcher Schönheit begegnet wie im Gesicht dieses Mädchens.

Drei Teller mit Meeresdelikatessen rissen ihn aus seinen Gedanken. Er aß davon und nahm einen weiteren Schluck Wein. Als er erneut nach der traurigen Schönheit schauen wollte, war sie verschwunden. Während er die Austern schlürfte, suchte er den Raum nach ihr ab. Zwei der anderen Damen deuteten seinen suchenden Blick als Aufforderung und schwebten kichernd mit kleinen Trippelschritten zu seinem Tisch. Ihre schiefen Nasen und ihre vernarbte Haut kamen ihm im Vergleich zu dem, was er eben mit seinen Augen gekostet hatte, wie eine Beleidigung vor. Er verscheuchte sie mit harschen Worten und nahm sich den Teller mit den Krebsen vor. Während er die gepanzerten Körper mit einem kleinen Messer knackte und das saftige Fleisch in seinen Mund schob, wanderte sein Blick immer hektischer umher. Er hatte das Gefühl, als ob er etwas Wertvolles verloren hätte, was ihm gehörte.

Endlich fand er sie wieder.

Auf der anderen Seite des Salons lehnte sie an der Wand. Da ihr Kleid dieselbe Farbe wie die kostbare Tapete hatte, wirkte sie wie ein getarntes Chamäleon. Sie durfte ihm nicht wieder entwischen. Schnell säuberte er seine Hände in einer Schale mit Zitronenwasser, trocknete sie mit der Serviette, ließ den Caviar unangetastet stehen, erhob sich und eilte zu ihr hinüber. Ihr Blick war wie der einer Betenden gegen die Decke gerichtet, und so bemerkte sie ihn erst, als er vor ihr stand.

Ihre erschrockenen Augen erschienen von Nahem wie zwei tiefe schwarze Seen, und fast befürchtete er, in sie hineinzustürzen.

»Wie heißt Ihr?«, fragte er sanft und bewegte sich mit solcher Vorsicht, als näherte er sich einem Eichhörnchen, das auf seiner Fensterbank Platz genommen hatte.

»Mein Name ist Marie«, flüsterte sie. Überrascht stellte er fest, dass sie Französin war.

»Ein schöner Name«, sagte er in fließendem Französisch.

Verlegen suchte er nach Worten und blickte dabei zur Seite. Aus den Augenwinkeln bemerkte er, wie die beiden Damen, die er eben so uncharmant verjagt hatte, ihn mit spöttischen Blicken bedachten. Er wandte sich wieder dem Mädchen zu. Von seinem ersten Besuch in diesem Etablissement wusste er, dass man die Frauen in die erste Etage begleiten konnte. Seine Rechnung für das Essen und in Anspruch genommene Liebkosungen beglich man beim Verlassen des Hauses.

Er räusperte sich. »Gehen wir auf Euer Zimmer?«, schlug er vor.

Das Mädchen blickte scheu an ihm vorbei zu ihren Kolleginnen hinüber, die die Szene mittlerweile interessiert verfolgten. Sie griff entschlossen nach seinem Handgelenk und zog ihn mit festem Griff zu einer Treppe, die er erst jetzt wahrnahm.

Er spürte, wie ihre Finger seinen Arm umklammerten. Ein Kribbeln breitete sich in seiner Brust aus. Beim Erklimmen der Stufen fiel ihr süßer Duft auf ihn hinab, und ihm wurde schwindelig, was er der Wirkung des Weins zusprach. Endlich erreichten sie das Obergeschoss, wo sie ihn in eines der Zimmer führte, die von einem langen Flur abgingen.

Nachdem sie die Tür hinter ihnen zugeschlossen hatte, ließ sie sich auf ein großes Bett fallen, das mitten im Raum stand. Er schaute sich um. Außer dem Bett gab es eine Kommode mit Waschschüssel. Darüber hing ein Spiegel. Ansonsten war der Raum leer. Durch die geschlossene Tür war die Flötenmusik, die aus dem Erdgeschoss nach oben drang, nicht mehr zu vernehmen. Die plötzliche Stille, die sie beide umgab, drängte ihn in ihre Richtung.

Sie war inzwischen auf die Bettkante gerutscht und wandte ihm den Rücken zu. Er verstand diese Geste, nahm neben ihr Platz und begann, mit umständlichen Handgriffen ihr Kleid aufzuschnüren. Ihm fehlte es an Übung. Plötzlich spürte er den Drang, sich vorzubeugen und ihren zarten Hals zu küssen. Verwundert schmeckte er Salz an seinen Lippen. Er griff nach ihrem Kinn und drehte ihr Gesicht in seine Richtung. Tränen liefen ihre Wangen hinab, ganz langsam, als wären sie zerbrechliche Glaskugeln, die vor dem Hinunterfallen beschützt werden müssten. Er ließ sie los und rückte ein Stück von ihr ab.

Sie vergrub ihr Gesicht in ihren Händen und begann zu schluchzen. Durch ihr plötzliches Weinen fühlte er sich wie aus einem Traum gerissen. Von seiner Position aus konnte er in den Wandspiegel blicken. Dort sah er den Kaufmann Signore Brea aus Livorno, alt und ohne jeden Reiz, neben einem wunderschönen Mädchen sitzen, das bitterlich weinte. Er hob seinen Arm und legte ihn dem Mädchen auf die Schulter, die durch das heruntergerutschte Kleid nun vollkommen entblößt war. Von der Seite konnte er die Spitzen ihrer Brüste erkennen.

»Weint Ihr bei anderen auch?«, fragte er.

Das Mädchen schüttelte den Kopf. Langsam verstummte das Schluchzen. Schließlich zog sie ihr Kleid nach oben und wandte sich zu ihm. Sie sah in an.

»Ihr seid der Erste«, antwortete sie. »Der Erste überhaupt!« Auch wenn sie weinte, verlor sie nichts von ihrer natürlichen Schönheit. Im Gegenteil, die Verletzlichkeit machte sie nur noch attraktiver.

»Ist dies Euer erster Abend hier?«, wollte er wissen.

Sie nickte. Langsam schien sie sich zu beruhigen.

Er stand auf, ging um das Bett herum, ergriff die Decke und reichte sie ihr. Sie nahm sie mit einem dankbaren Lächeln und hüllte sich darin ein. Dann setzte er sich wieder neben sie. Die alkoholgeschwängerten Wolken, die sein Hirn eben noch vernebelt hatten, waren verschwunden. Sein Kopf war nun wieder ganz klar.

»Meine Mutter ist vor drei Jahren in Paris verstorben«, brach es aus ihr heraus. »Sie war die Witwe eines Wechselagenten und lebte nur von ihrer Pension. So hatte ich nichts, als ich allein zurückblieb. Eine Zeit lang lebte ich vom Erlös des Verkaufs unserer Möbel. Dann kam ich bei einer Cousine meiner Mutter hier in Genua unter, für die ich Stickereien anfertigte. Aber auch sie starb vor ein paar Monaten. Zuletzt wusste ich nicht mehr, wovon ich leben sollte, und da nahm mich Signora Pellegreni in diesem Haus auf. Ich kannte sie, weil ich einmal Stickereien an sie ausgeliefert hatte. Sie gab mir zu essen und sorgte für mich. Doch sie meinte vor Kurzem, die Zeiten seien hart, und nun soll ich ihr meine Schulden zurückzahlen. Weil ich dies nicht kann, muss ich sie nun abarbeiten.« Wieder begann sie zu schluchzen und wischte sich das Gesicht mit einem Zipfel der Decke ab.

Er hatte ruhig neben ihr gesessen und aufmerksam zugehört. »Wie viel schuldet Ihr dieser Signora Pellegreni?«, erkundigte er sich nun.

Sie hielt ihm drei Finger ihrer Hand entgegen. Er fasste an den prall gefüllten Geldbeutel, den er an seinem Gürtel trug. Egal, wovon sie drei schuldete, für ihn war es eine lächerliche Summe. Nachdem er kurz überlegt hatte, griff er in die Innentasche seines Rockes und holte einen Brief heraus, den er auseinanderfaltete. Er überflog einen Abschnitt. Dann schien er eine Entscheidung getroffen zu haben.

»Ward Ihr schon einmal in Berlin?«, fragte er Marie, die ihn zuletzt verwundert beobachtet hatte.

»Nein«, antwortete sie. »Nur in Paris und hier in Genua.«

»Ein Freund von mir, Signore Calzabigi – eigentlich di Calzabigi –, hat mir geschrieben. Er stammt wie ich aus Livorno und hat nun eine Stellung am Berliner Hof. Er sucht eine …« Brea stockte kurz und fuhr dann fort: »Eine Kammerdienerin. Er fragt mich in diesem Brief, den ich gestern erst erhalten habe, ob ich ihm ein junges Mädchen empfehlen könne. Ich konnte es bis heute Abend nicht. Vielleicht ist aber heute Euer Glückstag – und der seine.«

Er wartete ihre Reaktion ab. Da er mit einem Zögern gerechnet hatte, wurde er von ihrer stürmischen Umarmung überrascht.

»Sofort!«, rief Marie begeistert, nachdem sie sich wieder von ihm gelöst hatte. »Ich nehme an! So kann ich meine Ehre retten!«

Kaum hatte er in ihren Augen ein Strahlen ausgemacht, erlosch es auch schon wieder.

»Ich kann nicht«, klagte sie. »Signora Pellegreni wird mich nicht gehen lassen, ohne dass ich meine Schulden beglichen habe, und ich habe kein Geld für die Reise nach Berlin.«

Brea lächelte und hielt den zusammengefalteten Brief in die Höhe. »Signore di Calzabigi bietet Euch fünfzig Louisd'ors für Eure Toilettenbedürfnisse und fünfzig weitere zur Bestreitung der Reisekosten. In Berlin erhaltet Ihr dann die übliche Vergütung für ... Eure Dienste.«

Er sah erneut Hoffnung in ihrem Blick aufkeimen.

»Und erlaubt mir, dass ich mich um Eure Schulden bei dieser Signora Pellegreni kümmere«, fügte er hinzu.

Wieder sah er Tränen, dieses Mal als Zeichen der Freude. Er war sich sicher, niemals zuvor eine so hübsche Frau gesehen zu haben.

»Wie kann ich Euch nur danken, mein Herr?«, fragte Marie und griff gerührt seine Hand.

Sein Blick wanderte über ihren unter der Decke verborgenen Körper. Besser, er war der Erste – als jemand anderes.

13

Las Vegas

Trisha griff nach der Tube mit der Bodylotion auf ihrem Nachttisch und verteilte eine Fingerspitze auf ihrem Unterarm. Die Wunde war in den vergangenen Wochen gut verheilt, aber eine deutliche Narbe war geblieben. Unter dem feinen Film aus Creme fühlte die Narbe sich ganz weich an, fast wie ein natürlicher Teil ihres Körpers. Es war der erste Abend seit Langem, an dem Trisha kein Poker spielte. Gähnend krabbelte sie unter die Decke und nahm ein Buch vom Nachttisch. Sie hatte sich ein Apartment gemietet. Da es etwas außerhalb von Las Vegas lag, war es nicht nur billig, sondern auch ruhig.

Morgen war es nun soweit: Das Hauptturnier begann. Die »World Series of Poker« bestand aus über vierzig Turnieren, die innerhalb von nur sieben Wochen, alle im Hotel Rio in Las Vegas, ausgetragen wurden. Dreiundvierzig Tage lang wurde an sieben Tagen die Woche gespielt, und kein Turniertag dauerte weniger als zwölf Stunden. Der Sieger eines jeden Turniers hatte wie immer ein goldenes Armband und eine Geldprämie in Höhe von bis zu einer Million Dollar erhalten. Die siebte Woche war bereits angebrochen, und morgen startete nun endlich das *Main Event*, der krönende Abschluss der alljährlichen Turnierserie: die Weltmeisterschaft im Poker. Mehr als sechstausend Teilnehmer hatten sich angemeldet. Der Sieger würde in diesem Jahr über zwölf Millionen Dollar gewinnen. Zur Teilnahme qualifizierte nicht das Können, sondern einzig und allein das Geld. Zehntausend Dollar Startprämie musste jeder zahlen, der teilnehmen wollte.

Seufzend dachte sie an den Umschlag, den ihr Vater ihr bei ihrem letzten Besuch überreicht hatte.

Trisha hatte in den letzten Wochen an vielen der kleineren Turniere teilgenommen, doch mit Chad schien auch ihr Glück sie verlassen zu haben. Selbst der Anhänger ihrer Großmutter hatte ihr keine guten Karten beschert, und außer einem sechzigsten Platz, der ihr ein paar hundert Dollar einbrachte, gewann sie nichts von den Startgeldern zurück, die für die kleineren Turniere immerhin bis zu zweitausend Dollar betrugen. Schon bald hatte sie das Geld ihrer Eltern anbrechen müssen – immer in der Hoffnung, am nächsten Tag einen großen Coup zu landen.

Und als auch dieses Geld sich dem Ende neigte, hatte es für eine Pokerspielerin wie sie nur noch eine Möglichkeit gegeben, ihre Verluste wieder auszugleichen: Sie musste auf den Strich gehen. So nannten sie es unter den professionellen Spielern, wenn man in der Nacht, nach dem Ende eines Turniertages, nicht nach Hause, sondern in eines der vielen Kasinos auf dem Strip ging, um gegen ahnungslose Touristen *Cash Games* zu spielen. Mit dem Sonnenuntergang schien ihr Glück wieder zurückzukehren, und so gewann sie Nacht für Nacht in den Kasinos das zurück, was sie am Tage bei den Turnieren verspielt hatte.

Die Nächte waren zum Tag geworden und die Tage zur Nacht. Sobald Trisha im Morgengrauen gegen vier oder fünf Uhr ihren Kopf auf das Kopfkissen bettete, fiel sie sofort in einen komatösen Schlaf, aus dem der Wecker sie erst gegen elf Uhr am Vormittag riss. Eine Stunde blieb ihr dann, um rechtzeitig zum Start des nächsten Turniers am Spieltisch zu sitzen.

Trisha hatte früher schon oft behauptet, Pokern sei ihr Leben – nun stimmte es mehr denn je.

Als sie heute am Nachmittag wieder unglücklich mit Ass-König ausgeschieden war, hatte sie sich entschlossen, vor dem morgigen wichtigen Tag nach Hause zu fahren. Die Pause würde ihr guttun. Sie gähnte und betrachtete das Buch in ihren Händen. Sie hatte es in irgendeinem Laden am Flughafen gekauft, weil ihr das Cover gefallen hatte, ein hervorstehendes Feuermal mit einem Labyrinth in der Mitte. Bis heute hatte sie noch keine Zeit gehabt, es zu lesen.

Wie sie überhaupt für nichts mehr Zeit hatte. An ihren letzten Kinobesuch konnte sie sich kaum noch erinnern, geschweige denn an ihren letzten Sex. Nach den jüngsten Niederlagen waren ihr Zweifel gekommen. Warum nur hing sie so sehr diesem Spiel nach? Vielleicht sollte sie tatsächlich noch einmal studieren. Oder eine Lehre machen. Sich einen bodenständigen Mann aus Armley suchen und mit ihm eine Familie gründen – Kinder bekommen. Sie rieb sich mit den Händen über das Gesicht, um die Gedanken zu vertreiben. Sie waren nicht hilfreich am Vorabend des wichtigsten Ereignisses der Pokerwelt.

Um sich abzulenken, klappte sie, wie stets, wenn sie ein Buch las, die letzte Seite auf und las das Ende zuerst. Dann blätterte sie zur ersten Seite vor und begann zu lesen. Wieder musste sie gähnen. Die Buchstaben fügten sich vor ihren Augen wie Vogelschwärme zu immer neuen Formationen zusammen und legten schließlich einen schwarzen Schleier über sie. Sie träumte, dass sie beim Zahnarzt saß. Das Geräusch des Bohrers weckte sie.

Sie riss die Augen auf und sah, wie ihr Handy vibrierend über die Oberfläche ihres Nachttisches glitt. Verschlafen griff sie danach. Das Display zeigte elf Uhr neunundfünfzig an, darunter stand der Name des Anrufers: Chad. Sie legte das Telefon zurück und wartete mit geschlossenen Augen, bis das Vibrieren endlich verstummte. Seit jenem Morgen im Hotel hatte sie Chad nicht mehr gesprochen. Ein paar Mal hatte sie ihn bei den Turnieren im Rio gesehen, jedoch immer gewusst, ausreichend Abstand zwischen sie beide zu bringen.

Sie öffnete erneut die Augen. In ihren Ohren vernahm sie das Rauschen ihres Blutes. Auf ihrer Brust lag noch immer das aufgeklappte Buch. Vorsichtig schob sie es zur Seite und streckte sich nach der Nachttischlampe, um sie auszuschalten. Sie wagte nicht, auf die Uhr zu schauen; es würde sie nur nervös machen. Verzweifelt versuchte sie zu schlafen. Sie warf sich im Bett hin und her, deckte sich auf und dann wieder zu, doch seltsamerweise hielt die Dunkelheit sie wach.

Was wollte Chad? Warum rief er ausgerechnet heute Abend an? Brauchte er womöglich noch Geld, um am nächsten Tag die Startsumme aufzubringen? Trieb ihn dies zu einem verzweifelten Versöhnungsversuch? Sie hielt einen Moment die Luft an. Er konnte sie nicht zwingen, sich mit ihm zu beschäftigen, auch nicht in Gedanken.

Sie musste an etwas anderes denken. Poker. Woher kam nur diese Leidenschaft für dieses Spiel? Was trieb sie dazu, ihr Leben an einem Spieltisch zu verbringen? Mitten in der Wüste in einer grotesken Stadt, die aussah, als wäre sie einem Batman-Comic entnommen? Was brachte sie dazu, für ein Pokerturnier ihre Eltern zu belügen und zu betrügen? Sie stöhnte und suchte nach einer kühlen Stelle auf ihrem Laken. Sie musste auch diese Überlegungen verdrängen. Sie versuchte, sich das Ende des Buches, über dessen Lektüre sie eingeschlafen war, in Erinnerung zu rufen. Und als ihr in diesem Moment bewusst wurde, wie merkwürdig es war, das

Lesen eines Buches mit dem Ende zu beginnen, verstand sie plötzlich, warum sie Poker spielte. Es war Ungeduld. Genauso wenig wie sie eine Geschichte ertragen konnte, ohne vorher zu wissen, wie sie ausgeht, genauso wenig konnte sie ihr Leben ertragen, ohne zu wissen, ob es am Ende ein glückliches oder unglückliches werden würde.

Seit sie ein Teenager gewesen war und verstanden hatte, dass hinter dem Schulgebäude eine Welt begann, die gut, aber auch böse sein konnte, quälte sie die Angst, dass das Leben für sie nichts Gutes vorgesehen hatte. Seitdem stellte sie sich die eine, alles entscheidende Frage, ob sie einmal glücklich werden würde. Sie wollte nicht darauf warten, bis die Zeit ihr darauf eine Antwort gab. Wollte sich nicht gedulden, bis sie an ihrem Lebensende eine Bilanz aufstellen konnte. Nein, sie wollte die Antwort jetzt, am Anfang ihres Lebens; und sie wollte sie sich selbst holen. Jeder Pokertisch, an dem sie Platz nahm, war genauso gut geeignet wie die letzte Seite eines Buches, darüber zu bestimmen, ob die Geschichte – ihre Geschichte – gut ausging. Ein Sieg bei einem der Turniere, ein einziges goldenes Armband, eine Prämie jenseits der eine Million Dollar ... ja, am besten der Sieg bei den Poker-Weltmeisterschaften: Das würde ein für alle Mal beweisen, dass sie, Trisha Wilson, Glück im Leben hatte. Und auch wenn der Reiz des Pokerspiels darin bestand, dass man nicht alles unter Kontrolle hatte, immer ein bisschen darauf hoffen musste, dass der andere vom Schicksal die schlechteren Karten zugewiesen bekommen hatte, so hatte sie doch nur beim Pokerspielen das Gefühl, ihr Leben selbst bestimmen zu können.

Ihr Versuch, in der Liebe das Glück zu finden, war grandios gescheitert. Was blieb ihr also noch außer dem Pokerspiel?

Sie fühlte, wie ihr Kopf von den vielen Gedanken ganz schwer wurde und tiefer im Kopfkissen versank. Der Duft von Bodylotion drang in ihre Nase. Hatte sie den Deckel zugemacht? Während sie darüber sinnierte, fiel sie in einen unruhigen Schlaf.

14

New York City

Beim Anblick der *High Line* bekam Carter Fields eine Gänsehaut.

Einst verband sie den Meatpacking District, auf den er aus dem Fenster seines Büros hinabblickte, mit dem Rest der Welt. Die auf der Hochbahntrasse fahrenden Güterwaggons wurden direkt aus den Obergeschossen der angrenzenden Lagerhäuser beladen und brachten die Waren über die gut zwölf Meilen lange Bahnstrecke zu den Verladeplätzen, von wo aus sie in alle Länder dieser Erde verschifft wurden. Damals war die Bahn das unangefochten beste, weil schnellste und sicherste Transportmittel. Mit der Verlagerung des Verkehrs von der Schiene auf die Straße endete jedoch, nach nur wenigen Jahrzehnten, abrupt die glorreiche Zeit der *High Line*.

Die Bagger kamen und rissen die Bahntrasse ab, die sich somit nur für kurze Zeit über alle Straßen New Yorks erhoben hatte. Lediglich ein stillgelegtes Teilstück überdauerte den Abriss und wurde auf Initiative der Einwohner dieses Viertels Abschnitt für Abschnitt nach dem Vorbild der *Promenade planteé* in Paris zu einer parkähnlichen Promenade umfunktioniert. Dort, wo früher in zehn Meter Höhe Schienen im Gleisbett verliefen, wuchsen heute Pflanzen.

Carter betrachtete durch sein Fernglas die Flora und Fauna auf der schmalen Trasse und schwenkte nach oben, als er die Stelzen des Standard Hotels erreicht hatte. Auf Höhe der 13th Street erhob sich seit einiger Zeit das Hotel, das auf langen Pfeilern über der *High Line* gebaut worden war. Das eigentlich Besondere war jedoch, dass das Hotel von oben bis unten aus Glaswänden bestand, und zwar in allen Räumen. »Alle Räume« bedeutete in diesem Fall wirklich alle. Selbst die Toilettenräume im Club des Hotels waren verglast und gewährten so dem Betrachter einmalige Einblicke. Das Gleiche galt für die Zimmer. Obwohl überall im Hotel entsprechende Warnungen platziert waren, wovon Carter sich anlässlich eines Besuchs mit einer fast minderjährigen Masseuse selbst überzeugt hatte, ignorierten viele Gäste diese Hinweise, ob aus exhibitionistischer Neigung oder aus Versehen.

Carter stellte sich in seiner Fantasie vor, dass die meisten Hotelbesucher jene Warnschilder einfach übersehen hatten, und suchte von seinem neuen Büro aus die Zimmer des gegenüberliegenden Hotels ab – zum Teil aus Neugierde und Belustigung, zum großen Teil aber aus voyeuristischer Erregung. Es kam nicht selten vor, dass man dort junge Menschen beim Sex beobachten konnte, und schon mehrmals hatte er sich beim Zusehen Erleichterung verschafft.

Plötzlich klopfte es, und Carter fuhr herum. Hektisch legte er das Fernglas in eine Schublade seines Schreibtisches, ordnete seine Krawatte und rief nervös: »Ja doch!«

Die Tür öffnete sich, und wie erwartet trat ein Mann mit strengem Seitenscheitel und gepflegtem Schnauzer ein. Zu einem hellbraunen Anzug trug er ein blaues Hemd und eine weinrote Fliege. Es war Marc Boulvier, sein Buchhalter. Er war gut fünfzehn Jahre jünger als Carter und besaß ein kleines Büro in Lower Manhattan.

»Ich werde mich nicht daran gewöhnen, dass du hier im Meatpacking District sitzt!«, bemerkte der Buchhalter und schloss die Tür hinter sich. »Wann kommst du endlich wieder zurück in dein Büro im Plaza District, Carter? Ich war heute Vormittag dort, und alle fragen nach dir.«

»Das ist das Problem, Marc«, entgegnete Carter. »Sie hetzen mir ihre Bluthunde auf den Hals.« Er streckte im Sitzen seine Lenden empor, fingerte eine Visitenkarte aus seiner Gesäßtasche und schaute noch einmal kurz auf den aufgedruckten Namen. »Kennst du einen Peter Haye?«

Marc, der mittlerweile gegenüber Carter Platz genommen hatte, zuckte mit den Schultern. »Sagt mir nichts.«

»Er hat mir kürzlich bei einer Wohltätigkeitsveranstaltung aufgelauert. Behauptete, er würde Lumenier, Hartholm & Parting und Danziger vertreten. Wohl alles Investoren bei uns. Prüfe das und sieh zu, was du über diese Schmeißfliege herausfinden kannst.« Carter warf das Kärtchen in Marcs Richtung.

Sein Buchhalter hob sie vom Schreibtisch auf und kritzelte etwas auf einen Block, den er zwischenzeitlich aus seiner Tasche hervorgeholt hatte.

Carter machte eine Pause und seufzte. »Die Einschläge kommen näher. Also kein Wunder, dass ich nicht ins Büro gehe. Ich hoffe, dir ist keiner hierher gefolgt?«

Wieder zuckte Carters Buchhalter mit den Schultern. »Nicht, dass ich wüsste. Aber glaubst du nicht, du übertreibst ein bisschen? Die CIA ist doch nicht hinter dir her!«

»Wer weiß?«, fragte Carter. »Es geht um viel Geld.«

»Wie schlimm steht es denn?«

»Diese Frage sollte ich dir stellen. Du bist mein Buchhalter, Marc.«

»Auf dem Papier ...«, bemerkte Marc etwas unsicher. »Auf einer Skala von ›Könnte besser sein‹ bis ›Wir sind am Arsch‹ stehen wir bei ›Wir sind am Arsch‹ ...«

Carter lehnte sich zurück und massierte sich die Schläfen, wobei er für einen Moment die Augen schloss.

»Im Moment sind wir mit dreizehn Milliarden im Minus«, schloss Marc.

Von der anderen Seite des Schreibtisches ertönte ein Stöhnen, als habe man jemandem mit voller Wucht in den Bauch getreten.

»Sechs Anleger, die mit mehr als einer Milliarde drin sind, haben schon zurückgezogen und fordern die Rückzahlung ihrer Gelder«, sagte Carter. »Und aus sicherer Quelle weiß ich, dass die SEC gegen uns ermittelt. Dieser Haye hat mir sogar unverhohlen vorgeworfen, ich würde ein Schneeballsystem betreiben.«

»Dreizehn Milliarden ist ein riesengroßes Loch!«, stellte Marc besorgt fest. »Können wir das noch stopfen?«

Carter erhob sich von seinem Stuhl und ging hinüber zu einem alten Schrank, der aussah, als habe er einmal in einer Amtsstube gedient. Er hatte dieses möblierte Büro in einem der ehemaligen Lagerhäuser inkognito angemietet, und der Schrank gehörte zum Mobiliar. Er öffnete ihn und holte eine halb leere Flasche Whiskey heraus. Zurück am Schreibtisch schraubte er den Deckel ab und nahm einen großen Schluck direkt aus der Flasche. Marc lehnte mit einer Handbewegung ab, als Carter auch ihm die Flasche entgegenhielt.

»Die SEC hat schon häufiger gegen mich ermittelt. Ich werde dieser Tage mit dem Leiter George Hamilton essen gehen und ihm diese Flausen austreiben. Sehr viel schwieriger ist das Problem zu lösen, wie wir die Aussteiger beruhigen«, sagte Carter und fuhr sich mit dem Handrücken über den Mund.

»Was, wenn die doch was rausfinden ...«, druckste Marc.

»Dann landen wir alle im Knast und lassen uns unsere Ärsche massieren. Du, ich. Vielleicht auch ein paar der Programmierer. Und Wilfried als Teilhaber ist natürlich auch mit dran. Weißt du, wann ich das letzte Mal wirklich Aktien gekauft habe?« Carter lachte schrill.

Marc schüttelte mit sorgenvollem Blick auf die Whiskeyflasche den Kopf.

»2001. Seitdem habe ich kein einziges Wertpapier mehr gekauft und zahle die versprochenen Gewinne nur noch aus dem Geld der neuen Anleger aus. Seit weit über zehn Jahren. Mensch, ich hatte die perfekte Geldmaschine erfunden. Und wären wir nicht in diese Immobilienkrise gelaufen – ich würde es die nächsten zwanzig Jahre noch genauso tun, und alle wären glücklich dabei.«

Marc schwieg betreten.

»Ich bin wie diese scheiß *High Line* da draußen«, fuhr Carter fort und deutete mit dem Daumen seiner rechten Hand hinter sich. »Jahrzehntelang war ich das goldene Bindeglied zwischen all diesen reichen Pennern und der Welt. Schwebte hoch oben über der Wall Street. Und sie haben mir das Geld nur so hinterhergeschmissen. Direkt aus ihren Geldspeichern. Mit mir haben sie gute Gewinne gemacht. Und nun wollen sie mich plötzlich abreißen. Aber ich werde nicht ohnmächtig zusehen, wie sie Gras über mich wachsen lassen!«

»Wir brauchen also dreizehn Milliarden ...«, sagte Marc gedankenverloren.

»Mindestens«, korrigierte Carter ihn. »Ich rechne damit, dass noch mehr Ratten versuchen werden, das sinkende Schiff zu verlassen.«

»Und woher? Kannst du noch was zu Geld machen?«

»Selbst wenn ich mein Haus in den Hamptons, die Autos,

die Jachten und alle Immobilien und die Anteile am Baseballteam verkaufen würde, kann ich so viel nicht aufbringen«, entgegnete Carter mit einem bitteren Lächeln. »Nein, ich werde die Stiftungsrunde machen. Und die Universitäten abklappern. Dort liegt das meiste noch nicht investierte Geld. Wohltäter haben Angst, das Geld ihrer Spender zu verspielen, deswegen sind die am zurückhaltendsten. Ich werde das Geld dort holen. Dann zahlen wir die größten Stinker aus. Vielleicht können wir den einen oder anderen damit beruhigen, und er zieht seine Kündigung zurück. So könnte es gehen.«

»Wenn die Stiftungen und Universitäten so vorsichtig sind, dann werden sie ihr Vermögen dir auch nicht anvertrauen.«

Carter setzte ein breites Lächeln auf und zeigte mit seinem Zeigefinger auf seine Zähne.

»Damit«, zischte er durch das geschlossene Gebiss, »knacke ich sie. Die fressen mir aus der Hand. Über vierzig Prozent unseres Kapitals kommen bereits von Stiftungen. Stiftungen lieben mich!«

»Und wenn das Geld nicht reicht …«, gab Marc zu bedenken. Er schien sich nicht zu trauen, das auszusprechen, was er gerade dachte. Dann aber gab er sich einen Ruck. »Wenn das Geld nicht reicht und wir doch noch Bankrott machen, dann verlieren diese Leute alles. Ihre ganzen Spendengelder.«

Carter knallte die Whiskeyflasche auf den Schreibtisch vor sich und beugte sich zu Marc vor. »Und? Sonst verlieren wir alles. Was ist dir lieber: dass die Krüppel, die verwöhnten Studenten und die nichtsnutzigen Penner ein paar Dollars weniger in den Hintern geblasen bekommen – oder aber dass wir vor die Hunde gehen und die nächsten zweihundert

Jahre in den Knast wandern? Dann bleibt die Suppenküche halt mal einen Winter geschlossen!« Carter schrie diese Worte heraus, und Speicheltropfen flogen dabei auf den Schreibtisch.

Marc senkte den Blick und starrte auf den Block vor sich.

»Also!«, stieß Carter hervor, nachdem er sich wieder gesetzt und seinen Krawattenknoten gelöst hatte. Um sich zu beruhigen, nahm er erneut einen Schluck aus der Whiskeyflasche, wobei ein feines Rinnsal aus seinem Mundwinkel über das Kinn auf den Kragen seines karierten Hemdes floss.

Als er die Flasche absetzte, hielt er sie erneut Marc hin, der nach kurzem Zögern zugriff. Plötzlich zuckte er zusammen, als habe ihm jemand in das Kreuz getreten. Auch Carter fuhr zusammen und erstarrte dann. Als es weitere zweimal an der Tür klopfte, waren beide sicher, sich nicht verhört zu haben.

Carter warf seinem Gegenüber einen strafenden Blick zu. »Ist dir doch jemand gefolgt?«, zischte er leise und legte sogleich den Zeigefinger auf seinen Mund, um die mögliche Antwort zu unterbinden.

Für viele Sekunden verharrten sie in absoluter Bewegungslosigkeit, wie zwei Einbrecher, die nicht erwischt werden wollten. Gerade entspannte sich Carters Körperhaltung, als es erneut klopfte. Dann wieder und wieder.

Es war ein geduldiges Klopfen mit langen Pausen zwischen den einzelnen Schlägen, und es klang in Carters Ohren weniger wie die flehende Bitte um Einlass als vielmehr wie die selbstbewusste Ankündigung eines bevorstehenden Eintretens. Vor Carters geistigem Auge erschien das Bild einer viele Kilometer langen Schlange von Menschen, die sich von der schlichten Tür des kleinen Büros entlang der *High Line* bis hinauf zur 34th Street erstreckte. In der Reihe der Wartenden erkannte er vereinzelt Gesichter ihm bekannter Anleger seines Fonds, die teils wütend, teils traurig, in jedem Fall aber anklagend dreinblickten.

Weitere Klopfgeräusche rissen Carter aus seinem Tagtraum. Es gab ungefähr fünftausend Menschen, die vor dieser Tür stehen konnten und denen er auf keinen Fall begegnen wollte; und es gab, nachdem Marc ihn aufgesucht hatte, keinen einzigen Menschen auf diesem Planeten, dessen Kommen ihm in diesem Augenblick angenehm gewesen wäre. Die Hoffnung, dass derjenige, der da auf der anderen Seite der Tür seine Knöchel gegen das Holz schlug, aufgeben und abziehen würde, schien sich nicht zu erfüllen. Wenige Meter entfernt von seinem Platz stand jemand, nur durch eine wenige Zentimeter dünne Tür von ihm getrennt, die der Betreffende jederzeit selbst würde öffnen können, um den Kopf hineinzustecken und zu schauen, ob jemand da war. Doch wer auch immer vor der Tür stand – er öffnete sie nicht einfach, nein, er wartete vielmehr darauf, dass er die Erlaubnis dazu erhielt. Wie ein Vampir, der ohne Einladung keine Türschwelle überschreiten darf, dachte Carter.

Sein Blick fiel auf Marc. Der kauerte vor ihm und sah ihn unsicher an. In seinen Augen erkannte er Angst – und Mitleid. Ein Schmerz durchzog seine Brust. Was war aus ihm geworden, dem großen Carter Fields? Jemand, der sich in einem schäbigen Büro im Meatpacking District vor seinen Anlegern verstecken musste und der mitleidige Blicke seiner Mitarbeiter erntete? Nein, das war nicht der Carter Fields, den er in den vergangenen Jahrzehnten aus der Masse Mensch geformt hatte, die er beim Heranwachsen vorgefunden hatte.

»Herein!«, rief er mit fester Stimme und richtete sich in seinem Stuhl auf, als gelte es, dem Teufel höchstpersönlich entgegenzutreten.

Auch Marc drehte sich gebannt um.

Langsam senkte sich die abgegriffene Klinke, und der Spalt der geöffneten Tür wurde größer und größer. Zuerst gab die Lücke zwischen Tür und Rahmen den Blick auf den im Dämmerlicht liegenden Flur frei, dann schob sich ein Gewand aus braunem Stoff dazwischen.

15

MUMBAI

Die Teilnahme an der großen Wohnungslotterie hatte sich problemlos gestaltet. Wie so oft in der letzten Zeit hatte er die Nacht davor nicht schlafen können und den nächtlichen Geräuschen seiner Familie gelauscht. Die kleine Pandita atmete schnell, und daran erkannte er, dass sie wieder unter Fieber litt. Er hatte sich nicht getraut, zur Bestätigung ihre Stirn anzufassen.

Am Morgen war er vor den anderen aufgestanden, hatte heimlich den gesamten Inhalt der Kaffeedose an sich genommen und in seinem Hosenbund verstaut. Dann war er durch die auf das Erwachen der Bewohner lauernden Gassen von Dharavi zur Recyclingfabrik geeilt. Den Vormittag über konnte er sich kaum auf seine Arbeit am Hochofen konzentrieren und stellte sich immer wieder vor, wie das Bündel Geldscheine, das er am Körper trug, in einem unbedachten Moment in die Glut vor ihm fiel und verbrannte. Der Vorarbeiter musste ihn mehrmals ermahnen, schneller zu arbeiten, und voller Erleichterung rettete er sich schließlich in die Mittagspause. Auf dem Weg zur nahen Filiale der AXIS-Bank an der Subhash Chandra Bose CHS Station Road versuchte er, unsichtbar zu sein, um auf den letzten Metern nicht noch ausgeraubt zu werden. Erstmals in seinem Leben betrat er schließlich den Schalterraum einer Bank und fühlte sich endlich sicher, als er die beiden Wachmänner am Eingang passierte. Zur Teilnahme an der Lotterie musste er ein Konto eröffnen und darauf die fünfzehntausendfünfzig Rupien einzahlen. Bevor er die Geldscheine durch den schmalen Schlitz des Bankschalters schob, verpasste er ihnen noch einen letzten Abschiedskuss.

Die freundliche Dame hinter dem Tresen, die mit ihrem frisierten Haar und der Uniform so hübsch und rein aussah wie aus einer Werbung im Fernsehen, erklärte ihm, dass das Geld von seinem Konto als »sogenanntes EDM« auf das Konto der MHADA Lottery transferiert würde. Dort bliebe es bis zur Ziehung in zwei Wochen als Sicherheit liegen. Sollte die Nummer seiner Anmeldung gewinnen, würde das Geld eingezogen und als Kaufpreis für die gewonnene Wohnung an der Mira Road dienen. Gewänne seine Nummer jedoch nicht, was sie ihm natürlich nicht wünschte, würde er das EMD innerhalb von sieben Tagen auf sein neu eröffnetes Konto zurücküberwiesen bekommen und könne wieder frei darüber verfügen. Im Übrigen sei das Geld auf dem Konto besser aufgehoben als in seinem Zuhause, fügte sie hinzu, und Pradeep glaubte ihrem strahlend weißen Lächeln. Mit einem Durchschlag seiner Anmeldung hatte er die Bank wieder verlassen, argwöhnisch verfolgt von den Blicken der Wachleute.

Auf ein Mittagsmahl verzichtete er, da er jetzt nur noch zehn Rupien besaß und weil er die Mittagspause sowieso bereits überzogen hatte. Den Nachmittag über spürte er eine enorme Energie und holte die Eimer, die er am Morgen nicht geschafft hatte, mit Leichtigkeit auf, sodass der Vorarbeiter ihm zum Feierabend wohlwollend auf die Schulter klopfte und ihm sogar eine Cola spendierte. Mit der Colaflasche in der Hand schlenderte er nun durch die Straßen seines Slums nach Hause und verabschiedete sich dabei in Gedanken von jeder Hütte, jeder Straßenecke und jedem

Bewohner, dem er auf seinem Weg begegnete. Bald schon würde er dies alles hinter sich lassen, so wie er seine Kindheit auf den Straßen von Andheri bereits hinter sich gelassen hatte.

Er erinnerte sich daran, wie sie als Kinder eines Abends rauchend auf den Ghats gesessen hatten, den Treppen, die hinter der Altstadt von Varanasi hinunter zum Ganges führten. Während sie dem Treiben um sich herum zugeschaut hatten – den Ohrenputzern, den heiligen Männern, Sadhus genannt, den Bootsleuten, die ihre Ausflugsfahrten anpriesen, den Drogendealern und den Touristen, die wie Antilopen an der Wasserstelle zwischen all diesen Löwen umherirrten –, hatte Ganesh, einer der älteren Jungs, auf ein Feuer am Ende der Verbrennungsghats gedeutet.

»Das Leben ist wie diese Ghats!«, hatte Ganesh genuschelt. »Man wird geboren, und dann geht es Stufe für Stufe abwärts, bis man unten angekommen ist, verbrannt wird und als Asche im Fluss landet.«

Und dann hatte er an dem Zigarettenstummel in seiner Hand gezogen, und seine Worte hatten sich mit dem Aufglimmen der Glut in Pradeeps Gehirn gebrannt.

Seitdem hatte er nur noch ein Ziel gehabt: die Treppenstufen des Lebens hinaufzusteigen – und nicht immer weiter hinab. Mit der Heirat, seinen drei Kindern, dem Heim in Dharavi und seiner Arbeit hatte er es seit damals schon ein gutes Stück nach oben geschafft. Mit dem Gewinn einer Wohnung in der MHADA-Lotterie würde er auf der Treppe noch ein gutes Stück weiter nach oben kommen. Er war zufrieden mit diesem Vergleich und nahm einen weiteren Schluck aus der Colaflasche.

Als er endlich die Zeile erreichte, in der sich ihre Hütte befand, konnte er schon von Weitem sehen, dass etwas nicht stimmte. Janni stand mit ihren Eltern vor dem Eingang. Zwischen ihren Beinen erkannte er Gayoor und Parvez, die neugierig versuchten, einen Blick in die Hütte zu werfen. Irgendetwas schien seine Familie aus dem Inneren der Behausung vertrieben zu haben. Von der kleinen Pandita war weit und breit nichts zu sehen. Und genau dies war es, was Pradeep am meisten beunruhigte, denn er wusste, dass sie ohne ihre Mutter keinen Schritt unternahm.

Während er die halb volle Colaflasche wie unnützen Ballast zur Seite warf, beschleunigte er seinen Schritt. Janni erschrak, als er sich neben sie drängelte, um in die Hütte zu schauen. Darin erkannte er den weißen Kittel eines Arztes, der sich gemeinsam mit einer Frau, die Pradeep für eine Krankenschwester hielt, über Pandita beugte.

»Was ist mit ihr?«, rief Pradeep bestürzt ins Dunkle des Raumes hinein.

Statt einer Antwort gab Janni ein Schluchzen von sich und schlug sich einen Zipfel ihres knallpinken Saris vor das Gesicht. Er schob sie zur Seite und betrat die Hütte.

»Was ist mit ihr?«, wiederholte er, nun mehr ärgerlich als ängstlich.

Pradeep sah, wie die Krankenschwester ein feuchtes Tuch auf Panditas Stirn presste. Seine kleine Tochter hatte ihre Augen geschlossen, und fast hätte man ihren Schlaf als friedlich bezeichnen können, wären nicht unter den geschlossenen Lidern die schnellen Bewegungen ihrer Pupillen zu erkennen gewesen.

Der Arzt wandte sich zu ihm. »Mein Name ist Dr. Sadasivan Nair. Sind Sie ihr Vater?« Bei dem Wort »ihr« deutete er auf Pandita.

Pradeep nickte und schaute am Doktor vorbei auf seine Tochter.

»Ihre Frau hat uns heute gerufen. Es geht ihr nicht gut. Ich fürchte, die Malaria hat eine Anämie hervorgerufen.«

Dr. Sedasivan Nair machte eine Pause, als wolle er Pradeep Zeit geben, seine Worte zu verstehen.

»Sie muss dringend ins Krankenhaus und Medikamente bekommen«, fuhr der Doktor fort und zögerte plötzlich.

Pradeep wusste, was der nächste Satz sein würde, er hatte diese Situation schon häufiger erlebt. Nur schien es keinem seiner Lieben dabei jemals so schlecht gegangen zu sein wie jetzt seiner Tochter.

»Eine solche Behandlung ist teuer!« Der Doktor seufzte diese Worte mehr, als dass er sie aussprach.

Von hinten legte sich Jannis Hand auf Pradeeps Schulter. »Das Geld aus der Kaffeedose«, hauchte sie aufgeregt in sein Ohr. »Gib es ihm!«

Pradeep schaute in ihr von Sorge und Krankheit ausgezehrtes Gesicht, dann in die hoffnungsvoll aufblitzenden Augen des Arztes vor ihnen. Sein Blick schwenkte hinüber, dorthin, wo die Kaffeedose unter seinem Nachtlager vergraben war. In Gedanken grub er sie aus und fühlte in sich dieselbe Leere aufsteigen, die ihn beim Öffnen der Dose erwarten würde.

Außer zehn Rupien, die er am Leib trug, besaßen sie im Moment nichts mehr. Alles Geld, was sie heute Morgen noch besaßen, wartete nun auf dem Konto der MHADA auf den großen Tag der Ziehung, der derjenige Tag werden sollte, an dem alles in ihrem Leben besser würde.

Pradeep wurde durch ein sanftes Stöhnen aus seinen Gedanken gerissen. Mit ihm blickten alle hinüber zu der kleinen Pandita, die dem ersten Stöhnen ein zweites, nun sehr viel lauteres, folgen ließ.

16

Berlin, 1763

Hainchelin saß an seinem Schreibtisch und starrte auf das Gemälde an der Wand vor sich. Es zeigte den König, der hoch zu Ross in die Schlacht ritt, die Kavallerie einige Pferdelängen hinter sich lassend. Er war der erste König, der sich im Kampf nicht hinter Schlachtplänen versteckte, sondern in erster Reihe den Kugeln entgegenritt. Todesmutig, sagten seine Bewunderer, todessehnsüchtig nannten es die anderen.

Hainchelin seufzte. Dieser König bereitete ihm nur Kummer. Erst der unsinnige Krieg, bei dem es um nichts ging als um des Königs Ruhmeslust. Als Finanzrat war es an ihm gewesen, die Kriegskasse zu führen. Eine Aufgabe, als würde man Musik ohne Noten komponieren.

Und nun, wo die Zeit des Kampfes endlich beendet war, ernannte er ihn zum Kontrolleur über das Teufelsspiel dieses windigen Italieners.

Wie konnte überhaupt ein Italiener den Preußen vorschreiben, wann das Glück sie ereilte?

Der König suchte sein Glück schon lange außerhalb Preußens, ob im Krieg, in der Kunst oder der Sprache. Wie konnte es sein, dass Franzosen und Italiener den Hof bevölkerten, während die Deutschen zu Hause saßen und dem regen Treiben nur zuschauten? Es gab Empfänge am Hof, auf denen er, dessen Französisch nicht das beste war, von der Konversation kaum noch etwas verstand.

Und nun diese italienische Pest des Lottospiels.

Die Ständeordnung war über Jahrhunderte hinweg entstanden. Starke Geschlechter hatten sich durchgesetzt und lenkten als Adel die Geschicke des Landes, während die schwachen Geschlechter ihren Platz auf den Feldern und in den Gossen gefunden hatten. Und nun sollte die Lotterie diese Selektion der Natur mithilfe einer Laune der Fortuna durcheinanderwerfen? Plötzlich sollte ein Bauer, der einen Groschen einsetzte und ein paar Zahlen im Voraus erriet, zu Reichtum gelangen können? Ohne Blut vergossen zu haben, ohne den Einsatz seiner Väter und Urväter? Wenn dies das neue Preußen sein sollte, in dem man auf sein Glück anstatt auf seine Kraft vertraute, dann war das nicht mehr sein Preußen.

Es war an ihm, diese Entwicklung zu korrigieren. Der König hatte ihn, ohne es zu beabsichtigen, in die Position versetzt, etwas dagegen zu unternehmen. Der Italiener hatte diese Lotterie eingeschleppt, und mit ihm würde sie wieder aus Preußen verschwinden.

Noch schlimmer war, dass Calzabigi ihm auch noch sein schon sicher geglaubtes Tabak- und Bankenmonopol zu stehlen versuchte. Mehrere hunderttausend Taler war dies wert. Er musste alles Menschenmögliche unternehmen, damit nicht auch dies noch in die Hände dieses Unruhestifters geriet. Nicht nur die Zukunft seiner Familie hing davon ab, dass Calzabigi scheiterte, sondern die Zukunft des ganzen Staates.

In den vergangenen Wochen hatte er bereits damit begonnen, es Calzabigi so schwer zu machen, wie es nur ging, ohne dabei nach außen seine Kompetenzen zu überschreiten.

Er hatte einen Brief nach Brüssel geschrieben, wo Calzabigi mit einer Lotterie bankrottgegangen war. Sein Gewährsmann dort wusste nicht viel zu berichten, was er ihm aber schrieb, ließ kein gutes Haar an dem Parvenü. Anonym hatte er die Informationen an den König weitergeleitet.

Rasch hatte er bemerkt, dass Calzabigi einen Hang zum Flüchtigen besaß. So war es nur logisch, dass er als Kontrolleur die Bürokratie in der Lotterie eingeführt hatte. Mit großer Freude beobachtete er die Nöte des Italieners, sich an die von ihm aufgestellten und vom König gegengezeichneten Richtlinien und Vorgaben zu halten. Mit Dokumenten, das wusste Hainchelin, konnte man Geschichte dokumentieren, aber auch aufhalten.

Sein letzter Winkelzug war der beste: Er hatte verfügt, dass Deutsch die Amtssprache in der Lotteriebehörde sein sollte. Keine Notiz sollte mehr auf Französisch geschrieben sein. Er hatte sich nicht getraut, diese Anordnung dem so frankophilen König vorzulegen. Aber er wusste, dass sie Calzabigi vor erhebliche Probleme stellen würde, der auch heute, nach vielen Monaten in Berlin, noch nicht einmal in der Lage war, auf Deutsch zu grüßen. Bei der Vorstellung, wie der Italiener sich durch seine deutschen Depeschen kämpfte, musste er grinsen.

Wieder las Hainchelin den kleinen Brief, den er in der rechten Hand hielt.

Verehrter Hofrat,

zu Eurem Schreck muss ich mitteilen, dass der Mann, der sich Calzabigi nennt, ein Hochstapler ist. Wenn Ihr mehr über dessen feige Pläne erfahren und zum unumstößlichen Beweis entsprechende Dokumente entgegenzunehmen bereit seid, solltet Ihr am Nachmittage des kommenden Sonnabend um Punkt drei Uhr in den Park Sanssouci nach Potsdam kommen. Ich werde Euch ansprechen.

A.

Mit schneller Hand geschrieben auf teurem Papier.

Kein Bote, sondern ein Knabe – einer derjenigen, die an den Regimentsplätzen um milde Gaben bettelten – hatte den Brief am Morgen vorbeigebracht.

Hocherfreut war er zunächst gewesen über diese vielversprechende Nachricht. Sie bestätigte seinen Verdacht, dass der Italiener Dreck am Stecken hatte. Doch dann fiel ihm plötzlich auf, dass der unbekannte Informant ihn zur selben Uhrzeit nach Sanssouci bestellte, zu der im neu gegründeten General-Lotterieamt die Tagung der Lotterieeinnehmer stattfinden sollte. Und als er sich gerade dazu entschlossen hatte, die einmalige Gelegenheit dennoch wahrzunehmen und nach Sanssouci zu fahren, hatte er dieses Kitzeln in der Nase verspürt; und er hatte sich umgedreht, weil ihm mit einem Mal war, als hätte dieser Calzabigi, über den er grübelte, den Raum betreten. Doch er war allein in seinem Arbeitszimmer. Da hatte er nach einem kleinen Augenblick der Irritation, einem Anflug von Geisterglauben, gewusst, welch unsichtbares Gespenst ihm erschienen war.

Abermals führte er das kleine Briefchen in seiner Hand nah an seine Nase heran, bis er es mit deren Spitze fast berührte, und zog mit einem scharfen Laut die Luft ein.

Mit geschlossenen Augen lehnte er sich zurück und verharrte wie betäubt. Dann schnitt ein breites Grinsen eine Furche in sein Gesicht.

17

Hamburg, Santa Fu

Henri lag auf seinem Bett und starrte auf das Los in seiner Hand.

Es schien tatsächlich sehr alt zu sein, und nach längerer Betrachtung im grellen Licht der Gefängnisbeleuchtung hatte er am unteren rechten Rand die Jahreszahl 1764 entziffern können. Es war schwer zu glauben, dass er ein fast zweihundertfünfzig Jahre altes Dokument in der Hand hielt. Dies bestärkte jedoch den merkwürdigen, vielleicht sogar beängstigenden Eindruck, den der Besuch des Mönchs bei ihm hinterlassen hatte.

Auf dem Los stand ein einziger Satz in Frakturschrift.

Als dass der Besitzer dieses Loses mit der Nummer 1049 als Anwärter oder Abkömmling eines Anwärters legitimiert sei, an der heiligen Lotterie des römischen Bischofs Clemens XIII. teilzunehmen und am Ende als Glücklicher unter den Suchenden zu erlangen den Preis von unermesslichem Wert.

Henri kannte diese altertümlichen Schriften aus der Zeit seiner Dissertation, die er einem rechtsgeschichtlichen Thema gewidmet, jedoch aus Zeitmangel nicht selbst verfasst hatte.

Schon als Student, noch vor der Dissertation, hatte er damit begonnen, für eine Gruppe von Geschäftsleuten auf dem Hamburger Kiez Rechtsangelegenheiten zu regeln, für die ein normaler Anwalt nicht infrage kam. In Anlehnung an den Film *Der Pate*, in dem der anwaltliche Berater des Don *consilieri* genannt wurde, hatte man ihm damals den Spitznamen »Der Konsul« verpasst. Zwischen Leuten mit Namen wie »Messer Manni« und »Der Eitle« war er damit noch gut bedient gewesen. Als er nach dem Examen seine eigene Kanzlei eröffnete und wegen seiner halbseidenen Klienten aus dem Nachtleben rasch zu einem der schillerndsten Anwälte der Hansestadt aufstieg, blieb der Name an ihm haften. Erst im Gefängnis hatte er es geschafft, ihn abzulegen, was ihn einige Paketmarken und auch zwei Schlägereien gekostet hatte.

Das Manko an Zeit, das schon während des Studiums durch seine Nebenbeschäftigung entstanden war, hatte er mithilfe des vielen Geldes ausgleichen können, das er verdiente. So hatte dann auch ein von ihm gut bezahlter Kommilitone den Großteil seiner Doktorarbeit geschrieben. Jedoch hatte er zur Vorbereitung auf die Verteidigung der Dissertation viele Rechtsschriften aus dem 18. Jahrhundert durchgearbeitet. Das Entziffern der alten Buchstaben fiel ihm daher auch heute noch leicht.

Unterzeichnet war der Text auf dem Los mit

Dato da Castel Gandolfo, il giorno 26 luglio 1764, settimo anno del Nostro Pontificato.

Er hatte es also tatsächlich mit so etwas wie einer päpstlichen Lotterie zu tun.

In den vergangenen Tagen war er in Gedanken jedes einzelne Wort des Mönchs noch einmal durchgegangen und hatte das Blatt mit den Regeln wieder und wieder studiert. Er hatte auch in der Gefängnisbibliothek nach Büchern zu den Themen Lotterie, Preußen und sogar Papst Clemens XIII. gesucht, aber war nicht fündig geworden. Normalerweise würde er nun abwarten müssen, ob der Mönch jemals wieder etwas von sich hören ließ. In Freiheit hätte er vielleicht die eine oder andere Erkundigung einholen können. Woher kam dieser Mönch, und wohin ging er? Wer waren die anderen Mitspieler in der Lotterie? Und am wichtigsten: Musste man sich bei dieser Lotterie tatsächlich auf sein Glück verlassen – auf die wankelmütige Göttin Fortuna?

Unwillkürlich stieg in ihm das Bild einer jungen, wunderschönen Frau auf, an die er schon lange nicht mehr gedacht hatte. Als frischgebackener Rechtsanwalt hatte zu seinem Mandantenkreis ein aufstrebender Zuhälter namens Zico gezählt, für den eine junge Ungarin als Hure anschaffen gegangen war, die sich selbst nur »Fortuna« nannte. Sie besaß die längsten Beine und einen Kussmund, mit dem sie Dinge anstellen konnte, von denen jeder Mann nur träumte. Einmal durfte Henri als Bezahlung für einen erfolgreichen Fall mit ihr eine ganze Nacht verbringen, und er hatte sich sofort in sie verliebt. In jener Nacht war im Prinzip nichts Besonderes geschehen. Er hatte sie zum Essen ausgeführt, und sie hatten sich Geschichten aus ihrer Kindheit erzählt. Als sie endlich doch im Bett landeten, hatte er nur an ihrem Haar gerochen und ihr den Rücken gestreichelt. Bis zum Morgen träumte er von einer gemeinsamen Zukunft, weit weg von allem; dann wachte er allein in dem Hotelzimmer auf. Danach reagierte sie, behütet von ihrem Zuhälter, auf keinen seiner Annäherungsversuche.

Irgendwann war sie so beliebt, dass sie nur noch mit denen ging, die am meisten zahlten. Henri hatte lange gespart, um mit ihr eine weitere, ungestörte Nacht zu verbringen, in der er bestätigt finden wollte, dass er für sie doch etwas Besonderes gewesen war. Doch immer wenn er geglaubt hatte, genügend Geld zusammenzuhaben, hatte sich ihr Preis wieder erhöht.

Eine Tages war sie mit einem mexikanischen Milliardär mitgegangen und für immer verschwunden.

An diese Geschichte erinnerte er sich stets, wenn er an Fortuna dachte.

Im Kopf ging er die Liste derer durch, die einige Zeit mit ihm eingesessen hatten, wieder frei waren und ihm noch einen Gefallen schuldeten. Die Liste war lang, doch keiner wusste besser als er, wie wenig man sich auf die Männer, die darauf standen, verlassen konnte.

An einem Namen blieb er hängen. Jean Michel Verbeeck, ein Kunstfälscher, der gemeinsam mit ihm für sechs Jahre eingesessen hatte, bevor er dessen Auslieferung nach Belgien und damit die Entlassung auf Bewährung erreicht hatte. Verbeeck hatte Werke von Malern des amerikanischen Realismus, wie Hopper oder O'Keeffe, meisterhaft kopiert und in Deutschland zum Kauf angeboten. Dabei war er an einen Agenten des FBI geraten und verhaftet worden.

Henris Blick fiel auf ein Gemälde an der Wand über seinem Bett. Es zeigte eine typisch kanadische Landschaft mit Wäldern, reißendem Fluss und einem Bären, der Lachse fischte. Ein echter Verbeeck, entstanden im Knast. Henri richtete sich auf, schob mit einer Verrenkung seinen Arm unter die Matratze und holte ein Mobiltelefon hervor. Er hielt das Telefon über das Los und machte ein Foto. Sein Daumen flog über die Tasten. Kurz zögerte er, dann drückte er auf *Senden*. Lange starrte er auf das Display, als könne er der soeben abgeschickten MMS hinterherschauen.

Ein Scheppern an der Zellentür ließ ihn zusammenfahren.

»Kommen Sie, Doktol! Es geht los!«, brüllte jemand vom Flur mit chinesischem Akzent. Es war Zhang, ein ehemaliger Poker-Profi, der wegen Totschlags einsaß und zur montäglichen Pokerrunde trommelte.

»Ich komme!«, rief Henri und hievte sich in die sitzende Position.

Er lupfte Verbeecks Bild vom Nagel und schob das Los in eine feine Öffnung zwischen Rückseite und Leinwand. Wenn Wärter bei den regelmäßigen Zellendurchsuchungen etwas in Ruhe ließen, dann war es Kunst. Für einen Moment folgte er mit seinen Augen den Pinselstrichen, die den Geruch des Waldes, das Rauschen des Flusses und das urwüchsige Knurren des Bären zu ihm trugen. Dann hängte er das Bild seufzend zurück an seinen Platz und machte sich auf den Weg zum Kartenspiel.

Wer weiß, dachte er. Hätte Fortuna ihm damals eine Chance gegeben, würde er heute vielleicht in Kanada Lachse fangen.

Die Tür zu seiner Zelle quietschte lauter denn je, als er sie öffnete.

18

Berlin, 1763

Ein Gefühl wie nach glücklich überstandener Krankheit hatte die Einwohner der Stadt erfasst.

Calzabigi hielt die heutige Ausgabe der *Berlinischen Nachrichten* in den Händen. Die Zeitung präsentierte ihren Lesern an diesem frühlingshaften Samstag gleich zwei sensationelle Neuigkeiten. Auf der ersten Seite der Zeitung wurde die Medizin, die alle heilte, verabreicht: der vor gut zwei Wochen auf der Hubertusburg mit den Nachbarn geschlossene Friedensvertrag.

Calzabigi hatte vom Ende des Krieges schon vorab durch den Hofrat Hainchelin erfahren, mit dem er sich mittlerweile zweimal wöchentlich zur Vorbereitung der Lotterie traf. Seine anfänglichen Befürchtungen waren dabei noch übertroffen worden. In Italien nannten sie einen Erbsenzähler wie ihn *Pignolo*. Hainchelin wurde nicht müde, zu betonen, dass »alles seine Ordnung« haben müsse. Schon bald hatte Calzabigi erkannt, dass Hainchelin darauf aus war, die Welt und somit auch das Lottospiel in ein riesiges Archiv umzuordnen, dessen alleiniger Verwalter er war. So teilte er alles in Abteilungen und Vorgänge ein, die er mit Nummern versah. Dazu erfand er allerlei Vorschriften und Regelungen, die es anschließend zu befolgen gab. Noch schlimmer war aber, dass er in Calzabigi, »dem Italiener«, die größte Gefahr für seine Ordnung sah. Mehr als einmal hatte er ihm einen Vortrag gehalten, dass ihm bedauerlicherweise »das

Preußische« fehle und es wohl an ihm, Hainchelin, sei, ihm dies einzupflanzen. Und einmal hatte der Hofrat auf Deutsch hinzugefügt, dass dies so sehr möglich sei, wie aus einem dummen Esel ein Kavalleriepferd zu formen. Calzabigi war dies später von einem zufällig anwesenden Adjutanten zugetragen worden, der ihm jene Worte übersetzt hatte.

An diesem Vormittag hatte sich Calzabigi wieder an diese Äußerung erinnern müssen, als er unvermittelt der Kavallerie des Königs gegenübergestanden hatte.

Um Punkt zehn Uhr war der Hof-Staatssekretär Schirrmeister als Herold verkleidet auf einem Schimmel – in Begleitung von Husaren, Paukern und Trompetern – längs der Spree und der Petrikirche durch die Breite Straße nach dem Königlichen Schloss geritten und hatte den Friedensschluss ausgerufen. Calzabigi hatte den Weg des farbenprächtigen Umzugs auf dem Wilhelmsmarkt gekreuzt. Dabei hatte ihn weniger die aus dunkelblauem Samt bestehende, reich mit Gold bestickte und mit breiten, goldenen Tressen und Frangen besetzte Kleidung des lächerlich wirkenden Staatssekretärs beeindruckt, als vielmehr das ihn begleitende Detachement Gens'Armes.

Das Reiterregiment des Königs war über die Grenzen Preußens hinaus berühmt und ebenso gefürchtet. Selbst in London hatte man sich fernab vom Schlachtgeschehen wahre Wunder von den Kriegstaten des Kürassierregiments erzählt. Calzabigi war während seines Aufenthalts in Berlin bereits ein paar Mal an den großen Stallungen am Gendarmenmarkt vorbeigekommen, ohne jedoch die Reiter in Gardeuniform zu Gesicht bekommen zu haben.

Während er die neben dem laut ausrufenden Staatssekretär in Reih und Glied aufgestellten Reiter betrachtete, hatte er vergeblich nach dem Geheimnis ihres Ruhms gesucht.

Die Pferde waren stolze Tiere, verfügten aber wie ihre Artgenossen ebenfalls nur über vier Beine, und die Kürassiere saßen in ihren Sätteln wie andere Reiter auch. Je länger er die Pferde mit ihrem hohen Stockmaß, dem ausdrucksvollen, mittelgroßen Kopf, den breiten Schultern und den erstaunlich kurzen Rücken angestarrt hatte, umso klarer war ihm geworden, dass sie nichts Besonderes an sich hatten – außer ihrem legendären Ruf. Dies bestätigte ihn in seinem Grundsatz, den er für sein Lottospiel bereits seit längerer Zeit verfolgte: Es kam nur darauf an, wie über etwas gesprochen wurde, und nicht, wie etwas wirklich war.

Calzabigi blickte erneut in die Zeitung. Die zweite, für ihn viel bedeutsamere Nachricht des Tages fand sich auf Seite drei der *Berlinischen Nachrichten*. Dort hatte der Verleger das »Patent betreffend eine Königlich Preußische Lotterie« in aller Ausführlichkeit abgedruckt.

Nachdem Calzabigi dem Bad in der Menge in den Straßen entstiegen war, überflog er im General-Lotterieamt das in deutscher Sprache verfasste Patent, dessen Inhalt er nur verstand, weil der immer noch in Leipzig weilende König ihm per Kurier bereits die französische Fassung zugestellt hatte. Im Sommer, so war in dem Artikel angekündigt, solle die erste große Ziehung auf der Rampe vor dem Lottoamt in der Wilhelmer Straße erfolgen.

Es war kein Zufall, dass die Bekanntgabe des von allen herbeigesehnten Friedensschlusses und der Lotterie am selben Tag erfolgten. Der König hatte in dem von ihm verfassten Lottopatent explizit auf die vergangenen Schreckensjahre des Krieges Bezug genommen. Nach dessen Ende, so hatte er in der Patentschrift für das Volk formuliert, müsse man nun an die nützlichen Verschönerungen, die Aufmunterung der Kräfte und des Fleißes und den Fortgang der

Manufakturen denken. Um die Finanzmittel dafür zu beschaffen, sei das Lottospiel, so der König, unter allen Hilfsmitteln, die man ihm vorgelegt habe, das geeignetste und für das Volk schonendste. Dieser Satz machte Calzabigi besonders stolz: Der Siebenjährige Krieg endete in Preußen mit der Verkündung seines Lottospiels. Die Geschichte des so langen und grausamen Krieges schloss ihn, den Italiener aus Livorno, auf diese Weise im positivsten Sinne mit ein. Der König hatte diesen 5. März zum Tag des Glücks ausgerufen, und er, Calzabigi, war ein wichtiger Bestandteil davon.

Friede und Lotto – was gab es Glücklicheres?

Die Liebe.

Calzabigi legte die Zeitung beiseite und griff nach einem Brief, der auf seinem Schreibtisch lag. Ausgerechnet an diesem ohnehin schon schönen Morgen hatte er auch noch einen Brief von seinem alten Freund Signore Brea aus Livorno erhalten. Dieser hatte darin angekündigt, in Genua »eine Venus« für ihn angeworben zu haben, die schon bald auf dem Weg nach Berlin sei und noch vor Monatsfrist eintreffen werde, so das regnerische Wetter es zulasse. Ihr Name sei Marie Belangere. Signore Brea hatte seinem Brief ein kleines Bild beigefügt, wie es in seiner Heimat als Einlage für Medaillons gefertigt wurde. Es zeigte eine wunderschöne junge Frau. Die Dame auf dem Bild, so hatte Signore Brea geschrieben, sei nicht die zukünftige Signora di Calzabigi. Diese sei aber so ziemlich genau eintausend Mal schöner als das weibliche Geschöpf auf dem mitgesandten Porträt, sodass man bei dessen Betrachtung dennoch eine gute Vorstellung entwickeln könne, welche Grazie er ihm geschickt habe.

Calzabigi musste bei diesen Worten schmunzeln. Er hatte mehr als einmal erlebt, wie Signore Brea über Frauenzimmer mit denselben ausschmückenden Übertreibungen sprach, mit denen er seine Seide anpries. Er wäre schon zufrieden, wenn die Signorina, die zukünftig sein Haus hüten sollte, nur annähernd so anmutig aussah wie die Frau auf der kleinen Zeichnung in seiner Hand. Er steckte das Bildnis in seinen Gehrock und beschloss, es als Glücksbringer bei sich zu tragen, bis der Engel, den Signore Brea ihm angekündigt hatte, ihm wirklich erschien.

Er hatte das ihm vom König zugewiesene Haus zwischenzeitlich bezogen und spürte dort in jeder Sekunde das Fehlen einer weiblichen Haushaltung. Die Nachricht, dass er schon bald eine Frau an seiner Seite haben würde, beschwingte ihn noch mehr. So stand er nun an diesem Tag des vollkommenen Glücks in seinem Arbeitszimmer im General-Lotterieamt und bereitete sich auf seinen bevorstehenden Auftritt vor. Durch das hohe Fenster hinter ihm hatte er beobachtet, wie seit einer guten halben Stunde ohne Unterlass immer wieder Kutschen vor dem Amt hielten, denen Männer jeden Alters, zumeist einzeln, manchmal aber auch in kleinen Gruppen entstiegen und in die Räumlichkeiten unter ihm eilten. Vom Flur vor seiner Tür drangen nun immer stärker die aufgeregten Gespräche der Wartenden zu ihm. Ein Blick auf die große Wanduhr zeigte ihm, dass es Zeit war, und nachdem er seine Kleidung noch einmal überprüft hatte, machte er sich auf zu seiner bislang wichtigsten Aufgabe als Lottodirektor.

An einem der langen Abende, an denen die Größe seines neuen Zuhauses ihm das ganze Ausmaß seiner Einsamkeit vor Augen führte, hatte er in der Bibliothek, die der Vorbesitzer zurückgelassen hatte, nur ein Buch in französischer Sprache gefunden, und dies war ein Buch über Bienen gewesen. Während des Lesens war ihm bewusst geworden, dass die Lotterie ein bisschen wie ein Bienenstock funktionierte. Im Bienenstock herrschte die Königin, und die Arbeitsbienen schwärmten in alle Himmelsrichtungen aus, um für ausreichend Nachschub an Nektar zu sorgen. In der Lotterie gab es den König. Was im Bienenstock der Nektar war, war beim Lotto di Genova das Geld. Mit ihm wurden alle gefüttert, vom König bis zu den Gewinnern, und nicht zuletzt er selbst. Vorausgesetzt, es gab genügend davon.

Das Sammeln des Geldes, und somit die Aufgabe der Arbeitsbienen, übernahmen in der Lotterie die sogenannten Kollekteure. Sie würden zukünftig die Lose im ganzen Land verkaufen und nach den Ziehungen die Gewinne an die Teilnehmer auszahlen. Siebenundvierzig Lottokontore hatte er in den vergangenen Wochen unter Hochdruck im gesamten Königreich einrichten lassen. Nicht nur in Berlin, sondern auch in den Provinzen bis hinauf nach Königsberg. Den Besitzern der Kontore hatte er, in Absprache mit dem König, Gewinnbeteiligungen an ihren Einnahmen versprochen. Hainchelin hatte die Prozente allerdings noch einmal nach unten korrigiert. Er hatte sich, wie von Calzabigi seit dem ersten Treffen befürchtet, als nutzlose Drohne im Bienenstock der Lotterie entpuppt und behinderte ihn in seiner Arbeit, wo er nur konnte. Bei Gelegenheit musste er unbedingt beim König vorsprechen und versuchen, den Besserwisser loszuwerden.

Heute nun war der Tag gekommen, an dem er die Kollekteure in seinem Amt versammelt hatte, um ihnen höchstpersönlich die Regeln des Preußischen Lottos zu erklären. Nur wenn sie, als die künftigen Botschafter seines Spiels, dessen ganzes Ausmaß begriffen, waren sie in der Lage, ausreichend Loskäufer zu werben. Von ihnen hing alles ab.

Er öffnete die Tür seines Arbeitszimmers und lauschte. Tatsächlich erinnerte das Gewirr der vielen Stimmen, das von unten zu hören war, an das Summen eines Bienenschwarms. Er ging den kurzen Dielengang bis zur Treppe und stieg die steilen Holzstufen hinab. An deren Fuße angekommen, gab er dem Lakai an der Eingangstür ein Zeichen, dass man nun beginnen konnte, und steuerte auf die offene Tür des großen Saals zu. Das Lottoamt war zuletzt als Lagerhaus genutzt worden, und bei den erforderlichen Umbauten hatte man den rechten Teil des Parterres als einen einzigen großen Raum belassen. Zukünftig sollten dort die aus der Druckerei angelieferten Fliegenden Blätter mit der Werbung und vor allem die Losbillets sortiert, verpackt, gelagert und an die Lottokontore ausgeliefert werden. Heute hatten die sechs faulen Lakaien, die der König ihm als Helfer zugeteilt hatte, den Saal leer geräumt und aus der nahe gelegenen Berliner Oper sechzig Stühle herbeigeschafft.

Nachdem er den Raum betreten hatte, dauerte es eine Weile, bis alle Losverkäufer ihre Plätze eingenommen hatten. Erst auf mehrmaliges Rufen der in der ersten Reihe Sitzenden kehrte endlich Ruhe ein. Einige der Anwesenden kannte Calzabigi flüchtig, der es sich nicht hatte nehmen lassen, selbst das Land zu bereisen, um geeignete Pächter für die Lottokontore auszuwählen. Andere waren von Hainchelin eingesetzt worden, die Einnehmer in den weiter entfernten Provinzen hatte man auf dem Postwege erwählt.

Calzabigi begab sich zum Kopfende des Saals. Er ließ seinen Blick über die Sitzreihen wandern, und ihm gefiel, was er sah. Hatten die Menschen um ihn herum vor wenigen Wochen noch wie flüchtige Kohleskizzen ihrer selbst gewirkt, so schien nun jemand mit dicken Pinselstrichen die Farbe aufgetragen zu haben, und er schaute in ausnahmslos fröhliche Gesichter mit vor Aufregung glühenden Wangen und leuchtenden Augen. Die Erschienenen hatten die

Erregung, die die Straßen Berlins heute ergriffen hatte, mit in diesen Saal hineingetragen, und dies war genau die Stimmung, die Calzabigi für seine Ansprache benötigte.

Zufrieden nahm er auch zur Kenntnis, dass Hainchelin nirgends zu erblicken war. Dessen Fehlen bei dieser Veranstaltung zu arrangieren, hatte ihn einiges an Mühe und obendrein einen halben Taler gekostet. Schon vor Tagen hatte er einen Läufer mit einem anonymen Brief zu Hainchelin geschickt, dessen Verfasser niemand anderes als er selbst gewesen war. Calzabigi sah auf die Uhr. Es war kurz nach drei. Wenn alles wie geplant vor sich gegangen war, irrte Hainchelin just in diesem Augenblick durch die Parkanlagen von Sanssouci und hielt nach dem vermeintlichen Informanten Ausschau. Bei Gelegenheit würde er, Calzabigi, dem König von Hainchelins unbegründetem Misstrauen gegenüber sei ner Person berichten, und der von Niedertracht geleitete Ausflug vom heutigen Tage würde ihm als eines von vielen Beispielen dienen. Niemand würde jemals erfahren, dass er es selbst inszeniert hatte.

»Meine Herren, mein Name ist Johann Anton von Calzabigi, und mir ist die General-Direktion über die Königlich Preußische Lotterie anvertraut«, begann Calzabigi in bestem Französisch. »Es ist mir eine Ehre, Sie alle an diesem für dieses Land so wunderbaren Tag hier im Herzen der Königlich Preußischen Lotterie begrüßen zu dürfen. *Vive le roi!*« Er reckte die linke Faust in die Höhe.

»*Vive le roi!*«, schallte es ihm aus den Kehlen der Anwesenden entgegen.

Calzabigi hielt die Ausgabe der *Berlinischen Nachrichten* in die Höhe. »Ich denke, Sie alle haben gesehen, wie prominent die Lotterie heute zu unser aller Vorteil proklamiert worden ist. Dem Königlich Preußischem Hofdrucker Monsieur Georg Jakob Decker sei mein aufrichtiger Dank entgegengebracht, und falls es Ihnen unbekannt ist, darf ich verkünden, dass auch Monsieur Decker ein Lottokontor besitzt und deswegen heute hier ist!«

Calzabigi machte drei Schritte nach vorn und reichte einem elegant gekleideten Herrn die Hand. Den anderen Kontorbesitzern sollte es Mut machen, dass sie die Zeitung auf ihrer Seite hatten. Es war ein kluger Schachzug von ihm gewesen, dem Herausgeber der wichtigsten Zeitung ein Lottokontor zu überlassen. So hatte er es bereits in Brüssel gemacht. Die Pacht, die er ihm erlassen hatte, worüber natürlich Geheimhaltung vereinbart worden war, würde er durch die große Aufmerksamkeit, die die Zeitung der Lotterie verschaffte, hundertfach wieder einnehmen. Calzabigi kamen die königlichen Reiter vom Morgen in den Sinn. Es kam nur auf den Ruf an, dachte er.

Er blickte zur Tür und bedeutete den dort wartenden Lakaien, die vorbereiten Materialien hereinzubringen. Auf großen Leinwänden hatte er aufgeschrieben, was er nun erklären würde. Nachdem die Diener sie gebracht hatten, zeigte Calzabigi mit dem ihm gereichten Stock auf die Abbildung eines großen Glücksrades. Er erläuterte, dass die Königliche Hoftischlerei bereits den Auftrag erhalten habe, es anhand dieser Zeichnung nachzubauen. In die Trommel des Rades, so führte er weiter aus, würden neunzig Kapseln von gleicher Größe, Gestalt und Gewicht hineingelegt. Jede der Kapseln würde wiederum einen kleinen Zettel enthalten mit einer Nummer von eins bis neunzig. Fünf der Kapseln werde ein Waisenknabe am Tag der Ziehung dem Glücksrade entnehmen: die fünf Glückszahlen.

»Wie aber«, fragte er in den Raum, »kann man nun gewinnen in der Königlich Preußischen Lotterie?«

Er wollte nicht abwarten, bis sich jemand meldete, sondern gleich selbst die Antwort geben. Doch kurz stockte er. In den Augen einiger der zukünftigen Losverkäufer glaubte er Unverständnis zu erkennen. Dabei kamen die komplizierten Regeln erst noch.

Vielleicht würde die Zeichnung ihnen Klarheit bringen. Er ging zu der Leinwand hinüber, auf der er aufgemalt hatte, auf welche fünf verschiedenen Arten man in der Lotterie setzen konnte.

»Die einfachste und risikoloseste Möglichkeit ist das Setzen auf eine einzige Nummer, die man in Italien *estratto semplice* nennt«, erläuterte er. Absichtlich sprach er mit langsamer Stimme.

Aber immer noch blickte er in verwunderte Gesichter. So schwer zu verstehen war das nun auch nicht, dachte er. Sollten die von ihnen ausgewählten Kollekteure vielleicht ein wenig schwer von Begriff sein?

»Befindet sich diese so ausgewählte Nummer unter den fünf gezogenen Gewinnzahlen, so zahlen wir den fünfzehnfachen Einsatz aus.«

Calzabigi schaute erneut prüfend in die Runde. Einige Kollekteure begannen nun miteinander zu tuscheln.

»Der Einsatz für den *estratto semplice* beträgt sechs Groschen aufwärts, alle anderen Setzarten, die ich Ihnen sogleich vorstellen werde, kann man bereits ab einem Groschen spielen!«

Dies war eine gute Nachricht für die Kollekteure, denn es bedeutete, dass nicht nur Wohlhabende, sondern so ziemlich jeder in der Lotterie mitspielen konnte. Dennoch konnte Calzabigi keine Begeisterung in den Gesichtern ausmachen.

»Mit einer einzigen Nummer kann man aber auch auf

einen bestimmten Zug setzen, den sogenannten *estratto determinato*«, fuhr er fort. »In diesem Fall muss die genannte Zahl nicht nur unter den fünf Gewinnzahlen sein, nein, man muss auch korrekt vorhergesagt haben, an welcher Stelle sie gezogen wird. Tritt dies ein, zahlen wir dem Glücklichen seinen Einsatz fünfundsiebzigfach aus.«

Immer weniger der anwesenden Männer schienen ihm nun zuzuhören. Hilfesuchend schaute er nach den Lakaien, die gelangweilt am Eingang herumlungerten. Einer schien gegen die Wand gelehnt zu schlafen. Die interessantesten Einsatzmöglichkeiten kamen erst noch, vielleicht würde er ja damit die Aufmerksamkeit der Anwesenden wecken.

»Erlaubt soll es aber auch sein, auf zwei verbundene Nummern zu setzen, die dann unter den fünf auserwählten Gewinnzahlen zu sein haben. Diese Spielart ist mit dem Namen *Ambo* belegt. Oder aber auf drei verbundene Zahlen. Diesen Einsatz nennt man *Terno*. Eine *Ambo* soll den zweihundertsiebzigfachen Einsatz bringen, errät der Spieler sogar drei Zahlen, so soll ihm gar das Fünftausenddreihundertfache dessen, was er gesetzt hat, zufließen!«

Calzabigi hatte die letzten Worte im gleichen Tonfall ausgerufen, in dem der als Herold verkleidete Schirrmeister am Morgen den Frieden verkündet hatte. Doch abermals erntete er in den Gesichtern seiner Zuhörer keine Begeisterung. Im Gegenteil: Irgendwo im Raum lachte jetzt jemand. Und es setzte ein Murmeln ein.

»Das Besondere an unserer Lotterie ist aber die *Quaterna*«, rief er nun noch lauter, um die anwachsende Geräuschkulisse im Raum zu übertönen. »Bei ihr setzt man auf vier der fünf gezogenen Zahlen. Stimmen sie mit den Gewinnzahlen überein, so wird der sechzigtausendfache Einsatz ausgezahlt. Und ...«

Calzabigi machte eine Pause, um die Spannung zu erhöhen. Das Gelächter nahm zu. Irgendetwas stimmte nicht. Er wagte kaum noch in die Reihen vor ihm zu blicken. Viele der Zuhörer schauten ihm geradezu belustigt entgegen.

»Es bleibt gegenwärtig nichts mehr übrig, als anzumerken, wie das Quaternen-Spiel, welches diese gegenwärtige Lotterie allein mit der Brüsselschen gemein hat, geeignet ist, dem Einsetzer einen ganz außerordentlichen und beträchtlichen Gewinn zu offenbaren.«

Abermals hielt er kurz inne, in der Hoffnung, die Spannung zu erhöhen. Doch niemand schien mehr ernsthaft zuzuhören.

»Der König zahlt demjenigen, welcher mit der Quaterne gewinnt, ein Prämium in Höhe von – achtundvierzigtausend Talern!«

Er hatte mit einem Raunen oder gar Applaus im Saal gerechnet, aber niemand reagierte. Das Gemurmel unter den Anwesenden wurde immer lauter. Calzabigi spürte, wie Hitze in ihm aufstieg. Was ging hier vor sich?

Er ging hinüber zu einer weiteren Leinwand, auf der die verschiedenen Teilnahmescheine abgedruckt waren, und deutete darauf. Mit schnellen Worten wies er darauf hin, dass die Gewinne unverzüglich nach der Ziehung an die Losinhaber auszuzahlen waren. Nach vier Monaten verlor ein Gewinnerlos seine Gültigkeit. Auch dies schien niemanden im Raum zu interessieren. Mittlerweile waren die zukünftigen Lottobotschafter untereinander in rege Diskussionen verstrickt, ganz so, als wäre er gar nicht da.

»Gibt es Fragen?«, rief Calzabigi, der sich in höchster Aufregung befand.

Wieder rührte sich niemand.

»Sie sprechen kein Französisch, Monsieur!«, erklang mit

einem Male eine Stimme aus dem hinteren Teil des Raumes.

Ein Mann erhob sich und bahnte sich seinen Weg durch die Sitzreihen. Calzabigi erkannte ihn sofort: Es war Hainchelin. Mit langen Schritten kam er nach vorn und baute sich neben ihm auf.

»Sie sprechen kein Französisch«, wiederholte er mit einem diabolischen Lächeln. »Sie haben kein Wort von Euren Erklärungen verstanden!«

Verstört wanderte Calzabigis Blick von Hainchelin zum Publikum und zurück.

»Ich weiß, Ihr wundert Euch, warum ich nicht in Sanssouci bin«, flüsterte Hainchelin ihm zu. Seine Augen verengten sich, und er beugte sich drohend zu Calzabigi vor. »Schon wollte ich losstürmen, als mir etwas auffiel an dem anonymen Brief!«

Calzabigi merkte, wie ihm die Röte ins Gesicht stieg. »Ich weiß nicht, wovon Ihr sprecht«, brachte er hervor.

Hainchelins Lächeln wurde noch breiter. Nun wandte Hainchelin sich zu den Kollekteuren, die das leise Zwiegespräch der beiden vor ihnen stehenden Männer gebannt verfolgt hatten.

Er sprach Deutsch, sodass Calzabigi nur die Erwähnung von Hainchelins Namen und dessen Titel als Königlicher Comissario über die Lotterie verstand. Offenbar stellte er sich gerade den Kollekteuren vor. Diese applaudierten begeistert. Dann wandte Hainchelin sich zu einem der Lakaien, der einen Stoß Blätter mit sich trug, die er begann, unter den Einnehmern zu verteilen. Als der Lakai Calzabigi passierte, griff dieser nach einem Blatt. Es handelte sich offenbar um den Plan der Lotterie in deutscher Fassung. Der Hofrat sagte erneut etwas auf Deutsch, und alle lachten lauthals. Calzabigi spürte, wie Wut in ihn aufstieg, und wollte sich an Hainchelin vorbei zum Ausgang drängeln. Dieser hielt ihn jedoch am Saum seines Ärmels fest und zog ihn zu sich heran.

»Es war Euer Parfüm!«, flüsterte er ihm ins Ohr. »Der Brief stank nach Euch!«

Calzabigi starrte ihn für einen Augenblick an, befreite sich wortlos mit einem heftigen Ruck aus Hainchelins Griff und eilte hinaus. Hinter sich hörte er, wie Hainchelin unter erneutem Applaus der Anwesenden eine stürmische Rede in deutscher Sprache begann.

Calzabigi riss die Eingangstür des Lotterieamtes auf und stürmte nach draußen auf die Straße. Dort feierten die Menschen noch immer fröhlich den Friedensschluss. Eine Schar Kinder rannte laut jauchzend an ihm vorbei. Auf der gegenüberliegenden Straßenseite lachte eine Frau. Von irgendwo schallte das Spiel einer Trompete herüber. Die Ausgelassenheit der Passanten empfand Calzabigi plötzlich als unerträglich.

Ihr Krieg war beendet. Seiner hatte gerade erst begonnen.

19

Las Vegas

Bei sechstausendvierhundertfünfunddreißig Teilnehmern war die Wahrscheinlichkeit, dass Chad ausgerechnet an ihrem Tisch saß, sehr gering. Umso ungläubiger starrte Trisha auf den Platz ihr gegenüber, als Chad sich dort niederließ. Mit zwei ausgestreckten Fingern strich er sich über seine Schläfe und schickte ihr ein Lächeln hinüber.

Ab da vermied sie es, in seine Richtung zu schauen, was an einem ovalen Pokertisch ein so gut wie unmögliches Unterfangen darstellte. Woher hatte er nur das Startgeld? Trisha war die Gewinnerlisten im Internet durchgegangen und hatte seinen Namen darauf nicht gefunden. Oder hatte er eine neue Kuh gefunden, die er melken konnte? Vielleicht die Schlampe von neulich. In Gedanken abwesend, hielt sie sich aus den ersten Runden heraus und verlor dann sogar zwei gute Hände.

Immer wenn ihr Blick auf Chad fiel, schien er sie anzugrinsen. Der Stapel Chips vor ihm wuchs und wuchs.

»Heute nicht gut drauf, Trish?«, sprach er sie irgendwann über den Tisch hinweg an, als sie einmal mehr ihre Karten wegwarf, ohne zu setzen.

Sie warf ihm einen bösen Blick zu, dann besann sie sich und lächelte. Pokern war auch ein Schauspiel – und wenn nicht für Chad, so musste sie doch für die anderen Spieler am Tisch eine Maske aufsetzen. Seine Emotionen zu verraten war der Todesstoß beim Pokerspiel.

»Vielleicht ein schlechter Fick?«, fragte ein Typ, der ihr schräg gegenüber auf der rechten Seite saß. Er trug ein weites Trikot von irgendeinem Football-Club, dessen Emblem Trisha nicht kannte. Mit seinen goldenen Ohrringen, der seitlich auf dem Kopf sitzenden Cap und der großen Sonnenbrille sah er aus wie ein Gang-Mitglied.

»Allerdings«, antwortete Trisha, woraufhin der ganze Tisch, an dem sie die einzige Frau war, zu lachen begann. »Allerdings nicht mit irgendeinem Schlappschwanz von eurer Sorte, sondern vom Schicksal. Indem es mich an einen Tisch mit Schwachköpfen wie euch gesetzt hat!«

Augenblicklich verstummte das Lachen.

»Oh, die Lady ist heute wirklich nicht gut drauf«, bemerkte ein Asiate mit starkem Akzent, der neben Chad saß. »Vielleicht hat sie ihre Tage. Hormone!« Er trug eine getönte Sonnenbrille, hinter der er seine Augen verbarg. Sein Haar bestand nur noch aus einem Kranz. Das Auffälligste an ihm waren seine Finger, auf denen mehrere goldene Ringe steckten.

Dies war der Moment, in dem das Schicksal ein schlechtes Gewissen oder wenigstens Mitleid zu bekommen schien, denn im nächsten Flop fand Trisha zwei Asse und im darauf folgenden ein Paar Buben.

Der Asiate ging beide Male mit und schob schließlich alle seine Chips zu ihr herüber, wobei er fluchend seine Wasserplastikflasche auf die Tischkante schlug.

»Du hattest recht, es sind die Hormone. Glückshormone!«, sagte Trisha mit einem spöttischen Lächeln, während sie sich vorbeugte, um die von ihm erhaltenen Chips mit beiden Händen zu sich zu schieben.

Der Asiate warf ihr eine Beleidigung entgegen, die sie nicht verstand, und wurde daraufhin wüst schimpfend von einem der vielen Sicherheitsleute aus dem Saal geführt.

Trishas und Chads Blicke kreuzten sich für einen Moment. Er nickte ihr anerkennend zu.

Als sie noch zusammen waren, hatten sie Begegnungen am Pokertisch vermieden. Jetzt, wo sie aufeinandertrafen, vermied sie es, mit ihm zu spielen. Für ein *Heads-Up* mit ihm, also eine Situation, in der alle anderen am Tisch bereits ausgestiegen wären und nur noch Chad und sie um die Chips auf dem Tisch spielen würden, fühlte sie sich nicht bereit. Denn dabei hätte sie ihn anschauen, seine Gesten lesen müssen. Sie und er allein – das war vorbei. Wenn er jetzt setzte, stieg sie raus, selbst bei Blättern, die spielbar waren. Warf er weg, setzte sie, auch mit Karten, die sie lieber nicht hätte spielen sollen. Es war, als mied man beim Tanzen die Musik. Sie betete darum, dass einer der anderen Spieler ihn vom Tisch nehmen würde. Ausgeschiedene Spieler mussten den Saal verlassen. Danach wäre sie frei und könnte endlich ihr Spiel spielen. Dann könnte sie es den anderen Männern am Tisch, allesamt Amateure oder Online-Spieler, die sie noch nie zuvor bei einem Turnier gesehen hatte, richtig zeigen. Nur derjenige, der am Ende übrig blieb, erreichte bei dieser Weltmeisterschaft die nächste Runde.

Ihre Gebete wurden jedoch nicht erhört, auch wenn der Tisch sich lichtete. Wie verlassene Schützengräben auf einem Schlachtfeld standen bald um sie herum lauter leere Stühle, zurückgelassen in Wut oder Trauer.

Von ehemals neun Spielern saßen bald, außer ihr, nur noch vier am Tisch.

Und plötzlich wusste Trisha, worauf das Ganze hier hinauslief. Sie war sich absolut sicher, was kommen würde. So wie man es wusste, wenn jemand einem etwas Schreckliches sagen wollte und man es in seinem Gesicht lesen konnte, bevor er auch nur ein einziges Wort gesprochen hatte. So wie ein aufkommender Wind, der einem im Sommer bei tiefhängenden Wolken das T-Shirt anhob und so den bevorstehenden Regenschauer ankündigte.

Erstmals schaute sie Chad direkt ins Gesicht. Als habe er ihren Blick gespürt, hob auch er den Kopf und sah sie an. Seine Augen verrieten, dass er es ebenfalls wusste.

Das Schicksal hatte sie heute gemeinsam an diesen Tisch gesetzt. So sehr sie sich auch sträubte, so viele Karten sie auch wegwarf. Welches Risiko sie mied oder einging. Es würde alles nichts nützen.

Dieses Spiel würde sich zwischen ihnen beiden entscheiden.

20

New York City

Seine Sekretärin Meredith hatte ihm am Telefon erklärt, dass *The Lab on Madison* derzeit eines der angesagtesten Restaurants der Stadt war. Für Carter Fields war es daher nicht ungefährlich, dort aufzutauchen. Es bestand durchaus die Möglichkeit, dass plötzlich jemand vom Nebentisch aufstand, zu ihm herüberkam und von ihm die sofortige Herausgabe von einer, zehn oder auch zwanzig Millionen Dollar forderte.

War es in guten Zeiten ein Zeichen seines sagenhaften Erfolges, dass er überall auf der Welt und in Manhattan im Besonderen auf Investoren seines Fonds traf, stellten sie sich jetzt, wo alles zusammenbrach, als wandelnde Tretminen heraus. Ihm blieb heute jedoch nichts anderes übrig, als das Restaurant aufzusuchen. Er hatte sich mit George Hamilton verabredet, dem Leiter der zuständigen Aufsichtsbehörde SEC, und Zweck des Treffens war, dem Mann die Ermittlungen gegen ihn und seinen Fonds auszutreiben. Hamilton hatte dieses Restaurant für ihren Lunch vorgeschlagen, vermutlich weil er wusste, dass Carter zahlen würde und er es sich privat niemals würde leisten können. Da George Hamilton unter keinen Umständen misstrauisch werden durfte, war es für Carter unmöglich gewesen, das Treffen in irgendeine Spelunke im Meatpacking District oder in Brooklyn zu verlegen. So konnte eine Szene mit einem empörten Anleger in Gegenwart von George Hamilton für ihn zu einer wirklichen Katastrophe führen.

Carter nippte daher nervös an seinem Martini-Cocktail und scannte die voll besetzten Tische um ihn herum nach bekannten Gesichtern. Er griff in die Innentasche seines Anzugs und beförderte das Billighandy heraus, das Rick Gonzales ihm hatte zukommen lassen. Ein prüfender Blick zeigte, dass Gonzales eine SMS geschickt hatte, und er las die kurze Nachricht:

Wen?

Das Mobiltelefon in seiner Hand war ein Prepaid-Handy, mit dem sein Name nicht in Verbindung gebracht werden konnte. Es war die von Gonzales bevorzugte Art der Kommunikation. Gleich nachdem der komische Mönch sein Büro verlassen hatte, hatte er Gonzales kontaktiert. Gonzales war ein ehemaliger Navy Seal, der nach der Entlassung aus dem Militärdienst in die Sicherheitsbranche gewechselt war. Er stellte die Interessen seines Auftraggebers über alles andere, auch über das Gesetz. Sicherheit war seit Jahren eines der wertvollsten Güter für Carter, weshalb er regelmäßig auf Gonzales' Dienste zurückgriff.

Carter tippte eine Antwort an Gonzales auf dem Handy.

Einen Mönch.

Carter war der Auffassung gewesen, dass er in den vergangenen Jahrzehnten an der Wall Street schon alles erlebt hatte. Die Begegnung mit dem Mönch in seinem Büro im Meatpacking District hatte jedoch alles Bisherige in den Schatten gestellt. Vermutlich war es auch ein besorgniserregendes Zeichen seiner Verzweiflung. Symptom einer Depression – oder vielleicht sogar ein letzter irrationaler Rettungsversuch, bevor er als letzten Ausweg an Selbstmord dachte.

Aber er hatte dem Mönch geglaubt. Seitdem ihm klar geworden war, dass es für den Fonds keine Rettung mehr gab, hatte er seinen Glauben an Gott reaktiviert. Vor etwa drei

Wochen hatte er sich eines Abends plötzlich in der Trinity Church wiedergefunden, kniend und Gott um Hilfe bittend. Und keine zwei Tage später war dieser Mönch in seinem Büro erschienen. Ob Zufall oder nicht, er wollte jedenfalls daran glauben, dass derjenige, der da oben die Fäden zog, ihn erhört hatte. Er hatte Marcs bestürztes Gesicht gesehen, als er den Kugelschreiber, den der Mönch ihm mit dem Vertrag in die Hand gedrückt hatte, ansetzte, um das Dokument zu unterzeichnen.

Plötzlich legte sich eine Hand auf Carters Schulter, und er verschüttete den Martini-Cocktail.

»Nicht so nervös. Man könnte ja glauben, der Teufel ist hinter dir her!«

George Hamilton schwang sich mit einem breiten Grinsen an ihm vorbei auf den freien Sitzplatz ihm gegenüber. Er war ein drahtiger Afroamerikaner und gute zehn Jahre jünger als Carter. Der schwarze Anzug spannte über seinem athletisch gebauten Körper. Carter wusste, dass er jedes Jahr den New-York-Marathon mitlief.

»Seit wann gehört es zu deinem Job, dich von hinten an arglose Steuerzahler heranzuschleichen?«, entgegnete Carter mit gespielter Empörung und tupfte mit einer Papierserviette den Cocktail von seinem Hemdsärmel.

Hamilton griff nach seiner Lesebrille, die anstelle eines Einstecktuches aus seinem Anzug hervorschaute, und setzte sie auf. Dann nahm er die Mittagskarte, die bereits auf dem Tisch vor ihm lag.

»Hast du schon was ausgewählt?«, fragte er, während er das Menü studierte.

»Ja, vor ziemlich genau sieben Jahren, und zwar dich«, antwortete Carter.

Hamilton blickte ihn erstaunt über seine Lesebrille hinweg an. »Na, du verlierst ja keine Zeit«, bemerkte er nach einer kurzen Pause.

In diesem Moment trat ein junger Kellner an ihren Tisch.

»Was kann ich euch bringen?«, fragte er mit der Vertrautheit eines Collegekollegen und zündete dabei die zwischen ihnen stehende Kerze mit seinem Feuerzeug an.

»Ich nehme auch einen Martini-Cocktail. Und das Molekular-Menü. Dazu eine große Flasche H_2O«, antwortete Hamilton, bevor er die Karte zuklappte und dem Kellner übergab.

Carters Handy, das neben ihm auf der weißen Tischdecke lag, vibrierte. Er schielte aufs Display.

Einen Mönch? Verarschst du mich?

Der Kellner wandte sich an ihn. »Und du?«

Carter hatte keine Ahnung, was er essen sollte, doch er überlegte nicht lange.

»Dasselbe wie mein Gast«, antwortete er und warf Hamilton einen schnellen Blick zu, um den Anflug von Zufriedenheit in dessen Augen zu erkennen. Das war also schon einmal geklärt. Er lud ihn ein.

Der Kellner wollte schon abdrehen, als Hamilton ihn zurückhielt. »Ach ja, und bitte noch eine Flasche Rotwein. Den ganz unten auf der Karte.«

Der Kellner nickte zustimmend und verschwand zwischen den vielen kleinen Tischen.

Ist ernst gemeint. Check die Überwachungsvideos von meinem Büro.

Carter hatte den Moment genutzt, um Gonzales eine SMS zurückzusenden.

Als er wieder aufsah, blickte Hamilton ihn erwartungsfroh an.

»Ich verliere keine Zeit, weil ich keine habe«, stellte Carter klar. »Weißt du, was es für meinen Ruf und meinen Fonds bedeutet, wenn die SEC gegen mich ermittelt?« Er bemühte sich nicht länger, freundlich zu klingen.

Hamilton blieb ruhig, beugte sich vor und erwiderte im Flüsterton: »Und verstehe ich richtig, dass du mich bittest, die Ermittlungen einzustellen, weil du mich damals für meinen Posten vorgeschlagen hast?«

Eine berechtigte Frage von Hamilton.

Während Carter sich vorbeugte, um Hamilton etwas zu entgegnen, vibrierte wieder das Handy.

Büro 1 oder Büro 2 (High Line)?

»Ich bitte dich nicht darum, die Ermittlungen einzustellen, ich verlange es!«

Beide lehnten sich wieder zurück. Eine junge Rothaarige mit weißer Schürze kam mit einem Tablett an ihren Tisch und stellte vor Hamilton einen Martini-Cocktail ab.

Carter tippte erneut eine Antwort an Gonzales.

Büro 2. Frag den Gebäudemanager Brian Hanks wegen der Überwachungsvideos. Grüß ihn von mir.

»So läuft das aber nicht!«, polterte Hamilton, nachdem er an seinem Cocktail genippt hatte. »Wir sind die SEC und nicht irgendein Verein.«

Carter verschränkte die Arme vor der Brust und schnaufte. Hamilton schien eine schwierigere Nuss zu sein als gedacht. Es gab keinen Dank im Leben.

»Wie kommt ihr überhaupt darauf, gegen mich zu ermitteln? Wer hat diesen Schwachsinn ins Rollen gebracht?«, fragte er. Diesmal war seine Empörung nicht gespielt.

»Du weißt, dass ich dir diese Information nicht geben darf«, antwortete Hamilton und fischte genüsslich mit seinen strahlendweißen Zähnen eine Olive von dem neongelben Plastikstab, der bis eben noch seinen Cocktail dekoriert hatte.

Wieder vibrierte das Handy vor Carter.

Ein Mönch also. Name? Adresse? Irgendwas?

»Ich weiß«, sagte Carter. »Aber könntest du nicht bei mir einmal eine Ausnahme machen?«

»Okay. Aber nur, weil du es bist. Der Mann heißt Peter Haye. Ein kleiner Wichtigtuer aus der East Side. Vertritt ein paar Mandanten. Er hat uns einen Bericht überreicht, in dem er dir *Front Running*, *Ponzi-Scheme* und ein paar andere Schweinereien vorwirft. Ziemlich unappetitlich zu lesen.«

Gleich drei Kellner traten heran und stellten vor ihnen kleine bunte Teller mit Gerichten ab. Einer schenkte Wein ein. Der Anblick der Teller erinnerte Carter aufgrund der Farben und Formen der Speisen an dreidimensionale Gemälde von Miró.

Als die Tellerträger sich wieder zurückzogen, trat ein junger Mann mit einer riesigen weißen Kochmütze an ihren Tisch. »Sind Sie mit der Molekularküche vertraut, oder benötigen Sie eine Einweisung?«, erkundigte er sich höflich.

Italiener. Sonst nichts. Gab mir einen Werbekugelschreiber vom Belvedere Hotel. Dort fragen.

»Sir?«

Der Koch wartete auf eine Antwort, während Carter flink die SMS getippt hatte. Auch Hamilton musterte nun das Handy vor ihm.

»Eine dringende Familienangelegenheit«, entschuldigte er sich bei Hamilton, um sich dann dem nervigen jungen Mann zu widmen. »Was meinen Sie mit Anleitung? Das hier vor uns ist doch Essen und kein Smartphone?«

Obwohl Hamilton über Carters Worte laut lachte, blieb der Mann aus der Küche todernst und antwortete in ruhigem Ton: »Oh, Sir, das ist ein guter Vergleich. Unsere Menüs sind mit Sicherheit das Smartphone unter den Speisen. Was wir anbieten, sind keine normalen Gerichte, sondern Kreationen der Texturküche. Wir arbeiten vornehmlich mit Sphären, Alginaten, Calciumchlorid, Stickstoff und anderen modernen Elementen. Das ist schon ein wenig erklärungsbedürftig.« Er zeigte auf einen Teller vor Carter. »Das hier sind zum Beispiel Bonbons von der Entenstopfleber mit Karamell und Senf-Eiscreme mit Rotkraut Gazpacho. Oder dies ...« Er deutete auf ein anderes Gericht. »Was aussieht wie Rindertartar, ist in Wirklichkeit mit Minze und Senf gewürztes, gehacktes Tomatenfleisch vom Biobauern.«

Carter verging der Appetit. Lieber hätte er jetzt in einen ordinären Hamburger, garniert mit einer Portion Pommes frites, gebissen.

»Vielen Dank, wir kommen schon zurecht!«, sagte er in harschem Tonfall und winkte ab. »Nun lassen Sie uns bitte allein, wir haben etwas zu besprechen.«

Damit wandte er sich wieder Hamilton zu, ohne den Koch weiter zu beachten. Dieser schien auch im Umgang mit solchen Reaktionen geschult und zog sich höflich zurück.

»Der Besitzer von diesem Restaurant ist ein ehemaliger Chemiker vom MIT«, raunte Hamilton Carter zu, während er die einzelnen Portionen vor ihnen betrachtete. »Der Laden hier heißt nicht nur Lab, die Küche ist tatsächlich ein einziges Labor. Ich habe gelesen, der hat in der Küche einen ehemaligen Teilchenbeschleuniger vom MIT aufgebaut, mit dem er das Essen beschießt! Abends sind die hier für ein Jahr im Voraus ausgebucht.«

Ok, check ich. Melde mich. Was, wenn ich ihn finde?

Carter kam nun zur Sache. »Ich schlage den Dow Jones

seit über zwanzig Jahren. Ich habe seit zehn Jahren einen der größten und erfolgreichsten Fonds – weltweit. Noch nie gab es eine ernstzunehmende Beschwerde von Anlegern. Wie soll das mit *Front Running* oder Schneeballsystem funktionieren?«

Hamilton dachte einen Augenblick über seine Worte nach, dann entspannte er sich und griff nach dem Besteck. »Gar nicht«, antwortete er gelöst. »Ich denke ja auch, dass Haye ein Spinner ist.«

Carter atmete durch und nickte zufrieden.

»Aber nachgehen müssen wir der Sache«, erklärte Hamilton. »Eine Akte anlegen, vielleicht auch pro forma in deine Bücher schauen. Wenn da alles in Ordnung ist, stellen wir das Verfahren ein.«

»Kein Problem«, sagte Carter betont gelassen und dachte daran, dass er gleich nach dem Treffen Marc anrufen musste, damit dieser die Bücher für die Überprüfung rechtzeitig vorbereiten konnte. Carter schob sich einen Löffel mit hellgrünen Kügelchen in den Mund, die von der Konsistenz an Kaviar erinnerten. Sobald sie auf seiner Zunge zerplatzten, verbreitete sich an seinem Gaumen ein Geschmack nach Honigmelonen und ... Tabak.

»Verdammt, was ist das nur für ein Zeug?«, stieß er hervor.

Doch Hamilton antwortete darauf nicht. Stattdessen aß er mit geschlossenen Augen etwas, das für Carter aussah wie ein Lolli.

Betreibt eine jahrhundertealte Lotterie. Brauche eine Liste aller Teilnehmer mit allen Infos zu den Personen. Infos über den Gewinn.

Nach langer Zeit schien Hamilton aus dem Reich der kulinarischen Genüsse zurückzukehren und öffnete wieder die Augen. »Das schmeckt wahnsinnig! Nach Brause und nach Curry!«, rief Hamilton begeistert und hielt Carter den Lutscher entgegen.

Carter machte eine abwehrende Handbewegung. Er glaubte nicht, dass Hamilton ernsthaft von ihm erwartete, an dem Lolly zu lutschen.

»Also sind wir uns einig, dass bei den Ermittlungen nichts herauskommen wird?«, hakte er stattdessen nach.

»Man würde nur noch so etwas hier essen, wenn man es sich leisten könnte«, verkündete Hamilton, der den Lolli abgelegt hatte und nun seinen Löffel in eine Schale mit blauem Schaum tauchte.

Carter war sich nicht sicher, ob er Hamilton richtig verstanden hatte. Erneut spürte er das Vibrieren seines Handys durch die Tischplatte.

Alles klar, melde mich. Bitte zerstören.

»Willst du dich an meinem Fonds beteiligen?«, fragte Carter vorsichtig.

Hamilton zuckte mit den Schultern. »Das wäre illegal. Du weißt doch, dass wir von der SEC das nicht dürfen.« Er hatte sich mittlerweile einer Suppe gewidmet, aus der, sobald er sie löffelte, feiner Rauch aufstieg.

Carter entspannte sich weiter. Jemanden von der SEC zu bestechen war kein Kavaliersdelikt. Nur ungern wäre er vor die Wahl gestellt worden.

»Aber meine Cousine könnte«, merkte Hamilton an, während er die Suppe von seinem Löffel schlürfte.

Carter spürte, wie in seinem Inneren etwas zerbrach. Hamilton war für ihn stets ein Vorbild gewesen; daher hatte er ihn protegiert und vor Jahren mit seinen Kontakten dafür gesorgt, dass dieser Mann an die Spitze der SEC kam. Und auch wenn er gehofft hatte, ihn überzeugen zu können, die

Ermittlungen gegen ihn einzustellen, ihm ein wenig entgegenzukommen, vielleicht auch die Vorschriften etwas zu dehnen, so war er nun doch über die offene Aufforderung zur Bestechung schockiert.

»Ich warte dann auf die Daten deiner Cousine«, sagte er und hoffte, dass Hamilton den Hauch Resignation aus seiner Stimme nicht heraushörte.

Diese Sorge war jedoch unbegründet. Über Hamiltons Gesicht huschte ein Lächeln. Plötzlich griff er zum Weinglas, als hätte er es zwischen den Unmengen an Geschirr auf dem Tisch bislang übersehen, und hielt es Carter entgegen.

»Dann auf unser Wohl!«, sagte Hamilton lächelnd.

Fast widerwillig führte Carter sein Glas dagegen. Das Klingen der Gläser ließ ihn frösteln.

Eineinhalb Stunden später stand Carter wieder auf der Madison Avenue und atmete tief durch. Das Problem mit den Ermittlungen hatte er gelöst, das Gefängnis brauchte er erst einmal nicht zu fürchten. Das Problem, dass er seinen Anlegern ihr Geld nicht auszahlen konnte, blieb jedoch ungelöst.

Der Geruch von Hotdogs zog von einem der fahrenden Händler zu ihm herüber und entlockte seinem Magen ein heftiges Grollen. Er griff in die Jackentasche und nahm das Handy heraus, das Gonzales ihm gegeben hatte. Mit geübtem Griff entfernte er das Gehäuse, den Akku und dann die Sim-Karte. Er zielte gut und blickte ihr nach, wie sie in einem Gully vor ihm verschwand. Dann marschierte er zur nächsten Kreuzung und warf dort das Handy in einen Abfalleimer.

Seine Hoffnung galt einem alten Mönch. Sein Bluthund

hatte nun die Fährte aufgenommen. Wenn jemand in New York war, dann würde Gonzales ihn auch finden.

»Ein Preis von unermesslichem Wert«, flüsterte Carter unwillkürlich vor sich hin und fand Gefallen am Klang der Worte.

Er drehte sich um und blickte sehnsüchtig zum Hotdog-Verkäufer, vor dem eine kleine Schlange stand. Kurz entschlossen ging Carter dorthin und stellte sich hinten an.

»Mit allem?«, fragte der Hotdog-Verkäufer mit arabischem Akzent, als er an der Reihe war.

Carter nickte.

Er war wahrscheinlich der Einzige an der Wall Street, der noch kein Smartphone besaß, fuhr es ihm durch den Kopf.

21

Berlin, 1763

Während er seine vom vielen Klopfen schmerzenden Finger rieb, trat er einen Schritt zurück und suchte die Gebäudefront nach einem anderen Eingang ab; doch der, vor dem er stand, blieb der einzige. Noch einmal prüfte er den oben in das schwere Holz der Tür eingeprägten Schriftzug *Maison des Orphelins.* Das Haus war also auch das richtige. Er hatte einen Händler, der in seinem Krämergewölbe kleine Waren und Nürnberger Tand feilbot, nach dem Weg gefragt, woraufhin der Mann auf dieses Gebäude gedeutet hatte – genau dorthin, wo die Charlotten- und die Jägerstraße aufeinandertrafen.

Als er sich gerade zum Gehen wandte, vernahm er hinter der Tür ein Geräusch. Es klang wie das Lösen eines schweren Riegels. Dann hörte er das Drehen des Schlüssels im Schloss. Schließlich öffnete sich ein Spalt, und eine weibliche Person spähte zu ihm hinaus. Sie trug eine weiße Haube. Offensichtlich eine der *Dames Directrices*, die das Waisenhaus bestellten.

»Was?«, krächzte sie. Neben ihrem Mund wuchs eine ungeheuerliche Warze. Die ganze untere Reihe Zähne schien zu fehlen.

»Mein Name ist Antonio di Calzabigi. Ich kündigte mein Kommen gegenüber der Madame Toussin an«, sagte Calzabigi und lupfte seinen Hut.

Ohne dass die Alte etwas erwiderte, schloss die Tür sich

wieder. Dann war das Rasseln einer Kette zu hören, und die Tür schwang endlich auf.

»Kommt rein!«, sagte das Weiblein und winkte Calzabigi, ihr zu folgen.

Als er eintrat, drang ein kaum zu ertragender Gestank in seine Nase. Die Luft war feucht und schwer. Zudem war es düster. Kaum hatte er seinen Körper in den schmalen Flur geschoben, schlug die Frau die Tür auch schon wieder hinter ihm zu. Mit großer Mühe drehte sie einen großen Schlüssel im Schloss herum, der anschließend in einer Tasche vor ihrem Bauch verschwand. Dann legte sie laut ächzend einen riesigen Riegel von innen vor die Tür und sicherte diese schließlich mit einer schweren Eisenkette.

»Wen wollt Ihr am Einbrechen hindern?«, fragte Calzabigi verwundert. Die niedrige Decke verschluckte seine Worte.

»Am Einbrechen wohl kaum!« Die Aufseherin lachte wie eine Schwindsüchtige. »Am Ausbrechen wollen wir sie hindern!«, kläffte sie und drängte sich an ihm vorbei, wobei er ihre spitzen Knochen an seiner Seite spürte.

Wieder winkte sie, damit er ihr folgte. Über eine schmale Treppe, deren Stiegen mit lautem Knarren nachgaben, sobald Calzabigi einen Fuß aufsetzte, gelangten sie in das Obergeschoss des Hauses. Dort war es um einiges wärmer. Wieder beförderte das unheimliche Mütterchen einen Schlüssel aus ihrem Rock, diesmal einen kleineren, und schloss eine weitere Tür auf. Dahinter befand sich eine Stube, die mit Kindern vollgestopft war.

Hatte Calzabigi vielleicht eine Reihe von Betten oder ein Zimmer voller Spielsachen erwartet, stand er nun inmitten einer Armada von Spindeln, an denen schweigend Knaben und Mädchen Wolle aufsponnen. Durch das geschlossene schmale Fenster, vor dem Calzabigi schwere Eisengitter erkannte, fiel nur spärlich Licht, sodass der Raum in einem fahlen Grau erschien. Dies ließ die Gesichter der Knaben und Mädchen noch blasser erscheinen, als sie ohnehin schon waren. Keines der Kinder lachte. Einigen trieften die Nasen und Augen. Calzabigi schaute auf einen Jungen, dessen Hände verkrüppelt waren, der aber dennoch mit erstaunlichem Geschick den Faden sponn. So verstörend die Szenerie ihm auch erschien, noch merkwürdiger war, dass keines der Kinder ihn beachtete. Kein neugieriger Blick ging in seine Richtung. Entweder er oder die Kinder mussten Geister sein.

Seine Begleiterin hatte zwischenzeitlich auch diese Tür wieder hinter ihnen verschlossen und schritt abermals voran.

»Dahinten«, raunzte sie mit fauligem Atem und zeigte an das Ende eines schmalen Ganges, der sich durch die Reihe der arbeitenden Horde schlängelte. Dann schlurfte sie voran. Im Vorbeigehen schlug sie dem einen oder anderen Kind mit der flachen Hand auf den Hinterkopf oder zerrte an der Wolle. Jede dieser Handlungen wurde begleitet von gefluchten Aufforderungen, schneller zu arbeiten.

Calzabigi wurde noch immer nicht – selbst jetzt, wo er die Waisen beinahe berührte – von ihnen beachtet und wandelte durch ihre Mitte wie durch eine Halle voller menschenähnlicher Maschinen.

Endlich blieben sie vor einer letzten Tür stehen, und nach vorsichtigem Klopfen der Hexe betraten sie einen weiteren Raum. Er war deutlich heller, die hohen Fenster fluteten das Zimmer mit Sonnenlicht. Auch die Luft war sehr viel angenehmer zu atmen. Eine Frau, die ebenfalls eine Haube trug, im Gegensatz zu der hässlichen Jungfer aber mit beinahe reizendem Aussehen gesegnet war, begrüßte ihn freundlich.

»Ich bin Madame Toussin«, stellte sie sich selbst mit samtweicher Stimme vor. »Und Ihr müsst Signore di Calzabigi sein?«

Er nickte zustimmend und deutete eine Verbeugung an.

»Nun ja, da Ihr auf Empfehlung des Königs kommt, kann ich Euch Euren Wunsch wohl kaum ausschlagen«, säuselte Madame Toussin.

»Ich bin Euch zum Dank verpflichtet«, erwiderte Calzabigi.

Trotz des süßen Tons, den Madame Toussin anschlug, war deutlich zu spüren, dass er mit seinem Anliegen hier nicht wirklich willkommen war. Man duldete ihn also nur, weil er sich des Segens des Königs versichert hatte.

»Welches kann ich ... mitnehmen?«, fragte Calzabigi, der über den Klang seiner eigenen Worte erschrocken war. Als würde er Brot oder Fleisch kaufen.

»Sucht Euch eines aus. Ihr wisst am besten zu beurteilen, welches für Euren Zweck geeignet ist. Wir haben große und kleine, schwache und starke. Ein paar sind sogar schon geschlechtsreif.«

Calzabigi blickte sie irritiert an. Dann schüttelte er sich angewidert und deutete mit dem Finger auf die Tür hinter sich. »Darf ich fragen, was die Kinder dort so emsig arbeiten?«

»Sie spinnen Wolle und Baumwolle auf.«

»Erstaunlich«, stellte Calzabigi fest. »Mit welchem Fleiß und welcher Akribie sie bei der Sache sind. Ihr müsst gute Argumente haben ...«

»Allerdings!«, antwortete Madame Toussin.

Sie warf der Zahnlosen, die immer noch neben Calzabigi stand, einen wissenden Blick zu, die darauf zu kichern begann.

»Waisenkinder sind von Natur aus widerspenstige Wesen«,

fuhr Madame Toussin fort. »Wenn sie aufgegriffen werden und hierher kommen, haben sie zumeist Monate oder Jahre auf der Straße verbracht mit Nichtstun, Bettelei oder Unfug. Hier bringen wir ihnen wieder Disziplin bei, und sie lernen, für ihr Essen zu arbeiten. Das ist unser Verdienst.« Sie sprach nun mit strengem Ton, der Calzabigi erschaudern ließ.

»Wie hart lasst Ihr diese Geschöpfe schaffen?«, wollte er wissen. Er rief sich die blassen Gesichter ins Gedächtnis.

»Zehn Stunden am Tag. Selten mehr und fast nie in der Nacht. Daneben können sie ihre Zimmer in Ordnung halten und schlafen. Und essen.«

»Und keines tanzt aus der Reihe?«, fragte er ungläubig. Calzabigi kannte das Wesen von Kindern. Sie wie Soldaten arbeiten zu sehen, hatte ihn auf eine seltsame Art erschüttert.

»Kommt, dann könnt Ihr sehen, wie man diese Gören zum Arbeiten bekommt!«

Die Madame öffnete die Tür zur Arbeitsstube. Im Nebenraum bot sich ihnen dasselbe Bild wie eben. Ein gutes Dutzend Jungen und Mädchen arbeitete emsig vor sich hin. Die Leiterin des Waisenhauses bog in der Mitte des Raumes plötzlich scharf ab und steuerte auf einen Durchgang zu, der hinter Regalen von Wolle versteckt lag. Gemeinsam mit der Hexe schob sie ein Regal zur Seite.

Als Calzabigi sich an eng nebeneinanderstehenden Spinnrädern vorbeidrängte und dann bei den beiden Frauen stehen blieb, glaubte er, in den Augen zweier arbeitender Mädchen, die ihm am nächsten waren, zum ersten Mal so etwas wie eine Regung zu erkennen: Beide schauten verstohlen mit ängstlichem Blick zu ihnen herüber. Als Calzabigi sich umdrehte, waren seine beiden Gastgeberinnen bereits durch eine schmale Öffnung in der Wand verschwunden. Er zog den Bauch ein und zwängte sich ebenfalls durch die Lücke. Dahinter war es dunkel. Als er sich langsam an das Licht gewöhnt hatte, traute er seinen Augen nicht. Auf Tischen vor ihnen lagen vier, vielleicht fünf Kinder. Im Halbdunkeln konnte Calzabigi nicht erkennen, welchen Geschlechts sie waren. An den Tischenden hatte man jeweils über große Winden Seile gespannt, die an den Händen und Füßen der Waisen befestigt waren und deren Gliedmaßen weit auseinanderstreckten, sodass die Kinder aussahen wie zum Trocknen aufgehängte Wäsche. Calzabigi vernahm ein leises Wimmern.

»Hast du wieder daran gerüttelt?«, schimpfte plötzlich die Alte und stürzte zu einer der Winden, um daran zu drehen.

Mit einem knarzenden Geräusch straffte sich das Seil, und der Junge, dessen Füße am anderen Ende befestigt waren, stöhnte laut auf. Ohne dies zu beachten, ging die Furie dazu über, die anderen Seile zu prüfen.

»Was haben die Kinder hier getan, dass Ihr sie auf die Folter spannt!«, brach es aus Calzabigi hervor, dem sich bei dem Anblick die Kehle zuschnürte.

»Sie haben ihr vorgegebenes Gewicht an Wolle nicht aufgesponnen«, bedauerte Madame Toussin seufzend. »Haben geschwätzt, gealbert. Nur nicht gearbeitet. Nun erfahren sie am eigenen Leibe, wie Wolle sich auf der Spindel fühlt. Und seid versichert, das nächste Mal werden sie ihre Vorgaben noch übertreffen.«

Calzabigi machte zwei große Schritte nach vorn und blieb vor dem ersten Kind stehen: ein Junge von vielleicht neun Jahren, der ihm angestrengt entgegenblickte, als sei er damit beschäftigt, ein schweres Gewicht zu tragen. Auch er baumelte, wie eine Hängematte, gefesselt zwischen zwei Winden. Seine Augen waren glasig, die Adern auf der Stirn und am Hals traten hervor. Calzabigi hob hilflos seine Arme, um sie sogleich wieder fallen zu lassen.

»Das sind Kinder!«, rief er der Madame zu.

Diese schüttelte mit einem milden Lächeln den Kopf.

»Waisen. Vertraut uns. Ich führe dieses Haus seit Jahrzehnten, und der König ist sehr zufrieden mit uns. Viele unserer Waisen werden später Soldaten, und die meisten erhalten Auszeichnungen. Das Leben hat sie kämpfen gelehrt, und wir bringen ihnen hier nun Disziplin bei. Glaubt Ihr, in den Garnisonen geht es anders zu?«

Calzabigi rang nach Worten. Darüber, was er hier sah, musste er bei Gelegenheit unbedingt mit dem König sprechen.

Der Junge, vor dessen Tisch er stand, begann plötzlich zu stöhnen. Calzabigi blickte auf die Fesseln, die an den Handgelenken bereits tief in das rohe Fleisch des Jungen schnitten.

»Madame!«, rief der Junge in bestem Französisch. »Verehrte Madame Toussin!«

Die Angesprochene kam zu ihnen herüber und baute sich vor dem Knaben auf.

»Ja, Charles«, sagte sie mit freundlicher, fast warmherziger Stimme, als spräche sie zu ihrem eigenen Kind. Dann richtete sie das Wort an Calzabigi. »Das ist der kleine Charles. Seine Eltern starben bei einem Überfall. Die Räuber hielten ihn wohl für tot. Man hat ihn unter den Leichen seiner Eltern gefunden und hierher gebracht. Er hat großes Glück gehabt. Nachdem wir alles Blut abgewaschen hatten, entdeckten wir, dass es nicht von ihm stammte und er gänzlich unversehrt war. Kaum war er jedoch hier, ist der undankbare Bengel davongelaufen. Gestern erst hat man ihn uns zurückgebracht. Nun soll er lernen, wo er hingehört.«

Als Calzabigi den Jungen erneut betrachtete, spürte er einen Schmerz in der Herzgegend. Bei näherer Betrachtung schätzte er ihn auf vielleicht zehn Jahre. Welch schreckliche Dinge musste er in diesen jungen Jahren schon erlebt haben!

»Könnt Ihr mir einen Gefallen tun, Madame Toussin?«, fuhr der Junge in geschliffenem Französisch fort. Allerdings schien ihn jedes Wort über die Maßen anzustrengen.

»Bist du zur Vernunft gekommen und willst heute noch dein doppeltes Pensum erledigen?« Madame Toussin sprach mit Engelszungen.

Der Junge schüttelte den Kopf, soweit seine Fesseln es zuließen. »Seid so freundlich, Madame, und dreht die Winde noch ein bisschen fester, damit ich noch mehr gestreckt werde«, ächzte er.

Die Madame machte sogleich einen energischen Schritt nach vorn und gab dem Jungen eine schallende Ohrfeige, die Calzabigi zusammenfahren ließ.

»Verhöhne mich nicht! Und erst recht nicht vor unserem hohen Besuch!«, zischte sie zornig.

Die Hexe trat nun auch zu ihnen und drehte an der Winde. »Das kannst du haben!«, krakelte sie in Richtung des Jungen, dessen Körper sich zwischen den Winden weiter anhob. Er schwebte nun über dem Tisch. Schweiß lief von seiner Stirn.

»Hört auf, Ihr zerreißt ihn!«, rief Calzabigi erschrocken und griff nach einem der Seile, die hart wie Holz waren.

»Lasst, Sire!«, röchelte der Junge. »Je mehr sie strecken, umso schneller werde ich groß. Und wenn ich groß bin, komme ich hier raus!«

Die Hexe drehte das Rad noch ein wenig weiter, und nun schrie der Junge vor Schmerzen auf.

»Ich nehme ihn!«, brüllte Calzabigi und gab der Canaille einen Stoß.

Nach einem Moment der Überraschung, währenddessen sie zurücktorkelte, zog sie plötzlich einen Dolch aus ihrem Gürtel. Schon wollte Calzabigi sich auf sie stürzen, um sich zu verteidigen, als sie mit zwei gezielten Hieben die Seile durchtrennte, die den Jungen streckten. Polternd fiel der Körper des Knaben auf den Tisch. Dann steckte die Alte ihren Dolch wieder zurück und blickte Calzabigi herausfordernd an. Dieser wandte sich schwer atmend zu dem Jungen, der sich wie ein Säugling auf dem Tisch krümmte. Er half dem Knaben auf und löste die restlichen Schlingen von seinen Gelenken. Anschließend hob er ihn vorsichtig vom Tisch und trug ihn aus dem Raum.

An der Tür blieb er stehen und zeigte auf die anderen gefesselten Kinder. »Ihr macht sie umgehend los. Wie Ihr wisst, ist der König mir sehr wohlgesonnen. Er hat die Folter verboten. Da wird er sie in seinen Waisenhäusern erst recht nicht dulden. Ich werde regelmäßig wiederkommen und mit den Waisen hier sprechen. Und sollte ich hören, dass Ihr eines der Kinder weiter quält, werde ich dafür sorgen, dass Euch dasselbe geschieht. Habt Ihr verstanden?« Bei den letzten Worten überschlug sich seine Stimme.

Madame Toussin blickte ihn irritiert an. »Aber Sire, der Bruder des Königs ist der Patron dieses Hauses. Er selbst hat dies alles hier angeordnet!«

Calzabigi öffnete den Mund, um etwas zu entgegnen, schloss ihn jedoch sogleich wieder. Sich mit dem Bruder des Königs anzulegen wäre nicht klug.

»Macht sie los!«, stieß er aus, nun weit weniger bestimmend.

Zu seiner Überraschung ging die Alte zu den Tischen und

schnitt mit ihrem Dolch die Seile durch. Die Kinder mühten sich von den Tischen und hinkten, die Seilreste hinter sich herziehend, an ihm vorbei in den Arbeitsraum, wo sie sich sogleich an freie Spindeln setzten und mit dem Spinnen begannen.

»Bringt mich hier raus!«, befahl Calzabigi und zeigte, den kleinen Charles weiter auf seinem Arm tragend, auf die verschlossene Tür der Arbeitsstube.

Wenige Minuten später trat er aus dem Gebäude und setzte den Knaben vorsichtig neben sich auf dem Bürgersteig ab. Nur langsam löste sich die Beklemmung, die ihn in dem Waisenhaus ergriffen hatte.

»Was habt Ihr mit mir vor?«, fragte der Junge ängstlich.

»Ich brauche dein Glück«, sagte Calzabigi und versuchte, mit einem warmherzigen Lächeln das Vertrauen des Knaben zu gewinnen.

Dieser setzte einen bedauernden Gesichtsausdruck auf und schüttelte den Kopf. »Ich fürchte, da habt Ihr den falschen ausgewählt.«

Calzabigi ging in die Hocke und strich ihm liebevoll über das Haar. »Mit dem Glück ist das so eine Sache, kleiner Mann! Meistens erkennt man es erst, wenn man es nicht mehr hat!« Während er dies sprach, nahm er die kleine Hand des Knaben in die seine.

Langsam kehrte die Zufriedenheit zurück. Nun hatte er alles, was er für die Lotterie brauchte.

22

Las Vegas

Der letzte der anderen Spieler ging vom Tisch und nun saßen, wie von Trisha befürchtet, nur noch Chad, sie selbst und der Croupier dort. Es war bereits weit nach Mitternacht, und der Saal hatte sich geleert. Viele Tische waren verwaist, und am Ende des Raumes hatte das Reinigungspersonal mit dem Aufräumen begonnen.

Das monotone Geräusch von Staubsaugern hatte Trisha in den letzten Runden müde gemacht, doch nun war sie wieder hellwach. Ihre Brust schnürte sich zusammen, und sie hatte das Gefühl, schlecht Luft zu bekommen. Während sie instinktiv im Kopf den Wert seiner Chips überschlug, wurde ihr bewusst, dass er sie musterte. Sie hatte ein paar mehr Chips als er.

Die *Blinds* waren so spät im Spiel enorm hoch, sodass er zum Start der nächsten Spielrunde einen der wertvolleren Chips als Einsatz vor sich legen musste.

»Jetzt also nur noch wir zwei«, bemerkte er dabei und setzte ein trauriges Lächeln auf. »Wie früher.«

»Zuletzt waren wir ja zu dritt«, fuhr Trisha ihn an.

Die Angst der letzten Stunden, irgendwann mit Chad allein spielen zu müssen, war nun der Wut gewichen. Plötzlich schien das demütigende Erlebnis im Hotel wieder ganz nah. Sie glaubte sogar, die Brust der anderen wieder an ihrer Haut zu spüren, und strich mit einer raschen Bewegung über ihren Oberkörper, um das kribbelnde Gefühl zu verscheuchen.

Sie nahm zwei Chips derselben Farbe und platzierte sie vor sich. Sie hatte ein Paar Dreien, kein schlechtes Blatt im *Heads-Up*.

Chad nahm ihren Einsatz mit hochgezogenen Brauen zur Kenntnis und warf ihr einen taxierenden Blick zu. »Ich schätze mal, du setzt auf ein Pärchen«, orakelte er und beobachtete ihre Reaktion.

Trisha verzog keine Miene. »Ich habe aufgehört, auf Pärchen zu setzen«, entgegnete sie trocken.

Ohne den Blick von ihr abzuwenden, griff er in den Chips-Haufen vor sich und bediente ihren Einsatz.

Der Kartengeber deckte den *Flop* auf. Pik-Dame, Herz-Dame und Herz-Vier.

Trisha nahm es wie beiläufig zur Kenntnis und fixierte ihrerseits Chad. Nun stierten sie sich beide an – wie zwei Boxer vor dem Kampf.

»Zwei Damen. Genau dein Ding«, zischte sie.

»Es war nur irgendeine Schlampe«, verteidigte er sich. Dann schob er zwei beachtliche Türme Chips in die Mitte.

»Ich erhöhe«, sagte er.

Trisha ließ den Blick nicht von ihm.

»Nur irgendeine Schlampe?«, wiederholte sie wütend. Sie spürte Zorn in sich aufsteigen. »Das macht es ja noch schlimmer! Für irgendein Flittchen wirfst du weg, was wir hatten?«

Chad lächelte verlegen. Um den Tisch herum standen ein paar wenige Zuschauer, darunter einige Offizielle, die das Ende des Spiels miterleben wollten.

»Nicht so laut!«, flüsterte er ihr zu und hob die Hände, als wolle er den Tisch vor sich wegschieben.

»Fuck!«, fluchte Trisha, ohne die Stimme zu senken.

»Gehen Sie mit, Miss?«, fragte der Croupier etwas genervt.

Wenn Chad eine Dame oder eine Vier hatte, standen ihre Chancen schlecht. Sie atmete tief ein, um sich zu beruhigen. Was spielte er nur für ein Spiel. Wie oft hatten sie zusammen trainiert, um sich ihre verräterischen Gesten abzugewöhnen. Einige seiner Gesten kannte sie jedoch nur zu gut. Der Griff zur Wasserflasche, wenn er ein gutes Blatt hatte. Sein Räuspern, wenn er nervös war. Doch jetzt hatte sie nichts erkennen können. Vielleicht lag es auch daran, dass sie durch ihr Gespräch zu abgelenkt war.

Immer noch starrte sie ihn an. Sie blickte in die dunkelbraunen Augen, die so treu schauen konnten wie die eines braven Hundes, aber auch so lauernd wie die eines Tigers. Sie sah auf seinen Dreitagebart, der ihn verwegen und nicht ungepflegt aussehen ließ. Auf seine braunen Haare, die an den Seiten Wellen schlugen und sich dort, wo sie länger waren, lockten. Sie wusste noch genau, wie sie sich anfühlten, wenn sie mit ihren Händen durchfuhr. Auf seine Ohrläppchen, auf denen winzige Haare wuchsen, so fein, dass sie nur ihr auffielen.

»Miss, ich muss jetzt wirklich auf Ihren Einsatz bestehen ...« Der Croupier wurde ungeduldig.

Nichts, was sie sah, verriet ihr sein Blatt. Chad ließ ihre prüfenden Blicke ohne jede Regung über sich ergehen.

»Bluffst du?«, fragte sie. »Das kannst du doch so gut. Bluffen. Täuschen.«

Er schüttelte langsam den Kopf, ohne zu antworten.

Sie musste ihrem Bauch vertrauen. Hören, was ihr Bauch ihr sagte.

»Ich gehe mit!«, verkündete sie entschlossen. Rasch zählte sie die Einsätze und stellte zwei gleich hohe Stapel neben die seinen.

Der Kartengeber pustete erleichtert durch und drehte

eine weitere Karte um. Eine Karo-Drei. Sie hatte nun einen Drilling.

Chad klopfte mit dem Finger sanft auf den Tisch. Dies bedeutete, dass er zunächst nicht erhöhen wollte. Ohne zu zögern, bugsierte Trisha drei weitere Chips-Stapel zu den anderen.

Nun war es Chad, der sie anstarrte. Der jeden Winkel ihres Gesichts abtastete. Etwas in seinem Ausdruck verunsicherte sie. Es schien nicht der Blick eines Pokerspielers zu sein, dem sie sich gegenübersah. Fast zärtlich schienen seine Augen über sie zu gleiten. Sie spürte, wie ihr heiß wurde. Konnte es sein, dass sie am Pokertisch rot anlief? Sie, die professionelle Spielerin? Sie griff nach ihrer Wasserflasche, drehte den Verschluss auf und trank einen Schluck.

Plötzlich ließ Chad von ihr ab und schien sich zu besinnen. Dann schob er alle seine Chips in die Mitte.

»*All in!*«, sagte er zum Croupier und richtete den Blick dann wieder in ihre Richtung. »Trish, ich liebe dich. Nur dich. Bitte gib uns noch eine Chance«, sagte er sanft, fast flehentlich.

Einer der Zuschauer hinter ihr johlte und klatschte laut in die Hände. Irritiert schüttelte Trisha den Kopf. Ihre Wangen glühten, in ihrem Hals bildete sich ein Kloß. Nachdem sie schon rot angelaufen war, würde ein Weinkrampf ihre Blamage, was ihre Professionalität als Pokerspielerin anging, komplettieren. Sie versuchte, sich auf die Karten zu konzentrieren.

Setzte er auf Herz, würde er siegen. Vor ihnen lagen zwei Herz-Karten. Hatte er zwei weitere auf der Hand, konnte er, wenn die letzte Karte, die der Croupier gleich umdrehen würde, auch eine Herz-Karte war, mit einem *Flush* gewinnen. Dasselbe galt, wenn er eine Dame in der Hinterhand hielt, von der sie nichts wusste. Dann schlugen seine Damen ihren Dreier-Drilling. Er hatte alle Chips gesetzt. Da sie mehr hatte als er, bedeutete dies, dass er keine Chips mehr haben würde, wenn sie nun mitging und diese Runde für sich entschied. Sie hätte dann gewonnen. Nervös wanderte ihr Blick von ihren Chips zu den Karten, dann zum Croupier und wieder zu Chad.

»Ich lege mein Schicksal in deine Hände«, sagte Chad mit einschmeichelndem Tonfall. »Trish!« Nun klang es so, als würde er gleich weinen.

Sie vermied es, ihn anzuschauen. Sie schloss die Augen. Karten zogen an ihr vorbei. Dann tauchte Chads Gesicht auf, allerdings wie ein Negativ. Sie hatte ihn zu lange angeschaut. Trish kniff die Augen fester zusammen, damit die Bilder verschwanden. Sie spürte etwas Heißes an ihrer Brust, wie die Hitze eines Wärmepflasters. Unvermittelt fasste sie sich ans Dekolleté und bekam den Glücksbringer zu fassen, den ihre Eltern ihr geschenkt hatten. Er schien zu glühen. Sie schlug die Augen auf und betrachtete ungläubig ihre Hand, als hätte sie darin einen Abdruck, ein Brandzeichen in Engelform erwartet. Dann erhob sie sich und nickte dem Croupier entschlossen zu. »Ich gehe mit!«, sagte sie und warf ihre beiden Dreien offen auf den grünen Filz vor sich.

»Du setzt ja doch noch auf Pärchen«, entfuhr es Chad eher hoffnungsvoll als triumphierend. Dann drehte er seine Karten um und stand auf. Herz-Ass und ein Kreuz-König. »Und du siehst, ich bluffe nicht. Ich setze auf Herz«, ergänzte er.

Chad sah sie erwartungsvoll an. Für eine kurze Sekunde fühlte sie sich zu ihm hingezogen, dann senkte sie den Kopf und forderte den Croupier mit einer Handbewegung auf, die letzte Karte zu zeigen.

Jede Herz-Karte würde Chads Sieg bedeuten, sie hatte dann nur noch ein paar Chips übrig. Jede andere Karte würde sie in die nächste Runde einziehen lassen.

Wie in Zeitlupe nahm der Angestellte des Kasinos eine Karte und drehte sie um.

Es war vorbei.

23

Mumbai

Die vielen Jahre auf der Straße hatten Pradeep das Gefühl von Angst fast vergessen lassen. Man brauchte etwas, das man liebte und unter keinen Umständen verlieren wollte, um Angst zu empfinden. Und als eine der Ratten, wie viele Leute die Straßenkinder nannten, hatte er nicht einmal sein eigenes Leben geliebt.

Erst als er Janni geheiratet und sie ihm die Kinder geboren hatte, war mit der Liebe auch die Angst in sein Herz zurückgekehrt.

Darüber dachte Pradeep nach, während er über die Swami Vivekanand Road in Richtung Bandra lief. Es war Ende Mai, die mit Abstand heißeste Zeit des Jahres. Obwohl er es am Hochofen mit jeder Hitze aufnahm, fiel das Gehen ihm heute schwer. Als würde er mit seinen *Hawai Chappals*, deren Schlaufen in seine großen Zehen schnitten, bei jedem Schritt in geschmolzenem Asphalt stecken bleiben. Sehr viel schlimmer war jedoch die Angst, die seit dem frühen Morgen an ihm hochgekrochen war und mittlerweile seine Eingeweide, seine Lunge, sein Herz und auch seine Kehle wie ein eng gezogenes Seil fest einschnürte.

Nur einen einzigen Tag hatte man Pandita im Krankenhaus behandelt, gerade lang genug, um sie dem Leben wieder näher zu bringen als dem Tod. Am zweiten Tag war eine Angestellte der Verwaltung mit einem großen Namensschild über dem dicken Busen auf ihn zugekommen und hatte eine

Bezahlung für die weitere Behandlung verlangt. Mit Tränen in den Augen hatte Janni ihn angeschaut, und er wusste, dass sie eigentlich nicht ihn ansah, sondern in die leere Kaffeedose blickte. Sogar das Nachthemd hatten sie Pandita im Krankenhaus wieder weggenommen, und nun lag sie erneut zu Hause in ihrer Hütte in Dharavi. Die ganze Nacht hatte er wachgelegen und auf ihren Atem gelauscht. Und gebetet. Seine Familie gehörte zu den wenigen Christen in Dharavi. Er hatte Jesus Christus angefleht, dass sein Los bei der heutigen Ziehung der MHADA-Lotterie nicht gezogen wird. Wenn er zu den Gewinnern gehörte, würde die MHADA das von ihm hinterlegte Geld behalten und ihm dafür eine Wohnung zuteilen. Er wäre stolzer Besitzer einer Wohnung, hätte aber kein Geld, um Panditas Behandlung zu bezahlen. Er durfte die gewonnene Wohnung ja nicht verkaufen.

Er musste bei der Verlosung heute unbedingt verlieren. Dann würde die MHADA die fünfzehntausendfünfzig Rupien auf sein neu eröffnetes Konto zurückzahlen, und sie konnten Pandita behandeln lassen, wenn es dann noch nicht zu spät war.

Endlich erhob sich vor ihm der weiße Zeltbau der Rangsharda Hall. Er hatte für den Fußweg wegen der Hitze deutlich über eine Stunde benötigt, sodass die Ziehung bereits beendet war. Schon von Weitem drang der verzerrte Klang billiger Boxen in seine Ohren. Irgendjemand zählte Nummern auf, wie ein Gebet. Gerade als Pradeep einen der Eingänge des rechteckigen Zelts ansteuerte, um die Quelle der Lautsprecheransagen auszumachen, wurden die Zeltwände plötzlich hochgerollt, und ein Meer aus Menschen strömte ihm wie aus einer Schleuse entgegen. Pradeep drehte der auf ihn zurollenden Welle rasch den Rücken zu, als würde er sich in eine Brandung fallen lassen, und spürte im nächsten

Moment bereits den Druck drängender, verschwitzter Körper, die ihn mitrissen. Das Gemurmel der unterschiedlichsten Dialekte um ihn herum, von denen er viele nicht verstand, erinnerte ihn an das Rauschen der Brandung am Juhu Beach. Bei genauerem Hinhören vernahm er ein Lachen und Weinen, Jauchzen und Wehklagen, Schimpftiraden und Dankesgebete. So klingt die Lotterie, dachte er. Plötzlich tauchte vor ihm eine lange Reihe Absperrgitter auf, und gerade als er befürchtete, daran zerdrückt zu werden, beruhigte sich die Woge in seinem Rücken, und er kam kurz davor zum Stehen.

Jetzt erst bemerkte er hinter den Gittern die Stellwände, an denen lange Listen mit Namen und Zahlen angeschlagen waren. Die Gewinnerlisten. Er spürte, wie sich bei ihrem Anblick sein Herz zu einer kleinen Rosine zusammenzog.

Aufgeregt verteilten sich um ihn herum die Mitspieler und suchten die Listen nach ihren Losnummern ab. Pradeep verdankte es Ramish, einem der Anführer in seiner Straßengang, dass er sich mit Zahlen gut auskannte. Die Zahlen, so hatte Ramish immer gesagt, seien die Buchstaben der Reichen. Schließlich bestand ein Bankkonto nicht aus Wörtern, sondern aus Nummern. Vielleicht hatte er aber auch nur sicherstellen wollen, dass sich Pradeep, wenn er beim Dealen von Haschisch oder Korrekturflüssigkeit aushalf, nicht übers Ohr hauen ließ.

Pradeep kramte in seiner Tasche und holte ein an den Rändern zerfranstes Stück Papier hervor. Nachdem er es auseinandergefaltet hatte, suchte er mit zitternden Händen nach seiner Gewinnnummer, obwohl er sie eigentlich auswendig kannte. Hundert, vielleicht tausend Mal hatte er sie sich in den letzten Tagen eingeprägt. Zuerst mit dem Wunsch, dass sie gezogen würde, zuletzt in der Hoffnung, dass dem Schicksal diese Zahlenkombination unbekannt bliebe. *3, 4, 1, 9, 0.* Er suchte mit wackeligen Knien die Liste, auf der die Gewinnzahlen veröffentlicht waren, die mit der Ziffer 3 begannen. Sein Blick wanderte über die vielen kleinen Ziffern, und als er unter den nachfolgenden Nummern keine fand, die der seinen glich, kehrte langsam die Hoffnung zu ihm zurück.

Ein Gefühl wie sonst nur beim Trinken von heißem Tee breitete sich in ihm aus, als er daran dachte, wie er nach Hause kommen und Janni freudig berichten würde, dass sie nicht in der Lotterie gewonnen hatten und er schon nächste Woche ihr ganzes Geld zurückbezahlt bekäme. Dann würde er zu Pandita gehen, ihr über die meist warme Stirn streicheln und einen Kuss auf die geschlossenen Augen geben. Und wenn er Glück hatte und sie bei Bewusstsein war, würde sie ihm ihr ebenso angestrengtes wie unschuldiges Lächeln schenken.

Und da sah er sie.

Ihm war, als habe er einen Schlag in die Magengrube erhalten, der ihm die Luft zum Atmen nahm. Zuletzt hatte er einen vergleichbaren Schmerz gespürt, als sein Freund Budhia vor seinen Augen vom Zug überfahren wurde, als sie gemeinsam auf den Gleisen nach Pfandflaschen gesucht hatten.

Vermutlich war sie in Wirklichkeit nicht größer gedruckt als die anderen Nummern, aber Pradeep kam es so vor. Wie in Trance verglich er immer wieder die Ziffern der gedruckten Zahl vor sich mit der Nummer in seinem Kopf, und obwohl alles um ihn herum kreiste, blieb es dabei: Seine Nummer stand auf der Liste vor ihm.

Pradeep fuhr sich durch die Haare und drängelte sich durch die Menschenmassen, die hinter ihm darauf warteten, endlich auch einen Blick auf die Stellwand werfen zu können. Fühlte er sich vorhin wie auf einer Welle getragen, so kam es ihm nun vor, als würde er in tiefen Gewässern tauchen. Alles um ihn herum verschwamm, und von den Geräuschen, die weit weg schienen, nahm er nur noch Vibrationen wahr.

Plötzlich schlug ihm jemand auf die Brust. Er benötigte einen Moment, um die Konturen des lachenden Gesichts vor sich genau zu erfassen. Es kam ihm bekannt vor, und während er aus den Tiefen seiner Sorgen wieder auftauchte, erkannte er in dem Mann vor sich die Gesichtszüge eines Jungen, mit dem er als Kind eine Zeit lang am Chhatrapati Shivaji Terminus, dem Hauptbahnhof im südlichen Mumbai, gelebt hatte. Er wühlte in seinem Gedächtnis nach dem Namen seines einstigen Kameraden, fand ihn aber nicht.

»Wenn das nicht der kleine Pradeep ist!«, rief der andere lachend und schlug ihm erneut auf die Brust, sodass Pradeep ein Stück nach hinten wankte.

»Das ist Pradeep. Wir haben früher zusammen am Victoria Terminus rumgehangen!«, wandte er sich erklärend an einen etwa gleichaltrigen Begleiter.

Der hob die Hand zum Gruß.

»Weißt du noch, wie wir immer die Tomaten auf dem Markt gestohlen und in einer leeren Rikscha gegessen haben?«, fuhr sein Freund aus vergangenen Tagen fort. »Unser Rekord lag bei einundzwanzig an einem Tag. Heute gibt es nicht mehr so leckere Tomaten!«

Pradeep mühte sich ein freundliches Lachen ab und nickte. Ihm war nicht nach Plauderei zumute, und am liebsten wollte er es bei einem kurzen Gruß belassen und dann rasch weitergehen.

»Du siehst aus wie sieben Tage Regenwetter, Pradeep«,

bemerkte der andere und verzog das Gesicht zu einer traurigen Grimasse.

Plötzlich fiel es ihm wieder ein: Sushil war der Name seines alten Weggefährten. Bei der Erinnerung an den Geschmack der saftigen Tomaten war es ihm wieder in den Sinn gekommen.

Sushils Blick wanderte zu den Stellwänden hinter Pradeep. »Ah, ich verstehe. Du hast nicht gewonnen!«

Nein, das Problem war, dass er gewonnen hatte, dachte Pradeep. Er hatte jedoch keine Lust, den beiden die ganze Geschichte zu erzählen, und nickte stattdessen nur.

»Mach dir keinen Kopf«, sagte Sushil tröstend und klopfte ihm diesmal auf die Schulter. »Mein Freund Vijay und ich sind auch wieder leer ausgegangen. Das heißt, ein weiteres Jahr auf der Pipeline in Indira Nagar!« Sushil lachte und umarmte seinen Kumpel.

In Indira Nagar lebten die Menschen in einem Slum direkt auf der großen Wasserpipeline. Pradeep war als Plastiksammler früher häufiger dort gewesen.

»Oder ich verkaufe eine Niere; dann kann die MHADA mich mal mit ihrer Scheißlotterie«, ergänzte Sushil.

Nun wurde Pradeep hellhörig. »Eine Niere?«, hakte er nach.

»Zeig's ihm!«, antwortete Sushil und zupfte seinen Begleiter am T-Shirt.

Vijay schob mit geübtem Griff den Saum seines T-Shirts hoch. Zum Vorschein kam eine lange, wulstige Narbe, die sich vom Rücken quer bis zum Bauch zog. Es war offenkundig, dass er sie schon oft gezeigt hatte.

Pradeep wurde bei dem Anblick ein wenig schwindelig. »An wen hast du sie verkauft?«, fragte er unsicher.

»Ein Freund kennt einen Freund, der einen Freund kennt,

und der hat sie rausgenommen. Wer sie jetzt drin hat, weiß ich gar nicht«, antwortete er und zog sein T-Shirt wieder herunter.

»Und wie viel hast du dafür bekommen?«, wollte Pradeep wissen.

»Vierhunderttausend Rupien.« Er grinste stolz.

»Vierhunderttausend?«, wiederholte Pradeep ungläubig.

»Mit dem Geld kann man auf eine Wohnung sparen«, warf Sushil ein.

»Und braucht man so eine Niere nicht?«, erkundigte Pradeep sich. Er musterte Sushils Freund. Seine Augen waren ein wenig gelb, seine Wangen wirkten wie ein eingefallenes Zelt, aber er schien gesund zu sein.

»Man braucht nur eine Niere«, behauptete er. Dann zeigte er auf seine Augen, kniff eines fest zu und blickte sich demonstrativ mit dem offenen Auge um. »Ich sehe alles!«, stellte er fest. »So ist es auch mit den Nieren – eine ist total überflüssig.«

»Da trägt man jahrelang ein Vermögen mit sich rum und weiß es gar nicht«, ergänzte Sushil grinsend.

»Tut das weh?«, fragte Pradeep.

»Nicht so weh, wie arm zu sein«, antwortete Sushils Freund.

Sushil musterte seinen einstigen Kameraden. »Wenn du interessiert bist, eine zu spenden, dann melde dich bei mir«, sagte er. »Ich kann dich mit den Leuten bekannt machen.«

Pradeep nickte.

»Du findest mich in dem Telefonladen an der Indravadan Oza Road, direkt neben dem Hospital«, sagte Sushil. »Dort arbeite ich!«

»Ich überleg es mir«, meinte Pradeep.

»Denk dran, du kannst dir damit deine Träume erfüllen. Vergiss die Lotterie!«, sagte Vijay.

»Du weißt, wo du mich findest«, verabschiedete Sushil sich und schlug Pradeep erneut freundschaftlich auf die Brust. Plötzlich wandte Sushil sich nach rechts und zeigte auf eine Gruppe aufgeregt diskutierender Männer. »Ich glaube, davon kenne ich einen. Komm, Vijay, wir gehen mal rüber.«

Beide machten sich schnellen Schrittes davon.

Pradeep blieb allein zurück. Das Gefühl totaler Leere, das ihn vor wenigen Minuten noch erfasst hatte, war verschwunden. Vielleicht meinte es da oben ja doch jemand gut mit ihm. Zumindest hatte er ihn mit zwei Nieren ausgestattet, obwohl man wohl nur eine benötigte. Er fasste sich gedankenverloren mit beiden Händen in die Seite und knetete die Muskeln, die er unter der Haut fühlte, als wolle er sich vergewissern, ob er auch tatsächlich zwei von diesen Nieren besaß. In seinen Ohren hallten Sushils Worte nach. »Da trägt man jahrelang ein Vermögen mit sich rum und weiß es gar nicht.« Vielleicht wurde doch noch alles gut.

Er blickte in die Richtung, in die Sushil und dieser Vijay verschwunden waren. Er sah, wie Sushil auf einen Mann einsprach und sein Freund Vijay gerade dabei war, sein T-Shirt zu lupfen.

Der arme Kerl musste jedem seine Narbe zeigen, dachte Pradeep.

Ein schwacher Wind war aufgezogen und verhieß eine Abkühlung für den Abend. Während er sich auf den Heimweg machte, kniff er das linke Auge zu und beobachtete mit dem rechten den vorbeifahrenden Verkehr.

Das funktionierte wunderbar.

24

Berlin, 1763

Sie wusste nicht, ob es an der wilden Fahrweise des Postillons, den morastigen Wegen auf dem letzten Teil der Strecke oder dem alten Kutschkasten gelegen hatte, aber sie spürte jeden einzelnen Knochen in ihrem Leib. Bei jedem Schritt zog ein stechender Schmerz von ihrem Rücken bis in die Beine, und allein weil das Stehen ihr noch schwerer fiel als das Gehen, war sie ohne Pause von der Postkutschenstation bis hierher gelaufen. Erstmals war sie froh, dass sie kaum mehr besaß als das, was sie am Leibe trug, und ihr Reisegepäck in einen leichten Beutel passte. Nun blickte sie auf den Zettel in ihrer Hand, den Signore Brea ihr in Genua überreicht hatte, und verglich den darauf geschriebenen Namen des Hauses mit dem Schriftzug, der über der Tür vor ihr angebracht war. Er stimmte überein.

Ihr Blick wanderte ungläubig die Reihe der vor dem Haus wartenden jungen Frauen entlang, deren Anzahl sie auf über einhundert schätzte.

Ein grobschlächtiges Mädchen, das direkt vor ihr und somit ganz vorn in der Reihe der Wartenden stand, deutete auf das Ende der Schlange und schleuderte ihr wütende Worte auf Deutsch entgegen, die sie nicht verstand. Als sie sich nicht rührte, begannen auch die danebenstehenden Mädchen zu zetern, und eine trat schließlich heraus und gab ihr einen Schubs, woraufhin sie mit ihren wackeligen Beinen beinahe auf die Straße und dort vor ein Fuhrwerk stürzte.

So blieb ihr nichts anderes übrig, als bis zur nächsten Straßenecke zu gehen und das Ende der Schlange zu bilden. Das Mädchen vor ihr war gekleidet wie eine Bäuerin, und sie schätzte es auf kaum älter als sechzehn.

»Warum wartet Ihr hier alle?«, fragte sie, und als das Mädchen den Kopf drehte und nur verständnislos die linke Schulter ans Kinn zog, wurde ihr bewusst, dass sie aus Gewohnheit auf Italienisch gefragt hatte.

»Warum stehen all die Mädchen hier an?«, wiederholte sie ihre Frage, nun in französischen Worten. Doch abermals lächelte das Mädchen nur verlegen, deutete diesmal auf ihre Ohren und drehte sich weg von ihr, als gehe von ihr irgendeine Gefahr aus.

Die überschwängliche Freude, die sie empfunden hatte, als Signore Brea Wort gehalten und sie bei Signora Pellegreni ausgelöst hatte, war auf der dreiwöchigen Reise von Genua ins ferne Berlin mit jeder zurückgelegten Meile wachsender Angst gewichen. Sie hatte in Frankreich gelebt und in Italien überlebt, doch sie hatte in beiden Ländern die Sprache der Menschen dort gesprochen. Das war hier in Preußen anders, und die erste Stunde in dieser Stadt schien ihre schlimmsten Befürchtungen zu bestätigen. Große Sorge bereitete ihr der Andrang dieser vielen Frauen. Vielleicht hatte ihre Reise ja zu lange gedauert, und man hatte die Anstellung, wegen der sie gekommen war, nun erneut ausgeschrieben. Sie wusste nicht, was sie ohne die versprochene Stelle anfangen sollte. Das Geld für die Reise, das Signore Brea ihr gegeben hatte, war nahezu aufgebraucht. Sie hatte keine Mittel und kannte hier niemanden. Angst breitete sich in ihrer Brust aus. Ihr Mund fühlte sich trocken an, seit dem frühen Morgen hatte sie nichts mehr getrunken. Das Stehen betäubte ihre Beine.

Plötzlich begann das Mädchen vor ihr zu tanzen. Erst langsam im Takt ihres Herzschlages, dann immer schneller. Die Straßenlaterne neben ihr gesellte sich dazu, und als selbst das große Haus einen fröhlichen Satz nach vorn machte, wurde es mit einem Mal dunkle Nacht.

Das Erste, was sie sah, als sie wieder erwachte, war ein Paar gütiger Augen, die zu einem über sie gebeugten Mann gehörten.

»Wo bin ich?«, fragte sie benommen.

»Du sprichst Italienisch?«, antwortete der Mann überrascht.

Der warme Klang seiner Stimme, mehr aber noch die italienischen Wörter lösten in ihr ein Gefühl der Sicherheit aus. Vorsichtig blickte sie sich um. Sie lag auf einem Sessel mit langer Sitzfläche, unter ihren Nacken hatte jemand ein weiches Kissen geschoben. Farben und Formen der Möbel um sie herum ließen auf einen herrschaftlichen Haushalt schließen.

Jetzt erst bemerkte sie, dass die Hand des Mannes auf ihrem Bauch ruhte und eine wohlige Wärme übertrug.

Schon glaubte sie, wieder in Italien zu sein und dass die Reise nach Berlin nur ein böser Traum gewesen war, als sie jemanden im hinteren Teil des Raumes, den sie nicht einsehen konnte, etwas in dieser harten, abgehackten deutschen Sprache sagen hörte.

Der Mann, der neben ihr auf dem Sessel saß, antwortete etwas auf Französisch, was eine weitere Wohltat für ihre Ohren war.

»Sag ihnen, wer sich nicht benimmt, wird nach Hause geschickt!«, verstand sie.

»Was ist passiert?«, fragte sie.

»Und du sprichst auch noch Französisch?«, stellte der Mann nun noch verblüffter fest. Sie mochte sein Lächeln.

»Hier, trink das«, sagte er, nun wieder auf Italienisch, was seine Muttersprache zu sein schien, und reichte ihr ein Glas mit Wasser.

Sie stützte sich auf ihre Ellbogen und trank gierig, wobei sie etwas Wasser auf ihr Kleid verschüttete.

Der Mann lachte. »Nicht so hastig!«, sagte er. »Die anderen Mädchen glauben, dass du nur simuliert hast, um als Erste dranzukommen.«

Sie reichte ihm das Glas und schüttelte den Kopf, was sie wegen eines Schmerzes in der Stirn sogleich einstellte.

»Ich war nur etwas erschöpft«, sagte sie und richtete sich nun auf. Jetzt erst sah sie einen weiteren Mann, der in einer Uniform gekleidet neben der Tür stand. Plötzlich spürte sie wegen ihrer Ohnmacht eine Peinlichkeit, die ihr das Blut in die Wangen presste.

Der Italiener erhob sich von ihrer Seite und ging zu einem kleinen Schreibtisch in der Mitte des Raumes. Dann setzte er sich und betrachtete sie eine Weile, was ihre Verlegenheit noch steigerte.

»So blass wie du warst, als mein Diener Philip dich hereingetragen hat, glaube ich nicht, dass es eine List von dir gewesen ist«, bemerkte er schließlich. »Und wenn du schon einmal hier bist, so erlaube ich dir, dich als Erste einzutragen. Vielleicht verdankst du deiner schwachen Konstitution so am Ende noch fünfzig Taler!« Bei den letzten Worten griff er schmunzelnd zur Feder und setzte zum Schreiben an. »Ich benötige dann deinen Namen, deine Herkunft und die Adresse, wo du, wenn das Glück dich auswählt, zu erreichen bist. Auch solltest du mir deine Glückszahl zwischen Eins und Neunzig sagen. Benennen jedoch mehrere Mädchen dieselbe Zahl, entscheidet das Los!«

Es schien wie befürchtet. Entweder hatte Signore Brea

sie gehörig reingelegt, oder man hatte wegen ihrer langen Anreise tatsächlich die Geduld verloren und die Stelle der Kammerdienerin neu ausgeschrieben.

»Ich dachte, der Platz sei mir sicher!«, entfuhr es ihr. »Schon wegen der langen Fahrt ...«, fügte sie enttäuscht hinzu.

Der stattliche Herr am Pult schaute sie erstaunt an. Nun, wo sie ihn erstmals genauer betrachten konnte, erkannte sie auch die stolzen Gesichtszüge eines Italieners.

»Aber nein, wie kommst du auf so etwas!«, entfuhr es ihm. »So wurde es niemals kundgetan. Wenn sich mehr als neunzig Mädchen bewerben, wird das Los entscheiden, welche fünf am Ende berücksichtigt werden können.«

»Fünf?«, fragte sie. Niemals zuvor hatte sie von einem Haus gehört, in dem gleich fünf Kammerdienerposten auf einmal zu besetzen waren.

»Aber ja. Fünf Zahlen werden bei der großen Verlosung gezogen, und bei jeder Zahl steht auf der Rückseite der Name einer glücklichen Jungfer, die dafür die fünfzig Taler erhalten soll ...«

»Hätte ich dies gewusst, wäre ich den weiten Weg aus Italien nicht hier heraufgekommen«, entgegnete sie geknickt.

»Aus Italien kommst du, nur wegen der Verlosung?«, entgegnete der Mann, den sie inzwischen für di Calzabigi hielt. »Es ist großartig, dass sich unsere Lotterie bis dorthin herumspricht. Von wem hast du es erfahren?«, fragte er neugierig.

»Er behauptete, Euch zu kennen, und gab mir sogar Geld für die Reise. Sein Name ist Signore Brea!« Bei diesen Worten sank sie in sich zusammen; zu erschöpft war sie, um ihre Enttäuschung weiter zurückhalten zu können. Umso verwunderter war sie über die Reaktion Calzabigis. Sein eben noch rosiger Teint nahm die graue Farbe seiner Perücke an, und das Amüsement, welches bis vor Kurzem seine Lippen umspielt hatte, wich purer Bestürzung. Gleichzeitig ließ er die Feder fallen, sprang hoch, stieß den Stuhl um, auf dem er saß, und kam auf sie zugestürzt. Schon wich sie zurück, um der erwarteten Attacke zu entgehen, als er wenige Schritte vor ihr auf den Boden fiel und nach ihrer Hand griff. Vorsichtig führte er ihren Handrücken an seine Stirn und verharrte in dieser Position. Überwältigt von der Situation, schnappte sie nach Luft – wie ein Fisch, den man aus dem Wasser gezogen hatte.

»Dann musst du Signorina Marie Belangere sein!«, stieß er hervor.

»Das ist richtig, aber ...«

»Dann verzeih mir, wie ich dich behandelt habe. Ein riesiges Missverständnis. Ich hielt dich für eine der vielen Jungfern da draußen, die sich heute für die bevorstehende Lotterie bewerben. Ich dachte ... Ach, warum kommst du nur ausgerechnet heute hier an? Ich habe dich behandelt wie ein Bauernmädchen!«

In Calzabigis Worten glaubte sie wahre Verzweiflung zu erkennen, traute sich jedoch nicht, etwas zu erwidern.

Calzabigi erhob sich, ohne ihre Hand loszulassen.

»So sei willkommen in deinem neuen Zuhause!«, sagte er mit einer einladenden Bewegung seiner freien Hand. Dann gab er dem Mann an der Tür ein Zeichen, der daraufhin den Raum verließ.

Wieder kniete Calzabigi vor ihr nieder, wobei ihr auffiel, dass seine Wangen nun rot glühten. »Was hat Signore Brea, mein treuer Freund, dir zu deinen zukünftigen Aufgaben in meinem Hause bereits erzählt?«

Sie wich seinem bohrenden Blick aus und zuckte mit den

Achseln. »Nicht viel, nur dass ich bei Euch die Stelle der Kammerdienerin besetzen soll und Ihr mir die übliche Bezahlung gewährt ...«

Sie erschrak, als Calzabigi in lautes Lachen ausbrach. Endlich ließ er ihre Hand los, machte einen Schritt zurück und verfiel in noch heftigeres Gelächter.

»Dieser Schuft!«, rief er nach Atem ringend und klatschte sich mit beiden Händen auf die Schenkel.

Dies war erneut eine Reaktion, mit der sie nicht gerechnet hatte. Wenn auch nicht unsympathisch, so schien dieser Calzabigi doch ein wenig merkwürdig, vielleicht sogar verrückt. Nun ja, die meisten Adeligen hatten ihre Eigenarten und wenn man einmal für Signorina Pellegreni angeschafft hatte, wusste man, dass es Schlimmeres gab, als für jemanden zu arbeiten, der etwas närrisch schien.

»Ich fürchte«, setzte Calzabigi an, als er endlich wieder zu Atem gekommen war, »Signore Brea hat dir nicht ganz die Wahrheit gesagt.«

»Dann soll ich doch nicht für Euch arbeiten?«, fragte sie erschrocken. Sie merkte, wie ihre Kehle wieder austrocknete, als kaute sie Brot.

»Oh doch!«, antwortete Calzabigi zu ihrer Erleichterung. »Jedoch nicht als meine Kammerdienerin!« Wieder begann er zu glucksen.

Obwohl sie nichts erwiderte, schien er ihre Frage von ihren Augen abzulesen.

»Sondern als Signora di Calzabigi, meine Gemahlin!«, rief er fröhlich und breitete die Arme wie zum Tanz aus.

Und während sie ihn mit geöffnetem Mund anstarrte, begann er tatsächlich zu tanzen. Erst nur er, dann das Pult zu seiner Rechten, dann die Gemälde an den Wänden und schließlich der Sessel, auf dem sie saß.

25

Las Vegas

»Pech in der Liebe, Glück im Spiel«, bemerkte der junge Mexikaner mit einem sarkastischen Unterton in der Stimme. Er hieß Maurizio, trug eine große Sonnenbrille und hatte seine Kapuze tief in die Stirn gezogen.

Trisha konnte ihm die Worte nicht verübeln, denn gerade hatte er Chips im Gegenwert von vierundzwanzigtausend Dollar zu ihr hingeschoben.

Nach ihrem Sieg über Chad war die Partie in aller Munde gewesen. Chads öffentliche Liebeserklärung – kurz bevor der Geber die letzte Karte umdrehte, die ihr schließlich den Sieg bescherte – hatte sich trotz der wenigen Zuschauer am Tisch rasend schnell herumgesprochen. Danach war sie Chad nicht um den Hals gefallen, hatte sich nicht mit ihm versöhnt, was das Publikum zu schadenfrohen Bemerkungen und Gesten veranlasste. Sie hatte Chad stattdessen die Hand gereicht und sich für die Partie bedankt, als sei er für sie ein x-beliebiger Gegner gewesen. Dann hatte sie ebenso schweigend wie gewissenhaft ihre Chips in dem Plastikbeutel verpackt, ihren Namen daraufgeschrieben und ihn der Turnierleitung für den nächsten Tag, an dem sie mit ihren Chips weiterspielte, übergeben. Danach hatte sie sich von einem Sicherheitsmann durch eine Seitentür hinausbegleiten lassen und Chad nicht mehr gesehen.

Am folgenden Tag hatte sie überall im Pokersaal ein Getuschel, wie das Zirpen von Grillen, begleitet. »Das ist die,

die gegen ihren Freund gewonnen hat!«, hörte sie mehrmals. Manche klopften ihr im Vorbeigehen auf die Schulter oder riefen ihr ein »Gut gemacht!« zu, und sie wusste nicht, ob diese Leute ihr Spiel oder die Zurückweisung von Chads Avancen meinten.

Der Aufwind, den dieser Sieg am ersten Tag der Weltmeisterschaft ihr verlieh, hatte sie auch durch den zweiten Tag getragen und sie schließlich erneut am Finaltisch triumphieren lassen. Dann und wann hatte sie mit bangem Blick Ausschau nach Chad gehalten, als könnte durch sein Erscheinen ihre Glückssträhne reißen, doch er war nirgends mehr zu sehen gewesen. Vermutlich hatte auch er mitbekommen, dass er sich mit seinen öffentlichen Liebesbekundungen ihr gegenüber lächerlich gemacht hatte.

Heute war es noch besser gelaufen als die Tage zuvor; sie hatte noch nicht einmal das Gefühl gehabt, kämpfen zu müssen. Und als würden sich alle ihre Träume plötzlich erfüllen, saß sie nun mit den letzten zehn Spielern des Hauptturniers der »World Series of Poker« an einem Tisch. Selbst wenn sie nun ausscheiden würde, wären ihr als Zehnte bereits über siebenhunderttausend Dollar an Preisgeld sicher.

Doch sie verschwendete keinen Gedanken an eine mögliche Niederlage. Sie wollte gewinnen. Nur noch einer der verbliebenen zehn Spieler musste ausscheiden, dann waren den anderen neun nicht nur jeweils eine knappe Million Dollar Preisgeld sicher. Viel wichtiger war, dass man sich in drei Monaten hier an selber Stelle zur Endrunde wiedertreffen und als die sogenannten *October Nine* den Weltmeister untereinander ausspielen würde. Oder besser gesagt: die Weltmeisterin. Wieder musste sie bei diesen Gedanken lächeln. Sie griff sich an den Glücksbringer, der um ihren Hals baumelte. In den vergangenen Tagen war es so, als würde ein besonderes Licht auf sie herabscheinen. Trisha hatte sich immer wieder heimlich gekniffen, um sicherzugehen, dass sie dies alles nicht träumte. Zum ersten Mal in ihrem Leben fühlte die Umgebung sich unwirklich an und nicht sie selbst.

»Hast du gehört, Trish? Pech in der Liebe, Glück im Spiel!«, sagte Maurizio erneut und grinste um Anerkennung heischend in die Runde, ohne die erhofften Lacher zu ernten. Auch wenn alle sich locker gaben, die Anspannung am Tisch war spürbar.

»Pech in der Liebe, Glück im Spiel«, wiederholte Trisha verächtlich, während sie immer noch damit beschäftigt war, die soeben vom Mexikaner gewonnenen Chips auf ihren eigenen Stapeln zu verteilen. »Ein weiterer Beweis, wie wenig Ahnung du vom Pokern hast?«, frotzelte sie in Maurizios Richtung.

Der Trash-Talk gehörte beim Pokern dazu. Ein probates Mittel, um den Gegner abzulenken und die eigene Nervosität zu verbergen. Beim Pokern brauchte man Eier, und das wusste an diesem Tisch keiner besser als Trisha, die letzte im Turnier verbliebene Frau.

»Du setzt auf einen *Gutshot* und findest die 10 auf dem *River*, das nenne ich keine große Strategie. Nach *Outs* lag ich klar vorn«, gab Maurizio etwas beleidigt zurück.

Trisha saß am *Big Blind* und warf ihren Einsatz für die nächste Runde mit gelangweilter Geste in die Mitte, bevor sie vom Geber, einem rassigen Franzosen mit süßem Akzent, zwei neue Karten zugeteilt bekam.

»Gut zu wissen, dass du glaubst, dass Pokern ein Glücksspiel ist«, raunte sie zu Maurizio herüber.

Vorsichtig bog sie die Ecken ihrer Spielkarten nach oben, um sich die Vorderseiten anzuschauen. Dann schob sie die

Karten auf den in den Spieltisch eingearbeiteten Glaseinsatz vor sich. Darunter war an diesem Finaltisch eine TV-Kamera installiert, um ihr Blatt in die ganze Welt zu übertragen. Das Finale wurde live im Fernsehen gesendet.

»Vor allem aber übersiehst du, dass auch die Liebe nur ein großes Spiel ist«, ergänzte Trisha.

Maurizio, der seine Karten nicht weggeworfen, sondern auch auf das Guckloch der TV-Kamera vor sich geschoben hatte, lachte laut auf. »Ich weiß nicht, wovon du redest, Baby, aber ich weiß, dass dieses Spiel mich liebt!«

Er war an der Reihe, griff nach einem Chip und warf ihn mit einer lässigen Bewegung aus dem Handgelenk heraus auf den Tisch.

Zeit, sich zu konzentrieren. Trisha musterte die anderen Mitspieler. Die meisten kannte sie gut, einige wenige waren Newcomer oder Online-Spieler, die sie noch nie zuvor gesehen hatte. Es war der typische Mix aus Selbstdarstellern, die ihren überbordenden Ehrgeiz, die vielen Stunden des Trainings, das mathematische Talent und die Angst vor dem Verlieren hinter Sonnenbrillen, Kopfbedeckungen und einstudierten Gesichtsausdrücken versteckten. Drei Spieler waren gefährlich, zwei konnten es werden, zwei weitere hatten bis hierher Glück gehabt, und zwei waren Idioten. Seitdem die ersten Karten ausgeteilt worden waren, hatte Trisha ihre Mitspieler studiert, wie ein Maler sein Modell. Sie hatte jeden in ein belangloses Gespräch verwickelt und dabei nicht nur die Mienen und Gesten abgespeichert, die man ihr zeigte. Sie interessierte sich auch für die Details. Wie etwa das Glänzen, das die Reflektion eines TV-Scheinwerfers auf der Stirn des stillen Australiers hinterließ, welches stärker wurde, wenn er spielte, und kaum erkennbar war, wenn er wegwarf. Das kaum hörbare Klimpern der Goldreife am Arm des Bulgaren. Die Falte, die der Ellbogen des schwedischen Milchgesichts im Filz des Tisches hinterließ, mal tief wie der Grand Canyon, mal scharf wie eine Bügelfalte.

Trisha war nicht bloß Spielerin in einer Pokerpartie, sie war Teil eines Bildes, das sie im Kopf malte und bei dem jeder Pinselstrich über Erfolg und Niederlage entschied.

Das Blitzen verschwand aus dem Augenwinkel, der Australier hatte seine Karten weggeworfen. Kein Klimpern war zu vernehmen, auch der Bulgare war raus. Ebenso der Deutsche: ein gefährlicher Kartenzähler, dessen schwarze Hornbrille auf dem Nasenrücken nach unten gerutscht war, da er sie nicht länger mit dem Zeigefinger vor die gezupften Augenbrauen geschoben hatte, was er tat, wenn er glaubte, ein gutes Blatt zu haben.

Vom Russen hatte sie seit vielen Runden nichts mehr gesehen. Er war der Führende und riskierte nichts mehr. Der Platz des zweiten Engländers am Tisch war leer, er war austreten gegangen und daher nicht dabei. Ihr Blick fiel auf die Verwerfung unter dem Ellbogen des Schweden, die sich in dem Augenblick glättete, als er die Karten von sich schob. Der Pole, ein hübscher Kerl mit modischem Haarschnitt, der auch als Model hätte arbeiten können, schien einen kleinen Stapel Chips in die Mitte des Tisches schieben zu wollen. Er würde es nicht tun, sondern nach einigem Hin und Her wegwerfen, dachte Trisha; und so geschah es auch wenige Momente später. Sie hatte lange gebraucht, bis sie ein sicheres Zeichen für die Qualität seines Blattes entdeckt hatte. Man mochte es für Unsinn halten, und es war ihr egal, da sie niemals jemandem von den Zeichen, die sie erkannte, erzählen würde. Aber hatte der Pole gute Spielkarten, fühlte sie beim Blick in sein Gesicht ein leichtes Kribbeln in ihrer

Magengegend, wie Schmetterlinge im Bauch eines verknallten Teenagers. Spielte er ein schlechtes Blatt, löste sein Anblick nichts bei ihr aus. Pheromone, Hormone. Hauptsache, es funktionierte.

Jetzt waren nur noch sie und Maurizio übrig. Er wandte sich zu ihr, musterte sie, lugte unter die Karten vor sich, als habe er vergessen, was für ein Blatt er spielte, schaute dann wieder auf und grinste.

»*All in*«, sagte er.

Er hatte deutlich weniger Chips als sie, sodass sie seinen Einsatz, der seine gesamten Chips umfasste, mitgehen konnte, ohne alles einsetzen zu müssen. Würde sie gewinnen, wäre Maurizio ausgeschieden, und sie stünde im Finale und hätte eine Million Dollar Preisgeld sicher. Maurizio war jedoch der einzige Spieler am Tisch, bei dem es ihr noch nicht gelungen war, ihn zu lesen. Sie hatte kein verräterisches Zeichen an ihm entdeckt. Einmal glaubte sie ein knipsendes Geräusch zu bemerken, wenn er mit den Schneidezähnen auf den Bartstoppeln unterhalb seiner Lippe kaute. Doch dann spielte er gut und machte es nicht. Eben hatte er geblufft, und sie hatte gegen ihn gewonnen. Ihr Blick wanderte von den Chips, die er vor einigen Minuten zu ihr hinübergeschoben hatte, zu ihm herüber. Er nahm gerade einen Schluck aus einer Wasserflasche. Dies war nicht unüblich bei einem stundenlangen Spiel, bei dem man unter der Hitze der TV-Scheinwerfer schnell dehydrierte.

Sie brauchte ein Zeichen. Irgendeins.

Sie spielte mit dem Anhänger um ihren Hals. Er war kalt. Mit den Fingern fuhr sie die Narbe an ihrem Unterarm entlang.

Gewöhnlich schaute sie nicht ins Publikum, doch plötzlich erregte ein Zuschauer ihre Aufmerksamkeit, der zwischen dem bunt gekleideten Pokervolk durch sein Äußeres hervorstach. Von Weitem sah er tatsächlich aus wie ein kleiner Mönch. Ein Bild von einem Mönchlein, wie man es auf Etiketten von Bierflaschen fand. Gerade wollte sie sich abwenden, als er wie zum Gruß die Hand hob.

»Was ist, Kleines. Glück hin oder her. Spielst du mit mir?«, fragte Maurizio provozierend.

Kurz wandte sie sich zu ihm, dann wieder zu dem Mann im Publikum, der eine Mönchskutte trug. Wieder hob er seine Hand, als wolle er ihr zuwinken.

»Ich gehe mit«, sagte Trisha entschlossen, und ein Raunen erhob sich.

Maurizio warf seine Karten offen auf den Spieltisch und stand auf. Auch Trisha erhob sich. Maurizios Pik-Ass und Karo-König gegen ihre Herz-Dame und den Kreuz-Buben.

Die anderen Spieler am Tisch hielt es kaum auf den Plätzen. Würde Trisha gewinnen, müsste Maurizio ausscheiden. Dann stünde es fest, dass alle anderen sich im Oktober beim großen Finale wiedersehen würden.

Trisha schaute konzentriert auf die bereits aufgedeckten Karten.

Der Geber drehte die nächste Karte um. Herz-Drei. Die nützte niemandem. Dann die letzte Karte. Karo-Zehn.

Das laute Johlen aller Spieler am Tisch übertönte Maurizios »Fuck«. Die letzte Karte bedeutete für Trisha eine Straße. Eine Straße ins Finale im Oktober. Trisha bahnte sich den Weg zu Maurizio und umarmte ihn kurz.

»Du hast siebenhunderttausend Dollar gewonnen«, raunte sie ihm ins Ohr.

»Fuck!«, antwortete er. Nur mühsam hielt er seine Tränen zurück.

Dann drehte sie sich zu den anderen Spielern um und

beobachtete, wie das Gemälde um sie herum durcheinandergeriet, Farben ineinander verliefen, lachende Gesichter weiße Tupfer auf der Leinwand darstellen.

Plötzlich erinnerte sie sich an den Zuschauer in der Kutte und stellte sich auf die Zehenspitzen, um an den sich abklatschenden Mitspielern vorbei ins Publikum zu schauen. Dort, wo eben noch der Mönch gesessen hatte, erkannte sie nur noch eine Lücke auf der Tribüne. Sie legte ihre Hände an den Hinterkopf und atmete tief durch.

Zum ersten Mal seit Monaten, ja vielleicht sogar zum ersten Mal in ihrem ganzen Leben fühlte sie sich wirklich erleichtert. Wie der zweite Augenblick nach dem Erwachen aus einem Albtraum. Eine Million Dollar waren ihr sicher. Mit jedem Platz, den sie sich in drei Monaten im Finale nach vorne kämpfte, würde sie einige hunderttausend, vielleicht sogar Millionen Dollar mehr gewinnen. Sie würde ihren Eltern alles beichten und ihnen ein Vielfaches des von ihnen geliehenen Geldes zurückgeben. Die hohen Zinsen, die sie ihnen dabei zu zahlen gedachte, würden es ihnen leichter machen, ihr zu verzeihen.

Sie war nun reich.

Und niemand, wirklich nichts und niemand würde ihr diesen neuen Reichtum mehr nehmen können.

26

Hamburg, Santa Fu

Sein Gehör war extrem sensibilisiert. Es war wie bei einem Blinden, nur dass er nicht durch einen Sehfehler in der Dunkelheit gefangen war. In seiner Zelle kannte er jedes Geräusch. Zu viele Stunden seines Lebens hatte er auf diesen sieben Quadratmetern verbracht. Er erhob sich von dem Stuhl, auf dem er gerade gesessen und an dem Fall für den Geldbüßer gearbeitet hatte, ging zu seinem Bett, hob die Matratze an und griff nach dem darunter versteckten Mobiltelefon. Es war auf Vibrieren gestellt, aber er hatte das Summen durch den Schaumstoff der Auflage wahrgenommen. Er schaute auf das Display. Verbeeck.

»Hallo«, meldete er sich im Flüsterton, denn Mobiltelefone waren hier drin streng verboten. Es hatte ihn einige Paketmarken gekostet.

»Das Los scheint echt zu sein – echt alt«, sagte eine Stimme mit belgischem Akzent. »Oder aber sehr gut gemacht. Mehr kann ich bei einem bloßen Foto nicht sagen.«

»Wie geht es dir da draußen?«, fragte Henri, die Zellentür stets im Blick.

»Wie neugeboren. Oder frisch ausgeschissen. Ich weiß noch nicht so recht.«

Henri fragte sich, ob der Belgier dies nur sagte, damit er sich im Knast nicht so schlecht fühlte.

»Aber ich weiß, wo dein Pater Pius steckt.« In Verbeecks Stimme schwang Triumph mit.

»Wie das?«, rief Henri erstaunt und biss sich auf die Lippen. Er hatte ein wenig zu laut gesprochen. Nicht, dass ein Wärter auf dem Gang auf ihn aufmerksam wurde.

»Du erwähntest diesen *Notaio* in Rom, bei dem die Ziehung stattfinden soll. Also, ich fand seine Nummer im Telefonbuch und habe dort angerufen. Erst machte er auf Notar, von wegen Schweigepflicht und so, doch als ich sagte, ich sei Kunsthändler und wolle Pater Pius ein Angebot wegen eines alten Manuskripts unterbreiten, meinte er, soweit er wisse, sei Pater Pius auf einer Weltreise. Im Moment wohl gerade in Las Vegas.«

Henri musste die vielen Informationen erst einmal ordnen und schwieg.

»Bist du noch da?«, fragte der Belgier.

»Ein Mönch übergibt mir ein Los und ist jetzt in Las Vegas? Was ist das für eine Geschichte«, dachte Henri laut und massierte sich mit der freien Hand die Stirn.

»Dasselbe wollte ich dich fragen«, bemerkte der Belgier.

Henri holte tief Luft. »Ich hab keine Ahnung. Dieser Mönch hat mir das Los gegeben und ist dann abgedampft.«

»Ist viel Geld im Spiel?«

»Ein Preis von unermesslichem Wert«, zitierte Henri den Mönch.

»Du kannst da im Knast nichts machen ...«, gab Verbeeck zu bedenken.

Henri nickte, ohne daran zu denken, dass Verbeeck dies nicht sehen konnte. Als Sträfling telefonierte man nicht so oft.

»Es ist dein Los. Aber wenn wir den Gewinn sechzig zu vierzig teilen, fühle ich dem Mönch mal auf den Zahn. Vielleicht kann man was drehen.«

»Du hast recht. Es ist mein Los. Siebzig zu dreißig.«

Einen Moment schien die Leitung tot. Henri schaute aufs Display. Die Sekunden, die die Gesprächsdauer anzeigten, liefen weiter.

»Okay. Dann also Las Vegas. Ich melde mich.«

»Viel Glück«, wünschte Henri, dann war das Gespräch beendet.

Nun hatte er also einen Partner. Einen verlängerten Arm da draußen. Dass der Mönch zur Voraussetzung gemacht hatte, dass er, der Knasti, an der Ziehung persönlich teilnehmen musste, hatte er Verbeeck nicht verraten. Wer weiß, vielleicht geschah bis dahin ja tatsächlich noch ein Wunder.

27

Berlin 1763

»Kommt! Folgt mir! Schaut Euch an, was der Lottoalchemist macht!«

Der Knabe war kaum zehn Jahre alt. Seine Hose, die bis kurz über die Knie reichte, war neu. Das Hemd, das er trug, leuchtete in der Sonne schneeweiß.

Ein Schmied, der vor seiner Werkstatt ein Stück Eisen bearbeitete, hielt den vorbeilaufenden Jungen an den Schultern fest und schüttelte ihn einmal durch. »Was machst du hier für einen Aufstand!«, schimpfte er. »Welcher Lottoalchemist?«

Der Bub schien nicht unfroh über die kleine Pause. Er holte tief Luft und schob die schweren Hände des Schmieds von sich. Die Schweißperlen liefen ihm von der Stirn und hinterließen feuchte Linien auf seiner Haut. »Im Castelletirens. Im Lotterieamt. In der Wilhelmer Straße. Der Italiener. Er bereitet die große Ziehung vor. Mit Zauberei. Gelber Rauch steigt aus dem Kamin!«. Das Kind riss sich wieder los und stürmte weiter in Richtung Friedriche Vorstadt.

Erst jetzt bemerkte der Schmied die Meute von aufgeregten Männern, Frauen und Kindern, die der Knabe wie einen Drachenschwanz hinter sich herzog. Im nächsten Moment ließ er Hammer und Amboss allein und schloss sich dem Umzug der Neugierigen an.

Als die Tür zu Calzabigis Büro geöffnet wurde, um einen Kessel hineinzutragen, schlüpfte der schmale Knabe durch den Spalt und kam vor dem Direktor der Lotterie zum Stehen.

»Und?«, fragte Calzabigi und strich dem Jungen über den Kopf.

»Schaut aus dem Fenster. Wie die Kutsche hinter den Pferden sind sie mir gefolgt!« Obwohl er immer noch nach Luft rang, grinste er breit.

Calzabigi trat an das Fenster und spähte vorsichtig hinaus. »Was für ein Auflauf!«, entfuhr es ihm. Er überflog die Anzahl der Köpfe, die sich vor dem Lotterieamt drängten. »Das sind mindestens zweihundertfünfzig, wenn nicht mehr!«

»Also dreifache Belohnung!«, stellte der Knabe stolz fest.

Calzabigi lächelte und steckte seinem kleinen Besucher ein paar Münzen in die Hand. »Du hast gewonnen. Gut gemacht! Und nun schleich dich hinten raus und lass dich nicht sehen.«

Erfreut zählte der Junge die Münzen und verschwand so flink, wie er gekommen war. Calzabigi schaute ihm lächelnd nach. Dann wandte er sich wieder dem Fenster zu und betrachtete triumphierend das Gedränge.

»Dann wollen wir der Menge da draußen mal etwas bieten!«, rief er aus und klatschte in die Hände.

»War das Charles, den ich da eben gesehen habe?«

Er fuhr herum und erblickte Marie, die mit einem Korb in der Hand in der Mitte seines Büros stand. Sie trug das weiße Kleid, welches er ihr mit vierzehn anderen zusammen hatte schneidern lassen, nachdem sie sich auf seinen Handel eingelassen hatte, als Signora di Calzabigi in seinem Haus zu wohnen. In dem Licht der Nachmittagssonne, die in das Büro fiel, erschien sie ihm wie ein Engel. Unwillkürlich hielt er die Luft an, als würde sie verschwinden, wenn er es wagte auszuatmen. Selten zuvor hatte er eine so schöne Frau gesehen, und dass sie nun auch noch, zumindest zum Schein, seinen Namen trug, war für ihn vielleicht das größte Glück seiner Berliner Tage. In der letzten Zeit hatte er sogar den Eindruck gewonnen, sie würde ihm gegenüber ein wenig ihre Scheu ablegen. Und er hatte sie nun schon eine ganze Woche lang nicht mehr weinend vorgefunden, wenn er nach Hause kam.

»Ja, er ist gerade raus«, bestätigte er.

»Warum sind es eigentlich immer Waisenknaben, die bei der Lotterie die Zahlen ziehen?«, fragte Marie.

Er zuckte mit den Schultern. »Das war schon immer so. Ich glaube, es bringt Glück. Diese armen Teufel haben bereits so viel Unglück in ihren jungen Jahren erlebt. Zum Ausgleich muss für den Rest ihres Lebens das Glück mit ihnen sein.«

Marie schien sich mit der Antwort zufriedenzugeben.

»Wohin hiermit?«, erkundigte sie sich und hob den Arm ein wenig an.

Was sie mit sich trug, schien schwer zu sein. Calzabigi stürmte auf sie zu und nahm ihr den Korb ab. Er stellte ihn auf seinen Schreibtisch und prüfte den Inhalt.

»Und was machen eigentlich die ganzen Menschen da draußen«, wollte sie wissen. »Hätte nicht einer Eurer Gehilfen mich erkannt, ich wäre kaum bis zur Tür vorgestoßen.«

Calzabigi lächelte spitzbübisch.

»Oh, sie erwarten ein Spektakel«, antwortete er. »Und sie werden eines bekommen. Heute ist der Tag, an dem das Castelleto stattfindet.« Als er Maries fragenden Gesichtsausdruck bemerkte, fuhr er fort: »Meine grandiose Erfindung. Ich habe nicht das Lotteriespiel erfunden. Aber ich habe einen Weg entdeckt, wie man es veranstalten kann, ohne dass die Lottokasse bankrottgehen kann.« Er schaute sich suchend um und griff nach einer Schale mit Gebäck, die auf einem Beistelltisch vor dem Kamin stand. Er hielt sie vor Maries Gesicht.

»Wie viele Gollatschen sind in dieser Schale?«, fragte er, wobei er seine Aufregung nur schwer unterdrücken konnte.

Marie wich erschrocken ein Stück zurück.

»Schon gut«, fuhr er fort, ohne ihre Antwort abzuwarten.

Mit der Schale in der Hand eilte er zur Tür und riss sie auf. Dabei verlor er einige Gebäckstücke, die er mit hektischen Handgriffen wieder einsammelte.

»Kommt rein, ihr zwei Banausen, und du da hinten auch!«, rief er in den Flur.

Als die drei verdutzten Bediensteten des Lotterieamtes eingetreten waren, reihte er sie neben der verwirrt dreinschauenden Marie auf. Zufrieden betrachtete Calzabigi die Aufstellung der verblüfften Gestalten vor sich. Er griff in seine Rocktasche und holte einen Taler hervor.

»Ich werde gleich diese Münze werfen. Vorher sagt ein jeder ›Fredericus‹« – bei diesen Worten zeigte Calzabigi die Seite der Münze mit dem Porträt des Königs – »oder Zahl! Erscheint die Seite des Geldstücks, auf das jemand gesetzt hat, erhält der Betreffende drei Stücke dieses Gebäcks. Fang du an!« Calzabigi trat vor den Ersten, einen Burschen mit rosigen Wangen.

»Ich esse kein Gebäck, mein Herr«, lehnte dieser ab und drückte dabei seinen Rücken durch, als gelte es zu exerzieren.

»Du Trottel!«, rief Calzabigi aus und schlug ihm auf die Mütze, sodass diese nach vorn herunterfiel. »Es ist nur ein Experiment! Natürlich bekommst du kein Gebäck!«

Eingeschüchtert bückte sich der so Gescholtene nach seiner Kopfbedeckung und drückte sie an seine Brust. »Dann ... dann sage ich Zahl«, stotterte er unsicher.

»Sehr schön!« Calzabigi wanderte zum Nächsten und schaute ihn erwartungsfroh an.

Im Gegensatz zum Ersten war dieser Bedienstete deutlich älter. »Fredericus?«, brachte er vorsichtig heraus.

Calzabigi nickte zufrieden und baute sich vor Marie auf. »Und nun du, meine Teure!«

Er schaute nach rechts und links, als wolle er die Wirkung seiner vertrauensvollen Ansprache auf die Umstehenden prüfen. Doch diese starrten nur auf einen imaginären Punkt an der Wand.

»Ich ... ich weiß nicht ...«, stammelte Marie. »Vielleicht Zahl?«

Calzabigi verneigte sich, als habe er von ihr ein Kompliment empfangen, und baute sich schließlich vor dem Letzten in der Reihe auf.

Der kleine, drahtige Bursche sah ihn mit wachen Augen an. »Fredericus! Es lebe der König!«, schoss es aus ihm heraus, sodass Calzabigi erschrocken zurücktrat.

»Nun gut!«, sagte er und schaute auf den Taler in seiner Hand.

»Nachdem ich die Prognosen empfangen habe, lasst mich diese nun korrigieren«, kündigte er mit verschwörerischer Stimme an. »Nun folgt das sogenannte Castelleto!« Er schloss die Augen, als würde er sich konzentrieren, und begann leise zu summen. Plötzlich verstummte er und riss die Augen weit auf. Energisch ging er zu dem Burschen, der als Letzter seinen Tipp abgegeben hatte, und legte ihm seine Hand auf die Schulter. »Deine Vorahnung kann ich leider nicht akzeptieren. Du kannst gehen! Oder warte ...«

Der Bursche schaute ihn unsicher an und verharrte regungslos.

Calzabigi ging schnell zum Schreibtisch, entnahm dem Korb, den Marie mitgebracht hatte, ein zum Beutel geschlagenes Tuch und übergab es dem Burschen. »Entzünde den Kamin und gib den Inhalt dieses Beutels nach und nach ins Feuer. Aber achte darauf, dass du von dem Rauch nichts einatmest. Und dass er gut abzieht, damit man ihn draußen sehen kann.« Der Bursche zögerte.

»Was ist?«, raunzte Calzabigi ihn ungeduldig an.

Der Junge nickte in Richtung des Gebäcks. »Warum darf ich nicht mehr mitspielen? Das ist unfair!«, empörte er sich.

Calzabigi stutzte kurz, dann gab er ihm unvermittelt einen Klapps auf den Hinterkopf und presste ihm den Beutel in die Hand. »Tu, was ich dir gesagt habe, und lamentiere nicht! Das ist die Macht des Castelletos. Unfair oder nicht. Du hast eben Pech gehabt. Mehr nicht!«

Er fixierte den Knaben, bereit, ihm an die Kehle zu springen, falls weiterhin Widerspruch kommen sollte. Der Bursche war klug genug, sich mit der Antwort zufriedenzugeben. Doch nun runzelte er die Stirn und schaute auf den Kamin.

»Den Kamin entzünden? Mitten im Sommer?«, fragte er verständnislos.

»Tu es!«, erwiderte Calzabigi mit donnernder Stimme. Dann wandte er sich Marie zu. »Verzeih mir. Auch deinen Vorschlag, meine verehrte Gemahlin, kann ich nicht akzeptieren, denn du warst die Zweite, die auf Zahl gesetzt hat. Da ich aber nur diese eine Schüssel mit dem Gebäck zu verlosen habe und sie nur fünf Gollatschen enthält, kann ich keine zwei Einsätze auf Zahl akzeptieren. Denn würde ich gleich den Taler werfen, und es käme tatsächlich Zahl, müsste ich jedem von euch zweien die ausgelobten drei Gebäckstücke ausschütten, also insgesamt sechs. Und da ich eben nur diese fünf hier besitze, wäre ich somit bankrott!«

Er hatte dies mit wahrem Bedauern gesagt. Marie schob die Unterlippe nach vorn, wie ein Kind, dem man einen Wunsch verwehrt hatte.

Calzabigi ließ sich dadurch nicht beirren und zeigte auf eine Kerze, die auf seinem Schreibtisch stand. »Du könntest derweil aber bitte diese Kerze entzünden und dort ans Fenster stellen.«

Marie folgte nicht ohne Widerwillen seiner Anweisung.

Calzabigi wandte sich unterdessen den verbleibenden beiden Bediensteten zu. »So spielen wir es also zwischen euch beiden aus! Gebt acht!«

Calzabigi schnippte den Taler mit einer geschickten Bewegung seines Daumens nach oben, fing ihn mit derselben Hand auf und legte ihn mit einem Klatschen auf dem Rücken seiner linken Hand ab. Als er seine rechte Hand zurückzog, lag die Münze mit dem Porträt des Königs nach oben.

»Du hast gewonnen!«, rief Calzabigi und zeigte auf den Älteren. Dann wandte er sich dem Jüngeren zu, der verloren hatte. »Du kannst schon einmal das Ochsenhorn dort vorne nehmen und bläst bitte am geöffneten Fenster hinein, aber so, dass dich niemand sieht.«

Nach einem flüchtigen Moment der Unsicherheit machte sich sein Bediensteter auf, um das neben dem Kamin befestigte Horn an sich zu nehmen.

»Voilà! Nun hättest du drei Gebäckstücke gewonnen, und zwei blieben für mich über!«, erklärte Calzabigi dem Gewinner. »Nimm dir eine Gollatsche; wie gesagt, es war nur ein Experiment.«

Vorsichtig angelte der Lakai eines der Gebäckstücke aus der Schüssel und steckte es sich in einem Stück in den Mund.

»Lauf nun nach unten und nimm am Eingang die Gegenstände entgegen, die Louis gleich anliefern wird. Aber lass nichts fallen, es ist alles nur geliehen!«, befahl Calzabigi ihm. Dann wandte er sich an Marie. »Siehst du, meine Liebe, das ist das Castelleto! Ich reduziere vor der Ziehung die Anzahl der Einsätze, sodass die Gewinne die Summe der Einsätze niemals überschreiten können. So bändige ich die Laune der Fortuna, und für den König bleibt nach der Ziehung immer etwas übrig. Lediglich die Lottoscheine aus den entferntesten Kontoren kann ich nicht korrigieren, da diese wegen der langsamen Postwege oftmals erst nach der Ziehung eintreffen. Aber die Wahrscheinlichkeit, dass sich darin eine Terne oder gar eine Quaterne befindet, ist verschwindend gering!«

Hatte er auf Maries Bewunderung gehofft, so wurde er enttäuscht. Sie schien von seiner kleinen Vorführung eher irritiert zu sein.

Vom Kamin her war das Geräusch sich entzündender Holzscheite zu vernehmen. Mittlerweile hatte der Jüngling sich mit dem Horn am Mund unter dem Fenster postiert, in das Marie die brennende Kerze abgestellt hatte. Plötzlich zischte es laut, gefolgt von einem Hustenanfall des Burschen am Kamin. Gelber Qualm waberte durch das Büro, und ein stechender Geruch breitete sich aus.

Von draußen erhob sich ein lautes Raunen. »Seht, gelber Rauch steigt aus dem Schornstein!«, schallte es von der Straße herauf. Im nächsten Augenblick wurden die Rufe und das Murmeln auf der Straße von den dumpfen Geräuschen des Ochsenhorns übertönt, die durch das geöffnete Fenster nach draußen drangen.

Calzabigi ließ sich zufrieden auf der Platte seines Schreibtisches nieder und schob sich ein Gebäckstück in den Mund. Erneut ertönte ein Hornstoß.

»Und was sollen die Kerze und das Horn und das hier alles?« Marie deutete auf den Kamin, wo der Bursche noch immer hustend kleine gelbe Pulverklumpen ins Feuer warf.

»Das habe ich von den Pferden des Kürassierregiments gelernt!«, erklärte er. Seine Beine baumelten von der Kante des Schreibtisches herunter, während er in die nächste Golatsche biss.

»Pferde?« Marie seufzte. Man sah ihr an, dass sie ihren Gemahl nun vollends für geisteskrank hielt.

»Ja. Tatsächlich sind die Tiere des Kürassierregiments ganz normale Gäule! Nur der ganze Schmuck und das Gehänge und ihr Ruf machen aus ihnen preußische Zentauren. Und dasselbe mache ich mit meinem Castelleto. Eigentlich ist es langweilige Mathematik. Schlimmer noch. Es ist eine elendige Erbsenzählerei. Vielleicht sogar ein wenig ungerecht. Wie dem auch sei ... Ich habe mir einiges einfallen lassen, um dem Castelleto eine besondere Aura zu geben. Am Morgen habe ich Charles in die Stadt geschickt und mit ihm gewettet, dass er es nicht schafft, einhundert Neugierige hierherzulocken, damit sie dem Castelleto beiwohnen. Nun ist noch viel mehr Volk hier – und staunt. Wir haben aus dem Castelleto etwas Magisches gemacht. Der gelbe Rauch. Das Horn. Die Lottospieler werden glauben, dass wir hier drin geheimnisvollste Alchemie betreiben!«

In Maries Gesicht sah er die Skepsis der Bewunderung weichen.

»Und die Kerze?«, fragte sie.

»Oh, das ist das Zeichen für Louis, der auf der anderen Seite der Straße darauf gewartet hat. Er hat allerlei Kessel und Gerätschaften besorgt, die er nun gerade unten anliefert. Mitten durch all den Pöbel hindurch trägt er das Inventar einer ganzen Alchemistenküche in das Lotterieamt. Die Menschen werden denken, dass hier Zauberer am Werke sind. Und glaube mir, sie werden darauf noch mehr Lose kaufen.«

Marie nickte anerkennend.

Calzabigi sah zum Kamin, wo der Bursche sich unter Hustenkrämpfen krümmte, und rief: »Das genügt! Ich habe doch gesagt, atme es nicht ein. Geh jetzt lieber runter und hilf bei der Annahme der Lieferung!«

Dankbar verließ der Bursche seinen Posten am Kamin. Immer noch blies der Gehilfe vor dem Fenster in regelmäßigen Abständen das Horn.

Calzabigi erhob sich und hielt Marie die Schüssel entgegen. »Na schön. Nimm auch ein Stück Gebäck. Es ist köstlich. Vor allem die Füllung. Corinthen!«

Marie schüttelte den Kopf und streckte abwehrend ihre Hand aus.

Calzabigi stellte die Schale mit einem Achselzucken neben sich ab. »Dann wird es Zeit für ein wenig Feuerwerk«, sagte er grinsend und griff nach einem länglichen Beutel, der aus dem Korb ragte.

Auf einmal schrie Marie vor Schreck auf und sprang zur Seite, als jemand durch die offene Tür an ihr vorbei ins Büro stürmte.

»Was führt Ihr hier für einen Unsinn auf?«, schrie der Mann wie von Sinnen und blieb unweit des Kamins stehen, aus dem immer noch ein gelber Schleier kroch.

»Hainchelin! Schön, dass Ihr Euch zu uns gesellt«, begrüßte ihn Calzabigi mit gespielter Freude und hob den Beutel in die Höhe. »Gerade wollte ich das dem Büchsenmeister geben und ein Feuerwerk vorbereiten. Schaut, was draußen los ist. Die Menschen lieben mein Castelleto! Unsere Lotterie wird ein fantastischer Erfolg!«

Hainchelin setzte an, um etwas zu erwidern, doch statt Worten entstieg seiner Kehle nur ein brachialer Hustenanfall.

Calzabigi blickte zu Marie, und während er amüsiert auf Hainchelin deutete, sagte er zu ihr: »Ich denke nicht, dass du bereits von ihm gehört hast. Das ist mein verehrter Kontrolleur – und man kann auch sagen, guter Freund – Hofrat Hainchelin!«

Der Hofrat hob drohend die Hand und versuchte erneut, etwas zu sagen, verfiel jedoch wie zuvor der Bursche in der Nähe des Kamins nur in ein verzweifeltes Röcheln.

»Man könnte auch sagen, wir sind wie Pech und Schwefel!«, rief Calzabigi herzhaft lachend.

Vom Fenster her ertönte abermals der dunkle Ton des Horns, in das der Jüngling noch immer mit nun hochrotem Kopf blies.

28

Las Vegas

»Warum ausgerechnet Las Vegas? Hätten wir nicht auf die Keys fliegen können?«

Luna lag auf dem Bett und rauchte. Zwischen der Landschaft aus zerknitterten Laken und zerwühlten Decken erhoben sich ihre festen Pobacken im schummerigen Licht der Hotelsuite wie die *Twin Peaks*.

Carter stand, nur mit einer Boxershorts bekleidet, vor dem großen Panoramafenster der Hotelsuite und blickte über die bunten Lichter der Stadt. Irgendwo da draußen war die kleine Hochzeitskapelle, in der er und Karen vor vierundzwanzig Jahren geheiratet hatten. Damals hatte sein Leben noch wie ein nicht bestelltes Feld vor ihm gelegen. Karen und er waren ein großartiges Team gewesen. Sie waren die Krönung jeder Cocktailparty. Während sie die Gesprächspartner mit ihrem Witz und Charme verzückte, zog er ihnen das Geld aus der Tasche. Es gab eine Zeit, da war seine Familie das Wichtigste in seinem Leben. Nicht etwa, dass er viel Zeit mit ihr verbringen konnte. Aber sie waren immer in seinem Hinterkopf präsent, und die Fotos von seiner Ehefrau und seiner Töchter hatten auf seinem Schreibtisch die kleine Bronzestatue mit dem Bullen und dem Bären verdrängt. Bis seine Ehe zusammengebrochen war – wie nun sein Fonds. Irgendwann war alles Kapital aufgebraucht, das sie vor und nach der Hochzeit in ihre Ehe gesteckt hatten. Und es war seine Schuld gewesen. Er hatte seine Investitionen gestreut. Geld öffnete viele Türen, und all zu oft wartete dahinter irgendein Playmate in Strapsen. So kam es, dass die Ehe für Karen keine Rendite mehr abwarf. Schlimmer noch, im Zuge der Scheidung ging alles verloren, was sie beide jemals investiert hatten. Die Scheidung hatte ihn zwar nicht finanziell ruiniert. Aber er war emotional bankrottgegangen. Seine Töchter hatte er nun über ein Jahr lang nicht mehr gesehen. Karen schon drei Jahre lang nicht mehr. Nichts davon hatten sie vorhersehen können, als sie sich damals hier in Las Vegas das Ja-Wort gegeben hatten.

Er nippte an seinem Whiskeyglas und folgte dem Licht eines Hubschraubers, der im Dunkeln der Nacht die Straßenschluchten überflog.

»Hörst du mir zu? Ich sagte, ich wäre lieber auf die Keys geflogen«, insistierte Luna. »Ich mag nicht spielen.«

Carter schaute zu seiner Begleiterin hinüber. Sie war keine zweiundzwanzig Jahre alt, und beide wussten, warum sie ihn soeben in sich aufgenommen und ihm dabei auch noch Lust vorgespielt hatte. Er bezahlte sie gut dafür, ohne dass sie sich wie eine Prostituierte fühlen musste. Offiziell war sie seine Freundin. Tatsächlich war sie gemietet. So wie ein Penthouse. Eine Zwei-, vielleicht Drei-Zimmer-Wohnung in guter Lage für seine sexuellen Triebe. Bei diesen Gedanken fand er sie plötzlich abstoßend. Wie konnte sie mit so einem alten Knacker wie ihm zusammen sein? Er versuchte, diese Überlegungen loszuwerden, und nahm jetzt einen großen Schluck aus seinem Glas. Auch der Whiskey schmeckte nicht, wenn man sich vorstellte, dass es nur flüssiges Getreide war, das so wohlig brennend die Kehle hinablief.

»Auf den Keys braten zu viele meiner Anleger in der Sonne. Ich habe dir doch erzählt, dass ich mich vor ihren Anfragen derzeit nicht retten kann und ein wenig Ruhe brauche. Du musst ja nicht spielen. Du kannst ja mein Glücksbringer sein!« Er hatte Luna nichts von den Problemen seines Fonds erzählt, nicht den wahren Grund gesagt, warum er sich versteckte. Wenn sie befürchtete, dass er in Geldnot geraten könnte, würde sie sich vielleicht nach einem neuen Mieter umschauen.

»Ich habe Hunger!«, quengelte sie nun.

»Bestell dir was«, entgegnete er genervt.

Carter wandte sich derweil zu der Stuhllehne neben ihm. Darüber hing seine Hose, die er vor dem Liebesspiel achtlos dorthin geworfen hatte. Er wühlte in den Taschen, bis er das Handy fand. Am Morgen hatte er es in seinem Briefkasten gefunden. Wieder ein billiges Prepaid-Handy, wie Gonzales sie ihm schickte. Kurz darauf war die SMS-Nachricht bei ihm eingegangen:

Rio Hotel-Kasino, Las Vegas. Pater Pius. Zimmer 616. Was nun?

Wieder trat Carter ans Fenster. Nicht weit entfernt erhob sich zur Linken ein Gebäude, das etwas höher als ihr Hotel war. Die rote und blaue Beleuchtung schrieb ein großes »T« in die nächtliche Kulisse von Las Vegas. Darüber prangte der Schriftzug »Rio«.

Dort wohnte also dieser Lottomönch mit seinem jahrhundertealten Preis von unermesslichem Wert. Carter hatte gerechnet. Hätte man im 18. Jahrhundert eine Summe von nur hunderttausend Dollar mit einem Zinssatz von fünf Prozent angelegt – das Vermögen würde nach seinen Berechnungen heute weit über eine Milliarde Dollar betragen. Konnte es sein, dass dieser Mönch, der keine halbe Meile entfernt in einem Hotel residierte, das aussah wie ein halbiertes Kreuz, ihm solch eine Summe in Aussicht gestellt hatte? Es war, als habe jemand ihm, der auf hoher See trieb, einen Rettungsring zugeworfen. Nur schwamm er nicht allein. Von vier Teilnehmern hatte der Mönch gesprochen. Falls die Lotterie stattfand. Noch, so hatte der Mönch ihm bei seinem Besuch erklärt, hätten nicht alle Losberechtigten eingewilligt. Erst wenn dies der Fall sei, würde die Ziehung endlich stattfinden. Anderenfalls musste man warten, bis deren legitime Erben eine Entscheidung getroffen hätten. Er hatte die Spielregeln nicht ganz verstanden, aber das machte nichts. Er war es gewohnt, seine eigenen Spielregeln zu machen. Seine Chancen in dieser Lotterie standen zumindest eins zu vier, wenn alle mitspielten. Er war niemand, der sein Schicksal dem Glück überließ. Insofern waren Luna und er sich durchaus ähnlich. Auch er war kein Spieler.

»Mörder!«

Luna riss ihn mit ihrem Ausruf aus seinen Gedanken. Irritiert schaute er zu ihr herüber und versuchte zu verstehen, warum er sich merkwürdig ertappt fühlte. Sie saß nun ans Kopfteil des Bettes gelehnt und gab den Blick frei auf ihren wunderbaren Körper, ihre Scham allerdings wurde durch eine Speisekarte verdeckt.

»Alles Mörder in der Küche. Nur totes Fleisch. Steak, Burger, Carpaccio, Club-Sandwich. Ich finde nichts Vegetarisches!«

Carter deutete mit dem Kopf aufs Telefon. »Ruf in der Küche an und sag denen, was du haben willst. Wie oft soll ich dir noch sagen, dass die Speisekarte für uns nicht gilt!« Er trank den Whiskey aus und stellte das Glas auf dem Fenstersims ab.

Dann machte er einen großen Schritt aufs Bett zu und entledigte sich dabei seiner Shorts. »Vorher habe ich aber noch ein wenig Lust auf Fleisch!«

Luna riss die Speisekarte wie ein Schutzschild hoch und quiekte vergnügt, als er sich auf sie stürzte.

29

Las Vegas

Es gehörte zu Trishas Beruf, Augenpaare zu studieren. Nicht selten waren sie der einzige Zugang zu ihren Mitspielern am Pokertisch. Verräterische kleine Monitore der Seele. Bis heute Abend – oder besser, heute Nacht – hatte sie geglaubt, sämtliche Facetten des menschlichen Blicks kennen und deuten zu können. Doch nun verlor sie sich zum wiederholten Mal in den so vertrauensvoll wirkenden Augen des kleinen Mannes vor ihr, ohne sich dagegen wehren zu können.

So bemerkte sie nicht, wie sich am Nachbartisch ein Mann erhob und langsam zu ihr wandte. Für einen kurzen Moment blieb er unschlüssig stehen und betrachtete ihren Rücken, dann trat er entschlossen an ihren Tisch und schwang sich auf den freien Stuhl neben ihr.

»Was …«, entfuhr es Trisha.

»Meinen Glückwunsch«, sagte Chad. »Du hast gut gespielt, hab es im Fernsehen geschaut.« Er wandte sich zu dem Mönch um und hielt ihm die Hand entgegen. »Chad Harris, mein Name. Und Sie sind … Priester?«

Ohne jede Scheu drückte der Mönch Chads Hand. Dabei hielt er sie einen Moment länger fest als nötig. Wie ein Gedankenleser, durchfuhr es Trisha.

»Mein Name ist Pater Pius. Ich bin kein Priester, sondern ein einfacher Mönch.«

Chad hob belustigt die Augenbrauen.

»Was willst du hier? Verschwinde!«, zischte Trisha ihn an

und warf die Serviette, die noch auf ihrem Schoß gelegen hatte, erbost auf den Tisch vor sich.

»Bitte beruhige dich«, sagte Chad und griff mit beiden Händen nach Trishas Hand. »Ich habe dich gesucht. Als ich vorhin im Fernsehen gesehen habe, wie du gewonnen hast, ins Finale gekommen bist ... Ich musste einfach zu dir. In diesem Moment bei dir sein.«

Trisha schaute auf den Mönch, der sich auf seinem Stuhl zurückgelehnt hatte. Wieder konnte sie seinen Blick nicht deuten. Schaute er neugierig oder überrascht?

Trisha entzog ihre Hand Chads Griff.

»Sicher bist du gekommen«, flüsterte sie wütend. »War ja klar. Weil ich heute eine Million Dollar gewonnen habe. Wie die Schmeißfliege zum Hundehaufen. Du vermisst deine *Cash Cow.*« Sie hatte zwar leise gesprochen, war sich aber nicht sicher, ob der Mönch ihre Worte mitbekommen hatte. Vorsichtshalber drehte sie sich zu ihm um und sagte im Tonfall des Bedauerns: »Entschuldigen Sie ...«

Aber der Mönch saß ganz entspannt auf seinem Sitz und lächelte sie an.

Chad verzog beleidigt den Mund. »Glaubst du wirklich, ich bin nur wegen deines Geldes hier? Als wir uns kennenlernten, hatte ich viel Kohle und du nichts ...«

»Was sich schnell umgekehrt hat ...«, entgegnete Trisha spitz.

Nun richtete auch Chad sein Wort an den Mönch. »Verzeihen Sie, Priester, aber meine Freundin und ich müssen etwas klären ... Ich ... ich hoffe, ich störe nicht.«

Der Mönch zuckte mit den Achseln. »Die Liebe verträgt keinen Aufschub«, sagte er und grinste.

»Ex-Freundin. Ich bin seine Ex-Freundin«, stellte Trisha schnell richtig.

Um sie herum waren inzwischen keine Gäste mehr. Die Kellner hatten bereits damit begonnen, die Tische für das Frühstück einzudecken.

»Das neulich in dem Hotelzimmer …«, begann Chad. Er machte eine Pause, so als schien ihm das, wovon er sprach, Schmerzen zu bereiten. »Ich kannte sie gar nicht. Sie hat mir nichts bedeutet. Ich habe einen Fehler gemacht. Sie war nur irgendein Flittchen.« Bei dem letzten Wort erschrak er und legte die rechte Hand auf seinen Mund. »Verzeihen Sie!«, entschuldigte er sich beim Mönch.

Dieser quittierte auch Chads Äußerungen mit einem gleichmütigen Lächeln und einer Handbewegung, die eine Absolution andeutete.

Trisha hingegen winkte ab. »Ich kann deine blöden Entschuldigungen nicht mehr hören! Hör doch auf!«

Chads Kiefer begannen zu mahlen. »Ich war betrunken!« Wieder griff er nach ihrer Hand.

Bestürzt sah sie, wie seine Augen sich mit Tränen füllten.

»Trish, ich liebe dich. Das musst du mir glauben. Von deinem Geld will ich keinen Cent! Behalte deine Million, gib sie aus, verspiel sie, verschenk sie. Es ist mir völlig egal! Ich will nur dich!«

Trisha wischte sich eine Träne aus dem Augenwinkel. »Es hat so wehgetan«, schluchzte sie.

Chad legte den Kopf in den Nacken, als könne er damit den Fluss seiner eigenen Tränen versiegen lassen. »Ich mache es wieder gut, Baby. Wenn du mir nur die Chance gibst!«, flüsterte er.

Trisha nahm die Serviette und trocknete damit ihr Gesicht. Ihr Blick wanderte zu einem vergilbten Blatt Papier neben ihrem Teller.

»Was ist das?«, fragte Chad.

Sie überging seine Frage und wandte sich an den Mönch. »Also, habe ich diese Regeln hier richtig verstanden: Wenn ich dies unterzeichne, übertrage ich Ihnen mein gesamtes Vermögen?«

Der Mönch richtete sich in seinem Sitz auf und formte seine Hände zu einem Dach. »Nicht mir persönlich. Aber dem Orden, den ich vertrete. Ja, dein ganzes Vermögen. Bis auf die zweitausend Dollar in dem Umschlag, den ich dir gegeben habe. Sie sollen als Übergangsgeld bis zur Ziehung dienen. Oder, wenn du nicht gewinnen solltest, als Startkapital für ein neues Leben.«

»Das heißt, alles Vermögen, was ich nach der Unterschrift erwerbe, gehört wieder mir?«, versicherte Trisha sich.

Der Mönch bejahte. »Nur das jetzige Vermögen überträgst du mit der Unterschrift. Dein in der Zukunft erworbenes Vermögen wird dir gehören.«

»Wie wollen Sie das überprüfen?«, erkundigte sie sich skeptisch.

»Der Herr weiß alles«, entgegnete der Mönch geheimnisvoll. »Der Notar, bei dem die Ziehung stattfindet, wird die Übertragung deines Vermögens auf unseren Orden mit Hilfe dieses Dokuments veranlassen. Unser Orden ist in finanziellen Dingen seit Jahrhunderten geübt. Sei versichert, uns wird keine Schummelei entgehen.«

»Was ist das für ein Orden?«, erkundigte sich Chad misstrauisch.

»Ein sehr alter«, antwortete der Mönch.

Chad ließ nicht locker. »Und wie viele von Ihnen gibt es?«

Der Mönch überlegte einen kurzen Moment. »Wir waren einmal sehr viele ... Ich fürchte, jetzt bin ich der Letzte.«

»Und ich bekomme mein Geld nicht wieder, wenn ich es Ihnen jetzt überschreibe?«, hakte Trisha nach.

Der Mönch nickte. »Aber du beteiligst dich an der Lotterie und bist somit eventuell Anwärterin auf einen Preis von unermesslichem Wert ... wenn sie denn stattfindet.«

Trisha nickte ebenfalls.

»Hey, Moment mal. Was ist das für ein Mist?«, fuhr Chad erneut dazwischen.

Trisha griff nach dem Blatt mit den Regeln und hielt es Chad unter die Nase, der es überflog.

»Wenn man stirbt, nimmt man an der Ziehung nicht teil«, las er laut vor. »Was soll das ...?« Er blickte die beiden anderen fragend an.

Trisha ignorierte seinen Einwand und widmete sich wieder dem Dokument vor sich. »Und wo genau muss ich unterschreiben?«

Der Mönch holte scheinbar aus dem Nichts einen Kugelschreiber hervor. Er beugte sich, soweit sein Leibesumfang dies zuließ, nach vorne und deutete auf eine schwache Linie am Ende des lateinischen Textes. Dann reichte er Trisha den Stift.

»Stopp!«, rief Chad mit hysterischer Stimme. Sein Versuch, den Stift zu ergreifen, schlug fehl, da Trisha diesen rechtzeitig wegzog.

»Du hast doch gesagt, du liebst mich auch ohne meine Million!«, sagte Trisha herausfordernd. Sie glaubte zu sehen, wie die Farbe aus Chads Gesicht wich.

»Ja, das stimmt auch, Baby. Aber du kannst die Kohle doch nicht einfach diesem ... Kerl schenken.« Chad hatte diese Worte nur geflüstert. Dann wandte er sich an den Mönch und fragte laut: »Sind Sie von irgendeiner Sekte, oder was? Ich rufe die Polizei!«

Der Mönch schloss für einen langen Augenblick die Augen. »So, wie ich es verstanden habe, geht es hier allein um die Besitztümer deiner Freundin«, stellte er gelassen fest. »Also lass sie auch entscheiden.«

»Ex-Freundin«, verbesserte Trisha und setzte den Stift an.

Chads Blick fiel auf Trishas leeres Weinglas, in dem sich nur noch ein winziger Rest befand. Er hob prüfend die Flasche Weißwein, die in einem silbernen Kühler auf dem Tisch stand. Sie war leer. »Trish, du hattest zu viel Wein«, mahnte er. »Mach das nicht! Der Kerl ist ein Scharlatan!«

»Du hast eben gesagt, ich kann meinen Poker-Gewinn verschenken, es sei dir egal.« Trisha gluckste, griff nach dem fast leeren Weinglas und ließ den letzten darin befindlichen Tropfen aus kurzer Entfernung in ihren Mund tropfen.

Chad schaute sich verzweifelt um.

»Mister, das ist illegal. Sie ist betrunken!«, fluchte er in Richtung des Mönchs.

Dieser schaute belustigt zu Trisha hinüber. »Gott erkennt seine Schäfchen«, sagte er.

Chad ließ sich in seinen Sitz fallen und fuhr mit seinen Händen durch die Haare. Schließlich seufzte er. »Was gibt es da überhaupt zu gewinnen?«

»Einen Preis von unermesslichem Wert«, antwortete Trisha und lachte laut auf. Ihre Freude an Chads Verzweiflung war offensichtlich.

»Wie hoch soll der Preis sein, bei einer Million Dollar Einsatz?«, fragte Chad ungläubig.

Der Mönch zuckte mit den Schultern. »Unermesslich ist mehr als eine Million«, bemerkte er mit stoischer Ruhe.

Für einen Moment schwieg Chad. Dann verschränkte er demonstrativ die Arme vor dem Brustkorb und sah Trisha herausfordernd an. »Okay, du bist alt genug. Mach, was du willst«, sagte er trotzig.

Trisha ließ den Stift sinken. »Du glaubst nicht, dass ich es tue, oder?« Chads überraschend gebrochener Widerstand schien sie zu irritieren. Ihre rechte Hand glitt in ihren linken Ärmel und fühlte nach der Narbe auf ihrem Unterarm. Plötzlich ging ein Ruck durch sie. Sie nahm den Kugelschreiber und setzte in einer fließenden Bewegung ihren Namen unter das Dokument.

Der Mönch nahm den Stift und ließ ihn dort verschwinden, wo er ihn hergeholt hatte. Dann studierte er Trishas Unterschrift, rollte das Papier zusammen und verstaute es ebenfalls in seinem Gewand. Er zeigte auf ein Dokument, das noch im Umschlag vor ihr lag. »Vergiss nicht dein Los«, sagte er.

Trisha nahm es an sich und begutachtete es mit gerunzelter Stirn. »Und wann ist die Verlosung?«

»Wie ich vorhin erklärte. Wenn der Letzte sein Los gezeichnet hat. Die Adresse des Notars in Rom steht in den Spielregeln.«

»Und wie viele fehlen noch?«

Der Mönch hob den Daumen seiner rechten Hand. »Ein Einziger.«

Trisha nickte.

»Und wie viele Lose insgesamt?«, wollte Chad wissen.

Der Mönch knickte den Daumen ein und zeigte die restlichen vier Finger seiner Hand.

»Eins zu vier«, murmelte Chad.

Der Mönch wartete kurz ab, ob weitere Fragen kamen, dann stemmte er sich aus seinem Stuhl. Er zeigte auf den Tisch, wo ihre leeren Teller standen. »Soll ich –«, begann er, wurde aber von Trisha sogleich unterbrochen.

»Ich übernehme die Rechnung«, sagte sie. »Ich bin ja seit heute ...« Sie stockte und schaute auf die Dollarscheine, die der Mönch ihr gegeben hatte. »Ich meine, ich war reich.«

Der Mönch zwinkerte ihr zu. »Ich werde mich darum kümmern! Einen schönen Abend euch beiden noch. Du hörst von mir.«

Chad blickte ihm hinterher.

»Habe ich das gerade geträumt?«, fragte er ungläubig.

»Wenn, dann haben wir beide es geträumt«, entgegnete Trisha, die beobachtete, wie der Mönch nun mit einem der Kellner sprach.

»Wie ist er auf dich gekommen?«, wollte Chad wissen.

»Nach der Session hat er mich angesprochen. Er kannte meinen Namen ...«

»Jeder kennt jetzt deinen Namen. Du warst heute landesweit im Fernsehen.«

»Er sagte, meine Vorfahren hätten die Berechtigung zur Teilnahme an einer jahrhundertealten Lotterie erworben ... Irgendwo in Deutschland.«

»Hast du Vorfahren in Deutschland?«

»Nicht, dass ich wüsste ...« Trisha zuckte mit den Schultern.

Chad stöhnte auf. »Oh, mein Gott! Was für eine Masche.« Er nagte an der Unterlippe und dachte nach. »Und er hat mit keinem Wort gesagt, wie hoch dieser Preis sein soll? Nicht mal angedeutet?«

Trisha schüttelte den Kopf.

»Du gehst mit allem rein, ohne zu wissen, wie viel im Pott ist?«

Trisha antwortete nichts, sondern stützte ihr Kinn auf ihren Arm und schloss die Augen, als würde sie einschlafen wollen.

»Du bist eine Spielerin«, seufzte Chad.

»Und du bist ein Arschloch!«, entgegnete Trisha und öffnete wieder ihre Augen. Sie griff nach ihrem Weinglas, und als ihr wieder bewusst wurde, dass es leer war, nahm sie das Wasserglas, das der Mönch halb voll hatte stehen lassen, und leerte es in einem Zug.

»Siehst du. Ich habe nichts dagegen unternommen, dass du dein Geld verschenkst!«, sagte Chad und beugte sich zu ihr.

»Weil du gehört hast, dass es einen Preis von unermesslichem Wert zu gewinnen gibt. Du bist auch ein Spieler!«

Chad antwortete nicht, sondern schaute ihr tief in die Augen. Dann legte er seine Hand an ihre Wange. »Wenn du einem alten Mönch eine Chance gibst, frage ich mich, ob du auch mir altem Spieler noch eine letzte Chance gewährst?«

Trisha wackelte mit dem Kopf, als wollte sie seine Hand wie ein lästiges Insekt aus ihrem Gesicht verscheuchen. »Pass auf, es war ein langer Tag«, sagte sie und gähnte. »Ich bin in das Finale der Poker-WM eingezogen. Und dann dieser Mönch. Und nun tauchst auch noch du auf ...« Sie seufzte. »Chad, lass uns später sprechen. Morgen. Ich fürchte, ich hatte zu viel Wein.« Sie ergriff seine Hand, nahm sie von ihrer Wange und legte sie auf den Tisch. Dann stützte sie sich mit beiden Händen ab und versuchte, sich zu erheben.

»Geh nicht! Bleib noch einen Augenblick!«, rief Chad und erhob sich ebenfalls.

»Ich will auf mein Zimmer«, erwiderte Trisha. Endlich war es ihr gelungen, in einen einigermaßen sicheren Stand zu gelangen.

»Ich bringe dich«, sagte Chad.

»Chad, ich ...«

Er machte einen Schritt auf sie zu, legte seine Hände auf ihre Schultern und gab ihr einen Kuss. Nach kurzem Widerstand schien Trisha zu erschöpft, um sich zu wehren. Doch schließlich schob sie ihn mit einer sanften Bewegung weg.

Bevor sie etwas sagen konnte, legte Chad seinen Zeigefinger auf ihren Mund. »Was riskierst du?«, fragte er.

»Mein Herz? Dass du bluffst?«, entgegnete Trisha. Wieder wurden ihre Augen feucht.

»Du bist eine Pokerspielerin. Du hast eine Menge zu gewinnen«, erwiderte Chad und setzte ein verwegenes Lächeln auf. Dann begann er, seinen linken Ärmel hochzukrempeln, und drehte den Oberarm so, dass ihr Blick auf seine Tätowierung fiel.

»Das sind wir, Trish. Herzkönig und Herzdame. Für immer. Seit wann gibst du einem Blatt, auch wenn es ein schwaches ist, keine Chance?«

Nun musste auch Trisha lächeln.

»Also, gehst du mit?«, fragte er und sah sie herausfordernd an.

»Ich gehe mit«, antwortete Trisha, schloss ihre Augen und vergrub ihr Gesicht an seiner Schulter.

Chad presste einen Kuss auf ihre dunklen Haare und atmete dabei ihren Duft ein. Mit Mühe hielt er ein triumphierendes Lächeln zurück, während er mit seiner Hand sanft ihren Rücken massierte. Er griff nach der Handtasche, die auf dem Tisch stand, und hing sie Trisha über die Schulter. Schon wollte sie sich abwenden, als er sie zurückhielt.

»Dein Los«, sagte er. »Vergiss dein Los nicht.«

»Ach ja!« Trisha schlug sich mit der flachen Hand auf die Stirn, nahm den Umschlag mit dem alten Stück Papier an sich und stopfte ihn in ihre Handtasche.

»Hey, vorsichtig, Madame!«, rief Chad und kam ihr zu Hilfe. »Wenn man dem Mönch glauben will, ist das vielleicht unsere Fahrkarte in den Milliardärsklub.«

Trisha rülpste leise und lachte erschrocken auf. »Sorry«, nuschelte sie und fügte an: »Definitiv zu viel Wein.«

30

Berlin, 1763

Rechtzeitig zum Beginn der Ziehung schob sich die Sonne hinter den Wolken hervor und blickte als neugierige Zuschauerin hinab auf das wilde Treiben in der Wilhelmer Straße. Vor dem Eingang des Lotterieamtes hatten die Zimmerleute in Calzabigis Auftrag eine riesige hölzerne Rampe errichtet. Auf ihr war seit dem Morgen das Glücksrad präsentiert worden, eine drehbare Trommel von der Größe eines Wagenrades.

Gerade war Hofrat Hainchelin erschienen und hatte unter dem Gejohle der vielen Schaulustigen mit hochwichtiger Miene neunzig identische Kapseln in die Trommel hineingegeben.

Calzabigi hatte die hölzernen Hülsen den ganzen Morgen über mit den auf Velinstreifen gedruckten Glückszahlen befüllt. Nun stand er als stiller Beobachter am äußersten Rand der Bühne und beobachtete das Spektakel. Nur kurz war er der Verlockung erlegen, selbst eine tragende Rolle bei der Ziehung zu übernehmen. Dann hatte er sich besonnen und den anderen das Rampenlicht überlassen.

Nach der »alchemistischen Vorführung« anlässlich des Castelletos hatte er wohl mitbekommen, dass ihm in den Straßen Berlins etwas Magisches angedichtet worden war. Marie hatte ihm eines Abends berichtet, dass man überall in der Stadt mit großer Ehrfurcht von ihm als »dem Lotto-Graf«, sprach. Seit dem Beginn seines Aufenthalts in Berlin hatte er viel gelernt. Dazu gehörte auch, dass in der Kochkunst und Alchemie die wichtigsten Zutaten stets diejenigen waren, die in kleiner Dosierung verwendet wurden. Und so hatte er beschlossen, sich rar zu machen.

Plötzlich zupfte ihn jemand am Ärmel. Als er sich umdrehte, stand der Unternehmer Gotzkowsky mit grauem Gesicht vor ihm. Nachdem er bei ihm ausgezogen war, hatte er ihn lange nicht mehr gesehen. Aber Hainchelin hatte ihm, nicht ohne Schadenfreude, verraten, dass Gotzkowskys Bankrott nun nicht mehr abzuwenden war. Der König habe dem Unternehmer ein Angebot unterbreitet, dessen Porzellanmanufaktur zum Spottpreis zu erwerben. Gotzkowsky schien noch zu zögern. Calzabigis frühere Bewunderung für diesen ehemals so stolzen Kaufmann war in Mitleid umgeschlagen. Daher hatte Calzabigi ihn zum ersten Schöffen der Lotterieziehung ernannt.

Nun zog er Calzabigi näher zu sich heran.

»Ich habe selbst gesetzt!«, raunte er. »Auf eine Quaterne!«

»Als Schöffe ist Euch das verboten!«, gab Calzabigi empört zurück. Er war sich sicher, dass Hainchelin irgendwo eine Vorschrift erlassen hatte, wonach Schöffen vom Spiel ausgeschlossen waren.

Gotzkowsky verstärkte seinen Griff.

»Meine letzte Hoffnung!«, sagte er mit verzweifelter Stimme.

Calzabigi zögerte. Die Aussichten auf eine Quaterne waren so gering, dass er sich ohnehin nicht mit der Frage würde beschäftigen müssen, ob Gotzkowsky der Gewinn ausgezahlt werden könnte oder nicht. »Dann wünsche ich Euch viel Glück, mein Freund«, sagte Calzabigi und löste Gotzkowskys Griff. »Nun nehmt aber Euren Platz ein!«

»Ich danke Euch!«, hauchte Gotzkowsky ergriffen und verschwand auf die Bühne.

Auf der gegenüberliegenden Seite der Rampe erschien Marie mit dem kleinen Charles. Die *Contouche*, die sie trug, betonte ihre schmale Taille, die er mit beiden Händen hätte umfassen können. Das Oberteil lag eng an ihrem üppigen Busen, der in der Sonne glänzte.

In den vergangenen Wochen war sein Verlangen nach seiner jungen Gemahlin stetig gestiegen, umso härter hatte ihre Abweisung ihn getroffen. »Ihr zahlt mich, damit ich Eure Gemahlin spiele, nicht Eure Kurtisane«, hatte sie ihm weinend, fast flehentlich, entgegengeworfen und ihn weggestoßen, nachdem er es in einem schwachen Moment gewagt hatte, ihren Hals zu küssen. Jedoch war es mehr als ein körperliches Verlangen, das er verspürte. In den Monaten, in denen sie nun in seinem Haus wohnte, hatte er in ihre Seele geblickt. Niemals zuvor hatte er ein Wesen von solcher Natürlichkeit und Anmut erlebt. In einer Welt, in der sie alle Schauspieler waren, ihn eingeschlossen, berührte ihn ihre offene und ehrliche Art. Und obgleich sich darin ein großes Maß an Naivität offenbarte, war sie gleichzeitig stets elegant.

Er seufzte. Nun hatten sich mit der heutigen Ziehung seiner Lotterie nahezu all seine Träume erfüllt, und anstatt als zufriedener Mann aufzuwachen, träumte er von einem neuen Luftschloss. Seine wehmütigen Gedanken wurden vertrieben, als sein Blick auf Charles fiel, der an Maries Hand lief. Marie hatte ihn heute Morgen in ihrem Haus sorgfältig mit Seife gewaschen. Charles trug ein festliches Gewand, das Marie entworfen und der Schneider nach ihren Anweisungen genäht hatte. Er sah aus wie ein kleiner Prinz.

»Da kommt ja der Rotzbengel endlich!« Hainchelin hatte sich neben Calzabigi gedrängelt. »Schaut ihn Euch an. Ein Betteljunge in einem Prinzenkostüm. Das passt zu Eurem Spiel. Fehlt nur noch, dass der Gouverneur sich ein Bettlergewand anzieht, um den Klamauk perfekt zu machen.«

Während Hainchelin sprach, hatte auch der Gouverneur Johann Dietrich von Hülsen seinen Platz neben der Lostrommel eingenommen. Er war vor einer Woche vom König ins Amt befördert worden, und dies war sein erster öffentlicher Auftritt. Vielleicht auch deshalb war er besonders prachtvoll gekleidet.

»Wie ich sehe, habt Ihr Eure Narrenkappe noch gar nicht aufgesetzt«, spottete Calzabigi.

»Lästert Ihr nur«, entgegnete Hainchelin. »Apropos, ich erhielt unlängst eine anonyme Mitteilung, und zwar eine, die nicht Euren Geruch trug. Darin wird berichtet, dass Ihr in London an der Seite der Witwe des Generals La Mothe aufgetreten seid. Eure junge Gemahlin ist dort anscheinend unbekannt. Merkwürdig, so hübsch wie sie ist!« Der Hofrat setzte eine unschuldige Miene auf.

Calzabigi fühlte einen Stich in der Magengegend.

Gerade legte er sich eine Antwort zurecht, als Hainchelin nachlegte. »Zudem hatte ich gestern Gelegenheit, bei einer Truppeninspektion kurz mit dem König zu sprechen. Er ist sehr gespannt auf den Ausgang der Ziehung – und ob Ihr den versprochenen Gewinn für die Staatskasse erzielen könnt. Mit dem Leben hättet Ihr gebürgt, sagte er mir noch einmal! Insofern hoffe ich, dass es nicht zu viele Gewinner geben wird.«

Calzabigi spürte, wie er zu zerplatzen drohte. Zu gern hätte er Hainchelin seine Faust spüren lassen.

»Das zeigt, wie wenig Ihr von dieser Angelegenheit versteht. Nicht mit der ersten Ziehung machen wir den Gewinn. Je mehr Menschen gewinnen, um so mehr werden bei den nächsten Ziehungen mitmachen. Gewinne für das Volk sind die beste Werbung. Und was meine Gemahlin angeht ...« Calzabigi wurde von einem Trommelwirbel unterbrochen, der sich auf der Bühne erhob.

Dort hatte mittlerweile unter dem Beifall der Zuschauer mit vorsichtigen Schritten auch Charles die Bühne betreten und klammerte sich nun an die Lostrommel. Vielleicht waren es die vielen Leute, vielleicht seine ungewohnte Kleidung. Jedenfalls hatte Calzabigi den sonst so kessen Waisenknaben noch niemals so schüchtern erlebt.

»Oh, mein Auftritt, verehrter Calzabigi«, sagte Hainchelin und bedachte seinen Gesprächspartner mit einem schneidenden Lächeln. »Beobachtet Ihr das Schauspiel schön aus dem Schatten heraus. Ich finde, er steht Euch gut zu Gesicht.« Der Hofrat stieß sich mit der Hand von Calzabigis Arm ab und stürmte auf die Bühne.

»Ich bringe ihn um ...«, zischte Calzabigi wütend. Auf seiner Suche nach etwas, das ihn ablenken konnte, entdeckte er Marie und genoss die beruhigende Wirkung, die sie stets auf ihn ausübte. Sie stand mittlerweile am hinteren Rand der Bühne und beobachtete mit einem bezaubernden Lächeln Charles. Er spürte so etwas wie Eifersucht in sich aufsteigen. Was würde er darum geben, wenn sie eines Tages ihn mit einem solch liebevollen Lächeln bedenken würde. Als habe sie bemerkt, dass er sie beobachtete, wandte Marie plötzlich ihren Kopf zu ihm. Ihr Lächeln erstarb. In diesem Moment ertönte ein weiterer Trommelwirbel, der Marie zusammenfahren ließ. Scheu wandte sie sich ab. Frustriert widmete auch Calzabigi sich wieder der Ziehung. Angst, dachte er. Sie hat Angst vor mir.

Hainchelin hatte mittlerweile auf dem Podium eine Ansprache an das Volk gehalten, deren deutsche Sätze für Calzabigi unverständlich gewesen waren und wie das Abfeuern von Artilleriegeschützen geklungen hatten. Überwiegend schien Hainchelin jedoch von sich gesprochen zu haben, jedenfalls hatte er immer wieder gestenreich auf sich selbst gezeigt.

Endlich drehte er die Trommel, öffnete eine Klappe und ließ Charles eine der rot-schwarzen Kapseln entnehmen. Nun begann das Prozedere, das Hainchelin in den vergangenen Wochen ausgearbeitet und dem Calzabigi nicht widersprochen hatte. Für ihn war das, was nun folgte, vergleichbar mit einer Tanzaufführung, und er überließ dem eitlen Pfau nur allzugern die Choreografie. Solange er es war, der die Musik komponierte. Eine Änderung hatte es kurzfristig noch gegeben: Nach seiner Benennung zum Gouverneur bestand von Hülsen darauf, der Ziehung beizuwohnen und höchst persönlich die gezogenen Zahlen zu verkünden. Calzabigi hatte es gefreut, da dies bedeutete, dass Hainchelin, der diese Aufgabe für sich proklamiert hatte, nun zurücktreten musste. So nahm von Hülsen das erste Etui von Charles entgegen, öffnete umständlich die beiden ineinandergesteckten Röhrchen und entfaltete das Los. Mit fisteliger Stimme rief er die Zahl in das Publikum und hielt anschließend mit ausgestreckten Händen den Velinstreifen mit der aufgedruckten 35 empor. Ein kollektives Stöhnen übertönte die Jubelschreie weniger. Es war diese scheinbar wahllose Selektion, die Calzabigi an der Lotterie faszinierte. Vor den Augen aller schlug das Schicksal nach seinen eigenen, unbekannten Regeln zu. Wie auf dem Schlachtfeld, wo einige von Kugeln niedergestreckt und die daneben Stehenden auf unverständliche Weise verschont wurden.

Anschließend überreichte der Gouverneur das Los mit der geöffneten Kapsel Hainchelin, der die Gewinnzahl Gotzkowsky in das von diesem geführte Protokoll diktierte. Danach erhielt der zweite Schöffe das Etui und das Los, erhob sich und warf beides in das Publikum. Darauf hatte Calzabigi bestanden, um das Vertrauen der Spieler in die Ehrlichkeit der Ziehung zu stärken. In Brüssel hatte er erlebt, wie das Misstrauen gegenüber der Lotterie diese ruinieren konnte. Der zweite Schöffe hieß David Jonathan von Tannenberg und war Kapitän der preußischen Flotte. Er fuhr mit der Dänischen Ostindien-Kompanie und stand kurz vor der Abreise nach Indien. Seine gute Bekanntschaft zu Hainchelin hatte ihm den Posten als zweiten Schöffen verschafft.

Der Vorgang wiederholte sich fünf Mal, bis die Zahlen der ersten Ziehung der preußischen Lotterie feststanden. Der 35 folgten die 43, danach die 74, die 13 – bei dieser Zahl ging ein besonders lautes Raunen durch die Menge – und zum Abschluss die 22. Es war wieder Hainchelin, der die Veranstaltung mit einigen schwülstigen Sätzen beendete.

Gespannt hatte Calzabigi die Reaktion der Zuschauer beobachtet. Auch wenn er sich durchaus ein paar Gewinne wünschte, um das Begehren der Verlierer für die nächste Ziehung zu steigern, so hoffte er doch, dass die Lottokasse wenigstens von einer Quaterne verschont blieb. Nur wenige hatten während der Verkündung der Zahlen Freudenschreie ausgestoßen, aber Calzabigi konnte die Höhe des Gewinns nicht erraten. Mit Ehrfrucht dachte er an die nächsten Tage, die nach Auszahlung aller Gewinne zeigen würden, ob die Lottokasse den versprochenen Erlös erzielen könnte. Er hoffte, er würde dem König gute Nachrichten überbringen.

Um sich zu beruhigen, sah er wieder zu der Stelle, an der er Marie zuletzt gesehen hatte, doch sie war verschwunden.

Auch den kleinen Charles, in dessen Nähe er sie vermutete, konnte er in dem Gewimmel, welches nach dem Ende der Ziehung auf der Bühne entstanden war, nicht mehr entdecken.

Hainchelin umarmte gerade von Tannenberg, den zweiten Schöffen, der mit erhitztem Gesicht über beide Wangen strahlte, als hätte er selbst gerade eine Terne erzielt.

»Welch dunkler Moment«, sagte eine düstere Stimme neben Calzabigi. »Nun steht es fest: Das Glück hat mich endgültig verlassen! Keine der Zahlen stand auf meinem Los. Nicht eine einzige. Als die 13 kam, wusste ich, dass es vorbei ist.« Gotzkowsky stand mit hängenden Schultern neben ihm. Unter traurigen Augen hing seine Gesichtshaut schlaff wie ein Faltenrock.

Calzabigi legte ihm tröstend seine Hand auf den Arm. »Überantwortet Euer Schicksal nicht einer Lotterie«, sagte Calzabigi aufmunternd.

Gotzkowsky lachte bitter. »Das aus Eurem Munde zu hören ist merkwürdig. Ihr tut es doch selbst.« Der bankrotte Kaufmann wandte sich müde ab und stieg langsam die Treppe hinab.

Calzabigis Blick wanderte hinüber zu der Lostrommel, die nun verlassen auf der Rampe stand. Und zum ersten Mal seit langer Zeit fühlte er so etwas wie Zweifel.

31

Mumbai

Als Zehnjähriger hatte Pradeep das Dorf seiner Eltern verlassen.

Damals war mit dem Monsun eine riesige Flutwelle durch das Tal gerollt und hatte das auf Stelzen gebaute Haus seiner Eltern in der Nacht weggerissen. Er erinnerte sich an das eiskalte Wasser, daran, wie seine Mutter seinen Namen schrie und den seiner Geschwister, bevor sie verstummte. Und an das Schwarze der Nacht, welches irgendwann noch schwärzer wurde. Als er erwachte, hing er fünf Meter über dem Boden in einer Weide, umgeben von Trümmern. Er war in eine Gegend getrieben worden, die er nicht kannte. Eine Woche lang war er umhergeirrt und hatte versucht, einen Weg nach Hause zu finden. Dann war er auf einen vorbeifahrenden Zug gesprungen, der wegen des vielen Strandguts entlang des Bahndamms sich nur in Schrittgeschwindigkeit vorwärtsbewegte. Mit jedem Rattern der Bahnschwellen wurde ihm schmerzlich bewusst, dass dieser Zug ihn nicht in sein altes Leben zurückbringen, sondern in eine unbekannte Zukunft befördern würde. Als die meisten ausstiegen, verließ auch er den Zug. Und so war er am Chhatrapati Shivaji Terminus gelandet.

Seitdem hatte Pradeep stets gewusst, dass er nichts Gutes zu erwarten hatte, wenn sich vom Süden her die schwarzen Monsunwolken wie eine dunkle Armee vor den Toren der Stadt versammelten.

So war es auch dieses Jahr gewesen. Mit dem böigen Wind fielen die ersten wenigen Tropfen, als er die Hütte erreichte. Janni hatte ihn auf seinem Prepaid-Handy angerufen, das er sich für solche Fälle von seinem letzten Geld gekauft hatte, und dabei nur geweint. Wieder einmal war er durch die Gassen Dharavis geflogen, schneller als der Wind, der den Müll wie eine Kehrmaschine vor sich hertrieb.

»Sie kann jederzeit sterben!«, hatte der Arzt erklärt, der das Stethoskop wie eine verwelkte Blumenkette um den Hals trug, und mitfühlend seine Mundwinkel nach unten gezogen.

Pradeep war zu Panditas Lager gestürmt und hatte sie, die ihre Augen nicht öffnete, zärtlich auf seinen Schoß gehoben. Er hatte ihre heiße Stirn geküsst, wieder und immer wieder. Dann hatte der Regen eingesetzt. Ohne Ankündigung. Von einem Moment auf den anderen trafen die dicken Regentropfen wie Trommelschläge auf das Blechdach der Hütte. Und während alle anderen sich in das Trockene des Raumes drängten, war er an ihnen vorbei hinausgestürmt. Er war durch den Regen gelaufen, der die engen Wege zwischen den Hütten augenblicklich in reißende Ströme verwandelte. Immer schneller war er gerannt. Und an einer tiefen Stelle, wo das Wasser wegen der verrotteten Siele bereits hüfthoch stand, war er gestrauchelt und für eine Sekunde in das Nass eingetaucht, das die Wolken über ihm ausschütteten.

Endlich hatte er, durchnässt wie ein Ertrinkender, die Rohbauten an der Mira Road erreicht. Vor der Kulisse des wolkenverhangenen Horizonts sahen sie aus wie riesige Totenschädel. Der Sturm zerrte an den Bambusgerüsten, die verzweifelt versuchten, sich an den nackten Beton zu klammern. Er hatte das Haus sofort wiedergefunden. Rasch war er die Betonstufen hochgerannt, vorbei an fensterlosen Räumen, in denen Arbeiter unter Wäscheleinen schliefen, bis er die oberste Etage erreicht hatte. Mit brennender Lunge war er durch das Loch in der Wand geschritten, das einmal seine Tür werden sollte. Hatte zwischen zwei gemauerten Wänden den zukünftigen Flur durchschritten und den großen Raum betreten, in dem zur Straße hin riesige Löcher klafften, die noch ohne Fensterscheiben waren. Er konnte gerade in ihnen stehen, ohne mit dem Kopf anzustoßen. Nun rüttelte der Wind – ärgerlich, dass er es wagte, sich ihm in den Weg zu stellen – an seinen Beinen, und er hatte Mühe, das Gleichgewicht zu halten. Der Wind peitschte in sein Gesicht und wehte die Tränen, die seine Wangen hinabliefen, in Richtung seiner Ohren.

Ein, vielleicht zwei Jahre würde es dauern, bis er die gewonnene Wohnung beziehen könnte, hatte der für die Lotterie zuständige Mitarbeiter in der MHADA ihm erläutert. Solange dauerten die Bauarbeiten an dem Gebäudekomplex in der Mira Road noch an. Der Mann hatte ihm die Adresse genannt und ihm in einem Plan eingezeichnet, welches sein Appartement sein würde, und er war vor einigen Tagen bereits einmal hier gewesen und hatte sich alles angeschaut.

Pradeep hatte erst gebeten und dann gebettelt, den Gewinn nicht antreten zu müssen. Er hatte die Lage erläutert, in der er sich befand. Dass er das bei der Lotterie hinterlegte Geld dringend für die Behandlung seiner Tochter benötigte und es unmöglich für die noch nicht einmal fertige Wohnung hergeben könnte. Der Beamte hatte ihm in aller Ruhe zugehört, anschließend ein dickes Buch unter seinem Schreibtisch hervorgeholt und vor Pradeep gelegt. Das, hatte er gesagt, seien die Spielregeln. Und nirgends in diesem Buch würde stehen, dass man von seinem Gewinn zurücktreten könne.

»Sie sind ein glücklicher Gewinner«, hatte er abschließend gesagt und ihn mit einem Händedruck verabschiedet, bei dem sich der Siegelring des Mannes in seinen Ringfinger bohrte.

Pradeep schaute nun hinunter. Unter ihm öffnete sich ein dunkler Abgrund.

Etwas kitzelte an seinem Bein. Erst nach mehreren Sekunden merkte er, dass es das Handy in seiner Hosentasche war. Mit vor Kälte zitternder Hand nahm er es heraus und schaute aufs Display. Er wusste, was ein Anruf von Janni bedeuten würde.

»Ja?«, schrie er in den Hörer.

»Pradeep?« Es war die Stimme von Mr. Sandip, seinem Chef.

Eine Böe schlug Pradeep eine Ladung Wasser wie Gischt ins Gesicht, sodass es ihm die Stimme verschlug.

»Schlimmer Regen ist das. Ich wollte dir nur sagen, dass du morgen nicht mehr kommen musst. Wir schließen!«

»Schließen?«, wiederholte Pradeep verblüfft.

»Ich kann dich nicht verstehen. Der Regen ... er ist zu laut!«, schrie Mr. Sandip. »Hast du verstanden? Ich habe den Laden verkauft. Sie werden hier ein Hochhaus bauen, und ich gehe weg von hier. Weg aus Mumbai!«

»Was ... was heißt das?«, stammelte Pradeep.

»Wie gesagt, ich kann dich nicht verstehen!«, schepperte Mr. Sandips Stimme aus dem Lautsprecher. »Ich muss die anderen anrufen. Und ... es tut mir leid. Viel Glück!«

Das Gespräch wurde beendet. Pradeep ließ den Arm, mit dem er eben noch das Handy an sein Ohr gehalten hatte, langsam sinken. Seine Hand öffnete sich. Scheppernd fiel das Telefon auf den nassen Betonboden und rutschte zur Kante. Im nächsten Augenblick wurde es von der Tiefe vor Pradeep verschluckt.

Ein greller Blitz teilte den Himmel in zwei Hälften, und fast gleichzeitig erschütterte ein dunkles Grollen die Umgebung. Pradeep legte seine Hände in die Hüften und blickte in den Himmel über ihm.

Die dunkle Armee stand vor den Toren der Stadt, um einen Blutzoll zu fordern.

32

Las Vegas

Das Licht des neuen Tages schmerzte. Sie blieb noch eine Zeit lang mit dem Kopfkissen über dem Gesicht liegen, während ihr Gehirn die in der Nacht zerfetzten Erinnerungen an den vorigen Tag Stück für Stück wieder zusammensetzte. Mit einem Male richtete sie sich ruckartig auf.

Das Bett neben ihr war leer, aber eindeutig benutzt. Stöhnend quälte sie sich zur Bettkante und sah bestätigt, was sie gefürchtet hatte: Sie war nackt. Mit vagen Erinnerungsbildern von Chad, der unter ihr lag und dessen Gesicht vor Lust verzerrt war, schlich sie zu der Schiebetür, die das Schlafzimmer vom Rest der Suite trennte.

»Guten Morgen, mein Schatz!«

Ein gut gelaunter Chad saß auf dem Sofa vor dem Fernseher, in dem irgendeine TV-Serie lief, und prostete ihr mit einem großen Glas Orangensaft zu.

»Ich habe dich schlafen lassen. Dachte, du brauchst ein wenig Erholung. Habe für dich Kaffee bestellt!« Chad hob mit der freien Hand eine silberfarbene Kaffeekanne in die Höhe, die vor ihm stand.

Trisha pustete eine Haarsträhne aus ihrem Gesicht, schüttelte den Kopf, ohne etwas zu sagen, und tapste ins Badezimmer. Eine hoteleigene Gesichtsmaske und eine halbstündige Dusche später saß sie, in einen Bademantel gehüllt, Chad gegenüber und starrte den »Rio«-Schriftzug auf dem Kaffeebecher in ihrer Hand an.

»Und wie geht es jetzt weiter?«, fragte sie schließlich und spürte dabei, wie jedes ihrer Worte die eigene Schädeldecke in schmerzhafte Schwingungen versetzte.

»Was meinst du?«, entgegnete Chad, der die Reste eines Croissants kaute und nur kurz seinen Blick vom Fernseher löste.

»Mit uns. Machen wir jetzt einfach so weiter, als sei nichts geschehen? Oder ... geht jeder von uns seines Weges? Und sehen das, was letzte Nacht passiert ist, als Abschieds-Sex an?« Trisha machte eine kurze Pause. »Es ist doch was passiert, oder?«

Nun griff Chad nach der Fernbedienung und schaltete den Fernseher aus. Dann wandte er sich mit einem breiten Grinsen an Trisha. »Allerdings!«, sagte er. Mit festem Griff zog er sie über die Lehne ihres Sessels hinweg zu sich herüber auf die Couch, wobei ihr Morgenmantel sich öffnete. »Und selbstverständlich werden wir beide noch unendlich oft so wunderbaren Sex haben wie letzte Nacht!«

Ehe sie sich versah, gab er ihr einen intensiven Kuss, den sie erwiderte. Endlich löste sie sich mit einem sanften Lächeln aus seiner Umarmung, blieb jedoch auf seinem Schoß sitzen.

»Du stehst unter Beobachtung, Chad Harris. Wir sind nicht wieder zusammen. Eine Art ... Bewährungsstrafe. Ohne Verpflichtungen.«

Chad nickte. »Die Bewährung sitze ich auf einer Backe ab«, sagte er und legte seine Hand auf ihren nackten Po.

Kreischend schob Trisha die Hand beiseite. »Die ist kalt!«, rief sie. Dann stieß sie sich von ihm ab und erhob sich. »Auch wenn ich merke, dass du anderes im Sinn hast. Ich ziehe mich jetzt erst einmal an. Und für dich gilt: genug Trisha für den Moment.«

Als sie sich umdrehte, fiel ihr Blick auf ein Stück Papier, das neben dem Tablett mit dem Kaffee und den Croissants auf dem Glastisch lag.

»Verdammt ...«, sagte sie und nahm das Blatt in die Hand.

»Das habe ich mir eben noch einmal bei Tageslicht angeschaut. Sieht echt alt aus ...«, bemerkte Chad.

Trisha setzte sich auf die Lehne neben ihn und überflog das Papier. Wie eine Blinde folgte sie mit dem Finger dem aufgedruckten Text.

»Das ... das habe ich ganz vergessen ...«, stammelte sie.

»Ja, du hast deinen ganzen Gewinn diesem Knilch in der Mönchskutte überschrieben«, bestätigte Chad. »Und ich habe nichts dagegen unternommen.« Er hielt seine Handgelenke nebeneinander, als seien sie mit Handschellen gefesselt.

Trisha fasste sich an die Stirn und massierte ihre Augenbrauen. »Ich war betrunken«, stöhnte sie. »Warum hast du mich nicht ...« Sie verstummte, als die Erinnerung an den Tag zuvor vollends zurückkehrte. Sie sprang auf und wedelte mit dem Blatt in der Hand. »Ich geh zu ihm. Ich mache das rückgängig. Er sagte, er wohnt auch hier im Hotel.« Sie stürmte ins Schlafzimmer. »Wie spät ist es?«, rief sie, während der Morgenmantel an Chad vorbei auf den Fußboden flog.

»Zehn«, antwortete Chad.

»Dann hat er vielleicht noch nicht ausgecheckt. Ruf mal bei der Rezeption an und frag, welche Zimmernummer er hat.«

»Wie heißt er denn?«, fragte Chad lustlos zurück.

»Was meinst du, wie viele Mönche hier abgestiegen sind?«, entgegnete Trisha.

Sie hörte, wie Chad eine Nummer wählte und kurz mit jemandem sprach.

»Sie wollen es mir nicht sagen!«, rief er.

»Idioten!«, fluchte Trisha, während sie mit dem Verschluss ihres Büstenhalters kämpfte. Chad tauchte im Türrahmen vor ihr auf.

»Überleg es dir noch einmal«, sagte er mit ruhiger Stimme.

»Was?«, wollte Trisha wissen.

»Das mit der Lotterie. Das Los sieht echt aus. Stell dir mal vor, der Typ ist kein Betrüger. Denk dran, was er gesagt hat. Ein Preis von unermesslichem Wert. Nur vier Mitspieler. Und er meinte, die Million Einsatz sei es wert. Jetzt stell dir nur mal vor – da sind, was weiß ich, ein paar Milliarden im Pott. Ich habe mal eine Dokumentation gesehen; da haben die gesagt, wenn du im Mittelalter Geld angelegt hättest, wären das heute ein paar Billionen oder so.«

Trisha hielt inne und blickte auf Chad.

»Ist das dein Ernst?«, fragte sie. Endlich hatte der Verschluss eingehakt. »Zum ersten Mal in meinem Leben habe ich Geld. Ich hätte meinen Eltern alles zurückgeben können. Und was tue ich dumme Nuss? Ich verzocke das sofort wieder. Nein, ich muss das rückgängig machen!«

Chad starrte sie einen Augenblick an, dann zuckte er mit den Schultern. »Wie du meinst. Ich geh mal zur Rezeption und frag persönlich nach, was für eine Zimmernummer der Mönch hat. Vielleicht kann ich die mit meinem Charme überzeugen! Warte, ich bin gleich wieder da.« Er kam auf sie zu, gab ihr einen Kuss auf den Mund und verließ die Suite.

Trisha führte einen Kampf mit ihrer Strumpfhose und

setzte sich dann auf die Bettkante, das Los vor ihr. Noch einmal las sie die Zeilen darauf; die Sprache war tatsächlich altmodisch. Es war einfach zu verrückt. Vielleicht war diese Vermögensverfügung, die sie gestern vorgenommen hatte, gar nichts wert. Hoffentlich erwischte sie den Mönch noch. Darauf verlassen wollte sie sich nicht. Ihr Blick fiel auf das Telefon auf dem Nachttisch. Sie wählte die Nummer des Empfangs.

»Der Empfang, wie kann ich helfen?«, fragte eine freundliche Frauenstimme.

»Im Hotel wohnt ein Mönch. Seine Zimmernummer bräuchte ich …«

»Einen Moment. Die habe ich gerade einem jungen Mann gegeben … 1828.«

Trisha war beeindruckt. Chad musste schnell unten gewesen sein.

»Vielen Dank. Hat er schon ausgecheckt?«, fragte sie nach. Ihr Herz klopfte aufgeregt.

»Noch nicht«, antwortete die Frau.

Trisha legte auf. Dann hob sie den Hörer erneut auf und wählte die Zimmernummer des Mönchs. Ein nervöses Besetztzeichen schmerzte in ihren Ohren.

Sie ergriff das Los und eilte zur Tür der Hotelsuite. Auf dem dort angebrachten Fluchtplan des Hotels konnte sie erkennen, dass das Zimmer 1828 drei Stockwerke unter ihrem lag. Schnell zog sie sich ein paar Schuhe an und eilte über den Hotelflur zum Fahrstuhl. Die Anzeige verriet, dass der nächste Fahrstuhl noch zwölf Stockwerke entfernt war. Rasch wandte sie sich dem Treppenhaus zu und lief hinab. Nachdem sie die richtige Etage erreicht und mit Mühe die schwere Brandschutztür geöffnet hatte, orientierte sie sich an den kleinen Schildern, die den Weg zu der von ihr gesuchten Zimmernummer wiesen. Der weiß gestrichene Korridor, dessen Seiten alle paar Meter zwei aneinandergrenzende Zimmertüren säumten, schien kein Ende nehmen zu wollen, und schon geriet sie außer Atem.

Endlich stand sie vor dem ovalen roten Schild mit der Zimmernummer »1828«. Als Trisha klopfte, glaubte sie, dahinter ein Geräusch zu vernehmen. Schon wollte sie ein weiteres Mal klopfen, als sie bemerkte, dass die Tür einen Spalt offen stand.

»Hallo?«

Als niemand antwortete, drückte sie vorsichtig die Tür auf, die Zentimeter um Zentimeter den Blick ins Hotelzimmer freigab.

»Hallo? Ist da jemand?«, rief sie.

Sie fühlte, wie ihr Hals trocken wurde. Jeder Herzschlag tat ihr im Schädel weh. Vielleicht hörte der Mönch schlecht, wenngleich sie sich nicht erinnern konnte, dass er an Schwerhörigkeit litt.

Mit vorsichtigen Schritten trat sie ein. Sie war, nachdem sie bei der Poker-WM die ersten Runden überstanden und sich somit ein ordentliches Preisgeld gesichert hatte, in eine der Suiten gewechselt. Der Raum, in dem sie sich jetzt befand, war eines der Standardzimmer. Trisha ging an der geschlossenen Tür vorbei, die, wie sie wusste, ins Bad führte. Sie hatte keine Lust, einen Mönch womöglich beim Duschen zu überraschen.

Vielleicht sollte sie einfach wieder umkehren und draußen warten. Oder jemanden vom Room Service holen. Während sie in Gedanken rückwärts aus dem Zimmer marschierte, taten ihre Beine das Gegenteil und durchquerten den dunklen Flur. Die Vorhänge waren halb geöffnet, und das Licht war schummrig. Trishas Blick fiel auf ein zerwühltes Bett, auf dem ein großer, eckiger Lederkoffer mit goldenen Beschlägen lag. Um ihn herum waren einige Kleidungsstücke wild verstreut, alle weiß oder braun. Trishas erster Gedanke war, dass jemand den Inhalt des Koffers ausgeschüttet hatte. Vielleicht aber wollte der Mönch gleich den Koffer packen. Auf dem Nachttisch stand eine leere Flasche Orangensaft, daneben ein halb volles Glas.

»Hallo?« Trisha erschrak über ihre eigenen Worte.

Immer noch antwortete niemand. Vielleicht war der Mönch tatsächlich noch im Bad. Hoffentlich würde er nicht glauben, sie hätte in seinen Sachen gewühlt. Plötzlich unterbrach etwas die Stille. Es klang wie ein Gurgeln und schien irgendwo links neben dem Bett seinen Ursprung zu haben, wo Trisha noch nicht hingegangen war. Dann hörte sie einen zischenden Laut, der sie an eine schlecht belüftete Heizung erinnerte. Langsam ging sie auf die linke Bettseite zu.

Bei dem Anblick, der sich ihr bot, wollte Trisha schreien. Doch der Schrei blieb ihr im Halse stecken. In dem schmalen Gang zwischen Bett und Fensterfront lag ein Mensch, und um seinen Kopf herum schimmerte es feucht auf dem Teppichboden. Erst allmählich erkannte Trisha das blutverschmierte Gesicht des Mönchs. Die rasch größer werdende Lache unter seinem Kopf war Blut.

»Was ...«, stammelte sie.

Im nächsten Moment zwängte sie sich neben den in einen braunen Umhang gekleideten Körper und kniete sich nieder. Auf dem Boden sah sie den unteren Teil einer zerbrochenen Nachttischlampe, mit der nackten Glühbirne in der Fassung. Daneben hing, an einem grauen Kabel, der Telefonhörer vom Nachttisch herab.

»Können ... Sie mich hören?«, krächzte sie mühsam.

Das Gesicht des Mönchs schien eine einzige blutige Masse zu sein, in der sie den Mann von gestern Abend kaum wiedererkannte. Gerade wollte sie sich erheben, um Hilfe zu holen, als etwas ihr Handgelenk packte. Sie kreischte auf und sah die ebenfalls blutverschmierte fleischige Hand des Mönchs, die sich wie ein Schraubstock um ihren Arm gelegt hatte.

Wieder ertönte das Gurgeln, diesmal lauter, wie der protestierende Laut einer Espressomaschine. Der Mönch zog sie zu sich herunter, sodass ihr Ohr ganz nah an seinen Mund kam. Anscheinend versuchte er, ihr etwas mitzuteilen. Sie glaubte, den Namen »Henri« zu verstehen.

»Was?«, fragte sie mit zitternder Stimme. Sie betrachtete den Schwerverletzten und überlegte, ob sie ihre freie Hand tröstend auf ihn legen sollte, hatte dann aber Angst, dass sie ihm durch die Berührung unbeabsichtigt Schmerzen bereiten könnte.

»Henri ... mein Freund«, stöhnte der Mönch.

Jedenfalls war es das, was Trisha verstand.

»Ich bin hier«, schluchzte sie und beugte sich noch tiefer über das Gesicht, sodass sie ihn nun beinahe berührte.

»Freund ...«, gurgelte der Mönch.

Dann bäumte er sich plötzlich auf, als wolle er seinen Kopf heben, und etwas Kantiges stieß gegen Trishas Arm. Im Halbdunkeln erkannte sie einen kleinen, schmalen Lederkoffer, den der Mönch mit der anderen Hand fest umschlossen hielt. Plötzlich erschlaffte der Griff des Mönchs an ihrem Handgelenk, und Trisha konnte ihren Arm befreien. Vorsichtig löste sie dann auch die Finger des Mönchs vom Koffergriff und erhob sich, dabei stieß sie mit den Kniekehlen gegen die Kante des Bettes und sank kraftlos darauf nieder.

Sie zitterte am ganzen Körper. Gerade versuchte sie, ihrer Hand den Befehl zu geben, nach dem Telefon auf dem Nachttisch zu greifen, als sie plötzlich ein Klappern vernahm. Erschrocken fuhr sie hoch, machte ein paar schnelle Schritte weg vom Bett und schaute um die Ecke in den Flur des Zimmers. Die Badezimmertür stand nun sperrangelweit auf, die Zimmertür ebenso. Niemand war zu sehen. Ihre Beine zitterten so stark, dass sie fast zu Boden sank. Im letzten Augenblick stabilisierten sich ihre Knie, und nach einer gefühlten Ewigkeit hatte sie die Zimmertür erreicht. Einen langen Moment klammerte sie sich am Türrahmen fest, bevor sie in den Korridor stolperte. Sogleich prallte sie gegen ein Hindernis. Sie blickte in das erschrockene Gesicht eines Zimmermädchens, das erst besorgt auf den Reinigungswagen blickte und dann auf sie.

»Miss, Sie sind verletzt!«, sagte die junge Frau und deutete auf Trishas Hände.

Erst jetzt bemerkte Trisha, dass ihre Unterarme und Hände voller Blut waren.

»Da, da drinnen«, stieß sie hervor und deutete mit der blutverschmierten Hand auf das Zimmer hinter sich. »Ich glaube, er ist tot!«

Im selben Augenblick wie dem Zimmermädchen wurde ihr bewusst, dass sie in der Hand einen Aktenkoffer hielt. *Sie muss glauben, dass ich ihn umgebracht habe*, schoss es Trisha durch den Kopf.

»Ich ... ich ...«, stammelte sie, dann wurde sie durch den markerschütternden Hilfeschrei des Zimmermädchens unterbrochen. Irgendwo hinter sich hörte sie, wie eine Zimmertür geöffnet wurde.

Ohne nachzudenken, begann sie zu laufen. Auf wackeligen Beinen wich sie dem Zimmermädchen aus, das noch versuchte, sich ihr in den Weg zu stellen, und stieß hart mit der Schulter gegen die Wand. Vor ihr trat ein stämmiger Mann in Boxershorts aus dem Zimmer. Trisha drückte sich von der Wand ab und schlug einen Haken um ihn herum. Aus dem Augenwinkel sah sie, wie ihre Hand an der weißen Wand einen blutigen Abdruck hinterließ.

»Haltet Sie!«, hörte sie hinter sich immer noch das Zimmermädchen kreischen.

Kälte breitete sich in ihr aus, und wieder gaben ihre Knie gefährlich nach. Das Atmen fiel ihr plötzlich schwer. Endlich erreichte sie die Fahrstühle. Bei einer Kabine standen die Türen offen. Hastig stürzte sie hinein und prallte mit jemandem zusammen.

»Hey!«, rief eine ihr wohlbekannte Stimme. Verschwommen nahm sie Chad wahr.

»Wir müssen ... hier weg!«, stammelte sie atemlos. Dann griff sie nach seinem Arm und zog ihn aus der Kabine. Wortlos und mit hastigen Schritten führte sie ihn zum Treppenhaus.

»Hey, was ist denn los?«, rief er, als die schwere Metalltür mit einem Krachen hinter ihnen zufiel.

Trisha ignorierte seine Frage und zerrte ihn hinter sich her die Treppe hinauf. Sie rannte, so schnell es ihr möglich war.

»Du hast überall Blut. Baby, was ist passiert?«, hallte es von den Wänden des Treppenhauses wider. Schwarze Wolkenfetzen bildeten sich vor Trishas Augen. Sie stand kurz vor der Ohnmacht.

»Er ist tot!«, stieß Trisha hervor. Sie waren bereits zwei Stockwerke hochgestiegen.

»Tot?«, wiederholte Chad ungläubig. Nun hatte er sich aus ihrem Griff befreit und schloss zu ihr auf.

»Gib mir den Koffer«, sagte Chad und hielt ihr die Hand entgegen.

Trisha gehorchte. Endlich hatten sie ihre Etage erreicht.

»Nicht mehr laufen«, röchelte Trisha.

Kaum hatten sie den Flur betreten, bemühten sie sich, ihren Schritt zu verlangsamen. Laut atmend umrundeten sie eine Ecke. Ein Pärchen kam ihnen vom Ende des Ganges entgegen. Trisha griff nach Chads Hand und drückte sie fest. Trotz des Wunsches, rasch in ihre Suite zu gelangen, zwangen sie sich zu einem normalen Schritttempo.

Als sie aneinander vorbeigingen, grüßte die Frau freundlich, was Trisha mit einem Murmeln erwiderte. Nachdem sie einige Meter zurückgelegt hatten, drehte Trisha sich um. Auch die Frau hatte sich umgedreht, wandte ihren Kopf jetzt aber schnell ab.

Plötzlich wurde Trisha von Chad gegen eine Zimmertür gedrückt. Erst auf den zweiten Blick erkannte Trisha, dass es die ihre war. Mit einem Summen öffnete sich die Tür, und beide fielen ins Zimmer. Sofort sank Trisha auf den Boden und begann, wie ein Kind zu wimmern. Chad stellte den Koffer ab und legte ihr seine Hand auf den Rücken.

»Wir müssen die Polizei rufen«, schluchzte Trisha.

»Erst einmal musst du dich beruhigen«, erwiderte Chad. Er griff unter ihre Achseln, zog sie hoch und drückte sie an sich.

»Er lag da. Tot. Alles voller Blut!«

»Alles wird gut«, sagte Chad und streichelte ihr beruhigend über die Haare.

Eine Weile verharrten sie so. Chad führte sie langsam zum Sofa. Aus einer Flasche, die vor ihnen auf dem Tisch stand, schenkte er ihr ein Glas Wasser ein. Dann setzte er sich ihr gegenüber hin und legte die Arme auf die Beine. Er betrachtete Trisha, die das Gesicht in ihren Händen vergraben hatte.

»Bist du sicher, dass er tot ist?«, fragte er.

Trisha nickte und ergriff das Glas Wasser. Es zitterte in ihren Händen, während sie hastige Schlucke nahm. Sie reichte Chad das Glas.

»Schau, ich habe dich auch ganz blutig gemacht!«, schluchzte Trisha und zeigte auf die Hose und die Hände von Chad, an denen nun auch Blut klebte.

»Das macht nichts«, antwortete er mit sanfter Stimme. Er stand auf und setzte sich neben sie. Sofort legte sie ihren Kopf an seine Brust.

»Wir müssen zur Polizei gehen«, flüsterte Trisha. »Die suchen mich jetzt bestimmt.«

»Und wenn sie glauben, dass du ihn getötet hast?«, entgegnete Chad vorsichtig. Kaum hatte er das ausgesprochen, wurde Trisha von einem neuen Weinkrampf geschüttelt, und er drückte sie fest an sich, um ihr Halt zu geben.

»Was ist in dem Aktenkoffer?«, fragte Chad, als sie sich ein wenig beruhigt hatte.

»Keine Ahnung. Ich weiß es nicht«, schluchzte Trisha. »Den hat er mir gegeben, bevor er starb.«

»Gegeben?«, wiederholte Chad und runzelte die Stirn.

»Und er hat ... er hat ...« Trishas Stimme wurde von den Tränen erstickt.

»Was?«, fragte Chad.

»Er hat etwas zu mir gesagt. Ich konnte ihn nicht richtig verstehen. Überall war ... war Blut.«

»Was hat er gesagt?«, hakte Chad nach.

»Ich bin nicht sicher.«

Durch das geöffnete Fenster drang von draußen Sirenengeheul in das Zimmer.

»Wir sollten uns waschen«, sagte Chad und erhob sich. »Und dann warten wir ab, bis der Spuk sich gelegt hat, und schauen, was in dem Koffer ist.«

»Chad, er ist tot. Tot! Tot!«, kreischte Trisha.

Chad setzte eine Miene des Bedauerns auf und zuckte mit den Schultern. »Eben.«

33

Potsdam, 1763

»Die Rampe!«, rief der Kutscher. In seiner Stimme schwang Respekt, aber vor allem auch Angst mit. Ein lautes »Brr« stoppte die Gäule. Kaum war der Wagen zum Stehen gekommen, ließ das Knallen der Peitsche die Pferde aus dem Stand wieder lospreschen.

Das Vorderteil des Wagens hob sich gen Himmel, und Calzabigi wurde in den Sitz gedrückt. Für einen Moment befürchtete er sogar einen Überschlag des Kutschkastens. Für den letzten Abschnitt des Weges hatte Calzabigi sich am Morgen eigens einen Vierspänner mieten müssen. Nur die Kraft von mindestens vier Pferden schaffte den kurzen, aber steilen Anstieg hinauf zum Eingang des Schlosses. Calzabigi wollte sich die Schmach ersparen, weiter unten anhalten zu müssen und die Sommerresidenz des Königs zu Fuß zu erreichen.

So entstieg er dem Fuhrwerk mit stolzer Haltung direkt vor der großen Fenstertür, an der zwei Lakaien ihn empfingen. Während der eine sich um sein Gepäck kümmerte, führte der andere ihn hinein. Calzabigi hatte in Berlin vielen Berichten über Sanssouci gelauscht, und in seinen Vorstellungen hatte sich, nicht nur wegen des Namens, das Bild eines wahrhaftigen Paradieses geformt. Eines Anwesens, in dem der König in der schwülen Hitze des Sommers zwischen den exotischsten Gewächsen lustwandelte. Beim Eintreten erinnerte er sich an den sehnsüchtigen Blick des

Königs bei ihrem Gespräch in dessen Winterquartier in Leipzig, als Friedrich von seiner Melonenzucht in Sanssouci gesprochen hatte. Umso erstaunter war Calzabigi nun von der überschaubaren Größe des Schlosses, das man eher für eine Orangerie als für ein Palais hätte halten können. Den Kopf in den Nacken gelegt, schlenderte er langsam weiter und betrachtete dabei das Deckengemälde im Vestibül, auf dem er die Göttin Flora zu erkennen glaubte. Sie schüttete ein Füllhorn voller Blumen über die Besucher aus. Plötzlich spürte er eine Hand an seinem Ärmel: Der Lakai, der ihn geleitete, verhinderte im letzten Moment, dass er gegen eine Statue rannte.

»Mars!«, stieß Calzabigi erschrocken aus und berührte mit der Hand den Knauf des Schwerts, das die Statue in der Hand hielt.

Nach wenigen Schritten durchquerten sie eine von vier Säulen gesäumte Tür und betraten einen ganz mit Marmor getäfelten ovalen Saal. Seine Fußtritte hallten von der großen Kuppel wider. Als er seinen Blick nach unten richtete, sah er im Marmorboden eingelassene Intarsien. Es waren Darstellungen von ihm unbekannten Gewächsen. In der Mitte des Saals blieb er stehen und drehte sich staunend einmal um sich selbst. Lebendig erscheinende Putten blickten von einem Sims unter der Kuppel auf ihn herab, einer schien fast auf ihn herabzustürzen.

Calzabigi hatte von legendären Tafelrunden gehört, die der König in diesem Raum vor dem Krieg veranstaltet hatte. Eine der großen Fenstertüren war leicht geöffnet und gewährte einen Ausblick auf den Garten, der in mehreren Terrassen hinter dem Schloss hinabfiel. Ein warmer Windzug wehte herein. Für einen Tag im September war es heute ungewöhnlich warm, und Calzabigi hatte auf der Fahrt bereits reichlich transpiriert. Unvermittelt blieb er stehen und lauschte. Von irgendwoher drang Flötenspiel herüber.

»Der König. Er musiziert«, sagte der Lakai und deutete auf eine verschlossene Tür. »Dort sind seine Gemächer. Ich führe Euch ins Audienzzimmer. Euer Gepäck lasse ich in eines der Gästezimmer bringen, die auf der gegenüberliegenden Seite gelegen sind.«

Dann öffnete er vorsichtig eine der schmalen Flügeltüren. Die Musik wurde lauter. Sie betraten ein weiteres Gemach, dessen mit rosa Seidentapeten verkleidete Wände voller Gemälde waren.

»Genießt Ihr nur die Kunst, ich werde Euch derweil ankündigen!«, flüsterte der Lakai. Als er die Tür zum nächsten Raum öffnete und hineinschlüpfte, klang die Musik ganz nah.

Calzabigi schlenderte an einem Kamin vorbei, der trotz des heißen Wetters nach kaltem Rauch roch, und stellte sich vor eines der Gemälde. Es zeigte zwei Liebende und hielt offenbar den Moment fest, in dem der Mann der Frau einen Antrag machte. Bei diesem Anblick dachte Calzabigi an Marie. Je mehr er ihr in den vergangenen Tagen seine Zuneigung offenbart hatte, umso verschlossener war sie geworden. Wie eine der Schildkröten im zoologischen Garten, die sich bei jeder Berührung weiter in ihren Panzer zurückzog.

Das Flötenspiel verstummte, und Calzabigi glaubte, durch die Wand die Stimme des Königs zu vernehmen. Dann kam auch der Kopf des Dieners wieder zum Vorschein.

»Kommt herein«, forderte er ihn auf und winkte hektisch mit dem Arm.

Calzabigi ordnete den Saum seines Mantels, drückte das Kreuz durch und schritt durch die Tür. Sein erster Blick galt dem König. Dieser stand in seiner für ihn typischen, leicht gebeugten Körperhaltung hinter einem Notenhalter. In der rechten Hand bemerkte Calzabigi eine Querflöte, die der König wie ein Zepter hielt. Während Calzabigi sich mit der gebotenen Zurückhaltung dem König näherte, sah er sich selbst in einem der großen Spiegel, die rundherum die Wände schmückten. Darunter standen rosa bezogene Bänke, die zu schmal waren, um tatsächlich als Sitzgelegenheit dienen zu können. Über sich erblickte er einen gewaltigen Lüster, dessen Behang aus echtem Bergkristall zu sein schien. Fast hatte er den König erreicht, als etwas gegen sein Bein sprang und ihn beinahe umwarf. Erschrocken wich er zurück, bis er erkannte, dass es ein kleiner Windhund war, der nun schwanzwedelnd begann, sich an seinem Bein zu reiben.

»Schaut, sie mag Euch«, sprach der König und fügte erstaunt an: »Merkwürdig. Äußerst merkwürdig. Ansonsten ist Alcmène Fremden gegenüber eher schüchtern. Seid geehrt. Wenn Sie Euch vertraut, wie soll ich da anderer Meinung sein?«

Calzabigi warf dem König ein gequältes Lächeln zu und bückte sich, um den Hund zu tätscheln. Es musste sich wohl um ein Windspiel handeln. Er hatte zwar noch nie ein Exemplar dieser kleinen Windhundrasse gesehen, aber davon gehört, dass der König sich Windspiele hielt und sie geradezu verehrte. Der Hund begann, seine Hand abzulecken, und endlich gelang es Calzabigi, ihn sanft, aber bestimmt genug zur Seite zu drängen.

Calzabigi heuchelte größtes Entzücken. »Welch bezauberndes Hundetier!«

»Die Windspiele sind eigentlich keine Hunde. Es sind Vöglein auf vier Beinen.« Friedrich rief den Namen des Hundes, und schon sauste dieser zu ihm hin, ließ sich zu Füßen des Königs fallen und verharrte auf dem Bauch liegend. »Wenn nur alle so treue Untertanen wären wie meine Hunde«, bemerkte Friedrich versonnen. »Ich hoffe, Eure Anreise war nicht allzu beschwerlich. Wie ich mitbekommen habe, ward Ihr klug genug, Euch einen Vierspänner zu nehmen.«

Calzabigi nickte, zufrieden, dass diese Mühe registriert worden war.

»Bleibt, solange Ihr wünscht. Der Hofmeister hat Euch eines der Gästezimmer herrichten lassen.«

»Ich fürchte, in Berlin warten allerlei Aufgaben auf mich, sodass ich hoffe, Ihr seid nicht brüskiert, wenn ich mich bereits morgen wieder auf die Heimreise begebe«, sagte Calzabigi und senkte den Kopf. »Wenngleich ich gestehen muss, dass der Zauber dieses Ortes mich bei der Ankunft sogleich gefangen genommen hat und ich zu gerne länger bleiben würde.«

Calzabigi blickte sich nach einer Sitzgelegenheit um. Nach der Kutschfahrt über unzählige Schlaglöcher, bei denen ihm ein ums andere Mal die Weichteile gequetscht worden waren, fiel ihm das lange Stehen schwer.

»Der Winter steht vor der Tür, mein Freund«, entgegnete der König. »Sobald der erste Frost sein weißes Kleid über die Gärten legt, werde auch ich mich nach Berlin zurückziehen. Selbst wenn ich wollte – die Räume hier sind zu kalt. Der Tod durch Schwindsucht wäre einem sicher, würde man hier überwintern.«

Eine Weile schwiegen sie. Die Hündin begann leise zu knurren, bewegte sich aber nicht vom Fleck

»Die erste Ziehung ist vonstattengegangen«, sagte der König schließlich. Er schaute auf das Mundstück seiner Flöte und blies einmal kräftig hinein, sodass ein schräger Ton entstand, der Calzabigi in den Ohren schmerzte.

»Ja, Sire. Ich bin sehr zufrieden. Nach Auszahlung aller Losgewinne werden wir aller Voraussicht nach auf einen Reingewinn von glatt zehntausend Talern kommen. Ein guter Schnitt.« Calzabigi bemühte sich, den Stolz in seiner Stimme zu unterdrücken. Schon früh hatte er gelernt, dass Bescheidenheit die erfolgreichste Attitüde darstellte, wenn man einem Herrscher gegenüberstand.

»Wie viele Ziehungen plantet Ihr doch gleich im Jahr durchzuführen?«, erkundigte der König sich, ohne auf Calzabigis Worte einzugehen. Erneut blies er in das Mundstück und erzeugte einen noch schrägeren Laut. Calzabigi war sich nicht sicher, ob die Unzufriedenheit im Gesicht des Königs seinen Grund in den Missklängen der Flöte oder dem Inhalt ihres Gespräches hatte.

»Das hängt von vielen Faktoren ab. Geplant sind aber schon fünf oder sechs Ziehungen.«

Der König kniff die Augen zusammen und schien nachzudenken. Dann setzte er die Flöte an den Mund und spielte ein paar Noten einer zuckersüßen Melodie, die Calzabigi an den Frühling erinnerte.

»Wisst Ihr, was ich an der Flöte so liebe?«, fragte Friedrich, als er sie abgesetzt hatte.

»Den Klang?«, riet Calzabigi.

»Ihr habt recht. Der Klang der Flöte ist wunderschön. Aber offen gestanden, steht der Klang von Geige oder Hammerklavier ihr in nichts nach.« Der König drehte sich zur Seite und deutete auf ein Gemälde. »Kennt Ihr die Geschichte vom Hirtenkönig Pan, wie er der Nymphe Syrinx nachstellte?«

Calzabigi schüttelte den Kopf.

»Die Nymphe floh vor Pans Werben in die Sümpfe und verwandelte sich dort zur Tarnung in Schilf. Doch Pans

Begehren war grenzenlos, und so ließ er alles Schilf abschneiden und erschuf daraus die Panflöte. Und immer, wenn er auf ihr spielte, kam ihm die Liebe zu Syrinx in den Sinn. Kein anderes Instrument hat diese Magie. Man gibt den Atem hinein, der die Lebensgeister fängt, und erntet dafür Töne, die alles erfassen, was man bisher erlebt hat. Das Schöne …« Friedrich blies in die Flöte, und ein fast zärtlicher Ton hallte von den Wänden wider. »Und das Böse.«

Abermals setzte er das Instrument an, entlockte ihm diesmal jedoch einen dunklen, fast grimmigen Ton, bei dem sich Calzabigi die Eingeweide zusammenzogen. Auch der Hund bellte zweimal erschrocken, bevor er mit einem langgestreckten Jaulen wieder verstummte.

»Die Flöte ist das Mundwerk der Seele«, schloss Friedrich seinen Vortrag.

Calzabigi verneigte sich ehrfürchtig. »Ihr seid ein vortrefflicher Spieler«, bemerkte er.

»Meint Ihr das Flöten- oder das Lottospiel?«, entgegnete Friedrich und legte die Flöte endlich auf dem Notenständer vor sich ab.

Ohne eine Antwort abzuwarten, wandte er sich zum Gehen. Das Windspiel sprang sogleich auf und wich nicht von seiner Seite. Er klatschte in die Hände, und eine Tür wurde von zwei Dienern geöffnet. Calzabigi folgte ihm in gebührlichem Abstand.

»Mein Schlafgemach, welches auch mein Arbeitszimmer ist!«, sagte Friedrich. »Hier wird wenig geschlafen und viel gearbeitet. Nachdem ich den Krieg überlebt habe, möchte ich hier einmal sterben.«

Ein Rudel Windspiele kam ihnen vom Ende des Raumes japsend entgegengestürmt. Friedrich tätschelte ihre Köpfe und befahl der Meute danach, sich wieder zu entfernen. Nur Alcmène blieb weiter an seiner Seite. Calzabigi fielen die abgewetzten Tapeten auf. Als er die Schäden mit der Widerristhöhe der Hunde verglich, war er sich sicher, dass sie die Übeltäter waren. Der König und er passierten einen Schreibtisch, der nahe am Kamin stand. In einem durch Säulen abgetrennten Teil des Raumes stand ein großes, prunkvolles Bett.

»Ich werde Euch etwas zeigen«, hörte er den König etwas weiter entfernt sagen.

Als Calzabigi aufschaute, bemerkte er, dass er zurückgeblieben war. Gerade noch sah er den König um die Ecke biegen. Rasch schloss er auf, und ehe er sich versah, standen sie in einer bis unter die Decke mit Gemälden geschmückten Galerie.

»Meine Gemäldesammlung!«, erklärte der König, ohne jedoch anzuhalten.

Calzabigi bewunderte im Vorbeigehen die leuchtenden Farben der Bilder. Alle zeigten Motive von fröhlichen Gesellschaften, mal beim Picknick, mal beim Blinde-Kuh-Spielen. Mit Gold verzierte Spiegel ließen den Raum breiter erscheinen. Mächtige Kronleuchter hingen wie Stalaktiten von oben herab. Zwischen den Bildern identifizierte Calzabigi goldene Ornamente und Verzierungen in Traubenform.

»Alles französische Maler!«, erklärte der König.

Schon verließen sie die Galerie und gelangten in eine Halle, in der Calzabigi die Statue des Mars wiedererkannte, in die er beim Betreten des Schlosses beinahe hineingelaufen war. Ohne es zu bemerken, hatte er das Schloss nun einmal im Kreis durchquert. Der König stoppte auch jetzt nicht, sondern trat durch die offenstehende Fenstertür ins Freie.

Im Ehrenhof, genau dort, wo Calzabigi keine halbe Stunde zuvor der Kutsche entstiegen war, blieb der König endlich stehen. Alcmène setzte sich neben ihn und beobachtete aufmerksam die Umgebung. Die Sonne stand bereits tief am Horizont, und gegen ihr Licht erhob sich, keine Meile entfernt, auf einer Anhöhe eine riesige Ansammlung von Steinen, die Calzabigi aus der Ferne nicht zu einem Gebäude zusammenzufügen vermochte.

Friedrich bemerkte seinen angestrengten Blick und schaute dann in dieselbe Richtung, wobei er mit der Hand an der Stirn ein schützendes Dach über seinen Augen bildete.

»Wisst Ihr, was das ist?«, fragte er.

Calzabigi hatte Mühe, gegen das Sonnenlicht überhaupt etwas zu erkennen. »Es sieht von hier aus wie ...« Er stockte. Sollte er sich irren, würde er den König womöglich beleidigen.

»Ganz recht!«, rief dieser erfreut aus. »Eure Augen täuschen Euch nicht. Es sind Ruinen!«

»Was hat dort vorher gestanden?«, erkundigte Calzabigi sich neugierig. Dass der Krieg so nahe an Berlin gewütet hatte, war ihm bislang unbekannt gewesen.

»Nichts«, antwortete Friedrich ernst.

Irritiert schaute Calzabigi zur Seite. »Nichts?«

»Ich habe die Ruinen dort errichten lassen. Noch vor dem Krieg.«

Calzabigi neigte den Kopf, als müsse er nur sein Gehirn in die richtige Region des Schädels rutschen lassen, um dies zu verstehen.

»Unser eigenes Stück Rom, hier in Sanssouci«, ergänzte der König.

Calzabigi nickte emsig.

»Heute kommt es mir auch merkwürdig vor«, fuhr Friedrich nachdenklich fort. »Nach den vielen Jahren des Krieges ist es ein Wunder, dass heute nicht das Schloss in unserem

Rücken in Ruinen steht. Wie töricht wir manchmal in unseren Taten sind. Eine Totgeburt aus Stein.« Bei letzterem Wort verdüsterte sich seine Miene, und er schwieg eine Weile, als würde er über etwas grübeln. »Vielleicht habe ich sie aber auch nur aus Angst vor Verlusten errichten lassen.«

Calzabigi wusste nicht, wie er auf diese offenherzige Bemerkung reagieren sollte, und blieb deshalb stumm. Langsam wurde ihm mulmig zumute. Natürlich hatte er sich nach dem Empfang der Einladung gefragt, was der König so kurz nach der ersten Ziehung wohl von ihm wollte. Auch hatte er sich vorgenommen, endlich die Gelegenheit beim Schopfe zu packen, um sich Hainchelins zu entledigen. Doch nun führte der König ihn seit über einer Viertelstunde umher, wobei er ihn mit Fragen löcherte, und Calzabigi wurde das Gefühl nicht los, dass Friedrich etwas im Schilde führte.

»Insofern ähneln wir uns«, brach der König das Schweigen.

Calzabigi schluckte. »Wie meint Ihr, Sire?«

»Wir beide haben Ruinen hinterlassen. Ihr dort, wo Ihr mit dem Lottospiel gescheitert seid, ich als Baumeister. Nun wird es an der Zeit, dass wir beide uns wieder den Schlössern zuwenden.«

Calzabigi wusste nicht, was er erwidern sollte.

»Umso größer sind meine Sorgen nach der ersten Ziehung«, fuhr der König fort. »Was sagtet Ihr? Wenn ich mich recht entsinne, spracht Ihr vorhin von einem Gewinn in Höhe von zehntausend Talern. Das ist nicht schlecht. Aber auf das Jahr hochgerechnet auch nicht viel. Sechsmal zehntausend wären, wenn ich richtig rechne, sechzigtausend. Ihr habt mir in Leipzig noch zweihunderttausend Taler im Jahr versprochen. Wenigstens. Und mir dabei Euer Leben verpfändet!« Er machte eine kurze Pause, als habe etwas bei den Ruinen seine Aufmerksamkeit erregt.

Daher weht also der Wind, dachte Calzabigi. »Das habe ich, Sire, und dazu stehe ich«, entgegnete er entrüstet. Auf der Fahrt hier heraus hatte er genügend Zeit gehabt, sich auf Affronts dieser Art vorzubereiten. Auch, weil er in der Jugend ein guter Fechter gewesen war, hatte er sich vorgenommen, mögliche Angriffe nicht nur zu parieren, sondern unvermittelt eine Riposte zu starten. »Als ich Euch diese Summe zusagte, wusste ich aber noch nicht, dass Ihr mir den werten Hofrat Hainchelin an die Seite stellen werdet. Ihr müsst wissen, dass ich ihn sehr schätze. Jedoch braucht die Lotterie aufseiten der Lottokasse eine gewisse Freiheit. Und, mit Verlaub, dieser Hainchelin – er zwängt mich ein. Er ist wie ein zu enges Korsett. Er macht sich zudem lustig über mich, und er fordert Deutsch als Amtssprache. Ohne Übersetzung verstehe ich in meinem eigenen Lottoamt kein einziges Wort! Ohne seine Regeln und seine Bürokratie hätten wir einen vielfachen Umsatz erzielen können. Nehmt ihn mir aus dem Nacken, und ich werde mein Wort nicht nur halten, ich werde es übertreffen!«

Die Rede empfand Calzabigi als gelungen.

Der König stand immer noch ungerührt neben ihm und starrte weiter hinaus zu den Ruinen. Mit einem Male löste er sich aus seiner Erstarrung und blickte sich suchend auf dem Kies um.

»Habt Ihr etwas verloren«, fragte Calzabigi verdattert.

Schon bückte der König sich, hob etwas auf, was Calzabigi für einen abgenagten Hühnerknochen hielt, und schleuderte das Gefundene hinüber zu einer Gruppe von Pferden. Offenbar gehörten die Gäule zu Calzabigis Mietkutsche und warteten nach dem Abspannen darauf, vom

Stallknecht abgeführt zu werden. Mit dem Wurf machte die Hündin, die bis eben ruhig neben ihnen gelegen hatte, einen plötzlichen Satz nach vorn und rannte kläffend dem geworfenen Knochen hinterher. Nun begannen die Pferde angesichts des auf sie zustürmenden Hundes nervös zu wiehern, eines bäumte sich auf.

Calzabigi fasste den König erschrocken am Arm. »Passt auf, Sire, Eure geliebte Gefährtin wird auf der Hatz nach der Beute noch zwischen den Hufen der Pferde zertrampelt!« Im nächsten Moment zuckte seine Hand zurück, wusste er doch, dass es verboten war, den König zu berühren.

Friedrich schien dies jedoch nicht zu bekümmern. Kurz bevor das unerschrockene Windspiel die Pferde erreichte, legte der König zwei Finger in seinen Mund und erzeugte einen scharfen Pfiff, der Calzabigi zusammenfahren ließ. Die Windhündin stoppte abrupt und machte auf der Stelle kehrt, um mit eingezogenem Schwanz zu ihnen zurückzutrotten.

»Seht Ihr«, sagte der König und deutete mit einem zufriedenen Lächeln auf das Tier. »Alcmène wäre bereit, für einen Knochen alles zu riskieren. Der Jagdinstinkt würde sie es mit vier Gäulen aufnehmen lassen, und sie würde alles daransetzen, um an die Beute zu gelangen. Dafür bewundere ich sie. Ja, ich verehre sie dafür. Und ich beschütze sie, weil ich den Überblick habe. Indem ich sie dann und wann zurückpfeife. Wohlgemerkt: Sie ist nicht dumm. Und sie ist auch keine schlechte Hündin. Ich muss auf sie aufpassen, gerade weil sie ein so bravouröses Exemplar ist.« Der König beugte sich mit steifem Rücken hinab, um der Hündin, die sich an sein Bein schmiegte, hinter den Ohren zu kraulen. »Und so ist es auch mit Hainchelin und Euch. Die Beherztesten benötigen am ehesten jemanden, der über sie wacht.«

Calzabigi verzog beleidigt den Mund. »Mit Verlaub, Sire, Ihr vergleicht mich mit einem ... Hund?«, fragte er pikiert.

Anstelle einer Antwort wandte der König sich von ihm ab und steuerte auf den Garten zu. Calzabigi und der Hund folgten ihm sogleich.

»Meine Alcmène ist mehr Mensch als die meisten«, sagte Friedrich harsch, und Calzabigi spürte, dass er seinerseits den König beleidigt hatte. »Es ist ein Prinzip. Jeder benötigt jemanden, der auf ihn aufpasst. Selbst ich. Wie oft wäre ich in die eine oder andere Richtung gelaufen, hätte er nicht andere Pläne mit mir gehabt.«

Calzabigi stolperte beinahe über Alcmène, die mit der Nase im Wind kurz stehen geblieben war.

»Er?«, fragte Calzabigi.

Der König überging die Frage. Er marschierte unbeirrt weiter und beschied seinem Begleiter: »Ob es Euch passt oder nicht. Ihr werdet Euch mit Hainchelin arrangieren müssen. Und Ihr werdet mit dem königlichen Commissario an Eurer Seite dafür Sorge tragen, den versprochenen Gewinn zu erzielen.«

Trotz der abendlichen Wärme erschauderte Calzabigi. Die Worte des Königs klangen wie eine Drohung.

»Im Übrigen klagt Hainchelin genauso über Euch. Er traut Euch nicht«, setzte der König hinzu.

»An mir soll es nicht liegen, Sire«, presste Calzabigi heraus. Es war besser, den König nicht weiter zu reizen.

»Haltet mich nicht für gierig«, fuhr der König fort. »Aber schaut dort hinten, hinter den Bäumen auf dem Hügel. Dort werde ich ein neues Palais errichten. Zum Repräsentieren. Nahe genug an meinem geliebten Sanssouci, um es aufzuwerten, weit genug entfernt, um die Gäste und Sorgen fernzuhalten. Vor dem Krieg haben wir beide Ruinen hinterlassen, und nach dem Frieden müssen wir nun wieder Schlösser errichten. Die Welt soll sehen, dass es uns gut geht.«

Der König blieb vor einer Bank stehen, deren Lehne aus bronzefarbenen Weintrauben bestand. Mühsam ließ er sich nieder, und die Hündin sprang auf seinen Schoß, wo sie sich behaglich zusammenrollte. Calzabigi blieb unsicher vor den beiden stehen.

»Und Ihr, mein lieber Italiener, Ihr werdet mir dieses Palais finanzieren. Mit Eurer Lotterie«, verkündete der König und lehnte sich seufzend zurück. Dann schloss er die Augen, um einen der letzten Sonnenstrahlen, die durch eine Reihe Bäume zu ihnen durchdrangen, auf seinem Gesicht zu genießen.

»Das werde ich«, sagte Calzabigi schnell und blickte noch einmal zu dem Hügel, auf den der König zuvor gezeigt hatte und wo das neue Palais errichtet werden sollte.

Endlich öffnete Friedrich wieder die Augen und blinzelte Calzabigi von unten herauf an, während er begann, dem Windspiel auf seinem Schoß die Nackenfalte zu streicheln.

»Ruine oder Schloss«, sagte der König mit drohendem Unterton. »Ich werde es nicht zulassen, dass Ihr mich ruiniert, und wenn doch, werde ich Euch hinter Schloss und Riegel bringen. Entweder Ihr verlasst mich als reicher Mann – oder nie mehr. Ihr mögt Direktor der Lotterie sein, aber Euer Los liegt in meiner Hand.«

»Und dort ist es gut aufgehoben«, bemerkte Calzabigi mit gesenktem Haupt.

»Was ist mit Euren Plänen für das Tabakmonopol und die Gründung einer Bank? Ihr wolltet sie mir zukommen lassen?«

»Das werde ich!«, antwortete Calzabigi mit raschen Worten. »Die Lotterie hat mich eingespannt. Aber gleich morgen werde ich Sie Euch übersenden.«

Friedrich nickte zufrieden, dann seufzte er einmal mehr, schloss wieder die Augen und missachtete fortan Calzabigis Gegenwart.

Nach einigen Minuten, in denen nichts geschah, zog Calzabigi sich mit vorsichtigen Schritten zurück. Schon hatte er rückwärts einige Meter hinter sich gebracht und den in der Abendsonne dösenden König mit der Hündin im Schoße zurückgelassen, als die Hündin ruckartig den Kopf hob und witternd in Calzabigis Richtung starrte. Knurrend begann sie mit den Lefzen zu zittern, bis Calzabigi endlich in den Ehrenhof einbog und so aus ihrem Sichtfeld verschwand.

34

Hamburg, Santa Fu

Das Büro des Gefängnisdirektors war schlicht eingerichtet, und dies beruhigte Henri. Es war eine seiner Überlebensstrategien im Knast, sich vorzustellen, dass die Justizbeamten – und allen voran der Direktor – jeden Tag hinter denselben Mauern zubrachten wie er, und zwar freiwillig. Und verglich er seine beiden Zellen mit dem Amtszimmer des Leiters, vor dessen abgenutztem Schreibtisch er nun saß, so hauste er in diesem Gefängnis sogar komfortabler.

Der Direktor hieß Schulze, wurde von den Insassen jedoch nur Meier genannt. Die kleine Welt der Gefangenen brachte die eigenwilligsten Bezeichnungen für Essen, Personen und Gegenstände mit sich, und keiner konnte mehr genau sagen, woher sie stammten. Schulze alias Meier war knapp fünfzig und, seit Henri einsaß, bereits der vierte Anstaltsleiter. Alle paar Jahre musste der Direktor wegen irgendeines Skandals oder einem Parteiwechsel in der Bürgerschaft gehen. Schulze maß beinahe zwei Meter, trug einen Seitenscheitel, breit wie eine Autobahn, und wirkte stets ein wenig unglücklich. Im Umgang mit den Gefangenen war er ebenso kurzärmelig wie seine Hemden und somit deutlich entspannter als sein Vorgänger. Aber Henri wusste auch, dass er gefährlich werden konnte, wenn man ihn herausforderte. Einige Gefangene waren bereits wegen geringer Vergehen von ihm sehr hart bestraft worden. Auch Henri hatte einmal einen Wochenendeinschluss kassiert, als er sich über die

Position des Bettes, das zu nahe an der Toilette stand, beschwert und gefordert hatte, dass es unter das Fenster gestellt werden sollte. Seitdem war er auf der Hut.

»Zigarette?«, fragte der Direktor und hielt ihm ein Lederetui entgegen, aus dem eine Zigarette herausragte.

Henri nahm eine und bugsierte sie mit dem Mund in die Flamme des Feuerzeugs, das der Direktor ihm entgegenstreckte. Das Feuerzeug hatte die Form einer Handgranate und war in der Anstalt legendär. Einst hatte ein Insasse damit eine Geiselnahme versucht, nun stand es wie eine Trophäe auf Schulzes Schreibtisch.

»Habe ich was falsch gemacht?«, erkundigte sich Henri, nachdem er einen tiefen ersten Zug genommen hatte.

»Offensichtlich, sonst säßen Sie ja nicht im Gefängnis«, antwortete der Direktor schmunzelnd, der nun seinerseits mit einer Zigarette in der Hand in seinem Bürostuhl lehnte. »Nein, ich habe Sie aus einem anderen Grund herkommen lassen. Haben Sie schon von dem Urteil des Europäischen Gerichtshofs für Menschenrechte gehört?«

Henri zuckte mit den Schultern.

»Habe ich mir gedacht. Ich glaube, Sie sind der einzige Häftling in Deutschland ohne Fernseher.«

»Die einzige noch erlaubte Folter für Strafgefangene: vierundzwanzig Stunden Fernsehprogramm«, spottete Henri, wurde dann jedoch sofort wieder ernst: »Was für ein Urteil meinen Sie?« Wenn Schulze ihn wegen eines Urteils einbestellte, musste es etwas mit ihm zu tun haben.

»Die in Brüssel sind der Auffassung, dass die nachträgliche Sicherungsverwahrung gegen die Menschenrechte verstößt.«

»Straßburg«, korrigierte Henri ihn. »Der Europäische Gerichtshof für Menschenrechte sitzt in Straßburg.«

Schulze winkte verächtlich ab. »Ihr Juristen seid Klugscheißer. War aber wohl eine ziemliche Überraschung, bis zuletzt hat niemand mit so einem Spruch gerechnet. Jedenfalls gibt es jetzt eine geplante Gesetzesänderung, mit der die ganze Sicherungsverwahrung neu geregelt werden soll. Für Vermögensdelikte soll sie sogar ganz abgeschafft werden, auch rückwirkend.«

Einen Augenblick schwiegen beide und zogen an ihren Zigaretten. Langsam blies Henri den Rauch durch die Nase.

»Heißt das, ich komme raus?«, fragte er schließlich. Sein Herz begann zu wummern. Ihm kamen die Worte des Mönchs in den Sinn. Was hatte der zu ihm gesagt? *Vertrau dem Herrn. Du wärst nicht der erste Gefangene, den er in die Freiheit führt ...*

»Vielleicht. In absehbarer Zeit«, antwortete der Direktor und beugte sich vor, um die Zigarette an einem Aschenbecher abzustreifen, auf dem in goldenen Lettern *Hier wohnt Phoenix* stand.

»Kann ich mir das mal im Internet anschauen?«, fragte Henri und deutete auf den Computer des Direktors.

»Ist kaputt. Wird erst nächste Woche repariert«, erwiderte dieser mit einem Unterton des Bedauerns. »Ich stelle Ihnen einen Schein zur Internetbenutzung aus, und Sie führen sich das in der Bibliothek zu Gemüte. Aber alles mit der Ruhe. Aus der Justizbehörde habe ich gehört, dass als Erstes diejenigen entlassen werden sollen, die nicht ganz auf dem Damm sind. Nahe an der Haftunfähigkeit. Die Alten und Kranken. Von denen am wenigsten Gefahr ausgeht. Ich denke, danach nimmt man sich peu à peu die anderen vor.«

Henri nickte nachdenklich. Vielleicht war alles Fügung. Der Mönch, die Lotterie. Wenn es irgendeinen Weg gab, dass er rechtzeitig zur Ziehung entlassen wurde, dann würde er ihn finden. Seit Tagen wartete er schon auf einen Anruf von Verbeeck, der sich zuletzt auf dem Weg nach Las Vegas befunden hatte, um sich noch einmal diesen Mönch vorzunehmen.

»Ich weiß, was Sie denken«, sagte der Direktor. »Aber ich bitte Sie: Machen Sie mir keinen Ärger. Jede Ihrer Eingaben landet auf meinem Schreibtisch. Sie sitzen hier bereits so lange – auf ein paar Monate mehr oder weniger kommt es da auch nicht an.« Er beugte sich erneut vor und drückte die Zigarette sorgfältig mit dem Daumen aus. »Henri, da draußen wartet niemand auf Sie – einen ehemaligen Sicherungsverwahrten. Tatsächlich schützen die Mauern hier Sie schon lange vor der Welt und nicht mehr umgekehrt.«

Schulze fixierte ihn und wartete auf eine Geste der Zustimmung. Henri ließ ihn schmoren, nahm einen letzten Zug und beugte sich vor, um seine Zigarette im Aschenbecher zu versenken. Dabei kamen sich ihre beiden Köpfe nahe.

»Glauben Sie an Gott?«, fragte Henri.

Der Direktor lehnte sich wieder zurück und zog die Augenbrauen zusammen.

»Ich habe schon gehört, dass Sie Besuch von einem Mönch hatten. Wollen Sie vielleicht ins Kloster gehen?«

Henri klopfte sich etwas Asche von der Hose. »Mal schauen, wohin der Herr mich noch so führt«, erwiderte er und verschränkte die Arme.

»Ich fürchte, erst einmal zurück in die Zelle. Ich meine selbstverständlich, *in die Zellen*«, erklärte der Direktor, stand auf und streckte ihm zum Abschied die Hand entgegen.

»Sie schmeißen mich also raus«, stellte Henri lakonisch fest und erwiderte den Händedruck.

Als er zur Tür schlenderte, blieb er unvermittelt stehen

und deutete auf ein leeres, rundes Glas, das auf einer kleinen Anrichte stand.

»Wo ist denn Ihr Fisch hin? Wie hieß er doch gleich – Moby Dick?«, fragte er.

»Verboten worden«, antwortete Schulze ärgerlich und fügte auf Henris verständnislosen Blick hinzu: »Wegen Tierquälerei. Angeblich zu klein – das Glas. Fische sind dazu geboren, frei zu sein, so die Dienstanweisung von der Justizbehörde. Habe ihn erlöst. Im Klo runtergespült.«

»Was für eine verrückte Welt«, murmelte Henri kopfschüttelnd.

35

Las Vegas

Auch nach einem langen Bad fühlte Trisha sich noch immer schmutzig. Obwohl das Blut längst abgewaschen war, spürte sie es weiter auf ihrer Haut. Auf Chads Rat hin hatte sie sich mit einer Tönung – davon schleppte sie stets einige Proben in ihrem Kulturbeutel mit – die Haare gefärbt.

Ausgerechnet rot.

Mit einem Becher Tee in der Hand beobachtete sie Chad, der den Inhalt des Aktenkoffers auf dem Teppich des Hotelzimmers ausgeleert hatte. Vom Fenster aus konnte sie den Eingang des Hotels nicht einsehen. Jedoch spiegelte sich in den Fensterscheiben der gegenüberliegenden Gebäude noch das Blaulicht.

Chad hatte den Koffer mit einer Sorgfältigkeit durchsucht, die Trisha schaudern ließ. Als sei er sein Leben lang Zöllner oder Einbrecher gewesen. Schließlich hatte er sogar sein rotes Schweizer Taschenmesser hervorgeholt, das er stets bei sich trug, und damit den Boden und Deckel des Koffers aufgeschlitzt.

»Nur dieser Haufen Papiere«, schimpfte er enttäuscht und wischte sich den Schweiß von der Stirn.

»Was hast du erwartet?«, fragte Trisha irritiert.

Chad verzog die Mundwinkel. »Geld, ein Los, irgendetwas zu dieser Lotterie. Noch nicht einmal der von dir unterschriebene Vertrag, mit dem du dein Vermögen eingesetzt hast, ist dabei.«

»Was soll es. Er ist tot«, sagte Trisha und fröstelte erneut. Der heiße Becher wärmte wenigstens ihre Handinnenflächen.

»Das ist ja, was mir Sorgen macht«, meinte Chad nachdenklich.

Sie kannte diesen Gesichtsausdruck vom Pokerspielen, wenn Chad konzentriert Karten zählte und sich dabei seine *Outs* ausrechnete. »Sorgen« war gelinde ausgedrückt, dachte Trisha. In ihrem Beisein war ein Mensch gestorben, und so wie es aussah, war er sogar ermordet worden. Und vielleicht hielt man sie für die Mörderin.

»Wie waren die genauen Konditionen der Lotterie?«, fragte Chad.

»Höchstens vier Mitspieler. Die Ziehung findet statt, wenn alle ein Los gekauft haben. Einsatz ist das gesamte Vermögen. Gewinn ein Preis von unermesslichem Wert«, repetierte Trisha und war erstaunt, wie geordnet sie noch denken konnte. »Und ein Mitspieler hat bislang noch kein Los erworben«, ergänzte sie.

»Also kann die Ziehung noch nicht stattfinden«, schlussfolgerte Chad. »Aber dein Vermögen hast du eingesetzt ... Und der Mönch ist jetzt tot.«

Nun verstand Trisha, worauf er hinauswollte.

»Einer muss noch besucht werden, um das Los zu zeichnen«, sagte sie.

»Sonst findet die Lotterie nicht statt, und dein Einsatz ist futsch«, erklärte Chad.

Trisha stellte den Becher auf den Tisch und kam auf den Knien zu ihm gekrochen. Der Teppich brannte auf ihrer nackten Haut. Sie nahm eine Mappe mit Papieren vom Boden auf. »Was sind denn dies für Dokumente?«

»Keine Ahnung«, sagte Chad. »Sieht aus wie Klappbilder von ... Bäumen.«

Trisha begann eines der Bilder auseinanderzufalten. Es bestand aus mehreren Seiten, die aneinandergeklebt waren und sie an einen der Starschnitte aus ihrer Jugend erinnerte. Während einige Seiten weiß und glänzend und somit fast neu wirkten, waren andere alt und vergilbt. Die Blätter, die den unteren Rand bildeten, schienen brüchig wie die Seiten eines sehr alten Buches. Als das Papier ausgeklappt vor ihr lag, erkannte sie darauf einen großen gezeichneten Baum. Vom Stamm zweigten zahlreiche Äste ab, die alle beschriftet waren. Trisha drehte das Blatt so, dass ein wenig Sonnenlicht darauf schien.

»Das sind Namen«, stellte sie fest. »Neben den einzelnen Ästen stehen Namen und Daten.« Sie fuhr mit dem Finger nach ganz unten zum Fuß des Stammes, wo die Schrift bereits stark verblasst war. »Klingen wie deutsche Namen. Hier unten in der Mitte zum Beispiel steht ›Hans‹ und dahinter ›Dosenberg‹ oder vielleicht ›Rosenberg‹. Dahinter ein Sternchen und eine Jahreszahl: ›1731‹ oder ›1737‹. Dann ein Kreuz mit der Zahl ›1784‹.« Trisha las weiter, während Chad ihr über die Schulter schaute. »Und daneben ›Friederike‹, auch wieder mit Sternchen und Kreuz.« Trisha folgte mit dem Finger dem Stamm nach oben. »Die Daten werden immer jünger. Hier ›1835‹ und ›1847‹. Und die Namen …«

»… klingen plötzlich englisch«, fiel Chad ihr ins Wort. »Hier: ›John Owen, 1888‹.«

»Das ist kein Gemälde, sondern ein Stammbaum«, stellte Trisha stolz fest. Sie spürte Chads Atem in ihrem Nacken und bewegte die Schultern, als müsse sie irgendetwas abschütteln.

»Die Einträge ganz oben sind aus der heutigen Zeit«, bemerkte Chad.

Trishas Zeigefinger blieb auf einem Namen oben rechts

stehen. »Patrisha Wilson, geboren 15. April 1990«, las sie langsam ab und starrte Chad mit offenem Mund an.

Chad beugte sich vor, um den Namen noch einmal selbst zu lesen. »Heilige Scheiße!«, rief er aus. »Guck hier, hinter deinem Namen steht die Adresse deiner Eltern in England. Und im Ast darunter stehen auch ihre Namen und Geburtsdaten.«

»Mein Stammbaum.« Trisha hielt die Luft an, um sie nach einem kurzen Moment wieder laut auszustoßen.

»Hier – neben dem Namen deines Vaters steht etwas!«, rief Chad.

»Abgelehnt«, las sie stirnrunzelnd vor. Dann streckte sie sich nach den anderen zusammengefalteten Papieren, die genauso aussahen wie das ausgebreitete vor ihnen.

»Vier Stück«, stellte sie fest.

»So viele, wie es Mitspieler in der Lotterie gibt«, ergänzte Chad.

Trisha breitete einen weiteren Stammbaum aus. Auch er schien aus Blättern unterschiedlichen Alters zusammengefügt zu sein. Trisha zeigte auf dieselbe Stelle, wo auf ihrem Stammbaum ihr Name stand.

»Hen-ri Frei-hold«, sagte sie; da dies für sie ein ausländischer Name war, klang ihre Aussprache ein wenig holprig. Wieder riss sie den Mund weit auf. Ihr kamen die letzten Worte des Mönchs in den Sinn. Hatte er nicht »Henri« zu ihr gesagt?

»Kennst du den?«, fragte Chad.

Trisha schüttelte den Kopf.

Chad hatte bereits einen weiteren Stammbaum aufgeschlagen. »Der dritte Kandidat heißt Carter Fields«, sagte er. »Lebt scheinbar in New York.«

Ein Stammbaum lag noch zusammengefaltet vor ihnen.

Trisha klappte auch ihn auseinander. Zunächst suchte sie vergeblich nach dem Namen mit dem jüngsten Geburtsdatum. Dann fand sie ihn endlich.

»Pradeep Kottayil«, las sie ab.

»Das sind also unsere Gegner«, erklärte Chad.

»Unsere … was?« Trisha rümpfte die Nase.

»Deine«, verbesserte Chad. »Einer von euch wird den Preis gewinnen.«

»Wenn die Lotterie stattfindet«, sagte Trisha. »Einer hat noch kein Los.«

»Nur wer?«, fragte Chad. Trisha blickte ratlos auf die Stammbäume vor sich, die wie ausgebreitete Decken vor ihnen lagen. Dann erspähte sie ein weiteres Blatt.

»Schau, dies ist eine Vermögensverfügung, wie ich sie als Einsatz gestern Abend unterschrieben habe. Diese ist noch nicht ausgefüllt. Und …« Trisha griff erneut unter die Stammbäume. »Hier ist das letzte Los.«

»Steht ein Name drauf?«, fragte Chad hoffnungsvoll.

Trisha verneinte.

»Dann muss dieses letzte Los noch seinen Besitzer finden«, stellte Chad enttäuscht fest.

Trisha nickte.

Plötzlich schreckte sie zusammen. Es hatte an der Tür geklopft. Chad legte seinen Zeigefinger auf den Mund und gebot ihr, leise zu sein.

»Sicherheitsdienst. Ist jemand da? Bitte machen Sie auf für eine Überprüfung, oder wir müssen öffnen!«

»Was sollen wir tun?«, flüsterte Trisha besorgt.

Chad stand auf und bedeutete ihr, ruhig zu bleiben.

»Ich komme!«, rief er laut. Dann zeigte er auf die Papiere und die Tasche und machte mit beiden Händen eine Geste, als würde er etwas wegwischen.

Während Chad mit langsamen Schritten zur Tür schlürfte, raffte Trisha alles zusammen und schob es unter das Sofa. Chad öffnete die Zimmertür.

»Was gibt's denn?«, fragte Chad mit perfekt gespielter Unwissenheit.

»Mister, ich bin von der Hotel-Security«, hörte Trisha einen Mann antworten. »Wir müssen eine Sicherheitsüberprüfung auf diesem Stockwerk vornehmen. Dies sind die Officer Stanson und Taylor vom LVMPD. Können wir bitte kurz in Ihr Zimmer schauen?«

Trisha spürte, wie ihr das Blut aus dem Kopf sackte. Sie schaute an sich herunter und schloss den Bademantel, den sie trug, fester um sich herum.

»Nun ja, meine Freundin ... Sie hat nichts an«, entgegnete Chad.

»Dann soll sie sich bitte etwas anziehen, Mister. Verzeihen Sie die Störung, aber es ist zu Ihrer eigenen Sicherheit. Sorry.«

»Trish?«, rief Chad. »Hier stehen ein paar Herren und wollen ins Zimmer. Hast du was an?«

»Ja ... ja«, erwiderte Trisha, die vor Aufregung kaum sprechen konnte. Ihr Blick fiel auf den Koffer des Mönchs. Schnell stieß sie ihn mit dem Fuß neben das Sofa.

»Dann kommen Sie mal rein!«, hörte sie Chad sagen, und schon kam er um die Ecke ins Wohnzimmer der Suite.

Ihm folgte ein breitschultriger Mann mit blauer Jacke, auf der *Security* stand, und einem kleinen Walkie-Talkie in der Hand. Dann betraten zwei Polizeibeamte in Uniform das Wohnzimmer. Trishas Herz setzte für einen Schlag aus, als sie zwischen den Polizisten das Zimmermädchen erkannte, das ihr auf der Flucht begegnet war. Trisha registrierte, wie es sie schüchtern musterte. Der Schreck stand dem Mädchen noch immer ins Gesicht geschrieben.

»Sind das alle Personen, die hier wohnen?«, fragte der Mann von der Hotelsicherheit mit ernster Miene.

»Außer dem Liebhaber im Schrank, ja«, scherzte Chad.

Niemand lachte.

»Dürfen wir?«, fragte einer der Polizeibeamten und deutete zum Schlafzimmer der Suite.

»Nur zu!«, sagte Chad so unbekümmert, wie er konnte.

Während die Polizisten die Suite oberflächlich durchsuchten, hielt sich Trisha eine Hand an die Wange und versuchte so, ihr Gesicht vor dem Zimmermädchen, das sie immer noch anstarrte, ein wenig zu verbergen.

Die Polizeibeamten kehrten bald darauf zurück.

»Alles sauber«, meldete einer.

Der andere wandte sich an das Zimmermädchen. »Und?«, fragte er.

Das Zimmermädchen schaute nun offen in Trishas Gesicht.

Trisha zwang sich zu einem Lächeln und fragte: »Worum geht es denn?« Sie hoffte, dass die anderen das Zittern in ihrer Stimme nicht hörten.

»Nein, die andere war brünett. Und irgendwie schlanker«, antwortete das Zimmermädchen und schüttelte heftig ihren Kopf. »Das ist sie nicht.«

»Dann entschuldigen Sie die Störung!«, sagte der Sicherheitsbeamte, und der Trupp wandte sich zum Gehen. »Wir haben noch ein paar Zimmer vor uns!«, fügte er hinzu.

Plötzlich bückte sich einer der Officer und hielt Chad etwas entgegen. »Ihres?«, fragte er.

Trisha erkannte das zugeklappte Taschenmesser in seiner Hand.

In Chads Gesicht kehrte nach einer Sekunde der Überraschung ein breites Grinsen zurück. »Ja, danke, zum Flaschenöffnen«, sagte er und deutete auf die offene Seltersflasche auf dem Tisch.

»Ich hab dasselbe«, sagte der Polizist und übergab es Chad. »Gute Schweizer Wertarbeit.«

Kurz darauf waren Chad und Trisha wieder allein in der Suite.

»Wir sollten Ihnen alles erzählen«, sagte Trisha, während sie sich auf das Sofa fallen ließ.

»Sie hat dich nicht erkannt«, antwortete Chad und schaute auf das Taschenmesser in seiner Hand. »Damit haben wir es überstanden.« Er steckte das Messer in die Hosentasche.

Für eine Weile schwiegen beide.

Trisha bückte sich schließlich und holte die Papiere wieder unter dem Sofa hervor. »Schau hier«, sagte sie zu Chad. »Das sind die Spielregeln, die der Mönch mir gegeben hat. ›Notaio Aurelio, Lungotevere Delle Armi, Rom‹ steht hier. Und eine Telefonnummer. Dort soll die Ziehung stattfinden.«

Chad kam herüber, um ihr das Blatt aus der Hand zu nehmen. »Vielleicht sollten wir dort einmal anrufen? Und fragen, ob die Ziehung trotzdem stattfindet – jetzt, wo der Mönch tot ist.«

»Oder ob ich meinen Einsatz zurückbekomme«, ergänzte sie.

»Warum nicht«, meinte er. »Ruf du an.«

»Ich?« Trisha verzog ängstlich das Gesicht.

»Italiener können Frauen nicht widerstehen«, sagte Chad mit einem mühsamen Lächeln.

Sie schaute auf die Uhr. »Dort ist es jetzt nachmittags. Ich probiere es.«

Sie griff zu dem tragbaren Telefon und wählte die lange Nummer. Ein Freizeichen ertönte.

Dann meldete sich eine Frauenstimme. »*Noataio Aurelio. Pronto?*«

»Ähm, ich hätte gern den Notar gesprochen, bitte«, sagte Trisha auf Englisch.

Die Frau am anderen Ende der Leitung schwieg kurz. Dann fragte sie in gebrochenem Englisch: »Worum geht es?«

»Eine Lotterie ... Die Lotterie ... von dem Mönch ...«, stammelte sie.

Wieder war es ruhig, und Trisha befürchtete schon, die Frau könnte aufgelegt haben.

»Ich verbinde sie«, sagte sie jedoch nach einer Weile.

Musik wie aus einer Spieluhr ertönte, dann meldete sich eine dunkle Männerstimme auf Englisch. »Aurelio, wer ist da?«

»Trisha Wilson. Ich rufe Sie aus Las Vegas an.«

»Worum geht es bitte?«

»Die Lotterie ... diese heilige Lotterie ... Der Mönch ...« So durcheinander wie ihre Gedanken waren ihre Worte.

»Woher haben Sie nur alle meine Nummer? Ich bin kein Auskunftsbüro!«, bemerkte der Notar.

»Vom Mönch. Na ja, nicht direkt. Er ist tot.«

»Pater Pius ist tot?« Die Stimme des Notars klang bestürzt.

»Ich fürchte sogar, er wurde ermordet«, antwortete Trisha. Und als der Klang ihrer Worte nachhallte, fügte sie schnell an: »Nicht von mir!«

»Wer sind Sie, und was wollen Sie von mir?«, fragte der Notar nach einer kleinen Pause.

»Ich habe vom Mönch ein Los für diese Lotterie erhalten und dafür mein Vermögen eingesetzt. Und der Mönch gab mir Ihre Adresse, weil bei Ihnen die Ziehung stattfinden wird. Falls sie stattfindet. Es mag ein wenig unsensibel klingen angesichts des Todes von diesem Mönch … von Pater Pius. Aber ich frage mich, ob diese Ziehung nun stattfinden wird … oder nicht?«

»Sie sagten, Trisha Wilson ist Ihr Name?«, fragte der Notar, begleitet von Papierrascheln.

»Ja.«

»Und Sie haben bereits ein Los gezeichnet?«

»Ja. Gestern«

»Ihre Unterschrift liegt mir noch nicht vor. Aber dann fehlt nur noch ein Teilnehmer. Wenn dieser sein Los auch noch zeichnet, müsste die Ziehung stattfinden. So sind die Regeln.«

»Auch ohne Pater Pius?«, erkundigte sich Trisha.

Wieder schwieg der Notar eine Zeit lang, bevor er antwortete: »Ich bin von Ihrer Nachricht über seinen Tod schockiert. Aber die Ziehung ist grundsätzlich nicht davon abhängig, dass er lebt. Ich werde noch einmal die uns überlassenen Anweisungen durchschauen. Ich bin lediglich mit der Durchführung der Ziehung beauftragt …«

»Von wem?«, wollte Trisha wissen.

Chad gestikulierte wild neben ihr. »Frage ihn, wessen Los noch fehlt!«, raunte er aufgeregt.

»Wer mein Auftraggeber ist, kann ich Ihnen nicht sagen«, entgegnete der Notar nach einigem Zögern.

»Gibt es denn noch andere Mönche?«, fragte Trisha.

»Auch das kann ich Ihnen –«

»Können Sie mir wenigstens verraten, wer noch fehlt – wer von den Berechtigten sein Los noch nicht gezeichnet hat?«, unterbrach Trisha ihn.

»Auch dazu bin ich nicht befugt«, erwiderte der Notar.

»Und meinen Einsatz bekomme ich nicht wieder?«

»So sind die Regeln. Aber Signorina, bitte lassen Sie mich nun -«

»Wie erfahre ich denn nun, ob und wann die Ziehung stattfindet?«, schnitt Trisha ihm erneut das Wort ab. Sie wurde allmählich ungeduldig: so viele Fragen, und keine Antworten.

»Gemäß meinen Anweisungen werde ich Sie kontaktieren und Ihnen das Datum der Ziehung bekanntgeben, wenn das letzte Los bei mir eingetroffen ist. Normalerweise übersendet Pater Pius mir mit Ihrer Teilnahmeerklärung auch Ihre Kontaktdaten ...« Der Notar stockte. »Sie sagten, Sie haben sie gestern unterschrieben, und heute ist Pater Pius tot? Lassen Sie uns abwarten, ob Ihre Erklärung vielleicht schon per Post zu mir unterwegs ist oder ob ... Kennen Sie die näheren Umstände seines Todes?«

Trisha verneinte.

Sie hörte den Notar schwer atmen. »Rufen Sie mich gern später noch einmal an. Ich muss jetzt auflegen.«

Aus der Leitung drang ein Knacken. Trisha hielt Chad den Hörer mit dem Besetztzeichen entgegen.

»Aufgelegt«, sagte sie. »Und was jetzt?«

Chad nahm ihr den Hörer aus der Hand und legte ihn beiseite.

»Wir checken aus. Und dann bringen wir das letzte Los an den Mann«, schlug er vor.

»Ist das nicht die Aufgabe von diesen Leuten aus dem Orden?«, fragte Trisha unsicher.

»Nun ja«, entgegnete Chad und zeigte auf den Stapel Papiere vor ihnen. »Ich schätze, du hast deren Unterlagen geklaut ...«

Trisha riss die Augen auf. »Oh, mein Gott, du hast recht.« Sie überlegte. »Wir müssen sie zurückgeben.«

»Und wem genau«, entgegnete Chad höhnisch. »Wo sitzt dieser Orden?«

»Wir können es dem Notar schicken«, schlug Trisha vor.

»Der wirkte nicht besonders interessiert daran, dass das letzte Los gezeichnet wird. Überhaupt: Dem Orden ist es doch vermutlich egal, ob die Ziehung stattfindet oder nicht. Hauptsache, die haben eure Einsätze und schwimmen im Geld.«

Trisha fand, dass Chads Worte überzeugend klangen.

»Nein, ich fürchte, es bleibt jetzt an uns hängen, dieses letzte Los zu verteilen und dir damit die Chance auf diesen Preis zu eröffnen«, meinte er.

»Uns?«, wiederholte Trisha und zog erneut den Gürtel ihres Bademantels enger.

»Ich will dir nur helfen«, beteuerte Chad. »Wir teilen uns auf und besuchen die Personen hier auf den Stammbäumen. Dann werden wir rausfinden, wem wir dieses letzte Los aufschwatzen müssen.« Chad deutete auf das Blankolos, das sie in den Unterlagen des Mönchs gefunden hatten.

Trisha schaute wenig begeistert.

»Außerdem habe ich dies hier«, sagte Chad und holte eine dicke Rolle Geldscheine hervor.

Nur Spieler bewahrten so ihr Geld in der Hosentasche auf, dachte Trisha. Offenbar hatte er seit ihrer letzten Begegnung am Spieltisch einiges Glück beim Pokern gehabt.

»Denk daran, bis auf die zweitausend Dollar, die der Mönch dir gegeben hat, bist du mittellos«, hob Chad hervor und grinste. »Wer soll die Suite hier und die Flüge bezahlen, wenn nicht ich?«

Trisha strich sich mit der Hand über die noch feuchten Haare. »Kaum tauchst du auf, stecke ich wieder bis zum Hals in Problemen«, seufzte sie.

»Also, sind wir ein Team?«, fragte er.

Trisha nickte müde.

Chad überging ihre mangelnde Begeisterung und deutete stattdessen auf ihren Unterarm. »Was hast du denn da für Narben?«

Schnell zog Trisha den Ärmel des Bademantels herunter.

»Die sollen mich an etwas erinnern«, blockte sie ab. Dann legte sie den Kopf auf die Seite und studierte einen der Stammbäume, den sie bis zur Hälfte wieder aufgeklappt hatte.

»Ich fahre zu diesem Freihold«, verkündete sie. »›Hamburg, St. Fu‹ steht hinter seinem Namen. Sagt dir das was?« Sie schaute auf Chad.

Der hob die Hände. »Hamburg ist eine Stadt in Deutschland.«

Trisha nickte. »St. Fu klingt wie eine Kirche«, meinte sie.

»Noch ein Mönch?«, scherzte Chad.

Trisha öffnete ihren Laptop und googelte die Worte »St. Fu« und »Hamburg«.

»St. Fu ist ein Gefängnis in Hamburg«, stellte sie wenig später fest. Es ist eine Abkürzung für ›Strafvollzugsanstalt Fuhlsbüttel‹.« Sie hatte Mühe, das letzte Wort auszusprechen.

Chad stutzte. »Ich glaube, da sitzt jemand ein, den ich kenne. Erinnerst du dich an diesen chinesischen Pokerspieler, der bei einer privaten Runde einen anderen Spieler erschossen hatte? Wie hieß er doch gleich? Yang oder so.«

»Zhang«, sagte Trisha.

»Genau!« Chad strahlte.

»Ich habe ihn zum Glück nie kennengelernt.«

»Aber ich. Der Ire Ryan kennt ihn sehr gut. Ich glaube, die

telefonieren sogar noch regelmäßig. Unglaubliche Geschichte, dass der einen ins Jenseits befördert hat. Aber für Geld tat der alles.«

Bei diesen Worten schauderte Trisha erneut, und die Bilder des sterbenden Mönchs erschienen wieder vor ihrem geistigen Auge. Unwillkürlich schaute sie auf ihre Hände. Immer noch fühlte sie das Blut.

»Wer hat den Mönch bloß umgebracht – und warum?«, fragte sie unwillkürlich und starrte Chad gedankenverloren an.

Er hob bloß die Schultern.

»Meinst du, das hat etwas mit dieser Lotterie zu tun?«, hakte sie nach.

Wieder antwortete Chad nicht, sondern zuckte mit den Achseln.

»Und meinst du, wir Mitspieler dieser Lotterie sind in Gefahr?«, schloss Trisha ihre Überlegungen ab.

»Ich denke nicht«, antwortete Chad.

Trisha bemerkte jedoch, dass er sich dessen unsicher war. »Hätte ich doch bloß nicht mitgemacht«, sagte sie und senkte den Kopf.

Erneut nahm sie den Laptop zur Hand, rief die Webseite einer Airline auf und begann nach einer passenden Flugverbindung zu suchen. Hamburg hatte wenigstens einen eigenen Flughafen.

36

Berlin, 1763

Tief gebeugt und fast regungslos saß Hainchelin an seinem Schreibtisch und schien über den Dokumenten eingeschlafen zu sein. Lediglich der flackernde Schein des Kerzenlichts, der sich in seinen Augäpfeln widerspiegelte, verriet, wie hellwach er war. Seine Pupillen huschten wie zwei eingesperrte Asseln hin und her und folgten den Türmen von Zahlen auf dem Blatt vor ihm.

Schließlich nahm er die Feder, die griffbereit neben ihm lag, und zeichnete seinen Namen unter die letzte Zahl. Dann drückte er sorgfältig sein Prüfsiegel daneben. Zweihundertfünfundzwanzigtausend Taler waren ein Spottpreis für den Erwerb von Gotzkowskys Porzellanmanufaktur. Das *Arcanum*, das Geheimnis der Porzellanherstellung, war allein so viel wert. Ohne seinen Rat hätte der König beinahe den vierfachen Betrag für die Unternehmung ausgegeben, die bald »Königlich Preußische Porzellanmanufaktur« heißen sollte. Ein Informant hatte ihm berichtet, dass Gotzkowskys Schulden bei seinen Gläubigern sich mittlerweile auf über zwei Millionen Taler beliefen. Daraufhin hatte Hainchelin dem König geraten, sein Angebot zu reduzieren.

»Wenn er aber doch so viele Schulden hat, braucht er doch mehr Geld und nicht weniger«, hatte der König in Gegenwart der Minister verwundert angemerkt.

»Wenn Ihr ertrinkt, und Euch würde jemand ein Boot schicken, würdet Ihr einsteigen?«, hatte Hainchelin entgegnet.

»Natürlich!«, hatte der König geantwortet. »Was für eine törichte Frage.«

»Und wenn jemand Euch kein Boot schickt, sondern nur ein Stück Holz zuwirft, würdet Ihr Euch ebenfalls daran klammern?«

Der König hatte ihn verdutzt angeschaut und dann zustimmend genickt.

»Seht Ihr! Daher bieten wir, nun, wo wir wissen, dass ihm das Wasser bis zum Halse steht, weniger und nicht mehr!«, hatte Hainchelin triumphierend geschlossen, und so war es auch geschehen.

Hainchelin faltete die Papiere und rief laut nach seinem Kammerdiener Adolf.

Einige Zeit geschah nichts. Schließlich war ein schlürfendes Geräusch zu vernehmen, und die Tür öffnete sich. Mit zerzausten Haaren und einem Licht in der Hand näherte sich Adolf, das rechte Bein hinterherziehend, und nahm den ihm gereichten Umschlag entgegen.

»Dies muss sofort zum König, und zwar noch vor Sonnenaufgang«, befahl Hainchelin.

Adolf senkte den Kopf und wandte sich ab. Er war fast aus dem Zimmer, als er sich noch einmal umdrehte. Umständlich fummelte er aus der Tasche seines Rocks ein zusammengefaltetes Papier und erklärte: »Ein Läufer brachte dies für Euch. Ich vergaß, es Euch zu geben.«

»Dein Gedächtnis macht mir Sorgen«, entgegnete Hainchelin mit ärgerlichem Ton. Er hielt das kleine Kuvert nah an die Kerze. Seine Augen weiteten sich. Mit hektischen Bewegungen riss er es auseinander. »War es wieder derselbe Bote wie neulich?«, fragte er aufgeregt.

»Ja.«

»Und hat er wieder nicht gesagt, wer ihn schickt?«

»Ich wollte ihm schon Prügel androhen, aber es war nicht aus ihm herauszubekommen.«

»Dann kümmere dich nun um den Brief für den König«, sagte Hainchelin.

Adolf unternahm jedoch keine Anstalten zu gehen.

Hainchelin hielt das Schreiben so nah an die Kerze, dass es sich beinahe entzündete. Kurz erinnerte er sich an die erste Nachricht von besagtem Boten, die ohne Absender gewesen war: Misstrauisch hatte er sie in Empfang genommen und zunächst Calzabigi dahinter vermutet, der möglicherweise erneut versuchte, ihn reinzulegen. Doch die darin enthaltene Information, wonach Calzabigi in London von der Generalin la Mothe ausgehalten worden und als unverheirateter Junggeselle aufgetreten war, musste als zu ehrenrührig erachtet werden, als dass der Italiener sie selbst verfasst haben konnte. Der Direktor der Lotterie lebte also offensichtlich mit einer Hure und einem Waisenkind unter einem Dach, schloss Hainchelin. Eine Tatsache, auf die man den König bei passender Gelegenheit stoßen konnte. Nein, ganz offensichtlich meinte es hier jemand nicht gut mit seinem speziellen Freund. Umso gespannter war er, worum es nun ging.

»Für weitere Anmerkungen, die Lotterie betreffend, kommt morgen früh um dreiviertel fünf in den Neubau der katholischen Kirche. Allein«, las er laut.

»Das ist in einer Stunde!«, entfuhr es Adolf.

Hainchelin ignorierte die Bemerkung und las die Botschaft ein zweites Mal, diesmal leise.

»Mein Herr, Ihr werdet dort nicht hingehen, oder?«, fuhr der Kammerdiener fort. »Es ist nicht sicher um eine solche Uhrzeit. Der Bau der Kirche stockt, nur die Mauern und das Dach stehen. Wie man hört, treibt sich dort gerade bei

Nacht das Gesindel herum, das vom Branntwein ganz toll ist.« Fast weinerlich hatte er gesprochen.

»Du hast recht«, pflichtete Hainchelin ihm bei. »Es wäre unvorsichtig, dorthinzugehen, vermutlich sogar unklug. Aber«, er erhob sich bei diesen Worten und streckte mit einem ächzenden Ausruf seine Glieder, »ich werde es dennoch tun. Wer nicht wagt, der nicht gewinnt. Bestell mir rasch eine Droschke!«

Die Glocken des nahen Doms schlugen zur Dreiviertelstunde, als Hainchelin der Kutsche entstieg und mit schnellen Schritten über die leeren Gassen in den Rohbau der katholischen Kirche eilte. Ein Holzzaun versperrte den Eingang zu der stillgelegten Bauruine, an einigen Stellen war er jedoch aufgebrochen, und so konnte Hainchelin problemlos durchschlüpfen. Der Grundstein zum Kirchenbau war schon vor gut fünfzehn Jahren gelegt worden. Der König hatte das Grundstück und genügend Material für die Wände und Dächer gespendet, sodass diese zügig hochgezogen worden waren. Der restliche Bau sollte jedoch aus Kollekten der katholischen Kirche in anderen Ländern finanziert werden, und da diese während des Krieges komplett ausfielen, ruhte der Bau nun schon seit Jahren.

Hainchelin erschrak, als etwas über seinen Fuß huschte. Im Schein einer kleinen Lampe, die er vor sich hertrug, erkannte er eine Ratte, die mit einem ärgerlichen Quieken zwischen einem Stapel Bretter verschwand. Er versuchte, zwischen den zahlreichen Baumaterialien den Eingang auszumachen. Nicht weit entfernt glaubte er so etwas wie das Gerüst eines Portals zu erkennen. Vorsichtig bahnte er sich den Weg über den aufgeweichten Grund. Mit kalten, nassen

Füßen erreichte er endlich das, was einmal das Kirchenschiff werden sollte. Jeder seiner Schritte hallte von den Wänden wider, die in der Dunkelheit feucht glänzten.

»Ist hier jemand?«, rief er und lauschte.

Von weit hinten vernahm er ein hohles Tropfen, ansonsten war alles ruhig. Vielleicht war es doch keine so gute Idee gewesen, hierherzukommen. Er beschloss, den Raum einmal bis zur Mitte zu durchschreiten und dann umzukehren.

»Schön, dass Ihr gekommen seid!«, ertönte plötzlich hinter ihm eine Stimme.

Er fuhr herum, doch die Lampe reichte nicht, um bis zu demjenigen zu leuchten, der zu ihm gesprochen hatte.

»Nehmt das Licht weg, Ihr müsst mich nicht erkennen!«

»Ihr redet wie ... Calzabigi«, entfuhr es Hainchelin. »Derselbe Akzent!«

»Wir sind beide Italiener!«, antwortete der Unsichtbare. Die Worte kamen jetzt von ein wenig weiter rechts, er schien ihn zu umrunden.

»Warum habt Ihr mich hierherbestellt?«, fragte Hainchelin. Er versuchte seine Unsicherheit mit Ärger zu überspielen.

»Warum seid Ihr gekommen?« Der Fremde sprach ruhig, mit fast spöttischem Ton.

»Ihr habt mir neulich eine Nachricht geschickt, in der Ihr mich über Calzabigis Liebschaften aufgeklärt habt ...«

Keine Antwort.

Hainchelin schwenkte die Lampe, als könne er ihr Licht in die Dunkelheit werfen. »Seid Ihr noch da?«

»Ja, sicher.« Die Stimme kam jetzt von etwas weiter weg.

»Spielt Ihr Blinde Kuh mit mir?« Nun war Hainchelin wirklich verärgert.

Ein lautes Lachen hallte tausendfach von den Wänden und Dächern der Kirche wider. »Im Gegenteil, ich möchte

Euch die Augen öffnen. So wie ich es sehe, haben wir beide ein Interesse daran, dass Antonio mit seiner Lotterie hier in Berlin scheitert. Und ich kann Euch dabei helfen.«

»Wie kommt Ihr darauf, dass ich Calzabigi scheitern sehen möchte? Ich bin Kontrolleur der Lotterie. Also ist sein Erfolg auch der meine.«

»Sehr geschickt. Ihr seid vorsichtig«, lobte ihn der unsichtbare Fremde. »Aber warum wäret Ihr sonst gekommen? Zudem frage ich mich, ob Ihr wisst, dass der König vor Kurzem einen detaillierten Plan für die Verpachtung des Tabakmonopols von Calzabigi erhalten hat. Und für die Gründung einer Bank. Wie ich hörte, soll der König davon sehr angetan sein!«

Hainchelin spürte einen dumpfen Schmerz, der ihn durchfuhr, als habe der Fremde ihm ein Messer in das Herz geworfen.

»Ihr wusstet es nicht?«, fuhr der andere fort. »Ihr habt doch nicht wirklich geglaubt, Calzabigi würde Euch diese Geschäfte nicht streitig machen wollen?« Die Stimme klang amüsiert. Wieder ertönte ein Lachen, das Hainchelin diesmal in den Ohren wehtat.

Der Unbekannte musste nun ganz nah sein; fast glaubte Hainchelin, seinen Atem zu hören. Er hob die Lampe, doch alles, was sie erhellte, war die Dunkelheit.

»Woher weiß ich, dass ich Euch trauen kann?«, fragte er.

»Was glaubt Ihr, warum Antonio in Brüssel Bankrott machte?«

»Dahinter stecktet Ihr?«

Hainchelin wartete vergeblich auf eine Antwort. Er glaubte, direkt hinter sich das Knirschen eines Steins unter einer Schuhsohle zu hören, und fuhr herum.

»Was hat Calzabigi Euch getan?«, fragte Hainchelin.

Diesmal kam die Antwort prompt: »Mein Motiv müsst Ihr nicht kennen.«

»Und wie ist Euer Plan?«

»Um einige Dinge werde ich mich selbst kümmern. Dafür brauche ich Euch nicht. Signora di Calzabigi wird mich schon bald kennenlernen. Für andere Dinge will ich Euch die Gelegenheit geben, Calzabigi zu sabotieren.«

»Und wie soll eine solche Sabotage aussehen?«

»Wie ich mir vorstelle, wird unser beider Freund an dem Gewinn einer jeden Ziehung für die Staatskasse gemessen, richtig?«

»Das ist kein Geheimnis«, entgegnete Hainchelin immer noch misstrauisch.

»Nun, ich wüsste eine Methode, den Gewinn zu beeinflussen.« Erstmals klang der Mann im Dunkeln zögerlich, und Hainchelin wusste auch warum.

»Ihr meint, den Gewinn der Staatskasse zu schmälern? Das wäre Betrug am König!«, rief Hainchelin empört aus.

»Das kann man so sehen«, bestätigte der Italiener. »Oder auch nicht«, fügte er hinzu. »Stellt Euch vor, Calzabigi führt die Lotterie, womit wir beide sicher rechnen, früher oder später in den Bankrott. Welchen Schaden wird der König dann erst erleiden! Gelingt es Euch aber, Calzabigi aufgrund von ein paar Verlusten oder auch nur wegen weniger Gewinn bei jeder Ziehung aus Berlin zu verjagen, rettet Ihr damit am Ende die Schatulle des Königs!«

Nun war es Hainchelin, der schwieg.

»Also, seid Ihr interessiert? Sonst gehen wir beide unseres Weges und vergessen diese Unterhaltung.«

Hainchelin vernahm sich schnell entfernende Schritte.

»Bleibt!«, rief er. »Wie soll das funktionieren, was Ihr mir vorschlagen wollt?«

Die Schritte verstummten.

»Nun, es ist ganz einfach. Man muss nur zurück in die Vergangenheit reisen. Stellt Euch vor, Ihr kämet aus der Zukunft, und Ihr würdet alle gezogenen Zahlen der Lotterie kennen. Wie leicht würde es Euch als Zeitreisendem fallen, große Gewinne zu erzielen!«

»Das ist Unsinn!«, erwiderte Hainchelin. »Es ist ganz unmöglich, in die Zukunft oder die Vergangenheit zu reisen. Ihr verspottet mich!«

Wieder hallte das Lachen des Fremden durch das halb fertige Kirchenschiff.

»Nein und ja! Bei dieser Lotterie ist es sehr wohl möglich. Und zwar mit einem schnellen Gaul! Wenn die Ziehung der glücklichen Zahlen in Berlin gelaufen ist, die Einsätze mit den Losen von den äußersten Einnahmestellen des Landes sich aber noch in Postsäcken auf dem Weg zum Lotterieamt in Berlin befinden, dann braucht derjenige, der schnell im Geiste und zu Pferde ist, nur zu einer der nächsten Poststationen zu reiten, den dortigen Postmeister zu bestechen und auf den Spielerlisten in den Briefbeuteln die richtigen Gewinnnummern einzutragen. Wenn diese danach Berlin erreichen, werden sie den Spielern ganz außerordentliche Gewinne bescheren, und Euer Calzabigi wird tief in die Lotteriekasse greifen müssen.«

»Das könnte in der Tat funktionieren«, dachte Hainchelin laut. »Zumal die Lotteriescheine der weit entfernten Kollekturen nicht am Castelleto teilnehmen, sondern tatsächlich meist erst nach der Ziehung eintreffen!«

»Also reist in die Vergangenheit und spielt ein bisschen Fortuna!«

»Ich weiß nicht …«, entgegnete Hainchelin, der zwiegespalten war. Immer noch rechnete er damit, dass ihm nur eine Falle gestellt wurde. »Was, wenn ich dabei erwischt werde?«

»Ihr werdet so klug sein, jemanden auszuwählen, der es für Euch ausführt und seine Zunge zu hüten weiß.«

»Ich weiß nicht ...«, jammerte Hainchelin.

In diesem Moment schlug es draußen fünf Uhr. Die Glockenschläge wurden in dem unfertigen Bau verstärkt, und fast befürchtete Hainchelin, dass die Vibrationen, die er im ganzen Körper spürte, seine Lampe löschen würden.

»Das Wohl des Königs liegt in Eurer Hand«, sprach der Fremde, nachdem der Lärm verhallt war. Er schien sich nun wieder zu entfernen.

»Geht nicht! Lasst mich nicht allein!«, rief Hainchelin in das Schwarze, das hinter dem Schein der Lampe begann. Und als er Schritte vernahm, ohne eine Antwort zu erhalten, fügte er mit sich überschlagender Stimme hinzu: »Ich tue es!«

Erst jetzt fiel ihm das Echo auf, das seine Worte erzeugten, die noch lange, nachdem sie ausgesprochen waren, von außen in seine Ohren drangen und ihm ganz fremd vorkamen. Er rang nach Luft. Feucht war es hier drinnen.

Vom Eingang her spürte er einen kalten Luftzug, der sich an seiner Stirn noch viel kühler anfühlte, als er sich von dort die Schweißperlen abwischte. Ihm fröstelte. »Seid Ihr noch da?«, rief er mit nun brüchiger Stimme in die Leere hinein und horchte angestrengt.

Statt einer Antwort vernahm er nur wieder ein monotones Tropfen. Er wusste, er war allein.

37

Im Flugzeug über den USA

Carter drehte angewidert den Kopf weg. Ihm war heute nicht nach Tomatensaft. Zu sehr erinnerte ihn das Getränk im Plastikbecher an Blut.

»Was ist nur mit dir los?«, fragte Luna und klopfte die letzten Krümel aus einem Tütchen Pfeffer. »Warum mussten wir überhaupt so überstürzt aus Las Vegas abreisen? Wir haben noch nicht einmal gespielt!«

Carter strich mit Daumen und Zeigefinger über seine Augen und genoss für einen Augenblick die Dunkelheit. Er schluckte, um den Druck aus den Ohren zu bekommen.

»Denkst du, ich bin begeistert davon?«, entgegnete er. »Wie ich dir sagte, ein Notfall in der Firma.«

Carter verschränkte die Arme und schaute aus dem Fenster. Der Trip nach Las Vegas war anders verlaufen, als er es sich erhofft hatte. Seine Probleme waren in den vergangenen vierundzwanzig Stunden nicht kleiner geworden, sondern größer.

»Du schuldest mir eine Reise auf die Keys«, insistierte Luna und griff nach einer Zeitschrift.

»Ja, Mann«, brummte Carter.

In Gedanken war er bereits in New York. Als Erstes musste er unbedingt Kontakt mit Gonzales aufnehmen und darüber sprechen, was schiefgelaufen war. Sodann würde er sich um diesen Haye kümmern, der ihm bei der Charity-Veranstaltung aufgelauert hatte. Sein Büro hatte ihm gemailt, dass er dort mehrmals aufgetaucht war und nach ihm gefragt hatte. Zuletzt hatte er damit gedroht, an die Presse zu gehen. Er musste dem Kerl unbedingt das Maul stopfen, sonst trat der doch noch eine Lawine los, die ihn begraben würde. Carter fühlte eine unbändige Wut in sich aufsteigen. Wieder schluckte er, doch der Druck im Ohr verschwand einfach nicht. Vielleicht sollte er mal wieder zum Boxtraining gehen. Er formte seine Rechte zur Faust und betrachtete sie. Sein angewinkelter Daumen ruhte auf Zeige- und Mittelfinger. Langsam drehte er die Hand vor seinem Gesicht und betrachtete sie genau. Wie hatte man sein goldenes Händchen für Investments gelobt. Jahrzehntelang hatte er auf der Klaviatur der Finanzwelt gespielt. Den Daumen gehoben, um neue Investoren zu locken. Mit dem Zeigefinger auf Aktiencharts gedeutet, die nur eine Richtung kannten. Seinen Feinden den Mittelfinger gezeigt. Den Ehering mit Stolz und Verantwortung am Ringfinger getragen. Mit dem kleinen Finger nachgehakt, wo es sein musste. Und nun? Nun war ihm nur noch seine Faust geblieben. Und er fühlte sich genau wie sie. Er war geballte Kraft – bereit, einen vernichtenden Schlag zu setzen.

»Willst du wen verprügeln?«, fragte Luna belustigt.

Erschrocken entkrampfte er seine Hand und massierte sie mit den Fingern der anderen, während er Luna ein gequältes Lächeln zuwarf. Hinter ihr kamen die Beine einer Stewardess in sein Sichtfeld.

»Sir, es tut mir sehr leid. Ich hoffe, das Upgrade in die erste Klasse entschädigt sie ein wenig. Bitte wenden Sie sich wegen der Reinigung an die Fluggesellschaft. Ich gebe Ihnen nachher ein Formular dafür mit, auf dem ich den Vorfall bestätige.«

Sie sprach mit einem Mann um die Dreißig, der ihr folgte.

Auf seinem weißen Hemd war ein großer Fleck zu erkennen. Carter tippte auf Kaffee.

»Hier ist Ihr Platz. Machen Sie es sich bequem, ich bringe Ihnen gleich ein Glas Champagner!«, sagte die Stewardess mit entschuldigender Geste und platzierte den Passagier auf der gegenüberliegenden Seite des Ganges. Der Mann setzte sich und begann, sein Hemd aufzuknöpfen, dann zog er es aus und betrachtete fluchend den Fleck. Darunter trug er ein weißes T-Shirt. Auf dem Oberarm erkannte Carter Fields eine Tätowierung. Zwei Spielkarten, einen Herzkönig und eine Herzdame.

Auch Luna hatte ihren neuen Sitznachbarn interessiert gemustert, während sie an ihrem Getränk nippte. Carter stieß ihr sanft in die Seite, sodass sie aufkreischte und nur mit Mühe verhindern konnte, dass sie etwas verschüttete.

»Hey!«, beschwerte sie sich und stellte ihren Becher auf dem kleinen Tisch ab.

Er griff nach ihrer Hand und zog sie zu sich heran. »Wenn ich meine Sachen erledigt habe, fahren wir auf die Keys«, raunte er in ihr Ohr. »Vielleicht für länger.«

Luna lächelte und gab ihm einen Kuss.

Sie schmeckte nach Tomatensaft.

38

HAMBURG, SANTA FU

»Kann ich reinkommen?«

Vor der Zellentür stand der Geldbüßer und fuhr sich verlegen mit den Händen durch die fettigen Haare. Henri beugte sich vor und schaute prüfend in den Gang, als wolle er sich versichern, dass niemand sie beobachtete. Dann gab er den Eingang frei.

Unsicher trat sein Besucher ein. Der Aufenthalt im Knast hatte ihn nicht lebendiger werden lassen. Im Gegenteil. Seine Haut war grau und fahl. Die Haare hatten sich zu klebrigen Strähnen zusammengefunden. Alles an ihm wirkte nervös. Das Zappeln seiner Schultern. Das Kneten seiner Hände. Vermutlich litt er immer noch unter Entzug. Henri hatte in den vergangenen Jahren viele solcher lebenden Toten kennengelernt. Er überlegte kurz, wie noch mal sein Name war. Martin?

»Willst du dich setzen?«, fragte Henri, der die Tür hinter ihnen geschlossen hatte.

Die Anstaltsregeln verboten es, die Türen tagsüber zu schließen, bei ihm machten die Wärter jedoch eine Ausnahme. Wie so vieles hatte er auch dies vor Gericht erstritten. Recht auf Privatsphäre als Sicherheitsverwahrter.

Martin schüttelte den Kopf und blieb mitten im Raum stehen. Immer noch bearbeitete er seine Hände wie Kuchenteig.

»Habe gehört, Sie kommen vielleicht bald raus«, sagte er mit zitternder Stimme.

Henri stutzte. »Wer erzählt so was?«

Martin zuckte mit den Schultern. »Irgendwer«, antworte er unsicher.

Er hatte also bereits seine ersten Knastlektionen gelernt. Verrate nie, wer was gesagt hat. Plaudertaschen waren hier nicht willkommen.

»Ist nur ein Gerücht«, sagte Henri und kam langsam auf Martin zu.

»Und was ist mit meinem ›Fall‹, wenn Sie hier weg sind?«

Henri blieb vor seinem Besucher stehen und verschränkte die Arme. »Bist du taub?«, schnauzte er. »Ich sagte doch, da ist nix dran.«

Der Geldbüßer erschrak wegen Henris ärgerlichem Ton und biss sich auf die Unterlippe. »Und jetzt?«, murmelte der Geldbüßer, mehr zu sich selbst.

Henri blickte ihn verwundert an. »Wie meinst du das?«

Martin stöhnte laut auf, als würde ihn ein innerer Schmerz plagen, und legte seine linke Hand auf die Stirn. Erneut stieß er einen klagenden Laut aus.

»Was ist los?«, fragte Henri ungeduldig.

»So eine Scheiße!«, jammerte Martin. »Ich kann das nicht!«

Nun riss Henri der Geduldsfaden. Er packte ihn an der Schulter und schob ihn unsanft in Richtung Zellentür, was nicht schwerfiel, da Martin nur aus Haut und Knochen zu bestehen schien.

»Fass mich nicht an!«, brüllte der Geldbüßer plötzlich und schlug Henris Hand weg.

Henri löste seinen Griff und schritt zur Zellentür, um sie zu öffnen.

Plötzlich spürte er einen Schlag in der Seite – und kurz

darauf einen zweiten. Ein Schmerz wie ein Blitz durchzuckte ihn. Er fasste dorthin, wo der Schmerz war. Seine Hand fühlte sich merkwürdig warm an. Er wollte sich umdrehen, war aber unfähig, sich zu bewegen.

»Mist ...«, stieß er aus und sackte im nächsten Moment zusammen. Ihm wurde schwindelig, als er das viele Blut auf seiner Hand sah. Etwas fiel neben seinen Kopf auf den Boden. Es sah aus wie ein blutverschmierter Schraubenzieher, dessen Griff mit Klebeband umwickelt war.

Als Nächstes blickte er in das zu einer weinerlichen Grimasse verzogene Gesicht des Geldbüßers.

»Oh, *Shit*, sie wollten es so, verdammte Scheiße!«, fluchte er.

Dann hörte Henri das Öffnen und Schließen der Zellentür. Der Schmerz ließ nach, jemand schaltete das grelle Deckenlicht aus.

Dann legte sich über alles eine tröstende Stille.

39

Berlin, 1763

»Schaut die Karossen dort drüben. Eins, zwei, drei ... sechs an der Zahl! Und seht, wie fremdländisch die Insassen aussehen! Wer mag das wohl sein?« Marie hatte sich weit aus ihrer Kutsche gebeugt und deutete auf die gegenüberliegende Seite der Lindenallee.

Calzabigi spuckte verächtlich hinaus auf den Boden. »Das ist Ahmed Resmi Efendi, der türkische Gesandte. Er ist mit seinem Gefolge nach Berlin gekommen, um mit dem König über ein Bündnis zu verhandeln!«

»Warum seid Ihr ihm so feindlich gesinnt?« Marie blickte ihren Begleiter verwundert an.

»Hainchelin hat es mir auf die Nase gebunden. Dreiundsiebzig Mann hat er aus Istanbul mitgebracht und angekündigt, einige Wochen zu bleiben. Und der König muss für alles zahlen. Rate mal, womit er plant, die Kosten zu bestreiten?«

Marie gab darauf keine Antwort. Sie schaute noch verwunderter und streckte sich, um auch dem letzten Wagen des bunten Aufzugs hinterherzuschauen.

»Mit den Einnahmen aus der nächsten Lotterieziehung!« Calzabigi schüttelte verbittert den Kopf. »Als wären wir eine Münzprägeanstalt. Immerzu heißt es: mehr, mehr, mehr.«

»Was hat der König zum Verlust der zweiten Ziehung gesagt?«, wollte Marie wissen.

»Ich konnte nicht selbst mit ihm sprechen, habe nur einen

bitterbösen Brief erhalten«, erwiderte Calzabigi missmutig. »Ich kann es mir bis heute nicht erklären. Aber Hainchelin hat es wieder und wieder nachgerechnet. Eine Reihe von Spielern aus den äußersten Kollekturen hatte außerordentliches Glück und somit ungewöhnlich hohe Gewinne, die wir auszahlen mussten. Allein auf das Comptoir Nr. 43 entfielen, außer einer beträchtlichen Anzahl Extracten und Amben, allein elf Ternen! Es ist einfach unerklärlich.«

Während er sprach, war Calzabigis Gesichtsausdruck so traurig, dass Marie versucht war, sich vorzubeugen und tröstend über seine Hand zu streichen. Aber die Gefahr war zu groß, dass dies zu folgenschweren Missinterpretationen führte, und so unterließ sie es.

Stattdessen presste sie sich tiefer in ihren Sitz und verkroch sich in den Mantel wie eine Auster in ihre Schale. Obwohl die Novembersonne ihr Bestes gab, war es kalt geworden in Berlin. Am Abend zuvor war gar der erste Schnee gefallen, am Morgen aber weggetaut. Die Wolken kündigten allerdings mehr Schnee an, und es war bei dieser Kälte nur eine Frage der Zeit, bis er liegen blieb. Daher hatte Marie sich auch zunächst geweigert, mit in die Kutsche zu steigen. Doch Calzabigi hatte darauf bestanden. Er wolle ihr etwas zeigen, hatte er mit einem verräterischen Grinsen gesagt.

Gerade hatten sie das Zelt unter den Linden passiert, in dem im Sommer Limonade und andere Erfrischungen verkauft wurden. Jetzt war es abgetakelt und verlieh der mittleren Allee, die innerhalb der sechsspurigen Straße als Flaniermeile diente, mit den überwiegend leeren Bänken eine Atmosphäre der Einsamkeit.

»Wo fahren wir hin?«, fragte sie mit vor Kälte zitternder Stimme. »So verratet es mir doch!« Sie verzog den Mund zu einer Schnute, so wie es auch der kleine Charles tat, wenn er ihr Herz zu erweichen versuchte. In den vergangenen Monaten hatte sie ihn wie einen Sohn angenommen. Doch er war mehr als dies: Sie waren Verbündete. Wie er seine Eltern, so hatte sie ihre Heimat verloren, und ihre gegenseitige Zuneigung gab ihnen beiden Trost.

Calzabigis Miene hellte sich schlagartig auf, und er lächelte sogar. »Hab Geduld. Es wird dir gefallen!«

Sie verließen die großen Hauptstraßen, und kurz darauf hielt die Kutsche vor einem gewöhnlichen Gebäude, das nicht anders aussah als die vielen anderen in der Straße.

Kaum kam die Kutsche zum Stehen, öffnete sich die Tür, und ein Mann trat zu ihnen heran, dessen Gesicht Marie bekannt vorkam, indes wusste sie nicht, woher. Seiner Kleidung nach zu urteilen war er ein einfacher Arbeiter. Zu einer grauen Leinenhose trug er ein blaues Hemd.

»Signora, darf ich bitten!«, sagte er mit einem überraschend vornehmen Ausdruck und half ihr beim Aussteigen. Kaum hatte sie sicheren Stand, ergriff Calzabigi ihren Arm und hakte ihn bei sich unter.

»Darf ich vorstellen: Monsieur Gotzkowsky«, sagte Calzabigi mit tragender Stimme und zeigte auf den Mann, der sich kurz verbeugte und ihnen anschließend voranging.

»Der Fabrikant?«, fragte Marie erstaunt.

Tatsächlich löste der Name ein paar Erinnerungen bei ihr aus. Zuletzt hatte sie ihn als einen der Schöffen bei der ersten Ziehung der Lottozahlen gesehen. Alle tuschelten darüber, dass er bankrott sei, und so war er nun auch gekleidet.

»Schauen wir uns eine Fabrik an?«, flüsterte sie in Calzabigis Ohr.

Sie erhielt jedoch keine Antwort.

Gemeinsam erreichten sie den Eingang. Erst die Worte,

die über der Tür in das Holz geschnitzt waren, verrieten ihr, wo sie waren: *Maison des Orphelins*. Sie fröstelte, nicht nur vor Kälte. Zwar war sie niemals zuvor hier gewesen, doch Charles hatte sie, nachdem sie sein Vertrauen gewonnen hatte, ein ums andere Mal in seinen Erzählungen an diesen Ort geführt. Es waren düstere Berichte, und sie fühlte sogleich eine starke Beklemmung, als sie durch die offene Tür in das dunkle Innere blickte.

Calzabigi schien ihr Unbehagen zu fühlen und streichelte ihre Hand. »Hab keine Angst«, sagte er. »Wie ich sagte, es wird dich erfreuen.«

Das freundliche Gesicht einer jungen Frau in Schwesterntracht tauchte vor ihnen auf, und sie wurden herzlich begrüßt. Sie sah so ganz anders aus als die grausamen Gouvernanten in Charles' Schilderungen. Als sie den Absatz einer Treppe erreichten, kamen zwei sich fröhlich jagende Kinder an ihnen vorbeigestürmt. Jedes hatte einen Stapel Bücher unter dem Arm.

»Seid zum Abendessen wieder hier!«, rief die Gouvernante den beiden hinterher, bevor sie die Tür schloss.

Marie suchte vergeblich nach dem Riegel, den Charles beschrieben hatte. Die Treppe führte sie in den oberen Stock. Von einem hellen Flur gingen mehrere weit offenstehende Türen ab, und aus einem Raum drang fröhliches Kindergeschrei.

»Bitte schön!«, sagte Gotzkowsky mit einem gutmütigen Lächeln und geleitete sie in das Zimmer.

Kinder tobten lachend um Tische herum, auf denen überall bunte Blätter und kleine Bücher lagen. An einer Seite des Raums stand etwas, das wie eine riesige Teigrolle aus Eisen aussah.

»Die Druckerpresse ist installiert! Hervorragend«, stieß

Calzabigi aus, löste sich von Marie und schritt auf das Gerät zu, um es genauer zu betrachten.

»Schaut Euch lieber den ersten Kalender an, er ist fertig!«, verkündete Gotzkowsky und nahm von einem Tisch ein kleines Buch, um es Calzabigi zu überreichen.

Der blätterte es andächtig durch, wie ein Gesangbuch, begleitet von einem Mienenspiel seiner Augenbrauen, das Zufriedenheit verriet. »Ganz ausgezeichnet!«, rief er schließlich.

»Was ist das?«, wollte Marie wissen und griff sich ebenfalls eines der kleinen Bücher.

»Ein Lottokalender!«, antwortete Gotzkowsky mit freudiger Stimme.

»Ein was?«, fragte Marie und beschaute sich das Büchlein in ihren Händen genauer. Auf der Titelseite war das königliche Wappen aufgedruckt. Auf den nächsten Seiten fand sie Zeichnungen, die den Druck und Verkauf von Lotterielosen, Szenen der Ziehung und Abbilder der Fortuna zeigten. Auf allen Bildern lachten die Menschen fröhlich. Dazwischen fanden sich große Passagen mit Text, der lobende Ausführungen über das Lotteriespiel enthielt.

»Ein dem Lotteriespiel gewidmeter Almanach. Wir erklären die Regeln, erteilen Ratschläge!«, erläuterte Calzabigi stolz.

»Fünftausend Stück haben die Kinder bereits verteilt!«, ergänzte Gotzkowsky. Triumph schwang in seiner Stimme. »Und weitere fünftausend verteilen wir ab morgen!«

Maries Blick schweifte über die Reihen der glücklich wirkenden Jungen und Mädchen.

»Ich habe beim König erreicht, dass die alte Leitung des Waisenhauses samt Personal abberufen worden ist. Mein Freund Gotzkowsky hat die Leitung übernommen. Und anstelle der Spinnerei stellen wir nun die Lottokalender her und verteilen sie mithilfe der Kinder.«

»Und die Kinder erhalten einen gerechten Lohn«, betonte Gotzkowsky. »Es arbeiten nur diejenigen, die möchten.«

»Und wer nicht will oder nicht kann, darf spielen oder lernt Schreiben und Lesen«, sagte Calzabigi und ging zu einer versteckt gelegenen Nebentür.

Als er sie öffnete, fiel der Blick auf mehrere Tische, an denen Jungen tief gebeugt über Büchern saßen und ob der Störung erschrocken aufblickten. Als sie Calzabigi erkannten, winkten sie ihm freudestrahlend zu.

»Das ist ... Das ist ja wunderbar!«, jubilierte Marie. Ihre Augen wurden feucht. »Das muss ich unbedingt Charles zeigen!«

»Er kennt es schon«, antwortete Calzabigi und überließ die Jungen wieder ihrem Studium. »Er hat bereits geholfen, die Almanache auszutragen.« Grinsend fügte Calzabigi hinzu: »Er musste mir versprechen, die Überraschung für dich nicht zu verderben.«

»Und wo sind die alten Vetteln, die hier vorher geherrscht haben?«, fragte Marie mit düsterem Blick.

»Im Frauenkerker«, antwortete Gotzkowsky.

»Leider nur als Wärterinnen«, ergänzte Calzabigi mit einer bedauernden Geste.

Marie begann erneut zu strahlen.

»Danke!«, sagte sie, vergaß ihre Zurückhaltung, stellte sich auf die Zehenspitzen und gab Calzabigi einen Kuss auf die Wange.

Dieser griff sich dorthin und betrachtete verzückt seine Handfläche, als habe er einen Schmetterling gefangen.

Nach einem kurzen Moment der Besinnung wandte er sich Gotzkowsky zu und dankte ihm überschwänglich. Dann griff er sich einige der Büchlein und ging mit Marie nach draußen, wo sie wieder die Kutsche bestiegen.

Bald kreuzten sie erneut die Lindenallee.

»Ihr habt ein großes Herz«, erklärte Marie. Sie merkte, wie ihre Worte ihn erwärmten.

»Hoffnung«, sagte er. »Ich gebe den Waisenkindern Hoffnung.«

»Und Gotzkowsky?«, fragte sie besorgt.

»Auch ihm. Beim Streben nach Gewinn ist er grandios gescheitert. Nun strebt er nach Absolution.«

Marie nickte.

»Hoffnung«, wiederholte Calzabigi und warf ihr einen schmachtenden Blick zu.

Marie hatte diese Art von Blick in dem Etablissement von Signorina Pellegreni häufig bei den Männern beobachtet, die immer wieder ein und dieselbe Hure aufgesucht hatten und darüber bankrottgegangen waren.

»Wie süß die Hoffnung ist«, ergänzte Calzabigi mit sehnsüchtiger Stimme.

Die Kälte schien Maries Lächeln einfrieren zu lassen.

»Nichts anderes gebe ich den Menschen hiermit«, fuhr Calzabigi fort und hob einen der Lottokalender in die Höhe. »Hast du das Lottofieber in den Straßen bemerkt? Die langen Schlangen vor den Einnahmestellen? Die freudige Erwartung in den Gesichtern der Menschen während der Ziehung? Sie können noch so arm sein. Noch so ausgebeutet. Ein einziges Los kann alles verändern. Aus jedem einen Lottokönig machen! Und bevor dies geschieht, trägt sie die Hoffnung durch dunkle Gassen und kalte Nächte. Durch einsame Nächte.« Bei letzteren Worten hüllte sich seine Stimme plötzlich in Trauer. Wieder schienen sich seine Augen in sie vergraben zu wollen.

Marie schlug den Kragen ihres Mantels nach oben. »Ihr nennt die Hoffnung süß, ich nenne sie bitter«, sagte sie dann mit bebender Stimme.

»Bitter?«, fragte Calzabigi bestürzt.

Marie nickte. »Wie unendlich traurig muss es sein, wenn man in Gedanken ein Leben lebt, das nicht das eigene ist, sondern eines, das nur in der Vorstellung existiert? Wie verzweifelt muss man sich fühlen, wenn man vor Augen hat, was man begehrt, jedoch nicht danach greifen kann?« Marie holte kurz Luft. »Wie bitter kann Hoffnung also sein, wenn sie einen aus dem Hier und Jetzt in ein Morgen treibt, das es gar nicht gibt?« Nun füllten sich ihre Augen mit Tränen.

Calzabigi starrte sie mit offenem Mund an, und auch bei ihm glaubte sie nun Tränen zu entdecken.

»Und auch nie geben wird?«, fügte sie an.

Dann wandte sie sich um und gebot dem Kutscher anzuhalten. Bevor Calzabigi fähig war, zu reagieren, öffnete sie die Tür und sprang mit mädchenhafter Geschmeidigkeit hinaus. Dabei öffnete sich ihr Mantel, und die Ärmel blähten sich zu beiden Seiten wie Flügel auf.

»Setzt Euren Weg ohne mich fort!«, rief sie Calzabigi zu, während sie zu den Pferden trat und einem der Rappen einen kräftigen Klaps auf das Hinterteil gab, worauf der Kutscher die Peitsche hob und der Wagen sich mit einem Ruck in Bewegung setzte.

Calzabigi drehte sich zu ihr um und streckte mit einem stummen Ausruf auf den Lippen seinen Arm nach ihr aus.

»Ich gehe allein. Wartet nicht auf mich!«, schrie sie und sah der Kutsche mit Calzabigi nach, die allmählich immer kleiner wurde.

Erstmals fühlte sie so etwas wie Mitleid mit ihm. Ein kalter Wind schlug von der Seite in ihr Gesicht. Sie würde sich auf dem Fußmarsch nach Hause den Tod holen. Aber es war ihr plötzlich danach zumute gewesen, auszusteigen und zu laufen. Am liebsten zurück bis nach Genua – oder bis nach Paris. Aber das ging nicht. Sie durfte nicht undankbar sein. Calzabigi war kein schlechter Mensch. Sie liebte ihn nur nicht, so wie er sie. Sie lebte neben ihm, aber nicht mit ihm. Er konnte ihr Gesellschaft leisten, aber selbst wenn er bei ihr war, konnte er ihr nicht ihre Einsamkeit nehmen. Er war wie ein Sonnenschirm, der sie zwar beschützte, aber ihr gleichzeitig den Anblick und die Wärme der Sonne nahm.

Eines Tages würde sie Berlin verlassen können. Wenn Calzabigi zu seinem Wort stand und ihr den versprochenen Lohn für ihre Dienste auszahlte. Vielleicht würde sie Charles mitnehmen können. Unabhängig und frei sein und ein wenig Geld haben. Davon träumte sie. Sie hob den Kopf und blickte die Allee entlang, die sich bis zum Horizont erstreckte.

Nein, sie träumte nicht davon, eines Tages Berlin als glückliche Frau zu verlassen. Wenn sie ehrlich war, hoffte sie es.

40

Mumbai

Eines Tages war Sushil auf einen Kran geklettert und hatte auf dessen langem Arm weit oben über ihren Köpfen balanciert. Pradeep und die anderen Kinder hatten die Szene von unten beobachtet und jeden Augenblick damit gerechnet, seinen zerschmetterten Körper vom Boden aufheben zu müssen.

»Bist du lebensmüde?«, hatte Pradeep ihn gefragt, als sein Freund endlich von den letzten Sprossen der Leiter heruntergesprungen war und wieder wohlbehalten vor ihnen stand.

»Was willst du?«, hatte Sushil mit weit aufgerissenen Augen zurückgefragt. »Das ist hier unten doch nicht anders als da oben! Der Abgrund ist immer da!«

An diese Worte erinnerte sich Pradeep nun, als er durch die Indravadan Oza Road irrte, um den Telefonladen zu suchen. Neben dem Hospital, hatte Sushil gesagt.

Seit der Recyclingbetrieb geschlossen hatte, war Pradeep wie benommen tagsüber durch die Straßen gestreunt. Einmal hatte er sogar gebettelt, doch die Ausbeute für einen erwachsenen Mann wie ihn, der keine Verkrüppelungen vorzeigen konnte, war erbärmlich. Ein kleines Mädchen, das unweit von ihm Rosen an Autofahrer und Rikscha-Passagiere verkauft hatte, war locker auf das Zehnfache seiner Tageseinnahmen gekommen; und so hatte er das Betteln bald wieder gelassen.

Weil er kein Geld mitbrachte, vermied er es, zu normalen

Zeiten nach Hause zu kommen. Vor allem aber lag es an Panditas Zustand, für den er sich schuldig fühlte. So kam er immer erst spät in der Nacht nach Hause, wenn alle schliefen, und verschwand im Morgengrauen.

»Jeder Tag, den sie überlebt, ist ein guter Tag«, hatte der Arzt gesagt und ihm aufmunternd auf die Schulter geklopft. »Du musst dir vorstellen, dass ihr Leben an einem seidenen Faden hängt. Wir können nur zuschauen, ob er reißt oder ob jemand es gut mit ihr meint und daraus ein Netz spinnt.«

Nach vielen Jahren war Pradeep sogar wieder in die Kirche gegangen. In einer kleinen Kapelle am Ghandi Park hatte er jeden Abend um Panditas Genesung gebetet.

Endlich fand er den Laden. *Sushils Phone House* stand in schmutzigen gelben Lettern über einem kleinen Geschäft. Die Buchstaben wirkten wie aus Pappe gestanzt, und das »l« war verloren gegangen. Das Schaufenster war mit einer schwarzen Staubschicht überzogen und verhinderte so den Blick ins Innere. Das Geschäft sah geschlossen aus. Pradeep zögerte eine Sekunde, dann nahm er sich ein Herz und drückte gegen die Tür, die zu seiner Überraschung nachgab. Eine Klingel über seinem Kopf kündigte sein Kommen an.

Drinnen war es dunkel. Pradeep erkannte einen Glastresen, dahinter eine Wand mit Regalen. Aus einer Tür, die zwischen den Regalen in einen weiteren Raum führte, trat ein Mann, groß wie ein Baum.

Es war nicht Sushil.

»Ja?«, begrüßte der Mann ihn unwirsch.

Fast schien es so, als wären Kunden in diesem Laden nicht erwünscht. Sein Gesicht war mit Narben überzogen, eine Hälfte war ganz mit dunklen Flecken übersäht. Seine Augen lagen tief in den Höhlen.

»Ich möchte zu Sushil«, sagte Pradeep unsicher und

schaute sich zur Tür um. Vielleicht war es besser, auf der Stelle umzudrehen und wieder zu gehen.

Der Mann betrachtete ihn mit einem prüfenden Blick, dann forderte er ihn mit einer Handbewegung auf, näher zu kommen.

Pradeep blieb stehen. »Ist er hier?«, fragte er.

»Er ist hinten in seinem Büro«, antwortete der Hüne.

Immer noch bewegte Pradeep sich nicht. »Kann er rauskommen?«, fragte er.

Der Mann musterte ihn wieder eine Zeit lang, dann drehte er sich um und verschwand. Pradeep glaubte, gedämpfte Stimmen zu hören, dann erschien der Riese wieder, diesmal in Begleitung von Sushil.

»Pradeep! Mein Freund!«, rief der erfreut und umrundete den Tresen. Er verneigte sich mit vor der Brust gefalteten Händen. Pradeep tat es ihm nach. Auch wenn er kein Angehöriger der Hindus war, verschloss er sich nicht dem Namaste, ihrem traditionellen Gruß.

»Komm, ich habe gerade einen Tee gemacht, wir trinken einen zusammen«, sagte Sushil und zog ihn am T-Shirt hinter sich her. Ihr Weg führte vorbei an durchsichtigen Kisten mit allerlei elektronischen Geräten.

»Was verkauft ihr hier?«, fragte Pradeep.

»Telefone, Navis. Wir kaufen an, und wir verkaufen weiter«, antwortete Sushil.

Pradeep suchte vergeblich nach einer Kasse. Für ihn sah es eher aus wie ein Handy-Friedhof. »Und, läuft's gut?«, erkundigte er sich, während sie das stickige Hinterzimmer betraten.

»Sehr gut«, antwortete Sushil knapp.

Pradeep fuhr herum, als Sushils Kollege hinter ihnen einen Vorhang zuzog.

Der Raum, in dem sie standen, war genauso groß wie das Geschäft. An einem Tisch in der Ecke saß ein weiterer Mann, den Pradeep ebenfalls nicht kannte. Zu ihrer Rechten bemerkte er mehrere Schlafplätze auf dem Fußboden. In einer kleinen Küchenzeile häufte sich benutztes Geschirr.

Sushil zeigte auf den Tisch. »Setz dich. Das ist Dilip. Er arbeitet für mich.«

Dilip schien mit dem Ausfüllen von Wettscheinen beschäftigt und las zwischendurch eine Sportzeitung. Er hob kurz die Hand zum Gruß, ohne sie danach weiter zu beachten. Anders der Riese: Er folgte ihnen auf Schritt und Tritt, als wäre er so etwas wie Sushils Bodyguard.

Pradeep setzte sich nur widerwillig. Am liebsten wäre er wieder gegangen. Zumal niemand wusste, dass er hier war. Er war früher lange genug mit Sushil unterwegs gewesen und wusste, dass man ihm nicht trauen konnte.

Sein ehemaliger Freund schien sich im Gegensatz zu ihm wohlzufühlen. Er füllte zwei breite Tassen mit einer milchigroten Flüssigkeit, die angenehm nach Schwarztee, Zimt und Kardamom roch.

Pradeep nahm einen vorsichtigen Schluck. »Der ist gut«, sagte er zu Sushil, der ihn beobachtete.

»Gut für die Nieren«, meinte Sushil und grinste. »Hast du es dir also überlegt?«

Pradeep nickte. »Wie viel genau zahlen deine Bekannten?«

Sushil legte den Kopf in den Nacken. »Das kommt ganz auf die Qualität an.«

»Qualität?«

»Na ja, wie alt du bist, welche Blutgruppe du hast und so weiter. Je seltener, umso besser.«

Wieder nahm Pradeep einen Schluck. Der warme Tee beruhigte ihn. Der Leibwächter stand mit verschränkten Armen hinter Sushil und ließ ihn nicht aus den Augen.

»Mindestens aber vierhunderttausend Rupien. Es sei denn, sie ist kaputt«, meinte Sushil.

Pradeep nickte. Vierhunderttausend Rupien waren genug, um Pandita zu heilen.

»Zweihunderttausend im Voraus, den Rest nach der OP«, ergänzte Sushil.

Bei dem Wort »OP« zogen sich Pradeep die Gedärme zusammen.

»Was ist?«, fragte Suhsil lachend, der offenbar am Gesichtsausdruck seines Gegenübers dessen Unbehagen bemerkt hatte.

»Ich war noch nie im Krankenhaus«, sagte Pradeep.

Nun lachte Sushil noch lauter. »Musst du auch nicht. Die OP findet, wie soll ich sagen, privat statt.«

»Mit Betäubung?«, erkundigte sich Pradeep mit banger Miene.

Sushil nickte. »Ganz professionell. Tut nicht weh. Das sind alles weiße Ärzte aus Europa.«

Eine Weile schwiegen beide.

»Und wer bekommt meine Niere dann«, erkundigte Pradeep sich. Es war eine merkwürdige Vorstellung, dass ein Teil seines Körpers bald in einem anderen Körper weiterleben sollte.

»Das kann dir egal sein«, entgegnete Sushil. »Die meisten gehen aber nach Europa und in die USA. Zu irgendeinem kranken Geldsack.«

Wieder war es eine Weile ruhig.

»Also?«, fragte Sushil ungeduldig.

Pradeep hielt die Teetasse mit beiden Händen fest umklammert. Obwohl es draußen unerträglich schwül war, waren seine Finger jetzt eiskalt. Er gab sich einen Ruck.

»Ich mache es!«, sagte Pradeep entschlossen.

Sushil nickte zufrieden und erhob sich. »Gut, dann wollen wir mal sehen, was du anzubieten hast!«

Er ging zu einem Schrank, der aus grauem Stahl war und viel neuer aussah als das restliche Mobiliar. Sushil öffnete eine Tür und entnahm einen Plastikbeutel. Auf dem Weg zu Pradeep riss er ihn auf und entnahm ihm ein Spritzenbesteck, das er auf den Tisch legte. Aus seiner Hosentasche zog er einen schwarzen Gummischlauch und band ihn Pradeep um den Oberarm.

»Was machst du?«, fragte Pradeep ängstlich. Er merkte, wie ihm schwindelig wurde.

»Blut abnehmen«, antwortete Sushil, der die Spritze zwischen seine Zähne nahm und dann mit zwei Fingern auf die Adern in Pradeeps Armbeuge klopfte. »Tut weniger weh, als sich Heroin zu spritzen.«

Pradeep schloss die Augen. Er hatte niemals Heroin gespritzt. Plötzlich fühlte er einen Stich.

»Das war's. Drück das drauf«, sagte Sushil und hielt ihm ein Wattepad entgegen.

Während Pradeep die Watte fest gegen das kleine rote Loch in seinem Arm presste, beobachtete er, wie Sushil eine Ampulle, gefüllt mit dunkelrotem Blut, in einen kleinen weißen Plastikträger stellte, aus dem nach dem Öffnen weißer Dampf aufgestiegen war. Den geschlossenen Plastikträger platzierte Sushil in einem Köfferchen, das er dem Hünen überreichte, der damit eilig durch den Vorhang verschwand.

»Hast du ein Telefon?«, fragte Sushil.

Pradeep schüttelte den Kopf.

»Dann gebe ich dir eins mit«, sagte Sushil, holte ein Handy aus seiner Tasche und gab es Pradeep. »Ich melde mich bei dir, wenn es losgeht. Halte dich bis dahin fern von Drogen und Alkohol – dann bekommst du mehr für deine Niere.«

Pradeep stürzte den Rest Tee hinunter und erhob sich. Er fühlte sich schwindelig und benommen.

Sushil griff ihm unter den Arm und stützte ihn.

»Hey, mein Freund«, rief er lachend. »Nicht so schnell.«

Pradeep wurde plötzlich übel. Seine Beine knickten ein wie Bäume im Monsun.

41

HAMBURG

»Ich habe hier keinen Henri Freihold. Vielleicht ist er entlassen ... oder verstorben.«

Der junge Mann hinter der Glasscheibe wirkte genervt und sprach ein für Trisha nur schwer verständliches Englisch. Minutenlang hatte er bereits in einer Liste geblättert und nach dem Namen gesucht.

Ratlosigkeit breitete sich nun auch in Trisha aus. Dies lag nicht nur an dem einschüchternden Stahltor, das sie soeben passiert hatte, um hierher in den Eingangsbereich des Gefängnisses zu gelangen. Sie hatte nicht eine Sekunde daran gezweifelt, dass sie Henri Freihold hier finden würde, nachdem sie seinen Namen und seinen Aufenthaltsort – das Gefängnis Santa Fu – in den Unterlagen des Mönchs entdeckt hatte. Wenn er jedoch nicht in dieser Haftanstalt war, würde es schwierig sein, ihn zu finden; denn es war nicht möglich, im Internet nach Insassen von Gefängnissen zu googeln.

Trisha drehte unschlüssig am Griff des Regenschirms in ihrer Hand. Der Portier des Hotels hatte ihn ihr mitgegeben. In Hamburg, so meinte er, würde es noch mehr regnen als in London, was sie nicht glauben konnte. Gleich danach hatte sie sich mit dem Taxi zu der Haftanstalt fahren lassen und dabei die ängstlichen bis misstrauischen Blicke des Fahrers ertragen müssen, nachdem sie ihm ihr Ziel genannt hatte.

Von hinten trat ein älterer Mann in blauer Uniform an den

jungen Beamten heran und fragte ihn etwas. Nachdem dieser gestikulierend geantwortet und immer wieder auf seine Liste gezeigt hatte, beugte der Ältere sich nach vorn, um durch das kleine runde Loch in der Scheibe mit Trisha zu sprechen.

»Sie wollen zu Henri Freihold?«

Seine Aussprache war hölzern, aber sie verstand ihn wenigstens. Sie nickte.

Er schaute sie einen Moment über seine Lesebrille hinweg prüfend an, dann deutete er auf eine Tür, die einige Meter von ihr entfernt war. Der Wärter betätigte einen roten Knopf auf der Mitte des Pultes, der Trisha an den Buzzer einer Quizsendung erinnerte, und ein lautes Summen ertönte. Trisha marschierte zur Tür, drückte sie auf und bugsierte sich und den sperrigen Regenschirm durch die schmale Öffnung. Hinter ihr fiel die Tür mit einem saugenden Geräusch ins Schloss. Der ältere Wärter kam auf sie zu und gab ihr die Hand. Er wirkte nicht unsympathisch, aber autoritär.

»Verzeihen Sie, mein Kollege hier ist neu und kennt die Gefangenen noch nicht so gut. Sind Sie eine Verwandte von Herrn Freihold?«, fragte er.

Trisha schüttelte energisch den Kopf. »Uns verbindet eine ... gemeinsame Sache. Eher geschäftlich.«

Der Beamte blickte sie skeptisch an. Offenbar galt man als nicht besonders vertrauenswürdig, wenn man behauptete, mit einem Häftling geschäftlich verbunden zu sein.

»Alles streng legal«, fügte sie an und schenkte ihrem Gegenüber ein möglichst unschuldiges Lächeln.

Es funktionierte. Für einen kurzen Moment lächelte auch er, dann wurde sein Gesichtsausdruck plötzlich wieder ernst. »Leider muss ich Ihnen etwas mitteilen.« Der Beamte wirkte auf Trisha merkwürdig verlegen. »Herr Freihold wurde bei einer Auseinandersetzung im Gefängnis ernsthaft verletzt. Er wurde in ein Krankenhaus gebracht, und dort ist er ...«

»Gestorben?«, mutmaßte sie.

Die Unsicherheit des Beamten, dem es offensichtlich schwerfiel, ihr mitzuteilen, was er zu sagen hatte, beschämte sie irgendwie. Sie hatte diesen Freihold nicht gekannt; sein vermutlicherweise trauriges Ende würde sie daher nicht allzu sehr betrüben.

Der Beamte schüttelte den Kopf. »Um Gottes willen, nicht unser Henri!«, rief er. »Er ist ... getürmt.«

Trisha war sich nicht sicher, ob sie richtig verstanden hatte, und hakte nach: »Das heißt, er ist aus dem Gefängnis geflohen?«

Der Beamte nickte. »Genauer gesagt, aus dem Krankenhaus. Gestern. Von der Intensivstation. Mit allen Schläuchen, Verbänden und so.« Trisha glaubte, ein verstohlenes Grinsen im Gesicht des Beamten zu erkennen.

»Und nun ist er ... auf der Flucht?«, fragte Trisha ein wenig ungläubig.

Der Wärter nickte. »Die werden ihn nicht so schnell einfangen. Nicht Henri. Dazu ist er zu clever.«

Trisha wusste nicht, was sie antworten sollte. »Dann habe ich Pech gehabt ...«, meinte sie und wandte sich wieder zum Gehen.

»Wenn Sie mich fragen, hat der alte Sauhund sich auch selbst niederstechen lassen, damit er ins Krankenhaus kommt«, vermutete der Beamte. »Gehörte alles zu seinem Plan.«

Langsam fühlte Trisha sich unwohl. Wo war sie da nur hineingeraten? Ein Mord an einem Mönch, bei dem sie die Hauptverdächtige war. Ein geflohener Straftäter in Deutschland, den sie ausgerechnet am Tag nach seiner Flucht besuchen wollte. Irgendetwas sagte ihr, dass es besser war, schnell zu verschwinden.

»Dann bedanke ich mich für die Auskunft«, flötete sie und versuchte, die Tür zu öffnen. Sie hatte jedoch keine Klinke, sondern nur einen kleinen Knauf.

»Warten Sie!«, sagte der Beamte. »Ich bräuchte Ihre Personalien. Vielleicht haben die von der Polizei ein paar Fragen an Sie, jetzt, wo Sie so kurz nach seiner Flucht hier auftauchen und sich nach ihm erkundigen. Die werden mit Sicherheit mit allen sprechen wollen, die ihn kennen.«

Es war zu spät, dachte Trisha. »Ja, selbstverständlich«, sagte sie lächelnd und versuchte, betont gelassen zu wirken. Ihr kamen einmal mehr ihre Fähigkeiten als Pokerspielerin zugute.

Tatsächlich stieg in ihr, wie bereits am Flughafen auf der Reise hierher, Angst auf. Was, wenn sie nach der Sache in Las Vegas doch gesucht wurde? Was, wenn irgendjemand sie auf irgendwelchen Überwachungsfilmen im Hotel erkannt hatte und sie zur Fahndung ausgeschrieben war? Immerhin war sie kurz zuvor in das Finale des berühmtesten Pokerturniers der Welt gekommen und im Hotel Rio nicht vollkommen unbekannt. Vielleicht würde man sie gleich hier im Gefängnis behalten, wenn sie ihren Namen nannte. Sie musste lügen, wenn man sie nicht nach einem Ausweis fragte.

Der Beamte ging hinüber zu seinem jungen Kollegen, dessen Aufmerksamkeit einem kleinen Schwarz-Weiß-Monitor galt, und suchte nach etwas.

»Stifte sind hier immer Mangelware!«, rief der Beamte, während er in einer Schublade kramte. »Es wird nirgends so viel geklaut wie im Gefängnis!«

Auf dem kleinen Bildschirm sah Trisha, wie ein Lastwagen vor dem Tor auf Einlass wartete. Sie beugte sich vor und schaute durch die große Glasscheibe. Tatsächlich öffnete das Tor sich gerade langsam.

Der Beamte kam endlich zu ihr zurück und reichte ihr einen Zettel und einen Stift. »Bitte Namen und Adresse aufschreiben. Ach ja, und einen Pass oder Ausweisdokument müsste ich sehen.«

Trisha presste den Zettel von innen an die große Scheibe und setzte zum Schreiben an. Doch der Kugelschreiber hinterließ nur leichte Kratzer auf dem Papier.

»Der Stift funktioniert nicht!«, bemerkte sie nach mehreren Versuchen und reichte ihn dem Beamten zurück.

Er musterte verwundert die Kugelschreibermine, dann stieß er eine leise Verwünschung aus und ging erneut hinüber zum Arbeitsplatz seines Kollegen, um einen Ersatz zu suchen.

In diesem Moment streckte Trisha den Arm aus und schlug mit der flachen Hand auf den roten Knopf, den der Beamte vorhin zum Öffnen der Tür benutzt hatte. Wieder ertönte das Summen. Sie hechtete zur Tür. Auf halbem Weg packte sie einen Bürostuhl und brachte ihn zwischen sich und die Gefängniswärter. Beide hatten erschrocken aufgeblickt und starrten wie versteinert zu ihr herüber.

Im nächsten Moment war Trisha schon draußen. Der Schirm verhakte sich jedoch in der wieder zufallenden Tür und entglitt ihrer Hand. Durch die Glasscheibe konnte sie erkennen, dass die beiden Wärter mittlerweile aus ihrer Erstarrung erwacht waren. Der Ältere umrundete gerade den Bürostuhl und hastete hinter ihr her. Trisha kümmerte sich nicht mehr um den Schirm, sondern rannte auf das offene Tor zu, durch das gerade der Lastwagen fuhr. Eine dunkle, nach Diesel stinkende Rußwolke stieg ihr entgegen und verschlug ihr den Atem.

Sie drehte sich noch einmal um. Der ältere Wärter rüttelte von innen an der wieder verschlossenen Tür und brüllte etwas zu seinem Kollegen, der hektisch mit den Armen rudernd vor dem Monitor stand. Im nächsten Moment hastete Trisha durch das Tor auf die Straße. Ein feiner Sprühregen hatte eingesetzt, doch sie achtete nicht darauf. So schnell sie konnte, lief sie an der Gefängnismauer entlang. Plötzlich fiel ihr Blick auf die dort angebrachten Kameras, die ihren Bewegungen zu folgen schienen. In panischer Angst wandte sie sich zur Straße und lief durch zwei parkende Autos hindurch zur Fahrbahn. Als sie sich umschaute, sah sie, wie die beiden Wärter aus dem Tor stürmten und in ihre Richtung zeigten.

Ein lautes Hupen ließ sie herumfahren. Ein Mercedes-Stern raste bedrohlich auf sie zu und kam mit quietschenden Reifen direkt vor ihr zum Stehen. Auf dem Dach des Autos sah sie ein leuchtendes Schild mit einem der wenigen deutschen Wörter, die sie kannte: »Taxi«. Schnell umrundete sie die Kühlerhaube, riss die hintere Tür auf und sprang auf die Rückbank.

Zwischen den beiden Vordersitzen tauchte das entgeisterte Gesicht des Fahrers auf.

»Zum Atlantic Hotel!«, rief sie und blickte nervös durch das Heckfenster. Parallel zur Straße liefen nun mehrere Männer in blauen Uniformen auf sie zu. Der Fahrer schien dies nicht zu bemerken und drehte sich langsam wieder zu seinem Lenkrad um.

»Ich hätte sie beinahe überfahren!«, sagte er vorwurfsvoll, während er ruckelnd anfuhr. Gerade als der Fahrer endlich Gas gab, tauchten neben Trishas Fenster die ersten

Gefängniswärter im Sprint auf, fielen jedoch schnell zurück.

»Scheint so, als wollte noch jemand mitfahren«, bemerkte der Fahrer lässig, als er einen Blick in den Rückspiegel warf.

Trisha, die immer noch nach Atem rang, sah in dem Spiegel kleine Lachfalten um die Augen des Taxifahrers. Eine Weile fuhren sie schweigend. Schließlich hielten sie an einer roten Ampel. Die Kreuzung kam Trisha bekannt vor; auch auf der Hinfahrt war sie hier vorbeigekommen.

»Ich bin nicht ausgebrochen!«, beteuerte Trisha, nachdem sie wieder zu Atem gekommen war. Nicht, dass der Fahrer noch auf die Idee kam, sie an der nächsten Polizeiwache abzusetzen.

»Ich weiß«, antwortete der Mann, und Trisha glaubte sogar, Vergnügen aus seiner Stimme herauszuhören.

»Und woher wissen Sie das?«, fragte Trisha irritiert.

»Santa Fu ist ein Männerknast!« Die Augen des Taxifahrers schauten sie fröhlich aus dem Rückspiegel an.

Die Ampel sprang auf Grün um, und das Auto setzte sich mit einem sanften Ruck in Bewegung.

Das Klingeln ihres Handys riss Trisha aus ihrer unwirklichen Lage und verlieh ihr für einen Moment das Gefühl von Vertrautheit. Sie kramte es hervor und schaute auf das Display.

Es war Chad.

42

BERLIN, 1764

Calzabigi war nicht zum Feiern zumute, obwohl Karneval war und hier in der Lindenoper ein wahrhaft rauschendes Fest stattfand. Er stand an eine Säule gelehnt und beobachtete das Spektakel um ihn herum; ab und an nippte er an seinem Glas. Das nach vorne gebogene Kinn seiner Maske erlaubte es ihm, einen Schluck Bier zu nehmen, ohne die Maske abzusetzen.

Die Dezemberziehung hatte der Lottokasse wieder Verluste beschert. Erneut waren auf ein weit entferntes Kontor, diesmal in Hinterpommern, ungewöhnlich viele Gewinne entfallen. Für Calzabigi war dies unerklärlich. Ebenso unerklärlich war der Gleichmut, mit dem Hainchelin die Verluste aufnahm. Fast hämisch hatte der Hofrat ihn gefragt, was denn nun mit seinem tollen Castelleto und der Mathematik sei, der natürlichen Feindin der Fortuna. Noch bevor Calzabigi eine Antwort eingefallen war, hatte Hainchelin sich fröhlich summend abgewendet und damit begonnen, die Säcklein mit den Gewinnen im General-Lottoamt zusammenzuschnüren. Anschließend hatte er sie dem Boten überreicht, der sie zu dem Kontor mit der Nummer 1302 bringen sollte, damit die glücklichen Gewinner ausgezahlt werden konnten.

Er wusste, dass Hainchelin dahintersteckte, indes konnte er sich nicht erklären, wie er es anstellte. Immer wieder hatte Calzabigi die Trommel und die Kapseln mit den Losen am

Tag der Ziehung überprüft. Jede Bewegung der Beteiligten beobachtet. Alle Bücher wieder und wieder studiert. Doch er hatte nichts Verdächtiges bemerkt.

»Schaut, der König steigt von der Loge hinab!«, rief Marie begeistert.

Sie war als *Colombina* verkleidet, und obwohl sie das schlichte Kostüm einer Köchin trug und ihr wunderschönes Gesicht unter einer einfachen Maske verbarg, verströmte sie eine solche verführerische Weiblichkeit, dass ihm bei ihrem Anblick ganz schwindelig wurde. Immer wieder erschienen vor ihnen verkleidete Männer und hoben, enthemmt von der ausgelassenen Stimmung im Saal, Maries Rock in die Höhe, bevor er die Betrunkenen unter den schlimmsten Flüchen davonscheuchte, die sein Heimatland kannte.

Jetzt, wo es auf Mitternacht zuging, hatten der König und sein Gefolge sich aufgemacht, um den traditionellen Gang durch den Saal anzutreten. Calzabigi hatte den ganzen Abend über immer wieder besorgte Blicke zur Königsloge geworfen und zu seiner Beruhigung festgestellt, dass der König auch bei dieser Karnevalsfeier nicht beabsichtigte, das Zeremoniell zu brechen und sich vorzeitig unter seine Gäste zu mischen. Obwohl Calzabigi kostümiert und daher nicht leicht zu erkennen war, hatte er keine große Lust, dem König zu begegnen. Derzeit konnte er sich selbst nicht erklären, wie es zu den Verlusten gekommen war – und noch weniger dem König.

Mit seinem Arm hielt er Marie an der Hüfte fest, da sie mittlerweile auf ihre Zehenspitzen gestiegen war, um den König besser erblicken zu können. Ihre Taille fühlte sich unter dem Kleid fest und warm an und steigerte sein Verlangen noch mehr. Seine Hand wanderte weiter zu ihrem Hinterteil, das er unter dem Kleid nur erahnen konnte.

Plötzlich quiekte sie auf und gab ihm einen Klaps auf seine Hand.

»Untersteht Euch!«, rief sie ärgerlich, und zwischen den schlichten Ornamenten ihrer Maske sah er ihre dunklen Augen böse funkeln.

Peinlich berührt schaute Calzabigi sich um, aber niemand schien die Szene mitbekommen zu haben.

»Denk an unser Geschäft: Du bist meine Gemahlin!«, raunte er ihr zu.

Marie verschränkte ihre Arme und drehte sich zur Seite. Das Orchester machte eine kurze Pause, um zur Begleitung des Königs einen Marsch zu spielen.

Das viele Bier, der schwere Wein, die Musik. All dies schien auch Calzabigis Verstand mit einem Male leicht werden zu lassen. Er beugte sich vor und flüsterte ihr direkt ins Ohr: »Ich liebe dich wirklich, Marie. Fühlst du denn gar nichts?«

Marie drehte sich zu ihm um und öffnete den Mund, dann aber schluckte sie die Antwort herunter, die ihr auf der Zunge lag. Mit traurigem Blick wandte sie sich wieder ab.

Doch er ließ nicht von ihr ab. Sein Kinn berührte leicht ihre Schulter, die sich kalt anfühlte. Plötzlich war er nicht mehr Herr seiner Gefühle. Wut stieg in ihm auf. Er umschlang sie von hinten mit beiden Armen und presste seine Lippen an ihren Hals.

»Alles, was ich von dir verlange, ist, dass du deine Pflichten erfüllst!« Die Wirkung des Alkohols ließ seine Gedanken verschwimmen.

Marie ging leicht in die Knie und entwand sich so seinem Griff. Dann stieß sie ihn energisch von sich weg. »Die Liebe weiß nichts von Gesetz und Pflicht. Genug jetzt, du gefällst mir nicht!«

»Sehr gut!«, rief plötzlich eine Stimme neben ihnen. »Mein Applaus!«

Ein Mann trat zu ihnen heran, der vollkommen in Schwarz gekleidet war: von den Schuhen über die Hose und Jacke bis hin zu der Kappe und der Maske, deren Mitte eine große Knollennase zierte. In der Hand schwenkte er einen halb leeren Weinkelch, dessen Inhalt bei jedem Wort bedrohlich hin und her schwappte.

»Habt Ihr es erkannt?«, fragte er Calzabigi.

»Was erkannt?«, entgegnete Calzabigi patzig. Die ganze Zeit über hatte er befürchtet, dass Hainchelin auftauchte, nun schien er ihn doch noch erkannt zu haben.

»Sie hat Cleopatra zitiert. Aus der Oper vorhin. ›Die Liebe weiß nichts von Gesetz und Pflicht. Genug jetzt, du gefällst mir nicht!‹ Cleopatra hat es zu Arsace gesagt, im ersten Akt! Habt Ihr nicht aufgepasst? Ihr müsst es verstanden haben – die Oper war auf Italienisch!«

Calzabigi rang nach Worten. Vor dem Beginn des Maskenballs hatte man, in Gedenken an den verstorbenen Kapellmeister Graun, dessen Oper *Cleopatra e Cesare* aufgeführt. Obwohl die Sänger allesamt Landsleute von ihm waren und der Gesang in italienischer Sprache ihn besonders in seinen Bann hätte ziehen sollen, war die Musik heute an ihm abgeperlt wie Wasser auf einem Lotusblatt.

Hainchelin wartete seine Antwort nicht ab, sondern wandte sich Marie zu.

»Warum habt Ihr Euch ausgerechnet diese Szene gemerkt, Madame Calzabigi?« Den letzten beiden Worten verlieh er einen hämischen Unterton.

Marie schaute hilflos zu Calzabigi herüber.

Plötzlich brandete hinter ihnen Jubel auf. Calzabigi fuhr herum. Durch das Spalier von Kostümierten konnte er einen kurzen Blick auf den König erhaschen, der in einigen Metern Entfernung an ihnen vorbeistolzierte. Die edlen Stoffe, reich verziert mit goldenen und silbernen Elementen, standen im Kontrast zum Schnitt der bäuerlichen Tracht, die Friedrich trug. Für einen Moment hielt Calzabigi den versteinerten Gesichtsausdruck des Königs für eine Maske, dann erkannte er jedoch, dass Friedrich bis auf eine Schicht starken Puders unmaskiert war. In einer Hand hielt er die Miniatur einer Gitarre, mit der er abwechselnd zu beiden Seiten ins Publikum grüßte.

»Was für eine verrückte Zeit, dieser Karneval!«, rief Hainchelin und stieß einen lauten Jauchzer aus. »Schaut, Madame Calzabigi, der König als Bauer verkleidet. Und seht Euch um im Saal. Die verarmten Adeligen, diese nutzlosen Blutegel am Arsch des Königs, kommen als König oder *Pantalone* zum Karneval. Ich wette, unter manchem Königskostüm hier steckt ein Bauer oder Lakai. Karneval ist wie das Lotteriespiel Eures verehrten Lotteriedirektors. Beides macht aus armen Schluckern mit viel Firlefanz scheinbar Könige! Und aus dem König einen Tölpel!« Er lachte laut auf.

Marie machte einen Schritt auf Calzabigi zu und hakte sich zu seiner Überraschung bei ihm ein.

»Vor allem aber macht beides die Menschen glücklich, wie Ihr sehen könnt, wenn Ihr Euch umschaut«, erwiderte sie. »Ist der *Dottore*, den Ihr darstellt, nicht bekannt für seine Besserwisserei?« Marie trat vor und deutete auf Hainchelins Kostüm. Sie sprach mit einer Verachtung und Überheblichkeit, die Calzabigi noch nie bei ihr wahrgenommen hatte und für die er sie hätte küssen können, was er jedoch trotz seines benebelten Gehirns unterließ.

Hainchelin schien nicht minder überrascht über Maries

Auftritt, sodass es ihm die Sprache verschlug. Schließlich nahm er einen Schluck aus seinem Becher, wobei er mehr auf sein Hemd als in den Mund schüttete. Der Wein schien ihm jedoch die Worte zurückzubringen.

»So mache ich meiner Verkleidung wenigstens alle Ehre, nicht so wie dieser Harlekin, der sich hinter einem Frauenzimmer versteckt!«, stieß er verächtlich aus und zeigte auf Calzabigis Gewand, das aus bunten Flicken zusammengesetzt war.

Calzabigi trat hinter Marie hervor. »Das Verstecken ist für gewöhnlich ja Euer Gebiet!«, fauchte er.

»Was soll das heißen?« Hainchelin schritt auf ihn zu, sodass beide Männer sich direkt gegenüberstanden.

Calzabigi hatte keine üble Lust, Hainchelin eine überzuziehen.

Plötzlich trat eine Horde fröhlich singender Frauen und Männer zu ihnen heran, und ehe Calzabigi sich versah, wurde er zu beiden Seiten untergehakt und tanzend davongezogen. Er drehte sich um und suchte nach Marie, sah sie jedoch nirgends. Auch Hainchelin hatte er schon bald aus den Augen verloren. Stattdessen war er nun umringt von fröhlich johlenden Menschen, die ausgelassen zu der Musik tanzten.

Eine Frau in einem Ballerinakostüm warf sich an seinen Hals und gab ihm einen Kuss auf die Wange. Etwas zu unsanft schob er sie zur Seite und befreite sich aus der Umklammerung.

»Marie! Marie! Marie!«

Doch sein Rufen ging im Geschrei der Umstehenden und den Klängen des Orchesters unter.

Lachende Münder unter Masken, von denen eine der anderen glich, flogen an ihm vorbei. Ausladende Kostüme,

Beine und Hände streiften ihn. Endlich gelangte er wieder zu der Stelle, an der er wenige Minuten zuvor den Disput mit Hainchelin ausgetragen hatte. Ein Pärchen mit Tiermasken lehnte nun an der Säule und blickte ihn herausfordernd an, wobei der Mann ihm die Zunge herausstreckte. Calzabigi reckte sich und hielt vergebens nach Maries Kleid Ausschau. Ein ungutes Gefühl beschlich ihn. Was, wenn dieser Hainchelin ihr etwas angetan hatte? Eine Traube aus Röcken, nicht weit entfernt, weckte seine Aufmerksamkeit. Inmitten der kleinen Ansammlung von vielleicht acht oder neun Frauen glaubte er auch das Kostüm von Marie zu erkennen.

Als er näher kam, hörte er das Gekicher von vielen Weibern, die den Erzählungen einer dunklen Männerstimme lauschten. Endlich erreichte er das Grüppchen. Von Marie war nichts zu sehen. Jedoch glaubte er, aus den vielen fröhlichen Stimmen inmitten des Pulks auch die ihre herauszuhören. Er drängelte sich mit einigen unsanften Griffen und Remplern durch die Masse an Frauenleibern, bis er endlich einen Blick auf denjenigen werfen konnte, der hier seine Reden schwang.

Dieser trug, wie er auch, das Kostüm eines Harlekins. Nur schienen die Farben seines Stoffes greller, die Maske pompöser. Den Oberkörper zurückgelehnt, den Mund weit geöffnet, parlierte er mit ebenso kräftiger wie angenehm weicher Stimme.

»Also sagte ich zu dem Marquis: Wenn Ihr Euch dessen so sicher seid, dann leiht mir Eure Gemahlin nur für eine Nacht, und wir werden sehen, wer sie besser zu gebrauchen weiß, ich oder Ihr!«

Mit dem Erzähler begannen alle Umstehenden laut prustend zu lachen. Erst als die Frau neben Calzabigi sich vor Lachen krümmte und somit den Blick freigab, fiel ihm die

Dame auf, die zur Linken am Arm des scheinbaren Frauenschwarms hing.

Es war Marie.

Noch irritierender als ihr Anblick an der Seite des fremden Mannes war, dass irgendetwas an ihr verändert schien. Verstört las er in ihrem Gesicht. Unter der Maske leuchteten ihre Wangen puterrot. In ihren Augen lag ein Glanz wie von Mondlicht auf einem dunklen Bergsee, ihre weißen Zähne strahlten dem Mann entgegen wie Schnee, und sie lachte ausgelassen, fast herzlich. Alles an ihr schien gelöst.

Die in Calzabigi aufsteigende Eifersucht wurde plötzlich von einem anderen Gefühl überlagert. Beim Klang der Stimme des Mannes stiegen in ihm Erinnerungen an seine Vergangenheit empor. Die Stimme schien ihm vertraut. Er schob sich weiter nach vorn, um einen noch besseren Blick auf denjenigen zu werfen, der hier mühelos die Aufmerksamkeit der weiblichen Karnevalsgäste auf sich zog.

Er kannte nur einen Einzigen, dem dies zuzutrauen war, jedoch hätte er es wohl gewusst, wenn diese Person sich in Berlin aufhalten würde. Die Größe des Mannes kam hin, auch sein venezianischer Akzent schien Calzabigis Verdacht zu bestätigen. Indes verhinderte die Maske des Mannes, dass Calzabigi sich sicher sein konnte.

Endlich bemerkte auch der andere ihn, und er bildete sich ein, ein Lächeln des Wiedererkennens über dessen Gesicht huschen zu sehen.

»Meine Damen, ein weiterer Harlekin gesellt sich zu uns. Lasst ihn durch, mit zwei *Arlecchini* könnt Ihr ohne Zweifel mehr anstellen als mit nur einem!«

Nun bemerkte auch Marie den Neuankömmling und löste sich vom Arm des Mannes. Gleichzeitig kehrte der schüchterne Ausdruck in ihre Augen zurück, von dem Calzabigi bislang gedacht hatte, es sei ihr einziger. Noch während er sie anstarrte, erhielt Calzabigi von hinten einen Stoß in den Rücken und stolperte nach vorn, sodass er sich unversehens Auge in Auge mit dem anderen Mann fand. Der grinste ihn an. Der Gestank von in Mengen konsumiertem Wein und Bier schlug Calzabigi entgegen.

»Seid Ihr es?«, flüsterte Calzabigi, als habe er einen Geist getroffen, und musterte nun von Nahem die Partien des Gesichts, die nicht durch die Maske verborgen wurden.

»Er fragt, ob ich es bin!«, gab der andere seine Frage belustigt in die Runde und erntete dafür albernes Gelächter. »Ob ich es bin oder nicht, kommt darauf an, wem Ihr glaubt, gegenüberzustehen, guter Herr! Sucht Ihr einen Zauberer oder gar den König, so muss ich Euch enttäuschen. Haltet Ihr aber nach einem Harlekin Ausschau, dann habt Ihr ihn gefunden. Jedoch muss ich Euch wieder enttäuschen, mein Herz gehört nämlich den Frauen. Meistens zumindest!«

Anzügliches Grunzen, wie das eines wilden Ebers, begleitete seine laut gesprochenen Worte, was Calzabigi nur sicherer werden ließ, dass er sich nicht irrte.

»Casanova, Ihr seid es!«, rief Calzabigi aus.

Schlagartig wurde es ruhig um sie herum, sodass für einen Augenblick nur die Musik zu vernehmen war, und auch das Lachen auf dem Gesicht des schrillen Harlekins erfror. Dann erhob sich ein Tuscheln aus den beschwipsten Kehlen.

»Casanova?«, zischte eine.

»Ist er es?«, fragte eine andere.

Der Mann ergriff plötzlich Calzabigis Arm und schob ihn wie einen Rammbock vor sich her, was den Ring aus neugieriger Weiblichkeit sprengte. Anstatt anzuhalten, lenkte derjenige, der seine Hand wie einen Schraubstock um seinen Oberarm gelegt hatte, ihn immer schneller zwischen den Tanzenden durch den Saal. Erst in einer dunklen Nische unterhalb einer der Treppen, die zu den Logen führten, kamen sie beide zum Stehen.

»Erwähnt nie wieder diesen Namen!«, verlangte der andere mit scharfem, fast drohendem Ton.

»Aber Ihr seid es doch!«, entgegnete Calzabigi, immer noch perplex von der Reaktion des anderen und dem unfreiwilligen Marsch durch den Opernsaal. Er rieb sich seinen schmerzenden Arm.

»Dies ist ein Maskenball. Alle scheinen etwas zu sein, was sie nicht sind, und wären sie es doch, so wollten sie nicht, dass es so scheint!«, antwortete der Mann und beobachtete dabei die Umgebung, als wolle er prüfen, dass ihnen wirklich niemand in diese Ecke gefolgt war. »Es gibt nur eine Regel beim Karneval: Lüftet niemals jemandes Maske. Ihr wisst nicht, was Euch dahinter erwartet!«, fügte er außer Atem hinzu.

Calzabigi rang seinerseits nach Luft und suchte irritiert nach Worten.

»Aber wenn Ihr es wärt, was hätte Euch nach Berlin verschlagen?«, fragte er.

»Ich bin es nicht. Aber vielleicht Eure Lotterie.«

»Dann seid Ihr es!«, rief Calzabigi triumphierend aus.

»Nun hört endlich auf mit diesem Ratespiel!« Trotz der Maske konnte Calzabigi den Ärger des Mannes sehen. »Hört lieber an, was ich Euch zu sagen habe. Man erzählt sich, Eure Lotteriekasse könnte eine Auffrischung vertragen.«

»Wer behauptet so etwas?« Calzabigi wurde misstrauisch.

Sein Gegenüber ignorierte seine Frage und erklärte: »Ich

kann Euch hunderttausend Taler besorgen zum Preis von zehntausend.«

Calzabigi schob seine Maske auf die Stirn. Vielleicht würde der andere es ihm gleichtun und auch sein Gesicht zeigen. Doch seine Hoffnung war vergebens.

»Nur ein Narr könnte so ein Geschäft in Aussicht stellen«, erwiderte Calzabigi. »Hunderttausend Taler für den Preis von zehntausend. Wie soll das funktionieren?«

»Sagt Euch der Name Veitel Heine Ephraim etwas?«

Calzabigi schüttelte den Kopf.

»Aber Ihr wisst, was *Ephraimiten* sind?«

»Die schlechten Münzen?«, meinte Calzabigi.

Sein Gesprächspartner nickte. »Sie sind benannt nach eben diesem Ephraim. Er ist der Pächter der Münze, und er hat die minderwertigen Münzen im Auftrag des Königs geprägt.«

»Und?« Calzabigi ahnte jetzt, worauf das Gespräch hinauslief.

»Ich kann Euch *Ephraimiten* im Wert von hunderttausend Talern besorgen. Alles, was Ihr dafür geben müsst, sind zehntausend Taler in gutem Geld. So könnt Ihr auf einen Schlag die Lottokasse auffüllen.«

Calzabigi überlegte. Der Vorschlag war nicht schlecht. Die Lottokasse unterschied nicht zwischen guten und schlechten Münzen. Und Hainchelin würde nichts dagegen unternehmen, wenn er eigenes Geld einlegen würde. Er konnte das frische Geld auch verwenden, um die Werbung anzukurbeln, ein paar faule Einnehmer auszuwechseln oder die Gewinne auszuzahlen.

»Ich sehe, mein Vorschlag gefällt Euch«, frohlockte der Harlekin.

»Selbst wenn. Ich habe keine zehntausend Taler.«

»Kein Problem, ich würde Euch einen Schuldschein über diese Summe ausstellen, den Ihr unterschreiben müsst. Wenn die Lotterie Erfolg hat, könnt Ihr mir das Geld leicht zurückzahlen.«

Calzabigi stutzte. »Warum solltet Ihr das tun?«

»Sagen wir einfach, ich möchte Euch helfen.« Der Fremde sprach nun mit sanfterer Stimme. Ganz offensichtlich buhlte er um sein Vertrauen.

»Aus alter Verbundenheit?«, fragte Calzabigi. Hinter der Maske war keine Regung zu erkennen.

»Der Herr weiß, warum.« Der Unbekannte bekreuzigte sich und deutete mit der Hand zum Himmel.

Fröhliches Lachen drang zu ihnen herüber. Eine Frau in einem pompösen roten Kostüm zeigte kreischend auf sie.

»Da ist er! Kommt!«, wieherte sie. In ihrem Gefolge befanden sich einige der Frauen, die den Fremden vorhin wie eine Truppe ausgehungerter Soldaten belagert hatten.

»Also entscheidet Euch schnell!«, sagte er und blickte ihn herausfordernd an.

Calzabigi hielt nach Marie Ausschau, doch sie war nirgends zu entdecken. Er zögerte einen Moment, bevor er erklärte: »Also gut, ich schlage ein!«

Der Fremde kniff ihm in die Wange. »Ich wusste, dass wir zusammenkommen. Ich werde Euch das Geld und den Schuldschein zukommen lassen. Nun lasst uns wieder der schönsten Nebensache der Welt frönen! Der Liebe!« Er drehte sich dem Saal zu und breitete seine Arme aus, um das Grüppchen aufgeregter Frauen zu empfangen.

»Und Ihr seid doch Casanova!«, rief Calzabigi ihm hinterher.

Der Fremde drehte sich noch einmal zu ihm um. Ein breites Grinsen umspielte seine vollen Lippen, während ein

Pulk weiblicher Wesen ihn in sich aufnahm und mit ihm davonzog.

»Nun bin ich doppelt verschuldet«, murmelte Calzabigi und reckte einmal mehr an diesem Abend den Kopf, um nach Marie zu suchen.

»In der Liebe und in der Lotterie.«

Ein tiefer Seufzer brachte ihm nicht die erhoffte Erleichterung.

43

NEW YORK CITY

»Unter Schweinen« lautete die Überschrift des Artikels auf Seite zwei des Finanzteils der *New York Times*. Daneben prangte ein Foto seines Bürofensters im Meatpacking District.

In jenem New Yorker Viertel, in dem früher Fleischfabriken, Nachtclubs und Prostituierte darum wetteiferten, wer das begehrteste Frischfleisch anzubieten hat, versteckt sich dieser Tage eine der größten Legenden der Wall Street vor seinen Anlegern, die, wie man hört, am liebsten Hackfleisch aus ihm machen würden: Carter Fields.

Mit diesem langen Satz begann der Artikel, der mit dem Ziel verfasst worden war, seinen Ruf vollständig zu ruinieren. Ein Reporter musste ihm in den vergangenen Tagen unbemerkt gefolgt sein, dachte Carter, faltete die Zeitung zusammen und warf sie in den Mülleimer neben der Bank, auf der er saß.

Es war ein warmer Sommertag gewesen. Die Sonne verschwand allmählich hinter den Ulmen, und die Dämmerung brach herein. Ein leichter Wind trug die Geräusche der Stadt herüber, die sich mit dem Rascheln der Blätter zu einem Tuscheln vereinten. Carter beugte sich nach vorn und vergrub sein Gesicht in seinen Händen, die nach Druckerschwärze rochen.

Seit dem frühen Morgen hatte sein altes Mobiltelefon ununterbrochen geklingelt, bis er es ausgeschaltet hatte. Ohne die Anrufe anzunehmen, wusste er genau, wer da versuchte, ihn zu erreichen: Anleger, Journalisten, Rechtsanwälte, Börsenaufsicht – und sein Sekretariat, das ihm mitteilen wollte, dass die Vorgenannten versuchten, ihn zu erreichen.

Der Zeitungsartikel hatte die von diesem Haye bei der Charity-Veranstaltung vorhergesagte Lawine losgetreten. Er glaubte nicht, dass Haye hinter dem Artikel steckte, denn der musste wissen, dass die Chancen seiner Klienten, ihr Geld wiederzusehen, sich verringerten, wenn nun die ganze Welt hinter ihm her war. Tatsächlich gab es wohl mittlerweile keinen Anleger mehr, der nicht von ihm seine Einlage erstattet bekommen wollte.

Carter richtete sich auf. Ihm wurde langsam kalt. Er hatte zwar am Morgen seinen Anzug gegen eine Jeans und einen Sweater getauscht. Doch mit dem Verschwinden der Sonne wurde es kühl im Park, der sich in den letzten Minuten rasch geleert hatte. Bis auf ein paar Jogger, die schnell an ihm vorbeiliefen, war er mittlerweile allein. Er musste bitter auflachen. Das Wort »allein« traf es ziemlich gut. Nach seinen Schätzungen benötigte er mittlerweile mindestens fünfzehn Milliarden Dollar, um heil aus der Sache herauszukommen. Vielleicht auch weniger, wenn er erste Anleger auszahlen konnte und die übrigen dadurch so viel Vertrauen fassten, dass sie auf den Abzug ihrer Gelder aus seinem Fonds verzichteten.

Fünfzehn Milliarden Dollar konnte man unter normalen Umständen nirgends auftreiben. Er war nicht gläubig. Im Gegensatz zu anderen Atheisten war er auch nicht überzeugt, dass es irgendeine unbestimmte höhere Macht gab, die alles lenkte. Es war das Chaos, das regierte, und es war der Zufall, der den Lauf der Dinge bestimmte. Die Welt bestand nicht nur aus unendlich vielen Atomen, sondern außerdem aus Würfeln, die mal so und mal so fielen.

Seine hatten sich in den letzten Monaten zu seinen Ungunsten gedreht. Bis der Mönch gekommen war. Er war der Zufall, den er gebraucht hatte und der alles umkehren konnte. Man vermochte das Ergebnis eines Würfels nicht zu beeinflussen, aber man konnte ihn immer wieder werfen, bis es stimmte. In Las Vegas hatte er nicht den erhofften Erfolg gehabt.

Aber er war noch nicht am Ende seines Weges angelangt. Er rieb die Handflächen aneinander und genoss die Wärme, die er dabei erzeugte. Dann erhob er sich und reckte seine steifen Glieder. Er schritt den Hauptweg entlang, in Richtung des Ausgangs an der 85th. Jetzt hatten sich auch die Lampen eingeschaltet. Vor einiger Zeit hatte die Stadtverwaltung sämtliche Laternen im Park auf moderne LED-Lichter umgerüstet, die den Weg grell erleuchteten. Mit dem Fortschritt wurde die Welt immer heller, dachte er. Bald würde es keine dunklen Ecken mehr geben, in denen man sich verstecken konnte.

Ein Schatten huschte an ihm vorbei. Ein Jogger, der in dieselbe Richtung wie er unterwegs war und die Kapuze tief in das Gesicht gezogen hatte. Für einige Meter hörte Carter das angestrengte Keuchen des Läufers, dann war er auch schon um die nächste Biegung enteilt.

Als auch Carter die Ecke erreichte, lag vor ihm ein sehr langer, schnurgerader Weg. Er stutzte. Etwas stimmte nicht; er konnte jedoch nicht sagen, was. Es war ein Gefühl wie bei einem dieser Fehlerbilder, auf denen im Vergleich zu einem anderen deckungsgleichen Bild etwas fehlte. Die Laternen leuchteten, keine war ausgefallen. Den Weg säumten dunkle Bäume, auch daran war nichts Außergewöhnliches. Doch irgendetwas fehlte. Mit seinem Puls beschleunigte er auch seine Schritte. Eine innere Stimme sagte ihm, dass es besser war, hier zu verschwinden. Als sich plötzlich neben ihm etwas bewegte, wusste er, was er in dem Bild vermisst hatte: den Jogger.

Das Nächste, was er sah, war das Mündungsfeuer, das mehrfach aufblitzte, begleitet von dumpfen Schlägen. Instinktiv sprang er auf den Angreifer zu und schlug nach ihm, und er spürte, dass etwas seine Hand streifte. Dann begann er zu rennen.

Ein Schleier legte sich über die Umgebung, wie in einem mit Weichzeichner gedrehten Film. Sein Herz schien aus seiner Lunge, seinem Mund herauszuquellen, doch er lief weiter und weiter. Vor seinen Augen rissen Bilder auseinander und fügten sich anschließend wieder zusammen. Bäume flogen an ihm vorbei, dann hatte er das Gefühl, selbst zu fliegen.

Endlich hatte er den Ausgang des Parks erreicht; er wusste nicht, ob nach einer Minute oder einer Stunde. Ein Taxi stand einige Meter von ihm entfernt. Er taumelte darauf zu und prallte hart gegen die Karosserie. Der gelbe Lack verfärbte sich rot.

Hände berührten ihn, trugen ihn, legten ihn auf den kalten Boden. Fremde Gesichter voller Panik starrten ihn an. Mobilfunktelefone wurden an Ohren gepresst. Sirenengeheul näherte sich. Er war hellwach und verstand dennoch nicht.

44

Hamburg

Das heiße Wasser traf wie ein sanfter Regen auf ihren Hinterkopf und bahnte sich, geleitet von ihrem langen Haar, seinen Weg den Rücken hinab, bevor es mit lautem Plätschern auf den Marmorboden prasselte. Mit geschlossenen Augen legte sie ihren Kopf in den Nacken und genoss die Wärme und das beruhigende Geräusch des fließenden Wassers.

In der Duschkabine des Hotels fühlte sie sich ein wenig wie auf dem Transporterdeck des Raumschiffs Enterprise. Eben noch hatte sie in Las Vegas am Pokertisch gesessen und den größten Erfolg ihrer Karriere gefeiert. Nun fand sie sich in einer Hafenstadt in Deutschland wieder und wusste nicht so recht, was sie hier sollte.

Eigentlich war es Chads Erscheinen gewesen, der sie zur Unterschrift unter diese Teilnahmeerklärung bewogen hatte. Wäre er an jenem Abend, an dem sie plötzlich reich geworden war, nicht aufgetaucht und hätte sie nicht so viel getrunken, sie hätte vermutlich niemals an dieser Lotterie teilgenommen. Oder doch? War es ein Teil ihrer Natur als Spielerin, das Gewonnene immer wieder gegen die Chance auf einen noch größeren Gewinn einzutauschen? Und wenn ja – wann hätte sie endlich genug gewonnen?

Sie hielt ihr Gesicht direkt unter den Duschkopf und rieb sich laut prustend mit seifigen Händen über das Gesicht. Vielleicht war es so. Und wenn sie genau in sich hineinhorchte, spürte sie auch jetzt dieses Adrenalin, das ihren Körper durchströmte. Vermutlich träumte jeder von unendlichem Reichtum, selbst wenn er nicht so recht wusste, was er damit anfangen sollte. Sie aber würde für das Geld besondere Verwendung haben. Mit Sicherheit würde sie sich einen sehr hohen Lebensstandard leisten. Wohnsitze an den sonnigsten Plätzen dieser Welt unterhalten. Vielleicht auch eine Jacht oder ein schnelles Auto. In die Gegenden der Erde reisen, in denen sie noch nie war.

Mit einem großen Teil des Gewinns würde sie aber auf jeden Fall Gutes tun. Ihren Eltern einen luxuriösen Lebensabend bescheren, den sie sich wirklich verdient hatten. Und sie würde Bedürftige unterstützen. Vermutlich würde sie eine eigene Hilfsorganisation aufbauen, denn irgendeine Aufgabe brauchte man, auch wenn man finanziell ausgesorgt hatte. Kein Mensch brauchte mehrere hundert Millionen oder gar Milliarden. Sie würde mit dem Schicksal, falls es sie als Gewinnerin erwählte, einen Deal machen: den kleineren Teil der Summe für sich selbst verwenden und den anderen nutzen, um die Welt besser zu machen.

Halt ... sie durfte Chad nicht vergessen. Er würde seinen Anteil fordern, und auch er hätte ihn verdient. Ohne ihn wäre sie niemals auf die Idee gekommen, dem letzten potenziellen Mitspieler das Los zu bringen und somit die Ziehung dieser Lotterie zu retten. Und er finanzierte ihre Reise. Allerdings war sie sich immer noch nicht sicher, ob es richtig gewesen war, ihm zu verzeihen. Unter den gegebenen Umständen hatte sie eigentlich keine andere Wahl gehabt. Darüber hinaus fühlte sie, dass auch jetzt noch ein unsichtbares Band zwischen ihnen beiden bestand. Etwas, was sie nicht in Worte fassen konnte. Als sie nach einem Begriff suchte, der diese besondere Verbindung zwischen ihnen beschreiben konnte, kam ihr plötzlich das Wort »Gier« in den Sinn.

Ein Frösteln erfasste sie, und obwohl sie unter der heißen Dusche stand, überkam sie eine Gänsehaut. Mit einem entschlossenen Ruck drehte sie den Hebel der Dusche in Richtung der darauf gemalten blauen Markierung und ertrug den Schwall kalten Wassers, der sich nun über sie ergoss. Den Schreck, der ihren Körper erfasste, empfand sie als eine gerechte Form der Selbstbestrafung für ihre selbstzerstörerischen Gedanken.

Sie spürte, wie ihr Herz gegen das kalte Wasser zu arbeiten begann und das Blut in ihren Adern zirkulierte.

Ausgerechnet einen Tag, bevor sie hierhergekommen war, hatte dieser Freihold aus dem Gefängnis fliehen müssen. Was für ein Pech. Und warum hatte der Mönch ihr unbedingt seinen Namen sagen wollen, bevor er starb? Der Mörder konnte er wohl unmöglich sein, wenn er erst gestern aus dem Gefängnis ausgebrochen war. Seifenwasser brannte in ihren Augen, und sie versuchte, es auszuspülen.

Wie sollte sie diesen Henri Freihold jetzt bloß finden, wenn noch nicht einmal die Polizei wusste, wo er war?

Sie stellte das Wasser ab, öffnete die Glaswand und stieg frierend aus der Dusche. Das große Handtuch war weich und flauschig, und während sie sich damit gründlich abtrocknete, kam langsam die Wärme zurück. Für einen kurzen Augenblick hielt sie inne, weil sie dachte, aus dem angrenzenden Hotelzimmer etwas gehört zu haben, doch als sie konzentriert lauschte, schien alles ruhig zu sein. Vielleicht hatte sie sich getäuscht, und es war nur der Ventilator der Klimaanlage, die das Badezimmer mit Frischluft versorgte.

Sorgfältig rieb sie anschließend ihre Beine und ihren Oberkörper mit Bodylotion ein. Erneut dachte sie an Chad. Er hatte ihr vorhin am Telefon erzählt, dass er diesen Carter Fields in New York noch nicht ausfindig gemacht hatte.

Offenbar war der Kerl aber ein bekannter Börsianer. Chad hatte geflucht und war ziemlich betroffen gewesen, als sie ihm die Geschichte von Henri Freiholds Flucht erzählt hatte. »Was soll ich jetzt tun?«, hatte sie gefragt, und Chad war danach stumm und ratlos gewesen. »Wir sprechen nachher darüber«, hatte er schließlich geraunt und aufgelegt.

Irgendetwas an seiner Stimme war ihr merkwürdig vorgekommen, sie wusste aber nicht, was. Wenn sie ehrlich war, kam ihr derzeit alles merkwürdig vor. Vermutlich brauchte sie nach dem anstrengenden Pokerturnier und den Ereignissen danach nur etwas Ruhe.

Sie gähnte und hüllte sich in den dunkelbraunen Bademantel, der zusammengefaltet auf einem Vorsprung neben der Badewanne lag. Als sie sich im beschlagenen Spiegel betrachtete, erinnerte sie der Anblick ein wenig an den in seine braune Kutte gekleideten Mönch. Mit einer raschen Bewegung des Ärmels wischte sie über den Spiegel, und dann sah sie nur noch sich selbst.

Sie öffnete die massive Tür des Badezimmers und betrat das Wohnzimmer. Der Teppich bestand, untypisch für Hotels, aus groben Knoten, die beim Gehen angenehm ihre Fußsohlen massierten. Musik hallte durch den Raum. Der Fernseher lief. Hatte sie ihn angelassen, bevor sie duschen gegangen war? Auf der Suche nach der Fernbedienung ließ sie ihren Blick suchend über das Sofa, den Glastisch und einen Sessel schweifen.

Plötzlich blieb sie wie erstarrt stehen.

In dem Sessel vor den zugezogenen Gardinen saß ein Mann.

45

Berlin, 1764

»Mir ist kalt!« Die Stimme des kleinen Charles zitterte.

Calzabigi drehte sich zu ihm um und zog dem Jungen die Mütze tiefer in die Stirn. Dann gab er ihm einen freundschaftlichen Klaps auf den Hinterkopf. »Es kann nicht mehr lange dauern, tapferer kleiner Mann! Sonst schaffen sie es nicht mehr rechtzeitig nach Berlin!«

Er bog die hüfthohen Grashalme vor ihnen zur Seite, sodass der Blick auf das Haus und die angrenzenden Ställe frei war. Langsam brach die Dunkelheit herein, und die Umrisse der Gebäude verschwammen allmählich mit dem Himmel. Irgendwo hinter ihnen erklang das unruhige Wiehern eines der Pferde, was sogleich durch einen zischenden Laut eines Soldaten übertönt wurde.

»Seid Ihr sicher, dass jemand kommt?«, fragte Charles und fasste sich an den Rücken. Der schnelle Ritt hatte seinen jungen Knochen zugesetzt.

Sie lagen beide bäuchlings auf einer Pferdedecke, die Calzabigi notdürftig auf dem niedrigeren Gras ausgebreitet hatte und die mit der einbrechenden Dunkelheit langsam feucht wurde. Noch während die Ziehung auf der Rampe vor dem Lotterieamt im Gange war, hatte Calzabigi sich unter einem Vorwand verabschiedet. Dann war er rasch mit Charles, dessen Aufgabe bei der Auslosung diesmal von einem anderen Waisenkind übernommen worden war, sowie einem Haufen Soldaten, die der König ihm zur Verfügung gestellt hatte, in Berlin losgeritten, um rechtzeitig vor Sonnenuntergang die Poststation hier zu erreichen. Sie lag südöstlich von der Stadt, und über sie wurden sämtliche Postbeutel mit den Losen aus den Provinzen geliefert, bei denen es in letzter Zeit auffällig viele hohe Gewinne gegeben hatte.

Stundenlang hatte Calzabigi im Lotterieamt vor der Karte mit den Einnahmestellen gesessen und sich wieder und wieder die Haare gerauft, um sich die hohen, völlig unwahrscheinlichen Gewinne zu erklären. Er wusste, dass irgendetwas nicht stimmte, kam aber nicht darauf, wie man die Lotterie betrügen konnte. Bis er die Gewinne auf einer Karte mit Nadeln markiert hatte und ihm aufgefallen war, dass nahezu alle Lottoscheine, auf die hohe Gewinne entfielen, über dieselbe Poststation ins Lotterieamt nach Berlin transportiert wurden. Selbst da hatte er den Betrug noch nicht durchblickt – bis es am späten Abend der letzten Ziehung an seinem Zimmer geklopft und ein Bote den Sack mit Losen ausnahmsweise nicht beim Paketmeister, der mit einer Erkältung ausgefallen war, sondern bei ihm abgegeben hatte. Da war ihm erst richtig bewusst geworden, dass die letzten Lose erst nach der Ziehung eingingen, und noch bevor er den Sack geöffnet hatte, war ihm klar gewesen, dass der große Beutel zahlreiche Amben und Ternen enthalten würde. Nach der Überprüfung dieser Lose hatte er endlich verstanden, wie der Schwindel vor sich ging.

Nun lag er mit Charles und sieben schwer bewaffneten Männern der königlichen Garde auf der Lauer.

»Und wenn doch niemand kommt?«, jammerte der Junge erneut.

»Es wird jemand kommen, vertraue mir«, entgegnete Calzabigi voller Zuversicht. Für einen Augenblick glaubte er, das Geräusch galoppierender Pferdehufe zu vernehmen, doch es war nur der Wind, der über das Gras strich.

Eine Weile schwiegen sie.

»Hat die Signora eigentlich einmal mit dir über mich gesprochen?«, fragte Calzabigi; er versuchte, so unverfänglich wie nur möglich zu klingen.

Charles stocherte mittlerweile mit einem kurzen Stock nach einem großen Grashüpfer, dem ein Bein zu fehlen schien und der verzweifelt versuchte, den Angriffen auszuweichen. »Wie meint Ihr das?«, fragte Charles, ohne Calzabigi anzuschauen.

»Was sagt die Signora, wenn sie über mich spricht? Meinst du, sie mag mich?«, formulierte Calzabigi seine Frage neu.

In der Ferne bellte aufgeregt ein Hund.

»Ich glaube schon«, antwortete Charles gelangweilt. »Sie meint, Ihr seid sehr großzügig und hättet ein gutes Herz.«

»Das hat sie gesagt?«, rief Calzabigi etwas zu laut aus.

Von hinten ertönte erneut das zischende Geräusch aus dem Mund eines der Soldaten.

Der Grashüpfer hatte sich unterdessen mit dem Feind verbündet und krallte sich mit seinen verbliebenen Extremitäten an den Stock, den Charles vor seinem Gesicht prüfend in die Höhe hob.

»Und dass Sie Euch bemitleidet, weil Euch das Glück fehlt«, fügte Charles mit stoischer Ruhe hinzu. In diesem Moment verlor der Grashüpfer den Halt und stürzte zurück in das Gras.

»Sie bemitleidet mich?«, sagte Calzabigi, wobei er mehr zu sich sprach. »Da wird sie sich wundern. Ich habe hunderttausend frische Taler in die Lottokasse eingezahlt. Mit dem Geld können wir die Lotterie bewerben und die Anzahl der Teilnehmer verdoppeln! Und wir haben abgeschafft, dass die Einnehmer die Gewinne verauslagen müssen, sodass dieses Pack nun sehr viel motivierter zu Werke geht. Wenn wir dieses kleine Problem hier nun noch lösen … dann kann das Glück gar nicht anders, als auch endlich zu uns zu kommen!« Calzabigi sprach mit einem Eifer, als läge nicht der kleine Waisenknabe neben ihm, sondern Marie höchstpersönlich.

»Es kommt daher, weil Ihr versucht, das Glück zu kaufen, statt es Euch vor Gott zu verdienen, sagt sie«, bemerkte Charles unbeeindruckt von Calzabigis Rede, während er sich bemühte, das Insekt zurück auf den Stock zu bugsieren.

Calzabigi öffnete den Mund und schloss ihn wieder, dann starrte er auf Charles' Spiel mit dem Grashüpfer, der sich jetzt mit aller Kraft an einen Grashalm klammerte.

Er hob ein wenig den Kopf und lauschte angestrengt. Wieder war nur der Wind in den Wipfeln der Bäume zu hören.

»Und meinst du, sie ist glücklich?«, fragte Calzabigi schließlich leise. Er fürchtete sich vor der Antwort.

Der Junge zuckte mit den Achseln. »Keine Ahnung«, antwortete er. Dann zögerte er, bevor er sich Calzabigi zuwandte und die Stimme senkte, als verrate er ein Geheimnis: »Sie weint oft!«

»Sie weint oft?«, wiederholte Calzabigi entsetzt.

Charles nickte. »Nach dem Karnevalsball, da war sie glücklich. Hat den ganzen Tag gelacht und gescherzt … Oh je, was habe ich getan!«, rief er plötzlich aus. Während er gesprochen hatte, war ihm der Stock weggerutscht, und er hatte versehentlich den Grashüpfer mit der Spitze getötet.

»Mmhh, ich glaub, jetzt ist er nicht mehr am Leben!«, bemerkte Charles mit großem Bedauern, während er mit dem Stock das Tier anstieß, da er hoffte, es wäre nur verletzt und noch nicht tot.

»Es kommt jemand!«, wisperte eine Stimme von hinten.

Tatsächlich näherte sich auf der Straße, über die auch sie hergeritten waren, ein Pferd. Auf ihm saß ein gut gekleideter Mann, dessen Gesicht unter der Krempe eines überdimensionalen Huts nicht zu erkennen war. Ein lautes »Brrrr« ließ das Pferd erst kurz vor der Futterstation langsamer werden, und der Reiter sprang ab, noch bevor es zum Stehen kam. Mit geübtem Griff band er das Pferd an und verschwand mit eiligem Schritt in der Poststation.

»Jetzt oder nie!«, krächzte Calzabigi und kam aus der Deckung.

Mit ihm erhoben sich aus dem Schatten des Grases acht Gestalten und näherten sich lautlos dem Eingang der Poststation.

46

Hamburg

Trisha schaute sich hilfesuchend zur Tür um. Dieser Fluchtweg stand ihr jederzeit offen. Mit zitternder Hand griff sie nach dem Mobilteil des Hoteltelefons, ohne dabei den Mann im Sessel aus den Augen zu lassen. Ihr Daumen wanderte auf die 0, die mittels eines Aufklebers als Verbindung zum Empfang gekennzeichnet war.

Der Fremde schien keine Anstalten zu machen, sich zu erheben. Soweit Trisha im Halbdunkeln des Zimmers erkennen konnte, ruhten seine beiden Arme auf den Sessellehnen. Es schien so, als ob er schlafen würde. Eine Waffe oder Ähnliches war nicht zu sehen.

Sie legte das Telefon an ihr Ohr und lauschte dem Freizeichen.

»Leg auf, ich tue dir nichts«, sagte der Mann.

Seine angestrengte Art zu sprechen verriet, dass er nicht ganz bei Kräften war. Vielleicht ein Betrunkener, der sich in ihr Zimmer verirrt hatte?, dachte Trisha. Jedenfalls würde sie ihn von der Security entfernen lassen.

Wieder ertönte das Freizeichen. Wann ging endlich jemand ran?

»Mein Name ist Henri Freihold. Ich habe gehört, du suchst mich. Ich vermute, wegen dieser Lotterie«, sagte der Mann mühsam und hustete einmal.

»Rezeption. Was kann ich für Sie tun?« Eine freundliche Stimme meldete sich am Telefon.

Trisha zögerte mit der Antwort. Sie trat einen Schritt zur Seite und betätigte einen Lichtschalter.

Ein Deckenfluter und mehrere im Schrank eingebauten Strahler erhellten das Zimmer. Nun konnte Trisha das Gesicht des Mannes erkennen. Die hohe Stirn wurde durch akkurat geschnittene, dunkle Haare begrenzt. An den Schläfen schimmerten sie grau. Ein ebenfalls leicht silbrig changierender Dreitagebart verbarg kantige Wangenknochen. Trotz der ersten Anzeichen des Alters hatten die Gesichtszüge sich etwas Jugendliches bewahrt. Die hellblauen Augen blickten freundlich, aber erschöpft. Gekleidet war der ungebetene Besucher in einen dunkelgrünen Trainingsanzug, der keiner bekannteren Marke zuzuordnen war und eher zweckmäßig als modisch wirkte. Der Mann sah ein wenig wie ein Banker im Campingurlaub aus, jedoch nicht unattraktiv. Er verzog schmerzvoll das Gesicht und fasste sich mit der Hand an die Hüfte.

»Hallo, sind Sie noch dran?«, fragte die Frau von der Rezeption.

»Bringen Sie mir zwei Clubsandwiches und zwei Flaschen deutsches Bier«, bat Trisha.

»Sehr wohl«, antwortete die Rezeptionistin.

Trisha legte auf. Sie behielt das Telefon aber in der Hand und machte zwei vorsichtige Schritte nach vorn, wo sie neben einem der schlichten Sessel stehen blieb. Es war besser, auf der Hut zu sein und den Mann, der sich hier als Henri Freihold ausgab, erst einmal zu testen.

»Henri Freihold«, sagte sie und fügte hinzu: »Ich dachte, du sitzt im …«

»… Knast? Bis gestern stimmte das auch, aber dann habe ich entschieden, auszuchecken«, antwortete der Mann und quälte sich ein Lächeln auf die Lippen.

»Warum?«, fragte Trisha.

»Warum man aus dem Gefängnis ausbricht?« Er stieß ein sarkastisches Lachen aus. »Was ist das denn für eine Frage?«

Trisha nickte. Tatsächlich klang ihre Frage weniger klug, als sie gemeint war. Plötzlich wurde ihr bewusst, dass sie in Gegenwart des Fremden nur einen Bademantel trug. Ein wenig verlegen zog sie das Kleidungsstück enger um sich und ließ sich mit einer Pobacke auf der Sessellehne nieder.

»Und wie hast du mich gefunden?«, erkundigte sie sich misstrauisch.

»Was wolltest du vorhin in Santa Fu? Von mir?«, erwiderte Henri.

»Woher weißt du, dass ich dich wegen der Lotterie besuchen wollte?«, konterte Trisha mit einer weiteren Frage; diesmal war ihr Tonfall noch argwöhnischer.

»Und woher kennst du meinen Namen?« Henris Augen verengten sich und fixierten sie.

Sie kannte diese Geste vom Pokern, wenn jemand gleichzeitig überlegen und angsteinflößend wirken wollte.

»Wer hat den Mönch getötet? Hast du damit was zu tun?«, schoss es aus ihr heraus.

Kaum hatte sie die Worte ausgesprochen, riss Henri die Augen weit auf. Er schien überrascht vom Tod des Mönchs zu sein. Oder aber er war ein guter Schauspieler.

»Er ... ist ... tot?«, fragte er in abgehackten Worten.

»Ermordet. Und seine letzten Worte waren ›Henri, mein Freund‹.«

Sie beobachtete seine Reaktion genau. Er wirkte immer noch ehrlich überrascht.

»Das waren seine letzten Worte?« Henri schüttelte den Kopf. »Dann bin ich ihm mehr ans Herz gewachsen, als ich gedacht habe.«

»Also war er schon bei dir, und du hast auch ein Los für die Lotterie gezeichnet?«, folgerte sie.

Henri starrte sie einen Augenblick lang an, dann winkte er ab. »Was ist das hier? Das große Fragenduell? Vielleicht beantwortest du erst einmal meine Fragen!«

Er hatte sich ein wenig ärgerlich im Sessel aufgerichtet, verzog aber sogleich wieder das Gesicht und fasste sich erneut an die Seite. Trisha ignorierte es.

»Ich bin kein entflohener Strafgefangener«, sagte sie mit einem spöttischen Unterton. »In den nächsten zwei Minuten klopft es an der Tür hinter mir, und dann steht dort der Zimmerservice. Entweder wir essen danach zusammen jeder ein Sandwich und trinken dazu ein Bier, oder aber du gehst zurück in den Knast. Und hast zwei weitere Anklagen wegen Hausfriedensbruch und versuchter Vergewaltigung am Hals!«

Nun war sie es, die versuchte, einen möglichst überzeugenden Blick aufzusetzen. Bluffen war ihre große Stärke.

»Versuchte Vergewaltigung?«, wiederholte Henri belustigt.

Doch sein Lächeln gefror, als Trisha die Augenbrauen hob und mit einer bedeutungsvollen Geste auf ihren Bademantel zeigte. Einen Moment lang war es still im Raum. Henri musterte sie mit besorgtem Blick, als wolle er abschätzen, wie ernst sie es meinte. Dann kehrte plötzlich ein Lächeln in sein Gesicht zurück.

»Dann entscheide ich mich für das Clubsandwich und das Bier«, sagte er. »Sorry, ich habe vergessen, wie es ist, mit einer Frau zu diskutieren.«

Trisha nickte zufrieden, blieb aber streng. »Dann möchte ich jetzt wissen, woher du von mir weißt und wie du mich gefunden hast – und zwar in Kurzform. Bevor der Zimmerservice kommt.«

Henri überlegte kurz. »Geraten, Regenschirm«, sagte er dann, und als Trisha ihm einen verständnislosen Blick zuwarf, ergänzte er: »Das war die Kurzform. Die Langform lautet: Ich habe geraten, dass du mich wegen dieser Lotterie besuchen wolltest. Ein Jahrzehnt lang bekomme ich keinen einzigen Besuch, und dann fragen innerhalb kurzer Zeit ein dicker Mönch und ein hübsches Mädchen nach mir. Das kann nur was mit Glück zu tun haben.«

Bei den letzten Worten grinste Henri und machte anschließend kurz Pause, um Luft zu holen. Trisha spürte so etwas wie Scham und kroch tiefer in ihren Bademantel, um möglichst wenig nackte Haut zu zeigen.

»Und dein Regenschirm, den du im Gefängnis verloren hast, hat dein Hotel verraten!«, fügte Henri mit schnellen Worten an.

Vor ihrem geistigen Auge sah sie den schneeweißen Regenschirm des Hotels, der irgendeinen blauen Aufdruck hatte und den sie bei ihrer Flucht aus dem Wärterhäuschen des Gefängnisses dort hatte liegen lassen.

»Dann weiß die Polizei ja auch, wo ich bin ...«, dachte sie laut, während sie gedankenverloren auf den Fernseher schaute. Dort lief ein Nachrichtensender. Irgendwo in Asien hatte es einen verheerenden Taifun gegeben, doch die Bilder des Sturms drangen nicht bis zu ihr durch.

»Keine Sorge«, erwiderte Henri lachend. »Der alte Schmidthuber an der Pforte schuldete mir noch etwas, weil ich ihn einmal bei einer Unterhaltssache rausgehauen habe. Der spaziert jetzt mit einem schönen neuen Schirm durch die Gegend. Deinen Namen wollte er nur haben, um mich zu informieren.« Er grinste nicht ohne Stolz.

Trisha hatte Mühe, die ganzen Informationen in ihrem Kopf zu sortieren.

Dann pochte es an der Zimmertür. Sie drehte sich unschlüssig um, dann wieder zu Henri. Schließlich erhob sie sich, ging zur Tür und nahm die Bestellung entgegen, ohne dem Hotelmitarbeiter einen Blick in das Zimmer zu erlauben. Als sie zurückkehrte, saß Henri immer noch auf demselben Platz, starrte aber auf den Fernseher.

Trisha stellte das silberne Tablett auf den Tisch und schaute nun ebenfalls auf den Bildschirm. Dort war neben einem Nachrichtensprecher das Bild eines Mannes in einem dunklen Anzug mit pinker Krawatte und gleichfarbigem Einstecktuch zu sehen. Darunter stand: *Carter Fields in New York niedergeschossen*.

»Das ist doch einer der anderen Mitspieler!«, rief sie erschrocken aus und deutete auf den Fernsehapparat.

Die Nachricht endete, und das Bild eines Basketballers wurde eingeblendet. Trisha stand immer noch mit offenem Mund und ausgestreckter Hand wie erstarrt vor dem Bildschirm.

»Haben sie gesagt, ob er überlebt hat?«, wollte Trisha wissen.

»Konnte ich nicht verstehen«, antwortete Henri.

»Erst der Angriff auf den Mönch, und jetzt auch noch auf diesen Carter Fields«, sprach Trisha leise vor sich hin. Ihre Schultern fielen herab, als habe sie mit einem Mal all ihre Kraft verlassen.

»Und zwischendurch noch auf mich!«, ergänzte Henri und legte wieder seine Hand an die Hüfte.

Trisha erinnerte sich plötzlich an die Worte des Wärters, der behauptet hatte, Henri habe sich selbst niederstechen lassen, um aus dem Krankenhaus zu fliehen. Wenn das stimmte, hatte Henri vielleicht etwas mit den beiden Anschlägen zu tun, und sie musste sehr vorsichtig sein.

»Bist du ernsthaft verletzt?«, fragte sie und bemühte sich dabei, besorgt zu klingen.

Er schüttelte den Kopf. »Ein paar Insektenstiche«, antwortete er. »Von einem Mistkäfer!«

Trisha blickte ihn verständnislos an.

»Verzeihung, aber im Knast – ich meine, im Gefängnis – gewöhnt man sich eine andere Sprache an. Ist wie ein Dialekt. Jemand hat versucht, mich zu erstechen. Ein Geldbüßer. Ich meine, jemand, der eine Geldstrafe absitzt. Ich denke, im Auftrag von jemand anderem. Die Waffe war nicht lang und auch nicht sehr spitz. Es schmerzt, aber der Kerl hat so ziemlich alles Lebenswichtige verfehlt, was man in seinem Körper so mit sich herumträgt. Alles, was ich brauche, sind ein paar von diesen hier!« Er fasste in eine Tasche seines Trainingsanzugs und hob eine Medikamentenschachtel in die Höhe. »Und von diesen!« Aus der anderen Tasche holte er eine weitere Packung hervor. »Antibiotika und Schmerzmittel. Habe ich aus dem Krankenhaus mitgenommen.«

Trisha nickte. Sie musste dringend mit Chad Kontakt aufnehmen. Vielleicht wusste er mehr über diesen Carter Fields zu berichten, immerhin wollte er ihn in New York aufsuchen. Komisch, dass er ihr noch gar keine Nachricht geschickt hatte. Für einen flüchtigen Moment tauchte ein Gedanke auf; bevor sie ihn fassen konnte, war er jedoch schon wieder verschwunden. Ein paar Sekunden hing sie ihm noch vergeblich nach, dann erhob sie sich.

»Ich schlage vor, ich ziehe mich schnell an und du isst erst einmal etwas«, sagte sie zu Henri. »Scheint so, als hätten wir einiges zu besprechen.«

»Scheint so ...«, erwiderte er und beugte sich nach vorn, um mit angestrengter Miene nach dem Sandwich zu greifen.

Trisha schob das Tablett in seine Richtung. Dann schnappte sie sich einige Kleidungsstücke und verschwand damit ins Badezimmer. Nachdem sie die Tür hinter sich zugeschlossen hatte, legte sie ein Ohr an das kalte Holz und lauschte. Sie glaubte, das Zischen eines Kronenkorkens zu hören. Dann schepperte Geschirr. Henri schien sich tatsächlich seinem Essen zu widmen.

Rasch griff sie nach ihrem Handy und wählte Chads Nummer, doch es meldete sich nur seine Mailbox. Kurz entschlossen tippte sie eine Nachricht an ihn: *Ruf mich an! Habe Henri Freihold gefunden!*

Bevor sie die SMS abschickte, erfasste sie erneut ein komisches Gefühl, doch sie verscheuchte es und drückte auf *Senden*.

Während sie ihren Bademantel ablegte, fiel ihr auf, dass sie gar nicht wusste, warum dieser Henri eigentlich im Gefängnis gesessen hatte. Jetzt war er nebenan in ihrem Hotelzimmer. Bei dem Gedanken beeilte sie sich, in ihre Klamotten zu kommen.

Dann dachte sie an ihre Mutter. Als Teenager war sie eine Zeit lang mit den Schulschwänzern um die Häuser gezogen, und damals hatte ihre Mutter ihr prophezeit, dass ihr Faible für die »bösen Jungs« ihr früher oder später die Zukunft kosten würde. Wenn nicht gar Schlimmeres …

Blieb zu hoffen, dass Mütter sich auch irren konnten.

47

New York City

»Mr. Carter?«

Es fühlte sich richtig gut an. Der Sand war warm und weich und schmiegte sich perfekt an seinen Körper. Die Sonne brannte in sein Gesicht und ließ das Schwarz, in das er mit geschlossenen Augen blickte, blutrot erscheinen. Lediglich das Ding in seinem Mund störte ihn, er bekam es aber beim besten Willen nicht zu fassen. Kurz überlegte er, ob es seine Sonnenbrille war, die da in seinen Rachen gerutscht war und nun senkrecht zwischen seinen Zähnen emporragte. Irgendwann gab er es auf. Hier ließ es sich auch mit einer Sonnenbrille im Schlund aushalten. Ein Moskito oder eine Bremse schien ihn in die Armbeuge gestochen zu haben. Sonst war sein Tag jedoch perfekt. Irgendjemand stellte sich in die Sonne und warf Schatten auf ihn. Sogleich wurde ihm kalt. Verdammt kalt. Was für ein Arschloch! Vorbei der schöne Moment.

»Mr. Carter? Können Sie mich hören?«

Er schlug die Augen auf.

Der Mann trug einen weißen Kittel, wie ein Eisverkäufer oder – wie ein Arzt.

»Sie befinden sich im Lenox Hill Hospital, Mr. Carter. Mein Name ist Doktor Reid. Bleiben Sie ruhig, alles wird gut.«

Carter wollte etwas sagen, konnte jedoch nicht. Dann drehte der Eisverkäufer sich um, türmte mehrere Kugeln Eis auf eine Waffel und hielt sie ihm hin.

»Das macht zwölf Milliarden Dollar, Mr. Carter, mit Streusel fünfzehn Milliarden«, sagte er und begann infernalisch zu lachen.

Als er das nächste Mal erwachte, war die Sonnenbrille aus seinem Hals verschwunden. Seine Augen erkannten eine Deckenlampe, die ausgeschaltet war. Ein gleichmäßiges Piepen ließ ihn erahnen, dass er in einem Krankenhaus lag. Man hatte auf ihn geschossen. Er hob den rechten Arm, jedoch nur ein Stück. Überall waren Schläuche. Kraftlos ließ er ihn wieder fallen, woraufhin er stechende Schmerzen im Arm verspürte.

»Sie befinden sich im Krankenhaus, Mr. Carter«, teilte ihm eine sanfte Stimme zu seiner Linken mit.

Bedächtig drehte er seinen Kopf zur Seite. Sein Blick fiel auf das freundliche Gesicht einer älteren Dame, die eine hellblaue Weste trug. Er versuchte, etwas zu sagen, doch seiner Kehle entwich nur ein Röcheln.

»Das kommt vom Beatmungsgerät«, erklärte die Frau, und ihre Worte entfalteten die beabsichtigte beruhigende Wirkung.

»Ich bin Schwester Anne. Ich arbeite ehrenamtlich im Krankenhaus und habe gewartet, bis sie aufwachen. Nicht nur, weil mein Mann und ich unsere Pension in ihrem Fonds investiert haben.« Die Frau gluckste fröhlich. »Warten Sie, ich hole einen Arzt!«

Als er das dritte Mal zu sich kam, wusste er sofort, wo er war.

»Die Spritze hat gewirkt, er ist wieder da«, sagte eine Stimme, die ihm bekannt vorkam.

Wieder blickte er in das Gesicht des Arztes. Dieser trug eine modische schwarze Hornbrille. Sein Haar war weiß, aber voll, die Haut gut gebräunt.

»Mr. Carter, ich weiß nicht, ob sie sich an mich erinnern. Mein Name ist Dr. Reid, und dies sind Dr. Miller und Dr. Baskowsky.«

Jetzt erst fielen Carter zwei weitere weiß gekleidete Gestalten auf, die hinter dem Arzt standen, der mit ihm redete.

»Was habe ich?«, stieß Carter hervor und war erstaunt, dass es ihm diesmal gelang, mehr oder minder verständliche Wörter zu formen.

»Erinnern Sie sich daran, was geschehen ist?«, fragte Dr. Reid.

»Auf mich wurde geschossen«, antwortete Carter. Das Sprechen schmerzte – überall.

»Richtig. Dazu werden Sie gleich noch zwei Officer vom NYPD befragen, die draußen bereits warten. Ich gehe mit Ihnen kurz die medizinische Situation durch.«

»Bin ich gelähmt oder so was?«, fragte Carter besorgt.

Dr. Reid lächelte. »Nein, da kann ich Sie beruhigen. Es wurden keine Wirbel verletzt. Allerdings ...« Der Doktor setzte eine ernstere Miene auf.

»Was?«, fragte Carter ungeduldig.

»Zwei Kugeln waren harmlos. Es wurde ein ziemlich kleines Kaliber verwendet, sogenannte *Low-velocity-Geschosse*, die in der Regel geringe Schäden im Gewebe hinterlassen. Sie haben einen Steckschuss und einen Streifschuss am Oberschenkel erlitten. Beides nicht schlimm. Es wurden keine Arterien verletzt. Eine weitere Kugel ist jedoch am Beckenknochen abgeprallt und in ihrer rechten Niere stecken geblieben.«

»In meiner Niere?«, rief Carter, der Schlimmes befürchtete.

Dr. Reid nickte. »Wir haben alles getan, um die Niere zu retten. Das Projektil steckte ziemlich mittig. Wegen einer vital bedrohlichen Blutung mussten wir letztlich eine Nephrektomie durchführen.«

»Was meinen Sie damit?«

Dr. Reid blickte ihn mitfühlend an. »Wir mussten die Niere leider entfernen.«

Carter versuchte tief einzuatmen, doch auch dies schmerzte zu sehr. Er dachte kurz über die neue Information nach, dann erklärte er: »Soweit ich weiß, hat man zwei davon. Also kein Problem, oder?«

Der Doktor verzog den Mund. »Normalerweise ist es so«, bestätigte er.

»Aber?« Langsam fühlte Carter Panik in sich aufsteigen. Versuchte man ihm hier schonend etwas beizubringen?

»Wir haben festgestellt, dass Sie an einer Insuffizienz der anderen Niere leiden.«

»Und das bedeutet?«, fragte Carter gereizt. Sein Blick fiel auf die beiden anderen Ärzte, die ihre Hände tief in den Taschen ihrer Arztkittel vergraben und Mitleidsmienen aufgesetzt hatten. Die Rolle des Bedauerten war ihm jedoch zuwider.

»Das können wir noch nicht genau sagen. Aber so, wie es aussieht, werden Sie über kurz oder lang eine neue Niere benötigen.«

»Eine neue Niere?«, wiederholte Carter. Die Salamitaktik von Dr. Reid führte dazu, dass er sich langsam richtig Sorgen machte. »Sie meinen, eine Spenderniere?«

Der Doktor nickte.

Carter sank mit dem Kopf tiefer in das Kissen und schaute

zur Decke, in der er kleine Poren erkannte. Dann wandte er sich wieder zu den Ärzten, die ihn nun schweigend beobachteten.

»Können wir das gleich machen? Ich meine, in den nächsten Tagen?«, fragte Carter. Wenn eine Organtransplantation notwendig war, wollte er sie so schnell wie möglich hinter sich bringen.

Der Doktor lächelte freundlich. »Leider nein. So eine Transplantation ist eine komplizierte Angelegenheit. Haben Sie einen Verwandten, der eventuell zu so einer Organspende bereit wäre? Eltern, Geschwister, Ehefrau? Natürlich vorausgesetzt, deren Organe sind geeignet.«

Carter schüttelte den Kopf.

»Dann setzen wir Sie auf eine Warteliste. Leider gibt es mehr Bedarf an Nieren, als Spenderorgane zur Verfügung stehen. Die Wartezeiten betragen in der Regel vier bis sechs Jahre. Mindestens.«

»Jahre?« Carter spürte, wie trotz seines desolaten Zustandes Wut ihn ihm aufstieg. »Und wenn ich vorher ... Sie wissen schon ...«

»Sie werden Dialyse machen«, antwortete Dr. Reid. »Dazu haben wir Ihnen bereits operativ einen sogenannten Dialyse-Shunt gelegt, eine Kurzschlussverbindung zwischen Arterie und Vene. Und wenn diese nicht genügt ... Nun, es gibt eine Sortierung nach Dringlichkeit auf der Warteliste.«

»Sie meinen Blutwäsche? An Maschinen?«

»So kann man es auch ausdrücken. Aber die Medizin ist dabei sehr weit.«

Carter war plötzlich zum Weinen zumute. Es musste an den Medikamenten liegen. Er versuchte, dennoch zu lächeln. Ein alter Reflex als Finanzjongleur.

»Verstehe ...«, sagte er.

Es klopfte. Ein Officer in Uniform stand in der offenen Tür und pochte gegen den Rahmen. Daneben stand ein kleiner Mann, der einen grauen Anzug und einen modischen Trenchcoat trug.

»Officer McMillen. Sie hatten angerufen, Doc«, sagte der Größere in einem freundlichen Tonfall.

»Ja, genau. Wir sind auch schon fertig. Warten Sie bitte noch eine Sekunde«, entgegnete Dr. Reid ebenso höflich. Als die beiden Polizisten sich entfernten, wandte der Arzt sich wieder seinem Patienten zu. »Das sind die Officer, die ein paar Fragen haben, damit der Täter keinen zu großen Vorsprung bekommt. Denken Sie, Sie können ...«

»Schon gut«, murmelte Carter. Er kam sich vor wie in einer der Serien, die im Fernsehen rauf und runter liefen. Aber es war kein Krimi und auch keine Ärzteserie. Dafür waren die Schmerzen zu groß und die Ärzte zu hässlich.

»Dann bis nachher.« Dr. Reid und seine beiden Kollegen wandten sich zum Gehen.

»Doktor!«, rief Carter seinem Arzt hinterher, kurz bevor der die Tür erreicht hatte. »Kann ich Sie kurz unter vier Augen sprechen?«

Dr. Reid hielt kurz inne, dann nickte er und redete kurz mit seinen beiden Kollegen, die daraufhin fortgingen. Er schloss die Tür und kam mit gemächlichen Schritten zurück zum Bett.

»Das, was Sie da zu den Wartezeiten und so gesagt haben, habe ich verstanden. Ich denke, Sie wissen, wer ich bin, und dass ich, wie soll ich sagen, über sehr viel Geld verfüge ...«

Er machte eine kurze Pause, um seine Worte wirken zu lassen. Der Arzt stand weiterhin vor ihm und blickte auf ihn herab. Carter konnte in seinem Gesicht keinerlei Regung erkennen. Vielleicht war Dr. Reid genau der richtige Mann für sein Anliegen.

»Jedenfalls frage ich mich, wie lange die Wartezeit auf eine Spenderniere für jemanden wie mich beträgt«, fuhr Carter fort. »Mein Vermögen sollte sich doch irgendwie auf diese Dringlichkeit, von der Sie sprachen, auswirken, oder?« Er versuchte zu lächeln, so gut es ging. Es juckte ihn am Oberschenkel, doch er ignorierte es.

Auch der Doktor begann nun zu lächeln. »Sie meinen, dass wir Sie auf der Warteliste weiter nach vorn setzen sollten?«

»Na ja«, sagte Carter. »Ich dachte eher ... so an die Spitze. Nach ganz oben.«

»Und im Gegenzug spenden Sie einen großen Betrag für die Klinik?«, fragte der Doktor, immer noch freundlich lächelnd.

»Nun ja. Das muss nicht direkt die Klinik sein. Vielleicht haben Sie ja auch ganz persönlich Verwendung für eine ... großzügige Spende. Ich könnte auch in Anteilen an meinem Fonds bezahlen.«

Der Doktor schien es zu erwägen. Er schürzte abschätzend die Lippen und vergrub seine Hände in den Taschen seines Kittels. Dann drehte er sich zur Tür, hinter der die Polizisten warteten, als wolle er sich versichern, dass sie auch wirklich geschlossen war. Anschließend richtete er den Blick auf Carter und sagte: »Und dadurch, dass Sie nach vorne rutschen – im Austausch gegen ihre ›Spende‹ –, rutschen viele andere, bei denen wirkliche Dringlichkeit besteht, um jeweils einen Platz nach hinten?«

Carter wusste nicht, wie der Arzt dies nun meinte, und suchte vergeblich nach einer Erwiderung.

»Vielleicht steht ein schwerkrankes vierjähriges Kind

ganz oben auf der Liste, dessen Leben von dieser Niere abhängt, für die Sie so großzügig spenden wollen, damit Sie das Organ erhalten. Wie viel eigentlich? Hunderttausend Dollar? Eine Million? Oder hundert Millionen? Wie viel ist für Sie das Leben dieses Kindes wert?«

»So habe ich es nicht gemeint«, brachte Carter ausweichend hervor.

»Oder vielleicht stirbt ein Familienvater, der fünf Kinder zu ernähren hat, weil die nächste Niere, die er wirklich dringend gebraucht hat, zu spät kommt. Spenden Sie für die Kleinen, die dann ohne Vater aufwachsen, auch einen ordentlichen Betrag?« Mittlerweile blickte der Arzt nicht mehr freundlich, sondern sehr streng auf ihn herab. »Mr. Carter, mit Geld kann man vielleicht vieles kaufen, aber Gott sei Dank nicht alles. Und Nieren gehören in unserem Land bislang zu den unverkäuflichen Dingen. Wir haben hier erfreulicherweise noch keine Verhältnisse wie in Indien oder anderen Schwellenländern, wo man, wie man hört, sogar Organe kaufen kann.«

»Sie drehen mir die Worte im Mund herum«, jammerte Carter.

»Dann verzeihen Sie mir und sagen mir bitte genau, wie Sie es gemeint haben«, antwortete Dr. Reid scheinbar verbindlich.

Carter rang einen Augenblick nach Worten, dann presste er die Lippen zusammen.

»Dann hätten wir das also geklärt. Ich schiebe Ihren Bestechungsversuch einmal auf die Medikamente und werde den Officern da draußen nichts davon erzählen«, sagte der Arzt und wandte sich zum Gehen. Kurz vor der Tür blieb er stehen. »Im Übrigen, wenn man dem glaubt, was man so hört, sollen die Anteile an Ihrem Fonds gar nicht mehr so attraktiv sein?« Er fixierte Carter, doch noch bevor der dazu eine passende Antwort fand, machte der Doktor eine wegwischende Handbewegung und verschwand durch die Tür, wo die zwei Polizeibeamten warteten.

»Er gehört jetzt Ihnen«, hörte Carter den Arzt sagen.

Carter presste seinen Körper tiefer in die Matratze, was dieser abermals mit Schmerzen beantwortete.

»Indien«, sagte er leise vor sich hin, während die beiden Polizisten den Raum betraten.

Soweit er sich entsann, hatte auch die Pensionskasse der New Yorker Polizei in seinen Fonds investiert. Seine Hoffnung, dass die Officer noch keine Zeitung gelesen hatten, war allerdings gering.

48

Berlin, 1764

»Beim Karneval hing sie bereits an meinen Lippen, schon bald werde ich an ihren hängen!«

Damit war ihm ein Satz wie aus einem Theaterstück gelungen. Er sprach ihn mehrmals laut mit der Mimik eines Schauspielers und mit verschiedenen Betonungen. Schließlich sang er den Satz, mit an den Hals gelegtem Kinn in der Tonart eines Baritons. Dann setzte er mit einem zufriedenen Lächeln seine Grußformel unter das Schreiben, steckte es in einen Umschlag und rief nach seinem Burschen, der nicht lange auf sich warten ließ.

»Ist die Signora immer noch nicht angekommen?«, fragte er.

»Nein, mein Herr, sonst hätte ich es gemeldet.«

»Schon gut!«, entgegnete er unwirsch und hielt ihm das Kuvert mit der Nachricht entgegen. »Bring dies nachher zum Hofrat Hainchelin.«

Der Knabe machte eine Verbeugung, schritt zur Tür und wollte sie hinter sich schließen.

»Lass sie auf, du Hornochse, damit ich höre, wenn die Signora kommt!«, fuhr er den Burschen wütend an, der sich daraufhin ein wenig verstört entfernte.

Er ging zu einem kleinen Schrank neben dem großen Bett, öffnete ihn und entnahm einen kleinen Flakon, dessen Inhalt er sich großzügig unter die Arme und in den Bund seiner Hose träufelte. Er streckte die Arme in die Höhe und roch in den Achselhöhlen. Der Duft war perfekt. Leise summend stellte er das Fläschchen zurück an seinen Platz und ließ sich auf das Bett fallen.

Aus dem Flur drangen Stimmen zu ihm. Geschickt federte er sich empor, schritt rasch vor und erreichte gleichzeitig mit Signora di Calzabigi die Tür seines Zimmers. Unten hörte er noch seinen Burschen einen Gruß rufen und die Tür ins Schloss schlagen. Marie hatte sich zum Treppenabsatz umgedreht, als wolle sie dem Diener hinterherschauen.

»Ich grüße Euch«, sagte er betont vorsichtig, woraufhin Marie zu ihm herumfuhr.

In der Hand, die in einen bis zur Armbeuge reichenden Handschuh gekleidet war, hielt sie ein Taschentuch, welches sie gegen ihren Mund presste. Ihre Augen waren schamvoll auf den Fußboden gerichtet. Er streckte ihr einen Arm entgegen, und sie legte dankbar ihre Hand auf die seine. Mit unsicheren Schritten, als würde sie vom Steg aus ein Boot besteigen, trat sie über die Schwelle in sein Zimmer.

Er ließ sie passieren und schloss hinter ihr die Tür.

»Ich hoffe, es hat mich niemand gesehen«, sprudelte es aus ihr heraus, während sie sich im Raum neugierig umschaute. Verdutzt bemerkte sie: »Hier steht ja nur ein Stuhl – und ein Bett.«

»Ihr habt die Wahl«, erwiderte er mit einem galanten Lächeln.

Sie machte vier kleine Schritte zum Stuhl und ließ sich darauf mit einer Vorsicht nieder, als sei es der Rücken eines feurigen Pferdes.

Er machte einen Satz und setzte sich mit so viel Schwung auf das Bett, dass einige Federn in die Luft wirbelten.

»So konntet Ihr es also einrichten!«, sagte er mit freudiger Geste. »Wo ist Euer ... Gemahl, wenn man fragen darf.«

»Er ist im Gefängnis bei diesem Lotteriebetrüger, den sie gemeinsam mit dem Postmeister verhaftet haben.« Marie schaute beim Sprechen auf ihre Hände, mit denen sie in ihrem Schoß nervös ihr Taschentuch bearbeitete.

»Ach ja, ich habe es gehört. Diese Schurken! Den König betrügen. Haben sie schon gestanden?«

Marie schüttelte den Kopf. »Kein Wort. Und der König hat die peinliche Befragung verboten. Calzabigi meint, unter Folter hätte er die Hintermänner schon lange aus ihnen herausgepresst. So schweigen sie und spucken ihm noch frech ins Gesicht.«

»Da spürt er ihn, den bitteren Ausfluss der Gier. Er ist mit seiner Lotterie mitten hineingeraten. Nein, er hat sie damit erst zum Leben erweckt«, bemerkte er amüsiert.

»Sprecht nicht so über ihn«, wies Marie ihn zurecht und schaute erstmals auf.

»Wenn Ihr Euch so ereifert, erinnert Ihr mich an Eure Mutter. Dieselbe Glut in den Augen.«

Ein Ruck ging durch ihren Körper. »Erzählt mehr von ihr. Ich erinnere mich nur noch dunkel an Euch, als Ihr bei uns in Paris zu Besuch wart. Mein Vater war da schon lange tot.«

»Ich kannte sie nur kurz, aber gut. Es war wie ein gemeinsamer Tanz auf dem Ball des Lebens. Aber dieser eine Tanz war voller Gefühl, voller Leidenschaft und Harmonie. Ich erinnere mich heute noch an ihre zarten Hände, ihre eleganten Bewegungen. Dass ich sie nie vergessen habe, seht Ihr daran, dass ich Euch beim Karneval sogleich erkannte. Trotz der Maskierung. Ihr habt ihre Schönheit geerbt.«

Marie lächelte verlegen.

»Und nun hat dieser Calzabigi, dieser Schuft, sich Eurer Schönheit als sein Eigentum versichert«, bemerkte er mit beleidigtem Unterton. »Wann und wo habt Ihr ihn überhaupt geheiratet?«

Marie schaute sich um, als wollte sie überprüfen, dass sie niemand belauschte.

»Wenn Ihr ein Geheimnis für Euch behalten könnt – wir sind eigentlich gar nicht miteinander verheiratet«, sagte sie mit gedämpfter Stimme.

Er tat überrascht. »Nicht verheiratet? Aber Ihr nennt Euch doch Signora di Calzabigi!«

»Es ist mehr ein Geschäft«, entgegnete sie unsicher. »Er hat mich aus Genua, wo ich gelitten habe, hier nach Berlin holen lassen, damit ich als seine Gemahlin auftrete.«

Er blickte sie erfreut an. »Und was springt dabei für Euch heraus?«

»Ich habe bei meiner Ankunft eine Kammerfrau und eine Garderobe nach meiner Wahl erhalten. Zudem zahlt er mir einen monatlichen Betrag zu meiner beliebigen Verfügung als Nadelgeld. Bleibe ich ein Jahr und erhalte dann meine Freiheit wieder, bekomme ich hundert Louidor und kann alle geschenkten Sachen behalten. Bleibe ich jedoch, bis er mich tatsächlich heiratet, so bekomme ich zehntausend Taler, von denen angenommen werden soll, dass dieselben von mir als Mitgift zugebracht werden. Stirbt er jedoch vor einer Hochzeit, so erhalte ich die zehntausend Taler aus seinem Nachlass.« Marie rang nach Atem, so schnell hatte sie erzählt.

Er verzog beeindruckt die Mundwinkel. »So wäre es für Euch am besten, er würde sterben«, schlussfolgerte er mit einem Grinsen. »Ihr würdet die zehntausend Taler erhalten und wäret dennoch eine freie Jungfer. Eine freie, reiche Jungfer!«

»Sagt so etwas nicht!«, rief sie empört aus. »Zudem …«

»Was?«

»Nur hat er keine zehntausend Taler. Als wir die Abmachung trafen, gingen er und ich davon aus, dass er durch dieses vermaledeite Lottospiel reich würde. Und nun hörte ich neulich ein Gespräch zwischen ihm und einem Fremden an und musste erfahren, dass er sogar Schulden hat! Ich fürchte, noch nicht einmal die hundert Louidor könnte er mir zahlen, wenn ich demnächst meine Freiheit verlange! Eine recht unerfreuliche Situation.«

»Das ist wirklich misslich«, pflichtete er ihr bei. »So seid Ihr in einer Ehe gefangen, die keine ist, und Euch ist dafür Geld versprochen, das es nicht gibt. Klingt nach einem faulen Handel für Euch. Es sei denn, Ihr liebt ihn?« Er betrachtete sie gespannt.

»Ihn lieben?«, rief sie aus. »Er mag eine stolze Erscheinung, ein galantes Auftreten und im Kern auch ein gutes Herz haben. Aber wie kann ein Hund seinen Herrn lieben, wenn sein Leben davon abhängt, dass er ihn füttert? Nein, Liebe kann sich nur dort entfalten, wo es Freiheit gibt! Schaut Euch den König an. Er züchtet in Sanssouci Orangen und Bananen, wie ich gehört habe. Die Pflanzen mögen sogar Früchte geben, und sie mögen dem König süß erscheinen. Doch würde er die Pflanzen, wenn es kalt wird, nicht in den Gewächshäusern unterbringen und sie ständig mit Wärme versorgen, sie würden es vorziehen, zu sterben, und einige ereilt dieses Schicksal jeden Winter. Sie gehören hier einfach nicht her. Und nun frage ich Euch: Wie süß sind Früchte wirklich, die von unglücklichen Pflanzen stammen?«

Er hatte auf der Bettkante gesessen und regungslos ihren Worten gelauscht. Beeindruckt erklärte er schließlich: »Welch eine Poesie aus Eurem Mund! Ihr sprecht fast wie Voltaire.«

Nun wurde auch ihr bewusst, wie sehr sie sich hatte hinreißen lassen. Sie tupfte mit dem Taschentuch über ihren Mund, als wolle sie einen Rest Worte von ihren Lippen wischen.

Nach einer Weile des Schweigens erhob er sich und kam zu ihr hinüber. Er kniete vor ihr nieder und ergriff ihre Hand. Sanft küsste er ihren Handschuh. Dann begann er, den Handschuh langsam vom Arm herabzurollen, ohne sie dabei aus den Augen zu lassen.

»Aber sagt«, hauchte er. »Seid Ihr auf meine Nachricht hin nur gekommen, um alte Geschichten über Eure Frau Mama zu hören und mir von Eurem ... Gemahl zu berichten, oder seid Ihr vielleicht auch ein kleines bisschen an meiner Gegenwart interessiert?«

Mittlerweile hatte er damit begonnen, den Handschuh an ihren Fingerspitzen mit seinen Zähnen, die weiß und stark zwischen vollen Lippen hervorschauten, Finger für Finger in die Länge zu ziehen. Schließlich streifte er ihn mit einer raschen Bewegung ab und ließ ihn mit spitzen Fingern zu Boden gleiten. Nun küsste er sie auf ihrem entblößten Handrücken.

Sie beantwortete dies mit einem verlegenen Kichern.

»Genauso zart wie die Hände Eurer Mutter«, sagte er und drückte ihre Hand an seine Stirn. Sie war heiß und ein wenig feucht. Mit leiser Stimme fügte er hinzu: »Wenngleich die Hände nicht die zarteste Partie Eurer Mutter waren.«

Marie schloss die Augen und legte ihren Kopf in den Nacken.

Mit einem geübten Handgriff bahnte er sich von unten den Weg durch die Schichten ihres Rockes, woraufhin sie am ganzen Körper zu beben begann.

»Haltet ein! Wir kommen dafür in die Hölle!«, keuchte sie.

»Nur wer sündigt, kann auf Vergebung hoffen«, flüsterte er, ohne aufzuhören. »Und diese Gier ist die natürlichste von allen!« Er beugte sich vor und presste seine Lippen auf ihre.

Suchend legte sie ihre Hände an seine Schultern. Mit einem Ruck sprang sie auf und stieß ihn gleichzeitig von sich weg, sodass er das Gleichgewicht verlor und auf den Rücken fiel.

Während er sich mit seinen Armen abstützte, begann er laut zu lachen. »Ihr habt Temperament!«, rief er aus, ohne Anstalten zu machen, sich zu erheben. »Das macht Euch nur noch begehrenswerter!«

Doch Marie ignorierte seine Worte. Nach Luft ringend, ordnete sie ihre Kleidung und eilte auf die Tür zu, ohne sich nach ihm umzudrehen.

»Ich wollte Euch nicht brüskieren!«, rief er ihr nach. »Aber Ihr habt Besseres verdient! Überlegt, ob Ihr gefangen bleiben wollt oder mit mir die Freiheit kostet!«

Einen Augenblick später hörte er ihre schnellen Schritte auf der hölzernen Treppe, kurz danach das Schlagen der Haustür. Er streckte alle Gliedmaßen von sich und begann laut zu lachen. Dann leckte er mit seiner Zunge über seine Lippen.

Er hatte genügend Frauen geküsst, um zu wissen, dass er ihr Herz und – was noch wichtiger war – ihren Verstand erobert hatte. Auch wenn das niedliche Fischlein jetzt weggeschwommen war: Es hatte den Köder und somit auch den Haken geschluckt. Nun begann das übliche Gezerre an der Angelleine. Doch irgendwann würde die Beute erschöpft und nach Atem ringend vor ihm liegen, da war er sich ganz sicher.

Mit einer geschmeidigen Bewegung kam er wieder auf die Beine. Er ging zum Kamin in der Ecke des Zimmers und löste mit einiger Kraftanstrengung eine locker sitzende Kachel. Dann griff er in das zum Vorschein kommende Loch und holte eine kleine Pistole heraus.

»Ein schöne Waffe für eine schöne Frau«, dachte er laut.

Er kniff sein rechtes Auge zu und schaute mit dem anderen durch die Kimme über den Lauf. Auch wenn er letztlich kein Priester geworden war – eines hatte er nach Erhalt der niederen Weihen gelernt: Manchmal brauchte es Schmerz, damit eine Sünde vergeben werden konnte.

49

Mumbai

Irgendjemand tätschelte sein Gesicht. Etwas zu fest, um gut gemeint zu sein.

»Scheiße, Mann, der ist ja gar nicht tot!«, rief eine jugendliche Stimme im Tonfall des Bedauerns.

»Dann schau nach, ob er etwas bei sich trägt!«, befahl eine andere Stimme, die etwas weiter weg war.

Pradeep, der allmählich wieder zu Bewusstsein kam, spürte auf einmal, wie eine Hand seinen Körper entlangfuhr und in seiner Hosentasche verschwand. Sie bewegte sich darin hin und her, wie eine lebendige Ratte. Dann umschloss sie etwas und wurde wieder herausgezogen.

»Ein Handy. Ein Scheißteil, aber es ist an!«

Mit einem Ruck fuhr Pradeeps Oberkörper hoch, sodass er nun aufrecht saß.

In Sekundenbruchteilen die Situation zu erfassen gehörte zu den überlebenswichtigen Eigenschaften, die man als Straßenjunge erlernen musste. Es war noch hell, die Sonne stand jedoch tief. Nachmittag also. Vor sich erkannte er eine Gruppe junger Männer, vielleicht waren unter ihnen auch noch Kinder. Ihrer Kleidung nach waren sie Müllsammler. Keine zehn Meter entfernt verliefen hintereinander mehrere Bahngleise. Also keine Müll-, sondern Leichensammler. Er wusste, dass sie von der Bahn bezahlt wurden: Pro aufgesammelte Leiche erhielt man hundertfünfzig Rupien – wenn sie ganz war. Sonst wurde nach der Größe der Stücke gezahlt. Auf diese Weise hielt die Bahn ihre Gleise sauber. Auch Pradeep hatte sich so schon ein paar Rupien verdient, bis er den Anblick der verstümmelten Körper nicht mehr hatte ertragen können.

Einer der Kerle stand genau vor ihm, sein von Narben übersätes Knie war auf Höhe seiner Augen. Plötzlich schoss das Knie auf ihn zu, doch er war schon wach genug, um sich von dem Angriff nicht überraschen zu lassen. Während er seinen Oberkörper blitzschnell nach hinten bog, griff er nach dem Bein, das zum Knie gehörte, und drehte es mit einer raschen Bewegung gegen den Uhrzeigersinn. Mit einem spitzen Schrei fiel der Besitzer des Beins auf den Rücken, und ein schmutziges T-Shirt kam in Pradeeps Sichtfeld. Der nahezu ungebremste Aufprall des Körpers auf dem Sand wirbelte Staub empor. Ein Gegenstand, der die Sonne reflektierte, flog über Pradeep hinweg und landete hinter ihm. Sein Handy. Das musste der Junge eben aus seiner Tasche geholt haben.

Pradeep stutzte kurz. Er besaß doch kein Handy mehr.

Dann fiel ihm innerhalb von Bruchteilen einer Sekunde sein Besuch bei Sushil im Telefonladen wieder ein. Der Tee, die Blutabnahme. Das Telefon, das Sushil ihm überreicht hatte. Darauf würden sie ihn anrufen, wenn es losging, hatte er gesagt. Aber wie war er hier auf die Bahngleise gekommen? Er erinnerte sich daran, wie ihm bei Sushil plötzlich schummerig geworden war. Er musste das Bewusstsein verloren haben. Vielleicht wegen des vielen Blutes, das sie ihm abgezapft hatten. Oder ... Ihm kam ein Gedanke, der ihn erschreckte. Während er den Arm nach dem Handy ausstreckte, tastete er mit der anderen Hand seinen Rücken ab. Keine Narbe. Er hatte seine Niere noch, da man sie ja wohl nicht durch den Mund oder den Arsch entfernen konnte.

In dem Moment, als er das Handy zu fassen bekam, erreichte ihn auch schon einer der anderen Jungen. Auch das schmutzige T-Shirt neben ihm schien sich wieder zu berappeln. Immer noch kauerte Pradeep auf dem Boden, sodass ihn die Schläge am Hinterkopf trafen. Glücklicherweise wurden sie mit der Faust und nicht mit einem Brett oder einer Stange ausgeführt. Verzweifelt rammte er seine Zähne in das nackte Bein vor sich und hielt es mit seiner freien Hand fest umklammert. Pradeep vernahm einen Aufschrei und musste weitere Faustschläge auf den Kopf einstecken. Er kam sich vor, als würde er mit Riesen kämpfen. Doch er verbiss sich in den Oberschenkel, und mit aller Kraft riss er ein Stück Fleisch heraus und spuckte es aus.

Warmes Blut lief über sein Kinn, was seine Sinne nur noch mehr schärfte. Pradeep wusste, dass es nun um alles ging. Hier zwischen den Bahngleisen waren sie weit weg von der nächsten Ortschaft, und es würde ihm niemand zu Hilfe kommen. Wenn er sich nicht vorsah, dann würden die Sammler doch noch ihre Leiche und somit ihre Rupien bekommen.

Schon war er auf den Beinen und konnte sich den Jungen, der ihm das Handy gestohlen hatte, mit einem Fußtritt vom Leib halten. Dann legte er schnell mehrere Meter zwischen sich und seine beiden Gegner. Doch zwei weitere Jungs aus der Gruppe, die weiter weg hinter den Gleisen nach Leichen gesucht hatten, kamen nun von vorn auf ihn zugerannt. Einer hielt eine lange Machete in der Hand.

Pradeep blickte sich um. Die nächsten Hütten und damit auch die nächste Straße waren weit entfernt. Er spürte, dass seine Kraft nicht genügte, um dorthinzusprinten. Auch würde er es kaum mit den vier Kerlen gleichzeitig aufnehmen können.

Vor sich sah er die Gesichter von Janni, Gayoor, Parvez und vor allem von Pandita. Er war so kurz davor, sie zu retten. Sollte es tatsächlich nun so zu Ende gehen? Sollten seine Nieren, von denen jede viele tausend Rupien wert war und Pandita retten konnte, gemeinsam mit etlichen gebrochenen Knochen in einem toten Sack aus Haut für hundertfünfzig Rupien an die Bahn verkauft werden?

Plötzlich spürte er ein Zittern in seinen Beinen. Es war aber kein Zittern der Muskeln im eigentlichen Sinne, sondern eher ein Vibrieren, das eine äußere Ursache hatte – und die er nur zu gut kannte. Als er sich umdrehte, erblickte er die Front einer Lokomotive, die aus Richtung der Stadt auf ihn zukam. Noch war sie vielleicht fünfhundert Meter entfernt. Wenn er sich beeilte, konnte er kurz vor der Lok die Gleise überqueren und den Zug zwischen sich und seine Verfolger bringen. Wenn ihm dies gelang, hatte er genügend Zeit, um zu verschwinden, denn die Züge bestanden in der Regel aus vielen Waggons. Er schaute sich nach den anderen um. In ihren Blicken erkannte er, dass auch sie begriffen, was er vorhatte.

Entschlossen rannte er auf das Gleis zu, auf dem der Zug sich näherte. In seinem Kopf maß er Abstände, schätzte Geschwindigkeiten. Kurz betete er zu Gott. Der Zug kam schneller als von ihm erwartet heran. Die Zahl Fünf kam ihm wie aus dem Nichts in den Sinn. Gleichmäßig zählte er herunter: fünf, vier, drei, zwei ...

Bei eins sprang er mit einem großen Satz über das Schienenbett und ließ sich fallen. Er rollte über die Schulter ab, wobei er sich die Haut an dem scharfkantigen Schotter aufschürfte. Ein Sog erfasste ihn, dann raste eine Stahlschlange aus Eisenbahnwaggons an ihm vorbei. Er blickte den Zug entlang und nahm erfreut zur Kenntnis, dass er der Einzige auf dieser Seite der Gleise war. Das bedeutete, dass er sie abgeschüttelt hatte. Ein wenig mühsam kam er hoch, dann lief er, mit einem Bein humpelnd, auf die Hütten zu, die ihm am nächsten erschienen. Seine Hand hielt noch immer das Handy fest umschlossen. Keine vierhundert Meter, und er würde in Sicherheit sein.

Ab sofort war er ein Gefäß. Ein Gefäß mit einer wertvollen Fracht, die er abliefern würde, sobald dieses Handy in seiner Hand klingelte.

50

Hamburg

Henri, der auf dem Beifahrersitz saß, bat den Taxifahrer, an der nächsten Kreuzung rechts abzubiegen. Inzwischen hatte er sich zumindest äußerlich in einen Gentleman verwandelt: In einem Geschäft für Herrenmoden hatte er seinen Trainingsanzug abgelegt und mithilfe von Chads Reisekasse eine Anzughose, ein Jackett, ein weißes Hemd, schwarze Schuhe und sogar einen Mantel erworben.

»Wo fahren wir genau hin?«, fragte Trisha etwas unsicher.

Zwar hatten Henri und sie sich am Abend zuvor noch stundenlang über die Lotterie und ihre Pläne unterhalten, doch in manchen Punkten waren sie nicht allzu sehr ins Detail gegangen. Und obwohl sie befürchtet hatte, dass er aufgrund der langen Haftzeit sexuell ausgehungert war, hatte er sie auch während der Nacht in Ruhe gelassen und wie ein Kavalier auf der Couch geschlafen. Dennoch fühlte sie sich noch immer nicht ganz wohl bei dem Gedanken, in einer fremden Stadt mit einem fremden Kriminellen unterwegs zu sein.

»Es ist eine Art Reisebüro«, antwortete Henri.

»Eine Art Reisebüro?«, wiederholte Trisha ein wenig skeptisch. »Du hattest vorhin schon eine ›Art Taxi‹ bestellt.«

»Wart's ab«, erwiderte Henri mit einem vielsagenden Lächeln.

Sie hielten an einer roten Ampel. Ein paar Sekunden später kam ein Polizeifahrzeug neben ihnen zum Stehen. Henri stützte seinen rechten Ellbogen auf den Fensterholm, sodass die Hand sein Gesicht verdeckte.

»Was passiert, wenn sie dich erwischen?«, fragte Trisha von hinten.

»Dann wandere ich zurück in meine Zelle«, entgegnete Henri.

»Und bekommst du wegen der Flucht aus dem Gefängnis eine zusätzliche Strafe aufgebrummt?«

Henri schüttelte den Kopf. »Flucht allein ist straffrei. Solange man dabei niemanden verletzt und keine anderen Straftaten begeht.«

Die Ampel sprang auf Grün, und der Streifenwagen fuhr geradeaus, während sie links abbogen.

»Ich werde nie wieder zurück in den Knast gehen«, bemerkte Henri trotzig. »Jetzt ruf diesen Notar an, damit wir wissen, wohin die Reise geht!«

Trisha fischte ihr Handy aus der Tasche und wählte erneut die Nummer des Notars in Rom. Henri und sie hatten beschlossen, einen letzten Versuch zu unternehmen, um mehr aus ihm herauszubekommen. Wieder meldete sich eine Frauenstimme, wieder wurde Trisha in einer Warteschleife mit schrecklicher Musik geparkt. Sie hatte befürchtet, an der Telefonzentrale abgewimmelt zu werden. Um dies zu verhindern, hatte sie zu einer Notlüge gegriffen und behauptet, neue Informationen zum Tod des Mönchs zu besitzen. Im nächsten Augenblick hatte die Sekretärin sie zu Aurelio durchgestellt.

»*Si?*«, meldete sich schließlich die Stimme des Notars.

»Trisha Wilson, Sie erinnern sich sicherlich am mich. Ist meine Teilnahmeerklärung mittlerweile bei Ihnen eingetroffen?«

»Per Post aus Las Vegas. Pater Pius muss sie noch vor seinem … Ableben abgeschickt haben.«

»Dann haben Sie nun insgesamt drei, nicht wahr?«

»Ich sagte Ihnen doch, ich –«

»Kommen Sie. Ich habe mein ganzes Vermögen eingesetzt, und das war nicht wenig.«

Eine Pause entstand. Dann antwortete Aurelio: »*Si*, drei Teilnehmer.«

Trisha kannte zwei, was der Notar nicht wusste. Henri und sie.

»Dann fehlt noch einer, damit die Ziehung stattfinden kann?«, fuhr sie fort.

»*Si.* Sie sagten meiner Sekretärin, Sie haben neue Informationen zu seinem Tod?«

Trisha antwortete nicht sofort. Jetzt kam es darauf an, ob die zweite Notlüge funktionieren würde, die sie und Henri sich ausgedacht hatten. »Ja, das stimmt. Ich denke, alles hängt mit dem Los von Carter Fields zusammen.« Sie horchte in das Handy hinein, als hätte sie ein Geldstück in einen Schacht geworfen und würde nun lauschen, wann es unten aufschlägt.

»Mit Carter Fields?«, fragte der Notar. »Wie meinen Sie das?«

»Haben Sie von dem Attentat auf ihn gehört?«

»*Si.*«

»Jemand hat seine Teilnahmebescheinigung gestohlen.« Nun spürte Trisha ihren Herzschlag in den Schläfen. Sie hörte ein Rascheln.

»*No*, das kann nicht sein. Sie ist nicht gestohlen …«, sagte der Notar, dann hielt er inne. Schließlich fragte er resigniert: »Sie haben mich reingelegt, richtig?«

»Ich respektiere Ihre Schweigepflicht«, entgegnete Trisha

triumphierend. »Wir sehen uns bei der Ziehung. Auf Wiederhören.«

Als keine Antwort aus dem Handy drang, drückte sie die *Aus*-Taste. Ihre Handfläche war schweißnass.

»Und?«, fragte Henri, der sich auf seinem Beifahrersitz nach hinten drehte.

»Mumbai – definitiv«, antwortete Trisha. »Wir fahren nach Mumbai.«

Henri lachte erfreut auf.

Eine Weile fuhren sie schweigend, dann zeigte der Taxifahrer auf eine kleine Straße.

»Hier?«, fragte er Henri. Der nickte.

Langsam bogen sie um die Ecke. Sie befanden sich in einer schmalen Seitenstraße, in die kaum ein Auto passte. An den Seiten ragten Mülltonnen und blaue Säcke in die Fahrbahn. Links und rechts befanden sich Hinterausgänge von Gaststätten und Clubs.

»Stopp!«, befahl Henri, und das Taxi kam abrupt zum Stehen.

»Braucht ihr mich noch?«, erkundigte sich der Taxifahrer.

Henri verneinte und hielt ihm die ausgestreckte Hand entgegen. »Besten Dank, Axel«, sagte er. »Ich schulde dir was.«

Der Mann ergriff Henris Hand und zog ihn an sich ran. Während Axel ihn umarmte, klopfte er ihm kräftig auf die Schulter. »Nein, Mann. Was du im Knast für mich getan hast, vergesse ich dir nie!«

Dann entließ er Henri aus der Umarmung, und seine beiden Fahrgäste stiegen aus.

Trisha sah sich vor, nicht in eine der Pfützen zu treten, während sie dem Taxi nachsah, das im Rückwärtsgang seinen Weg aus der Gasse suchte. »Was hast du für ihn getan?«, fragte sie.

Als Henri nicht antwortete, drehte sie sich um. Er hatte den Deckel einer der Mülltonnen angehoben und war damit beschäftigt, eine Tüte tief unter den Müll zu stopfen. Dann schloss er den Deckel und rieb die Hände aneinander, als wolle er Schmutz entfernen.

»Die alten Gefängnisklamotten findet keiner mehr«, stellte er zufrieden fest. »Was hast du gefragt?«

Trisha winkte ab. »Egal. Wo ist diese ›Art Reisebüro‹?«

Demonstrativ schaute sie die Häuserfassade entlang. Außer ein paar Feuertreppen und Stahltüren war weit und breit nichts zu sehen.

»Gleich hier!«, entgegnete Henri, machte einen großen Schritt über eine Lache Regenwasser, das sich im Rinnstein gesammelt hatte, und hämmerte mit der Faust gegen eine schmuddelige Stahltür.

Eine Weile geschah nichts, und Trisha wollte schon zu nörgeln anfangen, als mit einem plötzlichen Ruck die Tür geöffnet wurde. Sogleich brach der Mann, der sie geöffnet hatte, in erfreutes Rufen aus, und Henri wurde einmal mehr an die Brust eines anderen gezogen.

»Das ist meine Freundin«, sagte Henri, löste sich aus der Umklammerung und zeigte auf Trisha.

Kurz überlegte sie, zu protestieren, doch möglicherweise war es klüger, hier und jetzt als Henris Freundin durchzugehen. Ein massiger Kerl mit kahlem Schädel und dem Gesicht eines Preisboxers reckte ihr seine Pranke entgegen, in der ihre Hand wie die eines Neugeborenen wirkte.

Sie folgten dem Boxer in einen dunklen Gang, der nur durch eine schwache Wandlampe erleuchtet wurde. Es roch nach kaltem Rauch und schalem Bier. Der Korridor endete an einer weiteren Stahltür, durch die sie in das Innere eines Clubs gelangten.

Plüschige Sessel und Sitzbänke wechselten sich mit einer Bestuhlung aus Barhockern und Bistrotischen ab. Eine kleine Bühne mit zwei glänzenden Stangen schien für erotische Darbietungen gedacht zu sein. Ein verspiegelter Tresen beherbergte eine breite Palette von Alkoholika. Um diese Zeit war der Club allerdings verwaist. Ihr Begleiter hielt vor einer Tür und klopfte erstaunlich sanft dagegen. Auf ein Rufen aus dem Inneren hin öffnete er und trat beiseite, damit Henri und Trisha an ihm vorbei eintreten konnten. Ein Mann kam hinter einem Schreibtisch hervor und begrüßte sie. Diesmal musste Henri auf herzliche Kuscheleinlagen verzichten, stattdessen gab es einen kumpelhaften *Handshake*.

Der Mann war deutlich kleiner als Trisha. Obwohl Trisha es hier drinnen unerträglich warm fand, trug er eine Lederjacke. Er sah südländisch aus, und seine Haare waren ebenso schwarz wie seine dichten Augenbrauen. Wahrscheinlich ein Grieche, dachte Trisha. Er musterte sie mit stechendem Blick und nickte ihr zu. Dann wies er ihnen zwei Stühle zu und nahm wieder hinter seinem Schreibtisch Platz.

Trisha schaute sich um. Das Büro war unglaublich unordentlich. Auf dem Schreibtisch stand ein neuer Computer, der von allerlei Zetteln und Papieren umlagert wurde. Dazwischen lagen überall leere Pistazienschalen verstreut. Zigarettengestank stieg aus zwei überquellenden Aschenbechern empor. Ihr Blick blieb an einer silbernen Pistole haften, die griffbereit auf der rechten Seite des Tisches lag. Ansonsten gab es einige Aktenschränke. Am auffälligsten war jedoch ein riesiger Tresor, der wie frisch aus einer Bank gestohlen wirkte. In einer Ecke standen ein Schemel und daneben ein Scheinwerfer sowie ein großer schwarzer Schirm. Wie in einem Fotostudio, dachte Trisha.

Henri sagte etwas in einer Sprache, die Trisha nicht verstand, und zeigte dabei auf sie.

»Dann also auf Englisch«, sagte ihr Gastgeber mit starkem Dialekt und lächelte ihr zu. »Also, wohin wollt ihr?«

»Indien, Mumbai« antwortete Henri.

Am Abend zuvor hatten sie beide die Unterlagen durchgeschaut, an die Trisha durch den Mönch gelangt war. Auch hatte sie noch einmal mit Chad gesprochen, dessen Suche nach Carter Fields in New York vergeblich gewesen war und der von dem Attentat auf den Finanzhai erst durch Trisha erfahren hatte. Am Morgen hatten sie in der Zeitung gelesen, dass Carter Fields schwer verletzt, aber außer Lebensgefahr war. Obwohl auch Henri immer noch angeschlagen war, hatte er darauf bestanden, mit ihr zu kommen. »Wenn wir wirklich nach Mumbai fliegen, gibt es keinen sichereren Ort für mich als dort«, hatte er gemeint, und Trisha hatte gegen eine männliche Begleitung auf so einer langen Reise nichts einzuwenden gehabt.

»Mumbai«, wiederholte ihr Gastgeber nun und strich sich mit der Hand über den Dreitagebart, der seinem Gesicht einen dunklen Schatten verlieh. »Das ist gut. Die USA wären ein Problem. Und Ihr braucht beide neue Pässe?«

Trisha schaute überrascht zu Henri.

»Genau«, bestätigte der.

»Du weißt, dass das normalerweise mindestens fünfundzwanzig kostet – zum Freundschaftspreis«, sagte der Südländer.

Henri nickte. »Aber wir sind keine Freunde«, bemerkte er grinsend.

Für Trisha schien dies eine eher unkluge Verhandlungsstrategie zu sein, aber sie mischte sich nicht in das Gespräch ein.

»Das stimmt«, antwortete der Grieche, der nun ebenfalls grinste. »Deswegen bekommst du es umsonst. Dann sind wir aber quitt!«

Henri nickte zustimmend.

Der Grieche erhob sich, ging zu dem großen Schirm und drehte ihn. Dann knipste er die Lampe an und richtete sie auf die Wand hinter dem Schemel.

»Wenn ich bitten darf«, sagte er mit einer einladenden Geste und zeigte auf den Hocker. Henri erhob sich, und Trisha tat es ihm gleich.

Auf sein Zeichen hin ließ sie sich nieder, und kurz darauf sah sie in den hellen Blitz eines Fotoapparats. Henri war nach ihr an der Reihe. Der Grieche entnahm der Kamera eine kleine Speicherkarte und ging zum Tresor. Mit dem Rücken zu ihnen öffnete er das Zahlenschloss des Safes und holte zwei kleine Büchlein heraus. Zurück am PC, arbeitete er konzentriert mit der Maus.

Trisha nutzte die Gelegenheit, sich weiter umzuschauen. Nun entdeckte sie auch eine griechische Flagge, die hinter ihr an der Wand befestigt war.

Schließlich begann ein alter Nadeldrucker knarzend zu arbeiten. Der Grieche fluchte in seiner Heimatsprache. Dann setzte er eine Spezialbrille auf, wie Trisha sie noch nie zuvor gesehen hatte, und begann mit einer Pinzette zu hantieren. Nach einer halben Ewigkeit rief er »Fertig!« und überreichte Henri die beiden Büchlein, die offenkundig als Pässe dienen sollten. Henri klappte sie nacheinander auf und verzog anerkennend die Augenbrauen. Mit einem breiten Lächeln übergab er Trisha einen der Pässe. Das Dokument war rot, auf der Vorderseite prangte ein goldenes Wappen, das einen züngelnden Doppeladler zeigte. Darunter stand etwas in kyrillischer Schrift geschrieben.

»Ein russischer Pass«, sagte sie überrascht. Als sie ihn aufklappte, blickte sie sich selbst von einem Foto entgegen. Daneben standen ein falsches Geburtsdatum und ein Name. Glücklicherweise waren die Bezeichnungen nicht nur in kyrillischer, sondern auch in lateinischer Schrift wiedergegeben.

»Tatjana Wiktorowna Wesnina«, las sie laut vor und warf erst Henri, dann dem Griechen einen tadelnden Blick zu.

Der hob abwehrend die Hände. »Gute Reise«, wünschte er lächelnd.

Wenig später standen sie beide wieder in der schmalen Gasse, ihre neuen Pässe in den Taschen.

»So eine ›Art Reisebüro‹ also«, sagte Trisha und zog den Reißverschluss ihrer Jacke zu. »Schuldet eigentlich jeder in dieser Stadt, der einmal im Gefängnis gesessen oder dort gearbeitet hat, dir etwas?«

»Es gibt da drin mehr Mörder als Anwälte«, antwortete Henri und schloss seinen neuen Mantel. Dann fragte er: »Gehen wir was essen, Tatjana?«

Sie nickte. »Kennst du eine ›Art Restaurant‹ in der Nähe, Henri?«

»Igor«, sagte er, während sie zur Hauptstraße schlenderten.

»Heißt so das Restaurant?«, erkundigte sich Trisha.

Henri schüttelte den Kopf. »Nein, ich.«

51

BERLIN, 1764

Der Frühling ließ alles leichter erscheinen. Nicht nur, dass Calzabigi sich wie aus einer monatelang währenden Starre befreit fühlte. Auch die Menschen, die seinen Weg kreuzten, die Gespanne und selbst die streunenden Hunde schienen gelöster, ihre Bewegung fließender. Marie hatte schon früh das Haus verlassen, um mit einer Freundin, die er nicht kannte, einen Ausflug zu unternehmen. Nach Monaten, in denen sie kaum das Haus verlassen hatte, während er in seiner Arbeit fast erstickte, war sie nun geradezu unternehmenslustig geworden. Auch ihr Herz schien vom Frühling ergriffen zu sein. Seit Wochen kam sie ihm viel glücklicher vor, und dies gab auch ihm neue Hoffnung, sie an seiner Seite zu halten. Manchmal brauchte etwas nur Zeit, um zu gelingen, wie auch die Lotterie nun endlich bewies.

Fröhlich pfeifend klopfte er gegen die Tür, und als diese geöffnet wurde, bestätigte sich sein Eindruck einmal mehr. Nicht mehr der alte Griesgram öffnete, sondern ein junger Spund von vielleicht gerade zwanzig Jahren.

»Wo ist Adolf, das alte Schlachtross?«, fragte er, während der Jüngling ihn in den Salon führte.

»Monsieur Hauser ist verstorben. Schon vor Weihnachten.«

Betroffen schwieg Calzabigi. Das war die Kehrseite jeder Erneuerung: Das Alte musste weichen.

»Ihr ward nicht angekündigt«, sagte eine schneidende Stimme. Sie gehörte unverkennbar Hainchelin.

»Wohl wahr. Nehmt mein aufrichtiges Beileid für den Verlust Eures treuen Adolfs entgegen.«

Hainchelin ging mit tragender Miene zu einem der Sessel vor dem Kamin, der erloschen war und den Geruch kalten Rauchs verströmte, und setzte sich. Calzabigi tat es ihm gleich.

»Dreiunddreißig Jahre war er für unsere Familie tätig. Hat mehrere Kriege überlebt, und dann rafft ihn eine Verkühlung einfach so dahin«, sagte der Hofrat mit ernsthaftem Bedauern. »Ich schätze aber, Ihr seid nicht gekommen, um mir Euer Beileid zu bekunden.«

Calzabigi schüttelte den Kopf. Er zeigte auf die Fensterläden, die halb geschlossen waren und kaum Licht in den Raum hineinließen.

»Habt Ihr einmal hinausgeschaut?«, fragte er. »Der Frühling ist im vollen Gange, alles präpariert sich für die warmen Sommermonate. Die Natur erwacht.«

Hainchelin hob pikiert eine Augenbraue in die Höhe. »So seid Ihr als Frühlingsbote gekommen?«

Calzabigi ließ sich dadurch seine gute Laune nicht verderben. Er wollte es genießen und hatte sich auf dem Weg hierher entschieden, es langsam angehen zu lassen. »Wenn Ihr so wollt, bin ich das. Ich zitiere eine Strophe aus Friedrich von Hagedorns Gedicht *Der Frühling*, vielleicht wird Euch das ja als Inspiration dienen:

Dort lässt sich wiederum, in grünenden Trophäen,
Des Winters Untergang, der Flor des Frühlings sehen;
Sein schmeichelnder Triumph beglücket jede Flur:
Die frohen Lerchen fliegen
Und singen von den Siegen
Der täglich schöneren Natur.«

Calzabigi hatte in den vergangenen Wochen damit begonnen, sich ein wenig intensiver mit der deutschen Sprache zu beschäftigen. Da er ihren Klang eigentlich nicht mochte, hatte er beschlossen, sich ihr von der schönen Seite zu nähern. Und so hatte er an einem der vielen Straßenstände ein kleines goldenes Büchlein mit Gedichten deutscher Poeten erstanden und die ersten zwei einfach auswendig gelernt. Tatsächlich spürte er beim Rezitieren mittlerweile so etwas wie Rührung in der Brust, auch wenn er die Bedeutung der Worte, die seine Lippen da formten, noch immer nicht vollständig verstand.

Hainchelin schien das neuerliche Interesse seines Gegenübers für die Poesie in keiner Weise zu teilen; vielmehr wurde seine Miene noch ärgerlicher. »So kommt Ihr unangemeldet, um mir ein deutsches Gedicht vorzutragen? Ihr werdet immer sonderbarer, Italiener.«

»Der Grund ist eigentlich ein anderer: Denn nicht nur die Natur erwacht, auch unsere Lotterie. Ich wollte es Euch persönlich sagen. Ich habe bis spät in die Nacht die Ergebnisse der gestrigen Ziehung berechnet, und ich freue mich, Euch mitteilen zu können, dass wir Gewinn gemacht haben.« Er ließ seine Worte wirken.

Hainchelin verlagerte seinen Sitz ungeduldig von einer Pobacke auf die andere. »Schön. Das freut mich«, sagte er trocken.

»Und wenn ich Gewinn sage, so meine ich auch Gewinn. Schaut hier.« Calzabigi griff in eine Tasche seines Rocks und reichte Hainchelin ein Blatt Papier.

Der hielt es eine Armlänge entfernt von seinem Gesicht und überflog es. »Das kann nicht sein!«, rief er verblüfft aus.

Calzabigi wurde warm ums Herz. Auf diesen Moment hatte er so lange gewartet. »Oh, doch. Die Bewerbung der

Lotterie, die wir betrieben haben, die erhöhten Provisionsversprechen an die Einnehmer mit den geringsten Erlösen und vor allem die Einkerkerung dieser beiden Lottobetrüger von der Poststation haben ihr Übriges beigetragen.«

Hainchelin blickte immer noch ungläubig auf das Papier. »Ich werde es gegenprüfen …«, murmelte er und legte es neben sich. Dann blickte er Calzabigi regungslos ins Gesicht. »Haben denn diese Betrüger mittlerweile gestanden?«

Calzabigis Miene verdüsterte sich. »Kein Wort haben sie gesagt. Leider hat der König die Folter verboten, sonst hätten wir mehr aus ihnen herausbekommen. Sie werden aber auch so den Rest ihrer Tage im Kerker verschimmeln. Selbst unser empfindsamer König ist sehr erbost darüber, dass sie die Lottokasse und somit ihn höchstselbst so lange geschädigt haben. Im Moment sind wir dabei, noch einige Gewinner zu verhaften, die von dem Betrug profitiert haben.«

Hainchelin nickte und rieb sich mit der Hand die Nase.

»Ihr seht, meine Maßnahmen greifen endlich«, sagte Calzabigi.

Hainchelin verzog sorgenvoll den Mund.

»Wenn ich mir aber diese Summe anschaue, die in der Lottokasse vorhanden ist«, setzte er an, »so muss ich feststellen, dass viele der aufgeführten Taler aus schlechtem Geld bestehen, welches ihr hineingeschossen habt.«

»Die meisten Werber und Einnehmer und auch die Druckerei weigern sich, die roten Münzen anzunehmen, daher steckt viel des Kupfergeldes in der Kasse. Aber es gibt kein schlechtes und gutes Geld. Geld ist Geld, und das seht Ihr an den Zahlen auf dem Blatt dort vor Euch. Eine Hundert ist eine Hundert, gleich, woraus eine Münze besteht.«

»Das stimmt so nicht«, verbesserte Hainchelin ihn. »Heute ist ein Taler nur noch dreißig Prozent wert von dem, was er wert war, bevor diese minderen *Ephraimiten* das Land überschwemmt haben. Das bereitet dem König große Sorgen. Wie ich hörte, plant er, die Annahme des schlechten Geldes durch die Generaldomänenkasse bald abzulehnen und stattdessen wieder gute Münzen zu prägen, welche dann die einzig akzeptierte Währung sein werden. In diesem Fall wäre Eure Kasse hier mit einem Schlag nur noch ein Drittel wert …«

Calzabigi glaubte, in Hainchelins Augen ein Funkeln zu entdecken. »Woher habt Ihr diese Information?«, fragte er, wobei er seine Besorgnis nicht verbergen konnte.

»Nun, ich selbst habe es dem König empfohlen.« Hainchelin konnte ein hämisches Grinsen nicht unterdrücken. »Immerhin bin ich Finanzrat und verantwortlich für mehr als nur diese Lotterie. Es ist die einzige Möglichkeit, die Inflation zu stoppen!«

Calzabigi spürte, wie der in ihm aufkommende Ärger seine gute Laune zu verdrängen drohte. Eigentlich war heute ein Tag, an dem er sich seit langer Zeit wieder richtig freuen wollte. Dies sollte dieser Stinkstiefel ihm nicht verderben.

»Bis es soweit ist, werde ich das schlechte Geld in der Kasse gegen gutes umgetauscht haben!«, verkündete er trotzig.

Hainchelin grinste spöttisch. »Nun gut, dann danke ich Euch für die guten Nachrichten. Ich glaube, unsere Konversation ist beendet.« Nach diesen Worten erhob er sich.

»Eins noch!«, warf Calzabigi schnell ein.

Hainchelin sank zurück in seinen Sessel. »Etwa noch ein Gedicht?«

Calzabigi schüttelte entschieden den Kopf. »Nein, etwas anderes. Ihr erinnert Euch sicherlich noch daran, wie wir vor über einem Jahr hier saßen und Ihr mir den Umschlag mit dem Vorschlag des Königs zu meiner Gewinnbeteiligung überreicht habt?«

»Ihr wolltet ihn nicht öffnen«, antwortete Hainchelin.

»Genau. Und deswegen bin ich hier. Nun, wo die Lotterie erstmals wirklich Gewinn abwirft und die Kasse gut gefüllt ist, möchte ich erstmals meine Beteiligung einfordern und bitte Euch, das Siegel zu brechen und nachzuschauen, wie viel der König mir zugebilligt hat.«

»Dies steht Euch zu«, sagte Hainchelin ohne Umschweife, erhob sich und ging zu seinem Sekretär.

Er öffnete ein Fach, dann ein anderes, bis er schließlich mit dem Umschlag zurückkehrte und ihn überreichte. Calzabigi öffnete den Umschlag und entnahm ein Dokument, das mit dem Wappen des Königs versehen war. Ein zufriedenes Lächeln huschte über sein Gesicht, nachdem er den Text gelesen hatte. Er drehte das Blatt, sodass Hainchelin einen Blick darauf werfen konnte. Das Zucken seiner Augenlider verriet dessen innere Erregung.

»Ich werde veranlassen, dass Euch Euer Anteil ausgezahlt wird«, bemerkte Hainchelin zerknirscht.

»Ich danke Euch«, sagte Calzabigi zufrieden.

»Allerdings«, ergänzte Hainchelin, »kann ich Euch selbstverständlich nur in schlechtem Geld bezahlen. Es wäre dem König kaum zu erklären, wenn Ihr als Generaldirektor ausgerechnet das gute Geld aus der Kasse entnehmen und ihm das schlechte überlassen würdet, welches vielleicht schon bald gar keinen Wert mehr haben wird . . .«

Calzabigi stutzte. Er suchte nach einem passenden Argument, fand jedoch keines. Jedes Widerwort hätte sich gegen den König gerichtet, und das durfte er sich gegenüber diesem Intriganten nicht erlauben.

»Ich habe mit nichts anderem gerechnet…«, sagte er schließlich.

Hainchelin klatschte in die Hände. »Dann danke ich Euch, dass Ihr die Frühlingsstimmung in mein Haus gebracht habt. Lasst uns mit Friedrich von Hagedorn, den Ihr so freundlich ward zu zitieren, auseinandergehen:

Es spielen Luft und Laub; es spielen Wind und Bäche;
Dort duften Blum' und Gras; hier grünen Berg und Fläche;
Das muntre Landvolk tanzt; der Schäfer singt und ruht:
Die sichern Schafe weiden,
Und allgemeine Freuden
Erweitern gleichfalls mir den Muth!«

Calzabigi starrte ihn an. Niemals zuvor hatte eine Strophe über den Frühling eine so düstere Wirkung auf ihn entfaltet.

Als er kurz darauf die Straße betrat, schien der Frühling verschwunden. Wolken hatten sich vor die Sonne geschoben. Ein leichter Wind war aufgekommen und wehte eine Handvoll Laub an ihm vorbei. Jetzt erst fiel ihm auf, wie kühl es noch war.

52

New York City

Seit über einer Stunde beobachtete Carter, wie sein Blut durch diese Maschine lief.

Seine größte Befürchtung der vergangenen Monate war es gewesen, verhaftet zu werden. In einem Gefängnis zu sitzen oder mit elektronischen Fußfesseln durch Manhattan zu laufen. Doch dies hier war weitaus schlimmer: Dreimal die Woche sollte er sich nun an dieses Ding anschließen lassen, durch welches sein Blut floss, um gereinigt wieder in ihn hineingepumpt zu werden.

Er fühlte sich wie in einem Science-Fiction-Film. Vermutlich war er Teil eines riesigen Komplotts. Versuchskaninchen einer verrückten Wissenschaft. Ihm, dem scheinbar gierigsten aller Banker, reinigten sie das Blut von seinen Sünden. Versuchten, die Gier herauszuwaschen und es anschließend, rein von jeglichen Finanzblutkörperchen, wieder in ihn zurückfließen zu lassen. Wenn es so war, dann scheiterte das Experiment. Niemals zuvor in seinem Leben war ihm so bewusst gewesen, wie wichtig Geld war. Damit würde er sich schon bald eine neue Niere kaufen: ein leistungsstarkes Organ, besser als sein eigenes. Er hatte schon Kontakt nach Asien aufgenommen. Für zweihunderttausend Euro hätte er sogar ein Herz kaufen können. Nieren waren viel billiger. Dann konnten all die Ärzte hier ihn mal kreuzweise.

Und alles hatte er diesem feigen Wichser zu verdanken,

der aus dem Hinterhalt auf ihn geschossen hatte. Die Polizisten hatten Carter vernommen, ein paar Patronenhülsen aufgesammelt. Irgendein Obdachloser hatte geholfen, ein Phantombild zu zeichnen – von einem Kerl, der überwiegend aus einem Kapuzenpulli bestand, unter dem so ziemlich jeder hätte stecken können.

»Wir vermuten, ein enttäuschter Anleger Ihres Fonds hat den Anschlag geplant und sich dann möglicherweise einen Drogensüchtigen gesucht, der es für ein paar Dollar ausgeführt hat«, hatten die Cops ihm erzählt und ihn dabei professionell angelächelt.

Er hatte sich nicht des Eindrucks erwehren können, dass sie nicht ganz ohne Schadenfreude waren.

»Nun ja«, hatte der ermittelnde Beamte lakonisch gemeint, »Sie sind eben in einem Business tätig, das heute nicht mehr jedem gefällt.«

So war das also. Als Banker war man für die Bullen vogelfrei. Dieselbe Gleichgültigkeit, als ob es bloß einen kleinen Drogendealer getroffen hätte. Er hatte es im Prinzip nicht anders gewollt und nicht anders verdient, schienen sie zu denken.

Was für eine grandiose Metapher, dass nun ausgerechnet er an der Blutwäsche angeschlossen war: seine Gelegenheit, doch noch ein reines Herz zu ergattern.

Der geblümte Vorhang, der seine Liege und das Dialysegerät vom Rest des Raums trennte, wurde zur Seite gerafft. Dann schob sich ein Arzt neben sein Bett und schloss hinter sich wieder den Sichtschutz.

Carter seufzte leicht. Ein weiterer Weißkittel, der sich an seinem Leid ergötzen wollte. Was hatte der wohl zu seinen Kollegen gerade gesagt? Vielleicht: Ich geh mal rüber in unsere Geldwäscheabteilung …

Der Arzt trug vor dem Gesicht einen Mundschutz. Das war neu und ließ Carter misstrauisch werden.

»Hey«, begann er, doch im selben Moment legte der Mann ihm seine Hand fest auf den Mund. Schon wollte er sich aufbäumen, doch der Griff war eisern, und die Schläuche in seinem Arm verhinderten, dass er sich richtig wehren konnte. Außerdem schien das meiste von seinem Blut gerade nicht in seinem Körper zu sein, sondern in dem Apparat neben ihm.

»Bleiben Sie ruhig, ich tue Ihnen nichts. Ich bin es, Gonzales!« Er nahm die Hand von seinem Mund, und Carter rang erleichtert nach Luft.

»Warum ... zum Teufel ... ersticken Sie mich?«, hustete er ärgerlich.

»Damit Sie leise sind. Da draußen vor der Tür sitzt ein Bulle und liest irgendein Gossip-Magazin.«

»Wie sind Sie an dem vorbeigekommen? Kann hier jeder reinmarschieren?«, fragte Carter mürrisch. Erneut war er verärgert: Eigentlich sollte der Polizist sein Leben schützen und sich nicht die Eier schaukeln.

»Nicht jeder, aber ich«, antwortete Gonzales trocken.

»Haben Sie den Mönch kaltgemacht?«, wollte Carter wissen, während er sich langsam im Bett aufrichtete.

Gonzales schüttelte den Kopf. »Ich töte nur im Krieg. Ich habe Sie nur informiert, wo er ist.«

»Wer dann?«

Gonzales zuckte mit den Schultern.

»Und jetzt haben wir keinerlei Informationen über diese Lotterie«, stellte Carter resigniert fest. Das monotone Geräusch der Dialysemaschine machte ihn wahnsinnig.

»Sie hat's ganz schön erwischt!«, bemerkte Gonzales mit einem mitleidigen Blick auf die Schläuche.

»Gleich Ihr nächster Auftrag. Finden Sie raus, wer es war.«

Gonzales nickte, als sei es das Selbstverständlichste.

»Die Polizei glaubt, ein wütender Anleger«, berichtete Carter.

Gonzales runzelte die Stirn. »Glaube ich nicht«, sagte er.

»Und warum nicht?«, fragte Carter überrascht.

»Man schlachtet doch nicht die Kuh, die man melken will.«

Carter schaute Gonzales unschlüssig an. Die Assoziation gefiel ihm nicht, doch der Inhalt der Aussage schien überzeugend. »Auch nicht, wenn sie keine Milch mehr gibt?«, warf er ein.

Gonzales schüttelte den Kopf. »Nicht, solange es noch genug Gras zu geben scheint.«

»Wer dann?«

»Jemand, der Sie lieber tot als lebendig sehen möchte.«

»Sie sind ein Genie. Ich weiß schon, weshalb ich Ihnen diese horrenden Honorare zahle«, bemerkte Carter sarkastisch.

»Wo Sie es gerade sagen: Überweisen Sie wieder etwas, wenn ich weitermachen soll.«

»Ja, ja«, entgegnete Carter unwirsch. »Wofür, wenn ich fragen darf? Der Mönch ist tot.«

»Hierfür!«, sagte Gonzales und warf etwas auf das Bett.

Hinter dem Vorhang war von irgendwoher ein lautes Lachen zu vernehmen. Gonzales drehte sich um und schaute durch eine Lücke, dann widmete er sich wieder Carter. Der hielt jetzt einen schmalen Aktenordner in der Hand.

»Was ist das?«, fragte er, während er ihn durchblätterte. Der Schlauch mit der roten Flüssigkeit, der zu seinem Arm führte, schien sich dabei gefährlich zu dehnen.

»Informationen über alle Teilnehmer der Lotterie. Über den Notar und den toten Mönch. Wie Sie es gewünscht haben.«

»Woher haben Sie das?«, erkundigte sich Carter und schnalzte zufrieden mit der Zunge.

»Ich komme gerade aus Rom.«

»Ich kann das jetzt nicht alles durchlesen«, meinte Carter. »Was haben wir …« Er hielt inne, denn Gonzales hielt plötzlich einen Zeigefinger vor seinen Mund und lauschte erneut am Vorhang hinter sich.

Nachdem er eine Weile in dieser Position verharrt hatte, entspannte er sich und fuhr fort: »Der Mönch war ein Mönch –«

»Ich liebe Ihre Statements, Sie sollten Politiker werden«, unterbrach Carter ihn.

Gonzales ignorierte den Einwand und sprach mit regungsloser Miene weiter: »Er gehörte zu einem kleinen Orden in Rom, dessen einziger Zweck in dieser Lotterie zu bestehen scheint. Viel mehr war darüber nicht rauszubekommen. Alles streng geheim. Wenn er nicht auf Reisen war, lebte der Mönch abgeschieden in einem Kloster. Ich weiß nicht einmal, ob es noch mehr von seiner Sorte gibt. Keine Aufzeichnungen über die Lotterie. Kein Informant kannte sie. Was es zu gewinnen gibt, konnte ich ebenfalls nicht herausfinden. Ein Preis von unermesslichem Wert, heißt es immer nur. Alles andere ist unter Verschluss.«

»Und der Notar?«

»Er unterliegt der Schweigepflicht und gibt sich zugeknöpft. Die Unterlagen scheinen bei ihm im Tresor zu liegen. Ich habe auf einen Einbruch erst einmal verzichtet …«

»Sie haben auf einen Einbruch erst einmal verzichtet …«, wiederholte Carter belustigt.

»Weil ich glaube, dass so eine Maßnahme vielleicht nicht nötig ist. Der *Notaio* liebt das *dolce vita* in Rom. Er hat Spielschulden bei Leuten, bei denen man nicht gern Schulden haben würde. Steht alles da in der Akte.« Gonzales zeigte auf den Ordner.

Carter frohlockte. »Mafia?«

Gonzales nickte.

Carter dachte kurz nach. »Das kann uns nützen ...«, bemerkte er dann.

»Ich denke, was Sie denken«, entgegnete Gonzales.

»Und die anderen Teilnehmer der Lotterie?«, erkundigte sich Carter.

»Ich habe drei ausfindig gemacht. Als Erstes ein Mädchen.« Gonzales beugte sich vor und las den Namen aus der aufgeschlagenen Akte ab. »Trisha Wilson. Sie ist eine professionelle Pokerspielerin.«

»Pokerspielerin?«, wiederholte Carter, als hätte er diese Berufsbezeichnung noch nie gehört.

»Scheinbar eine gute. Hat gerade das Finale der Poker-WM im Oktober erreicht. Bisheriges Preisgeld eine knappe Million, das sie nun wohl komplett in diese Lotterie einsetzen musste.«

Carter verzog beeindruckt den Mund. Früher hätte er über solche Summen gelacht, doch die Zeiten hatten sich geändert.

»Ihre Eltern leben in England«, fuhr Gonzales fort. »In Leeds. Sie glauben, ihre Tochter studiert an einer Elite-Universität. Jedenfalls erzählen sie es überall herum. Offensichtlich haben sie der Kleinen Geld geliehen, das die verzockt hat.«

»Woher wissen Sie so etwas?«, fragte Carter beeindruckt.

»Das ist mein Job«, entgegnete Gonzales kühl.

Carter schaute neugierig in den Aktenordner. »Wer ist dieser Henri Freihold? Ist das hier ein Foto von einem Gefängnis?«

»Er ist ein verurteilter Straftäter. Saß dreizehn Jahre im Gefängnis. Er hat Sicherheitsverwahrung bekommen; das heißt, er wäre so schnell wohl nicht mehr rausgekommen. Wenn nicht . . .«

»Wenn nicht was?«

»Er ist getürmt. Letzte Woche.«

»Aus dem Gefängnis?«

Gonzales nickte. »Er ist wohl verletzt worden. Irgendjemand hat letzte Woche auf ihn eingestochen, und er ist aus dem Krankenhaus geflohen.«

»Auf ihn eingestochen?« Carter blickte Gonzales nachdenklich an. »Glauben Sie, das ist ein Zufall? Erst der Mönch, dann er und jetzt ich?«

»Habe ich auch schon drüber nachgedacht«, entgegnete Gonzales mit sorgenvoller Miene. »Da bleibe ich dran.«

Carter verspürte Durst, vielleicht wegen der Dialyse.

»Und der Letzte?«, fragte er.

»Ein Phantom«, sagte Gonzales. »Ein Inder. Lebt wohl in Mumbai. In einem Slum, das Dharavi heißt. Keine Adresse. Keine Sozialversicherungskarte. Hat vor Kurzem allerdings ein Konto eröffnet. Und sein Name taucht auf der Liste einer indischen Hauslotterie auf. Scheint, als hätte er dort das große Los gezogen. Ansonsten kein Foto, kein Alter, nichts. Wäre schwer bis unmöglich, den in so einem Moloch wie Mumbai zu finden.«

»Warum nur Mumbai?«, entfuhr es Carter.

Gonzales hob erneut die Schultern.

Carter blätterte eine Weile wortlos in der Akte herum.

»Alle keine Engel«, murmelte er.

»Genügend Ansatzpunkte, um diese Lotterie zu gewinnen«, sagte Gonzales, der ihn aufmerksam beobachtet hatte.

»Wenn sie denn stattfindet. So wie ich diesen Mönch verstanden habe, müssen dazu alle verbleibenden Berechtigten ihr Los gezeichnet haben. Wissen Sie dazu etwas?«

»Ich denke, darum müssen Sie sich nicht kümmern«, bemerkte Gonzales mit einem vielsagenden Lächeln.

»Warum nicht?«, erkundigte Carter sich verblüfft.

»Nach meinen Informationen sind diese Wilson und der Freihold gemeinsam auf dem Weg nach Mumbai. Unter falschen Namen. Sie sind aufgebrochen ...«

»Um dort den letzten Teilnehmer der Lotterie einzufangen«, vollendete Carter den Satz.

»Warum sonst? Sie wollen auch gewinnen.«

»Und wie wollen sie den Inder dort finden? Sie sagten doch gerade, dass ist unmöglich.«

»Keine Ahnung.«

»Können Sie ihnen helfen?« Carter blickte Gonzales an.

Der legte den Kopf auf die Seite. »Überweisen Sie meinen Vorschuss?«, fragte er.

Carter nickte widerwillig.

»Dann schaue ich, was ich tun kann.«

Carter klappte den Ordner zu.

Gonzales machte einen Schritt zur Seite und spähte einmal mehr durch den Vorhang. »Ich glaube, ich sollte jetzt verschwinden«, erklärte er. »Denken Sie an mein Geld, Fields. Ich versuche herauszufinden, wer ein Interesse daran hat, Sie umzubringen. Und ob das mit dieser Lotterie zusammenhängt. Und ich werde mir überlegen, wie man eine Stecknadel im Heuhaufen findet.«

»Tun Sie das«, sagte Carter zufrieden. »Wenn nicht Sie, wer dann. Wie erreiche ich Sie?«

»Wie immer«, entgegnete Gonzales und setzte den Mundschutz wieder auf.

Der Vorhang schob sich einmal zur Seite, dann war das einzige Geräusch wieder das Pumpen der Dialysegeräte.

Carter folgte mit seinem Blick dem Fluss des Blutes durch die durchsichtigen Kanülen und Zylinder. Während Gonzales' Besuch und beim Gedanken an die Lotterie hatte er ein aufgeregtes Kribbeln in der Magengegend verspürt. Wie früher, wenn er ein großes Geschäft witterte.

Nein, diese Apparatur hier funktionierte überhaupt nicht. Dies alles war nur eine Prüfung, die es zu bestehen gab. Schon bald würde er stärker und reicher sein als je zuvor.

Er hatte es noch immer im Blut.

53

MUMBAI

»Ich hätte dich an der Sicherheitskontrolle am Flughafen auffliegen lassen sollen«, meinte Trisha, als sie zu Henri hinübergeworfen wurde. Die Rikscha, in der sie saßen, war einem entgegenkommenden Bus ausgewichen.

»Wie bitte?« Henri schrie, um den Verkehrslärm zu übertönen. Vor allem das ständige Hupen der anderen Verkehrsteilnehmer ließ keine vernünftige Unterhaltung zu.

»Ich meine wegen der Ziehung. Wenn du wieder zurück ins Gefängnis wanderst, bist du raus aus der Lotterie, und meine Chancen erhöhen sich. Ich hätte dich am Airport abliefern sollen!«

Henri schmunzelte. »Schon vergessen? Du reist auch mit falschem Pass! Und wer weiß: Vielleicht wirst du schon wegen Mordes gesucht. Und dann auch noch an einem Mönch. Dagegen bin ich ein Waisenknabe!«

Erneut wurden sie hin und her geworfen, als der Rikschafahrer einen Motorroller streifte und scharf rechts in eine Fußgängerzone bog.

Trisha lag eine Frage auf der Zunge, doch sie schluckte sie runter und schwieg.

Henri musterte sie von der Seite. »Du willst bestimmt wissen, warum ich im Gefängnis war?«

Einerseits stimmte dies. Andererseits hatte Trisha Angst vor der Antwort. Was, wenn er ein Mörder war? Oder ein Vergewaltiger?

»Ich bin unschuldig!«, behauptete Henri.

Trisha beeilte sich, ihm in die Augen zu schauen. Ihre Gabe war es, darin zu lesen, ob jemand die Wahrheit sagte. Was sie sah, beruhigte sie. »Behaupten das nicht alle?«, fragte sie.

Henri griff nach der Baseballkappe, die er am Flughafen gekauft hatte. Durch die Schläge des Asphalts drohte sie von seinem Kopf zu rutschen. »Du kennst dich erstaunlich gut aus. Stimmt, sie sagen alle, sie wären unschuldig, aber sie meinen das nicht im Ernst.«

Trisha zögerte, doch etwas in ihr nötigte sie, die Frage zu stellen. »Weswegen hat man dich denn angeklagt?«

»Betrug«, antwortete Henri trocken. »Ich soll Mandanten betrogen haben. Aber es stimmt nicht. Mein Partner war es, und er hat es mir in die Schuhe geschoben.«

In Trisha breitete sich Erleichterung aus. War sie nicht auch eine Betrügerin? Als sie sich bei ihren Eltern das Geld erlogen hatte? Wenn sie am Spieltisch vorgab, gute Karten zu haben?

»Sitzt der auch?«, fragte sie schließlich.

Henri nickte. »Tja, irgendwo in Curaçao in einem Strandhaus. Er hat mich gelinkt.«

Trisha studierte erneut sein Gesicht. Sie glaubte ihm. »Dreizehn Jahre unschuldig im Gefängnis? Wie überlebt man das?«

Erstmals hielt die Rikscha an. Vor ihnen blockierte ein Lastwagen die Straße. Erst jetzt, wo es keinen Fahrtwind mehr gab, fiel Trisha auf, wie heiß und schwül es war. Unbekannte Gerüche drangen ihr von allen Seiten in die Nase.

»Der Mensch ist sehr anpassungsfähig«, antwortete Henri. »Die Gesetze der Evolution gelten auch hinter Gittern.«

Die Rikscha fuhr weiter, und sie betrachteten eine Weile stumm die Umgebung.

»Dharavi!«, rief der Fahrer plötzlich und zeigte mit ausgestrecktem Arm nach links, wo sich ein Gewirr aus bunten Dächern unter ihnen erhob. Zusammen ergaben sie eine Fläche, die wie ein gigantischer Flickenteppich aussah.

»Ein Slum mitten in der Stadt«, staunte Trisha.

»Der wertvollste Boden von ganz Mumbai, besetzt durch so viel Armut«, wusste Henri zu berichten. »Ich habe gelesen, bei Gründung des Slums war das hier mal der Stadtrand. Für die Immobilienhaie der Stadt ein Albtraum. Das ist so, als dürfe man die fetteste Kuh nicht schlachten, weil sie heilig ist.« Henri lachte schadenfroh.

»Wie sollen wir diesen Pradeep da finden?«, fragte Trisha entmutigt.

Henri griff in seine Jacketttasche und holte ein Stück abgerissenes Zeitungspapier hervor.

»Ich habe die Adresse hier aus den Unterlagen des Mönchs abgeschrieben. Mal seh'n.« Er beugte sich vor und gab es dem Rikschafahrer, der einige Brocken Englisch sprach, jedoch nur schwer zu verstehen war.

Henri deutete immer wieder auf den Straßennamen, bis der Rikschafahrer nickte und die Hand aufhielt. Unschlüssig legte Henri ein paar Rupien hinein, die sie am Flughafen gewechselt hatten.

Die Augen des Fahrers glänzten, dann sagte er so etwas wie: »Ich zeig es Ihnen.«

Trisha fasste Mut. Wenn sie Glück hatten, würden sie schon bald diesem Pradeep gegenüberstehen.

»Wie kommt es wohl, dass ausgerechnet ein Inder an der Lotterie teilnehmen darf?«, fragte sich Trisha laut, während der Rikschafahrer langsam wieder Tempo aufnahm.

»Darüber habe ich auch schon nachgedacht«, sagte Henri. »Der Mönch hat mir erzählt, dass alle Kandidaten das Recht zur Teilnahme an der Lotterie vor Jahrhunderten in Preußen erworben haben.«

»Preußen?«

»Ein früheres Königreich in Deutschland«, erklärte Henri.

Trisha nickte. »Und was hat das mit Indien zu tun?«

Henri schaute triumphierend. »Früher gab es in Europa Gesellschaften, die mit Indien Geschäfte gemacht haben. Sogenannte Indien-Kompanien. Und wenn du dir den Stammbaum von diesem Pradeep anschaust, den du mir gezeigt hast, dann fällt dir auf, dass die Namen am Anfang tatsächlich deutsch klangen. Bis ein von Tannenberg oder so ähnlich eine Inderin geheiratet hat. Danach wurden die Namen dann immer indischer. Offenbar ist der mit so einer Kompanie vor langer Zeit hier nach Indien gelangt.«

Trisha pfiff leise durch ihre Zähne. Zur Erleichterung des Fahrers fuhren sie nun steil bergab dem Labyrinth aus Hütten entgegen, das sie nun an Bienenwaben erinnerte. Ein penetranter Gestank nach Kloake zog auf, und Trisha befürchtete, dass er von dort kam, wo sie hinwollten.

Auch Henri rümpfte angewidert die Nase.

Endlich wurde die Straße ebenerdig und die Rikscha langsamer. Sie passierten eine Brücke, bei deren Anblick Trisha froh war, als sie heil auf der anderen Seite angekommen waren. Der Fahrer blickte immer wieder auf den kleinen Zettel in seiner Hand, den Henri ihm gegeben hatte, und wechselte im Vorbeifahren mit Passanten Worte, die Trisha nicht verstand. Dann blieb er plötzlich stehen und sprang aus dem Sattel.

»Hier!«, sagte er und zeigte eine schmale Gasse hinauf. »Da rein!«, ergänzte er.

Trisha rutschte das Herz in die Hose. Tatsächlich war

der Gestank noch intensiver geworden. Er löste in ihrem Hals einen ständigen Brechreiz aus. Vor ihnen lag ein schmaler Gang, gefüllt mit bunt gekleideten Menschen. Ein feines Rinnsal einer bräunlichen Flüssigkeit floss ihnen aus dem Gässchen entgegen und sammelte sich zwischen ihren Füßen.

»Da rein!«, wiederholte der Fahrer und hielt Henri den Zettel entgegen.

»Welches Haus?«, fragte Henri.

Der Fahrer drehte die Hand und zeigte ihm wieder die Handinnenfläche. Abermals griff Henri in seine Hosentasche und holte einen Schein heraus, den er hineinlegte.

Der Rikschafahrer legte ein eisernes Schloss an sein Vehikel, dann schritt er eilig voran. Henri und Trisha blieb nichts anderes übrig, als ihm zu folgen.

Trisha hielt ihre Handtasche fest umklammert. Ihr fiel auf, dass sich Henri immer noch beim Gehen an die Seite fasste. Sie erinnerte sich an seine Verletzung, gegen die er fleißig Tabletten schluckte. Sicher war hier nicht das beste Klima und nicht der beste Ort, um so etwas auszukurieren.

Schon nach wenigen Schritten stand Trisha der Schweiß auf der Stirn. Ihr Mund fühlte sich trocken an, ihre Lippen rissig. Sie passierten Frauen, die zumeist vor den Hütten saßen und Essen zubereiteten oder Wäsche wuschen. Schon bald hatte sich ihnen ein Pulk Kinder angeschlossen, die neugierig zwischen ihren Beinen hopsten und sie immer wieder ansprachen, ohne dass sie etwas verstanden. Der Rikschafahrer blieb ein ums andere Mal stehen und sprach Slumbewohner an, um sich zu orientieren. Manchmal ignorierten sie ihn einfach, manchmal deuteten sie mit dem Finger die Gasse hinauf, die etliche Biegungen machte.

Nachdem Trisha sich zwischen Wäscheleinen und noch

schmaleren Gängen hindurchgequetscht hatte, verlor sie endgültig die Orientierung. Ängstlich klammerte sie sich an Henris Arm. Er schien im Gegensatz zu ihr unbesorgt zu sein, jedoch atmete er schwer, und unter den Achselhöhlen hatten sich auf seinem Hemd große Schweißflecken gebildet.

Einige Kinder gingen verloren, andere kamen hinzu. Schließlich blieb ihr Fahrer vor einer der Blechhütten stehen und deutete auf den Eingang.

»Kottayil!«, sagte er.

Erst auf mehrmalige Nachfrage verstand Trisha, dass dies der Nachname von diesem Pradeep war. Vorsichtig suchte sie nach einer Klingel oder Ähnlichem, doch der Fahrer gab ihr einfach einen sanften Schubs, sodass sie in das Innere der Hütte stolperte. Die Luft war hier noch feuchter und stickiger als draußen. Es roch nach Gewürzen und Erde. Henri tauchte schnaufend neben ihr auf. Obwohl sie ihn nicht berührte, merkte sie, wie er Hitze ausstrahlte.

Ihre Augen brauchten eine Weile, bis sie sich an die Dunkelheit gewöhnt hatten. Dann erkannte sie die Konturen einer Frau, die vor ihr auf dem Boden kniete. Leise summend wiegte sie ihren Oberkörper hin und her. Auf ihrem Arm trug sie ein Bündel. Erst als Trisha in die Hocke ging, erkannte sie, dass die Frau ein kleines Kind hielt. Es hatte die Augen fest geschlossen.

Trisha blickte hoch zu Henri, der dies als Aufforderung verstand, sich neben sie zu knien.

»Was hat sie?«, fragte Trisha, zum Rikschafahrer gewandt.

Der sprach die Frau in einem rauen Ton an. Sie antwortete leise und monoton.

»Sie ist krank. Sie stirbt«, sagte der Rikschafahrer ohne Mitleid in der Stimme.

Trisha spürte, wie es ihr das Herz zerriss. Das kleine Mädchen war in ein weißes Gewand gekleidet. Ihr Gesicht war zart und erinnerte sie an eine indisch aussehende Puppe, die sie einmal besessen hatte.

»Was hat sie?«, erkundigte sich Trisha beim Fahrer.

Etwas widerwillig gab er die Frage an die Mutter weiter. Sie hob den Kopf und schaute Trisha mit leeren Augen an. Dann senkte sie den Kopf und blickte wieder auf ihr Kind. Trisha konnte sich von dem Anblick nicht lösen.

»Frag sie, ob sie Pradeep kennt«, mischte sich Henri nun in das Gespräch ein.

Wieder sprach ihr Begleiter die Frau an; bei Erwähnung des Namens schaute sie auf. Dann sagte sie ein paar Worte, die für Trishas Ohren verächtlich klangen.

»Es ist ihr Mann«, berichtete der Fahrer. »Er ist schon seit Tagen nicht mehr nach Hause gekommen. Sie weiß nicht, wo er ist.«

»Hat er ein Handy?«, wollte Henri wissen.

Der Fahrer übersetzte, und die Frau schüttelte den Kopf.

Trisha starrte noch immer auf das Mädchen. Der kleine Brustkorb hob und senkte sich in schneller Abfolge.

»Darf ich?«, fragte sie und streckte ihre Hand aus.

Die spontane Skepsis im Gesicht der Mutter wich nach wenigen Sekunden einem traurigen Lächeln. Vorsichtig schob Trisha eine Haarsträhne aus dem Gesicht des Kindes, dann strich sie ihm über die Wange. Sie fühlte sich heiß und glatt an.

»Wie heißt sie?«, erkundigte sich Trisha.

»Pandita«, antwortete die Frau.

Trisha wiederholte den Namen leise.

»Kann sie ihm eine Nachricht übermitteln, wenn er auftaucht?«, hörte sie Henris Stimme weit entfernt.

Dann folgte das Echo ihres Führers in indischer Sprache. Die Mutter nickte. Henri kramte in seinen Taschen, holte einen Stift und einen kleinen Zettel hervor, schrieb kurz etwas darauf und hielt ihn dann der Mutter entgegen.

»Meine Mobilfunknummer. Er soll anrufen. Es geht … um sehr viel Geld!«, sagte Henri.

Bei der Übersetzung ging ein Ruck durch die Mutter, offenbar ausgelöst durch das indische Wort für »Geld«. Plötzlich ergriff sie Trishas Hand und sagte etwas zu ihr. Erst langsam und leise, dann immer schneller und lauter.

Trisha blickte in Augen, die Verzweiflung ausdrückten.

»Was will sie?«, fragte sie den Fahrer.

»Geld! Was sonst?«, antwortete er mit einem hämischen Lächeln. »Sie wollen hier alle nur Geld!«

Die Mutter begann zu weinen. Tränen liefen ihr über das Gesicht. Ständig wiederholte sie ein Wort. Ihre Finger krallten sich so fest in Trishas Hand, dass es schmerzte und sie ihren Arm instinktiv zurückzog. Plötzlich stöhnte das kleine Mädchen leise auf. Sogleich umfasste die Mutter den kleinen Kopf und drückte schluchzend ihr Gesicht auf das des Kindes.

»Komm!«, vernahm Trisha Henris Stimme und spürte, wie er sie an der Schulter berührte. Sanft zog er sie hoch.

»Wir müssen ihr helfen«, stammelte Trisha, während Henri sie Richtung Ausgang zerrte. Den Blick fest auf das Mädchen gerichtet, versuchte sie, seinen Griff zu lösen. Als dies nicht gelang, kniff sie ihn in die Hand.

»Hast du nicht gehört? Wir müssen ihr helfen!«, rief sie und spürte, wie ihr das Wasser in die Augen stieg. Henris Umrisse verschwammen vor ihren Augen wie ein Aquarell.

»Komm, wir gehen«, insistierte Henri und zog sie aus der Hütte heraus.

»Wie kannst du nur so herzlos sein? Lernt man das im Knast?«, herrschte sie ihn mit hysterischer Stimme an und wischte sich eine Träne weg. Ihr Blick fiel auf ihren indischen Begleiter, der sie verblüfft anschaute. Henri machte einen Schritt auf sie zu und umarmte sie zu ihrer Überraschung. Sein nasses Hemd blieb förmlich an ihrem T-Shirt kleben. Für einen flüchtigen Augenblick strich er ihr über das Haar, was sie tatsächlich beruhigte.

»Ich bin nicht herzlos. Aber schau dich hier mal um«, sagte er mit sanfter Stimme. »Hast du auf dem Weg hierher nicht die vielen bettelnden Kinder gesehen? Die Blinden, die Verkrüppelten? Was meinst du, wie das in den anderen Hütten hier aussieht, wenn du sie betrittst? Du kannst das Elend hier nicht bekämpfen – nur versuchen, die Bilder wieder aus dem Kopf zu bekommen, sobald wir diese Stadt und dieses Land hinter uns lassen.«

»Aber dieses kleine hilflose Kind ...«, erwiderte Trisha mit tränenerstickter Stimme. »Hast du gesehen, wie ihre Mutter leidet? Sie verliert ihre Tochter!« Bei diesen letzten Worten musste sie schluchzen. Sie wunderte sich über sich selbst. Vielleicht war es die Zeitverschiebung oder das Klima, das sie so mitnahm.

»Wer weiß, vielleicht gewinnt ihr Vater ja bald im Lotto«, sagte Henri tröstend und legte seinen Arm um sie, während sie langsam dem Rikschafahrer folgten.

»Wie kann der so herzlos sein und seine Frau und sein sterbendes Kind hier alleine lassen, in diesem Slum?«, fragte Trisha wütend.

Henri zuckte mit den Schultern. »Wir beide haben noch nie in so einem Slum gelebt. Da fällt es schwer, über die Menschen hier zu urteilen. Und die Gesetze der Evolution setzen sich auch hier durch.«

»Er hat es wohl kaum verdient, an dieser Lotterie teilzunehmen!« Trisha machte ihrem Ärger weiter Luft. »Und wie sollen wir ihn hier überhaupt finden! Mumbai hat über zwölf Millionen Einwohner!« Sie schnupfte in ein Taschentuch, das Henri ihr gereicht hatte.

»Dann sind unsere Chancen eins zu zwölf Millionen«, sagte er nachdenklich, nachdem er sie wieder losgelassen hatte. »Wir werden uns schon was einfallen lassen!«

Er versuchte optimistisch zu klingen, doch sein resignierter Gesichtsausdruck verriet Trisha etwas anderes.

Bevor sie um die nächste Ecke bogen, drehte Trisha sich noch einmal um. Im Eingang der Hütte erkannte sie die Mutter. Ihr Gesicht lag im Dunkeln, doch sie schien ihnen hinterherzuschauen. Vielleicht hatte Henri recht, und sie konnte nicht helfen. In einem irrte er sich jedoch.

Sie würde das, was sie hier gesehen hatte, so schnell nicht vergessen.

54

Berlin, 1764

Sie saß mit dem Rücken zu ihm auf einer Bank am Pier. Er erkannte ihre prächtigen Haare bereits aus der Ferne. Sie waren heute nicht, wie sonst in seiner Gegenwart, zu einem Zopf geflochten, sondern fielen offen über ihre Schulter. Die dunkle Farbe auf dem weißen Grund ihres Kleides erinnerte ihn an einen erloschenen Lavastrom.

Allein ihre Anwesenheit verzückte ihn bereits. Er hatte durchaus damit gerechnet, dass sie seiner anonym gestalteten Einladung nicht Folge leisten würde. Doch schien sie einem Abenteuer nicht abgeneigt. Langsam schlich er sich an sie heran und legte seine Hände auf ihre Schultern. Sie warf den Kopf in den Nacken, und ihr schüchternes Lächeln wich einem fast erschrockenen Gesichtsausdruck.

»Ihr?«, fragte sie sichtlich erstaunt.

»Wen hattest du denn sonst erwartet?«, scherzte Calzabigi.

Marie fasste sich an den Hals. Das Fichu, das sie darüber trug, richtete sie so, dass es ihren weitgefassten Ausschnitt ganz bedeckte.

»Eure Einladung trug keine Unterschrift«, erwiderte sie verlegen. »Aber wer sollte es anderes sein als Ihr. Und hätte ich nicht Euch erwartet, ich wäre wohl kaum hierhergekommen.«

Calzabigi umrundete sie und hielt ihr einladend seine Hand entgegen. »So erlaube mir, meine Gattin, dich zu geleiten.

Wie ich schrieb, beabsichtige ich, mit dir einen Ausflug zu unternehmen.«

Mit sicherem Griff half er ihr auf und führte sie über den Steg zu einem kleinen Holzboot, das dort auf sie wartete. Mithilfe des Schiffers, der sie unwirsch begrüßte, gelangten sie sicher auf ihre Plätze. Er stieß das Boot vom Steg ab, und dann glitten sie gemächlich über das Wasser.

Schweigend passierten sie die in den Fluss geschlagenen Eichenpfähle, die nur eine schmale Schneise für den Schiffsverkehr frei ließen.

»Schau den schwimmenden Balken dort.« Calzabigi zeigte auf einen mächtigen Baumstamm, der neben ihnen im Wasser lag. »Mit ihm wird des Nachts diese schmale Öffnung geschlossen, um Schmuggel zu verhindern. Ich habe den Schiffer angewiesen, durch den Unterbaum raus nach Charlottenburg zu fahren.«

Marie beobachtete ängstlich, wie sie das Pfahlwerk umschifften.

»Du wirst sehen«, fuhr er fort. »Die Spree wird sich schon bald verbreitern, und an beiden Ufern wirst du nichts als Wald und Natur erblicken.«

Marie schaute weiter stumm in das trübe Wasser. Und obwohl sie ihre Haare offen trug, wirkte sie auf Calzabigi heute steifer und verschlossener denn je.

»Meine Heimatstadt liegt nicht weit entfernt von der Mündung des Flusses Arno«, begann er zu erzählen. »Als Kind bin ich mit meinem Vater flussaufwärts gefahren, wenn wir die von uns hergestellte Seife per Boot nach Empoli, Pisa oder Florenz brachten.«

Er musterte Marie, die ihren Blick immer noch fest auf den Fluss gerichtet hatte.

»Eines Tages bemerkte ich, dass mein Vater am Bug stand

und hemmungslos weinte«, fuhr er fort. »Ich fragte ihn, warum er so traurig sei, und er deutete auf den Fluss um uns herum.«

Marie schaute auf. Erstmals, seit sie das Boot betreten hatten, schien sie Calzabigi ihre Aufmerksamkeit zu schenken.

»Ein Fluss, sagte mein Vater zu mir, ist eine ernste Angelegenheit. Das Wasser entspringt aus der dunklen Geborgenheit seiner Quelle, und dann fließt es den vom Flussbett vorgegebenen Weg, jedoch stets nur in eine Richtung. Dort, wo es gestern war, kann es niemals wieder hingelangen. Bis es am Ende vom Meer aufgenommen wird und endlich fließen kann, wohin es will.«

»Wie das Leben«, sagte Marie mit trauriger Stimme.

»Wie das Leben«, wiederholte Calzabigi und schaute ihr tief in die Augen.

»Mein Vater war ein sentimentaler Mann«, ergänzte er mit einem Lächeln.

Eine Weile sahen sie wieder zum Ufer und schwiegen, doch nun fühlte Calzabigi sich ihr in der Stille über dem Wasser näher.

»Oder wie die Liebe«, sagte er schließlich.

Maries Kopf fuhr herum.

»Manchmal schlägt die Liebe ähnlich schlängelnde Pfade ein wie ein Fluss. Vorbei an scheinbar verlassenen oder auch überbevölkerten Gegenden, bevor sie, wie die Spree hier, durch ein Nadelöhr fließt und sich danach verbreitert zu einem ebenso ruhigen wie tiefen Gewässer – das imstande ist, alles zu tragen, was sich ihm anvertraut.«

Schweiß bildete sich in seinen Handflächen, und auch sein Gesicht schien im kühlen Wind plötzlich zu glühen. Während er sie musterte, bemerkte er, wie sie sich auf die Unterlippe biss, sodass diese weiß wurde.

»Die Liebe ist nicht wie ein Fluss!«, brach es plötzlich aus ihr heraus. »Wenn der Fluss wie das Leben sein soll, dann ist die Liebe eine Brücke, welche die beiden gegensätzlichen Seiten des Flusses miteinander verbindet. Das kann ein vom Blitz gefällter Baum sein, ein flüchtig aus Holz gezimmerter Bretterweg oder aber eine Brücke aus Stein, an der lange gemauert wurde und die für die Ewigkeit halten soll. Aber immer ...«

Sie hielt inne und richtete ihren Blick direkt auf ihn. Er schaute in ihre Augen, und sofort erfüllte ihn eine große Traurigkeit.

»Aber immer«, fuhr sie fort, »muss die Brücke groß genug sein, um von einem Ufer zum anderen zu reichen. Stets müssen die Enden auf beiden Seiten festen Grund finden. Und selbst wenn dies der Fall ist, genügt es noch nicht; sie muss darüber hinaus auch etwas aushalten können. Es gibt nicht viele Brücken, und umso breiter ein Fluss ist, desto seltener werdet Ihr welche finden.«

Tränen schossen Calzabigi in die Augen, und sofort wandte er den Kopf ab. Eine Gruppe junger Leute winkte ihnen johlend vom Ufer zu. Plötzlich hasste er das Schwanken des Bootes, das Plätschern des Wassers, das sich am Rumpf brach. Am liebsten wäre er weggelaufen, doch das ging nicht. Zwar konnte er, der am Tyrrhenischen Meer aufgewachsen war, gut schwimmen. Doch manchmal wurde eine Niederlage erst durch die Flucht besiegelt. Außerdem gab es viele verschiedene Formen der Hinneigung, und wenn er die reinste schon nicht haben konnte, so war er immerhin bereit, mit weniger vorlieb zu nehmen, solange ihm nur etwas blieb. Entschlossen wischte er sich mit dem Ärmel über die Augen und drehte sich Marie wieder zu.

»Genug von Flüssen und Brücken«, sagte er und stellte

erfreut fest, dass es ihm gelang, mit der notwendigen Kühle zu sprechen. »Ich habe dich auch zu dieser Spazierfahrt eingeladen, da das Jahr nun bald um ist. Du hast dir deinen Lohn redlich verdient. Jedoch müsste ich für meine Dispositionen wissen, ob du dich schon entschieden hast: ob du gehst und das Geld nimmst – oder ob du bleibst und mein Angebot über zehntausend Taler für eine Ehe vor dem Herrn annimmst.«

Nun war sie es, die sichtlich um Contenance rang, und dies verlieh ihm neue Sicherheit.

»Bevor du fragst: Die Lotterie hat sich nun tatsächlich wie der Fluss unter uns entwickelt und bei den letzten Ziehungen Gewinn abgeworfen. Die Kasse ist gut gefüllt, und ich habe auch erstmals den vereinbarten Lohn entnommen. Dich zu bezahlen, ob so oder so, wird mir daher keinerlei Schwierigkeiten bereiten. Insofern sei unbesorgt.«

Jetzt, wo es ums Geschäft ging, fühlte er sich wieder in seinem Element, und mit jedem Wort, das er ausgesprochen hatte, wurde ihm gewahr, wie er sich über Marie erhob. Tatsächlich war sie in sich zusammengesunken und spielte nervös mit den langgezogenen Fingern ihrer Handschuhe.

»Ich ... habe noch keine endgültige Entscheidung getroffen«, antwortete sie schließlich, ihre Stimme klang fast weinerlich.

»Nichts liegt mir ferner, als dich zu drängen«, entgegnete er gönnerhaft. »Aber bedenke, dass ich für den Fall der Fälle Vorkehrungen treffen muss ...«

Welche dies sein könnten, wenn sie ihn verlassen sollte, wusste er nicht. Seit ihrer Ankunft vor einem Jahr hatte Marie gewaltige Flügel bekommen. Jedoch hoffte er inständig – auch wenn er ihr so offenherzig die Freiheit anbot –, dass diese Schwingen nicht groß genug waren, um damit zu fliegen. Und falls doch, so hatte er ein letztes Pfand, das er ihr als Gewicht an das Bein würde binden können.

Eine größere Welle traf gegen die Bootswand, und ein wenig Gischt schlug über sie.

»Ihr seid gut zu mir, und das weiß ich sehr wohl zu schätzen«, sagte Marie, nachdem sie sich das Wasser aus dem Haar gestrichen hatte. »Andererseits fühlt es sich nicht richtig an, was wir tun.«

Calzabigi erwiderte nichts. Sollte sie ruhig ein wenig mit den Flügeln schlagen.

Sie seufzte. »Ich könnte zurück nach Paris gehen, vielleicht als Schneiderin arbeiten«, sinnierte sie weiter.

Immer noch schwieg er und versuchte, möglichst unbeteiligt zu wirken. Als er noch Kind gewesen war, hatte seine Familie einen Vogel aufgenommen, der sich das Bein gebrochen hatte, und ihn in einem Käfig gehalten. Als seine Eltern eines Tages beschlossen hatten, ihm die Freiheit zu schenken und die Tür des Käfigs öffneten, flog der Vogel dennoch nicht davon. Er blieb bei ihnen, und manchmal saß er fröhlich singend auf dem Käfig. »Er hat hier alles, was er braucht«, hatte sein Vater das Verhalten des Vögleins sich und seiner Familie erklärt. Daran musste Calzabigi jetzt denken. Und an den gewichtigen Grund, der Marie, wie er hoffte, zum Bleiben bewegen konnte. Dachte sie denn selbst nicht daran?

»Was wird aus Charles, wenn ich gehe?«, fragte Marie unvermittelt.

Ein Gefühl des Triumphs breitete sich in ihm aus. Er kam sich vor wie ein Dirigent. »Was soll mit ihm sein«, entgegnete er fast gelangweilt. »Ich werde ihn weiter unter meinen Fittichen halten. Er ist mir eine große Hilfe und hat es bei mir besser als im Waisenhaus.«

Nun war es Marie, die nichts sagte.

»Du glaubst doch nicht, dass du ihn mit dir nehmen kannst?«, ergänzte Calzabigi mit gespieltem Erstaunen. »Selbst wenn ich dir dies im Wissen deiner gegenseitigen Zuneigung ermöglichen wollen würde. Der König hat ihn der Wohlfahrt entrissen und in meine Obhut gegeben. Er würde es nicht gestatten, wenn du ihn mit dir nehmen würdest wie ein Kleinod. Erinnere dich, wie es dir erging, bevor du zu mir kamst. Und die hundert Louidor, die ich dir versprach: Sie würden euch beiden kaum ein paar Wochen genügen. Also, wenn du wirklich gehen willst, so gehe – aber allein.«

Er fühlte sich schlecht, doch auch wenn er Charles als Pfand gebrauchte, war das, was er gesagt hatte, letztlich die Wahrheit. Marie war noch jung und hatte schon einmal mehr schlecht als recht für sich sorgen können. Und auch wenn ihr Herz an Charles hing, wäre es unvernünftig gewesen, ihn ihr zu überlassen. Die Liebe trieb einen manchmal dazu, unvernünftige Dinge zu tun. Marie kauerte nun neben ihm auf der Bank. Ihr Rücken war gebogen, als wenn eine tonnenschwere Last auf ihren Schultern ruhte.

»Aber sei versichert, dass ich mich um ihn kümmere wie um einen Sohn«, beteuerte er. »Sobald er die Schrift beherrscht, könnte er dir schreiben und du ihm. Und selbstverständlich dürftest du ihn jederzeit besuchen.«

Er berührte mit seiner Hand leicht ihre Schulter. Auch wenn seine Worte bei Marie nicht die erhoffte Wirkung hatten und sie immer noch neben ihm kauerte, so beruhigte seine Erklärung doch das eigene Gewissen. Er atmete tief durch.

»Schau, wie breit die Spree jetzt ist«, sagte er und deutete auf die nun deutlich weiter entfernten Ufer.

Marie blickte kurz auf und nickte gedankenverloren.

»Ich sage dem Schiffer lieber Bescheid, dass er umdrehen soll. Bevor der Unterbaum schließt und wir nicht mehr zurück nach Berlin kommen«, erklärte Calzabigi und erhob sich, um auf wackligen Beinen zum Schiffer zu gelangen.

Auf halbem Weg drehte er sich zu Marie um. Sie saß immer noch unbewegt auf ihrem Platz, schaute nun jedoch angestrengt auf ein Boot am Ufer, das gerade ablegte. Darauf standen neben vielen Menschen mehrere Fuhrwerke samt Pferden. Bei näherem Hinsehen erkannte Calzabigi zu beiden Seiten des Ufers jeweils einen Anleger. Sein Blick nach vorn und hinten bestätigte seinen Verdacht, dass es hier weit und breit keine Brücke gab. Offenbar setzte man an dieser Stelle aus Mangel an Brücken gegen Bezahlung mit einer Fähre über.

Kurz fragte er sich, was an der Szenerie ihre Aufmerksamkeit erweckt haben mochte, dann erinnerte ihn die tiefstehende Sonne an sein Vorhaben, den Schiffer zum Beidrehen zu bewegen.

Je schneller sie diesem Fluss entkamen, umso besser.

55

New York City

Nun stand er genau vor dem Eingang zum Empire State Building. Das Smartphone in seiner Hand zeigte eine Reihe von verfügbaren WLAN-Netzen in der Nähe an, doch Gonzales interessierte nur das, welches mit dem Begriff »Troja« begann. Rasch notierte er in seinem Notizblock die dahinter folgende Reihe aus Ziffern und Zahlen. Er schaute auf seine Uhr und drückte die *Start*-Taste des Timers. Dieser war auf fünfzehn Minuten eingestellt.

Mit eiligen Schritten setzte Gonzales seinen Weg fort. Nachdem er sicher war, dass ihm niemand folgte, stieg er einige Blocks weiter in den dort vor einer halben Stunde geparkten Cadilliac Escalade. Er öffnete den Laptop und wählte sich auf den Webseiten der Polizei ein. Ein Blick auf sein Handgelenk zeigte ihm, dass er noch dreizehn Minuten und sechsunddreißig Sekunden hatte. Solange war das soeben von seinem Kontaktmann generierte und ihm als SSID eines WLAN-Netzes mitgeteilte Passwort noch gültig. Er schrieb es von seinem Notizblock ab, kontrollierte es noch einmal, dann erhielt er freien Zugang zum Intranet der Polizei. Von einer anderen Seite seines Notizbuches übertrug er in das Suchfeld ein Aktenzeichen, dann öffnete sich die elektronische Akte zum Ermittlungsverfahren wegen des Anschlags auf Carter Fields. Mit geübtem Blick browste er durch die eingescannten Dokumente, bis er an den Fotos einer Überwachungskamera hängen blieb. Sie stammten vom Bahnsteig der Metro, keine hundert Meter entfernt vom Tatort, und zeigten einen Mann mit Kapuzenpullover. Oben rechts trugen sie Datum und Uhrzeit. Gonzales zoomte auf das Gesicht des Mannes, soweit die Auflösung es zuließ.

»Wer bist du?«, murmelte er, während er jedes Detail des grob gepixelten Gesichts und der Kleidung studierte. Dann speicherte er auf seinem Rechner die Fotos zusammen mit allen anderen Dokumenten aus der Akte und wählte den Logout-Button.

Mit wenigen Klicks öffnete er einen anderen Ordner auf seinem Laptop und wählte dort ein Video aus. Es zeigte den Flur einer Hoteletage. Er beschleunigte die Abspielgeschwindigkeit, bis er plötzlich mit dem kräftigen Zeigefinger auf das Touchfeld seines Laptops hämmerte. Aus einer Tür, auf der »Notausgang« stand, kam ein junger Mann in einem Kapuzenshirt und ging schnell durch das Bild, bevor er keine zwei Sekunden später aus dem Blickfeld der Kamera verschwand. Von der Zimmertür des toten Mönchs gab es keine Videoaufnahmen, ausgerechnet zum Zeitpunkt des Mordes waren die Kameras auf dem Abschnitt der Etage wegen Arbeiten an den Feuermeldern deaktiviert. Ein ärgerlicher Zufall, wie er ermittelt hatte. Wenigstens die Kameras vor dem Treppenhaus der Etage waren an jenem Tag eingeschaltet gewesen. Er wusste, dass Hoteldiebe meist das Treppenhaus als Fluchtweg wählten, weil sie die Unberechenbarkeit des Fahrstuhls fürchteten. Er hatte darauf spekuliert, dass Mörder von Hotelgästen kaum anders handeln würden.

Gonzales spulte zurück und erzeugte ein Standbild, das er mit dem soeben geöffneten Foto aus der New Yorker U-Bahn verglich. Derselbe Kapuzenpullover: Beide Bilder zeigten denselben Mann. Nun vergrößerte Gonzales das Standbild der Hotelkamera und zoomte auf die Hand des Mannes. In ihr hielt er die Schlüsselkarte des Hotels. Deutlich war die Aufschrift des Hotelnamens »Rio« zu erkennen.

»Voilà«, sagte Gonzales triumphierend. »Du hast im Rio gewohnt!«

Es würde ihn eine Nacht kosten, die restlichen Überwachungsfilme des Hotels zu sichten, die ein alter Kriegskamerad besorgt hatte, der dort als Sicherheitschef arbeitete. Doch er würde ihn identifizieren – und damit nicht nur den Mörder des Mönchs finden, sondern auch den Mann, der Carter Fields schwer verletzt hatte.

Piepend öffnete sich ein Fenster auf seinem Bildschirm. Jemand rief ihn über den Computer an. Es zeigte einen jungen Mann mit wirrer Frisur und dicker schwarzer Brille auf einem Sofa. Vor ihm standen ein Pizzakarton und jede Menge leere Flaschen *Root Beer*. Seine Bewegungen waren abgehackt.

»Was gibt's?«, fragte Gonzales.

»Sie haben gesagt, ich soll mich melden, wenn die Computer irgendwas zu diesem ...« – der andere machte eine Pause und beugte sich vor, um etwas abzulesen – »... diesem Pradeep Kottayil ausspucken. Bis vorhin war tote Hose, aber jetzt hab ich was.«

Der Tag schien sein Glückstag zu sein, fuhr es Gonzales durch den Kopf. »Schieß los«, sagte er ungeduldig.

»Na ja, wir haben halt alles angezapft, was es in Indien so an öffentlichen Datenbanken gibt, und ich kann Ihnen sagen, da leben wirklich eine Menge Leute ...« Immer wieder stotterte der Ton.

»Komm zum Punkt!«, motzte Gonzales.

»Jedenfalls haben wir ihn jetzt in einer Klinik in ...« –

wieder beugte er sich vor und blickte auf den Bildschirm eines Laptops, der inmitten der Pizzakartons stand – »… in Mumbai gefunden. Zusammen mit einer Handynummer. Da ist nur eine Sache merkwürdig.«

»Was?«, fragte Gonzales.

»Na ja, der Datenbank zufolge ist er tot. Also noch nicht heute, aber morgen. Da steht als Sterbedatum der morgige Tag und eine Uhrzeit. Todesursache: Unfall. Und eine Notiz, dass er Organspender war und ihm verschiedene Organe entnommen worden sind.«

»Mit Datum von morgen?« Gonzales runzelte die Stirn. »Vielleicht die Zeitverschiebung?«

»Dachte ich auch erst, kommt aber nicht hin.«

»Vielleicht haben die sich nur vertippt«, gab Gonzales zu bedenken.

»Glaube ich nicht. Die Datei hat, wenn man sie extrahiert, einen Sperrvermerk im Code. Sieht so aus, als wenn da einer Gott spielt.«

»Wie meinst du das?«, wollte Gonzales wissen.

»Na ja, ich hab keine Ahnung. Aber wenn man das hier so liest, klingt das so, als wenn der morgen sterben soll, um ihn auszuschlachten.«

Gonzales strich sich mit dem Handrücken über den schwarzen Bart, der seinen Mund umrahmte.

»Und da steht eine Handynummer neben dem Namen?«, dachte er laut.

»Yupp!«

Gonzales zuckte zusammen, als jemand an die Fensterscheibe des Fahrzeugs klopfte. Hinter der Scheibe erkannte er die Mütze eines Verkehrspolizisten.

»Ich melde mich später!«, sagte er, klappte den Laptop zu und legte ihn auf den Beifahrersitz neben sich. Zwei tiefe

Atemzüge, dann öffnete er das Fenster. Keine dreißig Zentimeter von ihm entfernt blickte er in das Gesicht eines Polizisten, der erst ihn und dann den Innenraum seines Fahrzeugs skeptisch musterte.

»Was gibt es, Officer?«, fragte er ohne jede Erregung in der Stimme.

Der Polizist hob den Arm und deutete auf eine Reihe von Schildern auf dem Bürgersteig.

»Sie können hier nicht stehen. Hier ist Halteverbot. Fahren Sie bitte weiter!«, forderte er ihn bestimmt, aber nicht unfreundlich auf.

Gonzales hob entschuldigend die Hand und startete mit der anderen das Auto.

»Verzeihen Sie!«, sagte er, und nachdem der Polizist einen Schritt zurückgetreten war, rollte er langsam an. Im Außenspiegel sah er, wie der Beamte ihm noch einige Meter hinterherblickte und ihm dann den Rücken zudrehte.

Er hasste es, wenn jemand Gott spielte.

56

MUMBAI

Gedanken waren merkwürdige Wesen, überlegte er. Wilde Geschöpfe, die man zu bändigen hatte. Meist taten sie, was man wollte, doch wenn man nicht aufpasste, sprang einen plötzlich ein Gedanke von der Seite an und verbiss sich in der Seele. Am schlimmsten war es nachts, wenn sie zu Geistern wurden, von denen man wusste, dass es sie eigentlich nicht gab, die einen aber dennoch zu Tode erschrecken konnten.

Er mochte nicht mehr nach Hause gehen, bevor er nicht ein Bündel Rupien mitbringen konnte. Vor allem mochte er nicht mehr Pandita und Janni in die Augen schauen. Der einen nicht, weil er befürchtete, dass sie brachen, der anderen nicht, weil er in ihren Pupillen sehen würde, dass ihr Herz gebrochen war.

So streifte er durch die Straßen der Stadt, ganz so wie früher als Straßenjunge.

Aus sicherer Entfernung beobachtete er, wie Tüten voller Klebstoff und anderer Drogen den zumeist schmutzigen Besitzer wechselten. Groß war die Versuchung, auf diese Art und Weise selbst Linderung für sein Leid zu suchen. Doch er fürchtete, dass die Drogen seinen Nieren schaden würden, und so hielt er sich fern.

Einer dieser wilden, nicht im Zaum zu haltenden Gedanken hatte ihn am Morgen angesprungen, als die Ladeanzeige seines Handys eine rote Farbe angenommen hatte und daneben die Umrisse einer leeren Batterie erschienen.

Seitdem hatte er immer wieder voller Sorge auf das Display geschaut, bis ihm die Idee kam, dass er Energie sparen musste und das Handy am besten gar nicht mehr berührte. Sollte es morgen ausgehen, würde er noch einmal zu Sushil in den Telefonladen gehen müssen, um den Akku aufladen zu lassen. Davor graute ihm. Er hatte ein schlechtes Gefühl, wenn er an Sushil dachte, und das war der zweite Gedanke, der ihn immer wieder attackierte. Und dann, als er hungrig eine Straße entlanglief und darüber sinnierte, warum er sein Leben lang vom Pech verfolgt war, und plötzlich neben ihm ein Mann einen anderen mit einem lauten »Salaam!« begrüßte, tauchte aus dem Nichts ein Gedanke auf wie ein Fabelwesen.

Keine Stunde später blickte er, den Körper durch die offene Zugtür weit hinausgelehnt, auf das Schild der Andheri Railstation. Mitten vor einer Säule blieb er stehen. Mit dem Fingernagel kratzte er über die rote Farbe, bis er an einer Stelle eine Schicht aus Lack und Rost, deren scharfe Kante in sein Nagelbett schnitt, anheben konnte. Darunter kam ein verblichenes Gelb zum Vorschein. Geradezu bedächtig schritt er den Bahnsteig ab, blieb stehen und starrte auf den Stein vor sich, der genau so von einer Schicht Staub und Dreck bedeckt war wie alle anderen auch.

Dann verließ er den Bahnsteig durch den Ausgang und wandte sich vor dem Bahnhof nach rechts. Wie an der Schnur gezogen folgte er einer Spur, die nur er sehen konnte und die auf einem großen, unbebauten Grundstück endete. Auf ihm lagerte neben verrosteten Stahlträgern und einem vor Jahrzehnten im Monsun umgestürzten Kran allerlei Unrat. Mit vorsichtigen Schritten bahnte er sich seinen Weg durch die

Hindernisse, bis er den von dunklem Rost überzogenen Arm des Krans erreicht hatte. Wie an einem Brückengeländer hangelte er sich daran entlang, stieg über verrottetes Plastik und anderen Müll, bei dem er auf den ersten Blick erkannte, dass er nichts wert war und von den Müllsammlern daher achtlos liegen gelassen worden war. Schließlich erreichte er das Führerhaus, das sich beim Fall des Krans ein gutes Stück in den lehmigen Boden gebohrt hatte und dessen Streben an den fensterlosen Scheiben zu skurrilen Gebilden verbogen waren. Er hangelte sich hinein und blickte auf das, was einmal das Armaturenbrett gewesen war. Auf ihm fehlten alle Knöpfe, und auch die Kabel waren vor langer Zeit bereits herausgerissen worden, sodass ihm nun schwarze Löcher entgegenstarrten. Mit suchendem Blick schaute er sich um und griff schließlich nach einem kurzen Eisenrohr, das im Dreck neben ihm lag. Mit dem zerfurchten Ende begann er unter der Vorrichtung, die einmal den Lenkknüppel des Krans beherbergt hatte, im Lehm zu schaben. Erst vorsichtig, dann immer verbissener.

Plötzlich war das Geräusch von Metall auf Metall zu hören. Mit hektischen Bewegungen wischte er die Erde zur Seite und legte eine Fläche aus blankem Metall frei. Nach mühevoller Arbeit, während der nur sein schnaufender Atem und das kratzende Geräusch des Eisenrohrs zu hören war, gelang es ihm endlich, den Gegenstand aus der Erde zu ziehen. Schweißdurchtränkt und erschöpft kletterte er ins Freie und entfernte die Reste des braunen Lehms von seinem Fund.

»*Salaam Bombay*«, murmelte er, und während er die *Dabba* in seiner Hand betrachtete, hatte er das Gefühl, als würde ihm jemand einen warmen Mantel um die Schultern legen.

So fühlte es sich also an, wenn man Glück hatte!

Fast hatte er dieses Gefühl vergessen. Er prüfte den ledernen Riemen, der immer noch gut erhalten war. Ein wohliges Vibrieren breitete sich von der Hüfte kommend über seinen Körper aus, und er brauchte eine kleine Weile, bis ihm klar wurde, dass sein Handy klingelte.

»Pradeep Kottayil?«, fragte eine unbekannte Stimme.

»Ja«, röchelte er; seine Kehle war vom Staub und von der Hitze vollkommen ausgetrocknet.

»Es ist soweit. Kannst du zum Telefonladen kommen? Warte davor.«

Pradeep nickte zuerst nur, dann beeilte er sich, ein »Okay« in das Handy zu rufen.

»In einer Stunde.« Dann war das Gespräch beendet.

Pradeep drückte die *Dabba* an seinen Körper, als wäre sie ein Baby, und machte, dass er zur Straße zurückkam.

Die Sonne war bereits fast hinter den hohen Häusern verschwunden und das Gelände vor ihm in ein dunkelrotes Zwielicht getaucht, sodass es für ihn schwierig war, jede Unebenheit zu erkennen.

Aus einer Vertiefung, der er erst im letzten Moment mit einem großen Schritt auswich, stieg zu ihm der Gedanke auf, dass nun alles gut werden würde.

Schon morgen würde er viel Geld haben und eine nutzlose Niere weniger.

Endlich erreichte er ein Häuschen, das vielleicht einmal ein Parkwächterhaus dargestellt hatte. Dahinter würde er auf dem Bürgersteig schnell zurück zum Bahnhof kommen und von dort rechtzeitig zu Sushil gelangen.

Ein Auto stoppte plötzlich direkt neben ihm, und das Quietschen der Bremsen schmerzte in seinen Ohren. Bevor er verstand, was der Grund für das Bremsmanöver war, sprangen zwei Männer aus dem Auto und stürzten auf ihn zu. Einer hielt etwas Weißes in der Hand, und gerade als er überrascht aufschreien wollte, stülpte der Mann es ihm über den Kopf. Er wollte laut um Hilfe rufen, doch beim Einatmen saugte er nur den Stoff des Sacks in seinen Mund. Ein penetranter Geruch nach Plastik stieg in seine Nase. Arme umschlangen ihn wie Seile, und die *Dabba* fiel mit einem scheppernden Geräusch zu Boden. Bevor er nach ihr greifen konnte, schien er plötzlich zu schweben, und etwas Weiches drückte in seinen Bauch. Autotüren schlugen, gedämpfte Musik erklang.

Sein Atem wurde schneller. Ein Gedanke tauchte in ihm auf, wilder und grausamer als jeder andere zuvor, riss sich los und zerfetzte alle anderen Gedanken, die es wagten, sich ihm in den Weg zu stellen: Er würde sterben.

Und mit ihm auch Pandita.

57

Berlin, 1764

Die Dielen knarrten unter seinen Schuhen. Vorsichtig bückte sich Calzabigi und legte die rote Rose auf der Schwelle vor ihrer Tür ab. Seit Marie ihm unter Tränen mitgeteilt hatte, dass sie ihn erst einmal nicht verlassen, sondern bei ihm bleiben würde, hatte er dieses Ritual jeden Morgen vollzogen.

Er redete sich ein, dass er es aus Dankbarkeit tat, aber er wusste es natürlich besser. Er schäumte über vor Liebe, und wenn er seiner Zuneigung nicht in irgendeiner Weise Ausdruck verleihen konnte, drohte er zu verbrennen.

Er stellte sich vor, wie Marie jeden Morgen als Erstes nach der Rose schaute, mit geschlossenen Augen ihren Duft einsog und sie dann sorgfältig zu den anderen in eine Vase auf ihrer Kommode steckte.

Wenn er genügend Rosen schenkte, dann würden deren Dornen vielleicht irgendwann ihren Panzer zerlöchern und ihr Herz auch für ihn öffnen.

Das zumindest stellte er sich des Öfteren vor. Doch er war kein Tor, und wenn er aufrichtig zu sich selbst war, wusste er, dass seine Chancen ausgesprochen schlecht standen.

Aber die Vorstellung, dass es geschehen könnte, trug ihn vom Morgen zum Abend und vom Abend zum Morgen. Dies war sein Los. Seine Hoffnung auf die Erfüllung seiner größten Träume. Wenn man ehrlich war, dachte er, dann war das ganze Leben eine Lotterie.

Rasch entfernte er sich von ihrer Tür, um tunlichst zu vermeiden, Zeuge zu werden, wenn sie die Rose fand. Er eilte die Treppe hinab, griff seinen Mantel und sah zu, dass er eine der Mietdroschken erwischte.

Gerade noch rechtzeitig erreichte er die Porzellanfabrik in der Leipziger Straße. Kein Geringerer als der König erwartete ihn dort. Von Weitem schon hatte Calzabigi die Leibgarde vor dem Eingang erblickt, was darauf schließen ließ, dass Friedrich bereits anwesend war.

Erst am Abend zuvor hatte ein Bote ihm die Einladung überbracht, worin der König ihn bat, ihm »anlässlich einer Inspektion der neuen Königlich Preußischen Porzellanmanufaktur am kommenden Morgen um Schlag neun Gesellschaft zu leisten«.

Calzabigi folgte nun der Einladung mit einem mulmigen Gefühl. Drei Ternen und sogar zwei Amben, die er diesmal nicht einem Betrug, sondern allein einem bösen Streich der Fortuna zuschrieb, hatten die letzte Ziehung für die Lottokasse wieder eher mager ausfallen lassen. Seine bösen Vorahnungen verstärkten sich noch, als er am Eingang auf Hainchelin traf.

Dessen Gesicht spiegelte seine eigene Überraschung wider. Offenbar hatte auch Hainchelin auf ein exklusives Zusammensein mit dem König gehofft.

»Ihr also auch«, bemerkte Hainchelin pikiert, als beide gleichzeitig durch das Tor in die Fabrik drängten.

Calzabigi überhörte den feindlichen Ton in Hainchelins Worten und fragte höflich: »Wisst Ihr, worum es geht?«

»Nun ja, wenn er Euch lädt und mich, braucht es kein Orakel. Das Ergebnis der letzten Ausspielung war verheerend ...«

Der Hofmarschall nahm sie beide in Empfang. Er geleitete sie an den Produktionsräumen vorbei und führte sie über mehrere Treppen in ein edel eingerichtetes Zimmer, das ebenso gut Teil des königlichen Schlosses hätte sein können.

»Der Schauraum«, erläuterte der Hofmarschall, als er die verwunderten Blicke der beiden bemerkte, und fügte nicht ohne Stolz an: »Hier wird das wertvollste Porzellan Interessenten aus aller Welt präsentiert.«

Tatsächlich war der Raum über und über mit Porzellan gefüllt. Calzabigi erkannte ganze Services in den verschiedensten Dekoren. Auf weiß gedeckten Tischen standen Vasen, Dosen, Schalen, Schnapsfässer, Kannen, Kerzenhalter, Zucker- und Sandstreuer, Urnen und Krüge – alles aus Porzellan. Dazwischen standen überall die unterschiedlichsten Porzellanfiguren. Von der Decke leuchteten zwei riesige Kronenleuchter hinab, welche die glänzenden Oberflächen der wertvollen Ausstellungsstücke zum Funkeln brachten. Außerdem hingen an allen Wänden mit goldenen Ornamenten verzierte Spiegel, die den Raum größer erscheinen ließen, als er war.

Calzabigi drehte sich um die eigene Achse, um alles zu erfassen. Er glaubte zudem, in der Körperhaltung Hainchelins – erstmals, seit er ihn kannte – so etwas wie Ehrfurcht zu entdecken.

»Der König inspiziert gerade die Produktion. Ich werde ihn darüber unterrichten, dass Ihr hier auf ihn wartet«, verkündete der Hofmarschall und zog sich mit einer Verbeugung zurück.

»Warum empfängt der König uns wohl hier?«, fragte Calzabigi.

»Vermutlich ist er nur wegen der Inspektion nach Berlin gekommen«, entgegnete Hainchelin. »So sparen wir uns immerhin die Fahrt raus nach Sanssouci.«

Mit neugierigen Blicken schlenderte er durch die Ausstellung. Vor einigen kunstvoll gearbeiteten, bunt glasierten Figuren blieb er stehen.

»Schaut an, was wir hier haben!«, frohlockte er. Er streckte sich und griff nach einer Figur in der hinteren Reihe.

»Seid bloß vorsichtig!«, rief Calzabigi sorgenvoll.

Hainchelin ignorierte seinen Ruf. Er balancierte die kleine Statue auf seiner Hand und streckte sie in Calzabigis Richtung.

»Die Fortuna höchstpersönlich! Wie filigran sie gearbeitet ist. Schaut, das Fruchtmaß auf ihrem Kopf und das Füllhorn in ihrer Hand«, schwärmte der Hofrat.

»Stellt sie lieber wieder zurück«, legte Calzabigi ihm nahe.

Doch Hainchelin überhörte einmal mehr seinen Rat. »Was meint Ihr: Ob sie einer Eurer Lottogewinner erwerben wird, als Dank, dass sie ihm wohlgesonnen war? Oder vielleicht Ihr selbst, damit sie Euch Glück bringt, indem sie weniger Glück aus ihrem Füllhorn über die preußischen Lottogewinner ausschüttet. Moment einmal!« Hainchelin stutzte und runzelte die Augenbrauen. »Heißt das Sprichwort nicht, Scherben bringen Glück?«

Ein teuflisches Grinsen breitete sich auf seinem Gesicht aus, und plötzlich ahnte Calzabigi, was er vorhatte.

»Tut es nicht!«, flehte er erschrocken und machte zwei große Sätze auf Hainchelin zu.

Doch es war zu spät. Kaum hatte er sich in Bewegung gesetzt, ließ Hainchelin los. Die Figur schien für einige Sekunden in der Luft zu schweben – und schon hoffte er, dass sie aus irgendeinem magischen Grund nicht dem Sog der Tiefe nachgeben würde. Doch dann raste sie auf den Steinboden zu und zerschlug dort mit einem Krachen, das Calzabigi wie die Explosion bei einem Gewehrschuss erschien. Betäubt blieb er stehen und starrte ungläubig auf die Scherben vor seinen Füßen.

»Warum habt Ihr …«, stammelte er.

Hainchelin hatte sich inzwischen rasch vom Unglücksort entfernt. Plötzlich öffnete sich die Tür, und der König trat ein.

»So ein Malheur!«, rief Hainchelin im selben Augenblick. »Und dann auch noch ausgerechnet die Fortuna. Was für ein übler Scherz des Schicksals! Euch klebt wirklich das Pech an den Händen!«

Verdattert blickte Calzabigi auf den König, der nicht weniger fassungslos die Scherben auf dem Fußboden betrachtete.

»Was für ein Unglücksmensch seid Ihr?«, herrschte der König Calzabigi schließlich an und warf ihm einen tadelnden Blick zu. Scherben knirschten unter seinem Fuß, als er näher kam.

»Eure Majestät, glaubt mir, ich …«, Calzabigi rang nach Worten.

Rasch trat Hainchelin hinzu, verschränkte die Arme und machte eine unbeteiligte Miene. »Sire, ich kann bezeugen, dass er nichts dafür kann, der Italiener. Gerade wollte er mir dieses Kleinod der Porzellankunst zeigen, da rutschte es ihm vor Aufregung aus den Händen, das Glück, und zerschellte gleich dort, wo er steht.

»Das ist eine infame Lüge! Er war es, der die Figur absichtlich fallen ließ«, brach es aus Calzabigi heraus, als seine Zunge ihm endlich wieder gehorchte.

Der König, der zwischen ihnen stand, wich mit dem Kopf aus, als galt es, einer von vorne kommenden Windböe zu entgehen. Er wandte sich zu Hainchelin, der zum Zeichen seiner Unschuld die Handflächen nach außen drehte, und schaute dann wieder auf Calzabigi, der inmitten der vielen Scherben stand. Friedrich stieß einen lauten Seufzer aus.

»Geht es schon wieder los mit Euch beiden? Zankt Ihr nun wie die Kinder, und das in meiner Gegenwart?«

»Sire, ich …«, begann Calzabigi, der sich rechtfertigen wollte, doch eine energische Geste des Königs ließ ihn verstummen.

»Sollte ich einen Rest Zweifel mit mir herumgetragen haben, so beweist mir dieser Vorfall nur, dass meine Entscheidung, die ich Euch gleich mitteilen werde, die richtige ist. Vielleicht war es tatsächlich das Schicksal, das Euch hier, inmitten des Porzellans, einem letzten Test unterzog.«

Der König wischte verärgert mit dem Stiefel über den Boden, sodass einige Scherben klirrend durch den Raum schossen. Calzabigi und Hainchelin senkten die Köpfe und schwiegen betroffen.

»Vielleicht ist dies sogar der richtige Ort«, sinnierte der König laut. Er nahm eine Tasse von einem der ausgestellten Services und hielt sie vor sich, während er sie langsam zwischen seinen Händen drehte. »Seht, wie wunderschön sie ist, mit ihrer graziösen Form, dem Besatz aus hauchdünnem Blattgold und dem Henkel, der fast zu fein erscheint, als dass man glauben könnte, er würde halten. So anmutig – und doch so zerbrechlich.« Der König brachte die Tasse auf Augenhöhe, als wollte er hindurchschauen. »Und hier unten auf dem Boden ist als Signet das blaue Zepter aufgemalt. Für alles Porzellan der Königlichen Porzellan Manufaktur stehe ich mit meinem Namen.«

Calzabigi nickte, als wollte er zeigen, dass er verstand, obschon ihm nicht klar war, worauf der König hinauswollte. Sein Ärger auf Hainchelin verrauchte nur langsam. Zu gern wäre er seinem heimtückischen Gegner an die Gurgel gegangen.

»Genau wie bei Eurer Lotterie, mein lieber Calzabigi«, fügte der König nun hinzu. »Auch dafür gab ich meinen Namen.«

»Was Ihr nicht bereuen werdet!«, beeilte Calzabigi sich anzumerken.

»Und wie dieses Porzellan hat sich auch Eure Lotterie als sehr zerbrechlich erwiesen«, fuhr der König fort. Mit der Hand deutete er auf die Scherben auf dem Boden. »Haltet mich nicht für feige. Jeder, der mit mir in den Krieg gezogen ist, wird Euch bestätigen, dass ich stets vorweggeritten bin, ohne Rücksicht auf mein Leben und das unserer Feinde.«

»Jeder, der Euch als feige bezeichnet, würde meine Klinge zu spüren bekommen!«, warf Hainchelin ein, was der König mit einem wohlwollenden Nicken bedachte.

Calzabigi kniff die Augen zusammen, als könne er dadurch erahnen, worauf der König hinauswollte.

»Als König bin ich es also gewohnt, meinen Kopf hinzuhalten ...« Friedrich machte eine kurze Pause. »Bis zu einer bestimmten Grenze. Diese ist hinsichtlich der Inflation nun beispielsweise überschritten.«

»Sehr richtig!«, pflichtete Hainchelin abermals bei.

Doch der König richtete weiterhin seinen Blick auf Calzabigi und fragte: »Wisst Ihr, was das Volk über die vielen schlechten Münzen sagt?«

Der Angesprochene schüttelte den Kopf. Seine Aufregung war so groß, dass seine Beine zu kribbeln begannen und er nun von einem Fuß auf den anderen trat.

»Außen schön, innen schlimm. Außen Friedrich, innen Ephraim. Mein Pächter der Münze, dieser Veitel Heine Ephraim, hat den Anteil an Edelmetall mittlerweile so gering gemacht, dass das Volk nun schon spottet. Die Reform ist überfällig, und ich werde bestimmen, dass die *Ephraimiten* schon bald nicht mehr akzeptiert werden.«

Calzabigi schluckte. »Sire, das verstehe ich. Das Problem ist, dass auch in der Kasse unserer Lotterie ein gewisser Anteil dieser roten Münzen schlummert.« Wenn nicht jetzt, wann sollte er es dann ansprechen?, fuhr es ihm durch den Kopf. Vielleicht war der König bereit, diese Münzen auszutauschen. Vielleicht hatte er ihn und Hainchelin sogar deshalb hierhergebeten. So, wie er die Porzellanfabrik durch den Kauf von Gotzkowsky vor dem Bankrott gerettet hatte.

»Ich habe die Bilanzen gelesen, die Hainchelin mir zur Verfügung gestellt hat. Danach besteht sogar der größte Teil Eurer Lotteriekasse derzeit aus minderem Geld«, verbesserte der König ihn.

Calzabigi nickte beflissentlich.

»Ziehen wir das schlechte Geld also aus dem Verkehr, Ihr wäret nahezu bankrott«, fuhr der König fort.

»Was heißt bankrott!«, widersprach Calzabigi zaghaft.

Statt einer Antwort streckte der König die Tasse, die er am Henkel hielt, in die Höhe und ließ sie unvermittelt fallen. Wie zuvor die Figur zersprang auch sie auf dem harten Boden in Scherben. Calzabigi starrte Friedrich mit aufgerissenen Augen an. Der Knall des Aufpralls erschütterte ihn bis ins Mark.

»Das heißt bankrott!«, sagte der König ernst.

Calzabigi wusste nicht, was er entgegnen sollte. »Sire, ich ...«

»Diese Tasse stand in meinem Eigentum, und ich habe daher nun den Schaden zu tragen. Genau wie bei der Fortuna, die Ihr zerbrochen habt.«

Calzabigi öffnete den Mund, um sich erneut zu verteidigen, jedoch gebot der König ihm zu schweigen.

»So kann ich als Besitzer dieser Fabrik stets erst aufatmen, wenn die vielen Porzellane, die Ihr hier seht, verkauft sind. Zerbrechen Sie danach, so trägt der Käufer allein den Schaden.«

Calzabigi hatte es aufgegeben, etwas zu erwidern, und ließ den Vortrag nun über sich ergehen.

»Lasst uns zukünftig auch Eure Lotterie so einrichten. Ich verpachte sie an denjenigen, der bereit ist, mir eine Summe in Höhe von fünfzigtausend Talern im Jahr zu zahlen. Sollte dann etwas zerbrechen, wäre es nicht mein Verlust. Ich würde mich natürlich freuen, wenn Ihr es wärt, der sie fortführt, verehrter Freund. Es kann aber auch jeder andere sein, der bereit ist, die Summe aufzubringen.« Der König drehte sich bei diesen Worten zu Hainchelin und zwinkerte ihm wohlwollend zu.

Calzabigi wand sich wie unter Krämpfen. Er fühlte, wie ihm Schweißperlen auf die Stirn traten.

»Sire, woher soll ich fünfzigtausend Taler nehmen, wenn mein ganzes Vermögen aus *Ephraimiten* besteht. Schlimmer noch ist, dass die Lottokasse eine Sicherheit in Höhe von mindestens fünfhunderttausend Taler pro Ziehung aufweisen muss …«

»Eine Summe, die ich bislang aufbringe, ohne zu klagen, mein Freund«, erwiderte der König. »Nun entlasst mich aus dieser Pflicht. Dies ist der Einsatz, den derjenige zu bringen hat, der die Lotterie übernimmt. Wer nicht wagt, der nicht gewinnt. Ist dies nicht Euer Motto, mein italienischer Freund?«

Calzabigi ruderte mit den Armen, als wollte er damit nach Worten greifen, die ihm abhanden gekommen waren.

»Erlaubt mir zu sagen, dass dies ein sehr weiser Vorschlag ist, Eure Majestät«, erklärte Hainchelin mit einem milden Lächeln. »Das Lottospiel bleibt dem Volk erhalten, Ihr profitiert von der jährlichen Pacht, aber Eure Schatulle ist sicher.«

»Ich danke Euch für Euer Verständnis!«, sagte Friedrich.

»Sire, wie stellt Ihr Euch dies vor – die nächste Ziehung ist bereits organisiert?«, merkte Calzabigi verzweifelt an.

»So soll sie noch auf meine Rechnung durchgeführt werden und die Verpachtung danach erfolgen«, entgegnete der König ohne Zögern. »Ich vertraue darauf, dass Ihr auch diese Ziehung noch ohne größere Verluste über die Bühne bringen werdet. In diesem Fall erlasse ich Euch auch aus Eurer Schuld, was die Verpfändung Eures Lebens für den Erfolg der Lotterie angeht.«

Calzabigi wusste nicht, ob das Angebot des Königs in Bezug auf das ihm seinerzeit entlockte Pfand großzügig gemeint war oder aber eine unverhohlene Drohung darstellte.

Der König deutete auf die Scherben. »Und ich erlasse Euch die Kosten für die Fortuna, die Ihr zerstört habt. Ihr Wert dürfte einige hundert Taler betragen haben!« Einen Augenblick ließ er seine Worte wirken, dann setzte er eine feierliche Miene auf. »Lasst mich die Gelegenheit noch nutzen, Euch zu danken für Euer Engagement im vergangenen Jahr. Auch wenn ich mich nun zurückziehen muss, bereue ich keineswegs, Euch mein Vertrauen geliehen zu haben. Nun gebt Ihr es mir einfach zurück. Wenn Euer Lotto auch den erhofften Gewinn nicht erbracht hat, so hat es dem Volk nach dem Krieg doch Hoffnung eingeflößt. Und zumindest dafür gebührt Euch mein Dank!« Der König wandte sich zu Hainchelin. »Dasselbe gilt natürlich auch für Euch.« Dann fuhr er herum und verließ mit schnellen Schritten den Raum.

»Das ist Euer Ende, mein lieber Freund!«, rief Hainchelin schadenfroh, als sie wieder alleine waren. »Scheint so, als habe Euer Glück Euch endgültig verlassen.«

Calzabigi hielt den Kopf gesenkt und starrte auf die Scherben vor sich. Langsam bückte er sich und hob eine große Scherbe auf, die er prüfend betrachtete. Mit der Scherbe in der Hand trat er plötzlich auf Hainchelin zu.

Der Hofrat quiekte erschrocken auf und riss schützend seine Hände hoch. »Was wollt Ihr?«, schrie er auf.

Calzabigi hielt die Scherbe direkt vor Hainchelins Gesicht.

»Ein Speer!«, rief Calzabigi aus.

»Was meint Ihr? Wollt Ihr mich damit erstechen?«, fragte Hainchelin, während er zurückwich.

»Ihr seid ein Narr! Die Fortuna trägt keinen Speer. Wisst Ihr, was das bedeutet? Ihr habt keine Fortuna fallen lassen!« Calzabigi lachte laut auf.

»Sondern?«, erkundigte Hainchelin sich unsicher.

»Füllhorn und Zweizack! Ihr habt einen Hades geschändet!«, verkündete Calzabigi triumphierend.

»Einen Hades?«, wiederholte Hainchelin.

Calzabigi beugte sich vor und sprach leise mit verstellter Stimme: »Den Gott des Totenreichs!«

Dann brach er wieder in lautes Gelächter aus.

»In Eurer Haut möchte ich nicht stecken!«, ergänzte er schließlich und tätschelte Hainchelin die Schulter, der unter der Berührung zusammenzuckte.

Calzabigi warf den Kopf in den Nacken und ließ Hainchelin allein zurück, dessen Gesichtsfarbe nun weiß war wie das Porzellan, in dessen Mitte er stand.

58

Mumbai

»Was hätte ich denn tun sollen, Chad?«

Trisha spähte nach Henri, der an einem der Tische vor ihrem Hotel saß und an seinem Gin nippte. Er trug einen beigen Tropenhut, den er bei einem der Straßenverkäufer als Schutz gegen die pralle Sonne gekauft hatte, und beobachtete den Verkehr. Er schien sie nicht zu beachten. Vor ihm auf dem Tisch stand verlassen ihr Glas mit kaltem Tee. Als ihr Telefon mit Chads Namen im Display geläutet hatte, war sie mit einem Wort der Entschuldigung aufgestanden und einige Meter den Bürgersteig hinaufgeschlendert.

»Nun, du hättest ihn beispielsweise der Polizei übergeben können«, entgegnete Chad. »Dann hätten wir bei der Ziehung schon einmal einen Konkurrenten weniger. Wer bei der Ziehung nicht dabei ist, kann nicht gewinnen!«

»Chad!«, fuhr Trisha ihn an. »Was bist du nur für ein Mensch? Er brauchte meine Hilfe. Und was heißt hier ›wir‹? Das ist immer noch mein Los und meine Lotterie. Schon vergessen?« Trishas Ärger war echt.

»Nun spreche ich von ›wir‹, und dir ist es auch nicht recht!«, gab Chad beleidigt zurück. »Ich mache mir nur Sorgen um dich.« Seine Stimme wurde sanfter. »Weißt du überhaupt, warum dieser Henri, mit dem du durch die Welt jettest, gesessen hat?«

»Natürlich, er hat es mir gesagt. Wegen Betrug. Er sagt aber auch, er sei unschuldig.«

»Das hat er dir gesagt?« Chad klang empört. »Ich hatte dir doch erzählt, dass ich in dem Gefängnis, in dem er gesessen hat, diesen Zhang kenne, der immer noch zu Ryan, dem Iren, Kontakt hält. Die haben da alle heimlich Mobiltelefone im Knast. Ich habe Ryan gebeten, Zhang einmal über diesen Henri auszuhorchen. Und weißt du, was er mir erzählt hat?«

Trisha verneinte.

»Dass er zu den ganz schweren Jungs gehört. Er hatte Sicherheitsverwahrung; das bekommen nur die, die nie mehr rauskommen. Zhang meinte ...« Chad unterbrach sich selbst. Es knisterte in der Leitung.

»Was meinte er?«, fragte Trisha. Plötzlich fühlte ihr Mund sich ganz trocken an.

»Na ja, er hat wohl Mädchen vergewaltigt! Im Knast war er jedenfalls nicht besonders beliebt. Daher wohl auch der Mordanschlag.«

Trisha versuchte zu schlucken, doch sie hatte nicht genug Speichel. Ihr Magen zog sich zusammen.

»Trisha? Bist du noch da? Sorry, ich wollte es dir eigentlich nicht sagen ... aber ich werde hier verrückt vor Sorge. Würde mich nicht wundern, wenn so einer auch für den Mord am Mönch und die Schüsse auf Carter verantwortlich ist. Wenn einer so lange im Gefängnis gesessen hat, kennt der bestimmt genügend Leute für solche Jobs ...«

Trisha erinnerte sich an den »Taxifahrer«, der sie beide auf Henris Geheiß durch Hamburg chauffiert hatte, und an den Griechen, der ihnen die Pässe ausgestellt hatte. Konnte es sein, dass er auch einen Mord als Gefallen eingefordert hatte? Allerdings wirkten die beiden Männer, die wohl einst mit Henri im Gefängnis gewesen waren, überhaupt nicht so, als wenn sie ihn verachten würden. Konnte es wahr sein, dass Henri ein Frauenschänder war?

»Bist du ... dir sicher ... was Henri anbelangt?«, stotterte sie schließlich.

»Zhang hat es gesagt, und der wird es wissen ...«

Trisha spürte, wie ihr die Hitze zu Kopf stieg. Mit einem Mal fand sie die Schwüle unerträglich.

Plötzlich bemerkte sie, dass Henri sie entdeckt hatte und ihr fröhlich mit dem Glas zuprostete. Sie zwang sich zu einem Lächeln.

»Ich muss das erst einmal verdauen, ich muss jetzt auflegen«, sagte sie.

»Tu das«, antwortete Chad verständnisvoll. »Aber pass auf dich auf. Solltest du diesen indischen Bastard doch noch finden, dann komm sofort danach wieder nach Hause. Und im Notfall liefere diesen Henri einfach ans Messer. Vielleicht würde sogar die indische Polizei ihn verhaften und ausliefern.«

»Ich melde mich«, erwiderte Trisha und beendete das Telefonat. Als sie zurück zu ihrem Platz ging, fühlte sich der Boden unter ihren Füßen merkwürdig weich an, so als würde sie auf Wackelpudding laufen.

»Du siehst aus, als hättest du ein Gespenst gesehen«, bemerkte Henri, als sie sich in den Korbsessel neben ihn fallen ließ.

»Das war nur Chad«, murmelte Trisha und nahm einen kräftigen Schluck Eistee. Dabei musterte sie Henri. Ihre Menschenkenntnis hatte sie noch nie enttäuscht – außer bei Chad. Doch vielleicht war sie gar nicht so begabt darin, hinter die Gesichter von Menschen zu schauen, wie sie allgemein dachte. Oder ihre Gabe beschränkte sich auf Spielsituationen.

»Was ist?«, fragte Henri, der bemerkt hatte, dass sie ihn anstarrte.

»Dieser Belgier, den du auf den Mönch angesetzt hast – wie hieß er doch gleich?«

»Verbeeck«, antwortete Henri.

»Bis du sicher, dass er den Mönch nicht umgebracht hat?« Am liebsten hätte Trisha noch die Worte »in deinem Auftrag« hinzugefügt, sie wollte sich der Sache aber langsam nähern.

»Verbeeck?«, entgegnete Henri ehrlich erstaunt. »Mit Sicherheit nicht. Der könnte noch nicht einmal einer Fliege etwas zuleide tun. Er ist ein Künstler, kein Killer. Nachdem ich aus dem Knast getürmt bin, kann er mich nun nicht mehr erreichen. Mein Handy musste ich da zurücklassen. Und seine Nummer habe ich auch nicht im Kopf.« Henri grübelte kurz über irgendetwas, dann zog er plötzlich misstrauisch die Augenbrauen zusammen. »Moment einmal, wie kommst du überhaupt darauf, dass Verbeeck etwas mit dem Tod des Mönchs zu tun haben könnte? Hat das was mit deinem Telefonat eben zu tun?«

»Ich will nur die Wahrheit wissen«, antwortete Trisha kühl. »Hast du mir immer die Wahrheit gesagt?«

Ihre Augen verengten sich, als wollte sie ihren Blick schärfen, um Henris Reaktion genau zu beobachten. Dessen Gesichtszüge entspannten sich, und er lehnte sich in seinem Korbsessel zurück.

»Wer sagt schon immer die Wahrheit«, antwortete er und mühte sich, ein spitzbübisches Grinsen zu unterdrücken. Er griff nach seinem Ginglas und nahm einen Schluck, wobei er mit den Augenbrauen wackelte.

»Stimmt, du bist ja ein Betrüger«, erwiderte Trisha sarkastisch.

Henri stellte das Glas zurück und betrachtete sie nun mit ernster Miene. »Und du eine Pokerspielerin«, sagte er.

Trishas Blick glitt zu seinen Händen. Für einen kurzen

Moment stellte sie sich vor, wie sich seine Finger um den Hals einer jungen Frau legten und die Knöchel vor Anstrengung eine weiße Farbe annahmen. Sie blinzelte mit den Augen, um das Bild loszuwerden. Ab sofort würde sie auf der Hut sein vor diesem Mann. Und überhaupt: Was machte sie nur hier? Sie dachte an Leeds, sah in Gedanken ihre Eltern auf der Couch vor dem Bild der Großmutter sitzen. Doch sie lächelten nicht, sie schauten vorwurfsvoll ... nein – enttäuscht.

Trishas Gedanken rasten weiter. Sie tauchte ein in ihre innere Bilderwelt, auf der Suche nach einem Ort, der für sie ein Ziel ihrer Sehnsucht darstellen konnte. Sie blieb an einem mit grünem Filz bespannten Pokertisch hängen. Doch auch hier wollte sich nicht das bekannte Wohlgefühl in ihrer Brust einstellen. Nervosität breitete sich in ihr aus. Plötzlich fühlte sie sich wie ein Hubschrauber über dem Meer, der verzweifelt nach einem Landeplatz suchte. Vielleicht war wirklich dieser Lottogewinn die Lösung. Für eine Versöhnung mit ihren Eltern. Ein Abschied vom Pokertisch. Sie würde eine Weltreise machen, um den Ort zu suchen, wo sie hingehörte. Sie nahm den Anhänger um ihren Hals in ihre Hand. Wieder einmal schien er zu glühen, aber hier in Mumbai glühte alles.

»Alles klar mit dir?«, fragte Henri besorgt und tätschelte ihre Hand. Es fühlte sich an, als würde sie einen Schlag bekommen.

»Pradeep Kottayil?«, fragte plötzlich eine fistelige Stimme an ihrem Tisch.

Henri und Trisha schauten verwundert auf. Vor ihnen stand ein kleingewachsener, spindeldürrer Inder.

»Pradeep Kottayil?«, fragte er wieder und nickte ihnen auffordernd zu. »Du mitkommen!«

Henri und Trisha schauten sich an, dann standen beide fast gleichzeitig auf.

Der Inder setzte sich in Bewegung, und sie folgten ihm. Ihr Weg endete nach einigen Metern an einem der betagten, schwarz-weißen Padmini-Taxis, deren Alter laut dem Reiseführer, den Trisha auf dem Flug nach Mumbai gelesen hatte, fünfundzwanzig Jahre und mehr betrug. Der Inder öffnete die hintere Tür.

»Pradeep Kottayil. Einsteigen«, sagte er.

Trisha suchte ängstlich Henris Blick.

Der deutete auf das Innere des Taxis. »Pradeep Kottayil. Einsteigen«, imitierte er den Inder mit einem verschmitzten Lächeln.

Trisha gab ihr Zögern auf, stieg ein und rutschte auf der Rückbank durch, um Henri neben ihr Platz nehmen zu lassen. Der Taxifahrer schlug die Tür so heftig zu, dass Trisha schon befürchtete, sie würde abfallen. Dann schwang er sich hinter das Steuer und ordnete sich in den Verkehr ein, der wie eine zähe Masse durch die Stadt floss. Eine gute Viertelstunde lang, während der weder Trisha noch Henri sprachen, waren sie Teil der Blechlawine, dann bog der Fahrer plötzlich ab, und der Stau lichtete sich. Keine fünf Minuten später donnerten sie mit für Mumbaier Verhältnisse atemberaubender Geschwindigkeit eine breite Straße entlang, die aus der Stadt hinausführte. Trisha drehte sich ein paar Mal zu der Skyline um, die sie rasch hinter sich ließen.

»Wir fahren raus aus der Stadt«, sagte sie zu Henri.

Der beugte sich vor und tippte dem Fahrer auf die Schulter. »Wohin fahren wir?«, fragte er, wobei er jedes Wort so deutlich aussprach, als würde er zu einem Schwerhörigen reden.

Der Fahrer drehte sich zu Trishas Überraschung um, als

habe er den Autopilot eingeschaltet, und lachte ihnen freundlich entgegen. »Pradeep Kottayil!«, wiederholte er fröhlich.

Trisha zeigte nach vorn zur Windschutzscheibe und atmete durch, als der Fahrer sich endlich wieder dem Geschehen vor ihm zuwandte. Immer noch war auf der Straße nicht viel los, und die Wohnhäuser wurden immer häufiger durch Industriegebäude abgelöst.

»Glaubst du, ich könnte hinter der Ermordung des Mönchs stecken?«, fragte Henri unvermittelt und fixierte Trisha mit ernstem Blick von der Seite.

Ein Gefühl, als habe ihr jemand kaltes Wasser ins Gesicht geschüttet, machte sich in Trisha breit. Sie zuckte mit den Schultern. »Ich weiß nicht …«, entgegnete sie ausweichend.

»Nur weil ich im Gefängnis gesessen habe, bin ich noch lange kein Mörder. Und auch alle anderen, die mit mir im Gefängnis gesessen haben, sind ebenfalls nicht automatisch Mörder.«

Trisha vernahm aus seinen Worten Verbitterung. Chads Bericht über sein Gespräch mit Zhang kam ihr in den Sinn. Wer log hier? Sie suchte einen Punkt am Straßenrand, der schnell an ihnen vorbeiflog. Sie konnte Henri nicht ins Gesicht sagen, dass sie ihn für einen Vergewaltiger hielt. War er tatsächlich einer, wäre das sehr unklug. Hatte Zhang aus irgendeinem Grund gelogen, war es noch unklüger.

»Wie gesagt: Ich bin unschuldig«, fuhr er fort. »Auch wenn du mir das nicht glaubst – was ich dir nicht einmal verübeln könnte, denn mir hat das noch nie jemand geglaubt. Aber ich kann dir versichern, dass die meisten Häftlinge, die ich kennengelernt habe, mehr Anstand und Moral besitzen als die Menschen hier draußen. Oftmals ist es ein einziger Fehler, ein Moment der Schwäche, der einem die Freiheit kostet. Deswegen ist man aber nicht für alle Zeiten ein schlechter Mensch.« Die letzten Worte hatte er lauter und mit bewegter Stimme gesprochen.

Aus einem Grund, der Trisha nicht klar war, beschämte sie sein Plädoyer. Sie fühlte sich wie eine Kugel in einem Flipperautomaten, die von Bande zu Bande geschossen wurde. Verlegen pustete sie sich mit nach oben geschürzten Lippen kalte Luft auf die Stirn, um für ein wenig Abkühlung zu sorgen. Die Luft im Wagen stand.

Mittlerweile wurden die Abstände zwischen den Gebäuden immer größer. Der Horizont weitete sich, und sie fuhren parallel zu einer Bahnlinie. Offenbar hatten sie die Stadtgrenze erreicht. Der Taxifahrer schaltete das Radio ein und beschallte sie mit lauter Bollywood-Musik, zu der er rhythmisch mit beiden Händen auf das Lenkrad trommelte.

Trisha traute sich nicht, Henri einen Blick zuzuwerfen, doch ihr mulmiges Gefühl, das sie bereits seit einiger Zeit beschlich, vergrößerte sich, je einsamer es um sie herum wurde. Der Fahrer überholte einen leeren Doppeldeckerbus, der sie an London erinnerte. Dann bog er, ohne zu bremsen, über die Gegenfahrbahn in eine schmale Straße ab, sodass Trisha gegen die Seitenscheibe gedrückt wurde und Henri sich für einen kurzen Augenblick an sie schmiegte, bevor beide in ihre ursprüngliche Sitzposition zurückgeschleudert wurden. Sie durchquerten eine schmale Gasse zwischen zwei Lagerhäusern. Danach war der Weg gesäumt von Steinhaufen und hier offenbar wild abgeladenem Bauschutt. In der Ferne erhob sich ein dunkler Berg. Erst auf den zweiten Blick erkannte Trisha, dass es eine Müllhalde war.

»Wo zum Teufel bringt er uns hin?«, zischte Henri und beugte sich vor, um besser sehen zu können.

Mit einem Mal bereute Trisha es, in das Taxi gestiegen zu sein. Immer wieder hatte sie von Horrorgeschichten gehört, bei denen Touristen im Ausland verschleppt und ausgeraubt oder gar misshandelt und vergewaltigt worden waren.

»Woher wusste der Fahrer überhaupt, dass wir diesen Pradeep suchen?«, fragte Trisha.

Henri zuckte mit den Schultern. »Vielleicht von dem Rikschafahrer?«, mutmaßte er.

Das konnte sein, dachte Trisha. Vermutlich würde der Fahrer gleich anhalten und eine Horde Straßenräuber über sie herfallen, die anschließend ihre Körper auf dem Müllhaufen entsorgten. Trisha betätigte vorsichtig den Türöffner. Die Tür war verriegelt.

Langsam spürte sie Panik in sich aufsteigen.

»Was, wenn man uns gleich etwas antut?«, flüsterte sie in Henris Richtung. »Wir sollten schleunigst raus aus dem Wagen!«

Henri antwortete ihr nicht, sondern tippte dem Fahrer erneut auf die Schulter. »Stopp!«, verlangte er forsch.

Der Fahrer zeigte auf sein Ohr und drehte das Radio leiser.

»Ich sagte: Stopp!«, wiederholte Henri, nun lauter.

Der Taxifahrer schüttelte den Kopf. »Da Pradeep Kottayi!«, sagte er und zeigte in Richtung des Müllbergs.

Henri packte seine Schulter fester. »Wir wollen hier raus!«, brüllte er.

Seine Stimme klang so aggressiv, dass Trisha unwillkürlich zusammenfuhr. Offenbar hatte er im Gefängnis gelernt, sich durchzusetzen.

Auch der Fahrer zuckte zusammen und beugte sich nach vorn, um Henris Griff zu entkommen. »Da Pradeep Kottayil!«, wiederholte er fast flehentlich.

Henri schaute hilflos zu Trisha.

Plötzlich wurde der Fahrer langsamer und hielt an. »Da Pradeep Kottayil!«, rief er abermals und zeigte nach draußen.

Trisha reckte den Hals, und Henri tat es ihr nach. Dort, wohin der Fahrer zeigte, lag im Staub eines unbefestigten Weges neben der Straße, keine vier Meter vom Kotflügel des Taxis entfernt, ein großes weißes Bündel. Zunächst hielt Trisha es für Müll, doch dann erkannte sie darin die Konturen eines Menschen. Ihre Knie begannen zu zittern.

»Ach du Scheiße!«, stieß Henri neben ihr aus.

In diesem Moment sprang der Taxifahrer aus dem Wagen, umrundete die Motorhaube und öffnete die hintere Tür mit einer eleganten Verbeugung, als gelte es, einen Staatsgast zu begrüßen.

»Pradeep Kottayil!«, sagte er mit breitem Grinsen.

Ein warmer Windstoß wie von einem riesigen Föhn drang zu Trisha ins Taxi, begleitet von einem bestialischen Gestank, der ihr den Magen umdrehte.

59

New York City

Luna bewegte den Mund, daher ging er davon aus, dass sie redete. Doch wie Seifenblasen, die nach wenigen Metern zerplatzten, erreichten ihre Worte ihn nicht. Zwar besaß auch er nicht die Gabe, seine Ohren zu verschließen. Schon immer konnte er jedoch seine Gedanken so laut stellen, dass sie seine Umgebung übertönten. So auch jetzt.

Beinahe amüsiert beobachtete er, wie Luna scheinbar aufgewühlt vor seinem Krankenbett auf und ab lief, wild mit den Armen gestikulierte, plötzlich weinte, in ein Taschentuch schnäuzte, welches sie zusammengeknüllt in ihrer Faust umhertrug, und schließlich wie erschöpft an der Wand lehnte und ihn mit glasigen Augen betrachtete. Wenn er seine Gedanken einmal leiser stellte, drangen Wortfetzen wie »liebe dich noch immer«, »besser für uns beide« und »du musst dich jetzt auf dich konzentrieren« in sein Ohr. Sie war eine schlechte Schauspielerin, aber auch sie gierte nach Applaus. Er hatte täglich mit diesem Auftritt gerechnet. Wenn sie überhaupt etwas an ihm gemocht hatte, dann seine Stärke, und die schien er aus ihrer Sicht nun endgültig verloren zu haben. Welches Glamourgirl wollte schon mit einem Schwerkranken oder Behinderten zusammen sein. Er war wie eine leckgeschlagene Jacht, und diejenige, die bislang wie eine Wasserskifahrerin in seinem Fahrwasser die Gischt des warmen Meeres genossen hatte, würde nicht mit ihm ins Trockendock kommen, sondern sich eine andere Mitfahrgelegenheit suchen. Dies hätte sie leichter haben können, und zwar ohne dieses Theater, aber sie kämpfte um eine Art Abfindung. Wie alle, die um ihn herumschwirrten, wollte auch Luna nur sein Geld. Doch jetzt hatte er genug von ihrer Laienaufführung. Zum Glück gab es den Knopf, der hinter seinem Kopf an einem kurzen Kabel schwebte. Kaum hatte er ihn gedrückt, öffnete sich die Tür, und eine Krankenschwester, die er Elena nennen durfte, betrat das Zimmer. Ein Blick genügte ihr, um zu erkennen, dass hier einem Schwerkranken zu viel aufgebürdet wurde. Mit der leicht nach vorne gebeugten Geste einer helfenden Seele packte sie Luna am Arm und geleitete sie mit beruhigenden Worten, die in seinen Ohren wie Musik klangen, aus dem Zimmer. Das Letzte, was er von Luna sah, waren ihre großen, verweinten Augen.

Erleichtert atmete er auf. Die Ratten verließen das sinkende Schiff, und mit jeder Ratte, die ging, hatte er das Gefühl, dass er selbst und der Rest seiner Ladung sicherer waren. Er hatte sich immer gefragt, wohin die Ratten beim Sinken eines Schiffes eigentlich flohen, wenn um sie herum weit und breit nur Ozean war. Aber er würde nicht sinken. Nein, er hatte kein riesiges Leck, das ihn zum Untergang verdammte, sondern nur ein mittelgroßes; und so etwas ließ sich reparieren, auch wenn man eine Weile Schlagseite hatte.

Wenn er die Augen schloss, sah er den Mönch vor sich. So war es schon gewesen, als er nach den Schüssen in die Notfallambulanz eingeliefert worden war. Und der Mönch sprach zu ihm …

Nicht die Dialyse war es, die ihn seit Tagen am Leben hielt, sondern ein Halbsatz des Mönchs, den er wie ein Mantra ständig in Gedanken wiederholte und den er mittlerweile sogar wie einen Ohrwurm leise vor sich her sang: »ein Preis von unermesslichem Wert«. Nach einer Zeit des Leidens würde dies am Ende seine Belohnung sein. Fast befürchtete er, noch gläubig zu werden.

Ein Telefon klingelte. Es dauerte, bis er verstand, dass es das Telefon auf seinem Nachttisch war. Nicht ohne Misstrauen hob er ab und meldete sich mit einem schlichten »Ja.«

»Ich bin es.«

»Auf Ihre alten Tage werden Sie noch richtig redselig. Was ist mit diesem Handy-Quatsch und Ihren ganzen Agententricks?«

»Schon vergessen – Sie liegen im Krankenhaus?«, entgegnete Gonzales. »Außerdem ist Ihre Angelegenheit nicht besonders heikel.«

Carter schnaufte. »Sie finden es nicht besonders heikel, wenn ich mit zerschossener Niere an der Dialyse hänge und auf eine Spenderniere oder den Tod warte?«

»Sie wissen, wie ich es meine«, entgegnete Gonzales ohne besonderes Bedauern in seiner Stimme. »Außerdem sollten Sie mir dankbar sein. Ich bin nämlich dem Kerl, der Ihnen das angetan hat, auf der Spur. Ich habe ein Foto, und ich weiß, dass es derselbe Mann war, der den Mönch auf dem Gewissen hat.«

Carter brauchte einen Moment, um zu erkennen, welche Schlussfolgerung sich aus dieser Information ableiten ließ. »Also kein enttäuschter Anleger?«

»Habe ich doch gleich gesagt. Eher ein gieriger Lotteriespieler.«

»Wissen Sie, wer?«

»Noch nicht. Aber ich bin dran. In Las Vegas gibt es einen Haufen Überwachungsbänder.«

»Das ist eine gute Nachricht«, merkte Carter an.

»Ich habe noch eine: Wir konnten diesen Pradeep in Mumbai orten. Über sein Mobiltelefon. Wir haben uns um ihn gekümmert. Scheint so, als wenn diese Ziehung bald stattfinden kann.«

Wieder hörte Carter in seinem Kopf die Worte »ein Preis von unermesslichem Wert«. Voller Hochachtung sagte er: »Sie sind Ihr Geld wirklich wert.«

»Ich hoffe, der Preis, den es bei dieser seltsamen Lotterie zu gewinnen gibt, ist den Aufwand wert«, entgegnete Gonzales. »Sie bestimmen, wer an der Ziehung teilnehmen wird.«

»Ich bestimme, wer gezogen wird«, verbesserte Carter.

»Jetzt wird es doch heikel; lassen Sie uns besser auflegen. Und grüßen Sie die Cops vor Ihrem Zimmer.« Es knackte. »Warum kann der Scheißkerl sich nicht ein einziges Mal anständig verabschieden«, fluchte Carter, während er versuchte, den Hörer wieder auf die altmodische Gabel zu bugsieren.

Eine Weile lag er regungslos in seinem Bett und starrte auf die silberfarbenen Lamellen der Deckenleuchte über sich.

»Ein Preis von unermesslichem Wert«, sagte er langsam.

Ein Preis, der offenkundig so wertvoll war, dass man deswegen sogar versucht hatte, ihn zu töten. Aber er lebte noch. Und nur einer würde diesen Preis gewinnen, egal, welchen Preis er dafür zu zahlen hatte.

60

Berlin, 1764

Marie drückte ihr Ohr gegen die Tür und lauschte. Als eine Weile verging, ohne dass sie einen Laut hörte, öffnete sie vorsichtig die Tür. Wie jeden Morgen hatte sie auch heute das Knarren der Dielen vernommen, das kurze Verharren vor ihrer Tür und dann die sich schnell entfernenden Schritte. Ihr Blick war auf den Boden geheftet, während der Spalt zwischen Tür und Rahmen größer und größer wurde. Zu ihrer Verwunderung kam das nackte Holz des Fußbodens in ihr Blickfeld, ohne dass dort die obligatorische Rose lag. Mit einem Ruck öffnete sie die Tür ganz und starrte plötzlich auf ein paar blank gewienerte Schuhe.

»Sucht Ihr dies?«

Die ihr wohlbekannte Stimme ließ sie erschrocken zusammenfahren.

Er hielt ihr mit ausgestrecktem Arm die Rose entgegen. »Ihr habt einen Verehrer?«, fragte er mit einem Lächeln, zog den Arm wieder zurück und roch an der Rose.

»Was tut Ihr hier? Wer hat Euch reingelassen?«, fragte Marie empört.

»Ich pflege mich selbst hineinzulassen«,

»Er kann uns hier jederzeit erwischen«, entgegnete sie ängstlich und blickte zur Treppe.

»Er ist beim König, der ihm gerade eröffnet, dass Ihre Majestät des Lottospiels überdrüssig ist. Und wenn er hier wäre. Seit wann ist es Frauen verboten, Besuch zu empfangen?«

»Des Lottospiels überdrüssig?«, fragte sie.

»Wie viele Bürger auch«, erwiderte er gleichgültig.

Marie beobachtete noch immer die Treppe, auf jedes Geräusch aus dem Erdgeschoss lauschend. »Und die Dienerschaft? Hat sie Euch nicht gesehen?«, fragte sie besorgt.

»Ausgeflogen«, sagte er und hielt ihr die Rose erneut entgegen. »Nehmt sie und tut so, als sei sie von mir«, sagte er und machte einen großen Schritt auf sie zu. Blitzschnell wich sie zurück und brachte die Tür zwischen sie beide.

»Ihr wollt mich nicht hineinlassen?«, fragte er amüsiert, während er seinen Kopf in den Spalt brachte.

»Ich dachte, Ihr seid es gewohnt, dass Ihr Euch selbst hineinlasst?«, antwortete sie keck.

»Wie Ihr wollt!« Noch während er die Worte sprach, stieß er die Tür auf, ergriff sie an der Taille und trug sie zu ihrem Bett, wo er sie auf einen Berg aus Decken fallen ließ.

»Ihr seid verrückt!«, kreischte sie.

»Ihr auch, sonst wärt Ihr kaum bei ihm geblieben«, sagte er und warf sich neben sie aufs Bett.

Eine Weile rangen beide nach Atem, während sie nebeneinanderliegend die Decke betrachteten.

Dann rollte er sich auf die Seite und brachte seinen Kopf, aufgestützt auf einen Ellbogen, nah an ihren heran.

»Nun haben wir uns bald ein halbes Dutzend Mal getroffen, sind spaziert, haben parliert, und Ihr habt gar meine Frechheiten pariert. Wann gebt Ihr den Widerstand auf und lasst geschehen, was Liebende tun?«, fragte er und streckte den Mund nach vorn, um sie zu küssen.

Kichernd legte sie ihm ihre Hand auf die Lippen. »Ihr seid es wohl nicht gewöhnt, dass man Euch widersteht.«

Seine Antwort war wegen ihrer Hand auf seinem Mund unverständlich, ließ sie jedoch laut auflachen.

»Ihr klingt wie ein bellender Hund!«, sagte sie.

Er schob ihre Hand sanft zur Seite. »Wenn Ihr wollt, so will ich auch Euer Hund sein!«

»Seid schön brav, und Ihr werdet vielleicht bekommen, was Ihr wollt«, flüsterte sie. »Aber nicht hier. Ihr müsst sofort wieder gehen!«

»Ich werde nicht gehen. Ich bin gekommen, Euch zu retten«, verkündete er, während er sich zurück auf den Rücken rollte und mit verschränkten Armen vor der Brust liegen blieb.

»Retten?«, fragte sie.

»Ich will Euch Eure Freiheit wiedergeben. Euch aus den Fängen dieses Glücksritters befreien. Vielleicht ausgestattet mit einigen tausend Talern, damit Ihr Berlin verlassen und von vorn beginnen könnt. Und im Gegenzug könntet Ihr etwas für mich tun.«

»Ich sagte Euch, ich bin nicht ein solches Mädchen«, entrüstete sie sich, fuhr hoch und blieb auf der Bettkante sitzen.

Er begann schallend zu lachen. »Das meine ich nicht. Ich meine, Ihr könntet mir behilflich sein, Euren Ehegatten« – diesen Begriff betonte er besonders – »dazu zu bringen, mir einen Gefallen zu tun. Eine Hand wäscht die andere.«

»Was für einen Gefallen?«, fragte sie vorsichtig.

»Das lasst meine Sorge sein.«

»Geht es um dieses Glücksspiel?«

»Es geht immer um ein Glücksspiel«, entgegnete er. »Das Leben, die Liebe – alles ist ein Glücksspiel.«

»Ihr wisst, ich meine die Lotterie. Geht es darum?«

Er verzog die Mundwinkel, um ein verräterisches Lachen zu verbergen.

»Also die Lotterie«, stellte sie fest.

Er griff nach ihrer Hand und hinderte sie mit festem Griff daran, ihre Finger zurückzuziehen. Mit einem Mal wurde sein Gesichtsausdruck ernst. »Ihr wisst, dass ich zum Ritter des goldenen Sporns ernannt worden bin?«, fragte er mit bedeutungsschwangerer Stimme.

Sie schüttelte den Kopf. Tatsächlich hatte sie noch niemals von diesem Titel gehört.

»So nehmt es hin. Ich bin hier in heiliger Mission. Und Ihr könnt mir dabei helfen. Ich verspreche Euch, es werden viele verlorene Seelen von ihren Sünden geheilt werden, einschließlich der Eures Italieners. Und als Dank werdet Ihr wieder frei sein. Mit guter Ausstattung. Sagen wir, Ihr erhaltet für Euer Mitwirken zehntausend Taler. Niemand wird verletzt. Was sagt Ihr?«

»Kann ich den kleinen Charles mitnehmen?«, bat sie leise.

»Wen?«

»Den Waisenknaben, dessen Calzabigi sich angenommen und der die ersten Lottozahlen gezogen hat. Er wohnt meist bei uns, ist aber gerade im Waisenhaus und hilft dort bei der Produktion der Lottoalmanache.«

Er überlegte kurz, dann hellte sich sein Gesichtsausdruck auf. »Wenn es das ist, was Ihr fordert: Ja, Ihr werdet ihn mitnehmen können, ohne dass Calzabigi Einwände erheben wird. Vertraut mir! Ich habe einen bis ins letzte Detail ausgeklügelten Plan, in den ich Euch beizeiten einweihen werde!«

Sie biss sich auf die Unterlippe. Die Wärme seiner Hand fühlte sich gut an. »Ich will Euch helfen«, sagte sie entschlossen.

Ein Flackern in seinen Augen verriet seine Freude über ihre Zusage. Noch immer ruhten ihre Hände auf dem Laken aufeinander. Als er darauf blickte, dachte er unwillkürlich an zwei nackte Liebende in enger Umarmung. Gleichwohl löste er im nächsten Augenblick seine Hand und griff in das Innere seiner Jacke. »Dann nehmt dies und verwahrt es gut. Es ist Teil des Plans!«

Mit vor Schreck aufgerissenen Augen starrte sie auf die Pistole, die er ihr entgegenhielt. »Das ist Euer Plan?«, stieß sie entgeistert aus.

Plötzlich drang durch die offene Zimmertür ein lautes Geräusch aus dem Erdgeschoss zu ihnen hinauf.

»Die Haustür!«, rief sie erschrocken aus und rannte zum Fenster. »Eine Mietdroschke. Er ist wieder da!«

Mit panischem Blick schaute sie sich zu ihm um. Er lag immer noch wie angewurzelt auf dem Bett.

»Ihr müsst Euch verstecken!«, flüsterte sie, während sie ihre Frisur und Kleidung ordnete.

Schon waren schwere Schritte auf der Treppe zu vernehmen.

Immer noch machte er keine Anstalten, sich aus dem Bett zu erheben. »Nehmt die Waffe und versteckt sie!«, forderte er mit eindringlichem Ton und hielt sie ihr erneut entgegen.

Dielen knarrten, und im nächsten Moment erschien ein Schatten in der Tür.

Mit einem Sprung war sie bei ihm, ergriff die Waffe, eilte zurück zum Fenster und verbarg sie hinter ihrem Rücken. Das Eisen fühlte sich kalt und schwer an.

Während jemand kräftig gegen die Tür klopfte, wurde sie langsam aufgestoßen.

»Marie?«, fragte Calzabigi mit behutsamer Stimme und schritt langsam durch die Tür in das Zimmer. Als er sie am Fenster erblickte, erschrak er. »Verzeih mir, die Tür war geöffnet. Du glaubst nicht, was der König mir heute ...«

Plötzlich brach er mitten im Satz ab, und sein Blick wanderte durch den Raum, als suche er etwas. Im nächsten Augenblick wich alle Farbe aus Calzabigis Gesicht, und er taumelte einen Schritt zurück.

»Was …«, entfuhr es ihm, und er griff nach seiner Perücke, als wolle er sich daran festhalten.

»Seid gegrüßt, mein alter Freund! Lang ist es her!«, begrüßte ihn fröhlich der Mann, der noch immer entspannt wie auf einer Picknickdecke auf Maries Bett lag.

»Casanova?«, entgegnete Calzabigi ungläubig.

Der unerwartete Besucher sprang endlich aus dem Bett und kam auf Calzabigi zu. »Kein Geringerer – und kein Besserer. Komm an meine Brust, alter Freund!« Casanova legte seine Arme um Calzabigi und drückte ihn herzlich an sich.

Calzabigi erwiderte seine Geste nicht, sondern starrte noch immer auf das Bettzeug, in dem Casanova eine Kuhle hinterlassen hatte.

Casanova folgte seinem Blick. »Ach, Ihr wundert Euch, warum ich im Bett Eurer Gemahlin gelegen habe?«, fragte er amüsiert. »Ihr kennt mich. Es gibt keine Frau, der ich begegne, in deren Bett ich nicht einmal gelegen haben muss!«

Er klopfte Calzabigi kräftig auf die Schulter, was diesen aus dem Gleichgewicht brachte.

»Aber macht Euch keine Sorgen: Eure Gemahlin ist keusch wie eine Schildkröte. Sie wollte schon die Soldaten rufen, um mich entfernen zu lassen.« Er lachte laut auf und trat durch die Tür hinaus in den Flur. »Kommt, alter Weggefährte, ich habe aus Italien ein paar Weine und *Grape* mitgebracht. Lasst sie uns entkorken, und ihr erzählt mir von Eurem Lotto. Wie man hört, scheint der König Euch nicht länger wohlgesonnen!«

Calzabigi warf Marie einen irritierten Blick zu, die weiterhin unbewegt an derselben Stelle verharrte, die Waffe hinter ihrem Rücken versteckt. Dann folgte er Casanova nach draußen.

»Das erzählt man sich schon?«, fragte er verwundert.

»Ihr wisst, wie es ist mit den schlechten Nachrichten«, hörte Marie Casanovas kräftige Stimme im Korridor. »Kaum sind sie in der Welt, besteht die Welt nur noch aus ihnen.«

»Wohl wahr«, vernahm sie Calzabigis Antwort, begleitet vom Knarren der Treppe.

Mit zitternden Knien eilte Marie zur Tür und schloss sie hinter den beiden ab. Sie ging zum Bett und sank, die Pistole in ihrem Schoß, auf das Laken. Etwas pikte sie. Sie griff danach. Es war die Rose. Sanft strich sie über die etwas schlaff gewordenen Blütenblätter. Dann erhob sie sich wieder, warf einen Blick auf die Tür, als fürchtete sie, dass sie sich jeden Moment wieder öffnen könnte, und ging hinüber zu ihrer Kommode. Sie entnahm der obersten Schublade eine Büchse mit Haarklammern, öffnete sie, suchte darin herum und beförderte einen Schlüssel zutage. Damit öffnete sie die unterste Schublade. Sie ging in die Hocke und schob behutsam einen Stapel Unterröcke beiseite. Darunter kam eine große Bibel zum Vorschein, fast zu schwer, um sie anzuheben. Gleichwohl holte sie den Folianten heraus und legte ihn auf den Boden. Sie klappte ihn in der Mitte auf und blickte auf einen kleinen Strauß aus Rosen, von denen einige bereits getrocknet waren, andere jedoch noch hellrot leuchteten. Mit großer Vorsicht, um kein Blatt zu beschädigen, nahm sie die neue Rose und legte sie ebenfalls in die Bibel. Marie unterdrückte einen Schmerzenslaut, als sie sich erneut an einer der Dornen stach. Während sie einen kleinen

Tropfen Blut aufsaugte, hielt sie einen Moment andächtig inne und betrachtete die Rosen. Wie konnte etwas so schön und so schmerzlich zugleich sein, dachte sie.

Sie gab sich einen Ruck, schloss das dicke Buch und legte es zurück. Angewidert griff sie nach der Pistole und legte sie mit spitzen Fingern neben die Bibel.

Liebe und Hass lagen oft so nahe beieinander, dachte sie.

61

Mumbai

Trotz des penetranten Geruchs und der verlassenen Gegend war Trisha froh, endlich aus dem Taxi aussteigen zu können, in dem sie sich wie eine Geisel gefühlt hatte. Henri schien es nicht anders zu gehen. Kaum hatte er das Taxi verlassen, umrundete er den Kofferraum und stellte sich schützend zwischen sie und den Fahrer. Er hielt seinen Arm vor sie, als könne er damit Böses von ihr fernhalten, und sondierte die Umgebung. Plötzlich hatte er etwas von einem Leibwächter an sich. Für einen Moment vergaß sie, was Chad ihr über Henri erzählt hatte, und erstmals gab es ihr ein gutes Gefühl, dass ihr Begleiter frisch aus dem Gefängnis kam. Sie redete sich ein, dass er schon wusste, wie man mit scheinbar brenzligen Situationen und gefährlichen Typen umgehen musste. Vielleicht gab es so etwas wie ein universales Verständnis zwischen Kriminellen, das selbst Sprachbarrieren zu überwinden vermochte.

Der Fahrer stand keine zwei Armlängen von ihnen entfernt und machte keinen wirklich angriffslustigen Eindruck. Im Gegenteil. Mit fast kindlicher Freude deutete er auf den weißen Plastiksack, der neben ihnen lag und mit Seilen fest verschnürt war.

»Da Pradeep Kottayil«, wiederholte er.

Trisha verzog angewidert den Mund, was nicht nur dem Geruch nach Aas, Kloake und Müll geschuldet war. An Henris Gesichtsausdruck erkannte sie, dass er genauso wie sie wusste, was sie in dem Plastiksack erwartete. Sie hatte wenig Lust, in ihn hineinzusehen. Der Anblick eines von Ratten zerfressenen Gesichts kam ihr in den Sinn.

Mittlerweile war der Fahrer zu dem weißen Plastiksack gegangen und hatte mit dem Fuß unsanft dagegengetreten, als wolle er den Inhalt wieder zum Leben erwecken. Trisha erschrak, als der Sack sich tatsächlich bewegte. Erneut tippte der Fahrer ihn mit der Spitze seiner Sandale an, und wieder bewegte der Sack sich, diesmal sogar noch deutlicher.

»Pradeep Kottayil!«, rief der Fahrer ein weiteres Mal und schaute sie triumphierend an.

Dann schlurfte er zu seinem Auto, schwang sich hinter das Steuer und setzte einen Meter schräg zurück, sodass er Trisha und Henri bedrohlich nahe kam. Dann wendete er in einer scharfen Kurve und raste davon, wobei die Reifen auf dem sandigen Untergrund durchdrehten. Trisha schaute auf Henri, der dem sich rasch entfernenden Fahrzeug ebenso verblüfft hinterherblickte wie sie.

Eine Wolke aus Staub und Dreck legte sich über sie beide und drang – durch einen unbedachten tiefen Atemzug – bis tief in Trishas Bronchien. Ein Hustenanfall trieb ihr die Tränen in die Augen. Als sie wieder sehen konnte, kniete Henri einige Meter von ihr entfernt neben dem Sack und versuchte, die Seile zu lösen. Unter seinen Händen wand sich der Sack wie eine riesige weiße Larve, aus der jeden Augenblick ein gigantischer Schmetterling schlüpfen konnte. Endlich hatte Henri die Schnüre geöffnet und sprang mit einem großen Satz zur Seite, als würde er eine Brut Schlangen in Freiheit setzen.

Der Sack richtete sich senkrecht auf, dann wurde er langsam nach oben geschoben, und darunter kamen erst zwei

Beine, dann ein T-Shirt und schließlich ein ganzer Mensch zum Vorschein. Seine Augen zeigten Panik. Mit seinen Armen schlug er wild um sich. Schließlich wurden seine Bewegungen langsamer, und er stütze seine Hände schwer atmend auf die Knie. Dann übergab er sich. Trisha wendete sich ab und konnte nur mit Mühe den eigenen Brechreiz unterdrücken. Als sie sich wieder traute, hinzuschauen, stand der Mann, ohne Zweifel ein Inder, noch immer unverändert da und starrte auf den Boden vor sich.

»Pradeep Kottayil?«, fragte Henri vorsichtig.

Der Inder hob langsam den Kopf, wischte sich mit dem Handrücken den Mund ab und blickte Henri aus müden Augen an. Jetzt erst schien er auch Trisha zu bemerken.

»Wir sind Freunde und haben dich befreit«, erklärte Henri auf Englisch und deutete auf die leere weiße Hülle. »Wer hat dich da reingesteckt?«

»Wer seid ihr?«, erwiderte der Inder, ohne auf seine Frage zu antworten. Er sprach Englisch mit einem starken Akzent, an den sich Trisha erst gewöhnen musste.

»Das ist eine lange Geschichte«, antwortete Henri und lächelte ihn an, was jedoch ohne Wirkung blieb.

»Verschwindet!« fauchte der Inder und spuckte auf den Boden neben sich.

Er hatte pechschwarzes Haar, das in Strähnen an seinem Kopf klebte. Seine Haut war etwas heller als bei vielen anderen seiner Landsleute. Trisha schätzte ihn auf keine dreißig. Seine Kleidung war zerschlissen, und dort, wo seine nackte Haut zu sehen war, erkannte Trisha Narben. Langsam drehte er sich zu ihnen, den Blick wie ein lauerndes Raubtier auf Henri gerichtet.

»Wir haben deine kleine Tochter gesehen«, berichtete Trisha. »Wie heißt sie doch gleich – Pandita?«

Sofort verschwand die Feindseligkeit aus dem Gesicht ihres Gegenübers und wich großem Erstaunen.

»Wer seid ihr?«, wiederholte der Inder, nun in einem höflichen Tonfall.

Trisha überging die Frage und kam gleich zur Sache. »Wir müssen dich sprechen – es geht um eine Lotterie«, sagte sie so freundlich, wie sie nur konnte.

Henri schien zu der Erkenntnis gekommen zu sein, ihr die Gesprächsführung zu überlassen, und hörte nun schweigend zu.

»Die MHADA?«, fragte der Inder.

Trisha war nicht sicher, was er meinte. Sein Englisch war für sie nicht einfach zu verstehen. »Mit ein wenig Glück kannst du mit deinem Los zu viel Geld kommen. Ganz viele Rupien gewinnen.«

Der Gesichtsausdruck des Mannes, den sie für Pradeep hielten, hellte sich weiter auf. Wenigstens schien er sie zu verstehen. »Dann schickt euch die MHADA? Bekomme ich mein Geld zurück?«

Trisha rätselte immer noch über den Sinn seiner Worte. Vielleicht war der Ausdruck »MHADA« so etwas wie das indische Wort für Glück.

»Mit ein wenig Glück ist dein Los Gold wert«, sagte Trisha.

»Hauptsache, ich bekomme mein Geld zurück«, entgegnete Pradeep. »Wegen Pandita.«

Sie warf Henri einen fragenden Blick zu, doch er hob nur die Schultern.

»Sollen wir uns irgendwo in Ruhe unterhalten?«, schlug Trisha vor.

Pradeep stemmte seine Hände in die Hüften und schien seine Gedanken zu ordnen. Dann nickte er, streckte die

Arme aus und drehte sich nach rechts und links. »Wo sind wir?«, fragte er.

Trisha kopierte seine Bewegung und schüttelte den Kopf. »Keine Ahnung.«

Pradeep schaute auf Henri, der sich gerade mit einem Taschentuch die Stirn trocknete und keine Anstalten machte, etwas zu ihrer Unterhaltung beizutragen.

»Woher kommt ihr?«, erkundigte sich Pradeep, der wieder Trisha anblickte.

»Aus Großbritannien und aus Deutschland«, antwortete sie und zeigte dabei erst auf sich und dann auf Henri.

Pradeep schaute sie verständnislos an. »Ich meine, wie seid ihr hierhergekommen?«

»Mit dem Taxi«, sagte Trisha und zeigte dorthin, wo vor wenigen Minuten noch das Taxi gestanden hatte.

Der junge Inder folgte ihrem Finger und schaute in die Leere. Ein lautes Tuten wurde vom Wind von irgendwo hinter dem Müllberg, der sich unweit von ihnen erhob, zu ihnen herübergetragen. Pradeep hob horchend den Kopf und drehte sich in die Richtung, aus der das Geräusch zu kommen schien.

»Alle Schienen führen nach Mumbai!«, meinte Pradeep und marschierte auf den Müllberg zu. Nach einigen Metern blieb er stehen und blickte sich nach Henri und Trisha um. »Kommt!«, forderte er sie auf.

Nach kurzem Zögern folgten die beiden dem Inder.

»Wir haben ihn gefunden!«, raunte Trisha.

Henri nickte. Sein Blick war konzentriert auf den Hang aus Müll gerichtet, dem sie sich rasch näherten, was man auch am zunehmenden Gestank merkte.

»Irgendjemand wollte, dass wir ihn finden«, sagte er schließlich.

Trisha erwiderte darauf nichts, sondern schritt weiterhin schweigend neben ihm her, während Pradeep einige Meter vor ihnen ging. Sie war tief in Gedanken versunken. Chads Worte über Henri fielen ihr wieder ein. Sie schob sie beiseite und versuchte, ihre eigene Situation zu analysieren.

Sie war Teil eines Spiels, das sie noch nicht verstand. Schlimmer noch: Sie kannte noch nicht einmal all ihre Mitspieler und auch nicht den Preis, den es zu gewinnen gab. Und als wäre dies noch nicht schlimm genug, hatte sie als Nächstes einen riesigen Haufen Müll zu überwinden. Sie wusste nicht, wieso ihr dieser Gedanke kam, aber irgendwie hatte dies alles mit ihrem bisherigen Leben zu tun. Als habe jemand es in ein Sieb getan, und die momentane Situation war das, was übrig blieb, wenn man kräftig genug schüttelte. Plötzlich schien es ihr wie eine übernatürliche Fügung, dass sie genau jetzt hier war. Es war ihre Bestimmung, für diese Lotterie ausgewählt worden zu sein und sie zu gewinnen. Wie viel Gutes würde sie mit dem Gewinn tun können. Sich, ihren Eltern, Chad. Vielleicht auch den armen Kindern hier in Indien. Vielleicht war das hier – der Berg aus Abfall, den es zu überwinden galt – der letzte Eignungstest, bevor Fortuna ihr Füllhorn über ihr ausschüttete.

62

New York City

Frauen und Männer, selten Kinder, sprangen in großen Sätzen durch den Flur des Hotels. Der Zeitraffer der Videoaufnahmen hatte auf ihn eine hypnotische Wirkung. Gonzales biss in den Powerriegel und kaute betont kräftig mit seinen Kiefermuskeln, als könne ihn dies wach halten.

Seit Stunden hatte er sich durch die Stockwerke gearbeitet. Aus der Lobby lagen ihm mittlerweile mehrere Bilder des Mannes vor, den er verdächtigte, für die Mordanschläge auf den Gottesmann und Fields verantwortlich zu sein. Aber er konnte keine Fahndung nach ihm ausschreiben. Würde er auf seinem Weg nicht vorankommen, müsste er das Material der Polizei zuspielen. Noch hoffte er, auf einem der Bänder den Kerl in dessen Zimmer gehen zu sehen. Danach würde es Gonzales nur noch einen Anruf kosten, um zumindest an einen Namen zu gelangen. Er spülte den Riegel mit einem Schluck polnischen Mineralwassers herunter. Wie konnte man nur einen Mönch umbringen! Er war zwar kein Kirchgänger, aber katholisch erzogen worden. Und hätte er einen Diener Gottes auf dem Gewissen, er würde kein Auge mehr zumachen. Vielleicht war das ja sein Problem.

Er gähnte. Pärchen in Abendkleidung, Pärchen in Bademänteln, turtelnde Pärchen vor dem Sex, turtelnde Pärchen nach dem Sex, torkelnde Gruppen von Männern, die Junggesellenabschiede feierten, torkelnde Gruppen von Frauen, die Junggesellinnenabschiede feierten. Die ganze Welt eines Kasino-Hotels in Las Vegas zog an ihm vorbei.

Seine Augen folgten jeder Bewegung. Bei der Armee hatte er gelernt, genau zu beobachten. Ob als *Spotter* eines Scharfschützen oder auf dem Radar. Und auch wenn seine Augen mittlerweile brannten und er ständig gähnen musste, war er voll konzentriert.

Fahrstuhltüren schlossen und öffneten sich.

Plötzlich schnellte sein Zeigefinger nach vorn und hämmerte auf die *Pause*-Taste. Dabei imitierte er mit dem Mund das Geräusch eines Gewehrschusses. Mit drei Klicks der Maus vergrößerte er das Bild und blickte in das verschwommene Gesicht eines Mannes.

»Ich wusste, ich finde dich«, sagte er zum Bildschirm.

Dann ließ er das Video weiterlaufen. Wenige Einstellungen später blieb die Person vor einer der Zimmertüren im Hotel stehen. Die nächste Einstellung zeigte, wie er in der halb geöffneten Tür stand, dann war sie geschlossen. Wieder drückte er die *Pause*-Taste und vergrößerte das Bild. Auf rotem Untergrund stand dort die Nummer des Zimmers. Er griff nach einem Kugelschreiber und notierte sie auf einem Zettel.

Anschließend nahm er sein Handy und wählte eine eingespeicherte Nummer. Es dauerte eine Weile, bis sich jemand meldete.

»Jetzt brauche ich einen Namen zu einer Zimmernummer«, sagte er ohne Umschweife. »Von dem Tag der Bänder, die du mir geschickt hast.« Er nannte die Nummer und wartete. Eine Weile geschah nichts, dann notierte er sich neben der Zimmernummer einen Namen.

Er beendete das Telefonat, ohne sich zu verabschieden, und stieß einen leisen Pfiff aus. Langsam wurde die Sache interessant.

63

Berlin, 1764

»Was ist los?«, wollte Casanova wissen. »Was starrt Ihr mich so an, als sei ich ein Gespenst?«

Beide saßen im Salon. Vor Casanova standen mehrere Flaschen feinsten Alkohols, die Calzabigi bislang unbeachtet gelassen hatte. Stattdessen hockte er zusammengesunken in seinem Sessel.

»Ihr wart es beim Karneval, nicht?«, fragte er schließlich, ohne sein Gegenüber aus den Augen zu lassen. »Ihr habt mir das schlechte Geld verkauft, zur Rettung der Lotterie, weswegen ich nun vor dem Bankrott stehe. Gebt es wenigstens zu!«

Casanova schüttelte den Kopf. »Ich weiß nicht, wovon Ihr sprecht«, sagte er mit unschuldiger Miene. »Ihr müsst mich verwechseln. Aber erzählt nur, was geschehen ist. Vielleicht kann ich Euch helfen. Erinnert Euch, wie wir gemeinsam die Lotterie in Paris zum Leben erweckt haben! Ach, lange ist es her. Mit Eurem Bruder war es. Was macht des Komponisten Herz?« Sein Gesicht nahm einen geradezu verträumten Ausdruck an.

Calzabigi war sich unsicher, ob Casanova ihm Theater vorspielte oder nicht. Gleichwohl ging er auf die Frage ein und antwortete: »Wenn man zurückschaut, erscheint vieles kleiner – insbesondere die Probleme. Aber Ihr habt recht, Paris war alles in allem eine schöne Zeit. Mein Bruder Ranieri lebt jetzt in Wien. Er hat sich nun ganz der Oper gewidmet. Vielleicht habt Ihr von Glucks neuem Werk *Orpheus und Eurydike* gehört? Mein Bruder hat das Libretto dafür geschrieben.«

Casanova nickte anerkennend, kam dann aber sogleich auf das anfängliche Thema ihrer Unterredung zurück. »Und Ihr habt also das Libretto für die Berliner Lotterie verfasst …«

»Nur dass der König nunmehr das Orchester nicht mehr länger bezahlen will und die Musik verstummen wird«, bemerkte Calzabigi düstern. »Ich vermute, dieser Hainchelin steckt dahinter. Er ist der Hof- und Finanzrat des Königs. Und sein Stiefellecker. Kennt Ihr ihn?«

Casanova runzelte die Stirn. »Ganz im Dunkeln sagt mir der Name etwas.«

»Fünfzigtausend Taler Pacht im Jahr verlangt der König«, jammerte Calzabigi. »Für diese Summe könnte ich die Lotterie an seiner Stelle übernehmen.«

»Das ist viel Geld!«, rief Casanova aus.

»Selbst wenn man dieses mithilfe von Investoren aufbringen sollte, so bräuchte man darüber hinaus einen Fonds von mindestens zwei Millionen Talern, um die Lotteriekasse gegen Gewinne abzusichern«, überschlug Calzabigi.

»So viel?«, fragte Casanova ungläubig.

»Selbst der dümmste Bauer würde nicht spielen, wenn er nicht sicher wäre, dass sein Gewinn ihm ausgezahlt wird. Und wenn der König nicht mehr hinter der Lotterie steht, müsste dieser Verlust an hoheitlicher Reputation durch Geld ersetzt werden.«

»Zwei Millionen Taler?«, wiederholte Casanova. »Wie wollt Ihr diese Summe aufbringen?«

Calzabigi vergrub die Stirn in seiner Hand.

»Ich fürchte, Ihr habt getan, was Ihr konntet«, seufzte

Casanova. »Vielleicht solltet Ihr Eure Sachen packen und weiterziehen. Die Lotterie hat Euch kein Glück gebracht. Nehmt Euch Euren Bruder zum Vorbild und macht etwas anderes!«

Calzabigi blickte überrascht auf. »Niemals!«, rief er aus. »Die Lotterie ist meine Bestimmung, mein Genius! Wie könnte ich auf halbem Wege umkehren? Hätte der König bei der ersten Gegenwehr den Rückzug angeordnet, er hätte den Krieg verloren!«

»Wer weiß«, entgegnete Casanova. »Vielleicht hätte er auch dann seine Grenzen beschützt, und wesentlich weniger Menschen hätten ihr Leben gelassen.« Den letzten Satz flüsterte er fast, als sei es besser, ihn nicht zu laut auszusprechen.

Plötzlich hellte sich Calzabigis Miene auf. »Sprecht Ihr mit ihm!«, schlug er vor.

»Ich?«, fragte Casanova überrascht.

»Ihr seid eine bekannte Persönlichkeit von gutem Stand. Er wird Euch anhören. Bringt ihm diese Flaschen Wein hier als Geschenk. Und dann versucht, ihn davon zu überzeugen, dass er mit der Lotterie seine beste Steuer aufgibt. Er wird auf Euch hören!«

Casanova schüttelte unschlüssig den Kopf. »Ich weiß nicht ...«

»Denkt daran, wie Ihr in Paris für unsere Lotterie vorgesprochen habt. Alle haben an Euren Lippen gehangen. Das ist Euer Talent!« Nun hatte Calzabigi sich aufgerichtet und sprach voller Eifer. »Zehntausend Taler pro Jahr wäre es mir wert, wenn Ihr erreicht, dass die nächste Ziehung nicht die letzte auf Rechnung des Königs sein wird! Wir werden ihn gleich um eine Audienz in Eurem Namen bitten. So, wie ich ihn kenne, wird er sie Euch nicht verwehren. Gut aussehenden Männern ist er stets gewogen!«

Calzabigi ging zum Schreibtisch und nahm einen Bogen Papier, den er im Stehen zu beschreiben begann.

Casanova hob die Hand, als wolle er ihn unterbrechen. »Warum sollte er auf mich hören«, gab er zu bedenken. »Ich weiß nicht, ob es eine gute Idee ist, dass gerade ich ...«

Calzabigi hatte fertig geschrieben und kam mit dem Blatt Papier zu Casanova herüber, die Feder in der Hand.

»Unterzeichnet das! Damit erbitten wir in Eurem Namen eine persönliche Audienz«, forderte er und hielt ihm beides entgegen.

Doch Casanova griff nicht danach und schüttelte leicht den Kopf.

»Ihr schuldet mir etwas«, sagte Calzabigi eindringlich. »Für das schlechte Geld. Obendrein fand ich Euch im Bett meiner Gemahlin. Ich hätte genügend Gründe, Euch zu diskreditieren.«

»Weder wegen dem einen noch wegen dem anderen ...«, versuchte Casanova zu protestieren, hielt jedoch mitten im Satz inne. »Was, wenn der König nicht auf mich hört?«

»Dann werde ich versuchen, Investoren zu finden, die die Pacht und die zwei Millionen Taler aufbringen. Mein Plan ist, dass sie sich für die Summe verbürgen und im Notfall einspringen. Wirft die Lotterie aber Gewinn ab, so werden sie daran beteiligt. Ich denke, es gibt derzeit keine bessere Möglichkeit, sein Geld für sich arbeiten zu lassen. Solltet Ihr den König nicht erweichen können, werde ich die letzte Ziehung als Werbung für meinen Plan verwenden. Wirft sie nur reichlich Gewinn ab, werden die Investoren mir die Tür einrennen!« Calzabigis Worte überschlugen sich.

Casanova zog mit einem lauten Geräusch die Luft tief ein und hielt den Atem eine Weile in der Brust gefangen, bevor er ihn mit einem kräftigen Stoß wieder ausblies, sodass das

Blatt Papier in Calzabigis Hand wehte. Dann griff er widerwillig nach der Feder und setzte seine Initialien unten auf das Blatt Papier.

»Hervorragend!«, rief Calzabigi, der nun seinerseits auf das Blatt pustete, um die Tinte zu trocknen. Dann frohlockte er: »So düster mir vorhin noch alles schien, so bin ich nun wieder voller Zuversicht! Scheint so, als habe der Himmel Euch zu mir geschickt!«

»Allerdings hat er das!«, murmelte Casanova. »Allerdings.«

64

Mumbai

Sie saßen in der Nähe des Bahnhofs in einem kleinen *Drink House*, das Trisha niemals gewagt hätte zu betreten, wäre ihr Durst nicht so groß gewesen und hätte Pradeep es nicht vorgeschlagen. Das Interieur bestand aus einem Tresen mit zerbrochenem Glas, aus ehemals weißen und nun grauen Kacheln, einigen völlig verstaubten Regalen sowie mehreren Plastiktischen und -stühlen, die alle besetzt waren. Sie hatten noch drei freie Plätze in der Nähe des Eingangs gefunden. Schräg über ihnen an der Decke drehte sich ein mit langen Staubfäden behangener Ventilator – zu langsam, um wirklich Abkühlung zu bringen. Vor ihnen standen aufgeschnittene, noch unreife Kokosnüsse, aus denen sie Kokoswasser mit langen Strohhalmen tranken. Trisha kannte Kokosmilch. Aber dieses Kokoswasser schmeckte ganz anders als gewohnt, und sie fand es erstaunlich erfrischend. Gierig zog sie am Strohhalm. Sie klopfte sich noch immer den Staub von ihrer Kleidung, doch es schien ein verlorener Kampf.

Kaum hatten sie die Müllhalde umrundet, waren sie tatsächlich auf Gleise gestoßen. Pradeep hatte sie bis zu einem Haltesignal geführt, an dem sie nicht lange warten mussten, bis ein Zug stoppte. Helfende Hände streckten sich ihnen entgegen, als sei es das Normalste der Welt, auf freier Strecke in einen Zug zu steigen, und so erreichten sie noch am helllichten Tag wieder Mumbai.

Während der gesamten Fahrt hatten sie beide mit Pradeep kein einziges Wort gewechselt. Henri schien von den Anstrengungen des Fußmarschs erhebliche Schmerzen zu haben und hielt sich, wenn er sich unbeobachtet fühlte, immer wieder die verletzte Stelle an der Seite. Aber auch Trisha war von dem Ausflug zur Müllhalde und dem Anblick des in einen Sack gepackten Pradeeps so mitgenommen gewesen, dass sie sich lieber schweigend erholt hatte. Jetzt, wo sie Pradeep endlich in Ruhe gegenübersaßen und an ihren Strohhalmen nuckelten – wie Kinder, die sich an einem heißen Sommertag ein paar kalte Getränke verdient hatten –, musterte der Inder sie wie Wesen aus einer anderen Welt. Und so fühlte Trisha sich auch.

»Wenn ihr es nicht wart, wer hat mich dann entführt?«, wollte Pradeep wissen, während er die Kokosnuss vor sich mit beiden Händen umklammerte. Noch immer war ihm das Misstrauen anzusehen.

»Keine Ahnung«, entgegnete Henri. »Ein Fahrer hielt vor unserem Hotel, nannte deinen Namen und brachte uns zu dir.«

Pradeep war mit der Antwort sichtlich unzufrieden. »Und warum wart ihr bei mir zu Hause?« Er stockte kurz, dann blickte er zu Trisha und erkundigte sich leise: »Wie geht es Pandita?«

»Wir haben dich wegen der Lotterie gesucht. Und ich glaube, es geht Pandita nicht gut«, antwortete Trisha. Sie war überrascht, als sie in Pradeeps Augen Tränen sah. »Warum kommst du nicht mehr nach Hause?«

Er antwortete nicht auf diese Frage und sah mit glasigen Augen durch sie hindurch. »Wenn ich mein Geld von der Lotterie zurückhabe, komme ich nach Hause und rette sie«, sagte er schließlich. »Warum schickt die MHADA Ausländer? Kauft ihr die Wohnung von mir ab? Ich dachte, das erlauben die Regeln nicht.«

Wieder dieses Wort, das Trisha nicht verstand. »Wir sind nicht hier, um eine Wohnung zu kaufen. Und ich kenne diese MHADA überhaupt nicht.« Sie blickte hilfesuchend zu Henri.

»Wir kommen wegen einer Lotterie aus Europa, bei der du berechtigt bist, teilzunehmen«, sagte ihr Reisegefährte. »Eine sehr alte, sehr große Lotterie. Mit einem sagenhaften Preis.«

Trisha fand, dass Henri wie ein Staubsaugervertreter klang. Aber was sollten sie sonst sagen. In Pradeeps Gesicht sah sie, dass dieser nun endgültig verwirrt war.

»Ihr kommt nicht von der MHADA?«, stellte er enttäuscht fest.

Trisha schüttelte den Kopf. »Es klingt vermutlich verrückt, was wir dir nun erzählen werden. Aber wir selbst sind von dieser Sache überrascht worden.«

Pradeep ließ seine Kokosnuss los und lehnte sich zurück in den billigen Plastikstuhl. Fast unbewegt lauschte er den nun folgenden Ausführungen von Henri und Trisha, die abwechselnd sprachen. Ohne irgendwelche Anzeichen von Verlegenheit erzählte Henri von dem Besuch des Mönchs im Gefängnis und seiner Flucht; Trisha knüpfte daran an und gab ihr Gespräch mit dem Mönch wieder. Bei Erwähnung der Stadt Las Vegas schienen Pradeeps Augen aufzublitzen. Dafür nahm er ohne sichtbare Regung ihre Erzählung vom Tod des Mönchs auf. Schließlich griff Trisha in ihre Handtasche und entfaltete den Stammbaum, der Pradeeps Namen trug und seine Vorfahren zeigte. Sorgfältig studierte er ihn über seine Kokosnuss hinweg, wobei Trisha der Dreck unter seinen Fingernägeln auffiel.

Schließlich versuchte Henri, die Spielregeln der Lotterie zusammenzufassen, und wies darauf hin, dass Pradeeps Los im Safe ihres Hotels in Mumbai sicher verwahrt wurde. Zu guter Letzt erklärte er: »Zu gewinnen gibt es einen Preis von unermesslichem Wert. Und deine Chancen stehen eins zu vier. Und wie gesagt: Alles, was du einsetzen musst, ist dein Vermögen, was ...« Henri sprach den Satz nicht zu Ende.

Trisha wusste, was er sagen wollte. »Was dir vielleicht nicht so wehtut«, vollendete sie den Satz. »Und du müsstest uns nach Europa begleiten, genauer gesagt nach Rom, wo die Ziehung stattfindet.«

»Das ist alles«, schloss Henri und schaute Pradeep erwartungsvoll an.

Trisha fand, dass ihnen die Zusammenfassung unter diesen abenteuerlichen Umständen ganz gut gelungen war. Sie wollte noch einen Schluck trinken, doch ihr Strohhalm gab beim Saugen ein schnorchelndes Geräusch von sich. Die Kokosnuss war so leer wie der Blick, den Pradeep ihnen zuwarf. Sie wusste nicht genau, was für eine Reaktion sie erwartet hatte. Vielleicht ein wenig Dankbarkeit von jemandem, der in einem Slum wohnte und kaum mehr zu besitzen schien als das, was er am Leib trug, und nun eine solche einmalige Chance auf ein besseres Leben geboten bekam.

»Eine Lotterie ist nichts für mich«, meinte Pradeep schließlich mit monotoner Stimme, ohne sie beide wirklich anzuschauen. »Für Leute wie uns gibt es nichts zu gewinnen. Wir haben in Indien eine Hauslotterie. Von der MHADA. Ich habe ein Los gekauft, und meine Nummer wurde gezogen. Ich habe eine Wohnung gewonnen, die wir in einigen Jahren beziehen können. Ich habe jedoch mein ganzes Geld für das Los gegeben. Und nun muss Pandita sterben, weil wir kein Geld mehr für eine Behandlung im Krankenhaus haben.« Er machte eine Pause und schluckte. »Ich wollte meine Niere verkaufen, und nun sitze ich hier.« Wieder machte er eine Pause. Dann seufzte er. »Man kann seinem Los nicht entrinnen«, fügte er an. »Mit keiner Lotterie dieser Welt.«

Trisha wechselte mit Henri einen Blick. Damit hatten sie nicht gerechnet. Eine Weile saßen sie schweigend, vor sich die geleerten Kokosnüsse. Für Pradeep schien die Unterhaltung beendet zu sein.

»Es ist so«, nahm Henri einen weiteren Anlauf. »Wenn du kein Los kaufst, dann findet die Ziehung nicht statt.«

Pradeep zuckte mit den Schultern. Immer noch hatte es den Anschein, als ob er durch sie hindurchsah.

»Wir haben aber unsere Vermögen schon gegeben«, ergänzte Trisha. »Wenn du also nicht mitmachst, wäre für uns alles verloren.«

Pradeep runzelte ein wenig verärgert die Stirn. Womöglich wollte er damit zum Ausdruck bringen, dass ihn dies nichts anginge.

Trisha sah sich um, als sei irgendwo der Schlüssel versteckt, um Pradeep umzustimmen. An der Straße erblickte sie ein kleines Mädchen, das Touristen anbettelte.

»Was ist mit Pandita?«, fragte Trisha. »Wenn du gewinnst, kannst du ihr die beste Behandlung von ganz Indien zukommen lassen.«

Pradeep schaute sie an und hob die Brauen. »Und wenn nicht? Dann habe ich wirklich alles verloren. Die Wohnung müsste ich doch als Einsatz geben, oder? Dann leben meine Frau und die anderen Kinder auch in Zukunft im Slum, und vermutlich sterben sie auch noch an Malaria.«

»Die Chancen sind eins zu vier«, wiederholte Henri. Er

rutschte auf seinem Stuhl hin und her. Offensichtlich fühlte auch er sich nicht wohl in seiner Haut.

»Das heißt, in drei Fällen verliere ich und in nur einem Fall gewinne ich, richtig?«, entgegnete Pradeep. Er schüttelte den Kopf. »Nein, man soll das Schicksal nicht herausfordern.«

»Wenn ich gewinne, bezahle ich die Behandlung von Pandita«, versprach Trisha. »Und kaufe euch ein Haus.« Sie warf Henri einen erwartungsvollen Blick zu.

»Ich auch«, beeilte er sich zu sagen.

Pradeep schien nun zu überlegen.

»In drei Fällen gewinnst du Panditas Gesundheit, in einem nicht«, fasste Trisha zusammen. Obwohl sie die Idee gut fand, kam es ihr dennoch irgendwie falsch vor, das Wohl eines kleinen Mädchens als Lockmittel zu verwenden. Doch wenn Pradeep sich weigerte, mitzuspielen, würde seine Tochter wohl auf jeden Fall sterben.

»Das würdet ihr wirklich tun?«, fragte Pradeep.

Trisha und Henri nickten. Zu gern hätte Trisha sofort einige Dollar für Pandita gespendet. Doch der Mönch hatte als Einsatz ihr gesamtes Vermögen gefordert, und Chads Geld, das er ihr geliehen hatte, reichte nur noch für die Rückreise. Ihr kamen zudem Henris mahnende Worte wieder in den Sinn. Sie durfte das Elend, das sie in dieser Stadt gesehen hatte, nicht zu nahe an sich heranlassen.

»Und was muss ich dafür genau tun?«

Pradeeps Frage riss Trisha aus den Gedanken.

»Ein Dokument unterschreiben und uns nach Rom begleiten«, antwortete Henri.

»Ich ... habe kein Geld für eine solche Reise«, bemerkte Pradeep stockend.

»Kein Problem«, sagte Trisha und legte alle Zuversicht in ihre Worte. »Wir zahlen Flug und Hotel.«

»Und wenn ich gewinne, bekomme ich viel Geld?«, wollte Pradeep wissen.

»Unermesslich viel«, bestätigte Henri.

Pradeep blinzelte. »Und wer hat mich dann vorhin überfallen, wenn nicht ihr?«

Dies war ein Thema, das Trisha in den vergangenen Stunden verdrängt hatte, das ihr aber durchaus Kummer bereitete. Sorgenvoll schaute sie zu Henri und fragte sich, ob er eine Antwort wusste.

Seit Chads Anruf kam ihr der Mann, mit dem sie nach Mumbai gereist und der ihr nach so kurzer Zeit schon wie eine alte Reisebekanntschaft vorgekommen war, merkwürdig fremd vor. Seine Aura kühner Anrüchigkeit, die er aufgrund seines Gefängnisausbruchs zuvor ausgestrahlt hatte und die Trisha, wenn sie ehrlich war, irgendwie anziehend gefunden hatte, war verflogen. Seine galante Art, seine versteckte Intelligenz und die leichte Überheblichkeit, mit der er allem begegnete – all dies wirkte auf sie jetzt wie eine Tarnung. Sie würde sich nicht wundern, wenn der Anschlag auf ihn tatsächlich nur vorgetäuscht war, um aus dem Gefängnis fliehen zu können. So, wie auch der Wärter es vermutet hatte. Und wenn er in Mumbai ebenfalls Bekannte hatte, die ihm noch etwas schuldeten? Vielleicht steckte er sogar hinter dem Anschlag auf diesen Carter Fields in New York? Henri warf ihr ein Lächeln zu. Sie wendete den Blick rasch ab, als habe sie es nicht bemerkt.

»Wir haben keine Ahnung, wer das war«, sagte sie ernst. »Aber offensichtlich wollten diejenigen, die dich überwältigt und in der Nähe jenes Müllbergs abgelegt haben, dass du uns triffst. Insofern scheinst du sicher zu sein, wenn du bei uns bleibst.«

Wieder schaute sie zu Henri, der zustimmend nickte.

Und plötzlich fühlte sie sich, als säße sie an einem riesigen Pokertisch, in dessen Mitte der größte Einsatz lag, den sie bringen konnte. Die Karten waren gemischt und verteilt. Jetzt galt es, die Mitspieler zu durchschauen und ihr Blatt richtig auszuspielen. Und sie war nicht allein, denn sie hatte Chad. Erstmals seit Wochen sehnte sie sich nach ihm.

65

Berlin, 1764

Casanova schlich durch den Garten wie ein Strauchdieb. Weit und breit war keine Schildwache zu erblicken. Er war in aller Herrgottsfrühe in Berlin gestartet und über eine Stunde zu früh in Sanssouci angekommen. Durch eine unverschlossene Terrassentür war er in eine Gemäldegalerie gelangt, wo ein Aufseher ihm mitgeteilt hatte, dass Seine Majestät, wie so oft, zum Dessert mit einem Konzert beschäftigt sei. Da sie erst um vier verabredet seien, solle er im Garten auf den König warten, der mit Sicherheit pünktlich erscheinen würde.

Seitdem wandelte Casanova durch die Parkanlage und versuchte, seine wachsende Unruhe zu bändigen. Mit wie vielen Männern und noch mehr Frauen hatte er Konversation gehalten, jedoch noch nie zuvor mit einem leibhaftigen König. Er trug einen schlichten schwarzen Anzug, da er sich nicht entscheiden konnte, welche Farben beim Gespräch mit einem König angemessen waren. Gerade betrachtete er eine Blume, die man, hätte man eine Vorliebe für Gewächse, als prächtig bezeichnen konnte, als er Stimmen hinter sich hörte. Sogleich drehte er sich um. Ohne Zweifel näherte sich ihm gerade der König, dessen Aussehen er von Gemälden her kannte. Allerdings wirkte Seine Majestät kleiner als auf den Bildern, der Rücken runder. Neben dem König trotteten ein Hund und ein Mann mit einem Buch in der Hand, der sein Vorleser sein musste.

»Werter Casanova«, sprach der König ihn an, noch bevor er ihn erreicht hatte, und nahm seinen Hut ab. »Ihr habt darum gebeten, mich zu sprechen, nun sagt schon, worum es sich handelt.«

Auch Casanova zog seinen Hut und bereute es im nächsten Moment, sich keine Worte zurechtgelegt zu haben, denn ihm fiel nichts ein, was er auf die forsche Eröffnung des Königs erwidern konnte.

»Was ist, könnt Ihr nicht sprechen?«, fragte der König. »Ihr habt mir doch geschrieben?«

Ohne anzuhalten, hatte er Casanova passiert, der nun rasch zu ihm aufschloss, um an seiner Seite zu gehen. Der Vorleser hatte zum Gruß den Oberkörper gebeugt, hielt kurz inne und folgte ihnen dann in gebührlichem Abstand.

»Eure Majestät, ich habe gedacht, Euer Anblick würde mich nicht zu sehr blenden. Doch nun, da ich Euch sehe, bin ich so berückt, dass ich offenbar mein Gedächtnis verloren habe.«

»Was sagt Ihr zu diesem Garten?«, fragte der König und bewegte seinen Kopf zur Linken und Rechten.

»Wie kann man ihn nicht prächtig finden?«, erwiderte Casanova.

»Aber der von Versailles ist schöner, oder?«

Schon wollte er mit großer Theatralik widersprechen, als er einen Blick des Königs auffing, der ihm bis ins Mark ging. Er kannte diese Art von Augenspiel, bislang jedoch nur von Verehrerinnen. Was ihn bei jedem anderen Mann abgestoßen hätte – bei einem König war es ihm durchaus recht. Und er wusste, dass man Herzen letztlich durch Widerspruch gewann.

»Wenn ich ehrlich bin, habt Ihr recht, Eure Majestät. Es fehlt Euch hier an Wasser.«

Der König hielt kurz inne, und schon befürchtete Casanova eine Zurechtweisung.

»Ihr habt vollkommen recht!«, rief der König. »Dreimal einhunderttausend Taler habe ich ausgegeben, um es zu erlangen, jedoch ohne Erfolg!«

»Dreimal einhunderttausend Taler?«, wiederholte Casanova ungläubig. »Hättet Ihr diese Summe auf einmal ausgegeben, so müsstet Ihr Wasser haben!«

»Ich sehe, Ihr seid Wasserbaumeister!«, entgegnete Friedrich.

Casanova senkte den Kopf. Dennoch nahm er Notiz davon, wie der König ihn verstohlen musterte.

Mittlerweile wanderten sie den Hang hinab, weg vom Schloss. Der Hund des Königs verschwand einmal in den Büschen und kehrte dann aus einer vollkommen anderen Richtung zu ihnen zurück.

»Jedenfalls kann Versailles sich nicht mit einer Erscheinung wie der Euren schmücken, die den Mangel an Wasser mit Sicherheit um das Dreihunderttausendfache wettmacht«, schmeichelte Casanova.

»Macht Ihr Euch über mich lustig?«, fragte der König trocken.

»Glaubt Ihr das?«, entgegnete Casanova – nicht zu aufmüpfig, um anmaßend zu klingen, gleichwohl selbstbewusst genug, um den König zu necken.

Doch Friedrich ignorierte diese Bemerkung. Eine Weile gingen sie schweigend nebeneinander, und nur das Knirschen der Kieselsteine unter ihren Füßen und der Gesang von Vögeln unterbrach die Stille.

»Jetzt weiß ich wieder, weshalb ich um Eure Aufmerksamkeit bat«, sagte Casanova unvermittelt. »Es geht um Eure Lotterie.«

Der König hob und senkte den Kopf, als bestätigte dies eine Vermutung. »Ihr kennt Calzabigi?«, fragte er und deutete auf den rechten der beiden Wege vor ihnen, in den sie anschließend einbogen. Sie durchschritten einen wenige Meter langen Tunnel aus Efeu, dessen Schatten Kühlung spendete.

»Ich habe mit ihm und seinem Bruder in Paris eine Lotterie eingeführt«, sagte Casanova, der sich bemühte, sorgenvoll zu klingen.

»Und?«, hakte der König nach.

»Eure Majestät, er ist ein wirklich guter Freund von mir. Aber neben meiner aufrichtigen Zuneigung gehört ihm auch mein Mitleid.«

»Wieso?«, fragte der König und verlangsamte das Tempo.

»Er ist wie ein Fisch, der gegen den Strom schwimmen muss. Stets voller Eifer und Fleiß. Doch was auch immer er unternommen hat, irgendwann ist die Gegenströmung zu stark geworden und hat ihn davongespült.« Casanova schüttelte betrübt den Kopf. »Als klebe das Pech an ihm. Aber ich mag ihn wirklich. So sehr wie Männer einander mögen können, wenn Ihr versteht, was ich meine.« Bei diesen Worten heftete er scheinbar den Blick auf seine Schuhspitzen; die Pupillen waren jedoch in den Augenwinkeln, um des Königs Reaktion nicht zu verpassen.

Friedrich schien kurz aus dem Tritt zu geraten und erwiderte nichts. Seine Wangen waren leicht gerötet, und die Stirn hatte er nachdenklich in Falten gelegt, wie Casanova nicht entging.

»Und was haltet Ihr von der Lotterie?«, fragte der König.

»Eine hervorragende Abgabe der Bürger«, lobte Casanova.

»Aber der König kann dabei verlieren«, gab Friedrich zu bedenken.

»Einmal in fünfzig Fällen!«, wandte Casanova ein.

»Ist dies das Resultat einer sicheren Berechnung?«

»Genauso sicher wie politische Berechnungen«, entgegnete Casanova hintersinnig.

»Die sind oft irrig!«, stellte der König fest.

Abrupt blieb er stehen und wandte sich Casanova zu, der das Gleiche tat, sodass sie sich nun direkt gegenüberstanden und ins Gesicht blickten.

»Sie sind es nie, Eure Majestät, wenn Gott neutral bleibt«, bemerkte Casanova.

»Warum mischt Ihr hier Gott ein?«, fragte der König überrascht.

»Eure Majestät, nennt es meinetwegen Schicksal oder Zufall.«

Beide starrten sich noch einige Augenblicke gegenseitig an, dann drehte der König sich zu seinem Vorleser und gab ihm durch einen Wink zu verstehen, dass er sich zu entfernen hatte. Der Mann stieß einen Pfiff aus, und als aus einem Busch neben ihm der Hund zu ihm gestürmt kam und an ihm hochsprang, packte er ihn am Hals und zog ihn in die Richtung fort, aus der sie gekommen waren.

Der König setzte anschließend seinen Weg fort, und Casanova folgte ihm. Die beiden gelangten zu einem kleinen Pavillon.

»Das lasse ich mir gefallen. Vielleicht denke ich wie Ihr, was die moralische Berechnung anbelangt. Aber diese Lotterie liebe ich nicht. Sie scheint mir eine wirkliche Gaunerei zu sein, und ich möchte sie nicht, selbst wenn ich die Gewissheit hätte, nie dabei zu verlieren.«

Ein Lächeln huschte über Casanovas Gesicht. »Ihr denkt wie ein Weiser, denn das unwissende Volk wird durch das trügerische Vertrauen zum Spiel getrieben«, bestärkte er den König.

Der blieb plötzlich erneut stehen und musterte ihn ganz offen von Kopf bis Fuß. »Wisst Ihr, dass Ihr ein sehr schöner Mann seid?«, schmeichelte er dem Venezianer mit sanfter Stimme.

»Eine der geringsten Eigenschaften, derer man sich rühmen kann«, entgegnete Casanova mit einem verführerischen Augenaufschlag.

»Aber nicht zu unterschätzen«, sagte Friedrich, ohne seinen Blick von ihm zu lassen.

66

Italien

Sie war noch zu jung dafür.

Mit beiden Händen packte sie ihn an der Taille und versuchte angestrengt, ihn von ihrem Körper zu stemmen, doch er war zu stark. Auch wenn er, wie sie, erst fünfzehn war – das Rugbytraining hatte seine Muskeln bereits so ausgebildet, dass seine Kräfte den ihren weit überlegen waren. Er keuchte. Sein Atem stank nach Bier und Schnaps. Sein Gewicht schien sie fast zu erdrücken. Nun begann er, an ihrer Kleidung zu zerren. Es war, als habe er mehr als zwei Hände. Sie wollte schreien, doch er hielt ihr den Mund zu, dann küsste er sie brutal: Seine Zunge durchstieß ihre zusammengepressten Lippen und glitt gierig in ihren Mund. Sie versuchte, zu beißen, doch da war die eklige fremde Zunge schon wieder fort. Er lachte, er keuchte. Sie spürte eine kalte Hand in ihrer Jeanshose. Wenn sie nur nicht mit ihm gegangen wäre. Von weit her hörte sie den Partylärm. Musik, fröhliches Gelächter …

Sie riss die Augen auf. Ihr Herz hämmerte. Das Nackenkissen, das die Stewardess ihr gegeben hatte, war schweißnass. Sie atmete stoßartig, als sei sie den Weg von Mumbai bis hierher gelaufen. Langsam entkrampften sich ihre Hände, und sie verstand, dass sie geträumt hatte. Wiedererlebt, wie der Psychologe es genannt hatte, bei dem sie als Teenager zweimal gewesen war, und der sie dann so lüstern angesehen hatte, dass sie kein drittes Mal hingegangen war.

Trisha blickte nach links. Neben ihr saß Pradeep, den Kopf weit nach hinten gestreckt, den Mund leicht geöffnet. Er schlief tief und fest. Sie schaute nach rechts; immer noch schlug ihr Herz bis zum Hals. Auf der anderen Seite des Ganges saß Henri. Auch er schlief. Mit vor der Brust gekreuzten Armen und geschlossenen Augen wirkte er ganz friedlich. Sie fingerte in ihrer Hosentasche nach ihrem Handy. Während des Stopps in Doha hatte sie eine Nachricht von Chad erhalten.

Habe Zeitungsartikel über den Anwalt gefunden. Es stimmt. Er ist ein Vergewaltiger. Tu das Richtige. Wir sehen uns in Rom. ILD Chad.

Sie seufzte. Das Flugzeug flog eine leichte Kurve, wodurch sie gegen die Armlehne gedrückt wurde.

»Nachrichten von Chad?«, flüsterte eine Stimme zu ihr herüber.

Es war Henri, der wach geworden war. Sie lächelte ihn gequält an und steckte ihr Telefon wieder weg; dann schloss sie die Augen und tat so, als würde sie schlafen wollen.

Die Landung in Rom war hart und weckte auch die letzten Schläfer unter den Passagieren, einschließlich Pradeep. Wenig später hielt die Maschine vor einem flachen Gebäude.

Auf der langen Brücke, an der ihr Flugzeug angedockt war, ließ sich Trisha in der Menge der Flugzeuginsassen ein wenig zurückfallen, bis Henri und Pradeep aus ihrem Sichtfeld verschwunden waren. Wieder beschleunigte sich ihr Puls, so wie sie es vom Pokern kannte, wenn man einen

Coup plante. Sie schaute sich um. Am Übergang zum Flughafengebäude stand ein Sicherheitsmann. Ein junger Italiener, der gelangweilt die vorbeiströmenden Passagiere beobachtete und dem anzusehen war, dass auch er nicht so recht wusste, worauf er überhaupt achten sollte.

Sie machte einen Schritt auf ihn zu.

»Entschuldigen Sie«, sprach sie ihn an.

Aus seiner Langeweile herausgerissen, blickte er ihr erwartungsfroh entgegen. Von einer jungen Dame angesprochen zu werden schien seinen Alltag zu bereichern.

Gerade wollte Trisha weitersprechen, als vor ihr Henri und Pradeep auftauchten.

»Hier bist du also!«, rief Henri. »Wir haben dich schon gesucht.« Während er sprach, schaute er überrascht auf den Beamten. »Gibt es ein Problem?«, fragte er besorgt.

Trisha schüttelte den Kopf. »Ich hatte euch verloren und wollte gerade um Hilfe bitten!«, sagte sie mit einem Lächeln und verabschiedete sich von dem jungen Wachmann.

»Ich dachte schon ...«, bemerkte Henri erleichtert, als sie außer Hörweite waren.

»Alles gut«, murmelte Trisha.

Pradeep ging schweigend neben ihnen und schaute sich um, als seien sie in einem Museum.

Nach endlosen Gängen öffnete sich vor ihnen endlich die Gepäckhalle. Das Band, auf dem ihre Koffer auftauchen sollten, drehte noch ohne Gepäck seine Runden.

»Ich muss mal auf Toilette«, sagte Trisha und schaute sich suchend um.

Henri zeigte zu einer Reihe Schilder am Ende der Halle.

»Ich auch«, sagte Pradeep.

»Geht ihr beide nur, ich weiß ja, wie die Koffer aussehen«, erklärte Henri.

Als sie den Wegweiser zur Toilette erreichten, drehte Trisha sich nach Henri um. Er stand noch immer an der Gepäckausgabe, den Blick stur auf das leere Band vor sich gerichtet. Von seinem Äußeren her unterschied er sich kaum von den vielen Geschäftsreisenden um ihn herum.

Vor den Toiletten deutete Trisha auf die Herrentoilette. »Bis gleich! Warte hier auf mich!«, sagte sie zu Pradeep, der im nächsten Moment durch die weiße Schwingtür verschwand.

Trisha blieb stehen und griff nach ihrem Handy. Sie wählte eine Nummer. Erleichtert atmete sie tief ein, als ein Freizeichen ertönte. Die Nummer des Notrufs war dieselbe wie in England. Nach wenigen Klingeltönen meldete sich eine Stimme in italienischer Sprache.

Rasch gab sie eine Beschreibung von Henri durch, nannte seinen falschen russischen Namen und seinen richtigen deutschen. Dann legte sie auf. Sie war sicher, dass ihr Anruf aufgezeichnet wurde, daher verzichtete sie darauf, etwas zu wiederholen.

Mit einem flauen Gefühl im Magen betrat sie die Damentoilette und schloss sich in einer der Kabinen ein. Sie verstand nicht, warum, aber sie kämpfte mit den Tränen. Eine Weile blieb sie auf der geschlossenen Klobrille sitzen, dann wusch sie sich das Gesicht und die Hände und verließ die Toilette. Pradeep wartete schon davor. Sie reckte sich, doch das Gepäckband konnte sie von hier aus nicht einsehen.

»Ich habe noch Durst!«, sagte sie und zeigte auf einen kleinen Stand, der Snacks und Getränke anbot.

Pradeeps Augen verrieten seine Ungeduld, doch er protestierte nicht. Selbst dann nicht, als Trisha lange brauchte, um etwas auszuwählen, und anschließend auch noch nach

Kleingeld suchte. Endlich machten die beiden sich zurück auf den Weg zur Gepäckausgabe.

Sie hatten etwa die halbe Strecke zurückgelegt, als Trisha einen Auflauf von Carabinieri erkannte, und zwar genau dort, wo vorhin Henri auf das Gepäck gewartet hatte. Sie spürte, wie ihre Zunge anzuschwellen schien. Kurz bevor sie die Stelle erreicht hatten, hielt sie Pradeep am Ärmel des Pullovers fest, den Henri ihm geliehen hatte, und deutete auf die Gruppe uniformierter Männer. Seine erschrockene Reaktion zeigte ihr, dass auch er Henris gelbes Polo-Shirt inmitten der Polizisten entdeckt hatte.

Einer der Beamten sprach laut in sein Funkgerät.

»Was zum Teufel ...«, stieß Pradeep aus, doch ein sanfter Hieb von Trisha in seine Seite ließ ihn verstummen.

Plötzlich öffnete sich der Kreis der Uniformierten und gab den Blick frei auf Henri, dessen Hände auf dem Rücken gefesselt waren und der nun zu beiden Seiten von mehreren Carabinieri zum Ausgang eskortiert wurde. Auf Trishas Höhe angelangt, drehte er plötzlich, wie in Zeitlupe, seinen Kopf und schaute sie direkt an, als hätte er die ganze Zeit gewusst, dass sie dort stand und die Szene beobachtete. Vergeblich suchte sie nach einem Ausdruck der Überraschung oder des Vorwurfs in seinen Augen. Alles, was sie zu sehen glaubte, war Enttäuschung. Es waren die Augen eines Trauernden. In diesem Moment kamen ihr die Tränen, und ein tiefer Schluchzer entfuhr ihrer Kehle. Sie packte Pradeep am Arm, der verwirrt Henri hinterherschaute, und zog ihn zum Gepäckband.

Eilig nahmen sie erst Trishas, dann Pradeeps und schließlich Henris Koffer vom Band und hievten sie auf einen verwaisten Gepäckwagen. Dann entfernten sie die Banderolen und rollten mit den Gepäckstücken auf den Zoll zu.

Mit zitternden Knien durchquerte Trisha die Schranke nach draußen, ohne dass jemand Anstalten machte, sie und ihren Begleiter aufzuhalten. Im Eiltempo steuerte sie den Taxistand an. Aus ihrer Handtasche kramte sie die Adresse des Notars hervor und nannte sie dem Fahrer, nachdem sie in einen der bereitstehenden Wagen eingestiegen waren.

»Henri wirkt gar nicht wie ein Verbrecher«, bemerkte Pradeep, als der Fiat sich in den Verkehr einordnete. »Was passiert jetzt mit ihm?«

Trisha zuckte mit den Schultern, dann brach sie ohne Vorankündigung in Tränen aus.

Pradeep legte ihr tröstend seine Hand auf den Arm.

»Du magst ihn, oder?«, fragte er.

Trisha schaute ihn durch den Schleier aus Tränen erschrocken an und wollte diese Behauptung zurückweisen, doch jedes Wort, das ihr in den Sinn kam, entglitt ihr sogleich wieder. Während Pradeep sie mit einem milden Lächeln bedachte, bemühte sie sich, schnell ihre Tränen zu trocknen.

Verlegen griff sie nach ihrem Telefon. Sie löschte mit wenigen Tastendrucken die eben gewählte Notrufnummer aus der Anrufliste, als würde sie damit den letzten Beweis für ihren Verrat vernichten. Dann wählte sie Chads Nummer.

»Hey Baby, angekommen?«, meldete er sich fröhlich. Ohne ihre Antwort abzuwarten, fuhr er fort: »Ich sitze hier an der Spanischen Treppe und trinke einen Espresso.«

»Und ich sitze mit Pradeep im Taxi«, brachte Trisha hervor, wohl bemüht, nicht verweint zu klingen.

»Ohne den Anwalt? Heißt das, du hast …«

»Das heißt es«, antwortete sie kühl.

»Bravo!«, jubilierte Chad. »Einer weniger. Und der Inder ist bei dir?«

Trisha bejahte.

»Den werden wir auch noch los!«, sagte Chad und lachte.

Trisha schaute zu Pradeep, um sicher zu sein, dass er Chads Bemerkung nicht gehört hatte. Er schaute aus dem Fenster, als genieße er die Eindrücke der neuen Stadt.

»Trish, bist du noch da?«, erkundigte sich Chad. »War nur ein Scherz.«

Ein paar Sekunden war es still in der Leitung.

»Wir fahren jetzt gemeinsam zum Notar und geben seine Teilnahmeunterlagen ab«, sagte sie.

»Was, wenn der Notar misstrauisch wird und wissen will, woher du das Los hast? Immerhin hast du es dem Mönch gestohlen.«

»Er hat mir die Tasche anvertraut, als er im Sterben lag!«, protestierte Trisha. »Und das werde ich dem Notar genau so erklären. Ich hoffe, er wird froh sein, dass die Ziehung endlich stattfinden kann, und stellt keine weiteren Fragen.«

»Dann viel Glück. Wir sehen uns nachher im Hotel, Trish. Ich habe in der Villa San Michele an der Piazza di Spagna ein Zimmer für uns beide. Deinen Inder kriegen wir im Hotel auch noch unter.«

»Okay, bis dann also«, sagte Trisha, um das Gespräch zu beenden.

»Bald werden wir reich sein, mein Schatz. Dann fliegen wir im eigenen Jet und wohnen im St. Regis. Ich liebe dich!« Chad klang jetzt geradezu euphorisch.

»Das werden wir! Ich dich auch.« Trisha beendete das Telefonat. Sie bezweifelte, dass Chad wirklich nur Kaffee getrunken hatte.

»Wer war das?«, fragte Pradeep.

»Mein Freund«, entgegnete Trisha.

Pradeep gab sich mit der Antwort zufrieden und hakte nicht nach.

Trisha überkam eine merkwürdige Kälte. Hoffentlich hatte sie sich im Flieger keine Grippe eingefangen.

67

New York City

Das Zimmer war ein einziges Schlachtfeld. Überall lagen Unterlagen verstreut. Sein Buchhalter Marc saß auf einem Stuhl neben seinem Bett.

»Alles bricht zusammen«, jammerte Marc. »Die ersten Zivilklagen sind bereits eingereicht. Und ein Bekannter bei der SEC hat mir den Tipp gegeben, dass man dort dem Druck nachgibt und auch wieder ermittelt.«

»Verdammter Hamilton!«, fluchte Carter. »Was für ein Weichei!« Mit der Hand wischte er einen Haufen Unterlagen vom Bett.

»Die Presse belagert mittlerweile beide Büros, auch das im Meatpacking District. Der Hausmeister rief an, dass die Tür aufgebrochen worden ist.«

»Bestimmt irgend so ein Reporterschwein!«, machte Carter seinem Ärger weiter Luft.

»Wir brauchen dringend frisches Geld!«

Carter ballte die Hände zu Fäusten. Dann griff er nach einem Zettel, der auf seinem Nachttisch lag, und reichte ihn seinem Besucher.

»Was ist das?«, fragte Marc.

»Zeit und Ort der Ziehung. Der Notar aus Rom hat heute Morgen angerufen. Alle Teilnehmer sind an Bord. Ich fliege morgen nach Rom, und dann werde ich mit einem Batzen Geld wiederkommen!«

»Na hoffentlich«, entgegnete Marc.

»Was ist?«, fragte Carter enttäuscht. »So wenig begeistert?«

»Carter. Weißt du, wie das klingt? Dass wir nun auf eine Lotterie hoffen sollen? Auf ein Los, das dir ein Mönch verkauft hat?«

»Nach einer guten Geschichte!«, erwiderte Carter euphorisch.

»So, wie ich verstanden habe, stehen deine Chancen eins zu vier.«

Carter grinste. Wieder streckte er die Hand zum Nachttisch, ergriff den Ausschnitt aus einer italienischen Zeitung und hielt ihn Marc entgegen.

»Was soll das? Ich kann kein Italienisch«, bemerkte der genervt, nachdem er einen Blick auf den Artikel geworfen hatte.

»Ich auch nicht. Habe es mir aber übersetzen lassen. Da steht, dass dieser Anwalt, der auch an der Lotterie teilnehmen darf, bei der Einreise nach Italien verhaftet worden ist. Schon waren es nur noch drei …«

»Damit stehen die Chancen, dass ein anderer gewinnt, bei immerhin noch sechsundsechzig Prozent. Und du weißt nicht einmal, wie viel es zu gewinnen gibt.«

»Deine Wahrscheinlichkeitsrechnung geht davon aus, dass alle die gleichen Chancen haben«, tadelte Carter ihn.

»Und? So laufen Lotterien doch, oder nicht?«

»Keine, bei der ich mitspiele. Soll ich dir erzählen, wie das läuft?«

Marc winkte ab. »Lass es. Ich will es gar nicht wissen. Wie hoch sind dann deine Chancen?«

»Bei hundert Prozent«, behauptete Carter und deutete auf mehrere Akten, die neben ihm lagen.

»Was ist mit deiner Gesundheit? Warum lassen die Ärzte dich überhaupt fahren?«

»Lassen die nicht. Die wissen noch nicht, dass ich fliege.«

»Und die Dialyse?«

»Nehme ich mit. Habe ein Flugzeug besorgt, in dem der ganze Scheiß eingebaut ist.«

»Was?«, entfuhr es Marc. »Ich dachte, du musstest dem Mönch dein ganzes Vermögen überschreiben?«

»Das ist richtig. Aber nicht das meiner Kinder. Das Depot, das ich für sie eingerichtet habe, hatte dieser Tage einen erheblichen Abgang.«

Marc schüttelte den Kopf und löste den Knoten seiner Krawatte. »Jetzt bestiehlst du schon deine eigenen Kinder?«

»Geliehen, alles nur geliehen. Außerdem brauche ich das Zeug nur für den Hinflug. Habe in Europa eine Operation organisiert. Ich komme komplett saniert zurück. Und dann zeigen wir es den ganzen Klugscheißern hier. Einschließlich denen von der SEC. Unsere besten Jahre kommen erst noch.«

»Eine Organtransplantation?«

Carter nickte. »In Bukarest. Sofort nach dieser Ziehung.«

»Ist das legal?«

Carter warf ihm einen bösen Blick zu. »Ich rette mein Leben durch eine Organtransplantation, und du sorgst dich darum, ob das legal ist?«

Marc winkte erneut ab, blies Luft aus und ließ den Kopf kreisen, als wolle er seinen Nacken entspannen. »Ich wünschte, ich hätte deinen Optimismus«, sagte er.

»Das ist kein Optimismus«, entgegnete Carter verächtlich und richtete sich in seinem Bett auf, wobei ein weiterer Stapel Blätter ins Rutschen geriet und auf den Boden fiel. »Das ist Gewissheit. Gewissheit, dass man alles im Leben kaufen kann. Sogar Gesundheit. Die wirst du auch noch erlangen, solange du loyal bleibst. Wenn du verstehst, was ich meine.«

Carter fixierte seinen Buchhalter. Marc hielt seinem Blick nur kurz stand, dann erhob er sich, kniete sich nieder und begann, auf allen vieren die Unterlagen aufzusammeln.

68

Berlin, 1764

Der Umzug des Lotterieamtes in die Straße Unter den Linden hatte sich gelohnt. Calzabigi schätzte, dass die Anzahl der Zuschauer bei der Ziehung sich im Vergleich zu früher verdoppelt hatte. Vor der aus Holz gezimmerten Bühne drängte man sich dicht an dicht. Der König hatte dem Umzug noch zugestimmt, bevor er zu dem Entschluss gekommen war, das Lotteriespiel zukünftig zu verpachten.

»*Die Pächter werden eine entsprechende Unterkunft benötigen, von der aus sie das Spiel steuern. Mag das General-Lotterieamt Unter den Linden Teil des Pachtvertrages werden*«, hatte der König in seiner Verfügung bestimmt. Auch Casanova war es nicht möglich gewesen, ihn umzustimmen, wenngleich er nach seiner Rückkehr von der Audienz lebhaft geschildert hatte, wie sehr er angeblich für Calzabigi gekämpft habe.

»Bis der König mir drohte, mich wegen Widerstands festnehmen zu lassen«, hatte Casanova großspurig behauptet.

Calzabigi glaubte ihm kein Wort. Er erkannte einen Lügner drei Meilen gegen den Wind – und erst recht, wenn so einer direkt vor ihm stand.

Umso mehr kam es nun auf diese letzte Ziehung unter des Königs Regie an. Würde sie ordentlichen Gewinn abwerfen, könnte dies Calzabigi als Werbung dienen, wenn er nun mit den Wohlhabenden der Stadt sprach, um sie als Investoren für seinen Fonds zu gewinnen. Unter seiner Ägide würden sie die Lotterie pachten und zu neuem Ruhm führen. Ohne die Fesseln des Königs, befreit von der quälenden Umarmung Hainchelins, könnte er ganz neue Wege beschreiten. Denn das Volk war fasziniert von der Lotterie. Man musste ihm nur noch die Angst davor nehmen.

»Was, wenn diese Ziehung kein Erfolg wird?«, hörte er eine Stimme hinter sich.

Er drehte sich um und blickte in Maries Gesicht. In den vergangenen Wochen hatte sie auf ihn immer ängstlicher gewirkt, was seine Zuneigung zu ihr bestärkt und zudem noch seinen Beschützerinstinkt geweckt hatte. Doch gleichzeitig war in ihm die Erkenntnis gewachsen, dass er es war, den sie fürchtete.

»Dann werde ich gerupft, und du kannst meine Feder neben die Straußenfeder auf deinem Hut stecken«, antwortete Calzabigi und zeigte auf ihre Kopfbedeckung. Ihren Hut aus hellviolettem Taft schmückte eine große Straußenfeder, die im Wind hin und her wogte. »Wenn ich mich recht erinnere, trug der Hut noch keine Feder, als ich ihn dir kaufte. Ein Geschenk?« Er versuchte, belanglos zu klingen, merkte an ihrem Gesichtsausdruck jedoch, dass es ihm nicht gelungen war.

»Sehr recht«, antwortete Marie kühl, während sie an ihm vorbei auf die Bühne schaute, wo Charles ungeduldig auf seinen Auftritt wartete.

»Darf ich raten, von wem?«, fragte er mit beherrschter Freundlichkeit, ohne jedoch seinen Ärger wirklich verbergen zu können.

»Nur zu. Einen guten Tipp von einem schlechten zu unterscheiden ist ja Euer Geschäft.«

»Casanova!«, donnerte er ihr entgegen, kräftiger und lauter als gewollt.

»Falsch!«, giftete sie. »Charles – das wäre die richtige Antwort gewesen.«

»Wie soll der Junge sich so etwas leisten können?«, spottete er.

»Von dem Geld, welches er sich mit der Herstellung der Lotteriealmanache verdient«, antwortete Marie und wandte sich beleidigt ab. Ihr Busen bebte vor Zorn.

»Dann verzeih meinen voreiligen Schluss. Es ist nur ... Du musst eingestehen, diesen Casanova in deinem Bett vorzufinden ... Ich habe jedes Recht zu Vermutungen. Immerhin handelt es sich hier um Casanova!«

»Es ist Euer Freund, der in unser Haus eindringt, in mein Gemach, und es sich dann auf meinem Bett gemütlich macht! Weder habe ich ihn zu mir eingeladen, noch habe ich ... habe ich ... Ihr seid so ... impertinent!«, zürnte sie.

Das Rot ihrer Wangen verriet ihre Empörung. Oder aber ihre Schuld, dachte Calzabigi. »Ich habe mich erkundigt«, entgegnete er, nicht weniger aufgebracht als sie. »Du bist des Häufigeren ausgegangen, doch niemand kennt dein Ziel. Keiner kann sich daran erinnern, dich jemals mit einer Freundin oder bei Besorgungen gesehen zu haben. Wo also bist du hingegangen?«

Marie warf ärgerlich den Kopf in den Nacken und lachte gekünstelt. »So bin ich also doch eine Gefangene, in einem goldenen Käfig«, sagte sie bitter. »Der Ihr nachspioniert, sobald sie das Gefängnis verlässt.«

Tränen schossen in ihre Augen, und sie taumelte. Schon befürchtete er, dass sie fiel. Zärtlich legte er seinen Arm um ihre Hüfte. Sie schloss die Augen und legte ihren Daumen und Zeigefinger auf die Stirn, als wolle sie sich besinnen. Ein schlechtes Gewissen packte ihn.

»Verzeih, ich bin zu weit gegangen«, entschuldigte er sich

verzweifelt. »Es ist nur so, dass ich ...« Er stockte. »Du weißt, dass ich dich verehre. Und als ich neulich diesen Casanova in deinem Bett sah ... Du bist nicht meine Gefangene. Ich bin es, der dein Gefangener ist.«

Er sprach schnell, in abgehackten Sätzen, bemüht, seine Verzweiflung zu unterdrücken. Sie verharrte währenddessen weiter in der Geste, die eine drohende Ohnmacht befürchten ließ, weit in seinen stützenden Arm zurückgelehnt. Er war sich daher nicht sicher, ob seine Worte zu ihr durchdrangen.

»Nicht du, sondern ich bin es, der eingesperrt ist«, fuhr er fort. »Gefangen in meiner Liebe zu dir. Einem Kerker, zu dem nur du den Schlüssel verwahrst, tief in deinem Herzen. Ich wünschte nur, du würdest ihn entdecken. Versteh doch! Als ich dich sah mit diesem Lüstling! Nicht meine Eitelkeit war verletzt. Mein Herz drohte zu zerspringen!«

Bei diesem Satz verspürte auch er das Verlangen zu weinen, doch er unterdrückte es im letzten Moment. Ausgerechnet jetzt öffnete Marie die Augen. Eine Sekunde, die sich für ihn wie eine Ewigkeit anfühlte, ruhte ihr Blick auf ihm, dann stieß sie sich von ihm ab und wandte sich wieder dem Geschehen auf der Bühne zu.

»Verzeiht, ich muss für einen kurzen Augenblick die Besinnung verloren haben«, sagte sie mit zittriger Stimme. »Sind schon Zahlen gezogen worden?«

Ungläubig starrte er sie an.

Ein plötzlicher Jubel der Menge riss Calzabigi aus seinen Gedanken. Wie betäubt beobachtete er, wie Charles nicht weit entfernt seine Rolle als Waisenknabe besser denn je spielte. Mit schüchterner Miene beförderte er eine Kapsel nach der anderen aus der Trommel heraus, die geöffnet und nach der Verkündung in das Publikum geworfen wurde.

Weit aufgerissene Münder johlten, brüllten, grölten, pöbelten zu ihnen hinauf. Mägde schlugen die Hände über dem Kopf zusammen. Bauern reckten Fäuste in die Luft. Fröhliche Gesichter wechselten sich mit traurigen, zufriedene mit gierigen, hoffnungsvolle mit verzweifelten ab. Hüte flogen gen Himmel und regneten wieder hinab. Vor Fieber glühende Wangen leuchteten ihm wie Hunderte von Laternen entgegen.

Und plötzlich kam es ihm vor wie auf einer Hinrichtung. Seine Lotterie erschien ihm als Totentanz. Und er war der zum Scharfrichter erhobene Dirigent.

69

Rom

Die Stunden im *Carcere di Regina Coeli* erweckten eine alte Geschäftsidee von ihm zu neuem Leben: Knastferien. Warum sollten deutsche Häftlinge nicht einen Teil ihrer Strafe im Ausland verbüßen dürfen? Wie viel milder war die Luft, die hier in Rom durch die Gitterstäbe auf ihn herabfiel. Wie anders sah der Sternenhimmel aus, den er nachts ausschnittsweise bewundern konnte. Und wie unterschiedlich waren erst die Sitten beim Hofgang und beim Kontakt mit den anderen Häftlingen?

Mit einem Mal lachte Henri bitter auf. »Hast du Lack getrunken, oder was?«, war er einst von Verbeeck gefragt worden, als er scherzhaft von seiner Knasturlaubidee erzählt hatte. Im Gefängnis hatte man wirklich oft merkwürdige Einfälle.

Hier in Rom teilte Henri sich die Zelle mit zwei anderen Häftlingen, einem bärbeißigen Polen und einem Mann, von dem er weder den Namen noch dessen Nationalität in Erfahrung hatte bringen können. Der Typ wirkte gefährlich, und so verzichtete er darauf, mit ihm zu sprechen. Die meiste Zeit lag er eh gelangweilt auf seiner Pritsche und starrte gegen die Decke.

Er wusste nicht, wie lange er hier bleiben würde. Ein Richter, der die deutsche Sprache ziemlich gut beherrschte, hatte ihm erklärt, dass er sich aufgrund eines internationalen Haftbefehls in Auslieferungshaft befand und man nun, bevor man über seine Auslieferung entscheiden könnte, die erforderlichen Dokumente in Deutschland angefordert habe, die auch noch von einer dazu autorisierten Person übersetzt werden müssten. Solange würde er im *Carcere di Regina Coeli* verwahrt. Diese Aussagen waren von einem Mitarbeiter der deutschen Botschaft bestätigt worden, der ihn besucht und ihm sogar ein paar Süßigkeiten mitgebracht hatte. Nun galt es zu warten und darauf zu hoffen, dass die Zeit schnell verging – eine Beschäftigung, die er bis zur Perfektion gelernt hatte.

Während er die Feuchtigkeitsflecken an der Zellendecke zählte, verfluchte er seine eigene Dummheit. Er hätte wissen müssen, dass Trisha ihn verraten würde. Er konnte ihr noch nicht einmal böse sein. Als sich ihre Blicke am Flughafen kreuzten, während er in Handschellen abgeführt wurde, da hatte er jedoch neben Angst noch etwas in ihren Augen gesehen: Bedauern. Kein Mitleid mit ihm. Nein, ein Teil von ihr bedauerte, dass sie ihn der Polizei ausgeliefert hatte.

Nicht, dass er besonders gut darin war, Gedanken zu lesen. Würde er über diese Fähigkeit verfügen, dann wäre es nicht zu seiner Verhaftung gekommen. Aber wenn er in ihre Augen blickte, dann war es anders. Dann wusste er, welche Gefühlsregungen sich dahinter abspielten. Ja, das war das richtige Wort: »spielen«. Sie war eine Spielerin, und das hatte er unterschätzt. Ihre Welt bestand aus Gewinn und Verlust. Aus einer Aneinanderreihung von Wahrscheinlichkeiten, an deren Ende ein Erfolg oder ein Misserfolg stand. Jetzt, wo sie vor der großen Ziehung stand – dem größten Spiel, an dem sie je teilgenommen hatte –, war er für sie zu einem Faktor verkommen, der bei der Ermittlung ihrer eigenen Gewinnchancen dic Zahl auf der »gegnerischen« Seite des Doppelpunktes erhöhen würde. Und diesen Faktor hatte sie am

Flughafen elegant aus dem Spiel genommen. Wieder lachte er bitter. Diese Runde ging ohne Zweifel an sie.

»Was wird wohl mit dem armen Inder geschehen«, sagte er leise zu sich selbst.

Er konnte ihr jedoch einfach nicht böse sein. Das war es, was ihn eigentlich beschäftigte. Er ahnte den Grund, und er schob die Ahnung auf eine weitere merkwürdige Knastidee.

Was ihn wirklich ärgerte war, dass er keine Gelegenheit haben würde, an der Lotterie teilzunehmen. Nicht allein wegen der Millionen oder Milliarden, die ihm vielleicht entgingen und die er gern mitgenommen hätte, um in seinem restlichen Leben nachzuholen, was er in den vergangenen Jahren verpasst hatte. Nein. Die Lotterie war der Vogel, der unverhofft in seine Zelle in Santa Fu geflogen war und den er gehegt und gepflegt hatte, bis er seinetwegen sogar ausgebrochen war, um mit ihm davonzufliegen. Und dann hatte er auch noch seine Papagena getroffen.

Nun waren Vogel und Papagena für ihn unerreichbar, und er saß wieder eingesperrt in einem Loch, als einzige Begleiter zwei Knastbrüder und ein paar römische Kakerlaken. Er seufzte.

Das Öffnen der Zellentür riss ihn aus seinen Gedanken.

Zwei Wärter in fremdartiger Uniform, an deren Anblick er sich erst einmal gewöhnen musste, betraten die Zelle, und einer zeigte auf ihn.

»Du. Besuch.«

70

Rom

Pradeep saß auf einer Bank und beobachtete das Treiben um sich herum. Menschen drängelten sich um einen großen Brunnen, aus dessen Wasserbassin Felsen und Meereswesen herausragten. Über allem thronte die Statue eines muskulösen Mannes, den er für die Darstellung eines Gottes hielt. Der Ort schien ein Touristenmagnet zu sein, wie bei ihm zu Hause das *Gateway of India* in Colaba. Überhaupt war manches in dieser Stadt der seinen ähnlich. Es war zwar etwas kühler und die Luft weniger feucht, aber dennoch warm. Der Verkehr war ziemlich dicht, wenn auch nicht so dicht wie in Mumbai. Allerdings gab es auch große Unterschiede. Vor allem fiel ihm auf, dass es hier überall sauberer war als in seiner Heimat. Seit ihrer Ankunft hatte er noch keine einzige Leiche in der Stadt gesehen. Tatsächlich schien vieles verschieden zu sein.

Staunend verfolgte er ein Ritual, das sich zum wiederholten Male am Brunnen vollzog. Eine Touristin, die um den Hals eine Fotokamera trug, stieg zum Rand des Brunnens herauf, drehte sich um und warf über ihre rechte Schulter mit der linken Hand mehrere Münzen, die augenblicklich im Wasser versanken. Zwischendurch war er einmal aufgestanden und hatte sich davon überzeugt, dass der Grund des Brunnens über und über mit schimmernden Geldstücken bedeckt war. Das wäre in Mumbai vollkommen undenkbar gewesen. Dort, wo er und unzählige andere Menschen sogar

Müll aufsammelten, wäre die Münze spätestens in jenem Moment aufgelesen worden, wo sie den Boden des Bassins berührt hätte. Vermutlich hätte sie diesen in einem von Straßenkindern übervölkerten Brunnen nicht einmal erreicht. Er schüttelte seinen Kopf. Nie hätte er sich träumen lassen, dass es ein Land gab, in dem die Menschen ihr Geld freiwillig wegwarfen.

»Es soll Glück bringen!«, hatte ihm eine ältere Frau zugerufen, als er wieder im Schatten Platz genommen hatte. Offenbar war ihr sein verblüfftes Gesicht aufgefallen.

Glück: Das war es, was er jetzt wirklich gut brauchen konnte.

Seit dem Moment, wo das Auto vor ihm gehalten hatte und ihm der alte Plastiksack über den Kopf gestülpt worden war, fühlte er sich, als habe man ihn in eine andere Welt entführt. Diese junge Britin und der Anwalt. Die Geschichte von der Lotterie. Das erste Mal in einem Flugzeug fliegen, hoch über den Wolken, die er bislang nur von unten gekannt hatte. Dann die Verhaftung des Mannes, den er Henri nennen sollte, in dessen Pass aber Igor stand. Er hatte ihn gemocht, vielleicht sogar noch mehr als diese hysterische Engländerin. Aus ihr wurde er nicht schlau. Einerseits war er sicher, dass sie den Deutschen mochte. Andererseits war ihm ihr Verhalten am Flughafen komisch vorgekommen. Als er aus der Herrentoilette wieder hinausgeeilt war, weil eine Frau mit einem Teller beim Eintritt von ihm Kleingeld verlangt hatte, war ihm aufgefallen, dass diese Trisha aufgeregt telefoniert hatte. Dann war sie auf der Damentoilette verschwunden und lange Zeit nicht herausgekommen. Danach hatte sie sich ein Getränk gekauft, das sie nicht angerührt hatte. Ihre Reaktion und ihr Gesichtsausdruck bei der Verhaftung. Irgendetwas stimmte mit ihr nicht.

Sie hatten gleich nach ihrer Ankunft seine Unterlagen für die Teilnahme an der Lotterie bei einem Anwalt abgegeben, den sie hier *notaio* nannten. Er hatte erst erstaunt und dann sogar erfreut gewirkt, und die Britin war danach deutlich entspannter gewesen. Danach waren sie zu einem Hotel gefahren, und dort hatte dieser Amerikaner sie begrüßt. Er hieß Chad und war der Freund von der Britin. Er kannte dessen herablassenden Blick von vielen Touristen in Mumbai, die sich für etwas Besseres hielten. Dieser Chad hatte kein Wort mit ihm gesprochen, nur mit einem Nicken und abschätzigen Stirnrunzeln auf ihn gedeutet, wenn er mit seiner Freundin über ihn sprach. Pradeep war schließlich in einem eigenen Zimmer unter dem Dach untergekommen, das sogar über eine Toilette verfügte. Nur für ihn allein – was für ein Luxus! In Dharavi teilte man sich das Klo mit dreihundert anderen. Mindestens.

Die Ziehung, so hatte Trisha ihm erklärt, sollte wohl in einigen Tagen stattfinden; dann würde sich bei diesem Notar entscheiden, wer gewinnt. Er seufzte. Bei dem Wort »Lotterie« kamen all die Sorgen in ihm hoch. Er spürte sogar einen Schmerz, und zwar dort, wo er die Nieren vermutete, die er nun wie einen nicht eingelösten Coupon noch immer mit sich herumtrug. Mit der Lotterie der MHADA hatte das ganze Unglück überhaupt erst begonnen, und nun stand er vor der nächsten Ziehung. Noch schlimmer waren die Gedanken an Pandita.

Er lehnte seinen Kopf zurück, gegen eine kühle Steinmauer, und blickte in den Himmel. Ob er es spüren würde, wenn sie starb? Wenn man durch die Luft mit Handys telefonieren konnte, dann musste man doch auch fühlen, wenn dem eigenen Fleisch und Blut etwas passierte. Er hatte ein schlechtes Gewissen, weil er sie und die Familie allein gelassen hatte. Erst in Dharavi. Dann in Mumbai. Nun in Indien. Er saß hier am anderen Ende der Welt, während es seiner Tochter schlecht ging. Tränen stiegen in ihm auf, und er sprang auf die Füße.

Unwillkürlich zuckte er zusammen. Immer noch erschrak er, wenn er mit den neuen Schuhen auftrat, die die Britin ihm gestern gekauft hatte. Mit den dicken Sohlen unter den Füßen fühlte es sich an, als würde er schweben. Auch seine Hose und sein Hemd waren neu, beide allerdings in schrecklich grellen Farben: Die Kleidungsstücke waren nicht von ihm selbst ausgesucht worden, sondern dieser Chad hatte sie in der Abteilung für Männer für ihn ausgewählt. Er kam sich vor wie einer der Papageien, die die Vogelhändler in Mumbai am Straßenrand verkauften und die man, wenn sie einmal entkamen, noch lange als leuchtenden Punkt am Himmel verfolgen konnte.

Pradeep spazierte am Brunnen entlang. Plötzlich blieb er stehen. Vor ihm auf dem Boden blinkte etwas in der Sonne. Er bückte sich und hob eine kleine bronzefarbene Münze auf. Vorsichtig schaute er sich um, doch weit und breit schien sich niemand für ihn und das Geldstück zu interessieren. Einen Augenblick betrachtete er die Münze, ohne zu wissen, was für eine Währung sie darstellte. Dann trat er rückwärts an den Brunnen, kniff die Augen fest zusammen und warf sie mit einer flinken Bewegung über seine Schulter. Dabei konzentrierte er sich auf seinen größten Wunsch. Schnell drehte er sich um und sah gerade noch, wie die Münze in das Wasser eintauchte.

Eine Weile starrte er auf die Stelle, an der das Geldstück verschwunden war. Dann wandte er sich ab und suchte sich einen Weg durch die Menge zur Straße. Eine Reisegruppe drängelte sich ihm entgegen, angeführt von einer asiatisch aussehenden Frau, die einen gelben Regenschirm in die Höhe streckte. Während er sich noch Gedanken darüber machte, warum sie wohl trotz des guten Wetters einen Regenschirm mit sich herumtrug, erreichte er die Straße. Als er seinen Fuß auf das Kopfsteinpflaster setzte, vernahm er ein Geräusch, das er von Mumbais Straßen nur allzu gut kannte. Ein Geräusch, das augenblicklich seinen Überlebensinstinkt aktivierte und dazu führte, dass sich in Sekundenbruchteilen alle Muskeln seines Körpers anspannten, um ein während der vielen Jahre auf der Straße antrainiertes Verhaltensmuster ablaufen zu lassen. Kaum hatte er die Spitze seines Schuhs aufgesetzt, schnellte er in einem Reflex zurück, als bestünde der Straßenbelag aus glühender Lava.

Noch in derselben Sekunde sauste, begleitet vom Aufröhren eines Motors, eine dunkel gekleidete Gestalt auf einem Motorroller an ihm vorbei. Der Helm des Fahrers schlug dabei hart gegen seine linke Schulter, und der Luftzug streifte sein Gesicht wie eine Ohrfeige. Der Schlag ließ ihn das Gleichgewicht verlieren, und er stürzte rückwärts zu Boden. Hauptsächlich sein Hinterteil musste unter der Wucht des Aufpralls leiden, und noch während er zur Seite abrollte, folgte sein Blick der Vespa, deren Fahrer sich einmal kurz nach ihm umdrehte, um dann mit Vollgas in einer der Gassen zu verschwinden. Langsam rappelte er sich auf, drehte den Kopf zur Seite und betrachtete seine zerrissene Hose. Anschließend hob er sein T-Shirt an und begutachtete seine Schulter, auf der schon jetzt ein halbrunder rot-blauer Abdruck zu erkennen war. Sein rechter Arm hat eine Schramme abbekommen.

Er blickte sich um, doch keiner der Passanten in seiner Nähe schien etwas mitbekommen zu haben. Mit schmerzverzerrtem Gesicht rieb er sich seine Schulter. Er hätte schwören können, dass der Fahrer des Rollers mit Absicht auf ihn zugehalten hatte. Doch wer sollte ihm hier etwas tun wollen. Er kannte niemanden in dieser Stadt. Mit Ausnahme der Britin und deren Freund. Und beide würden wenig begeistert sein, wenn sie sahen, was mit seiner neuen Hose passiert war.

71

Berlin, 1764

Hainchelin zog mit der Feder einen langen Schlussstrich.

»Wir können es drehen und wenden, wie wir wollen. Ich habe mich nicht verrechnet. Es bleibt ein Verlust!« Er legte die Feder beiseite, verschränkte die Arme und warf Calzabigi, der sich vor ihm aufgebaut hatte, einen trotzigen Blick zu.

»Das kann nicht sein!«, brüllte Calzabigi und wischte mit seinem Ärmel die Papiere samt Tintenfass und Feder vom Tisch. »Ihr seid ein Zahlenverdreher!«

Schwer atmend stützte er sich mit seinen Händen auf dem Schreibtisch ab und stierte Hainchelin an, der sich verängstigt gegen die Rückenlehne seines Stuhls drückte. Für einige Sekunden verharrte Calzabigi so, dann senkte er das Kinn auf seine Brust.

»Die letzte Ziehung soll also eine Blamage gewesen sein«, murmelte er. »Niemand wird nun in die Lotterie investieren wollen. Niemand! Wie soll ich die Pacht nur zusammenbekommen?«

»Überlasst es anderen. Reicheren. Glücklicheren. Bevor Ihr alles verliert«, bemerkte Hainchelin vorsichtig.

Calzabigi verharrte bewegungslos in seiner Position. Nur sein Schnaufen verriet seine Wut.

»Und unterstellt mir keine Ränkeschmiederei«, wagte der Hofrat nunmehr zu sagen. »Ich zähle nur. Wenn Ihr Euch Sorgen um Intrigen macht, dann fangt lieber an, bei Euch zu Hause zu suchen.«

Calzabigi schaute auf, ohne etwas zu sagen.

»Ich beobachtete, wie dieser Casanova Eurer Gemahlin ein Bündel übergab«, fuhr Hainchelin fort. »Sie wirkten sehr vertraut, wenn Ihr versteht, was ich meine. An Eurer Stelle würde ich mich darum kümmern, statt mich für die Taten der Fortuna anzuklagen.«

Calzabigi schlug zornig mit der Faust auf den Tisch. Dann drehte er sich wortlos um und stürzte zum Ausgang.

Vor dem Lotterieamt bahnte er sich seinen Weg durch die Arbeiter, die damit beschäftigt waren, die Bühne abzubauen. Ohne nach einer Droschke Ausschau zu halten, rannte er die Straße Unter den Linden entlang, stieß mit Passanten zusammen, die ihm hinterherschimpften, erweckte die Aufmerksamkeit zweier Polizisten und war schon um die nächste Ecke, bevor sie ihm nachsetzen konnten. Er lief die Allee hinunter, wechselte die Straßenseite, nahm eine Abkürzung durch zwei Häuserschluchten und bewegte sich dann entlang der Straßen, die er von seinen Kutschfahrten kannte.

Die Sonne brannte an diesem Mittag erbarmungslos vom Gipfel des Himmels herab, und so war er vollkommen durchgeschwitzt, als er endlich vor seinem Haus anlangte. Calzabigi öffnete die Eingangstür, ohne auf den Hausdiener zu warten. Er stürmte die Treppen hinauf, wobei er ins Straucheln geriet und sich an einer Stufe hart das Schienbein anstieß. Endlich kam er vor Maries Tür zum Stehen. Die Rose, die er auch diesen Morgen davor abgelegt hatte, war verschwunden. Er bollerte mit der Faust gegen die Tür und rief wütend ihren Namen. Als keine Antwort aus dem Zimmer drang und auch niemand öffnete, drückte er die Klinke nach unten. Die Tür war verschlossen. Er trat einen Schritt zurück, warf sich nach vorn und rammte seine Schulter gegen das Holz. Krachend splitterte die Türzage in Höhe des Schlosses, die Tür gab nach, und er fiel taumelnd ins Zimmer. Es war leer.

Nur kurz hielt er sich sein schmerzendes Schienbein und die brennende Schulter, während er den Raum nach einer Vase oder einem ähnlichen Behältnis absuchte. Dann humpelte er zum Nachttisch neben dem Bett. Er fegte ein Buch und einen Flakon zur Seite und riss die Schublade heraus. Den Inhalt verteilte er auf dem Boden, warf sich auf die Knie und untersuchte die einzelnen Gegenstände. Anschließend blickte er unter das Bett, wobei seine Perücke verrutschte, nahm den Nachttopf an sich und schaute auch darin nach. Dann erhob er sich und lief zu dem großen Schrank an der Stirnseite, wühlte Kleider heraus und riss Borte aus ihrer Verankerung. Schließlich nahm er sich die Kommode vor. In einer Büchse mit Haarklammern fand er einen Schlüssel und öffnete damit Schublade für Schublade. Er warf Wäsche hinter sich wie ein Hund den aufgewühlten Dreck beim Scharren in der Erde.

Plötzlich stockte er, als er zwischen dem weißen Stoff etwas entdeckte. Mit der Hand strich er über den Einband einer großen Bibel. Im nächsten Moment erspähte er daneben, zwischen der Spitze eines Unterrocks, etwas Metallisches und griff danach.

Verwundert nahm er die Pistole und wog sie in seiner Hand. Sie hatte einen achtkantigen, glatten Lauf. Das Steinschloss war fein graviert, ebenso der aus Nussholz geschnitzte Schaft, in den Ornamente aus eingelegtem Silberdraht eingebracht waren. Auf der Schlossplatte entdeckte Calzabigi Initialen, die er mit dem Zeigefinger nachzeichnete: »G. C«.

Seine Arme erschlafften, und er ließ sich kraftlos zurückfallen. Dann saß er auf dem Fußboden, mit dem Rücken an die Kommode gelehnt, die Hand mit der Waffe von sich gestreckt. Er wusste nicht, wonach er eigentlich gesucht hatte. Nach den Rosen. Oder aber nach irgendeinem Beweis. Für ihre Liebe – oder für ihre Verachtung.

Gefunden hatte er eine Pistole neben einer Bibel. Und es gab keinen Zweifel, wer sie Marie gegeben hatte und zu welchem Zweck. Mit glasigem Blick spannte er den Hahn der Pistole.

Wenn man ihm schon Hörner aufsetzte, dann musste man in Kauf nehmen, einen Teufel erschaffen zu haben.

72

Rom

»Signorina Wilson, hier ist ein Mr. Fields, der Sie sprechen möchte. Kann ich ihn zu Ihnen hochlassen?«

Trishas Herz machte einen Sprung. Carter Fields stand in der Empfangshalle ihres Hotels? Sie schaute in den Spiegel. Auch wenn sie gerade ein wenig gedöst hatte, war sie durchaus gesellschaftsfähig. Mit einer Hand ordnete sie rasch ihre Haare. Chad war in der Stadt unterwegs. Vielleicht war es aber gar nicht so schlecht, wenn sie Fields ohne ihn empfing.

»Schicken Sie ihn hoch!«, sagte sie in den Hörer, dann legte sie auf.

Sie lief durch das Zimmer und hob ein paar Wäschestücke auf. Dann warf sie die Tagesdecke über das Bett. Sie setzte sich auf die Bettkante und wartete. Der Notar hatte ihr, nachdem sie die Unterlagen des Mönchs mit Pradeeps Los abgegeben hatten, die Nachricht zukommen lassen, dass bald die Ziehung stattfinden würde. Nun wurde es also ernst. Nervös kaute sie an ihren Fingernägeln.

Endlich klopfte es an ihrer Tür. Sie sprang auf und öffnete. Vor ihr stand ein Mann wie ein Laternenpfahl, groß gewachsen, kleiner Buckel, eingefallene Wangen, feuerrote Haare. Dazu trug er einen kurz geschorenen roten Schnauzer. Über einem Hemd aus Jeansstoff trug er ein blaues Sakko, dessen Ärmel hochgekrempelt waren, dazu eine einfache Jeanshose und spitze Cowboyschuhe.

»Mr. Carter?«, fragte Trisha.

Er nickte. »Und Sie sind Miss Wilson?«

Auch sie nickte. Sie musterte ihn noch einen Augenblick, dann ließ sie ihn in ihr Zimmer hinein und schloss die Tür wieder.

Der Mann schaute sich mit angestrengter Miene um, als wäre er bei einer Wohnungsbesichtigung.

»Sind wir allein?«, fragte er, als Trisha sich gegen den Schreibtisch lehnte.

»Mein Freund ist in der Stadt. Er muss aber jeden Augenblick zurückkommen. Setzen Sie sich doch.« Sie zeigte auf das Zweiersofa.

Der Besucher betrachtete es mit einem gewissen Unbehagen und nahm dann mit offensichtlichem Widerwillen darauf Platz.

»Wie geht es Ihnen?«, erkundigte sie sich. »Wir haben im Fernsehen von den Schüssen auf Sie gehört. Deshalb war ich mir nicht sicher, ob Sie überhaupt nach Rom kommen können.«

Der Mann blickte sie irritiert an. »Wie meinen Sie?«, fragte er.

Trisha fiel plötzlich der starke Akzent auf, mit dem er Englisch sprach. So redete kein Amerikaner ... »Sie sind nicht Carter Fields, oder?«

»Nein, bin ich nicht.«

»Sondern?« Trisha schaute zur Zimmertür. Sie würde sie vor ihm erreichen. Langsam hatte sie es über, in Hotelzimmern fremde Männer zu empfangen.

»Ich heiße Jean Michel Verbeeck.«

»Henris ... Freund?«, fragte Trisha. Sie verspürte Erleichterung, gleichzeitig versetzte ihr die Erwähnung von Henris Namen einen Stich.

»Sein einstiger Knastbruder – sagen Sie es ruhig«, entgegnete Verbeeck, ohne zu lächeln.

Jetzt wurde ihr auch bewusst, dass er einen belgischen Akzent hatte. Dies war einer der Vorteile, wenn man als Pokerspielerin »arbeitete«. Man kam viel herum, saß im Laufe der Zeit mit Menschen aus fast allen Nationen an einem Tisch und wusste daher, wie man rund um den Globus Englisch sprach.

»Was wollen Sie von mir, und warum haben Sie sich als Carter Fields ausgegeben?«

»Ich hatte Angst, dass Sie mich sonst nicht empfangen würden, nachdem Sie Henri zurück in den Knast geschickt haben.«

»Wer sagt das?«, fragte Trisha. Sie fühlte sich ertappt. Ihre Mundwinkel zitterten, und sie hoffte, dass der Belgier dies nicht bemerkte.

»Er«, antwortete er knapp und heftete seinen Blick auf sie.

»Henri? Sie haben mit ihm gesprochen?« Nun zitterten auch ihre Beine. Trisha kroch weiter auf die Platte des Schreibtisches zurück, sodass sie nun fast saß.

»Ich habe ihn im Gefängnis besucht.«

Dieser Verbeeck war nicht besonders redselig.

»Und wie geht es ihm?«, erkundigte Trisha sich.

Verbeeck wackelte mit dem Kopf. »Wie soll es ihm schon gehen? Ich glaube, er ist verletzt, auch wenn er es nicht zugeben will.«

»Verletzt?«, fragte Trisha besorgt.

»Nicht äußerlich«, sagte Verbeeck. »Hier!« Er fasste sich an die linke Brust.

Trisha versuchte zu verstehen, was genau der Rothaarige meinte. »Weil ich ihn ... Ich meine, weil er glaubt, dass ich ihn ...«

Verbeeck nickte. »Er meint, er hätte es wissen müssen. Weil Sie eine Spielerin sind. Poker, häh?«

Trishas schlechtes Gewissen wich einem gehörigen Maß Empörung. »Ach, jetzt bin ich also schuld daran?«, ätzte sie. »Hätte er mal lieber die Frau nicht missbraucht, dann säße er jetzt in der Sonne und würde sein *Gelato* genießen oder das Kolosseum besichtigen, oder was weiß ich.«

Verbeeck stutzte. »Welche Frau soll er missbraucht haben?«

»Oder die Mädchen, was weiß ich!«, verbesserte Trisha sich.

»Henri hat Mädchen missbraucht?«, hakte Verbeeck mit sorgenvoller Miene nach.

»Na die, wegen der oder wegen denen er im Knast saß!«, stellte Trisha genervt fest.

Unvermittelt brach Verbeeck in lautes Gelächter aus. »Henri hat doch keine Frauen missbraucht, und erst recht keine Mädchen!«, rief er aus. »Ich kenne keinen anständigeren Mann als ihn.«

Trisha schüttelte irritiert den Kopf.

»Haben Sie ihn deshalb verraten? Weil Sie glaubten, er sei ein Vergewaltiger?« Wieder lachte Verbeeck. »Das Leben ist echt scheiße!«, resümierte er, während er sich wieder beruhigte.

»Weshalb saß er dann im Gefängnis?«, fragte Trisha. Nun begann auch noch ihre Stimme zu zittern. Eine böse Vorahnung beschlich sie.

»Betrug, Mandantenverrat. All so ein belangloses Zeug. Der Witz dabei ist, er ist wirklich unschuldig. Alles hat sein Geschäftspartner, der Winkeladvokat, begangen und auf ihn abgewälzt.«

»Sagt er!«, hielt Trisha dagegen. Es waren ihre letzten

zaghaften Versuche, die offenkundige Wahrheit nicht wahrhaben zu wollen.

»Ich habe seine Gerichtsakten gesehen! Henri ist Anwalt. Lag alles in seiner Zelle.« Verbeecks Miene verdüsterte sich. »Und ich habe sogar mit seinem Partner gesprochen.«

Trisha schluckte schwer. »Mit seinem Partner?«

»Er schuldete Henri was. Und da es so aussah, als wenn er nie mehr rauskommt und ich nach meiner Entlassung viel Zeit hatte, habe ich ihn besucht. Der Kerl hat alles zugegeben, der Jammerlappen.«

»Warum ist Henri dann nicht freigekommen?«

»Sein Expartner lebt jetzt in Costa Rica. Und er hat es mir gestanden. Mit einem Messer an den Eiern. Ist freilich nicht gerichtsfest. Aber wahr.«

Trisha biss sich auf die Unterlippe. Sie starrte auf das Muster des Teppichs. Dessen Elemente begannen zu flimmern, sich zu bewegen und sich zu neuen Formen zusammenzufügen. Sie blinzelte, um den Spuk zu beenden.

»Wer hat Ihnen denn den Bären mit der Vergewaltigung aufgebunden?«, wollte Verbeeck wissen.

Trisha überlegte kurz, dann antwortete sie ehrlich: »Mein Freund. Chad. Er kennt einen anderen Insassen in dem Gefängnis. Zhang, ein ehemaliger Pokerspieler.«

»Kann ich mir nicht vorstellen. Zhang tut für Geld zwar alles. Aber er kennt Henri.«

Es klopfte an der Tür. »Oh, das ist bestimmt Chad!«, meinte Trisha. »Er kann es Ihnen selbst erzählen.«

Mit dem Gefühl der Erleichterung ging sie zur Zimmertür und öffnete sie. Zu ihrer Überraschung stand dort nicht Chad, sondern Pradeep.

»Was ist denn mit dir passiert?«, fragte sie erschrocken und zeigte auf seine zerrissene Hose und seinen blutenden Arm.

»Ein Motorroller. Ich glaube, jemand hat versucht, mich zu überfahren.«

Kurz darauf saß Pradeep mit einem nassen Handtuch auf dem Arm neben Verbeeck auf dem Sofa. Trisha hatte auf dem Sessel davor Platz genommen.

»Scheint so, als hat es jemand auf die Lotterieteilnehmer abgesehen«, stellte Verbeeck fest, nachdem Pradeep seine Geschichte erzählt hatte.

»Erst Henri, dann dieser Fields, nun Sie.« Er zeigte auf Pradeep. »Logischerweise würde man denken, der Täter ist derjenige, den es nicht getroffen hat«, sagte er zu Trisha gewandt. »Oder einer müsste auf sich selbst geschossen oder versucht haben, sich selbst zu überfahren, was ziemlich unwahrscheinlich ist. Nun ja, und die Geschichte mit Henri am Flughafen spricht auch nicht gerade für Sie.«

Trisha öffnete den Mund, um zu protestieren, doch seine Worte klangen einleuchtend. Auch Pradeep blickte sie nun mit großen Augen an.

»Würden Sie mir glauben, wenn ich Ihnen sage, dass ich nicht versucht habe, die anderen umzubringen?«, fragte sie schließlich und wandte sich dann an Pradeep. »Glaubst du mir?«

Eine Weile schwiegen alle.

»Ich glaube Ihnen«, sagte Verbeeck schließlich. »Aber dann sind Sie womöglich auch in Gefahr.«

»Wer war es dann?«, rief Pradeep. »Und wer hat mich in Mumbai entführt?«

Trisha zuckte mit den Schultern. Sie fasste ihre Haare mit der rechten Hand und band sie mit einem Haargummi zusammen, das sie um das Handgelenk getragen hatte. Wieder fiel ihr Blick dabei auf das Muster des Teppichs. Sie glaubte, irgendetwas darin zu erkennen, kam aber nicht darauf, was es sein könnte. Ihr war plötzlich danach, allein zu sein. Sie musste nachdenken.

»Weshalb wollten Sie mich überhaupt sprechen?«, fragte sie Verbeeck.

»Ich dachte, vielleicht wollen Sie die Sache mit Henri reparieren.«

Trisha schaute auf Pradeep, der erwartungsgemäß fragend dreinblickte.

»Wie kann ich das tun? Ihm beim Ausbrechen helfen? Einen Kuchen backen – mit einer Feile drin?« Sie schüttelte verbittert den Kopf. »Es gibt Fehler, die kann man nicht wiedergutmachen«, fügte sie an.

»Ich wüsste da vielleicht was«, entgegnete Verbeeck vielsagend.

73

Rom

Dottore Giuseppe Aurelio saß mit geschlossenen Augen weit zurückgelehnt in seinem Lederstuhl, hatte die Füße auf den kostbaren Schreibtisch gelegt und tat nichts. An zu erledigenden Aufgaben mangelte es ihm jedoch nicht. Die Urkundenrollen stapelten sich neben den Akten auf seinem Schreibtisch, einem alten Familienerbstück aus Florenz. Er hatte ihn schon anonym im Internet angeboten, doch kein Interessent war bereit gewesen, den von ihm geforderten Preis zu zahlen. Im Kopf überschlug er, was er für die Akten, die es heute zu bearbeiten galt, abrechnen konnte. Für einen normalen Römer ein kleines Vermögen. Für ihn zu wenig. So viel er mit dem Notariat auch einnahm, so schnell rann es ihm durch die Finger. Was er hier verdiente, gab er abends wieder aus, und er vermutete, dass zumindest ein kleiner Teil von dem, was er in den noblen Hinterzimmern der Stadt verlor, irgendwann wieder auf seinem Notarkonto landete.

Er hatte sich schon lange eingestanden, dass es eine Sucht war. Jeder vernünftige Mensch hätte an seiner Stelle schon lange aufgehört. Eingesehen, dass es an den Roulettetischen über kurz oder lang mehr zu verlieren gab als zu gewinnen. Aber das war der Punkt: Ihm ging es gar nicht um den Gewinn. Jeder Gewinn war für ihn nur der nächste Einsatz, jeder Einsatz der mögliche neue Gewinn. Er schaute auf seinen Schreibtisch, wo in einem schweren Aschenbecher aus Messing eine kleine weiße Kugel lag. Er war wie diese

Kugel, die sich – einmal in den Roulettekessel geworfen – auf ewig im Kreis zu drehen schien, bis einer *»Rien ne va plus«* rief. Irgendwo musste er diesen Teufelskreis durchbrechen. Und heute Morgen, nach einer langen Nacht, hatte er entschieden, dass er im Büro damit beginnen würde. Man musste den Baum des Bösen an der Wurzel vergiften.

Das Telefon klingelte. Ärgerlich schwang er die Füße vom Tisch und nahm ab.

»Ich habe doch gesagt …«, raunzte er in den Hörer und hielt kurz inne, um zu verschnaufen.

»Ich weiß. Aber hier ist ein offenbar wichtiger Herr, der meinte, Sie würden ihn ganz bestimmt sprechen wollen.« Seine Sekretärin senkte die Stimme. »Es ist Mr. Carter Fields aus New York. Er war im Fernsehen, weil man -«

»Ich weiß, ich weiß!«, unterbrach er seine Mitarbeiterin. »Und er ist hier? Vor meiner Bürotür?«

»Ja, Dottore.«

»Sagen Sie ihm, ich empfange ihn gleich!«

Aurelio legte auf und atmete tief durch. Diese Lotterie raubte ihm bei all seinen Sorgen noch seine letzten Nerven. Es war das älteste Mandat der Kanzlei, die seine Familie seit über dreihundert Jahren in Rom führte. Die Mandatsvereinbarung datierte aus dem August 1764. Er konnte sich nicht daran erinnern, dass sein Vater oder sein Großvater in dieser Angelegenheit jemals aktiv werden mussten. Er erinnerte sich noch an die Faszination, die er empfunden hatte, als er die Notarprüfung bestanden und sein Vater den Tresor geöffnet und die Kassette aus Ebenholz hervorgeholt hatte. Wie er mit der rechten Hand das aus Blattgold gefertigte Wappen auf dem Deckel vorsichtig berührte hatte und die alten Papiere mit den Anweisungen durch seine Finger geglitten waren. Von diesem Zauber war nichts mehr übrig geblieben. Die Gestalten aus der Vergangenheit, die dem Kästchen beim Öffnen wie Geister entschwebten, hatten sich verflüchtigt und waren inzwischen durch ganz reale Personen ersetzt worden, die Trisha Wilson oder Carter Fields hießen und ihn genauso nervten wie seine anderen Mandanten auch.

Er straffte seine Krawatte, drückte eine widerspenstige Haarsträhne an seine Stirn und benutzte ein Mundspray, das er in seiner Schublade verwahrte. Dann gab er seiner Sekretärin Bescheid, dass er bereit war, Mr. Fields zu empfangen.

Kurz darauf stand der Amerikaner in seinem Türrahmen. Er wirkte wie der stark geschrumpfte Zwilling des Mannes auf den Fotos, die er in den vergangenen Tagen in den Zeitungen und im Fernsehen von ihm gesehen hatte. Der teure Anzug schien zwei Nummern zu groß. Sein Teint war aschfahl, das Gesicht schmal und spitz. Den kurzen Weg zu einem der Stühle vor Aurelios Schreibtisch legte er stark gebückt mit wackeligen Schritten zurück. Der Notar trat auf ihn zu, gab ihm die Hand und bedeutete ihm, sich hinzusetzen.

»Haben Sie meine Nachricht nicht erhalten? Ich fürchte, Sie sind zu früh«, sagte Aurelio, während er um den Schreibtisch zu seinem Platz schritt. »Die Ziehung ist erst morgen. Um sechzehn Uhr.«

Carter saß zusammengesunken in seinem Stuhl, fast schien es, als würde er sich an die Armlehnen klammern, um nicht von der Sitzfläche zu rutschen. »Ich weiß, Dottore. Herzlichen Dank.« Er sprach mit kräftiger Stimme, was so gar nicht zu seiner körperlichen Verfassung passte. »Ich bin froh, dass wir uns vorher noch einmal unterhalten können. Unter vier Augen.«

Das Lächeln und die Art, wie Fields seine Stimme verschwörerisch senkte, ließ Aurelio aufhorchen. »Ich muss darauf hinweisen, dass ich als Notar Pflichten unterliege. Ich bin allparteilich. Daher denke ich, dass es besser wäre, wir würden uns nicht unter vier Augen unterhalten«, entgegnete er in pflichtgemäßem Ton.

»Besser für wen?«, fragte Fields zurück und fixierte ihn aus wässrigen Augen, deren Ränder leicht gerötet waren.

Aurelio zuckte mit den Schultern. »Besser eben«, sagte er unsicher.

»Auf jeden Fall nicht besser für Sie. Denn ich beabsichtige, Ihnen ein Angebot zu unterbreiten.«

Aurelio hob abwehrend die Hände, doch Fields schien dies nicht zu bemerken.

»Wir sind die beiden einzigen Geschäftsleute bei dieser ganzen Lotterie«, fuhr er fort. »Schauen Sie auf die anderen. Ein Slumbewohner, eine Pokerspielerin, ein Häftling.« Fields lachte verächtlich. »Ein Sammelsurium abgewrackter Gestalten. Glücksritter, die an Zufälle glauben. Wir beide sind anders.«

Er machte eine Pause, als müsse er kurz Kraft tanken, um weitersprechen zu können. Aurelio verharrte in seinem Sessel und wagte nicht, zu atmen. Er war gespannt, worauf der Amerikaner hinauswollte.

»Lassen Sie uns doch diese ganze Lotterie als eine Art Business betrachten«, schlug Fields vor. »Als einmalige Geschäftschance für uns beide. Verstehen Sie? Auch für Sie.«

»Ich ahne, worauf Sie hinauswollen«, bemerkte Aurelio zögerlich und beugte sich in seinem Sitz nach vorn.

»Ich wäre von Ihnen enttäuscht, wenn Sie es nicht ahnen würden«, entgegnete Fields spitz. Dann legte er seinen Kopf zur Seite. »Können Sie die Ziehung beeinflussen?«

Der Notar starrte sein Gegenüber an. Es dauerte eine Weile, bis er die Bedeutung der Frage verstand.

»Selbst wenn ich es könnte – warum sollte ich?«, entgegnete Aurelio, um Zeit zu gewinnen.

»Es geht immer um einen Anteil von irgendetwas. Liebe, Geld, Ehre. Bei allem. Und natürlich auch hier. Wenn ich gewinnen sollte, wäre ich bereit, Ihnen etwas abzugeben.«

»Ich denke, nun ist der Zeitpunkt gekommen, wo wir dieses Gespräch abbrechen sollten. Alles, was ich Ihnen anbieten kann, ist, Ihre Worte für mich zu behalten.«

»Wie man hört, schulden Sie einigen Herrschaften reichlich Geld?«, bemerkte Fields wie beiläufig.

»Das hört man?«, erwiderte Aurelio verdattert.

»Wenn man ich bin, ja«, entgegnete Fields.

Aurelio suchte Halt an der Schreibtischkante. Für einen kurzen Moment schien sein Büro sich zu drehen.

»Verstehen Sie mich nicht falsch, Dottore«, fuhr Fields fort. »Ich habe großen Respekt vor Ihrem Beruf. Aber schauen Sie, das ganze Leben ist ein Spiel. Und leider ist es kein besonders faires. Denn es ist stets völlig unklar, wie die Spielregeln sind. Sicher, vielleicht gibt es einen groben Rahmen. Durch diejenigen, die glauben, sie sind legitimiert, Gesetze zu erlassen. Aber ansonsten spielt jeder, der nur ein bisschen Verstand hat, nach seinen eigenen Regeln.« Fields fasste sich an den Rücken und veränderte seine Sitzposition. Er schien Schmerzen zu haben. »Vertrauen Sie mir, ich weiß, wie man dieses Spiel spielt, andernfalls hätte ich nicht Milliarden Dollar angehäuft.«

Aurelio wollte etwas einwerfen, aber Fields ließ ihn nicht zu Wort kommen.

»Glauben Sie die Gerüchte über meine Fonds nicht. Alles Lügen. Die sind auch Teil des Spiels. Um zu gewinnen –

oder um wenigstens nicht zu verlieren –, muss man eines beherzigen in diesem Spiel, das Leben heißt: Spiel nach deinen eigenen Regeln, dort, wo du es kannst.«

Nun machte Fields eine Pause, doch Aurelio starrte ihn nur an und schwieg.

Fields blickte ihn eindringlich an. »Verstehen Sie? Daher meine Frage: Können Sie die Ziehung morgen beeinflussen?«

Aurelio verzog das Gesicht zu einer gequälten Grimasse. Sein Blick wanderte zu der weißen Kugel im Aschenbecher vor ihm.

74

Berlin, 1764

Calzabigi musste tatsächlich kurz eingenickt sein. Als er erwachte, wusste er zunächst nicht, wo er sich befand. Erst der Schreck über die Pistole, die noch immer fest umschlossen in seiner Hand ruhte, ließ die Erinnerung zurückkehren.

Sein Blick wanderte durch das Zimmer, das aussah, als hätten die Husaren darin gewütet. Die Unordnung war ein Sinnbild für sein Leben. Was hatte er sich gemüht für die Lotterie. Erst in Paris, dann in Brüssel und nun hier. Wie viele Opfer hatte er in Kauf genommen, wie viele Widerstände hatte er überwunden – und am Ende war er doch immer gescheitert. Nicht an sich selbst, sondern an den Intrigen, die andere gesponnen hatten. Die Idee von der königlichen Lotterie war so vollendet, als habe die Natur sie geschaffen. Die Verteilung von Losen an das Volk, von denen jedes einzelne die Erfüllung des Schicksals versprach. Die vor aller Augen vollzogene, nicht durch Menschenhand gelenkte Auserwählung Einzelner aus der Masse. Die Förderung der Monarchie durch die Einnahmen, die wiederum die Verteilung neuer Lose ermöglichte. Es war, als locke man das Schicksal immer wieder aufs Neue aus seinem Versteck, damit es im besten Sinne zuschlagen, das Glück neu unter den Menschen verteilen konnte. Nur er, der als Dompteur der Bestie Schicksal durch die Welt reiste – er ging stets leer aus.

Nun saß er hier. Vom Glück verlassen, von seiner großen

Liebe verschmäht. Er schaute auf die Pistole in seiner Hand. Auf der Militärakademie hatte er als junger Mann gelernt, damit umzugehen. Es würde nicht wehtun. Aus Geschichten hatte er erfahren, dass die sicherste Möglichkeit war, sich den Lauf in den Mund zu schieben. Langsam hob er die Waffe und richtete sie gegen sich. Der Lauf fühlte sich auf seinen Lippen kalt an, und er schmeckte das Metall auf seiner Zunge. Der Geruch von Schwarzpulver kitzelte in seiner Nase. Er umklammerte den Griff der Waffe mit beiden Händen, deren Zittern den Pistolenlauf gegen seine Zähne schlagen ließ. Dann kniff er die Augen zu und krümmte den Zeigefinger um den Abzug.

Plötzlich vernahm er fröhliches Gelächter. Er nahm die Waffe wieder aus dem Mund und horchte. Aus dem Erdgeschoss drang eine laute Männerstimme nach oben, gefolgt von einer helleren Stimme und lautem Gekicher. Er zog sich an der Kommode hoch und schlich zur halb angelehnten Tür. Sie quietschte in den Angeln, als er sie vorsichtig öffnete. Die Stimmen wurden lauter. Ohne Zweifel kamen sie aus dem Salon. Aus seinem Salon! Die Pistole in der Hand, ging er auf Zehenspitzen zur Treppe. Seine Ohren hatten ihn nicht getrogen. Während er hier oben in größter Verzweiflung gewesen war und kurz davor gestanden hatte, seinem Leben ein Ende zu setzen, wurde im Stockwerk unter ihm gescherzt. Vorsichtig ging er die ersten Stufen hinunter. Als er am Treppenabsatz angelangt war, ohne dass das Knarren der Stufen ihn verraten hatte, war er sich sicher: Es war kein anderer als Casanova, der dort in seinem Haus die Stimme erhob. Es brauchte keine besondere Vorstellungskraft, um zu wissen, mit wem er sich dort so köstlich vergnügte. Das letzte Stück bis zur Tür, die in den Salon führte, überbrückte er ebenfalls geräuschlos.

Er presste sein Ohr an das kühle Holz. Nun verstand er, was gesprochen wurde.

»Es kitzelt!«, hörte er Marie sagen.

»Seid unbesorgt, es wird nicht wehtun«, antwortete Casanova fürsorglich. »Vertraut meiner jahrelangen Übung. Es wird nur ein wenig bluten.«

Calzabigi spürte, wie Wut in ihm aufstieg.

»Nicht zu fest saugen!«, rief Marie.

»Nun entspannt Euch, ich öffne Euer Korsett noch ein bisschen. Ich versichere Euch, Ihr werdet Euch hinterher wohler fühlen. Ihr werdet es nicht bereuen!«

Die Finger von Calzabigis linker Hand krallten sich in die Wandtapete. Mit der rechten hob er die Pistole. Der Hahn war noch immer gespannt.

Nun hörte er Marie leise aufstöhnen.

»Ich sagte Euch doch, Ihr werdet es genießen!«, hörte er Casanova sagen.

Seine Muskeln verhärteten sich, als wollten sie aus seiner Haut platzen. Er hatte genug gehört. Mit einem Schrei, als stürme er aufs Schlachtfeld, riss er die Tür auf und stürzte in den Salon. Der Anblick, der sich ihm bot, bestätigte seine schlimmsten Befürchtungen. Marie lag bäuchlings auf dem Sofa, ohne Rock, ihr Korsett weit aufgeknöpft. Casanova saß neben ihr, die Hände auf ihrem nackten Rücken. Im Augenblick war er damit beschäftigt, die Schnüre ihres Korsetts zu öffnen.

Calzabigi hob die Waffe und ging mit ausgestrecktem Arm auf die beiden zu. Marie war bei seinem Erscheinen erschrocken aufgefahren und hielt ihre Arme gekreuzt vor der Brust. Casanova blickte ihm nicht minder überrascht entgegen. Wenn Calzabigi in seinem Zorn nicht irrte, schien er ihn sogar anzugrinsen.

»Verräter!«, brüllte Calzabigi zornig und schritt auf den Venezianer zu. »Fahrt zur Hölle!«, rief er, als er sich nahe genug wähnte, und betätigte den Abzug, der allerdings schwerer ging, als er erwartet hatte.

In diesem Moment warf sich Marie von der Seite zwischen Casanova und ihn.

»Es ist nicht, wie Ihr denkt!«, hörte er ihre sich überschlagende Stimme durch einen lauten Knall hindurch. Maries fragender Gesichtsausdruck verblasste hinter einem hellen Lichtblitz, der aus der Pistole emporschoss, und seine Lider schlossen sich augenblicklich.

Als Calzabigi die Augen wieder öffnete, sah er durch eine sich auflösende Rauchwolke, wie Maries Körper auf ein zufällig am Boden liegendes Kissen fiel. Auf Höhe ihres Bauches sickerte durch das Korsett Blut. Die Pistole glitt ihm aus der Hand.

»Was habt Ihr getan?«, hörte er Casanova rufen, der vom Sofa aufsprang und sich neben Marie kniete.

Calzabigi befahl seinen Beinen, zu ihr zu rennen, und seinen Armen, ihr zu helfen, doch beide verweigerten ihre Dienste. So stand er, von der Lautstärke der Explosion wie betäubt, und beobachtete Casanova, der eine Hand auf ihre Wunde legte und vergeblich nach einem Puls suchte. Der Venezianer hob ihren linken Arm und ließ ihn aus einiger Höhe fallen, sodass er hart neben ihrem Körper aufschlug.

»Sie ist tot!«, schrie er Calzabigi entgegen. »Mausetot! Ihr habt Sie umgebracht!« Casanova sprang auf ihn zu, packte ihn an den Handgelenken und schüttelte ihn, als wolle er nun ihn zum Leben erwecken. »Versteht Ihr? Ihr habt Sie umgebracht!«

Casanova ließ von ihm ab und lief zurück zu Marie. Dann hielt er plötzlich inne.

»Ihr dachtet, wir würden ...«, sagte er ungläubig und schlug sich auf die Stirn. Er zeigte auf eine Schale auf dem Tisch. »Eure Gemahlin hatte unerträgliche Schmerzen in den Gelenken, vielleicht wegen des Wetterumschwungs. Und ich habe ihr auf ihre Bitten hin Blutegel aufgesetzt. Vielleicht wisst Ihr, dass ich ...« Er brach mitten im Satz ab. »Und Ihr dachtet ...« Wieder sprach Casanova nicht zu Ende, sondern schüttelte den Kopf.

Calzabigi blickte auf die Schale. Tatsächlich tummelten sich darin in einer Pfütze Wasser mehrere der sonderbaren Tierchen.

Casanova betrachtete eine Weile Maries leblosen Körper vor sich, dann wandte er sich an Calzabigi. »Wir müssen fliehen. Sofort!«, sagte er und zog ihn am Ärmel zur Tür.

Calzabigi verlor beinahe das Gleichgewicht.

»Ich muss zu ihr!«, stieß er aus und versuchte, sich Casanova zu widersetzen.

Der packte ihn fester am Arm. »Hört auf mich. Wenn wir jetzt fliehen, werdet Ihr in Freiheit weiterleben und nicht am Galgen oder im Kerker landen.«

»Ich muss zu ihr«, wiederholte Calzabigi. »Ich habe sie geliebt!«

Casanova deutete auf Marie, die leblos auf dem Boden lag. Mittlerweile hatte sich neben ihr eine kleine Blutlache gebildet. »Für sie könnt Ihr nichts mehr tun. Nun rettet wenigstens Euch!«

»Was wäre das für ein Leben mit dieser Schuld!«, jammerte Calzabigi verzweifelt.

»Ich habe Freunde, die Euch von Eurer Last befreien können«, antwortete Casanova, ohne lange zu überlegen.

»Wie sollte das gehen – kennt Ihr etwa Gott?«, fragte Calzabigi zynisch. Nun ließ er seinen Tränen freien Lauf.

»So ähnlich«, erwiderte Casanova. Er umfasste Calzabigis Hüfte und schob ihn sanft zur Tür.

Calzabigi hielt sich am Türrahmen fest und warf einen letzten Blick auf Marie.

»Was wird aus Charles?«, fragte er mit leerer Stimme.

»Er ist ein Waisenkind«, entgegnete Casanova.

Calzabigis Arm erschlaffte, und er ließ sich widerstandslos von Casanova hinausführen.

75

Rom

Trisha hatte nicht gut geschlafen. Vielleicht, weil heute endlich der große Tag war – der Tag der Ziehung.

Doch vermutlich war das nur die halbe Wahrheit. Sie hatte den Gedanken schwer ertragen können, dass sie in einem flauschigen Hotelbett lag, während Henri einige Kilometer Luftlinie entfernt in einer Gefängniszelle saß, und das wegen ihr. Und wenn man diesem Verbeeck glauben konnte, war er sogar unschuldig. Und irgendetwas tief in ihr drin wollte Verbeeck glauben. Immer wenn sie die Augen geschlossen hatte, war ihr Henri erschienen, wie er im Flughafengebäude vor ihr abgeführt worden war und sie mit diesen traurigen Augen angeschaut hatte. Er taugte aufgrund seiner überheblich erscheinenden Art nicht besonders dazu, Mitleid zu erregen. Aber er wollte nicht aus ihrem Kopf verschwinden.

Schließlich hatte Chads Schnarchen ihren Schlafambitionen den Rest gegeben. Er war gekommen, kurz nachdem Verbeeck und Pradeep verschwunden waren, und er hatte sehr verhalten auf die neuen Nachrichten reagiert.

»Zhang muss gelogen haben«, hatte sie aufgeregt behauptet.

Doch er fragte nüchtern zurück, warum Zhang dies tun sollte. »Außerdem habe ich dir doch von dem Zeitungsartikel erzählt, den Zhang mir geschickt hat«, hielt er ihr entgegen. Dann stellte er seine Reisetasche auf den Kopf, den Zeitungsartikel fand er jedoch nicht mehr. »Das blöde Zimmermädchen muss ihn für Müll gehalten haben!«, fluchte er.

Vor dem Einschlafen stritten sie fast darüber, ob Verbeeck tatsächlich ein Lügner war.

»Es würde mich nicht wundern, wenn er es war, der versucht hat, im Auftrag des Anwalts diesen Inder zu überfahren«, mutmaßte Chad. »Er kam doch kurz vor ihm zu dir. Und dann hat er sich auch noch als diesen Investmentbanker ausgegeben. Vergiss nicht: Er ist auch ein Krimineller!«

Das klang nicht unlogisch, und deshalb verzichtete sie darauf, ihm zu widersprechen. Danach hatte sie sich nicht mehr getraut, ihm von Verbeecks Plan für die heutige Ziehung zu erzählen.

So hatte sie die Stunden bis zum Morgen rückwärts gezählt und war schließlich aufgestanden, lange bevor die Dämmerung einsetzen würde. Um Chad nicht zu wecken, hatte sie sich für einen langen Spaziergang durch das erwachende Rom entschieden.

An allen Ecken roch es nach frisch gebackenem Brot. Männer in Arbeitsmontur standen an Tischen vor Bars und tranken Espresso, und Straßenreinigungsfahrzeuge hinterließen nasse Spuren im Straßenstaub.

Der frühe Morgen hatte auf Trisha schon immer eine beruhigende Wirkung gehabt. Ähnlich wie eine noch unbetretene Schneelandschaft oder ein eingeschweißtes Deck Karten. Sie liebte Dinge, die unberührt waren. Oder war »unverdorben« das richtige Wort?

Während sie durch die Gassen streifte, wanderten ihre Gedanken immer wieder zu dem gestrigen Gespräch mit Verbeeck. Seine Worte hatten etwas in ihr ausgelöst, allerdings konnte sie nicht fassen, was es war. Ihr war, als suche sie nach einem Wort, fand aber nur Synonyme, die nicht so recht passten. Auf einmal legte sich das Muster des Teppichs im Hotelzimmer über das Kopfsteinpflaster vor ihr, und sie blinzelte, um die Fata Morgana loszuwerden. Vermutlich war sie einfach ein wenig durch den Wind. Die Strapazen der letzten Tage hatten sie ziemlich mitgenommen – kein Wunder, dass sie nun begann, zu fantasieren.

So drehte sie eine große Runde, und erst als es fast hell wurde, kehrte sie in ihr Hotel zurück. In der Lobby kam ein junger Italiener auf sie zugeeilt.

»Signorina Wilson?«, fragte er mit starkem italienischen Akzent.

Sie nickte.

»Ihr Freund, Mr. Harris ... Als er gestern den Motorroller zurückgegeben hat, habe ich vergessen, ihm seinen Ausweis auszuhändigen, den er als Kaution hinterlegt hatte. Wären Sie so freundlich und würden ihn ihm geben?«

Trisha starrte auf den Ausweis, von dem Chad ihr mit ernstem Gesicht entgegenblickte.

»Signorina, wenn es Umstände macht, dann kann ich ihn auch selbst zurückgeben ...«, sagte der Hotelangestellte verunsichert.

»Nein, kein Problem; natürlich mache ich das!«, antwortete Trisha freundlich.

Schon wollte der Hotelmitarbeiter sich mit einem Gruß verabschieden, als Trisha ihn zurückhielt.

»Was für ein Roller war das?«, fragte sie.

»Der da draußen«, antwortete ihr Gegenüber und zeigte vor den Eingang. Dort stand eine schwarze Vespa.

Trisha nickte gedankenverloren. Wie in Trance ging sie zu den Fahrstühlen. Obwohl ihr Zimmer im ersten Stock lag, drückte sie den Knopf für das vierte Geschoss. Während der Lift sich mit bebenden Türen nach oben quälte, hatte sie das Gefühl zu fallen. Wie beim Memory-Spiel, wenn fast alle Pärchen aufgedeckt waren, fügte sich in ihrem Kopf plötzlich alles zusammen. Und als sie über den Flur lief, flogen die Muster auf dem Hotelteppich, der genauso aussah wie der in ihrem Zimmer, unter ihren Füßen hin und her und ordneten sich zu einer neuen Figur, die dem Foto auf dem Ausweis in ihrer Hand glich.

Endlich hatte sie Pradeeps Zimmer erreicht. Seit dem gestrigen Abendessen hatte sie ihn nicht mehr gesehen. Sie klopfte, doch niemand öffnete ihr. Vielleicht war er bereits unten beim Frühstück. Mit einem unguten Gefühl kehrte sie zurück zum Fahrstuhl und fuhr drei Etagen hinab. Sie ging zu ihrem Zimmer, öffnete die Tür und trat ein. Die Gardine war aufgezogen, was bedeutete, dass Chad mittlerweile wach war.

»Wo warst du?«, ertönte seine Stimme dicht neben ihr.

Er stand in der Badezimmertür. Außer einem Handtuch, das er um die Hüften geschlungen hatte, war er nackt. Trisha fuhr erschrocken zusammen.

»Spazieren«, stieß sie hervor und beeilte sich, von ihm wegzukommen. Sie setzte sich auf das ungemachte Bett.

Chad folgte ihr und drängte sich neben sie. Der Geruch von Duschgel zog zu ihr herüber.

»Habe dich beim Aufwachen vermisst«, sagte er und versuchte, ihr einen Kuss auf den Hals zu geben.

Trisha neigte den Oberkörper zur Seite, sodass er sie nicht erreichen konnte.

»Was ist?«, rief Chad und lachte kurz auf. »Aufgeregt an unserem großen Tag?« Er schlang seinen Arm um ihren Bauch, doch sie entwand sich seinem Griff und rückte weiter weg.

»Ich will das jetzt nicht!«, sagte sie bestimmt.

Chad richtete sich irritiert auf und rückte sein verrutschtes Handtuch zurecht.

»Was ist mit dir los?«, fragte er unwirsch. Dann deutete er auf ihre Hand. »Was ist das?«

Bevor sie antworten konnte, schnellte seine Hand blitzschnell nach vorn und entriss ihr seinen Ausweis.

»Wo hast du ihn her?«, fragte er und ließ seine Hand mit dem Ausweis in den Schoß sinken, als ihm die Antwort bewusst wurde.

Trisha saß zusammengesunken neben ihm und beobachtete ihn aus den Augenwinkeln.

»Es ist nicht so, wie du denkst«, versuchte Chad, sie zu beschwichtigen.

»Was denke ich denn, wie es ist?«, fragte Trisha mit erstickter Stimme.

»Ich habe eine kleine Ausfahrt gemacht. Zur Ablenkung. Und da habe ich ihn gesehen. Und dann bin ich mit der Bremse nicht zurechtgekommen. Danach war es mir einfach unangenehm –«

»Du warst schon immer schlecht im Bluffen«, fiel Trisha ihm ins Wort.

Chad seufzte. Nach kurzer Überlegung sprang er auf und kniete vor Trisha nieder. Er ergriff ihre Hände.

»Trish, hör mir zu«, bat er sie in eindringlichem Ton. »Ich habe es für uns getan. Er steht zwischen uns und einem riesigen Vermögen, das wir uns nicht vorstellen können. Was sollte ich tun? Es vielleicht ihm überlassen? Du kennst es vom Pokern: Je weniger Mitspieler, umso besser!« Er sprach langsam und mit zitternden Stimmbändern.

»Und was ist mit den anderen?«, schrie Trisha ihn empört an und riss sich los.

Sie gab ihm einen Stoß und stand auf. Chad lag am Boden. Das Handtuch hatte sich geöffnet, und er war nun vollkommen nackt.

»Trish, willst du das nicht verstehen? Mit dem Geld haben wir ausgesorgt. Du kannst deinen Eltern die Schulden zurückzahlen und dich tausendmal mit Ihnen versöhnen. Und wir müssen nie wieder spielen, um Geld zu verdienen. Es ist unsere Fahrkarte in ein Leben, wie wir es uns immer erträumt haben! Dieser Knastbruder aus Deutschland, dieser Finanzhai von der Wall Street, dieser Slumbewohner aus Indien. Die sind doch alle Abschaum! Die haben das Geld nicht verdient!«

Auf Trishas Armen bildete sich eine Gänsehaut.

»Hast du auf den Amerikaner geschossen?« Sie hatte Mühe, die Frage herauszubringen.

»Er hat Tausende gutgläubige Anleger um ihr Geld gebracht!«, schrie Chad ihr entgegen. »Er hat es verdient! Ich habe leider vorher noch niemals so eine Waffe benutzt, sonst hätte ich sie nicht verrissen!« Chad warf ihr einen flehentlichen Blick zu.

»Und Henri?« Trisha konnte die Tränen nicht mehr zurückhalten. Vor ihren Augen bildeten sich große schwarze Flecken, und sie merkte, wie ihr übel wurde.

»Zhang hat damit irgendeinen Junkie beauftragt. Der Kerl hat es verdient. Er ist ein Betrüger!«

»Aber kein Vergewaltiger«, schluchzte Trisha.

Chad rappelte sich auf und rutschte dann splitterfasernackt auf den Knien zu ihr.

»Ich wusste, dass du es sonst nicht tun würdest. Aber ob Betrüger oder Vergewaltiger, das spielt doch überhaupt keine Rolle! Er gehört ins Gefängnis.« Chad streckte seine Arme nach ihr aus.

Trisha wagte kaum, die nächste Frage zu stellen. »Und der Mönch?«

Plötzlich geriet sie ins Wanken. Sie fasste sich an die Stirn. »Oh, war ich blöd!«, rief sie aus. »Seine Verletzungen waren so schwer, dass ich ihn nicht richtig verstanden habe. Er hat zu mir nicht ›Henri‹ und auch nicht ›mein Freund‹ gesagt, bevor er starb.« Sie sprach nun mehr zu sich selbst. »Er meinte ›Harris‹. Chad Harris. So hattest du dich ihm vorgestellt. Und er meinte ›dein Freund‹. Er wollte mir seinen Mörder verraten!«

Nun stieß auch Chad einen langen Schluchzer aus. »Es war ein Unfall! Ich wollte nur mit ihm reden. Ein paar Informationen zu den anderen Mitspielern bekommen. Er mauerte, wollte mich des Zimmers verweisen. Er meinte, das ginge mich nichts an, und bat mich, endlich zu gehen. Es gab ein Gerangel. Er stürzte unglücklich. Dann hörte ich dich klopfen und versteckte mich im Badezimmer.«

Chad begann zu weinen. Immer noch vor ihr kniend, umschlang er ihre Oberschenkel und schmiegte seinen Kopf an ihre Beine.

»Scheiße, er war ein Mönch! Ich träume fast jede Nacht von ihm«, jammerte er unter Tränen. Dabei hielt er ihre Beine fest umklammert.

Sie spürte, wie ihre Jeans von seinen Tränen feucht wurde. Doch Trisha machte keine Anstalten, ihn zu trösten. Stattdessen stand sie starr wie eine Eissäule. Ihre Brust drohte zu zerspringen. Kurz schaute sie zur Zimmertür, die vielleicht zehn oder zwölf Schritte entfernt war. Sie musste unbedingt hier raus, aber vorher wollte sie die ganze Wahrheit erfahren.

»Und wo ist Pradeep?«, fragte sie. Das Beben an ihren Beinen hörte auf. »Was hast du inzwischen mit ihm gemacht?«

Chad schaute von unten zu ihr hoch. »Nichts. Ich weiß nicht, wovon du redest. Ich schwöre es dir!«

Trisha senkte langsam den Kopf und fing seinen Blick auf. Seine Augen waren verweint, doch hinter dem Film aus Tränen wirkten sie kühl und undurchdringlich. Wie eine vereiste Scheibe im Winter. War das schon immer so gewesen, oder hatte er sich in jüngster Zeit verändert? Mit zitternden Gliedern beugte sie ihren Oberkörper Zentimeter für Zentimeter zu ihm herunter, packte seine Arme und löste sie vorsichtig von ihren Beinen. Er ließ es widerstandslos mit sich geschehen.

»Siehst du ein, dass ich es tun musste?«, fragte er schniefend.

In seine Stimme war so etwas wie Zuversicht zurückgekehrt. Trisha legte ihre Hände auf seine beiden Wangen, als wolle sie ihn trösten. Seine nasse Haut glühte. Vorsichtig schob sie seinen Kopf zur Seite. Er begann zu lächeln.

»Ich wusste, dass du mich verstehst, Baby«, flüsterte er und legte seine Hände zärtlich auf ihre.

Trisha konnte ihre Tränen erneut nicht zurückhalten, die nun direkt in Chads Gesicht stürzten.

»Du bist ein Mörder!«, schluchzte sie.

Im nächsten Moment hob sie ihr rechtes Knie und rammte es Chad mit aller Kraft ins Gesicht. Sein Kopf schnellte nach hinten, und er fiel zu Boden. Trisha machte einen großen Schritt und sprang über den stöhnend vor ihr liegenden Chad. Unglücklicherweise kam sie mit dem rechten Fuß auf dem Handtuch auf, das er zuvor verloren hatte, knickte um und verlor das Gleichgewicht. Schnell rappelte sie sich auf, doch ihr rechter Knöchel gab beim nächsten Schritt wieder nach, und ihr Bein knickte ein. Humpelnd näherte sie sich der Zimmertür, ohne sich umzublicken. Plötzlich legte sich von hinten ein Arm um ihren Hals, und ein harter Knochen drückte gegen ihren Kehlkopf. Sie versuchte, ihre Hände unter den Arm zu bekommen, doch er lag zu eng an ihrem Hals. Sie kippte nach hinten. Hinter sich fühlte sie Chads heißen Atem.

»Du Schlampe!«, schrie er wie von Sinnen in ihr Ohr. »Du undankbares Miststück!«

Sie hörte ihr eigenes Röcheln. Vergeblich versuchte sie, Luft zu holen. Gerade als sie glaubte, das Bewusstsein zu verlieren, löste sich jedoch der Griff, und sie wurde zur Seite geschleudert. Kaum hatte sie, nun auf dem Rücken liegend, wie eine an die Wasseroberfläche zurückkehrende Ertrinkende nach Luft geschnappt, warf sich ein schwerer Körper auf sie. Chads Knie bohrten sich in ihre Seiten und drohten, ihren Unterleib zu zerquetschen. Zwei Hände legten sich wie ein Schraubstock um ihren Hals, und vor ihren Augen erschien das hasserfüllte, knallrote Gesicht von Chad. Seine Augäpfel quollen aus den Höhlen. Die Sehnen an seinem Hals traten hervor, als sei sein Kopf durch Stahlseile mit dem Körper verbunden. Aus einem Nasenloch floss Blut.

»Du bist schuld!«, schrie er.

Sein Speichel spritzte in ihre Augen. Dann fühlte sie, wie ihr Hals noch stärker zusammengepresst wurde. Sie versuchte zu schlucken, zu schreien, zu atmen – doch vergebens. Ihre Hände krallten sich um seine Arme, und ihre Fingernägel durchdrangen seine Haut, doch er schien keinen Schmerz zu fühlen. Sie starrte ihn an, in der Hoffnung, dass ihr Blick ihn beruhigen konnte. Doch der Druck um ihren Hals stieg. Sie spürte, wie die Bilder vor ihren Augen verschwammen.

Plötzlich hörte sie ein Krachen. Im nächsten Moment

lösten sich die Hände von ihrem Hals, Chads Gesichtszüge entglitten ihm, und er kippte zur Seite. Trisha rollte mit letzter Kraft zur Seite und massierte hustend ihren Hals. Eine Hand legte sich auf ihre Schulter, und als sie aufschaute, blickte sie in das Gesicht eines unbekannten Mannes.

»Alles klar?«, fragte er.

Unfähig zu antworten, richtete sie sich langsam auf. Chad lag ebenso nackt wie leblos eine Armlänge neben ihr. Sein Körper war merkwürdig verkrümmt. Die Zimmertür stand offen, in ihr klaffte ein großes Loch.

»Ist er tot?«, fragte sie den Mann, der sich mit einer Waffe in der Hand über Chad beugte und dessen Puls fühlte.

»Leider nein«, antwortete er. »Nur getasert.«

Jetzt erst bemerkte Trisha, dass die Waffe eine Elektroschockpistole war.

»Er wollte mich umbringen«, krächzte sie.

»Ich weiß«, entgegnete der Mann, während er Chad auf den Bauch drehte, seine Arme nach hinten bog und ihm Handschellen anlegte.

»Sind Sie Polizist?«, fragte Trisha, während sie ihren Knöchel abtastete.

»So etwas Ähnliches. Mein Name ist Gonzales. Ich habe den Burschen hier verfolgt. Wegen des Anschlags auf Carter Fields. Und den Mönch hat der Kerl auch noch auf dem Gewissen.«

»Und er wollte Henri Freihold töten lassen«, ergänzte sie. »Auch hat er versucht, Pradeep Kottayil umzubringen.« Sie hielt kurz inne. »Vielleicht hat er es sogar getan, denn der scheint verschwunden zu sein.«

»Was meinen Sie, was er mit Ihnen getan hätte, wenn Sie diese Lotterie gewonnen hätten?«, entgegnete der Mann, der sich Gonzales nannte, in sachlichem Tonfall.

Trisha spürte ein Frösteln. Sie versuchte zu stehen und humpelte zum Bett. Der Mann beobachtete sie dabei.

»Sieht nicht gut aus, Ihr Fuß«, bemerkte er. »Soll ich mir das mal anschauen?«

Trisha machte eine abwehrende Bewegung. »Es genügt schon, dass Sie mir das Leben gerettet haben. Für so etwas gibt es Ärzte. Kümmern Sie sich lieber um den da!« Sie deutete auf Chad. »Damit er noch seine gerechte Strafe erlebt.«

Gonzales griff in seine Hosentasche und wählte mit seinem Handy eine Nummer. »Die Polizei wird ein paar Fragen an Sie haben«, sagte er zu Trisha gewandt. »Besser, Sie überlegen sich schon einmal die Antworten, damit Sie rechtzeitig zur Ziehung kommen.«

Er nahm das Handy ans Ohr.

Antworten ist gut, dachte Trisha, während ihr Blick über den nackten Chad wanderte, der mit gefesselten Händen vor ihr lag. Niemals zuvor schwirrten so viele Fragen durch ihren Kopf wie jetzt.

76

Preussen, 1764

»Was habt Ihr Eurem Burschen befohlen, mit der Leiche zu machen?«, fragte Calzabigi mit leidender Stimme.

Seit sie aus Berlin herausgefahren waren, hatte er schweigend dagesessen und aus dem Fenster der Kutsche gestarrt. Landschaften waren an ihm vorbeigezogen, ohne dass er wirklich Notiz von ihnen genommen hätte. Er fühlte sich wie in einem grausamen Traum gefangen.

»Was schon!«, entgegnete Casanova.

Calzabigis Herz wurde noch schwerer. »So wird sie nicht einmal ein richtiges Grab haben«, stellte er wehmütig fest. »Im Leben wie im Tod hat sie ihren Platz nicht gefunden.«

Casanova beugte sich vor und legte die Hand auf die seine. »Zermartert Euch nicht. Es ist geschehen und lässt sich nicht wieder rückgängig machen.«

Calzabigi zog seine Hand weg und blickte Casanova feindselig an. »Es war Eure Pistole, die sie getötet hat.«

Casanova lächelte spitzbübisch. »Aber Ihr habt geschossen.«

»Aber warum hat sie überhaupt Eure Waffe besessen?«, erkundigte Calzabigi sich argwöhnisch.

Casanova rutschte auf seinem Sitz hin und her. »Sie nahm mir das Versprechen ab, Euch nichts zu sagen. Aber nun, da sie tot ist ...« Er schien mit sich zu ringen.

»Sagt schon!«, fuhr Calzabigi ihn ungeduldig an.

»Sie fühlte sich bedroht«

»Von mir?«, fragte Calzabigi entgeistert.

Casanova schlug die Hände auf seine Knie. »Um Gottes willen, nein! Sie hat Euch verehrt. Es war dieser Hainchelin, der ihr nachstellte.«

Calzabigi schaute entgeistert. »Hainchelin?«, sagte er mehr zu sich selbst. »Warum hat sie mir nichts gesagt?«

»Ihr wart so beschäftigt mit Eurer Lotterie. Sie wollte Euch nicht zusätzlich belasten. Und sie wusste, dass ich ein guter Freund von Euch aus früheren Tagen war. Ich erkannte ihren Kummer, und so offenbarte sie sich mir. Er stellte ihr nach, er belästigte sie. Zuletzt drang er sogar, wenn Ihr fort wart, in Euer Haus ein und legte ihr Rosen vor die Tür ...«

Calzabigi schüttelte den Kopf. »Aber die Rosen ...«, begann er und hielt dann inne.

»Ich gab ihr schließlich die Pistole, damit sie sich sicherer fühlte. Und es wirkte. Nur die Anspannung, sie verursachte bei ihr Schmerzen. So bot ich ihr an, bei ihr eine Blutegeltherapie durchzuführen. Den Rest kennt Ihr ...« Casanova presste die Lippen zusammen und starrte betreten vor sich hin.

»Sie hat mich verehrt?«, fragte Calzabigi.

»Aber ja. Sie hat stets in höchsten Tönen von Euch gesprochen«, bestätigte Casanova.

Calzabigi stöhnte laut auf.

Waldstücke wechselten sich mit Feldern ab, und für eine Weile schwiegen die beiden Männer wieder.

»Wohin fahren wir?«, unterbrach Calzabigi schließlich die Stille.

»Nach Rom«, verkündete Casanova.

Calzabigi hob verwundert die Augenbrauen. »Rom?«

Casanova nickte. »Versucht, Euch ein wenig auszuruhen. Es ist eine lange Reise, die vor Euch liegt. Aber am Ende werdet Ihr Euer Seelenheil wiederfinden. Das verspreche ich Euch.«

77

Rom

Trisha nahm einen Schluck vom kalten, viel zu süßen Espresso und musterte verstohlen den Notar.

Sie saß etwas abseits an einem großen runden Tisch, der offensichtlich bei Konferenzen genutzt wurde. Der Notar thronte hingegen noch auf seinem Sessel hinter dem Schreibtisch, die Hände an die Schläfen gelegt, und schien sich auf die bevorstehende Ziehung vorzubereiten. Schon als er sie empfangen hatte, war ihr seine große Nervosität aufgefallen. Sein Händedruck war verschwitzt, sein Lächeln aufgesetzt. Offensichtlich war eine solche Ziehung auch für ihn nichts Alltägliches.

Dabei war sie es, die allen Grund hatte, ein Nervenbündel zu sein. Ihr Hals schmerzte noch immer von Chads Attacke. Die roten Würgemale hatte sie mit Schichten von Make-up überschminkt. Der Polizei hatte sie stundenlang Rede und Antwort gestanden, und es war nur dem Einsatz dieses Gonzales zu verdanken, dass die Carabinieri sie nicht mit auf die Polizeistation genommen hatten. Gleich nach der Ankunft einer Heerschar von Polizisten war er mit dem ranghöchsten Ermittler zur Seite getreten und hatte ihm irgendetwas erklärt. Obwohl er augenscheinlich Amerikaner war, hatten seine Worte gewirkt, und man hatte sie danach mit mehr Respekt behandelt. Nun hatte sie für morgen eine Vorladung, indes wusste sie auch nicht mehr zu berichten, als dieser Gonzales zu wissen schien.

Als sie von den Polizisten entlassen worden war, hatte sie nicht gewusst, wohin sie gehen sollte, denn ihr Zimmer war von der Spurensicherung als Tatort in Beschlag genommen worden. In ihrer Not hatte sie sich in Pradeeps Zimmer ausgeruht. Ein Zimmermädchen hatte es ihr aufgeschlossen; es war noch immer verlassen gewesen. Als es auch später kein Lebenszeichen von ihm gab, war sie schließlich ohne ihn zum Notar aufgebrochen.

Trisha seufzte. Eine innere Stimme sagte ihr, dass er nicht mehr kommen würde.

Ihr Blick fiel von ihrem Platz am Fenster hinaus auf den Tiber, der neben dem Notariat entlangfloss. Sie konnte nur hoffen, dass Chad den armen Pradeep nicht auf den Grund des Flusses befördert hatte. Da sie nicht glauben konnte, dass der Inder freiwillig ohne Geld und Sachen über Nacht abgereist war, befürchtete sie das Schlimmste. Kurz kam ihr seine kleine Tochter in den Sinn, doch sie verscheuchte den Gedanken sofort. Für heute hatte sie genug furchtbare Eindrücke gehabt.

Merkwürdigerweise empfand sie Chads Verhaftung als eine große Erleichterung. Sie hatte die ganze Zeit über gespürt, dass irgendetwas mit ihm nicht stimmte, nur was, war ihr nicht bewusst gewesen. Jetzt, wo alle Fakten offen vor ihr lagen, konnte sie selbst nicht glauben, wie blind sie gewesen war. Viel früher hätte sie auf Chads Spiel aufmerksam werden müssen. Aber vielleicht war dies der Grund, warum man mit Freunden nicht pokern sollte. Liebe machte blind. Und auch wenn es in den letzten Monaten keine große Liebe mehr gewesen war, die sie an ihn gebunden hatte, so hatte der Rest Zuneigung, vielleicht aber auch ihr eigener Wunsch nach Geborgenheit, ihr den Blick versperrt.

Der Notar blickte plötzlich auf und lächelte sie verlegen

an. »Jetzt müssten die anderen langsam auch eintrudeln«, bemerkte er mit einem demonstrativen Blick auf seine Armbanduhr.

Seine Erscheinung ließ erahnen, dass er einst ein gut aussehender Mann gewesen sein musste, dachte Trisha. Doch die Jahre schienen ihm genauso zugesetzt zu haben wie dem Mobiliar in seinem Amtszimmer. Der Ansatz seiner kurz getrimmten Haare war im Laufe der Zeit weit nach hinten gerückt. Falten an den falschen Stellen ließen ihn verzagt erscheinen. Das Schwarz seines zerknitterten Anzuges überzog nach zu vielen Reinigungsgängen ein leichtes Grau. Nicht besser stand es um seinen Schreibtisch, hinter dem er sich verschanzte. In früheren Jahrzehnten, vielleicht sogar Jahrhunderten, mochte er ein Symbol für den Reichtum seines Besitzers gewesen sein, doch jetzt wirkte er mit den vielen abgestoßenen Stellen und der erblindeten Politur wie ein Artefakt, das man gerade ausgegraben hatte. Der Stuhl, auf dem Trisha saß, schien in noch schlechterem Zustand zu sein. Das Leder, das als Sitzfläche diente, war durchgesessen, und an einer Seite hatte sich die Naht geöffnet, was ihr aufgefallen war, als sie mit der Hand unter den Stuhl gefasst und sich dabei an einem steifen Zwirn in den Finger gestochen hatte.

»Sonst fangen wir gern ohne die anderen an – erhöht meine Chancen«, scherzte Trisha müde.

Er warf ihr einen angespannten Blick zu, ohne zu lächeln. Scheinbar hatte er ihren kleinen Scherz nicht verstanden. Sie war gespannt, wer erscheinen würde. Der Notar hatte ihr versichert, dass er mit niemandem mehr gesprochen habe und selbst nicht wisse, mit wessen Teilnahme zu rechnen sei.

Wieder schaute der Notar auf seine Armbanduhr. Er griff

nach einer kleinen Kugel, die vor ihm lag, und begann, nervös mit ihr zu spielen. Trisha suchte verzweifelt nach einem Thema für eine Konversation, als es klopfte.

Bevor der Notar darauf reagieren konnte, öffnete sich die Tür einen Spalt breit, und die Sekretärin steckte kurz den Kopf ins Zimmer. Sie säuselte etwas auf Italienisch, dann öffnete sich die Tür ganz, und ein Mann betrat das Zimmer.

Neugierig beugte Trisha sich vor. Sein schwarzer Anzug glänzte im Tageslicht. Zur giftgrünen Krawatte trug er ein gleichfarbiges Einstecktuch. Er war deutlich edler gekleidet als der Notar. Allein dieser Umstand hätte schon genügt, um ihn als Carter Fields zu identifizieren. Darüber hinaus erinnerte sie sich dunkel an das Foto, das sie von ihm kurz nach dem Attentat im Fernsehen gesehen hatte.

Der Notar hatte sich mittlerweile erhoben und war zur Begrüßung zur Tür geeilt. »Sie sind ...«, fragte er etwas unsicher, als er die Hand ausstreckte.

»Carter Fields«, stellte der Ankömmling sich mit einem höflichen Kopfnicken vor. Noch während er die Hand des Notars schüttelte, wanderte sein Blick zu Trisha. »Ah, Sie müssen Miss Wilson sein«, sagte er und machte zwei Schritte auf sie zu, wobei er merkwürdig unbeholfen wirkte.

Auch Trisha erhob sich nun und trat auf ihn zu, um ihn höflich zu begrüßen.

»Verzeihen Sie, aber vielleicht haben Sie von dem Anschlag auf mich gehört, ich bin noch ein wenig schlecht zu Fuß«, entschuldigte er sich, als sie sich in der Mitte des Raumes trafen.

Trisha spürte, dass sie ein schlechtes Gewissen bekam, da Chad es gewesen war, der dem Mann dieses Leid zugefügt hatte.

»Wie ich hörte, sitzt Ihr Freund nun aber hinter Schloss und Riegel«, ergänzte Fields mit einem milden Lächeln.

Trisha glaubte, rot zu werden. »Woher wissen Sie das?«, fragte sie überrascht.

»Hat Gonzales nicht erzählt, dass ich ihn beauftragt habe?«

Trisha versuchte sich zu erinnern. In der Tat hatte ihr Retter erwähnt, dass er den Schützen von Fields jagte. Allerdings nicht, dass er im Auftrag von Fields handelte. Wieder fügte sich ein Teilstück in das große Puzzle. »Es tut mir so leid. Sie müssen mir glauben, dass ich damit nichts zu tun habe.«

»Gonzales hat es bestätigt. Und ihm glaube ich«, entgegnete Fields etwas schroff. »Hoffen wir nur, dass sich der hohe Einsatz, den wir alle gezahlt haben, am Ende lohnt«, sagte er und blickte dabei zum Notar.

Der stand mittlerweile wieder hinter seinem Schreibtisch und zeigte auf zwei leere Stühle vor sich. »Wenn wir zu dritt bleiben, nehmen Sie bitte hier Platz.«

Während Trisha und Fields seiner Aufforderung folgten, schaute der Notar zum wiederholten Mal auf seine Uhr.

»Oder ist noch mit jemandem zu rechnen? Es ist nun schon nach vier«, bemerkte er mit wichtigtuerischer Miene.

»Was ist mit dem Inder?«, fragte Fields an Trisha gewandt.

»Sie kennen alle Teilnehmer?«, erwiderte sie misstrauisch.

»Sie doch auch«, entgegnete Fields amüsiert. »So gestehen Sie es mir auch zu.«

Trisha wiegte den Kopf hin und her. Zu kompliziert war alles mittlerweile, als dass sie noch verstand, wer was wissen konnte.

»Ich schätze, Pradeep Kottayil wird nicht mehr erscheinen«, sagte sie schließlich. »Er war zwar bis gestern noch in Rom, doch heute ist er spurlos verschwunden. Ich habe ihn seit gestern Abend nicht mehr gesehen.«

»Verschwunden?«, wiederholte der Notar und runzelte seine Stirn.

»Sie müssen wissen, der Freund unserer werten Mitspielerin hier hat etwas gegen die übrigen Teilnehmer dieser Lotterie«, erklärte Fields mit einem sarkastischen Unterton in der Stimme. »Keiner, bei dem er nicht versucht hat, ihn aus dem Weg zu räumen. Nun ja, wenigstens beim Inder scheint er Erfolg gehabt zu haben.« Er lachte auf.

Trisha warf ihm einen ärgerlichen Blick zu. Selbst wenn er recht hatte, was ihr allein schon einen Schauer über den Rücken jagte – so passte ihr doch nicht die amüsierte Art, in der er es aussprach. Es hatte keine zwei Minuten gedauert, bis ihr klar war, dass sie diesen Fields nicht mochte. Trotz des Mitleids, das sie wegen seiner Verletzung für ihn empfand.

»Sollte ihm tatsächlich etwas passiert sein, wäre das wohl kaum lustig«, bemerkte sie spitz.

»Wer weiß das besser als ich: Immerhin hat Ihr Freund mir die Niere weggeschossen und nicht Ihnen«, antwortete Fields angriffslustig.

»Was ist mit diesem Henri Freihold?«, unterbrach der Notar ihr Geplänkel. Mittlerweile hatte er sich eine Lesebrille aufgesetzt.

»Er wird wohl nur kommen, wenn er durch Wände gehen kann«, stellte Fields süffisant fest und ergänzte auf den fragenden Blick des Notars. »Er sitzt im Knast.«

Der Notar nickte zum Zeichen, dass er verstanden hatte, und strich mit einem Stift etwas auf einem Blatt Papier durch.

Trishas Herz begann schneller zu schlagen. Sie drehte sich um und schaute zur Tür. Genau in diesem Augenblick klopfte es erneut, und wieder erschien die blond gefärbte Mähne der Vorzimmerdame.

Trisha hörte aus ihrem Schwall italienischer Worte Henris Namen heraus. Dann schob sich an der Sekretärin eine Gestalt vorbei. Es war Verbeeck.

»Henri!«, rief Trisha erfreut, sprang auf und ging auf den Neuankömmling zu.

Sie begrüßte ihn mit einem kleinen Augenzwinkern. Dann wandte sie sich zu Fields um, der überrascht den Kopf nach hinten drehte.

»Scheint so, als könne er tatsächlich durch Wände gehen«, bemerkte er missmutig.

Verbeeck blieb unschlüssig mitten im Raum stehen.

Der Notar erhob sich etwas widerwillig und zeigte auf einen der Stühle an dem runden Tisch, wo Trisha bis eben gewartet hatte. »Willkommen, Signore Freihold. Sie sind etwas spät. Seien Sie so nett und schieben Sie einen der Stühle dort zu uns heran.«

Verbeeck tat, wie ihm geheißen, und kurz darauf saßen sie zu dritt vor dem Notar.

Fields schielte argwöhnisch zu Verbeeck hinüber, der schnaufend auf seinem Stuhl saß. »Wie haben Sie denn das gemacht, Houdini«, fragte er spöttisch.

»Ein guter Anwalt ist Gold wert«, entgegnete Verbeeck. »Ich kann Ihnen seine Telefonnummer und Adresse geben. Wie man so liest, können Sie auch einen gebrauchen.«

»Glauben Sie nicht alles, was man sich so erzählt. Meine Probleme werden in einer halben Stunde gelöst sein«, hielt Fields ihm unwirsch entgegen.

Trisha jubilierte innerlich. Keiner der beiden anderen

Männer schien den kleinen Schwindel zu bemerken. Zunächst war sie von seiner Idee, sich als Henri auszugeben, wenig begeistert gewesen. Doch je länger sie darüber nachgedacht hatte, desto besser gefiel sie ihr. Wenn Henri wegen ihr schon nicht an der Ziehung teilnehmen konnte, so rettete dieses Täuschungsmanöver doch wenigsten seine Gewinnchancen. Falls Verbeeck nicht auffliegen würde, was dieser jedoch für ausgeschlossen gehalten hatte. »Niemand kennt Henri«, hatte er versucht, sie zu überzeugen. »Außer dir und Pradeep!« Und sie beide würden sicherlich nichts verraten. Also war Trisha schließlich bereit gewesen, bei diesem kleinen Schauspiel mitzuwirken.

Der Notar kritzelte nun mit unzufriedenem Gesicht erneut etwas auf den Zettel. »Dann sind es also doch drei Teilnehmer«, stellte er mit geringer Begeisterung fest.

Anschließend schraubte er den Füllfederhalter zu, stützte seine Ellbogen auf und räusperte sich einmal laut, als wolle er etwas Bedeutsames ankündigen.

»Signore e Signori«, begann er und ignorierte damit die Tatsache, dass mit Trisha nur eine einzige Dame vor ihm saß. »Heute ist ein bedeutsamer Tag. Nicht nur für Sie, die heute hier erschienen sind, um zu erfahren, ob Sie der Gewinner dieser einmaligen Lotterie sind, sondern auch für unsere Kanzlei.« Er machte eine Pause, um seinen Worten Bedeutung zu verleihen. »Seit ungefähr zweieinhalb Jahrhunderten verwahren wir, die Familie Aurelio, dieses Kästchen, und keiner meiner vielen Vorfahren hatte jemals die Erlaubnis, es zu öffnen. Doch heute ist es endlich soweit.«

Fast klang er gerührt. Er hob ein Holzkästchen in die Höhe, das er zuvor auf seinem Schreibtisch platziert hatte. Es erinnerte Trisha an einen Humidor zur Aufbewahrung von Zigarren, wie er häufig in Hotelbars stand. Auf der

Oberseite war eine hellbraune Intarsie im ansonsten dunklen Holz zu erkennen, die offenkundig ein imposantes Wappen darstellte.

»Wie Sie sehen, ist das Siegel unverletzt«, bemerkte der Notar und deutete auf einen kreisrunden Klecks Wachs am Rand der Schatulle. Darin waren die Umrisse desselben Wappens wie auf dem Deckel zu erahnen.

Trisha merkte, wie sie die Luft anhielt. Beim Anblick dieser kleinen, jahrhundertealten Kassette bekam sie eine Gänsehaut.

»Was ist in dem Kästchen – etwa der Preis?«, erkundigte sich Fields ein wenig besorgt.

»Warten Sie es ab!«, wies der Notar ihn zurecht. »Bevor ich es nun öffne, stelle ich offiziell fest, dass am heutigen Tag um sechzehn Uhr siebzehn als Teilnehmer der Lotterie Signorina Trisha Wilson, Signore Carter Fields und Signore Henri Freihold anwesend sind. Sie alle sind gewinnberechtigt. Wenn ich Sie um Ihre Pässe bitten dürfte?«

Alle drei holten aus ihren Taschen Ausweisdokumente hervor, die sie dem Notar reichten. Aurelio prüfte jedes einzelne sorgfältig. Als er sich den Ausweis von Henri Freihold anschaute, wanderte sein Blick mehrmals zwischen dem Dokument und Verbeeck hin und her. »Das Bild hier weist keine große Ähnlichkeit mit Ihnen auf«, bemerkte er skeptisch.

Verbeeck lachte. »Es gibt einen Künstler, der Vorher- und Nachherbilder von Menschen anfertigt, die im Gefängnis saßen. Kennen Sie den?«

Aurelio schüttelte den Kopf, dann händigte er erst Verbeeck und dann den anderen die Dokumente wieder aus.

»Ich notiere, dass ich die Identitäten zweifelsfrei festgestellt habe.«

Trisha atmete tief durch. Plötzlich wurde ihr bewusst, dass Verbeecks Anwesenheit ihre Chancen erheblich senkte. Gestern hatte sie nur ihren Verrat an Henri wiedergutmachen wollen. Jetzt, wo sie so dicht vor diesem unbeschreiblichen Gewinn stand – sie unter Umständen nur noch Minuten davon trennten –, ergriff etwas Besitz von ihr, was sie von ihren Anfängen am Pokertisch kannte. Sie räusperte sich, als könne sie es wie einen kleinen Frosch im Hals loswerden. Doch es nützte nichts. Sie fühlte sich wie elektrisiert. Was, wenn sie Verbeeck verraten würde? Er war nicht berechtigt, hier als Henri Freihold anwesend zu sein. Aurelio und Fields würden ihr dankbar sein, wenn sie die Täuschung aufdeckte. Der Notar hatte bereits stark gezweifelt, das war deutlich zu sehen gewesen. Er hatte sich offensichtlich – aus welchen Gründen auch immer – nur nicht getraut, weiter nachzuhaken.

Wenn Verbeeck des Zimmers verwiesen war, würden ihre Chancen fifty-fifty stehen. Wenn sie anschließend gewann, konnte sie sich dann immer noch überlegen, ob sie Henri etwas von ihrem Gewinn abgeben würde. Auch Verbeeck könnte von ihr für die Blamage eine kleine Aufwandsentschädigung erhalten. Und falls Pradeep noch lebte, würde sie auch ihn mit einem netten Sümmchen aus ihrem Gewinn bedenken. Vielleicht konnte so seine Tochter sogar noch gerettet werden. Im Prinzip war nichts Schlechtes an dem, was sie sich gerade überlegt hatte.

Sie atmete erneut tief durch. Adrenalin hatte von ihrem Körper Besitz ergriffen, ganz so wie im *Heads-Up* mit einem Bluff auf der Hand. Nur dass hier nicht sie es war, die bluffte. Hitze stieg in ihr auf. Sie blickte zu den beiden Männern neben ihr, die erwartungsvoll dem Notar entgegenstarrten, der noch immer mit irgendwelchen Dokumenten beschäftigt war. Etwas rang in ihr. Aufgeregt tippte Trisha mit ihren Fingern auf der Stuhllehne, trommelte einen einfachen Rhythmus. Als sie es bemerkte, schloss sie ihre Hand zur Faust. Dann fasste sie nach dem Glücksbringer an ihrem Hals.

Sie griff ins Leere.

Hektisch tastete sie mit ihrer Hand das Dekolleté ab, doch dort, wo zuletzt der Anhänger mit dem Schutzengel von Grandma an der Halskette gebaumelt hatte, war nun nichts mehr. Ein seltsames Gefühl von Ohnmacht erfasste sie. Sie musste ihn beim Kampf mit Chad verloren haben. Plötzlich fühlte sie sich verlassen. Merkwürdigerweise nicht vom Glück, sondern von ihrer Familie, von allen Menschen, die sie liebte. Jetzt, wo der kleine Schutzengel fort war, fühlte sie, dass der Anhänger sie bislang auf magische Weise mit ihren Eltern und ihrer Großmutter verbunden hatte. Auch wenn ihre Oma gestorben war, sie ihre Eltern hintergangen hatte – irgendwie waren sie immer bei ihr gewesen. Bis jetzt. Sie schluckte, um nicht zu weinen. Wie hatte sie es zulassen können, dass Chad diese Bindung mit seiner abscheulichen Gier zerstörten konnte?

Und plötzlich schämte sie sich dafür, dass sie auch nur daran gedacht hatte, Verbeeck zu verraten. Mit einem Mal schien ihr der Preis, den es in dieser Lotterie zu gewinnen gab, nicht mehr erstrebenswert. Geradezu nichtig im Vergleich zu dem, was sie bereits verloren hatte. Mehr noch: Jeder Gewinn würde all das rechtfertigen, was geschehen war. Chads schlimme Taten. Ihren Betrug an ihren Eltern. Es würde wie eine Bestätigung all des Unrechts sein, das geschehen war. Nein, ihre Bestimmung war es nicht, Verbeeck zu verraten. Die Rolle, die das Schicksal ihr zugedacht hatte, war eine völlig andere. Langsam strich sie mit den

Fingern ihrer rechten Hand über die Narbe an ihrem linken Unterarm. Mit einem Mal sah sie vollkommen klar.

»Ich will den Preis nicht«, hörte sie sich mit fester Stimme sagen.

Fields Kopf fuhr herum. Auch Verbeeck schaute sie von der Seite entgeistert an. Schließlich hob der Notar langsam den Kopf.

»Wie meinen Sie das?«, fragte er, nachdem er ihre Äußerung verarbeitet hatte.

»Ich trete von der Lotterie zurück«, erklärte Trisha.

»Das können Sie nicht«, widersprach der Notar und raschelte wie zur Bestätigung mit den Dokumenten in seiner Hand.

»Wieso nicht?«, fragte Trisha.

»Weil der Einsatz nicht zurückgefordert werden kann ...«

»Den will ich auch nicht«, beruhigte Trisha ihn. »Ich möchte nur nicht an der Ziehung teilnehmen. Das muss doch möglich sein. Ich hätte ja auch einfach nicht zu kommen brauchen.«

»Sie hat recht, das muss möglich sein«, mischte sich Fields in das Gespräch ein.

Verbeeck beugte sich zurück und formte, als sie ihn anblickte, mit seinem Mund ein lautloses »Warum?«.

»Nun gut, dann muss ich Sie bitten zu gehen!«, forderte der Notar Trisha auf. »Aber ich belehre Sie noch einmal. Ihren Einsatz erhalten Sie nicht zurück.«

Trisha erhob sich und stellte sich hinter ihren Stuhl. »Eine Bitte hätte ich noch«, sagte sie. »Wenn ich zurücktrete: Darf ich dennoch der Ziehung beiwohnen? Ich möchte verständlicherweise sehen, wie sie ausgeht.«

Wieder schaute der Notar in seine Unterlagen, als würde er eine entsprechende Regelung dazu suchen. Dann zuckte er mit den Schultern. »Ich wüsste nicht, was dagegenspricht, wenn Sie schon einmal hier sind. Sagen wir, Sie bleiben als Zeugin hier. Aber setzen Sie sich bitte dorthinüber an den Tisch. Damit deutlich wird, dass Sie nicht an der Ziehung teilnehmen.« Er zeigte auf den runden Tisch vor dem Fenster.

Trisha folgte seiner Anweisung und setzte sich auf einen der Stühle.

»Nun gut, fahren wir fort«, sagte der Notar, sichtlich aus dem Konzept geraten. »Dann also nur zwei.« Er griff zum Füllfederhalter und zog einen Strich.

»Ich stelle fest, dass es sechzehn Uhr fünfundzwanzig ist und sich für den Preis bewerben – Signore Henri Freihold und Signore Carter Fields. Richtig?«

Der Notar schaute zur Bestätigung auf. Als weder Fields noch Verbeeck widersprachen, stieß Aurelio erleichtert die Luft aus.

»Dann wollen wir nun endlich zur Ziehung schreiten«, fuhr er fort. »Alles folgt einem Ablauf, der im Jahre 1764 vorgegeben worden und hier niedergeschrieben ist.« Er hob ein vergilbtes Dokument in die Höhe. »Alles ist in einem, wie soll ich sagen, etwas überkommenen Stil verfasst. Den Teilnehmern sind Nummern zuzuordnen, die zum Zwecke der Ziehung in eine Lostrommel eingebracht werden. Derjenige Teilnehmer, dessen Nummer gezogen wird, hat gewonnen. An die beiden verbliebenen Teilnehmer der Lotterie verteile ich nun die Nummern zwei und drei. Die Nummer eins hatte ich im Vorfeld Signorina Wilson zugeordnet, mit Ihrer Erlaubnis nehme ich sie aus dem Spiel. Signore Freihold, ich erlaube mir, Ihnen die Nummer zwei zuzuordnen. Das bedeutet für Sie, Signore Fields, dass Sie die Nummer drei haben.«

Der Notar schrieb etwas und händigte jedem der Männer einen kleinen Zettel mit einer Nummer aus.

»Verzeihen Sie, dass diese Lose wie ein Provisorium aussehen, aber ich denke, sie erfüllen dennoch ihren Zweck.«

Trisha registrierte ein Zucken an Fields Halsmuskel. Auch Verbeecks gerötete Gesichtsfarbe verriet Aufregung.

»Ich erlaube mir, nun das Siegel zu brechen und das Kästchen zu öffnen«, verkündete Aurelio. Er griff nach einem silberfarbenen Brieföffner, der vor ihm lag, und bohrte dessen Spitze in das Siegel. Er bewegte es hin und her. Dann setzte er den Öffner am Deckel der Schatulle an und hebelte ihn vorsichtig auf.

Trisha reckte sich, um von ihrem Platz aus einen Blick in das Innere werfen zu können, doch der Computermonitor des Notars verdeckte die Sicht.

Aurelio griff hinein und beförderte vier fingergroße Kapseln heraus, die zur Hälfte rot und zur Hälfte schwarz waren.

»Dies sind der Anleitung zur Folge vier Muster für Kapseln, die für die Ziehung verwendet werden sollen. Sollten mehr als vier Teilnehmer vorhanden sein, müssten weitere Kapseln nach ihrem Vorbild angefertigt werden. Ich stelle fest, dass dies aufgrund der Teilnehmeranzahl entbehrlich ist.«

Der Notar nahm eine Kapsel und versuchte umständlich, sie in der Mitte auseinanderzuschrauben. Als es ihm schließlich gelang, wiederholte er den Vorgang bei einer anderen Kapsel.

»Ich habe hier zwei weitere Zettel mit Ihren jeweiligen Nummern, die ich nun in diese beiden geöffneten Kapseln einbringen werde«, kündigte der Notar an und ergriff zwei zusammengefaltete Zettel, die er in jeweils eine der Hälften stopfte. Anschließend verschloss er die Kapseln.

»Verzeihen Sie, Dottore, kann ich die Nummern noch einmal sehen?«, verlangte Verbeeck.

Der Notar hielt inne und blickte ihn erstaunt an.

»Trauen Sie mir nicht?«, fragte er fast beleidigt.

»Kontrolle ist besser«, entgegnete Verbeeck unerschrocken.

Fields wandte sich zu ihm um. »Vielleicht sollten wir auch Ihren Pass noch einmal genauer kontrollieren. Bei einem Knastbruder, insbesondere bei einem, der eigentlich hinter Gittern sitzen sollte, weiß man ja nie so genau, Mr. Freihold.«

Er weiß es, dachte Trisha. *Aber warum hat er vorhin nichts gesagt?* An Verbeecks Reaktion merkte sie, dass ihm die gleichen Gedanken durch den Kopf gingen.

Einige Sekunden schien er über die richtige Antwort nachzudenken, dann machte er eine wegwerfende Handbewegung. »Machen Sie weiter!«, sagte er resignierend zu Aurelio.

Der griff in das Kästchen und beförderte einen weiteren Umschlag heraus. Auch er bestand aus Papier, das alt und wertvoll aussah. Auch ihn schmückte ein großes rotes Siegel.

»Der Preis!«, verkündete der Notar und legte das Kuvert neben sich.

Trisha glaubte zu sehen, wie er Fields einen verstohlenen Blick zuwarf.

»Ich werde die beiden Kapseln nun in dieses Kästchen legen und dann gut mischen.« Aurelio tat, wie angekündigt. Dabei schloss er die Augen und stocherte mit ausgestrecktem Arm in dem Kistchen vor sich. Dann öffnete er seine Augen.

»Signorina Wilson, wenn es den Signore recht ist, darf ich Sie bitten, eine der Kapseln zu ziehen?«

Ein Adrenalinstoß durchfuhr ihren Körper. Nachdem keiner der Anwesenden protestierte, stand Trisha auf und ging mit weichen Knien zum Notar. Der hielt ihr die Kassette mit ernstem Gesichtsausdruck und stark zitternder Hand entgegen, sodass die Schatulle hin und her wackelte. In ihrem Inneren war sie mit grünem Filz ausgekleidet. Darauf lagen die beiden Kapseln. Trisha schaute auf Carter, der ihr mit selbstsicherem Lächeln entgegenblickte, dann auf Verbeeck, in dessen Gesicht sie Resignation zu erkennen glaubte. Trisha ergriff wahllos eine Kapsel und reichte sie dem Notar.

Aurelio bedankte sich mit einem Augenaufschlag und hielt die Kapsel in die Höhe. »Ich stelle fest, dass Signorina Wilson eine Kapsel ausgewählt hat.«

Trisha blieb neben ihm stehen, denn sie war aufs Äußerste gespannt, wer Gewinner der Lotterie sein würde.

Der Notar begann, die beiden Hälften der Kapsel in unterschiedliche Richtungen zu drehen. Auf einmal verkanteten sich die Gewinde, und es ging nicht mehr weiter. Aurelio fluchte dezent und zerrte mit aller Kraft an den beiden Enden. Endlich gelang es ihm, sie voneinander zu trennen, und er beförderte einen zusammengefalteten Zettel heraus.

Trisha bemerkte Schweißperlen auf der Stirn des Notars. Auch jetzt zitterten seine Hände.

Langsam öffnete er den Zettel, und der mit schwarzer Tinte geschriebene Bogen einer Nummer kam zum Vorschein.

78

Castel Gandolfo, 1764

Seit einiger Zeit schon fuhren sie steil bergauf.

»Wohin führt Ihr mich nur, Casanova?«, fragte Calzabigi mit müder Stimme. »Rom haben wir lange hinter uns gelassen. Die Pferde scheinen bald am Ende.« Seit sie die Grenze nach Italien überquert hatten, waren sie Tag und Nacht unterwegs gewesen, als sei der Teufel hinter ihnen her. Sein wundes Hinterteil brachte ihn noch um.

»Ich habe Euch doch gesagt, dass ich Euch dem Himmel näher bringen werde. Wartet ab. Schaut, dort die Burg. Das ist unser Ziel!«

Die Straße machte eine Biegung und gab durch ein Portal von Bäumen den Blick frei auf einen grünlich schimmernden See. Zu ihrer Linken erhob sich über dem See ein am bewaldeten Berghang errichteter Palast. Das satte Ockergelb der Fassade strahlte im warmen Licht der am Horizont aufgehenden Sonne. Über allem thronte eine riesige Kuppel.

»Wer wohnt dort?«, fragte Calzabigi ehrfürchtig.

»Dies ist das Castel Gandolfo. Die Sommerresidenz des Heiligen Vaters Clemens XIII.«, entgegnete Casanova mit tragender Stimme.

Calzabigi blickte verblüfft. »Und wer soll uns dort empfangen?«

»Wer wohl«, erwiderte Casanova grinsend.

»Der Papst? Ihr scherzt!«, rief Calzabigi und ließ sich

zurück in den Sitz fallen, was wegen der Steigung nicht schwerfiel.

»Ihr seid ganz blass«, bemerkte Casanova amüsiert. »Nun sammelt Euch und nutzt die letzte Meile, um Kraft zu schöpfen, bevor Ihr ihm gegenübertretet.«

Calzabigi nickte geistesabwesend und beobachtete fortan, wie der Palast Serpentine um Serpentine näher kam. Endlich rollten sie auf ein großes Tor zu, vor dem Soldaten in bunten Uniformen und mit langen Lanzen in der Hand Wache hielten. Einer der Männer kam zu ihnen herüber und öffnete die Tür ihrer Kutsche.

»Wohin des Weges?«, fragte er mit einem Dialekt, der seine Schweizer Herkunft verriet.

»Kündigt dem Heiligen Vater den Ritter vom heiligen Sporn Giacomo Girolamo Casanova, Chevalier de Seingalt, in Begleitung des Signore Giovanni Antonio di Calzabigi an. Der Heilige Vater erwartet uns bereits in dringlicher Mission!«, befahl Casanova mit herrischem Ton.

Die Wache machte eine ehrfürchtige Verbeugung und entfernte sich.

»Ritter?«, rief Calzabigi erstaunt, als das Tor sich auf einen lauten Pfiff einer der Wachen hin öffnete und ihre Kutsche sich langsam wieder in Bewegung setzte. »Und der Heilige Vater erwartet uns in dringlicher Mission? Was geht hier vor?«

»Wartet ab!«, sagte Casanova mit einer abwiegelnden Handbewegung.

Der Innenhof des Palastes offenbarte, dass dieser aus mehreren einzelnen Villen bestand. Sie durchquerten einen Torbogen und hielten kurz darauf vor einem der Gebäude. Ein Bediensteter kam herausgeeilt und öffnete den Türschlag.

»Erwartet er uns?«, fragte Casanova ohne Umschweife, als ginge er in diesem Hause ein und aus.

»Er ist auf der Terrasse«, entgegnete der Diener.

Casanova wartete ungeduldig, bis auch Calzabigi der Kutsche entstiegen war, dann führte er ihn mit eiligen Schritten in das Gebäude, ohne auf den Diener zu warten. Sie durchquerten eine Halle, eine davon abgehende Galerie und einen verwinkelten Gang. Dann gelangten sie in einen Raum, den Calzabigi für ein Audienzzimmer hielt. Er hatte Mühe, dem schnellen Schritt Casanovas zu folgen, sodass ihm kaum Gelegenheit blieb, die vielen ausgestellten Schätze, Statuen und Gemälde zu bewundern. Nur flüchtig konnte er die Kronleuchter und den kostbaren Marmorboden in Augenschein nehmen; gleichwohl hatte er den Eindruck, dass ein königliches Schloss wohl kaum prächtiger eingerichtet war. Casanova steuerte auf eine große Fensterfront zu, und Calzabigi bemerkte, dass eine der Türen offen stand. Sie traten hinaus und standen auf einer Terrasse, hinter deren steinernem Geländer sich das großartige Panorama des Sees und seiner Umgebung ausbreitete.

Eine ganz in Weiß gewandete Person stand ein Stück entfernt an der Brüstung und blickte andächtig über die Landschaft. Casanova verlangsamte seinen Schritt und näherte sich dem Mann vorsichtig.

Als sie nur noch wenige Armlängen entfernt waren, erkannte Calzabigi am Gewand, dass sie auf einen Gottesmann zutraten.

»Lang ist es her«, sprach der Geistliche, ohne seinen Blick vom Horizont abzuwenden.

»In meinem Herzen ist es, als wäre es gestern«, entgegnete Casanova mit gesenktem Kopf und legte dabei seine Hand auf die Brust.

Calzabigi, der von der langen Reise und der Hetze durch die Räumlichkeiten ermattet war, bemerkte erst jetzt die fellbesetzte rote Samtmütze auf dem Kopf des Mannes vor ihnen. Ohne Zweifel stand er dem Papst höchstpersönlich gegenüber.

»Ist er das?«, fragte der Papst, während er sich zu ihnen umdrehte. Er war ein beleibter Mann ohne Hals. Die geröteten Wangen, die wulstigen Lippen und zwei wache, aber melancholisch dreinschauende Augen verliehen ihm ein gutmütiges Aussehen.

»Heiliger Vater, dies ist Giovanni Antonio di Calzabigi aus Livorno.«

Calzabigi wusste nicht recht, wie man sich einem Papst gegenüber verhielt, und machte eine tiefe Verbeugung, als stünde er einem König gegenüber.

Der Papst musterte ihn mit strengem Blick. »Ihr seid also der Sünder«, stellte er tadelnd fest.

»Ich wollte es nicht …«, brach es aus Calzabigi heraus.

»Dafür seid Ihr aber ganz schön emsig gewesen. Paris, Brüssel, Berlin …«, entgegnete der Papst.

Calzabigi blickte fragend zu Casanova.

»Der Heilige Vater meint die Lotterien«, flüsterte er ihm zu.

Calzabigi verstand noch immer nicht.

»Was dachtet Ihr, warum Ihr hier seid?«, fragte der Papst mit einem Stirnrunzeln. »Es geht um diese falsche Religion, mit der Ihr seit Jahren das Volk infiziert.«

»Religion?«, fragte Calzabigi ungläubig. »Es ist doch nur ein Spiel!«

»Nur ein Spiel!«, wiederholte der Papst zu Casanova gewandt und lachte laut auf. »Sagt mir, Cavaliere«, sprach er zum Venezianer. »Was haben die Menschen bisher getan, wenn sie ihre Not lindern wollten?«

»Sie haben gebetet, Heiliger Vater.«

»Sehr wohl! Sie haben den Herrn um Gnade gebeten. Und was tun die Menschen in diesem Preußen heute, wenn sie auf der Suche nach Hoffnung sind?«

Er schaute abwechselnd zu Casanova und Calzabigi, die es beide vorzogen zu schweigen.

»Sie kaufen Lose!«, beantwortete der Papst seine Frage selbst. »Sie strömen zu Ziehungen von Nummern, als wären es Gottesdienste. Der Bau der katholischen Kirche in Berlin schreitet unterdessen nicht voran, wie mir berichtet wurde. Die Baustelle steht seit Jahren still. Welchen besseren Beweis könnte es geben, dafür, dass Ihr eine Ersatzreligion geschaffen habt?«

Calzabigi wand sich unter den Sätzen des Papstes. Jedes Wort war wie ein Messerstich. Wenn der Heilige Vater schon so über ihn urteilte, wie würde es dann erst das Jüngste Gericht tun?

»Die Menschen beten zu Gott, damit ihre Nummern gezogen werden«, hielt er dem Papst entgegen.

»Das ist das Verwerflichste an Eurer Lotterie«, nahm der Papst seinen Einwand auf. »Ihr prophezeit den Menschen das irdische Glück, und darüber vergessen sie, dass es um viel mehr geht, nämlich um das himmlische Glück. Sie wenden den Blick vom Himmel auf ein Los in ihrer Hand. Ihr müsst einsehen, welch Sünde Ihr mit Euren Lotterien unter die Menschheit bringt.«

Calzabigi schaute bedrückt zu Boden. »Bin ich deshalb hier?«

Der Papst nickte. »Cavaliere Casanova hatte angeboten, es zu übernehmen, Euer Seelenheil zu retten und das aller Lottospieler, die ihr in Versuchung geführt habt.«

»Aber Casanova ... ich meine Cavalerie Casanova ... Er

selbst hat doch mit mir zusammen in Paris die Lotterie eingeführt, keine sechs Sommer ist es her«, meinte Calzabigi verständnislos.

»Und er hat dafür gebüßt«, erwiderte der Papst. »Ein Jahr später kam er reumütig zu mir und hat mir seine Hilfe angeboten, um das Unheil wiedergutzumachen. Ich habe ihm zum Ritter des goldenen Sporns ernannt, und dass er nun Euch hierhergebracht hat, ist ein Beleg dafür, dass er sein Versprechen einlöst. Ihr dient also auch seinem Seelenheil, wenn Ihr auf meinen Vorschlag eingeht.«

»Vorschlag?«, erkundigte Calzabigi sich neugierig. »Ernennt Ihr mich auch zum Ritter?«

»Ich fürchte, Eure Sünde ist bedeutend größer als die von Casanova. Wie viele Gewinner habt Ihr mit Euren Lotterien geboren?«

»Gewinner?«, fragte Calzabigi.

Der Papst nickte. »Ihr würdet sie Glückliche nennen, da sie in den Genuss des irdischen Glücks gekommen sind. Ich nenne sie Unglückliche, da sie aufgehört haben, nach dem himmlischen Glück zu streben. Wie viele dieser Kreaturen habt Ihr geboren, indem Ihr an sie Vermögen aus den Lottokassen verteilt habt?«

Calzabigi zuckte mit den Schultern. Zum ersten Mal wünschte er sich Hainchelin an seiner Seite. Er war sich sicher, dass dieser die Zahlen hätte auswendig repetieren können.

»Es waren sicherlich über tausend in Preußen, mehr als vierhundert in Brüssel, und in Paris hatten wir ein paar Dutzend«, antwortete Calzabigi widerwillig. Es kam ihm vor wie ein Geständnis.

»Könnt Ihr uns alle Namen der Gewinner mitteilen?«

»Sie sind in Listen im Lotterieamt niedergeschrieben.

Was wollt Ihr damit anfangen?«, fragte Calzabigi an beide Gesprächspartner gewandt.

Ein leichter Wind kam auf und hob die Soutane des Papstes an.

»Wir werden das von Euch begangene Unrecht rückgängig machen«, entgegnete der Papst mit einem geheimnisvollen Lächeln.

»Wie sollte das jemals gelingen? Die Ziehungen sind vorüber, die Gewinne sind verteilt; wir können sie den Menschen nicht wieder wegnehmen«, meinte Calzabigi skeptisch.

»Wir werden eine neue Lotterie veranstalten. Ihr werdet Sie organisieren. Eine päpstliche Lotterie. An ihr teilnehmen dürfen ausschließlich die Gewinner Eurer Königlich Preußischen Lotterie. Als Einsatz soll deren Vermögen dienen. So schöpfen wir es wieder ab. Taler um Taler.« Calzabigi glaubte ein spitzbübisches Lächeln um die Augen des Papstes zu erkennen.

»Niemals werden die Gewinner ihre Gewinne wieder investieren – oder sogar ihr ganzes Vermögen!«, wagte Calzabigi zu widersprechen.

»Oh, doch. Sie werden!«, entgegnete der Papst schmunzelnd. »Denn der große Unterschied zwischen dem himmlischen Glück und dem irdischen Glück ist, dass das irdische Glück niemals vollkommen erscheint. Daher werden Eure Gewinner mit großer Freude bei unserer Lotterie mitspielen, bestrebt, ihr Glück noch auszubauen. Wenn der Preis nur attraktiv genug ist. Aber ihr mögt recht haben, und es mag Gewinner geben, die davor zurückschrecken. Ob nun, weil sie bekehrt wurden, oder aus Angst. Für diesen Fall werden wir vorsorgen, und wir werden uns an ihre Nachfahren halten – so lange, bis jeder Gewinner oder einer seiner Nachkommen in unsere heilige Lotterie gesetzt hat!«

Calzabigi holte tief Luft. Casanova stand lächelnd neben dem Papst. Es war deutlich, dass er diese Idee mit ausgeklügelt hatte.

»Das kann Jahrhunderte dauern«, bemerkte Calzabigi.

Der Papst zuckte mit den Schultern. »Dann wird es Jahrhunderte dauern. Der Herr hat Zeit.«

Eine Weile dachte Calzabigi über das nach, was ihm da vom Heiligen Vater präsentiert wurde. Es kam ihm widersprüchlich vor. »Heiliger Vater, eben noch verteufelt Ihr die Lotterie, und nun wollt Ihr selber eine veranstalten?«

»Man mag von Machiavelli halten, was man will, aber die von ihm aufgestellte Maxime, wonach der Zweck die Mittel heiligt, hat Bestand. Wir veranstalten sie zum Zwecke des himmlischen Glücks. Mit den Einnahmen werden wir Kirchen bauen und den Glauben festigen. Die Bibel billigt das Los, solange es zu einem guten Zweck eingesetzt wird.«

»Und meine Aufgabe soll es sein, die Gewinner aufzusuchen, um Lose für Eure Lotterie zu verteilen«, mutmaßte Calzabigi.

»Mitnichten!«, entgegnete der Papst. »Wie Ihr schon bemerkt habt, kann dies eine Aufgabe sein, die Jahrhunderte in Anspruch nimmt. Ich werde damit einen Orden beauftragen. Den *Tempio di Fortuna Euelpis.*«

»*Fortuna Euelpis?*«, wiederholte Calzabigi.

»Der Tempel der Fortuna. *Euelpis* ist ihr lateinischer Beiname. Er heißt soviel wie ›Der guten Hoffnung‹. Der *Tempio di Fortuna Euelpis* ist ein Tempel, der schon im alten Rom auf einem der sieben Hügel zu Ehren der Fortuna errichtet wurde. Im 12. Jahrhundert infiltrierte der Orden die Klosterschulen und versuchte, die Fortuna als Dienerin Gottes im christlichen Glauben zu etablieren. Wie Ihr Euch vorstellen könnt, stieß dies nicht auf Begeisterung unserer

Kirche. Wir haben uns mittlerweile arrangiert. Der Orden besteht im Geheimen weiter und hat seine missionarischen Bestrebungen aufgegeben, und wir tolerieren ihn. Heute ist er in einem Kloster in den Abruzzen beheimatet. Nun sagt – wer würde sich besser für unser Vorhaben eignen als diese Ordensbrüder der Fortuna?«

»Was wollt Ihr dann aber von mir?«, erkundigte Calzabigi sich.

»Ihr organisiert für uns die Lotterie. Ihr entwerft die Regeln und den Spielplan. Cavaliere Casanova meinte, dafür ist niemand besser geeignet als Ihr. Und Ihr händigt uns die Namen aller bisherigen Gewinner der Preußischen Lotterie aus, die bisherigen und die zukünftigen.«

»Die zukünftigen?«, fragte Calzabigi erstaunt nach.

»Das Übel ist in der Welt, und es wird sich genauso wenig ausrotten lassen wie die Pest. Mir wurde berichtet, dass die Lotterie als Pacht weitergeführt werden soll. Wenn wir sie nicht verhindern können, so wollen wir sie kontrollieren. Mit Euch als Strohpuppe.«

»Als Strohpuppe?«

»Kennt Ihr das Ritual der Argei? Im alten Rom warf man in den Iden des Mais aus Stroh gefertigte Puppen, die wie Menschen aussahen, in den Tiber. Anstelle von richtigen Opfergaben. Dasselbe machen wir mit Euch.«

»Ihr wollt mich in den Tiber werfen?«, erschrak Calzabigi. Er fühlte, wie sein Mut schwand.

»Unsinn. Wir werden Euch die Pachtgebühr stellen und in Eurem Namen die Lotterie in Berlin fortführen lassen. Indes tut Ihr es auf Rechnung der Kirche, was unser Geheimnis bleibt. Die Einnahmen werden wir, genauso wie die Einnahmen aus der päpstlichen Lotterie, für die Zwecke der Kirche einsetzen.«

»Also kehre ich zurück nach Berlin?« Calzabigi warf Casanova einen ängstlichen Blick zu. »Was ist mit Marie?«

Der Papst runzelte die Stirn. »Was für eine Marie?«

»Niemand wird sie vermissen, und wir werden behaupten, sie ist mit Euch nach Italien zurückgekehrt«, beeilte sich Casanova anzumerken.

»Ich weiß nichts von dieser Marie, aber Ihr werdet nicht nach Berlin zurückkehren, denn Ihr seid nur eine Strohpuppe«, erklärte der Papst. »Wir werden jemanden finden, der dort Eure Interessen wahrt und Eure Befehle umsetzt.«

»Wo soll ich dann hin?«, erkundigte Calzabigi sich unsicher.

»Ihr werdet in ein Kloster gehen und dort den Rest Eures Lebens Buße tun«, sagte der Papst, als sei es beschlossen. »Zudem ist so sichergestellt, dass Ihr nicht in Versuchung geführt werdet, weitere Lotterien zu veranstalten.«

Calzabigi hielt die Luft an und stieß sie dann vernehmlich aus. »Ihr verlangt viel von mir. Was wird mein Lohn sein?«

»Ihr sollt reichlicher belohnt werden, als Ihr es Euch je erträumt habt. Ihr werdet denselben Preis erhalten, den wir für die päpstliche Lotterie ausloben. Ein Preis von wahrhaft unermesslichem Wert!« Nach dieser Ankündigung setzte der Papst eine feierliche Miene auf.

79

Rom

»Die Nummer drei!«, verkündete Aurelio.

Fields ballte die Faust und stieß einen Freudenlaut aus.

»Ich stelle fest, das Los fällt auf Signore Fields.« Der Notar notierte etwas auf seiner Kladde. Dann erhob er sich, zog seine Anzugjacke gerade und reichte Fields über den Schreibtisch hinweg feierlich die Hand. »Ich gratuliere!«

Eine große Last schien von Aurelios Schultern zu fallen. Plötzlich machte er auf Trisha einen geradezu gelösten Eindruck.

Der Notar blickte den Verlierer an. »Signore Freihold, wie gern würde ich Ihnen zum Trost ›Vielleicht beim nächsten Mal‹ zurufen. Aber ich fürchte, Ihre Chance war einmalig.« Er lachte, etwas zu schrill. Dann wandte er sich Trisha zu. »Und Ihnen meinen Respekt für Ihre überraschende Entscheidung.«

Trisha erwiderte sein Kompliment mit einem gequälten Lächeln. Sie fühlte sich wie ein Alkoholiker, der darauf verzichtet hatte, auf einer Silvesterfeier mit den anderen anzustoßen.

»Haben Sie nicht etwas vergessen, Dottore?«, bemerkte Fields ungeduldig. »Der Preis! Wie viel ist es?«

Der Notar setzte sich wieder und griff nach dem großen Umschlag vor sich. »Sie haben recht, Signore Fields. Lassen Sie uns nachschauen. Indes bin ich mir nicht sicher, ob wir Ihnen gleich eine Summe werden nennen können. Mit

Sicherheit werden wir in dem Umschlag nur einen Hinweis auf das Startguthaben und eine Bankverbindung finden. Ich vermute einmal, bei der Vatikanbank. Das Konto dürfte einige Jahrhunderte überlebt haben. Das sind aber alles nur Vermutungen, die Wahrheit steht hier drinnen.« Er schwenkte fröhlich den Umschlag.

Fields leckte sich mit der Zunge über die Lippen und beugte sich auf seinem Sitz vor. Der Notar nahm seine Lesebrille, setzte seinen Brieföffner an und öffnete Zentimeter für Zentimeter den Umschlag. Dann blickte er von oben hinein und zog ein in der Mitte gefaltetes Blatt Papier hervor. Vorsichtig öffnete er es und schaute konzentriert darauf.

»Und?«, fragte Fields, wobei er fast aufsprang. »Was steht dort?«

Aurelio schüttelte den Kopf.

»Ich verstehe es nicht«, sprach er vor sich hin und begann offenbar von vorn zu lesen. Dann nahm er den Umschlag und überzeugte sich davon, dass er jetzt leer war. Sein Blick wanderte zu dem nun ebenfalls leeren Kästchen, dann zurück zu dem Dokument in seinen Händen.

»Nun sagen Sie schon! Was ist es?«, fuhr Fields ihn an.

Auch Trisha versuchte von ihrem Standort aus, etwas zu erkennen. Doch alles, was sie sah, war ein dicht beschriebenes Blatt festeren Papiers mit reichen Verzierungen. Auffällig war eine weiße, fast fingerdicke Kordel, die am unteren Ende durch zwei ausgestanzte Löcher aus dem Papier hervorschaute und deren zwei Enden mehrfach umeinander geschlungen und mit einem schwarzen Siegel verbunden waren.

»Mein Latein ist ein wenig eingerostet, aber wenn mich nicht alles täuscht, dann handelt es sich hierbei um einen

Indulenzbrief«, erklärte der Notar und schüttelte erneut seinen Kopf.

»Indulenzbrief? Was soll das denn sein?«, fragte Fields erregt. »Ich kenne den Begriff nicht. So etwas wie eine Anleihe? Steht dort, wo ich sie einlösen kann?« Er war sichtlich ungehalten.

»Nein«, entgegnete Aurelio. »Ein Indulenzbrief ist ein Ablass. Dies scheint ein vollkommener Ablass von allen zeitlichen Sünden zu sein. Und unterzeichnet ist er von Papst Clemens XIII. höchstpersönlich. Hier unten steht es: *Dato da Castel Gandolfo, il giorno 26 luglio 1764, settimo anno del Nostro Pontificato.*«

Fields hielt es nicht länger auf seinem Sitz. Er sprang auf und riss dem überraschten Notar das Dokument aus den Händen.

»Was heißt Ablass? Wo ist mein Preis *von unermesslichem Wert!?*«, brüllte er, während ihm die Zornesröte ins Gesicht stieg. Er schlug mit der freien Hand gegen das Blatt Papier. »Was soll ich damit anfangen?«

Plötzlich begann Verbeeck neben ihm zu lachen. Erst leise und unterdrückt, dann schallend laut. Trisha fand, dass es ein bisschen irre klang. Fields warf irritiert den Kopf herum.

»Es gibt einen Gott!«, rief Verbeeck prustend und reckte die Arme in den Himmel. »Ein Ablass für den größten Finanzhai der Menschheitsgeschichte! Was für eine Ironie des Schicksals!« Er schüttelte sich. »Danke, dass ich dabei sein durfte!«

Carter Fields verzog das Gesicht, als erleide er einen Krampf, dann schleuderte er das Dokument gegen Verbeecks Kopf, von wo es in dessen Schoß fiel.

»Sie werden einen Ablass wohl besser gebrauchen können als ich, Sie kriminelle Ratte! Nehmen Sie diesen Wisch!«

Fields fuchtelte mit den Armen herum, dann erhob er drohend die Faust gegen den Notar. »Das ist Betrug! Ein einziger Betrug!«, brüllte er. »Sie werden von meinem Anwalt hören. Sie alle!«

Er bedachte auch Trisha mit einem zornigen Blick. Dann machte er auf der Stelle kehrt, trat gegen den Stuhl vor sich, der nur wenig nachgab, und humpelte unter offensichtlichen Schmerzen zur Tür. Als er sie aufgerissen hatte, drehte er sich um, zeigte mit dem ausgestreckten Finger, vor Wut bebend, auf die Anwesenden und verließ das Büro. Laut knallend schlug er die Tür zu. Der Notar sank schweißgebadet in sich zusammen, während Verbeeck noch immer vor Lachen nach Luft schnappte, den Ablass in die Hand nahm und ihn zu studieren begann.

Trisha ergriff ihre Handtasche, die noch immer an dem runden Tisch stand, und schlich von den anderen unbemerkt zur Tür. Ihr Los war ein anderes.

80

New York City, einige Wochen später

Carter saß an der kleinen Küchenbar und aß Müsli. Die Ärzte hatten ihm nach der Operation ein strenges Ernährungsprogramm empfohlen. Plötzlich klingelte es an der Tür. Es war ein schrilles, fast schreiendes Klingeln, wie es in den billigen Mietshäusern in den Washington Heights üblich war.

Carter erhob sich und ging mit schwerfälligen Schritten zur Tür. Noch immer spannte die Operationsnarbe bei jeder Bewegung. »Wer ist da?«, rief er durch die geschlossene Tür.

»Ich bin's, Hamilton. Machen Sie auf, Fields.«

Carter entfernte seufzend die Vorhängekette und öffnete die Tür.

»Wie haben Sie mich gefunden?«, fragte er resignierend, während er zurück in die Küche schlurfte, ohne sich um seinen Besucher zu kümmern.

Hamilton schloss die Tür und folgte ihm.

»Wenn Sie sich an einem Ort verstecken wollten, wo sich keiner hintraut, dann ist Ihnen das gelungen«, sagte Hamilton spöttisch.

Carter hatte wieder vor seinem Müsli Platz genommen und schaufelte eine Ladung in seinen Mund. »Auch Müsli?«, fragte er und hielt die Packung in die Höhe.

Hamilton schüttelte den Kopf und baute sich vor ihm auf.

»Marc Boulvier«, sagte Hamilton nach einer kurzen Pause.

»Carter wischte sich mit dem Handrücken etwas Milch vom Mund. »Ich wusste, dass er keine Eier in der Hose hat«, bemerkte er.

»Er sagte mir, wo ich Sie finde. Und dass Sie sich hier von einer Operation erholen. Wie man hört, investieren Sie jetzt auch in Körperorgane.«

Carter lächelte erschöpft. »Ich handele nur mit Nieren – und auch nur in eigener Sache«, bemerkte er.

»Welchem armen Kerl haben Sie die aus dem Leib gerissen?«, fragte Hamilton scharf.

Carter schlürfte eine weitere Portion Müsli von seinem Löffel. »Sind Sie deshalb hier – nur um mich zu beleidigen?«

Hamilton schüttelte wieder den Kopf. Ein genüssliches Lächeln ging ihm über die Lippen. »Ich bin hier, um Ihnen mitzuteilen, dass Ihre neue Niere in den Knast wandert. Mit dem ganzen Fleisch und dem Rest drum herum, einschließlich Ihres verlogenen Arschs. Boulvier kooperiert vollständig mit uns. Er hat uns alle Unterlagen gegeben. Aktenordner, Festplatten. Wir kennen das ganze System.«

Carter zerkaute krachend ein paar Müslistücke.

»Was ist mit unserem Deal?«, fragte er Hamilton mit herausfordernder Miene.

»Sie meinen die wertlosen Fondsanteile?« Hamilton stieß ein verächtliches Lachen aus.

»Ob wertlos oder nicht. Ihre Cousine hat sie von mir bekommen. Wenn ich reinen Tisch mache, dann richtig. Dann ziehe ich Sie mit runter.«

»Ich habe gar keine Cousine«, antwortete Hamilton mit einem überlegenen Grinsen. »Die Frau, der Sie die Anteile übertragen haben, kenne ich nicht einmal. Und sie wird das bestätigen. Nein, Fields, da, wo Sie hingehen, gehen Sie alleine hin.«

Carter legte den Löffel in der Schüssel ab und starrte sein Gegenüber aus leeren Augen an.

Hamilton griff in seine Tasche und warf etwas auf die Tischplatte vor ihm. Carter griff danach.

»Was ist das?«, fragte er.

»Ein Los für die nächste Power-Ball-Ziehung. Der Jackpot liegt bei zweihundert Millionen. Sind meine Glückszahlen.« Hamilton schien sich vor Schadenfreude fast in die Hose zu machen.

»Und was soll ich damit?«, fragte Fields stirnrunzelnd.

»Boulvier hat uns erzählt, dass Sie alles mit einer Lotterie ausbügeln wollten. Das hat uns bei der SEC besonders gefallen. Wir haben in den letzten Jahren selten so gelacht.« Hamilton stieß einen Laut unterdrückten Lachens aus. »Ich dachte, ich gebe Ihnen noch eine letzte Chance, Fields, um Ihren Fonds zu retten. Aus alter Verbundenheit. Wenn Sie gewinnen, können Sie damit vielleicht ein paar Anleger glücklich machen.« Er feixte. »Ich glaube, die Chancen in der Power-Ball-Lottery stehen eins zu hundertfünfundsiebzig Millionen. Nach der Ziehung am kommenden Samstag lasse ich Sie holen.«

Hamilton griff nach der Müslipackung und kippte sie über Fields Schüssel aus, bis diese überlief und der Inhalt sich um die Schüssel herum verteilte.

»Das Spiel ist aus, Fields«, sagte Hamilton, während er die leere Packung zurückstellte und Fields auf die Schulter klopfte.

Carter hörte sein Lachen noch, bis die Tür hinter ihm ins Schloss gefallen war. Er starrte auf den Haufen Müsli vor sich. Dann griff er nach dem von den Flocken halb verdeckten Tippschein.

Die Zahlen klangen gar nicht mal so schlecht, fand er.

81

Mumbai

Pandita kam um die Ecke gelaufen und stieß fast mit ihm zusammen. Pradeep beugte sich herab, fasste sie unter den Achseln und wirbelte sie umher. Dann trat er mit ihr auf dem Arm in die Hütte.

»Du bist früh«, bemerkte Janni, die mit der Vorbereitung des Essens beschäftigt war. »Gayoor und Parvez sind noch in der Schule.«

Pradeep stellte seine Tochter wieder auf die Erde und strich Janni wie zufällig sanft über den Kopf.

»Dann spiele ich noch ein wenig mit Pandita«, sagte er fröhlich und ging wieder hinaus. Der Monsun war nun fast vorüber, und mit jedem Tag stieg seine Laune.

Pandita kam auf ihn zu und öffnete ihre Hand. Darin lag eine Zehn-Rupien-Münze.

»Wo hast du die her?«, fragte er staunend.

»Die hat sie heute gefunden!«, rief Janni.

»Glück gehabt«, sagte er und schloss Panditas Hand zur Faust. »Pass gut auf sie auf.«

Der Tag an dem Brunnen in Rom kam ihm in den Sinn. Als er die Münze gefunden und sich, während er sie rücklings in das Wasser warf, nichts sehnlicher gewünscht hatte, als dass Pandita wieder gesund werden würde. Es war ein Brunnen voller Magie, das stand fest: Seit diesem Augenblick hatte sich alles zum Guten gewendet. Erst war er dem Motorrollerfahrer entkommen, der ihn beinahe schwer verletzt oder gar getötet hätte. Dann hatte er in seinem Hotelzimmer am Abend vor der Ziehung einen Umschlag gefunden mit der Aufschrift: *Für dich, wenn du heimlich verschwindest*, und darin waren zehntausend Dollar gewesen. Er hatte die Scheine immer wieder gezählt, gegen das Licht gehalten, einen sogar zwischen die Zähne genommen, obwohl er auch nicht wusste, wie man echtes Geld von unechtem unterschied. Anschließend hatte er alles eingesteckt und war zum Flughafen gefahren, ohne sich von der Britin und ihrem Freund zu verabschieden. Wer weiß, vielleicht waren der Umschlag und das Geld sogar von ihnen gewesen. Nach Abzug der Summe für das Flugticket hatte er noch genügend Geld übrig gehabt, um Pandita in ein Krankenhaus zu bringen. Den ganzen Flug über hatte er gebetet, dass er nicht zu spät kommen würde, und wieder schienen seine Gebete erhört worden zu sein. Nie würde er den Blick des Arztes vergessen, als er ihm die Geldscheine auf den Schreibtisch gelegt hatte. Er hatte in seinen Augen gelesen, dass der Mann glaubte, das Geld wäre gestohlen, aber der Arzt nahm es dennoch. Keine Woche später hatte Panditas Zustand sich rapide gebessert, und nach zwei Wochen wurde sie als geheilt entlassen. Und auch die anderen hatten die Malaria überstanden. Von dem restlichen Geld waren sie essen gegangen, und die Dollar, die danach noch übrig waren, hatte er zurück in die Dose getan und vergraben. Kurz darauf hatte ihn Pervez aus dem Internetcafé angesprochen und ihm einen neuen Job vermittelt. Ein Mann, der bei Pervez das Programmieren gelernt hatte, hatte eine Firma gegründet und suchte aufmerksame Burschen, die Zahlen in den Computer eingaben. Er war zu der Adresse gegangen und hatte den Job bekommen. Der Wohnung der MHADA, die er diesem Notar hatte überschreiben müssen, trauerte er nicht nach. Einmal war er auf dem Weg zu seiner neuen Arbeitsstelle an der Bauruine vorbeigekommen und hatte gesehen, dass die Bauarbeiten weiterhin stockten.

Er saß nun auf einem Hocker vor der Hütte und blickte sich um. Hier kannte er jeden, und jeder kannte ihn. Gegenüber spielte Pandita mit Nachbarskindern. So sehr er sich auch in dieser Umgebung heimisch fühlte, über kurz oder lang musste er hier herauskommen. Nicht, weil er und Janni es hier nicht mehr aushielten, aber sie mussten es für die Kinder tun. Wenn jede Generation einer Familie die nächste Stufe der Leiter erklomm, würde das eigene Fleisch und Blut irgendwann weit oben landen. Darum ging es doch. Vielleicht konnte er sich in der neuen Firma zum Abteilungsleiter hocharbeiten und dann doch irgendwann eine Wohnung anmieten. Er griff sich an den Rücken. Seine Niere würde er erst einmal behalten, als Versicherung für schlechte Zeiten. So saß er gedankenverloren da und begann beinahe einzuschlummern.

»Mr. Pradeep Kottayil?«

Er schaute auf. Von der Seite hatte sich ihm unbemerkt ein junger Mann genähert. Skeptisch musterte er ihn. Der Fremde machte einen ordentlichen Eindruck und trug einen Anzug, der durch die immer noch aufgeweichten Wege im Slum bis zu den Knien mit Schlamm bespritzt war. In der Hand trug er eine Aktentasche.

»Das bin ich«, antwortete Pradeep vorsichtig. Sein Gehirn ratterte, um zu erraten, was der Mann von ihm wollen konnte. Vielleicht kam er von der MHADA wegen der Lotterie.

»Mein Name ist Baldeeph Singh. Ich komme von der AXIS-Bank. Wir haben Sie angeschrieben, aber keine

Antwort erhalten. Daher bin ich nun persönlich gekommen.«

Pradeep erinnerte sich an das Konto, das er eröffnet hatte, um den Einsatz für die MHADA-Lotterie einzuzahlen.

»Ja, das stimmt. Ich habe ein Konto bei Ihnen«, erklärte er. »Aber wir bekommen hier selten Post, wie Sie sehen.«

Der Mann lächelte verständnisvoll.

»Ich weiß, dass das Konto leer ist. Sie können es schließen«, sagte Pradeep mit entschuldigendem Bedauern. »Ich habe es ganz vergessen.«

»Darum geht es nicht«, entgegnete Singh und schaute sich um, als würde er sich versichern wollen, dass niemand lauschte. »Vielleicht ist es besser, wir unterhalten uns drinnen.« Er zeigte auf die Hütte hinter Pradeep.

Der nickte verwundert, erhob sich, klemmte den Hocker unter den Arm und bat den Bankangestellten, einzutreten.

Janni begrüßte Singh nicht weniger überrascht. Wenig später saßen sie in der Hütte beisammen, der Besucher auf dem Hocker, Pradeep und Janni auf einem gemütlichen Teppich, der den Boden bedeckte.

»Vielleicht ist es besser, sie schließen ihn«, sagte der Bankangestellte und deutete auf den Vorhang, der zusammengeschnürt neben dem Eingang hing. Pradeep wechselte mit Janni einen fragenden Blick, stand kurz auf und zog den Vorhang zu, bevor er wieder Platz nahm.

»Also«, begann der Vertreter der AXIS-Bank mit gedämpfter Stimme zu sprechen, »Sie haben ein Konto bei uns eröffnet. Und nun ist es so, dass es keineswegs leer ist, wie Sie vorhin sagten.« Er schluckte und schaute auf seine Aktentasche.

»Nicht?«, fragte Pradeep.

»Vielmehr beträgt der aktuelle Kontostand etwas über eine Million«, fuhr Singh fort.

Pradeep sah ebenso wie Janni den Besucher ungläubig an und riss den Mund auf. Schon wollte auch sein Puls in die Höhe schnellen, doch er wusste, dass es ein Versehen sein musste.

»Das muss ein Irrtum sein. Wir besitzen keine Million Rupien«, sagte er bedauernd. Fast hatte er Mitleid mit dem Mitarbeiter der Bank, der den ganzen Weg zu ihnen wegen eines Irrtums zurückgelegt hatte.

Der Besucher beugte sich vor. »Es sind nicht eine Million Rupien, sondern eine Million Dollar«, flüsterte er, woraufhin Janni einen Laut ausstieß, als sei sie von einem Skorpion gebissen worden. »Und bevor Sie sagen, es ist ein Irrtum: Es ist keiner. Wir haben es überprüft. Das Geld wurde vor etwa zwei Wochen aus Europa auf ihr Konto überwiesen. Wir haben bei der überweisenden Bank nachgefragt, und die haben es überprüft. Empfänger ist Pradeep Kottayil. Das sind Sie!« Singh lehnte sich wieder zurück.

Pradeep atmete tief durch. Janni starrte ihn an, als habe sie ein Gespenst gesehen.

»Eine Million Dollar?«, wiederholte Pradeep, als wollte er sich vergewissern, dass er sich nicht verhört hatte.

Der Mann von der Bank nickte. Einen Moment verharrte er auf seinem Hocker, dann öffnete er seine Aktentasche.

»Der Empfänger hat einen Überweisungszweck angegeben, vielleicht hilft Ihnen dies.« Er holte eine Klarsichthülle hervor, in der ein ausgedruckter Kontoauszug lag. Dann las er ab: »Die ewige Lotterie dankt für Ihre Teilnahme.« Ratlos schaute er auf. »Sagt Ihnen das irgendetwas?«

Pradeep kniff die Augen zusammen und nickte bedächtig, während er nach Jannis Hand griff.

»Sie hatten recht«, sagte er mit brüchiger Stimme. »Das ist kein Irrtum.«

Seine Augen füllten sich mit Tränen.

82

Villa Celiera, 1764

Calzabigi durchschritt den Kreuzgang des Klosters, den Oberkörper leicht gebeugt, in der Hand den Brief.

Der Plan für die päpstliche Lotterie war endlich vollendet. In den Wochen, seit Casanova ihn nach ihrer Audienz beim Heiligen Vater hier im Kloster abgesetzt hatte, hatte er sich mit jedem Tag und mit jeder durchwachten Nacht, die verging, mehr und mehr für den Plan der päpstlichen Lotterie begeistern können. Was er für mangelndes Geschick gehalten hatte – sein Bankrott in Brüssel, die Unwägbarkeiten der Berliner Lotterie –, all das musste Teil des Kampfes zwischen Gut und Böse gewesen sein. Er hatte das Schicksal stets nur auf Seiten der Loskäufer als Zünglein an der Waage gesehen, doch es hatte, ohne dass er es mitbekommen hatte, auch mit ihm gespielt. Und auch wenn er mittlerweile wegen der Verbreitung des Lottospiels zur Buße bereit war, so blieb seine wahre Schuld dem Heiligen Vater und dem Abt hier doch im Verborgenen. Seine Schuld gegenüber Marie und gegenüber dem armen Charles, dem durch seine Eifersucht zum zweiten Mal die Mutter genommen worden war. Auch wenn sein Mitwirken an der päpstlichen Lotterie die Schuld an der Veranstaltung von Glücksspielen tilgen würde, seine Sünde durch den Mord an Marie würde für immer bleiben.

Am Morgen hatte er dem Abt, einem undurchsichtigen Greis, der Calzabigi Angst einflößte, ein Kästchen aus

Zedernholz übergeben, das der Heilige Vater in seinem Auftrag hatte herstellen lassen. Dort hinein hatte er vier Kapseln gelegt, ähnlich denen, die in Berlin bei der Ziehung zum Einsatz kamen. Sie dienten als Vorlage für diejenigen, die zukünftig die Ziehung durchführen würden, denn es war damit zu rechnen, dass bei dieser Lotterie eine recht große Anzahl von Losnummern und somit auch Kapseln benötigt würden. Schließlich hatte er mit dem Abt die Anleitung für die Ziehung ein letztes Mal überarbeitet. Dann hatten sie gemeinsam die Kapseln in die Schatulle gelegt, und der Abt hatte mit feierlicher Miene zwei Briefe hervorgeholt und ihm einen davon überreicht. Den anderen hatten sie erst in einem Umschlag und dann im Kästchen mit einem Siegel eingeschlossen. Der Brief trug an einer Kordel eine schwere Bleibulle, auf deren Vorderseite der Name des Verfassers – *Clemens Papa XIII* – zu erkennen war. Auf der Rückseite war der Apostelstempel eingebracht. Calzabigi hatte sich in der Gegenwart des Abtes nicht getraut, den ihm überreichten Ablass näher zu studieren, sondern ihn demütig und mit der notwendigen Dankbarkeit in Empfang genommen.

Er suchte jetzt im Innenhof des Klosters nach einem stillen Ort und fand ihn in dem mit Efeu berankten Pavillon, der die Mitte des Klostergartens bildete. Beim Gehen merkte er mit jedem Schritt die Höhe, in der das Kloster sich befand. Außer Atem passierte er eine Statue der Fortuna und nahm auf einer der steinernen Bänke Platz. Er entrollte den Indulenzbrief und las ihn in Ruhe. Hatte er gehofft, dass von dem Dokument in seiner Hand eine Erleuchtung ausging und den Schleier der Trauer von ihm reißen würde, der ihn seit Wochen einhüllte, so wurde er enttäuscht.

Er atmete tief durch und las den Brief ein zweites Mal.

»Erschrecke nicht«, sagte eine sanft klingende Stimme vor ihm.

Er schaute auf und traute seinen Augen nicht. Am Eingang des Pavillons stand Marie, an ihrer rechten Hand war Charles. Sie trug ein schlichtes rotes Kleid, auf dem Kopf eine schwarze Haube. Der Junge war in blaue Hosen und in ein gleichfarbiges Jäckchen gekleidet.

Ungläubig riss Calzabigi seine Augen auf und streckte seine Hand zu den beiden Gestalten aus, als könne er sie über die Entfernung berühren.

»Ich lebe«, fuhr Marie mit derselben engelhaften Stimme fort und legte ihre Hand auf ihren Bauch, genau dort, wo Calzabigi in Berlin das Blut hatte herausquellen sehen.

»Aber ... ich habe dich erschossen«, stammelte er, um zu testen, ob die Erscheinung verschwinden würde, wenn er sie ansprach.

»Habt Ihr nicht. Es war alles ein Komplott«, entgegnete Marie.

»Du lügst!«, entfuhr es Calzabigi. »Du bist bloß ein Geist. Ich sah dich verbluten!«

»Es war nur Tierblut«, entgegnete die Erscheinung, die wie Marie aussah. »Aus einer Schweineblase, die ich bei mir trug und im Fallen mit einer Nadel aufstach. Eure Waffe gab lediglich einen Schreckschuss ab.«

»Und ... und ... was sollte das für ein Komplott sein?«, stotterte Calzabigi, der noch immer nicht verstand, was hier vor sich ging.

»Es war dieser Casanova. Er war besessen davon, Euch das Lottospiel auszutreiben, und er hat uns alle benutzt«, erklärte Marie traurig.

Calzabigi wurde von einem Schwindel ergriffen, der alles um ihn herum auf den Kopf stellte.

»Und welche Rolle hast du darin gespielt?«, brachte er hervor. Er spürte ein Gefühl in sich aufsteigen, welches er seit Wochen verdammt hatte.

»Er versprach Charles und mir Geld und Freiheit. Zwei Dinge, die ich für das wertvollste Gut hielt und die ich mir an Eurer Seite in Berlin nicht mehr erhoffte. Doch als Ihr fort wart, habe ich gemerkt, dass ich mich geirrt habe.«

Calzabigi schloss die Augen und zählte bis drei. Als er sie wieder öffnete, standen Marie und Charles noch immer dort.

»Es tut mir leid, was ich Euch angetan habe«, flüsterte sie.

Er überlegte, aufzustehen, doch er traute sich nicht. Immer noch befürchtete er, dass dies nicht real war. Er blickte auf den Ablass in seiner Hand. Dann schaute er vorsichtig zu Charles, der die ganze Zeit über still neben Marie gestanden hatte.

»Bist du deswegen gekommen?«, fragte Calzabigi. »Um mich um Verzeihung zu bitten?« Seine Stimme zitterte bei diesen Worten.

»Und um Euch mit uns zu nehmen«, entgegnete Marie entschlossen. »Ich bin Eure Gemahlin«, ergänzte sie.

Jetzt erst fielen ihm an ihrem Dekolleté und an beiden Ärmeln ihres Kleides die Blüten getrockneter Rosen auf, die sie als Aufputz dort angebracht hatte.

»Mich mitnehmen?«, fragte Calzabigi gerührt. »Wohin?«

»Nach Hause«, entgegnete Marie mit tränenerstickter Stimme und schenkte ihm ein strahlendes Lächeln.

Der Ablass rutschte von seinem Schoß und fiel zur Erde, als er sich mit einem Ruck erhob.

Er war bereit, zu gehen.

83

Las Vegas

Trisha schwang sich auf einen der Barsessel.

»Haben Sie Kokoswasser?«, fragte sie den Barkeeper erschöpft.

Der deutete mit dem Kopf zwei Plätze weiter, wo ein Gast eine Plastikkokosnuss mit Strohhalm vor sich stehen hatte. Trisha schaute nicht in die gewiesene Richtung, sondern lächelte vor sich hin, während der Barkeeper zum Kühlschrank abtauchte.

»Schmeckt gut, das Zeug, nicht?«, sagte der Mann mit der Kokosnuss.

Trisha erstarrte zur Salzsäure. Langsam drehte sie den Kopf zur Seite und blickte in ein ihr wohlbekanntes Gesicht.

»Henri!«, rief sie freudig und wollte schon aufspringen, um ihn zu begrüßen, als ihr etwas einfiel und das Strahlen in ihrem Gesicht gefrieren ließ.

»Bist du mir noch böse?«, fragte sie besorgt.

Henri nahm seine Kokosnuss und rückte auf den leeren Platz neben ihr.

»Verbeeck hat mir alles erzählt«, sagte er und begann zu grinsen. »Scheint so, als könntest du nichts dafür!«

Trisha lächelte erleichtert und schmiegte sich zum Zeichen der Versöhnung kurz an Henris Schulter. Der Barkeeper kam und stellte eine Plastikkokosnuss vor sie.

»Tut mir leid, dass du im Finale als Erste ausgeschieden bist. Habe es eben im Fernsehen gesehen«, sagte Henri.

Trisha zuckte mit den Schultern. »Scheint so, als sei ich doch nicht so eine gute Pokerspielerin«, bemerkte sie scheinbar gleichgültig.

»Was ist mit dem Preisgeld?«, fragte Henri.

»Gehört dem Mönch. Ist ja nichts dazugekommen«, entgegnete Trisha und saugte am Strohhalm.

»Und jetzt?«, meinte Henri, der auch zu seinem Getränk griff.

»Ich habe bei einer neuen Lotterie mitgemacht«, antwortete Trisha.

Henri legte die Stirn in Falten. »Eine neue Lotterie?«

»Die Green-Card-Lotterie. Ich dachte, ich versuche es einmal mit richtiger Arbeit hier in den Staaten. Vielleicht habe ich Glück und gewinne eine Aufenthaltserlaubnis.«

Trisha lächelte. Eine Weile starrten beide auf die grünen Plastikkokosnüsse vor ihnen.

»Und wie ist es dir nach Rom ergangen? Warst du bei deinen Eltern?«, unterbrach Henri das Schweigen.

Trisha nickte. »Ich habe ihnen alles erzählt, und sie haben super reagiert. Der Mönch war übrigens auch bei meinem Vater gewesen. Vor zwanzig Jahren.«

Henri legte den Kopf in den Nacken. »Natürlich muss er bei ihm gewesen sein, er hat ja auch meinen Vater besucht. Und?«

»Mein Vater hat ihn einfach aus dem Pub geworfen.«

Trisha lachte, und Henri stimmte ein.

»Vermutlich waren unsere Eltern schlauer, als wir es gewesen sind«, bemerkte er nachdenklich.

Trisha nickte und wechselte das Thema. »Und du? Wieder ausgebrochen?«

Henri schüttelte den Kopf und hielt ihr seine beiden Handgelenke unter die Nase.

»Offiziell entlassen«, verkündete er stolz. »Die hatten die Schnauze voll von mir. Ich bin wieder vollwertiges Mitglied der Gesellschaft.«

»Gratuliere!«, sagte Trisha und hob die Kokosnuss hoch, als wolle sie mit ihm anstoßen. »Und was führt dich nach Las Vegas?«

»Ich habe dich gesucht«, entgegnete Henri prompt.

Trishas Mundwinkel zuckte. Sie spürte, wie sie rot wurde.

Henri griff in die Innentasche seines Jacketts und beförderte einen Zettel heraus, den er zuerst auf den Tresen legte und dann zu ihr rüberschob.

Trisha beugte sich vor, um im diffusen Licht der Bar erkennen zu können, worum es sich handelte. Wieder erstarrte sie. Vor ihr lag ein auf ihren Namen ausgestellter Scheck über eine Million Dollar. Fragend blickte sie zu Henri.

»Dein Anteil«, sagte er mit einem breiten Grinsen.

Trisha überflog erneut den Scheck und hob die Augenbrauen. »Wovon mein Anteil?«, brachte sie hervor, wobei ihre Stimme sich überschlug.

»Von dem unermesslichen Preis«, sagte Henri und imitierte dabei mit seiner Stimme einen Losverkäufer.

»Aber den hat Carter Fields gewonnen. Ich war dabei! Und er war alles andere als unermesslich«, stellte Trisha irritiert fest.

»Kommt drauf an. Aus christlicher Sicht war er es sehr wohl. Was für eine Ironie, dass ausgerechnet Fields, diese Heuschrecke, einen Ablass gewonnen hat.« Henri lachte.

»Für jeden von uns wäre der Gewinn eines Ablasses ein Streich des Schicksals gewesen«, sinnierte Trisha.

»Na ja, jedenfalls wollte dieser Fields seinen Preis nicht.

Verbeeck sagt, er habe ihm den Ablass geradezu aufgedrängt.«

Trisha rief sich die Szene ins Gedächtnis. »Das stimmt; er hat ihm den Brief an den Kopf geworfen«, bestätigte sie.

Henri kicherte und griff nach einer Schale mit Kräckern, von denen er sich einige in den Mund warf.

»Dieser Brief, wie du ihn nennst, war nichts Geringeres als ein päpstlicher Indulenzbrief«, sagte er schmunzelnd.

Trisha fiel es wie Schuppen von den Augen. »Und so ein alter päpstlicher Ablass ist wertvoll – ich meine, auch materiell, richtig?«

»Sehr sogar«, bestätigte Henri. »Und Verbeeck, der alte Kunstfälscher, war genau der Richtige, um das zu erkennen. Ablasshandel war seit dem 16. Jahrhundert für lange Zeit verboten. Und dies war ein vollkommener Ablass, und dann auch noch ausgestellt von einem Papst höchstpersönlich. Für mehr als zweihundert Jahre trocken und sicher verwahrt. Die bei Christies sind förmlich ausgeflippt, als wir den Brief zur Versteigerung angeboten haben.«

»Wie viel?«, fragte Trisha geplättet.

»Acht Millionen Dollar«, antwortete Henri, der den Stolz in seiner Stimme nicht verbergen konnte.

Trisha stieß einen leisen Pfiff aus. »Acht Millionen! Das muss jemand mit einem sehr schlechten Gewissen ersteigert haben«, scherzte sie und schaute auf den Scheck vor sich. »Und den Rest habt Verbeeck und du euch geteilt?«

»Drei für mich, drei für Verbeeck. Und ich habe mir erlaubt, Pradeep dieselbe Summe zu geben wie dir. Schätze, der wird damit einiges anstellen können in Mumbai.«

Henri ließ seinen Blick auf Trisha ruhen, als wolle er keine Sekunde ihrer Reaktion verpassen. Sie erwiderte seinen Blick, dann beugte sie sich vor und umarmte ihn.

»Danke!«, hauchte sie in sein Ohr.

»Dafür nicht«, entgegnete Henri, während er verlegen sein Sakko zurechtrückte. »Eine Gegenleistung erwarte ich allerdings.« Er räusperte sich und zeigte auf den Scheck.

»Und das wäre?«, fragte Trisha gespannt.

»Du begleitest mich auf die Bahamas. Eine Woche Sonne, getrennte Zimmer, ich zahle. Ich muss jetzt sehen, wie ich mein ganzes Geld loswerde, und dreizehn Jahre Einsamkeit sind genug.«

Trishas Miene verdüsterte sich einen Moment, dann aber konnte sie ihr Grinsen nicht länger zurückhalten.

»Das Opfer bringe ich«, sagte sie lachend.

»Dann auf unseren Urlaub!«, sagte Henri und hob die Plastikkokosnuss.

Trisha tat es ihm gleich. »Auf dich, Henri«, sagte sie und schaute ihm tief in die Augen. Während sie anstießen, verrutschte der Ärmel ihrer Bluse und gab den Blick auf ein paar Narben frei, die ein Wort bildeten.

»Was ich schon lange fragen wollte«, holte Henri aus und deutete auf ihren Unterarm. »Was steht dort?«

Trisha stellte das Getränk ab und drehte den Arm so zu Henri, dass er es lesen konnte.

Er betrachtete die vier Buchstaben und sagte laut das Wort, das sie zusammen bildeten: »*Hope.*« Dann nickte er anerkennend. »Das ist gut!«

»Was wären wir ohne Hoffnung?«, entgegnete Trisha und zwinkerte ihm zu.

Nachwort und Danksagung

Die Bezeichnung »Lotterie« ist abgeleitet von dem niederländischen Wort »loterij« und dieses wiederum von »lot«, was so viel wie »Anteil« bedeutet – »Anteil am Glück«. Übersetzt ins Deutsche heißt es »Los«. Ein Begriff, mit dem wir nicht nur den Teilnahmeschein einer Verlosung bezeichnen, sondern der in unserer Sprache auch als Synonym für »Schicksal« verwendet wird.

Das intensivste Glücksgefühl beim Lottospielen, sagen Glücksforscher, wird zwischen der Abgabe des Lottoscheins und der Ziehung empfunden. Während dieser Zeitspanne der Hoffnung kann der Spieler vom großen Gewinn träumen.

Lotto zu spielen bedeutet also vor allem auch, dass man sich Träumen hingibt. Und genauso wie Glücksspiele von dem Wechselspiel zwischen der schönen Illusion und der Realität leben, bewegt sich auch dieser Roman zwischen Fiktion und Wahrheit.

Giovanni Antonio Calzabigi gab es wirklich. An einem kalten Dezembertag im Jahre 1762 suchte er Friedrich den Großen in dessen Winterquartier in Leipzig auf und überzeugte ihn von seinen Plänen eines Lottospiels. Wenige Wochen später verkündete Friedrich der Große dem Volk die Regeln des neuen Glücksspiels. Das Original des sogenannten »Patent betreffend eine Königlich Preußische Lotterie« fand ich bei meinen Recherchen im Archiv der Deutschen Klassenlotterie in Berlin.

Dass Calzabigi als italienischer Abenteurer am Berliner Hof einen schweren Stand hatte, ist ebenfalls überliefert. Auch Marie Belangere entsprang nicht der Fiktion, sondern auch sie gab es wirklich. Sie lebte in Berlin an Calzabigis Seite und gab sich als dessen Gattin aus, obwohl sie es nicht war. Das Wissen darüber verdanken wir keinem Geringeren als Giacomo Casanova: Er beschreibt in seinen berühmten Memoiren ausführlich seinen Besuch beim alten Weggefährten Calzabigi in Berlin. Gemeinsam hatten beide einige Jahre zuvor in Paris eine Lotterie eingeführt. Casanova schildert in seiner Biografie aber auch die Krise der preußischen Lotterie. Just am Tage von Casanovas Ankunft erfährt ein niedergeschlagener Calzabigi, dass der König plant, die Lotterie abzusetzen. Ausführlich erzählt der venezianische Herzensbrecher von seinem Zusammentreffen mit Friedrich II. im Garten des Schlosses Sanssouci, bei dem sie sich auch über Calzabigis Lotterie unterhielten. Außerdem berichtet Casanova über seine vertraulichen Gespräche mit Marie Belangere, bei denen sie ihm ihren Kummer offenbarte und ausgiebig über ihre Rolle als falsche Ehefrau an Calzabigis Seite in Berlin klagte.

Dieses Buch wäre allerdings kein Roman, hätte der Autor nicht diese wahre Rahmenhandlung mit reichlich Fantasie aufgefüllt. Auch wenn es berechtigte Spekulationen gibt, dass Casanova versucht hat, Calzabigi seinen Posten als Generaldirektor der preußischen Lotterie streitig zu machen, ist die Episode mit der Intrige, an deren Ende die Errichtung der päpstlichen Lotterie steht, frei erdacht.

Jedoch haben auch die Päpste eine bewegte Geschichte, was ihre Position zum Glücksspiel und speziell zum Lottospiel angeht: Papst Innozenz XIII. erlaubte es im Jahre 1721 offiziell, sein Nachfolger, Papst Benedikt XIII., verbot es 1725 und stellte die Teilnahme unter harte Strafe. Papst Clemens XII. erlaubte im Jahr 1731 wieder Lotterien im Kirchenstaat und profitierte erheblich von den Einnahmen. So blieb das Verhältnis zwischen der Religion und dem Glücksspiel stets gespalten.

Weder Trisha noch Henri, weder Carter noch Pradeep haben lebende oder verstorbene Vorbilder in der Wirklichkeit. Die Welt, in der sie sich bewegen, ist jedoch die unsere.

Die Poker-Weltmeisterschaft, die Trishas großes Ziel ist, wird als *Main Event* der »World Series of Poker« jährlich in Las Vegas ausgespielt. Auch war es bis zum Jahr 2010 in Deutschland möglich, für Betrüger wie Henri Sicherungsverwahrung anzuordnen. Erst im Jahr 2011 führte eine Gesetzesreform dazu, dass Betrüger mehr oder minder überraschend aus der Sicherungsverwahrung entlassen werden mussten. Carters Geschäftsmodell ist ebenfalls der Wirklichkeit entlehnt: Betrügerische Schneeballsysteme zur Geldanlage, nach dem 1949 verstorbenen Charles Ponzi auch *Ponzi-Scheme* genannt, erschüttern die Finanzbranche in regelmäßigen Abständen immer wieder. Und die Maharashtra Housing and Area Development Authority, denen Pradeep seine Ersparnisse anvertraut, veranstaltet tatsächlich zur Bekämpfung der Wohnungsnot in Mumbai jährlich eine große Lotterie, bei der Wohnungen gegen einen geringen Kaufpreis unter den Teilnehmern verlost werden.

Wahr ist aber vor allem, dass die Menschheit schon immer ihr Glück herausgefordert hat und dies auch in Zukunft tun wird.

Auch dieser Roman wäre ohne den Einsatz vieler lieber Menschen nicht möglich gewesen.

Mein besonderer Dank gehört meiner Lektorin Karin Schmidt, meinem Redakteur Dr. Arno Hoven, meinem Agenten Lars Schultze-Kossack, der Deutschen Klassenlotterie in Berlin, die mir ihr Archiv öffnete, und all denen, die mir das größte Glück bedeuten – und weil sie dies wissen, hier nicht namentlich genannt werden müssen. LUB.

Was, wenn der Staat seine Bürger nicht mehr schützen kann? Muss es dann nicht jemand anderes tun?

Andreas Eschbach
TODESENGEL
Roman
544 Seiten
ISBN 978-3-7857-2481-1

Ein strahlend weißer Racheengel geht um in der Stadt, heißt es, der überall dort auftaucht, wo Unschuldige in Gefahr sind, und diejenigen, die ihnen Gewalt antun, brutal bestraft: Ist das wirklich nur die Schutzbehauptung eines alten Mannes, der Selbstjustiz geübt hat?
Ein Journalist deckt auf: Es gibt diese Gestalt tatsächlich er kann es beweisen. Und damit nimmt das Verhängnis seinen Lauf

Selbstjustiz versus staatliches Gewaltmonopol ein spannender Roman um ein kontroverses Thema von Bestsellerautor Andreas Eschbach

Bastei Lübbe

Jetzt anmelden!
VOM
LESER ZUM
SCHRIFTSTELLER!
WEITERE INFORMATIONEN UNTER:
www.bastei-luebbe-academy.de